À LA TABLE DES LOUPS

ADAM RAPP

À LA TABLE DES LOUPS

roman

TRADUIT DE L'ANGLAIS (ÉTATS-UNIS)
PAR SABINE PORTE

OUVRAGE PUBLIÉ AVEC LE CONCOURS
DU CENTRE NATIONAL DU LIVRE

ÉDITIONS DU SEUIL
*57, rue Gaston-Tessier, Paris XIXe*

Titre original : *Wolf at the Table*
Éditeur original : Little, Brown and Company
ISBN original : 978-0-316-43416-4

ISBN 978-2-02-157452-4

www.seuil.com

Famille

AMERICANA

Les maisons sont toutes rouges ou vertes,
avec des toits jaune vif.
Les oiseaux chantent à pleine gorge
dans les arbres chargés de fruits.
Des voitures rutilantes bordent les rues.

Mais quand l'océan de la nuit
déferle de l'est
pour recouvrir le continent,
submergeant les contreforts et les fabriques
et les rivières profondes

sont grossies par les pluies,
les hommes et les femmes
assis dans des pièces étouffantes
les rideaux bien tirés
éteignent leur télévision

rabattent les draps
et côte à côte en silence
se demandent qui les sauvera
de la mort et pourquoi, et
ce qu'ils attendent

si ce n'est cela, alors même qu'une arche,
blanche comme la lune,
traverse l'horizon avec à son bord
les rescapés d'un déluge
dans une ville lointaine.

Nicholas Christopher

PREMIÈRE PARTIE

1

ELMIRA, NEW YORK

19 août 1951

MYRA LEE

Dans la chaleur suffocante d'une fin d'après-midi, un dimanche – le troisième dimanche d'août –, une jeune fille en robe à carreaux vichy rouges et blancs lit un roman, installée sur la banquette d'angle du Kilie's Diner and Bakery, au centre-ville d'Elmira, dans l'État de New York. Ses longs cheveux bruns sont tirés en arrière, dégageant son visage, et attachés par un simple ruban blanc. Ses jambes sont couvertes de lotion à la calamine aux endroits où les moustiques de la région, particulièrement insatiables à cette période de l'année, chacun le sait, s'en sont donné à cœur joie. Ses yeux sont noisette et tirent sur le gris – ses prunelles pleines d'émerveillement – et elle ne les cligne quasiment jamais en parcourant les phrases qui semblent se dérouler d'un bout à l'autre de la page comme un fil noir magique méticuleusement disposé.

La lectrice s'appelle Myra Lee Larkin et elle est amoureuse du narrateur, un jeune homme tourmenté aux idées arrêtées, parfois grossier, du nom de Holden qui, à seize ans, vient de s'enfuir de son pensionnat d'Agerstown, en Pennsylvanie, une ville imaginaire que Myra situe au sud d'Elmira, juste de l'autre côté de la frontière de l'État. Holden a été renvoyé et part un samedi, après un match de football contre une école rivale, peu avant Noël, et non le mercredi suivant, date officielle du début des vacances d'hiver, à laquelle ses parents l'attendent. Après une visite embarrassante au seul professeur à qui il estime devoir dire au revoir, Holden prend le train pour New York. Tandis qu'il regarde les paysages de l'est de la Pennsylvanie défiler par la vitre du train qui fonce vers Manhattan, sa vie semble sur le point de basculer à jamais. Myra Lee Larkin jette un coup d'œil par la petite fenêtre à côté de sa banquette, espérant connaître un jour pareille aventure.

Il y a trois autres clients dans le *diner* chromé. Deux banquettes plus loin, un vieil homme contemple une assiette d'œufs brouillés comme si elle contenait la solution à la confusion de sa vie, tandis qu'à la table située près de l'entrée est assise une femme replète, outrageusement maquillée, aux cheveux enroulés en macaron sur le haut de la tête. Avachi au comptoir, un beau garçon blond un peu plus âgé boit un café en fumant une cigarette.

Myra tient le livre de ses fines mains pâles comme un objet qu'il ne faut surtout pas laisser tomber, si captivée par sa lecture qu'elle est indifférente à la mouche noire qui bourdonne autour de son assiette. Elle commande souvent un *grilled cheese* et un lait malté, qu'elle paie avec son argent de poche. Elle arrive à lire quinze à vingt pages chaque fois qu'elle va au *diner*. Myra s'efforce de ne pas lire trop vite, mais parfois les mots se bousculent et la voix du narrateur galope dans sa tête comme pour la submerger, et elle se force à détourner les yeux de la page afin de se calmer.

À treize ans, Myra est l'aînée des six enfants Larkin et sa mère lui accorde toujours du temps libre après la messe de cinq heures tant qu'elle est de retour à sept heures et quart pile pour s'occuper du bébé, Archie. À la fin de l'office, elle file à l'ouest de la ville pour rejoindre le petit *diner* avec ses chaussures blanches à lacets, destinées, une fois ressemelées, à être transmises à sa sœur Fiona qui aura douze ans en octobre et, bien qu'elles n'aient que seize mois d'écart, est deux classes en dessous. Myra se dépêche de quitter le parking de l'église. Elle retient même son souffle pour ne pas respirer la poussière du gravier.

La mère ignore que sa fille lit ce roman prétendument scandaleux, qu'elle dissimule dans une cachette de fortune faite d'un carton scotché au chatterton sous la table d'angle. Ethel, la chef de rang avec sa coiffure glamour à la Jean Kent et son regard entendu, est devenue la gardienne du livre. Le dimanche précédent, la banquette d'angle était occupée par deux bonnes sœurs irlandaises qui buvaient café sur café mais Ethel avait pris soin de remettre le livre à Myra – dissimulé sous l'assiette contenant son Grilled Cheese Deluxe habituel – en lui glissant un clin d'œil complice. Myra s'assure de toujours lui laisser au moins vingt-cinq cents de pourboire.

Depuis quelques semaines, Myra écrit des lettres à Holden dans son journal intime. De son écriture ronde appliquée, elle lui décrit consciencieusement Elmira ; ses longs hivers et ses étés insupportables, les relents d'œuf pourri des eaux de la Chemung et son rêve d'aller un jour à New York. Elle lui a même fait quelques croquis : sa mère, très grande, avec son nid touffu de cheveux noirs, Frank, le chat siamois des Larkin, le bureau de sa chambre sur lequel elle fait ses devoirs (et rédige les lettres qu'elle lui adresse), son frère Alec avec sa frange de travers et ses yeux bruns espiègles. Myra ne s'est jamais considérée comme une grande artiste, mais elle aime bien dessiner et, surtout, elle aime montrer à Holden à quoi ressemble sa vie. Certes, les lettres ne seront jamais envoyées et ne recevront jamais de réponse, mais à ses yeux elles sont aussi réelles que tout ce qu'elle a pu poster dans une enveloppe timbrée.

En levant le nez de son livre, elle tombe sur le garçon blond du comptoir qui s'est assis en face d'elle. Dans le roman, le train d'Holden vient d'arriver à Penn Station et Myra est impatiente de connaître la suite. Bien qu'elle n'en ait aucune envie, elle décide de poser le livre, par politesse.

« Tu vas le manger ? » lui demande-t-il en montrant son *grilled cheese*.

Myra ne l'avait même pas vu arriver et elle est déconcertée de le trouver soudain devant elle. Déconcertée aussi par sa beauté. Il a les yeux bleu clair, le menton carré et la raie sur le côté comme Montgomery Clift. Myra n'a jamais vu ce garçon à Elmira et encore moins à la Holy Family Junior High School ou à l'église. Il porte une chemisette à carreaux et un pantalon beige.

« Je peux t'aider, si tu veux », lui propose-t-il, les yeux fixés sur son assiette.

Elle acquiesce d'un signe de tête. Il en prend la moitié et croque dedans. Les muscles dansent et palpitent sous sa mâchoire. Il respire bruyamment par le nez. Elle pousse son lait malté vers lui et il en avale une longue gorgée. Il la remercie et s'essuie la bouche d'un revers de main. Contrairement aux garçons de son âge qui ont souvent des boutons ou des traces de coupures faites en se rasant, il a une peau parfaitement lisse.

« Qu'est-ce que tu lis ? » demande-t-il.

Myra lui montre le dos du livre.

« Intéressant, comme titre. Ça parle de quoi ?

– C'est un garçon qui s'enfuit de son pensionnat, dit-elle. Enfin, il s'est fait renvoyer parce qu'il a été recalé dans quatre matières, mais il part avant la date prévue. Il est un peu perdu, mais il a quelque chose.

– Tout le monde passe son temps à fuir, dit le garçon. Tu habites ici ?

– J'habite dans Maple Avenue, à deux kilomètres et demi d'ici, à peu près.

– Je ne connais pas ce quartier-là, dit-il. Comment tu t'appelles ? »

L'espace d'un instant, Myra a envie de mentir en donnant le nom d'une de ses sœurs mais, bizarrement, elle n'y arrive pas.

« Myra, répond-elle d'une voix étrange et lointaine.

– Enchanté, Myra. Moi, c'est Mickey. »

Il tend le bras par-dessus la table. Ils se serrent la main sobrement. Il a la poigne ferme, la paume calleuse et l'avant-bras hérissé de duvet blond. Myra est frappée par le sentiment de sécurité que lui procure sa main. Après avoir retiré la sienne, elle croque dans l'autre moitié de son *grilled cheese* et boit un peu de lait malté pour se donner une contenance.

« Je parie que tu as toujours vécu à Elmira, dit le garçon. Tu es allée ailleurs ?

– Je suis allée voir de la famille dans les Catskills. Tu voyages beaucoup ?

– J'adore voyager, dit-il. J'ai fait le tour du pays. J'ai vu le

Grand Canyon, le désert de Mojave et l'océan Pacifique. Je suis même allé dans l'État de Washington.

– Tu es d'où ?

– Je viens d'une petite ville de l'Oklahoma, répond-il, mais je me considère comme un véritable citoyen du monde. »

Ethel apparaît et griffonne sur son carnet.

« Tiens, ma jolie, voilà l'addition », dit-elle en la déposant sur la table.

Myra la remercie et ouvre son sac à main.

« La vôtre est sur le comptoir, ajoute Ethel à l'adresse du garçon.

– Merci. »

Ethel reste plantée là en souriant, les bras croisés, jusqu'à ce qu'il finisse par comprendre et retourne au comptoir, où il fouille dans la poche de son pantalon et en sort quelques pièces qu'il laisse à côté de sa tasse.

« Il t'embêtait ? lui glisse Ethel du coin des lèvres.

– Non, répond Myra, il est gentil. »

Le garçon ouvre la porte du *diner*.

« Bonne soirée, mesdames », lance-t-il par-dessus son épaule.

Myra a entamé les deux kilomètres et demi qui la séparent de chez elle quand, au bout de quelques centaines de mètres, il se met à pleuvoir à verse. Sur le chemin de l'église, le vacarme des grillons était assourdissant, la pluie n'a donc rien d'étonnant. De grosses gouttes rondes de la taille d'une pièce de monnaie s'écrasent sur le trottoir. Myra se réfugie sous l'auvent de la confiserie Fanny Farmer, qui est fermée. Elle sait bien qu'elle devrait continuer à marcher, autrement elle ne sera jamais rentrée à temps pour aider sa mère à s'occuper d'Archie, mais elle reste à l'abri en espérant que l'orage passe.

Quelques instants plus tard, une Chevrolet Bel Air jaune avec des pneus à bandes blanches immatriculée en Pennsylvanie s'arrête à sa hauteur. Le garçon du *diner* est au volant. Il baisse la vitre.

« Il vaut mieux que je te ramène », dit-il.

Myra hésite. Elle sent comme un étau qui lui serre les côtes. Il pleut à torrents, désormais.

« Ça ne va pas s'arranger », dit le garçon.

La couleur de la voiture fait ressortir le blond de ses cheveux. Malgré la grisaille, ses yeux sont d'un bleu incroyable.

Myra sent sa vessie se relâcher, comme si elle allait faire pipi, là, devant la confiserie.

« D'accord », s'entend-elle lui répondre.

Elle sort de sous l'auvent et rejoint la voiture en courant.

Aucun garçon ne s'est jamais intéressé à elle de cette façon, et encore moins un beau lycéen plus vieux qu'elle. Quand elle était en cinquième, elle surprenait souvent Ralph Namie, un élève de quatrième affligé d'une tête informe d'épouvantail, en train de la fixer du regard à la cafétéria, mais c'est tout. Sa copine Emily Kerr traîne déjà avec des garçons. Elle parle même de coucher avec un élève de seconde appelé Charles Wilkes. Mais pour Myra, ces choses-là sont encore très lointaines.

Son nouvel ami conduit avec nonchalance, une main sur le volant et l'autre sur la cuisse. Les essuie-glaces crissent sur le pare-brise de la Bel Air.

« On va où ? lui demande le garçon.

– Chez moi », dit-elle et elle lui indique la direction de Maple Avenue.

À pied, elle met généralement une demi-heure ; en voiture, ça ne devrait prendre que cinq ou dix minutes. Ils passent devant les maisons d'Elmira, dont la plupart sont de banales constructions étroites à un étage collées les unes aux autres, avec un toit plat légèrement asymétrique. Mais au bout d'un kilomètre environ, ils tombent sur une succession de somptueuses demeures de style victorien ornées de lucarnes pointues et entourées de grands parcs.

« Tu es au lycée ? lui demande Myra au bout d'un moment.

– Moi ? répond le garçon. C'est loin, tout ça. »

Elle lui demande quel âge il a et il lui dit qu'il a dix-neuf ans.

« Tu es à la fac ? »

Non, lui dit-il, il travaille déjà.

« Tu fais quoi ?

– Je joue champ droit pour les New York Yankees, répond-il.

– Tu es chez les Yankees ? s'exclame-t-elle en criant presque.

– Parole de scout », dit-il.

Myra aimerait bien le croire mais c'est tellement improbable. En allant à l'église, dans la voiture, elle a entendu parler à la radio du match du jour des Yankees. Au moment où les Larkin se garaient sur le parking de St John the Baptist, le présentateur annonçait les résultats.

« Tu n'avais pas un match, aujourd'hui ? demande-t-elle.

– Si, il y en avait un, dit Mickey. Les Philadelphia Athletics nous ont collé une raclée. Quinze à un. Et au Yankee Stadium en plus, devant nos supporters. C'était la honte.

– Comment tu as fait pour arriver aussi vite à Elmira ?

– Oh je ne suis pas dans l'équipe, en ce moment, dit-il.

– Pourquoi ?

– Ils m'ont relégué en ligue mineure en juillet. J'ai enchaîné les mauvaises performances. J'ai dû rejoindre leur affilié Triple-A pour régler ça. »

Myra est bouche bée.

« J'adore jouer champ extérieur, poursuit-il. Un des trucs que je préfère, avant un match – juste avant d'aller me changer au vestiaire –, c'est de me mettre pieds nus et marcher sur la pelouse du Yankee Stadium. Elle est tellement bien tondue que tu sens sa douceur qui te remonte entre les orteils. Mais aussi son côté sauvage. Tous les secrets de la terre enfouis dans le sol. »

Myra l'imagine marcher sur la pelouse du Yankee Stadium, les chaussettes et les chaussures à la main, le bas du pantalon remonté sur les mollets.

« Normalement, je devrais être à Kansas City, mais comme j'avais deux jours de congé, j'ai eu envie de faire un tour pour me vider la tête. J'adore la région. »

Myra lui dit de tourner à gauche dans Maple Avenue.

« Ce n'est plus très loin, juste après le troisième croisement », dit-elle.

Ils font le reste du trajet en silence. Il pleut moins, mais on entend le tonnerre gronder. Myra n'en revient pas d'être raccompagnée par un vrai New York Yankee. Qui la croirait ? Lorsqu'ils arrivent chez elle, le garçon se gare de l'autre côté de la rue. Tandis que le moteur de la Bel Air tourne au ralenti, Myra sent qu'il la regarde. Elle a l'impression d'être épiée par un animal, elle sait qu'elle devrait avoir peur et pourtant elle se sent étrangement calme. Elle n'a que quelques minutes de retard. Si elle était maligne, elle descendrait de voiture pour aller aider sa mère, mais elle n'a pas envie de bouger.

« J'aime bien parler avec toi », dit Mickey au bout d'un moment.

Myra sent ses joues s'enflammer.

« Et toi, tu aimes bien parler avec moi ? ajoute-t-il.

– Oui, s'entend-elle répondre.

– Ça te dirait de poursuivre notre conversation ? demande-t-il.

– D'accord, dit-elle. Mais si ma mère me voit dans ta voiture, elle risque de sortir.

– Où est-ce qu'on peut aller ? »

Elle lui dit qu'il y a un parc, à côté, le garçon redémarre et cinq minutes plus tard ils se retrouvent sur une grande pelouse parsemée d'arbres. Il se gare sous un saule pleureur, dont les épais chatons trempés par la pluie raclent le pare-brise. Une fois que Mickey a coupé le moteur, ses sens s'aiguisent. Elle sent le cuir des banquettes de la voiture, son odeur intense de muscade. L'ozone frais de l'orage pénètre par sa vitre entrouverte. La pluie crépite doucement, à présent.

Mickey met la radio qui passe *The Tennessee Waltz* chantée par Patti Page.

I was dancing with my darling to the Tennessee waltz
When an old friend I happened to see. . .

C'est peut-être la chanson la plus triste, la plus romantique que Myra ait jamais entendue.

« Quel âge as-tu ? lui demande Mickey.
– J'ai eu treize ans en juin, répond-elle.
– Quel jour ?
– Le 15, dit-elle. Je suis Gémeaux.
– Moi, je suis né en octobre, dit Mickey. Le 20 octobre.
– Donc, tu es Balance, dit Myra.
– C'est-à-dire ?
– En astrologie, le signe est représenté par la balance de la justice.
– Si je comprends bien, je suis un instrument de pesée ? dit-il. C'est pas vraiment folichon. J'aimerais mieux être un lion ou un poisson. »

Ils rient et leurs rires se marient bien à la voix mélodieuse de Patti Page.

Mickey sort de sa poche un Dubble Bubble au papier tout froissé et le propose à Myra.

« Non merci », dit-elle.

Il pose le chewing-gum sur le tableau de bord, devant elle.

« Au cas tu changes d'avis », dit-il. Puis, après un silence, il ajoute : « Tu es très jolie, Myra. Je sais que ce n'est peut-être pas très poli de te dire ça. »

Elle le remercie en sentant de nouveau la chaleur monter à ses joues et réprime l'envie de les cacher entre ses mains.

« Je ne rencontre pas beaucoup de filles comme toi, dit-il.
– Je ne te crois pas, répond-elle. Je n'ai rien de spécial.
– Si, je t'assure, dit-il. Avec des yeux comme ça, tu pourrais faire des ravages. Ils sont gris ou verts ?
– Ma mère dit qu'ils sont noisette.
– Je les ai remarqués dès que je me suis approché de ta table. »

Myra se mord la lèvre inférieure pour s'empêcher de sourire. Si seulement ses yeux noisette pouvaient l'ensorceler.

« Tu as des frères et sœurs ? lui demande-t-il.
– Trois sœurs et deux frères. Je suis l'aînée.
– Ça fait beaucoup », dit-il. Pendant un moment, il semble

plongé en pleine réflexion. « Beaucoup trop, ajoute-t-il à voix basse avant de secouer la tête.

– Pourquoi ça ? demande Myra.

– Non, rien. C'est juste que ça ne doit pas être facile à gérer.

– C'est vrai, dit Myra. Ma sœur Joan est handicapée mentale. Elle peut essuyer la vaisselle mais elle n'a pas le droit de toucher aux couverts. Elle est vraiment attardée. Et comme j'ai un petit frère qui est encore bébé, ma mère compte sur moi pour l'aider à s'occuper des autres.

– Quel âge a ton petit frère ?

– Deux mois. Il est né en juin, comme moi. Il s'appelle Archibald. On l'appelle Archie. Il pleure beaucoup, mais il se calme après la tétée. »

À présent, la radio passe *Hoop-Dee-Doo* de Perry Como. L'espace d'un instant, la pluie qui bat contre la vitre du côté passager semble suivre son rythme enjoué de polka.

« Donc, au total, il y a qui ? demande Mickey.

– Fiona, Alec, Joan, Lexy et Archie. Dans l'ordre. Des fois, Alec appelle Joan "le Crapaud". Il peut être méchant.

– Et toi, c'est Myra, dit-il en souriant.

– L'aînée. »

En le voyant sourire, elle l'imagine se brosser les dents, se laver le visage, se peigner, même faire pipi aux toilettes. Elle repousse ces images.

Une autre voiture entre dans le parc et passe devant la Bel Air. Mickey la suit attentivement du regard en tendant le cou. Il baisse même sa vitre à moitié. La nuit n'est pas encore tombée, mais avec la pluie, il fait plus sombre que d'habitude.

« C'est une Lincoln Cosmopolitan, dit-il après avoir remonté sa vitre.

– Tu aimes les voitures ? demande-t-elle.

– Oui, mais je préfère les Chevrolet aux Lincoln.

– La tienne est très belle », dit Myra, aussitôt embarrassée par ce compliment qui fait un drôle d'effet dans sa bouche, comme si elle avait une dent qui bouge.

Mickey ne répond rien et ils replongent dans le silence. On n'entend plus que Perry Como à la radio. Myra éprouve un étrange sentiment de paix dans la voiture de ce garçon plus âgé. Qui sait, peut-être vont-ils partir ensemble ? Peut-être va-t-il l'emmener à Kansas City ?

« Je peux te donner une photo ? dit-il au bout d'un moment.

– De quoi ?

– De moi.

– … D'accord », s'entend-elle répondre en s'efforçant de dissimuler sa joie.

Elle claque presque des dents.

Mickey sort son portefeuille de sa poche arrière et en extirpe une petite photo en noir et blanc. Il la déplie et la lui tend. Myra l'aplatit sur ses genoux. Face à elle se trouve un garçon en uniforme. Il est agenouillé. De sa main droite, il tient le canon d'un fusil dont la crosse est enfoncée dans la terre. Le garçon porte un treillis et un casque et il sourit fièrement.

« C'est toi ? demande Myra.

– Eh oui, dit-il. À Osan, en Corée.

– C'est une très belle photo.

– Garde-la. »

Elle le remercie et la glisse dans son sac. Quand elle l'a refermé, il lui demande une photo d'elle.

« Je n'en ai pas sur moi, répond Myra.

– Tu m'en enverras une ?

– Il faut que tu me donnes ton adresse.

– Tu n'auras qu'à l'envoyer au Yankee Stadium.

– C'est quoi ton nom de famille ?

– Mantle, dit le garçon. Sur l'enveloppe, tu n'as qu'à mettre “Mickey Mantle, Yankee Stadium, Bronx, New York”. »

Quand il dépose Myra devant chez elle, il lui tend une pièce d'un dollar.

« Pourquoi tu me donnes ça ? s'étonne Myra.

– Pour ce que tu es, répond le garçon. Je jouerais bien à pile ou face, mais j'ai déjà pris ma décision.

– À propos de quoi ?

– À propos de toi », dit-il en lui faisant un clin d'œil.

Elle l'embrasse sur la joue avant de descendre. Lorsqu'elle entre chez elle, elle a encore sur les lèvres le goût salé de sa peau.

« Tu as trente-cinq minutes de retard », lance Ava Larkin à sa fille quand elle arrive dans la cuisine. Elle est en train de rincer un chiffon au robinet.

Myra regarde la pendule qui est au-dessus de la cuisinière et s'aperçoit qu'elle dit vrai.

« J'ai été surprise par la pluie, ment-elle.

– Ce n'est pas une excuse, lui rétorque sa mère. Archie a de la fièvre, ajoute-t-elle en essorant le chiffon. Je voudrais que tu lui fasses couler un bain froid.

– Oui, maman. »

À deux mois, le petit frère de Myra a encore une tête chauve toute ridée de vieux policier ahuri. Après la messe, Ava aime bien s'attarder sur le parking avec les autres mères, le petit Archie dans les bras. Les trois autres sœurs de Myra – Fiona, Joan et Lexy – s'occupent en cueillant des pissenlits sur la pelouse de St John the Baptist. Fiona escorte consciencieusement Lexy qui a quatre ans sans la lâcher d'une semelle, alors que Joan qui vient d'avoir sept ans est un peu boulotte et lente d'esprit et préfère ne pas trop bouger. Elle reste souvent assise en tailleur à contempler béatement l'érable à sucre séculaire de l'église comme s'il allait lui livrer un grand secret.

Ava et les autres mères se retrouvent autour de leur Packard, leur Hudson ou leur Plymouth Cranbrook pour discuter des professeurs de la Holy Family Junior High School et en particulier de sœur Rose qui est bien trop jolie pour une religieuse, du niveau de la Chemung, de cette pisse-vinaigre de Bess, l'épouse du président Truman, des troupes en Corée du Sud, de Cotter, le fils de Steve et Myrtle McCrae qui vient d'arriver à Busan, de l'Union soviétique et son épouvantable bombe atomique, de la foudre qui a récemment abattu l'érable des Blubaugh dans South Magee Street, des huit litres de lait entier de chez Houch qui était tourné, et du nouveau vendeur de Triangle Shoes, vous ne trouvez pas qu'il ressemble à Dana Andrews, le beau policier de *Mark Dixon, détective* ? Elles bavardent en souriant et en fumant leurs Old Gold, indifférentes aux moucherons qui tournent autour d'elles.

Avec son mètre quatre-vingt-dix, la mère de Myra domine ses enfants comme une créature de légende. Donald Larkin, qui fait une tête de moins que sa femme, se tient souvent à côté d'elle comme un fidèle serviteur à ses ordres. À trente-deux ans et bien qu'elle ait déjà donné naissance à six enfants, Ava est encore une jolie femme mince, avec une peau jeune et lumineuse et des cheveux noir de jais à peine striés de quelques mèches grises. Myra est en admiration devant la beauté de sa mère, son calme imperturbable, sa force physique.

Après avoir rempli la bassine du bébé d'eau froide dans la baignoire d'en haut, Myra la descend dans la cuisine, où sa mère est à côté du réfrigérateur en train de nettoyer les fesses d'Archie.

« Dimanche prochain, tu n'auras pas de temps libre après la messe, lui annonce Ava. Tu resteras à l'église avec tes sœurs. Tu n'auras qu'à rester avec les autres enfants sur la pelouse et surveiller Joan. »

Myra hoche la tête. La déception d'être privée de cette heure de liberté lui coupe les jambes. Comment fera-t-elle pour lire son livre ? Le train d'Holden vient d'arriver à Penn Station et tout peut survenir. Elle est presque malade à l'idée de ne pas pouvoir profiter de ce moment avec lui, mais elle sait qu'il vaut mieux ne pas discuter.

Archie gigote pendant que sa mère nettoie l'infecte mélasse verdâtre. Myra sort une couche propre de sous le tiroir à couverts et la pose à côté de la bassine.

« Je dois pouvoir compter sur toi, lui dit sa mère en dépliant la couche.

– Oui, maman, répond Myra.

– Ça ne m'amuse pas de te priver de sortie.

– Oui, maman, répète Myra.

– Tu dois donner l'exemple à tes sœurs. Pour Alec, je crains que ce soit sans espoir, mais Fiona et Lexy ont toutes leurs chances et tu es un modèle pour elles. »

Myra s'étonne que sa mère n'évoque jamais Joan quand elle lui parle de ses frères et sœurs. C'est à croire que Joan n'est pas tout à fait une personne, ou pire encore, qu'elle est un poids innommable que les Larkin doivent transporter de pièce en pièce pour survivre, comme un énorme sac de sable qui, s'il n'est pas constamment déplacé, finira par crever le plancher délabré en entraînant tout avec lui.

En remontant dans sa chambre, Myra trouve une série de photos de cinquième. Elle en découpe une avec des ciseaux en prenant soin de bien suivre les bords. Elle trouve qu'elle a un air naïf de petite fille, un peu éblouie par le flash comme si elle avait été photographiée par surprise. Mais son sourire est bien – joli, même – et c'est la seule photo récente qu'elle ait. Elle écrit un petit mot, le plie en deux, glisse la photo dedans et met le tout dans une enveloppe, qu'elle adresse à Mickey Mantle, Yankee Stadium, Bronx, New York, NY, 10451, comme il le lui a dit. Elle lèche un timbre et le colle en haut à droite. Elle la postera demain à la première heure, après ses corvées matinales.

Puis elle ouvre son journal et scotche la pièce d'un dollar sur une nouvelle page. Juste en dessous, elle écrit la lettre suivante :

Dimanche 19 août 1951

Cher Holden,

Aujourd'hui, au diner, *j'ai rencontré un garçon. Il est très beau, poli. Il s'appelle Mickey Mantle, c'est un joueur de baseball professionnel qui joue champ extérieur chez les New York Yankees et il a aussi fait la guerre en Corée. Il est blond avec les yeux bleus. Il m'a donné une pièce d'un dollar que j'ai collée en haut de la page. Il m'a aussi donné une photo de lui quand il était à l'armée. Il a accompli tellement de choses pour son âge. Je crois qu'il te plairait. Vous pourriez même être amis. Je sais que tu préfères les gens polis aux gens méchants ou grossiers comme ton voisin de dortoir si pénible, Robert Ackley. Mickey est très poli. Il m'a même raccompagnée en voiture parce qu'il pleuvait. Il a une très belle voiture jaune.*

Autre nouvelle marquante, mon petit frère Archie a de la fièvre. Ma mère m'a grondée parce que je suis rentrée en retard et je ne pourrai pas aller au diner *la semaine prochaine. Tu vas me manquer.*

Je suis sûre qu'Archie va guérir. Les bébés sont tout le temps malades.

Pour terminer, je tiens à dire que c'est pour moi un grand jour et je suis contente d'avoir pu te le raconter.

Sincèrement,

Myra Lee Larkin

Le dîner est très silencieux. Tout le monde est inquiet pour Archie, dont la fièvre n'est pas retombée. Ava l'a mis dans son couffin, qu'elle a placé à côté d'elle, au pied de la table. Il est torse nu avec des rondelles de concombre sur la poitrine. Quand Lexy demande pourquoi il a des concombres sur lui, Ava lui explique que c'est pour faire baisser la fièvre.

Fiona touche à peine à son pain de viande et Joan écarte ses petits pois comme si elle voulait les protéger du reste de son assiette. Au bout de la table, son père mange avec une lente gravité, les yeux baissés. Myra est à l'affût du moindre signe lui indiquant que sa mère a besoin d'aide. Un simple regard peut l'envoyer à la cuisine chercher du sel, des serviettes ou une fourchette propre. Alec n'est toujours pas revenu de Dieu sait où – de chez Roman, son seul ami ? du haut d'un pont où il a jeté des cailloux ? – et personne n'a envie d'en parler.

Un tableau de Jésus est accroché au mur au-dessus de la table de la salle à manger. Myra l'a toujours vu là. Ses cheveux dorés sont bouclés, ses yeux bruns, ronds, profonds et pleins de bonté. Alec s'amuse parfois à mettre le cadre de travers. Ava le redresse systématiquement sans rien dire ni, apparemment, se douter de quoi que ce soit. Ce soir, Jésus a changé. Lui qui d'habitude a l'air si bienveillant semble narquois, comme s'il songeait secrètement à une plaisanterie grivoise qu'il venait d'entendre.

Archie ne fait pas de bruit, à part un gazouillis de temps en temps. Ava n'arrête pas de tremper sa serviette dans son verre d'eau pour lui tamponner le front. Elle lui chante à mi-voix :

Give me oil in my lamp, keep me burning
Give me oil in my lamp, I pray
Give me oil in my lamp, keep me burning
Keep me burning till the break of day[1]

La mère de Myra a une très belle voix. Elle fait partie de la chorale de l'église et on lui demande souvent de chanter en solo au concert de Noël. Joan s'arrête de manger et la regarde fixement. Lexy se joint à sa mère en écorchant certains mots et en déformant d'autres voyelles de sa petite voix, comme ensorcelée.

Sing hosanna ! Sing hosanna !
Sing hosanna to the King of Kings !
Sing hosanna ! Sing hosanna !
Sing hosanna to the King[2]*...*

Après le dîner, Myra va dans le bureau de son père, où Donald lit le *Star Gazette* en fumant sa pipe, installé dans son fauteuil inclinable à carreaux. À côté de lui, sa vieille radio Philco Cathedral diffuse les actualités.

---

1. Mets de l'huile dans ma lampe, fais-moi brûler
Mets de l'huile dans ma lampe, je t'en prie
Mets de l'huile dans ma lampe, fais-moi brûler
Fais-moi brûler jusqu'au bout de la nuit
2. Chante hosanna ! Chante hosanna !
Chante hosanna au Roi des Rois
Chante hosanna ! Chante hosanna !
Chante hosanna au Roi...

L'ouragan qui a frappé la Jamaïque a fait plus de cent morts...
Les communistes menacent l'ONU d'anéantir...
Des batailles décisives se jouent sur le front de Corée...

Le père de Myra est conducteur de machines à l'usine d'outillage d'Horseheads, non loin de chez eux. Il a un an de moins que sa mère et parle si peu que beaucoup de gens d'Elmira pensent que la guerre l'a rendu muet – particulièrement les heures difficiles qu'il a vécues dans la forêt de Hürtgen. Il parle plus volontiers chez lui, surtout après le dîner, quand il est assis à côté de la radio avec sa pipe et son journal. Myra arrive parfois à lui arracher des phrases entières – des demi-phrases précautionneuses, plutôt, lâchées à mi-voix – mais elle attend avec impatience ces quelques minutes avec son père qui ne quitte quasiment jamais sa cotte de travail en gabardine kaki, excepté le dimanche, pour aller à la messe. Presque tous les samedis matin, on le voit astiquer au vinaigre le moteur de la Chrysler dans l'allée.

« Viens t'asseoir », dit-il à Myra qui se perche sur une vieille chaise grinçante de salle à manger, la seule de la pièce.

Le bureau de Donald est en fait une alcôve améliorée, avec une fenêtre, deux sièges, un lampadaire et le poste de radio qui trône sur un guéridon en bois de cerisier. Le tout est disposé sur un petit tapis de corde réduit en charpie par les griffes de leur chat. Myra pense que son père aime autant la radio que sa voiture.

La fumée de sa pipe sent la prune et le poivre. Ses tempes commencent à grisonner. Myra l'a toujours trouvé beau, malgré son air fatigué. Son front est creusé de rides profondes qui semblent gravées dans la chair. Il travaille parfois plus de soixante heures par semaine. Ses mains blanches pleines de cals sont étonnamment grandes pour un homme de sa taille.

Il tire sur sa pipe et pose son journal.

« Tu connais Mickey Mantle ? » lui demande Myra.

Son père ne rate quasiment aucun match. Les Yankees sont son équipe favorite et il préfère les suivre à la radio que les regarder à la télévision. Joan vient souvent s'asseoir par terre à côté de lui et il lui donne la fausse balle qu'il a récupérée au Yankee Stadium quand il était jeune. Il l'a attrapée à mains nues et a écrit la date dessus à l'encre noire : *5 juillet 1930*. Elle est posée sur une soucoupe, à côté de la radio. Pendant les retransmissions des matchs des Yankees, Joan la fait rouler entre ses mains en se balançant d'avant en arrière, hypnotisée.

« Mantle est une jeune recrue star qui court très vite, répond Donald. Il a été relégué en ligue mineure le mois dernier. Je crois qu'il est question qu'il succède à DiMaggio au centre quand celui-ci prendra sa retraite.

– Il a fait la guerre de Corée, non ?

– Il me semble qu'il avait un problème médical quelconque qui l'a empêché de servir dans l'armée. Mais je n'en suis pas sûr. »

Son père se remet à fumer sa pipe. Il n'a pas parlé autant depuis des semaines. Myra se demande parfois si on ne lui a pas alloué un quota de mots. Une fois qu'il l'a atteint, il se tait.

« Comment se fait-il que tu t'intéresses à Mickey Mantle ? lui demande son père.

– J'ai entendu des gens qui parlaient de lui au *diner* », répond-elle.

Elle n'a pas l'habitude de s'écarter de la vérité et s'étonne d'éprouver un léger frisson en lui mentant. C'est comme si elle croquait un carré de chocolat en douce pendant la messe. Elle doit faire sa confirmation au printemps. Quelle importance auront ces petits mensonges, ce jour-là ? Elle imagine que cheminer vers Dieu doit faire le même effet qu'une séance vigoureuse de nattage de cheveux.

« Il a démarré en flèche, reprend Donald. Au début de la saison, Stengel l'a chargé de donner le coup d'envoi un tas de fois. Je ne sais pas pourquoi on l'a rétrogradé. Il avait une moyenne à la batte d'environ 0,270, je crois. »

La mère de Myra entre dans le bureau avec le bébé dans les bras.

« La fièvre a empiré, annonce-t-elle. Il faut l'emmener à l'hôpital. »

Elle est anxieuse. Myra est effrayée de la voir aussi inquiète.

« Je prends le volant », dit son père en posant sa pipe et en l'éteignant du pouce dans le cendrier sur pied.

Il éteint la radio et va chercher les clés de voiture dans la cuisine.

« Empêche Lexy de se mettre les doigts dans la bouche, lui dit sa mère. Ne laisse pas Joan s'approcher de la prise du salon. Quand Alec rentrera, demande-lui de sortir la poubelle. Et assure-toi que Fiona vide la litière. »

Myra acquiesce d'un signe de tête sans discuter.

« Et puis, qu'est-ce qui te prend tout à coup ?

– Rien, répond Myra.

– Tu es bizarre. Tu es toute rêveuse. Je l'ai bien vu pendant le dîner.

– Je ne me sens pas bizarre.

– Myra est bizarre, tu ne trouves pas ? lance sa mère à son père.

– Elle m'a l'air normale, répond-il du couloir.

– Tu as fumé une cigarette, ou autre chose ?

– Non, maman.

– Tu lui as fait fumer la pipe, Donald ? »

Son père rit.

Sa mère se penche sur elle en tenant Archie. Il a la figure toute rouge, en feu. Les paupières tellement enflées qu'elles sont fermées. Ses doigts sont si minuscules qu'ils semblent plus adaptés à un amphibien.

« Fais-moi sentir ton haleine », lui demande-t-elle.

Myra lui souffle au visage.

« Va te laver les dents, lui ordonne-t-elle en se redressant et en posant Archie sur sa hanche. Tu sens mauvais. »

Une heure passe, tendue. Il pleut toujours. De l'eau coule du plafond de la cuisine et Myra pose un fait-tout en métal par terre pour récupérer les gouttes.

Un peu plus tard, Myra est installée dans le canapé avec Fiona et Lexy. Elles regardent *The Colgate Comedy Hour* avec Dean

Martin et Jerry Lewis sur la nouvelle Zenith Porthole que leur père a achetée au printemps, mais qu'il ne regarde quasiment jamais. Fiona, la seule rousse de la famille, gratte les piqûres de moustique qu'elle a aux genoux. Avec ses nouvelles lunettes, elle a l'air intelligente et trop sérieuse. Au moins, elle a une tête de bonne élève, maintenant, même si ça n'a jamais vraiment été le cas. Désobéissant à sa mère, Myra laisse Lexy se sucer les doigts pour qu'elle se tienne tranquille et se contente de lui dire qu'elle aura les dents en avant. Joan, qui a déjà pris son bain, est assise en tailleur par terre en chemise de nuit, un peu à l'écart. Il a cessé de pleuvoir un moment et Myra en a profité pour aller dans le jardin lui chercher une luciole. L'insecte rampe en clignotant, enfermé sous un bocal en verre renversé sur une soucoupe. Joan est fascinée. Les filles sont inquiètes pour Archie, l'atmosphère est lourde d'angoisse.

Pendant la publicité, une jolie infirmière à coiffe blanche vante le savon Palmolive et tous ses bienfaits pour sa peau. Elle a les cheveux si brillants qu'on dirait qu'ils sont peints. Myra se demande si elle pourra jamais avoir des cheveux aussi soyeux. Elle aime bien la tenue des infirmières. Elle ressemble à celle des bonnes sœurs, mais en plus attrayant.

Myra n'a toujours pas eu de nouvelles de ses parents quand Alec finit par rentrer, vers neuf heures et demie, et se faufile devant le salon en essayant de ne pas se faire remarquer. Il cache maladroitement quelque chose dans un mouchoir. Myra l'arrête au milieu de l'escalier. Son épaisse frange noire retombe de travers sur son front.

« C'est quoi, ça ? lui demande Myra.

– Rien », répond-il.

Il est fuyant et ne sait visiblement pas quoi faire de sa main libre qui est agitée de tics. Il ne regarde pas sa sœur dans les yeux.

« Tu as recommencé à voler, dit-elle.

– C'est pas vrai. »

Alec rapporte toujours des objets bizarres : des canifs, des mouches artificielles, des paquets de cartes de baseball. Et même une salière, un jour. Myra monte l'escalier et lui arrache l'objet des mains : c'est un chausse-pied en écaille de tortue. Le mouchoir tombe sur les marches.

« C'est à qui ? demande-t-elle.

– Le père Oates me l'a donné.

– Menteur.

– Je mens pas. Je lui ai rendu service.

– Du genre ?

– Je l'ai aidé à ranger les vêtements liturgiques.

– Voleur.

– Laisse-moi, je veux aller dans ma chambre. »

Elle lui rend le chausse-pied. Puis elle se baisse pour ramasser le mouchoir. Il est brodé du monogramme N. P.

« Ça aussi, tu l'as volé, dit-elle.

– Je l'ai trouvé, proteste-t-il. Quelqu'un l'a laissé sur un banc.

– Papa et maman ont emmené Archie à l'hôpital, lui dit-elle en lui tendant le mouchoir. Il a de la fièvre. Tu es censé sortir la poubelle.

– OK.

– Tu rentres tard, au fait, ajoute-t-elle.

– Toi aussi, t'étais en retard, rétorque-t-il. Je t'ai vue dans la voiture, tout à l'heure.

– Quelle voiture ?

– La voiture jaune aux pneus à bandes blanches. T'étais avec un garçon. En face de la maison. Il t'a déposée. »

Myra reste sans voix. Comment Alec a-t-il pu la voir ? C'était il y a plusieurs heures. Pourquoi épierait-il sa propre maison ?

Alec se retourne et monte dans sa chambre avec le chausse-pied.

« N'oublie pas la poubelle », lui lance Myra.

Il ne répond pas. Sa porte s'ouvre et se referme, c'est tout.

Quand Myra revient s'asseoir dans le canapé, Fiona et Lexy rient devant la télévision. L'angoisse pesante qui régnait semble s'être dissipée. Dean Martin essaie d'apprendre à Jerry Lewis comment inviter une femme à danser. Jerry Lewis s'agite dans tous les sens. Ses bras volent en l'air de façon grotesque. Ses jambes glissent et se tortillent comme s'il était en caoutchouc. Le public de l'émission hurle de rire. Il est absolument hilarant.

Le rire de Lexy est contagieux. Elle a quatre ans, c'est l'avant-dernière de la famille et une fois qu'elle a commencé à rire, elle ne peut plus s'arrêter, ce qui fait rire à son tour Fiona, que l'on n'entendait pas jusque-là. Lexy est auréolée d'une galaxie de cheveux blonds qui semble s'agrandir quand elle est heureuse. Joan, qui est toujours plongée en contemplation devant sa luciole, reste indifférente à ces pitreries. Le seul qui la fasse rire, c'est Alec, surtout quand il l'embête, car sa cruauté lui échappe.

Frank, leur siamois gris, finit par rejoindre les trois filles sur le canapé. Il est très attaché à Fiona et ronronne bruyamment pendant qu'elle le caresse.

« T'es une petite crapule, Frank, dit Fiona en caressant le chat. Une vraie petite crapule… »

Le bruit de la porte d'entrée leur parvient au milieu des rires de la télévision ; quelques instants plus tard, leur père entre dans le salon. Il a les yeux fatigués et la pluie a plaqué quelques mèches brunes sur son front. Il se contente de regarder ses quatre filles. La télévision hache le silence tendu. Jerry Lewis imite le bruit d'un bombardier qui plonge en piqué et le public est aux anges.

« Où est maman ? demande Fiona.

– Elle passe la nuit à l'hôpital, répond leur père. Archie a toujours de la fièvre.

– Qu'est-ce qu'il a, Archie ? demande Lexy, perçant le vacarme de la télévision de sa petite voix pure.

– Ils ne savent pas, mon ange, répond-il en s'épongeant le front avec un mouchoir. C'est peut-être la grippe. » Il essuie son visage ruisselant de pluie. « Je vais me coucher. Je travaille demain. »

Il demande à Myra de s'occuper de ses sœurs et de s'assurer que Joan aille aux toilettes avant de se coucher.

Une fois qu'il a fermé la porte de leur chambre, au rez-de-chaussée, Myra éteint la télévision et fait monter ses sœurs. Comme souvent, elle surveille le coucher. Elle attend sur le rebord de la baignoire que Joan ait fini de faire ses besoins.

« Tu as dit au revoir à la luciole ? » lui demande-t-elle pour lui changer les idées. Chaque fois que Myra attrape une luciole pour Joan, elle la laisse la relâcher dans le jardin.

« J'ai dit au revoir, répond Joan. Promis.

– Elle a clignoté quand elle s'est envolée ? »

Joan fait oui de la tête en souriant.

« Alors, c'est qu'elle t'a dit au revoir », dit Myra.

Quand Joan sourit, ça la rend parfois triste. C'est comme si son sourire n'était qu'une réaction à un ton interrogatif. Peut-être que pour elle, certains mots ne sont guère plus que des notes jouées par un instrument à vent.

Une fois que Joan a fini, Myra l'aide à se laver la figure et les mains et à se brosser les dents. Joan dort dans la même chambre que Fiona et Lexy, au bout du couloir. Elles ont chacune leur lit. Myra lui récite le *Notre Père*, puis elle la borde et l'embrasse doucement sur le front, comme leur mère. Elle entend Fiona renifler au fond de la pièce et va s'asseoir sur son lit.

« Ne pleure pas, lui dit-elle en lui enlevant ses lunettes. Archie va guérir.

– Mais il avait les joues brûlantes. Tu les as pas touchées ?

– Il va rentrer demain, je suis sûre », dit Myra.

Bien que Fiona ait bientôt douze ans, quand elle pleure, on lui donne bien moins.

« Tu as nettoyé la litière de Frank ? »

Fiona lui fait signe que non.

« J'ai oublié, dit-elle.

– Je m'en occupe », la rassure Myra.

Elle pose les lunettes de Fiona sur la table de chevet, puis va voir Lexy, qui dort déjà. Son petit lit est sous la fenêtre, mais ce soir, la lame de lune qui barre d'habitude sa silhouette est absente. Lexy s'est endormie les doigts dans la bouche. Son lit est comme une drogue, se dit Myra. Dès qu'elle s'y glisse, elle sombre dans l'inconscience en quelques souffles, comme si son oreiller était imprégné de gaz. Ses cheveux blonds lui cachent le visage et elle respire à travers ses boucles en suçant ses doigts comme une bienheureuse créature marine pourvue de branchies. Récemment, Lexy a déclaré qu'elle voulait devenir ballerine. Allez savoir d'où lui vient cette idée. Myra se demande parfois si Lexy rêve d'autres mondes, loin d'Elmira, des mondes peuplés de ballerines, d'elfes et de bêtes dotées de parole. Myra lui retire doucement les doigts de la bouche. Lexy ne réagit même pas. Comment se fait-il que ce soit la plus petite des filles qui dorme le plus profondément ?

Après avoir nettoyé la litière de Frank dans le débarras, Myra remonte au premier, se met enfin en chemise de nuit, se nettoie le visage puis se brosse les dents. Dans le miroir, elle a l'air vieille et fatiguée et elle se dit, j'ai treize ans, pas trente. Elle essaie de sourire, comme sur la photo de classe – celle qu'elle a mise dans l'enveloppe qu'elle doit envoyer à Mickey Mantle – mais quelque chose l'empêche de relever les coins de la bouche. Elle a beau essayer de toutes ses forces, rien n'y fait, sa bouche ressemble à une plaie mal refermée.

En regagnant sa chambre, elle s'arrête dans le couloir et colle l'oreille à la porte d'Alec. Elle n'entend rien. Qu'est-ce qu'il fait ? Est-ce qu'il mijote quelque chose ? Quelquefois, elle a peur qu'il fasse du mal à Joan en pleine nuit. Il aime bien lui jouer des tours dans son dos. Il échange ses couverts pour qu'elle se retrouve avec deux cuillères. Ou cache sa fourchette sous un plateau et s'amuse de sa perplexité. Myra pense qu'il a un côté cruel qui ne s'est pas encore pleinement révélé – qu'il est capable du pire – et ça lui fait peur.

Au milieu de la nuit, le quartier est soudain déchiré par le hurlement des sirènes. Myra émerge d'un profond sommeil.

En chemise de nuit et pantoufles, elle parcourt le couloir, descend l'escalier sur la pointe des pieds et s'approche de la chambre de ses parents, où elle entend son père ronfler. Elle entrouvre la porte et aperçoit les lits jumeaux. Celui de sa mère est vide, les draps bien tirés. Est-elle encore à l'hôpital ? Son père dort en tee-shirt et bas de pyjama, recroquevillé sur lui-même, les couvertures à moitié tombées du lit. Elle referme la porte. Le ronflement de son père a quelque chose d'animal, de violent, presque.

Elle décroche sa veste de travail en denim dans le débarras, se glisse dehors et descend pieds nus Maple Avenue en direction des gyrophares de la police. Il pleut toujours. Des gens du quartier sont rassemblés devant la demeure victorienne des Mulert où la véranda circulaire grouille de policiers, de pompiers et d'équipes médicales dont la tenue d'un blanc aveuglant brille dans l'obscurité. Une ambulance est garée sur la pelouse, les portes arrière grandes ouvertes. Les sirènes se sont tues, mais le gyrophare bleu solitaire d'une voiture de patrouille continue à balayer la scène.

Myra reconnaît Mrs Schwarber qui fume une cigarette en bigoudis roses. Elle habite quatre maisons plus loin avec son mari qui est dentiste, Ron, et leurs trois enfants. Sans maquillage, elle a un teint de papier mâché et fait pitié. Elle s'abrite sous le parapluie d'une autre dame que Myra ne connaît pas. Les deux femmes discutent en chuchotant. Mrs Schwarber fume comme un homme, la cigarette coincée entre le pouce et l'index, en se balançant d'un pied sur l'autre.

Un policier repère Myra et lui dit de rentrer chez elle. Elle acquiesce d'un signe de tête puis se cache derrière un gros monsieur en robe de chambre marron qui raconte à un autre que Bob et Bonnie Mulert, et Marie, leur fille de onze ans, ont été tués dans leur sommeil.

À cet instant précis, les corps sont sortis sur des civières, leur silhouette couverte d'un drap blanc légèrement taché de sang par endroits. Sous le drap, Marie semble plus petite, on dirait une poupée. Les civières sont portées par deux hommes, un devant et l'autre derrière. Ils sont tous en blanc, sauf un pompier à la tête de celle chargée du cadavre le plus massif, qui est sans doute celui de Mr Mulert. Myra a l'impression que ces hommes transportent des meubles et non des corps. Sur le brancard du pompier, c'est une table basse, se dit-elle. Et sur les deux autres, un buffet et une petite horloge.

Stella, la chienne labrador des Mulert, tourne autour des civières en gémissant. Au moins, le meurtrier a eu pitié de la chienne, se dit Myra. À moins qu'elle ne se soit sauvée ? Qui va s'occuper d'elle ? Un des pompiers l'attrape par le collier et s'agenouille pour lui parler.

Le gros monsieur en robe de chambre marron donne des détails scabreux : ils ont été égorgés ; on a découvert une trentaine de traces de coups de couteau sur chaque corps. Avec tous ces coups de couteau, se demande Myra, dans quel état sont les yeux, les joues, la poitrine, le ventre… les cuisses… les pieds… ? Ça explique les taches de sang qui s'étendent peu à peu sur les draps blancs. Ont-ils été obligés d'envelopper les corps avant de les déposer sur les civières ? De mettre du coton dans chaque plaie ?

Myra essaie d'imaginer comment on peut égorger trois personnes, l'une après l'autre. Elle a vu son père égorger un cerf avec un couteau de chasse. Ils étaient allés camper à Canastota et elle avait été réveillée par un coup de feu. Donald Larkin avait tué un cerf à moins de quinze mètres de leur campement. Myra était sortie de sa tente et avait vu son père trancher la gorge de l'animal.

« Il faut le saigner », lui avait-il expliqué à l'aube dans sa cotte de travail kaki de la veille.

Il avait posé son fusil de chasse contre l'arbre sur lequel il avait suspendu l'animal, la tête en bas. Le cerf avait les yeux ouverts, la langue pendante.

« Autrement, la viande risque de s'avarier », avait-il ajouté.

Myra était fascinée par les gestes rapides et fluides de son père. Soudain, ça lui avait paru évident. Il avait fait la guerre, après tout. Il savait manier les armes. C'était un véritable ballet de mains. Chirurgical, sans émotion. Myra se demandait parfois combien d'Allemands son père avait tués pendant la guerre. À peine sept ans auparavant, il avait participé à la bataille de la forêt de Hürtgen. Comme beaucoup d'hommes de la région, il s'était engagé. Des dizaines de milliers de soldats américains étaient morts lors de cette bataille. Myra se souvient du retour de son père. Elle avait presque sept ans, à l'époque. Fiona, cinq et Alec, qui faisait déjà bêtise sur bêtise, quatre. Il y avait eu une petite fête au Elks Club avec du gâteau, du punch, des banderoles de toutes les couleurs, des petits drapeaux américains sur toutes les tables et un orchestre de polka. Mais ensuite, son père avait dû passer trois semaines à l'hôpital des anciens combattants, à Bath, avant de revenir à la maison. Quand il avait enfin pu rentrer, ses mouvements étaient lents et précautionneux. Il mettait plusieurs minutes pour lacer ses chaussures. Il n'avait pas parlé pendant des semaines. Et puis un matin, il avait simplement dit « Bonjour » et tout était redevenu comme avant. Il était retourné travailler à l'usine d'outillage d'Horseheads et tout allait bien.

Des nuages de moucherons se convulsent dans la lumière du gyrophare. Myra sent entre ses orteils la fraîcheur de l'herbe mouillée. Il continue de pleuvoir et beaucoup de gens se protègent la tête avec des journaux ou des prospectus. Myra aperçoit Alec à l'arrière de la foule, ses cheveux noirs en broussaille. Il n'est pas en pyjama mais en pantalon d'uniforme scolaire et maillot de corps blanc. Il est pieds nus, dressé sur les orteils pour regarder par-dessus l'épaule d'une femme. Il n'a que dix ans, mais il paraît soudain bien plus vieux. Un pickpocket en herbe.

Myra croise son regard et s'approche de lui.

« Alec Christopher, tu devrais être au lit.

– Toi aussi », rétorque-t-il.

Il a l'haleine douceâtre et faisandée, les dents jaunes car il ne les brosse jamais.

« Rentre à la maison, lave-toi la figure et brosse-toi les dents, lui dit Myra.

– J'ai pas d'ordres à recevoir de toi. »

Mr Fessenden, l'ancien épicier aux cheveux tout vaporeux, discute avec deux policiers, une canne nichée dans le creux du bras. Il est en short de seersucker et ses jambes pâles et glabres donnent l'impression de pouvoir se casser à tout moment. Ses tibias sont si blancs qu'ils ont l'air faux.

Mr Fessenden dit aux policiers qu'il a vu quelqu'un entrer chez les Mulert ce soir-là. C'était un jeune homme de dix-neuf ou vingt ans. Il était blond, avec la raie sur le côté, l'air athlétique.

« Blond comme les blés », précise Mr Fessenden.

Myra a soudain la tête qui tourne. Elle ne peut pas s'empêcher de penser au garçon du *diner* : ses yeux bleus perçants, sa peau lisse, sa pomme d'Adam prononcée, ses cheveux blond doré avec la raie sur le côté.

« J'ai pensé qu'il était de la famille, poursuit Mr Fessenden. Il est allé directement dans la véranda et il est entré dans la maison. Je ne me suis pas posé de question. »

Un des policiers lui demande si l'homme avait sur lui quelque chose qui ressemblait à une arme et s'il l'a vu partir.

« Je n'ai pas vu d'arme, répond-il. Et je ne l'ai pas vu partir. »

Myra sent sur elle les yeux d'Alec qui lui percent la nuque comme deux lucanes. Vengeurs. Réprobateurs. Elle s'est toujours demandé de qui il tenait ses yeux sombres. Leur mère a les yeux bleus. Ceux de leur père sont gris. Ceux de Fiona, verts. Ceux de Lexy et Joan, bleus comme ceux de leur mère. Mais Alec a les yeux si foncés qu'ils sont presque noirs. Comme s'il venait d'ailleurs. Comme si on l'avait trouvé dans une forêt.

Myra se retourne vers lui. Avant même qu'elle ait pu l'avertir qu'il aura des ennuis s'il ne rentre pas immédiatement, il lui lance :

« Tu devrais leur dire, pour la voiture. »

Avec ses cheveux mouillés, il a une tête de vampire dépravé.

Myra a envie de le rouer de coups du haut de sa tête répugnante à ses chevilles crasseuses, de trente coups, comme le tueur avec son couteau, et elle serre le poing contre sa cuisse. Elle n'a jamais frappé aucun de ses frères et sœurs, mais s'il n'y avait pas tout ce monde, elle flanquerait une raclée à Alec ; au lieu de quoi, elle se retient de lui casser la figure.

« Tu iras en enfer », lui lance-t-elle.

Myra crache ces mots les dents serrées comme une potion infecte. Elle est étonnée d'éprouver une telle haine pour son frère en cet instant.

Et puis, subitement, il se met à saigner des deux narines.

« Ton nez », ajoute-t-elle d'un ton posé.

Le visage d'Alec s'adoucit. Son rictus hargneux a disparu. Il porte la main à sa lèvre supérieure, tapote le sang, regarde le bout de ses doigts puis recule de trois ou quatre pas en se bouchant le nez, fait demi-tour et rentre chez eux en courant.

Myra se retourne vers la maison des Mulert. La dernière civière est en train d'être chargée dans l'ambulance. Les taches de sang sont grotesques, mais elle n'arrive pas à détourner les yeux. Trois jours avant son treizième anniversaire, elle a eu ses premières règles alors qu'elle allait à son cours d'histoire. Elle a ressenti comme une déchirure en elle et puis du liquide qui coulait. Sa mère ne lui en avait jamais parlé. Elles sont arrivées comme une lettre de reproche déplaisante au courrier. Et il y avait tellement de sang. Myra a cru qu'elle allait mourir d'une horrible maladie. Mrs Honiotis, l'infirmière de la Holy Family Junior High School, l'a gentiment aidée et lui a donné une serviette hygiénique, deux aspirines et une culotte rembourrée. Elle lui a aussi expliqué brièvement le cycle menstruel ; pourquoi le sang coule et comment cela prépare l'utérus pour la conception. Myra pensait qu'elle se sentirait plus proche de Mrs Honiotis après cela, mais elle s'est aperçue qu'elle l'évitait. Chaque fois qu'elle la croisait dans le couloir, elle n'éprouvait que de la honte.

Il y a une telle quantité de sang dans un corps, se dit Myra. Tout un océan. Mais il est essentiellement dissimulé. Si profondément. On ne le voit qu'en cas de violence et de souffrance. À la naissance de Lexy, la mère de Myra a tellement saigné qu'on aurait cru un animal à l'abattoir. Elle a accouché à la maison – il était hors de question d'aller à l'hôpital. Après, il a fallu poncer et revernir le parquet de la chambre du rez-de-chaussée. Le matelas a dû être remplacé. Ils ont même dû repeindre un des murs.

Finalement, un des brancardiers referme les portes de l'ambulance. Quand elle repart, un policier dit aux curieux de rentrer chez eux.

Myra se demande si elle doit lui parler de la Bel Air jaune, de ses pneus à bandes blanches et de sa plaque d'immatriculation de Pennsylvanie.

« Allez, circulez, lance le policier d'un ton sévère. Rentrez chez vous, ne restez pas sous la pluie. Il n'y a plus rien à voir. »

2

NIAGARA FALLS, NEW YORK

26 août 1964

ALEC

À dix heures du matin, il faisait déjà vingt-sept degrés et Alec Larkin en avait eu son compte. Son chef, un type aux allures de cigogne du nom de Ned Shipley, l'avait surpris en train de fumer à l'ombre et l'avait aussitôt renvoyé. La cueillette de pommes commençait toujours à huit heures pile et il n'y avait aucune pause avant dix heures et demie. En haute saison, après être redescendu pour vider un sac de pommes (d'une vingtaine de kilos) dans sa caisse, on avait le droit de reprendre son souffle un instant au bas de l'échelle avant de remonter, mais il était inadmissible de s'asseoir et encore moins de s'asseoir de façon aussi arrogante à l'ombre, de surcroît derrière la remise où on rangeait les échelles. Le fait qu'Alec se soit mis pieds nus était encore plus irrespectueux, et il le savait.

« Ça suffit, Larkin », lui a dit Ned de sa drôle de voix haut perchée en tapotant une de ses insupportables suites de chiffres sur son clipboard. « Va chercher tes affaires. »

Alec occupe le Dortoir 7, une baraque en parpaing avec un sol en ciment éclairée par un néon qui lui donne un teint verdâtre cadavérique. Il la partage avec des jumeaux noirs d'Orlando, en Floride, Torris et Terrace Pinchback. Il y a dix cabanes au total, qui abritent chacune entre deux et cinq ouvriers. Les ouvriers se réveillent ensemble, se lavent ensemble dans les toilettes communes, cueillent les pommes ensemble, tous les jours, du matin au soir, y compris le week-end, s'ils le souhaitent. Le salaire est convenable mais Alec a toujours imaginé que c'était le genre d'existence que l'on doit endurer à l'armée ou, pire, dans les prisons agricoles.

La seule présence féminine des lieux est la fille du patron, une jeune blonde de seize ans aux bras blancs et minces si jolie qu'Alec a mal aux mains rien qu'à la regarder. Elle vient parfois cueillir les pommes le samedi et Alec file au verger son sac en toile à l'épaule pour pouvoir l'apercevoir. Ces matins-là, il ne cueille pas grand-chose, tout au plus un sac ou deux. Il passe le plus clair de son temps à fumer des cigarettes et placer et replacer son échelle à portée de vue de la fille qui ne regarde presque jamais dans sa direction.

C'est la dernière semaine d'août, un mercredi, et les perspectives d'avenir d'Alec Larkin s'amenuisent plus vite qu'il ne veut bien l'admettre. Les mouches noires étaient particulièrement féroces depuis le début de la journée, sans compter que deux corbeaux et un quiscale bizarrement agressif n'arrêtaient pas de lacérer les pommes. Alec est arrivé à la ferme Blackman au début de juillet et les premières semaines étaient prometteuses. Il remplissait de huit à neuf Palox par jour, mais il n'a jamais fait mieux. Les bons cueilleurs pouvaient en remplir dix ; les meilleurs, douze. Les frères Pinchback en remplissent dix par jour depuis qu'ils ont été embauchés, à la mi-juin. Un Mexicain tout maigre connu sous le nom de Flaco en a rempli quatorze, une fois. Et par trente-six degrés. Flaco se sert de ses deux mains avec la même dextérité, il semble infatigable et, sur l'échelle, son agilité est digne d'un artiste de cirque. Mais les mains d'Alec ne sont pas particulièrement adroites, elles sont mêmes lentes et ont tendance à trembler, ce qui lui fait perdre du temps. Ses chiffres, que Ned Shipley note sur son bloc après chaque cueillette, sont en chute libre. Il n'a rempli que quatre Palox jeudi et cinq la veille.

De retour à la baraque, Alec enlève ses vêtements de travail à l'odeur aigre, fourre ses quelques affaires dans le sac de paquetage kaki de son père, puis s'assied sur son lit et attend Ned. Si on ne lui devait pas de l'argent, il se casserait tout de suite. Il n'a aucune envie de recevoir un autre sermon de ce connard.

Alec regarde les lits impeccables des Pinchback. Les deux frères se réveillent tous les matins au moins une heure avant le petit-déjeuner, font leur lit et s'agenouillent côte à côte pour prier. Alec assiste rarement au petit-déjeuner. Il n'a pas fait son lit convenablement depuis plus d'un mois. Et depuis qu'il a quitté Elmira, il y a trois ans, il n'a pas prié une seule fois.

On frappe à la porte et Ned entre en baissant la tête.

« Tu as fait tes bagages ? demande-t-il.

– Mes vêtements de travail sont sur le crochet, là-bas, dit Alec. Il vaut peut-être mieux les brûler. »

Ned prend note pour les vêtements, puis il pianote sur son clipboard. Des étourneaux et des rouges-gorges jacassent dans le verger.

« Tu as besoin que je t'explique ? dit-il au bout d'un moment. Je peux si tu veux.

– Inutile », répond Alec, tout en sachant que Ned ne pourra pas s'en empêcher.

Ce connard ne peut pas se contenter de te virer, il faut qu'il mette du vinaigre sur la plaie.

« Je comprends pas, commence Ned. Tu es bien bâti. Tu es jeune. Tu as quoi, vingt et un ans, vingt-deux ?

– Vingt-trois.

– Vingt-trois ans. Tu sais combien de Palox je remplissais quand j'avais vingt-trois ans ?

– Beaucoup, je suis sûr, répond Alec.

– Beaucoup, tu l'as dit, et j'en étais sacrément fier.

– Ça m'étonne pas de vous.

– Désolé de te dire ça, Larkin, mais tu es paresseux.

– Je sais.

– Tu sais.

– Ouais, paresseux comme un gros lard, je l'entends tous les jours.

– Alors, fais quelque chose !

– Du genre ?

– Travailler plus ? »

Ned retire de son clipboard une enveloppe en kraft non fermée et la tend à Alec. Dedans, il y a quarante-cinq dollars en liquide.

« C'est tout ? s'étonne Alec en comptant l'argent.

– J'en ai bien peur.

– Je pensais que ça serait dans les quatre-vingts.

– C'est ce qu'on te doit. On peut regarder ça en détail, si tu veux.

– Vous en rêvez, je suis sûr. »

Ned s'éponge le visage avec un bandana sale, glisse le clipboard sous son bras et replie le bandana en quatre.

« Qu'est-ce que tu vas faire ?

– Tout sauf cueillir des pommes », rétorque Alec.

Ned rit et s'essuie de nouveau le front.

« Je connais un gars qui nettoie les sols à Rochester, lui propose-t-il étonnamment. Il utilise une machine qui oscille. C'est un travail ponctuel – juste quelques heures par semaine – mais il est toujours à la recherche de main-d'œuvre.

– Ça m'intéresse pas », répond Alec.

Il fait soudain très chaud dans la petite pièce en parpaing et il repense aux jumeaux Pinchback qui, la nuit, dorment avec des chiffons mouillés sur le ventre. Il sent que Ned le regarde, le juge.

« Tu sais quoi, Larkin ? Tu n'es pas un mauvais bougre.

– Vous m'avez déjà dit que je suis paresseux. »

Ned recommence son petit cérémonial, glisse le clipboard sous son bras, déplie le bandana et s'éponge le visage.

« Tu veux que je t'appelle un taxi ?

– Non, je vais marcher.

– Comme tu veux. » Ned va décrocher les vêtements de travail d'Alec. « Tu le veux ? demande-t-il en lui montrant le sac en toile avec le logo de la ferme Blackman dessus.

– C'est pour en faire un oreiller ?

– Tu pourrais y mettre le nécessaire. Ton linge sale.

– Non merci, dit Alec.

– Bonne chance, Larkin. »

Ned fourre les vêtements de travail d'Alec dans le sac et lui tend la main. Alec hésite, mais finit par la serrer.

« Tu as les mains qui tremblent, faudrait peut-être arranger ça », lui dit Ned en sortant.

Après son départ, Alec ne peut pas s'empêcher de regarder ses mains. Il y a eu des après-midi, début août, où elles tremblaient tellement qu'il en était presque à leur parler pour ne pas lâcher les pommes. Faire tomber les pommes, c'était pire que ne pas remplir assez de Palox, il n'y avait pas mieux pour se faire virer. Alec avait un problème, il le savait. Un très sérieux problème.

En sortant du verger, Alec aperçoit les frères Pinchback. Ils travaillent sur deux pommiers voisins, perchés sur leurs échelles, torse nu, leurs bras noueux ondulant au soleil. C'est incroyable de voir à quel point ils semblent indifférents à la monotonie de la tâche, immunisés contre les mouches noires, les frelons et les moustiques. Ils mettent les fruits dans leur sac avec une régularité si machinale, si imperturbable que c'est à croire qu'ils sont en transe. Bien qu'Alec ait passé des soirées entières dans l'obscurité à parler avec eux de baseball, des yeux envoûtants de Dionne Warwick, de ce qu'on ressent quand elle chante *Walk on By*, des filles du Sud comparées aux filles du Nord, de la différence entre le pain de viande d'Ava Larkin et celui d'Edmonia Pinchbak, Alec ne prend pas la peine de leur dire au revoir. Il quitte simplement la ferme, le sac de paquetage de son père à l'épaule, sans un regard en arrière.

Un peu plus tard, Alec attend Duke Foster au bar du Niagara Hotel.

Duke a l'âge de son père. Ils se sont rencontrés il y a quelques semaines dans un petit saloon, à côté du cimetière d'Oakwood. Après avoir rompu le silence en vantant les mérites du bourbon du Kentucky comparé au scotch qui, d'après lui, a un arrière-goût de crotte de chat liquéfiée, Duke a invité Alec à jouer au billard, puis mis des pièces dans le jukebox et sélectionné toutes les chansons d'Elvis pendant qu'ils enchaînaient les parties de 8-Ball et les tournées de bière. Duke a ensuite invité Alec dans son meublé mal éclairé, près du canal de l'Érié. La petite chambre sentait les pieds et le tonique Vitalis pour les cheveux. Ils ont descendu une bouteille entière d'Old Crow dans des mugs en écoutant des disques d'Eddie Fisher sur le tourne-disque automatique Magnavox de Duke – qui est apparemment son seul bien, mis à part sa voiture – jusqu'à ce qu'ils perdent tous les deux connaissance.

Le lendemain matin, Alec s'est réveillé tard dans le petit lit de Duke, avec l'odeur nauséabonde du canal qui s'infiltrait par la fenêtre. Duke ronflait comme un sonneur de l'autre côté de la pièce exiguë, étendu de tout son long dans un vieux fauteuil inclinable en skaï criblé de trous de cigarette. Alec, qui mesure un mètre quatre-vingt-huit et pèse plus lourd qu'il n'en a l'air, était impressionné que Duke ait pu le porter dans son lit, et encore plus impressionné qu'il n'en ait pas profité pour le voler ou abuser de lui d'une façon ou d'une autre. Un lien s'est forgé ce soir-là et Alec est persuadé que depuis ces quelques semaines, Duke veille sur lui.

Duke conduit une Pontiac Bonneville vert bouteille et prétend avoir couché avec plus de filles que Sean Connery, tout en admettant que la plupart pesaient plus que 007. Il dit qu'il préfère les femmes plus grosses que lui, ce qui ne doit pas courir les rues, vu que Duke Foster est une armoire à glace qui chausse du quarante-huit, avec une carrure impressionnante et une énorme tête de lion. Il aime bien avoir l'impression qu'elles l'étouffent, confie-t-il à Alec.

« Ça m'oblige à me battre pour rester en vie, a-t-il expliqué à Alec au son de *Kiss Me Quick*. C'est comme si tu te noyais, sauf que t'as pas d'eau dans les poumons et ça te fait jouir. Et puis tu te fumes une clope et tu vires son gros cul du lit. C'est tout bénef. »

Duke Foster arbore une banane à la Elvis et chaque fois qu'Alec le voit, il porte la même chemise hawaïenne orange à motif de guitares et d'ananas. Au cours de la longue soirée où ils ont fait connaissance, Alec lui a demandé dans quoi il travaillait et Duke lui a répondu qu'il faisait un peu de ferraille. Il avait aussi passé deux ans à monter des cloisons en placo à New London, dans le Connecticut. Et à la fin des années cinquante, il avait « perdu des mois à Detroit » à bosser dur comme « électricien tout sauf diplômé », comprenne qui pouvait.

À la télévision installée au-dessus du bar de l'hôtel, c'est l'heure du journal du soir. Il est question de la prochaine élection. À la convention démocrate d'Atlantic City, New Jersey, Lyndon Johnson a été officiellement nommé candidat à la présidence et devance dans les sondages le sénateur républicain d'Arizona, Barry Goldwater. En sport, les Yankees ont été battus 2-0 par les Washington Nationals. Buster Narum a limité l'affront aux Yankees à cinq balles hors champ et à eux deux, leurs batteurs superstars Mickey Mantle et Roger Maris ont obtenu un score de 0 sur 5 au marbre.

Duke entre dans le bar, une cigarette non allumée dansant aux lèvres. Malgré la chaleur, il porte un long manteau noir sur la chemise hawaïenne orange, un pantalon ample blanc taché de peinture et des mocassins en daim qui menacent de glisser de ses gigantesques pieds nus à tout moment.

« Alors, combien ils t'ont filé ? » lui demande Duke en tirant sur sa cigarette.

Alec l'avait appelé d'une cabine téléphonique dès qu'il était arrivé en ville et lui avait dit qu'il avait été renvoyé.

« Quarante-cinq dollars. C'est des sales radins.

– Dis-toi que tu as du pot, ç'aurait pu être pire », répond Duke.

Il prend le tabouret d'à côté et commande un Old Crow avec des glaçons et une canette de Highlander.

« Pour nous deux », dit-il au barman.

Une des premières choses qu'Alec a remarquées chez Duke, c'est la nuée de taches de nicotine qui encercle ses gros doigts calleux. Hormis la chemise hawaïenne orange, on dirait qu'il s'habille en attrapant des choses au hasard dans le noir parmi des affaires empilées, mais il est toujours rasé, ce qui lui donne l'air étonnamment jeune et soigné. Mais ses yeux semblent hantés par une malédiction ancienne, comme s'ils en avaient trop vu autrefois pour un seul homme.

« Réfléchis, reprend Duke. Au moins, tu es débarrassé de ces saletés de mouches noires. Tu rêveras peut-être que tu cueilles des pommes jusqu'à la fin de tes jours, mais tu n'auras plus jamais à supporter les mouches noires. »

Le barman leur sert leurs boissons et Duke et Alec trinquent.

« À la fin des emmerdes », dit Duke.

Alec vide son bourbon d'un trait et Duke lui en commande aussitôt un autre. Puis il tapote son paquet de Pall Mall et en propose une à Alec, qui l'accepte. Le barman pousse le verre d'Old Crow devant Alec et allume leurs cigarettes. Depuis un an environ, Alec fait partie de ces fumeurs qui passent leur temps à taxer des cigarettes et que Duke appelle des poissons-chats. Des charognards. Alec en achète rarement et encore moins quand il va boire un verre avec Duke.

« Qu'est-ce que tu vas faire ? lui demande Duke. Retourner à Elmira ?

– Plutôt l'enfer, répond Alec.

– Tu vas probablement y aller, de toute façon », réplique Duke en riant, dévoilant ses petites dents de travers.

Alec rit aussi. Il sait pertinemment que depuis qu'il le fréquente, les manies de Duke ont déteint sur lui. La courbe du poignet et l'œil gauche légèrement plissé quand il tire sur sa cigarette. Sa façon d'être parfaitement à l'aise quand les silences se prolongent. Les glaçons qu'il laisse cliqueter contre ses dents avant de boire son bourbon. Son penchant étonnant pour l'humour plutôt que l'amertume. Et son rire, qui ne va jamais au-delà de trois ou quatre notes descendantes, comme un corniste de music-hall soulignant une blague qui tombe à plat.

« J'ai peut-être une combine pour toi, dit Duke après un silence. Pour te faire du blé. »

Duke lui explique qu'il connaît un magasin à trois cents kilomètres de là, à Frankfort, dans l'État de New York, où il peut facilement mettre la main sur trois mille dollars au moins en liquide. C'est un bazar dont la propriétaire est une vieille dame de presque soixante-dix ans, sourde comme un pot, qui habite juste au-dessus. L'argent est caché dans des boîtes de cigares, quelque part dans le magasin. La devanture est protégée par une grille, mais il y a une entrée par-derrière.

« Et je ferais quoi ? demande Alec.

– Tu me tiendrais compagnie, c'est tout, répond Duke. Il y a plus de trois heures de route. Il ne faut pas que je m'endorme. On pourrait réciter les capitales des États, faire la liste de tous les présidents, énumérer toutes les parties de l'anatomie féminine. »

Le dernier méfait d'Alec est celui qui l'a obligé à quitter Elmira. Il s'est fait prendre en train de voler l'argent de la quête à St John the Baptist. Le père Oates, qui a été son père spirituel de l'époque où il était simple enfant de chœur à ses deux années de premier servant de messe, l'a surpris dans le presbytère en train de vider la troisième des quatre corbeilles de la quête dans le même sac de paquetage kaki qui se trouve à ses pieds. Bien qu'il ait décidé de ne pas porter plainte, le père Oates a tout raconté à Ava et Donald Larkin, et devant ses petites sœurs Joan et Lexy, Ava lui a donc demandé de partir dès le lendemain matin. Alec avait alors dix-neuf ans et n'avait pas fait grand-chose depuis qu'il avait quitté le lycée. Il était question qu'il s'engage dans l'armée, mais apparemment, il n'en trouvait jamais le temps. Ses résultats n'étaient pas suffisants pour aller à la fac et il n'avait pas envie de suivre une formation professionnelle. Aux yeux d'Ava et de Donald Larkin, le vol à l'église était impardonnable.

Après ça, Alec a passé un an et demi à Buffalo chez sa tante Grace et enchaîné les petits boulots : hisser des bardeaux bitumés sur les toits pour un couvreur, faire la plonge dans la cafétéria d'un pensionnat ou tasser le goudron sur un chantier de construction de route. Ils ne duraient jamais plus de quelques semaines car le travail était trop physique pour lui. Quand il s'est tiré de Buffalo, le job qu'il a préféré a été de récupérer les balles au fond des obstacles d'eau pour un club de golf de Freehold, dans l'État de New York, où il a réussi à travailler tout un été. Il mettait des cuissardes en caoutchouc, un masque de plongée et des palmes, puis ratissait toutes les mares en brandissant un filet de pêche comme s'il recherchait une perle légendaire. Le club revendait ensuite les seaux de balles à ses membres sur le practice. Alec gagnait parfois jusqu'à trente dollars par jour, et les dernières semaines on lui avait même demandé de travailler au club-house, où il débarrassait les tables et se faisait parfois cinq dollars de pourboire quand il aidait un vieil ivrogne à aller aux toilettes. Il adorait ce golf : sa tranquillité et ses greens soigneusement entretenus ; tous ces gens riches en tenues décontractées couleur de tranche napolitaine ; l'odeur d'herbe fraîchement coupée ; les grosses abeilles velues et musclées qui filaient le long des fairways ; le parcours baigné de soleil. Mais à la fin août la saison s'était terminée, et début septembre il cherchait à nouveau du travail.

« Quand est-ce que tu penses aller à Frankfort ? demande Alec.

– Le temps de reprendre un verre ou deux », répond Duke qui vide son bourbon et en recommande un autre… Il en est déjà à sa troisième cigarette. « Si on se dépêche, on aura fini avant l'aube. Je partage cinquante-cinquante avec toi.

– Comment tu comptes entrer par-derrière ?

– J'ai la clé », dit Duke.

À minuit, ils sont dans la Bonneville de Duke sur l'Interstate 90, cap vers l'est. La première heure, ils roulent vitres ouvertes, la radio à fond, au son de Roy Orbison, des Beach Boys, de Dean Martin, des Beatles, de Martha & The Vandellas. Quand ils arrivent à Batavia, il commence à pleuvoir. Ils remontent les vitres, Duke met les essuie-glaces et baisse la radio.

Alec est soudain submergé par le sentiment que Duke l'a choisi pour vivre cette aventure. Car c'est une aventure. Il ne peut pas parler de cambriolage, car il ne s'est encore rien passé. Duke l'a pris sous son aile. Il me fait confiance, se dit Alec. Il n'a jamais connu personne comme lui à Elmira, seulement quelques prêtres qui ne pouvaient pas s'empêcher de le tripoter jusqu'à ce qu'il soit assez grand pour se défendre. Il y avait un professeur de lettres à la Holy Family – Mr Clarke – qui demandait de temps en temps à Alec de rester après les cours pour savoir comment il allait. Au deuxième trimestre de seconde, ils avaient lu *Les Aventures de*

Huckleberry Finn, qui reste le seul livre qu'Alec ait lu jusqu'au bout ; il participait plus que d'habitude en classe. Mr Clarke avait essayé d'éveiller son intérêt. Avait-il eu le temps de lire le dernier roman du Britannique William Golding, *Sa Majesté des mouches* ? Peut-être même aimerait-il *Croc-Blanc* de Jack London. Mais les conseils littéraires de Mr Clarke étaient restés sans effet. Il s'agissait encore de lire, et qui plus est de lire des livres qui n'étaient même pas au programme. Alec était toujours pressé d'aller au cours suivant.

Et puis il y avait le père d'Alec, tellement silencieux, tellement distant. Donald Larkin semblait préférer ses filles à son seul fils encore en vie. Un jour, quand il avait quatorze ans, son père l'avait emmené voir un match des Yankees. Durant le long trajet jusqu'au Bronx, il ne lui avait quasiment pas dit un mot, se contentant d'écouter la radio en fumant sa pipe. Après la troisième manche, Alec était allé aux toilettes. En revenant, il avait trouvé une bière intacte abandonnée à côté de la buvette et l'avait descendue. Puis il en avait trouvé une autre, à moitié pleine, qu'il avait bue aussi. Quand Alec était revenu s'asseoir, tout en haut de la tribune du champ gauche, il était ivre, mais son père était si obsédé par sa feuille de score qu'il ne s'en était pas aperçu. À la septième manche, quand le champ gauche des Yankees, Mickey Mantle, avait frappé son deuxième home run du match, son père avait poussé un cri perçant qu'il n'avait jamais entendu dans sa bouche. Ça l'avait presque choqué, c'était la première fois qu'il voyait son père exprimer le moindre enthousiasme. Si ce cri avait retenti dans la nuit, on aurait pu croire qu'une femme venait d'être poignardée.

Ce n'est pas que son père l'ignorait pourtant, il lui tendait la main à sa façon. Il l'invitait à aller pêcher avec lui sur le lac Ontario ou chasser la tourterelle en Pennsylvanie. Il avait même tenté de lui apprendre la gravure sur cuivre sur le petit établi installé au fond du garage. Mais Alec n'en avait que faire. Tout ce qui l'intéressait, c'était de traîner avec ses copains, à boire, fumer, partir en virée et courir après les filles du côté de Quarry Farm.

Alec a trouvé en Duke quelqu'un qu'il admire vraiment. Il est libre. Il fixe ses propres règles, vit à son rythme. Il n'a même pas de montre ! Alec aime passer du temps avec lui au bar, à écouter des disques ou faire la tournée des rades de Niagara Falls, il aime les longues soirées du samedi qui n'en finissent pas. Ils ont même couché avec la même femme, une fois. Elle s'appelait Becky et elle était si grosse qu'ils ont dû faire ça par terre. Le premier, c'était Duke. Alec a attendu dans le couloir en écoutant leurs gémissements, leurs halètements et les petits cris d'extase de Becky. Quand ç'a été le tour d'Alec, Duke n'a même pas pris la peine de sortir du meublé. Il est resté torse nu sur son fauteuil inclinable à fumer une cigarette en regardant par la fenêtre. Alec a été frappé par la longue cicatrice oblique d'appendicite qui lui barre le ventre tel un sourire grotesque. Après, Alec a dû aider Becky à se relever et elle a failli lui démettre l'épaule. Duke lui a donné vingt dollars et bien qu'elle ne soit pas une prostituée, elle les a acceptés.

« Ça pue le cheval et la poiscaille là-dedans », a déclaré Duke quand Becky est partie.

Ils ont eu le fou rire pendant dix minutes.

Dans une ville appelée Victor, ils s'arrêtent prendre de l'essence à l'une des rares stations-service de la région ouverte vingt-quatre heures sur vingt-quatre. Pendant que Duke fait le plein, Alec nettoie le pare-brise. Il y a une quantité incroyable d'insectes écrasés.

« On se demande comment on a fait pour ne pas en avaler », observe Duke. Alec rit et Duke regarde autour de lui un moment, puis lève les yeux vers le ciel comme s'il le contemplait. « Si on réussit notre coup ce soir, dit-il, rends-moi un service. »

Il finit de remplir le réservoir et revisse le bouchon.

« OK, répond Alec en essuyant la raclette. C'est quoi ?

– Fais quelque chose d'utile avec l'argent, dit Duke en glissant une cigarette entre ses lèvres.

– Un don aux aveugles, tu veux dire ?

– Non, ne le dépense pas en bourbon. C'est le genre de conneries que je ferais, moi. Mets-le de côté. Sers-t'en pour… qu'est-ce que je raconte…, soupire-t-il. Tu es jeune, tu es beau, reprend-il après un silence en soufflant la fumée de sa cigarette. Et tu as bon cœur. Tu peux encore faire quelque chose de bien dans ce monde de merde. »

Venant de Duke, ce conseil paternel est étonnant – stupéfiant, même – et Alec est touché.

Ils s'arrêtent à Utica, à une quinzaine de kilomètres à l'ouest de Frankfort. Il est plus de trois heures de matin. Duke frappe à la porte d'une petite maison blanche en bardeaux avec un toit en papier goudronné et une véranda rajoutée qui penche dangereusement et que seuls un frigo hors d'usage et un tas de vieux pneus semblent ancrer au sol et empêcher de sombrer dans l'oubli. Une jeune femme vient ouvrir. Elle est rousse – d'un roux plus foncé que sa sœur Fiona – avec une longue frange balayée sur le côté, un semis de taches de rousseur sur le nez et les plus beaux yeux gris qu'Alec ait jamais vus. Elle porte un short en jean et un débardeur blanc élimé. Elle est pieds nus. Duke et elle se serrent longuement dans les bras sans dire un mot. Alec jette un coup d'œil dans la maison et aperçoit la cuisine, où le réfrigérateur resté ouvert ne contient visiblement qu'une bouteille de lait et une boîte de levure sur une étagère.

« Je te présente Alec, dit Duke en s'écartant. Alec, voici Nan.

– Salut, dit Nan.

– Salut », répète Alec.

Nan les fait entrer et ils s'assoient autour de sa petite table de cuisine nickelée, dont le dessus est légèrement rayé par des traces de couteau. Après avoir refermé la porte du réfrigérateur, Nan sort des glaçons du congélateur, en fait tomber quelques-uns dans un gobelet en plastique transparent, verse du Jim Beam dessus et le tend à Duke comme si elle l'avait fait des centaines de fois.

« Il prend la même chose », dit Duke.

Elle lui sert son bourbon, Alec la remercie et elle s'assied sur la chaise libre, la cheville glissée sous elle. Duke se contente de la regarder en souriant. D'habitude, son sourire est teinté d'ironie, de dégoût ou de dérision. Mais celui-ci est rempli d'amour ; pur, innocent.

« Comment va le petit ? demande Duke au bout d'un moment, en parlant à mi-voix.

– Turbulent, égoïste et pourri gâté, répond Nan. Je l'ai couché il y a une heure à peu près. »

Au-dessus de la table, il y a une tapisserie encadrée représentant un clown avec des ballons rouges dans les joues. Curieusement, l'expression du clown lui fait penser au tableau du Christ dans la salle à manger d'Elmira. Alec imagine sa mère servant à dîner à Lexy, Joan et son père. Lexy est en première, maintenant. Joan et elle sont les deux seuls enfants à vivre encore sous le toit familial, retenues comme des otages hypnotisées par la voix mélodieuse de leur mère qui les lie à ces pièces emplies du Fils de Dieu et de meubles en acajou vernissé. Fiona s'est installée à New York il y a deux ans et Myra est à Chicago. Alec a des nouvelles de ses sœurs par Myra qu'il appelle de temps à autre quand il est ivre, fauché ou se sent seul.

« Qu'est-ce qui t'amène ? demande Nan à Duke.

– On était dans le coin, répond-il. Je vais faire un tour au Canada, voir ce qui se passe du côté de Montréal ou Magog. »

C'est la première fois qu'Alec l'entend parler du Canada. Sans doute lui raconte-t-il ça pour se couvrir.

« Comment va ton dos ?

– Ça va. Un peu raide le matin, mais après une bonne douche chaude, ça va mieux. Le problème, ces derniers temps, c'est surtout les chevilles. » Il boit et ajoute à l'intention d'Alec : « Il ne faut pas vieillir. On a mal partout.

– Tant que tu n'as pas cinquante ans, tu n'es pas vieux, plaisante Nan.

– J'ai l'impression d'en avoir quasiment soixante.

– Tu es plutôt bien conservé.

– Dis ça à mon foie », réplique Duke, qui s'excuse pour aller aux toilettes.

S'extirper de sa chaise est une opération en trois étapes accompagnée de grognements dont l'un au moins n'est pas feint.

Une fois seul avec Nan, Alec s'efforce de ne pas la fixer du regard.

« Depuis combien de temps tu connais Jerry ? » demande-t-elle.

Ce nom de Jerry lui fait l'effet d'une gorgée de lait caillé, mais il parvient à dissimuler son étonnement.

« Depuis deux mois », dit-il.

Jerry ? C'est qui Jerry ?

« Tu l'as rencontré au boulot ?

– Dans un bar.

– Ça ne m'étonne pas.

– Oui, on se prend une cuite de temps à autre.

– Il t'aime bien, de toute évidence. D'habitude, il n'aime personne.

– Pourquoi il ne m'aimerait pas ? » plaisante Alec.

Nan rit. Alec aime tellement son rire qu'il est obligé de regarder la table pour ne pas perdre le fil. Et elle a un joli sourire. Certaines filles ont un sourire qui les enlaidit. Alec a toujours pensé que c'était le cas de sa sœur Fiona. Elle est mignonne, mais chaque fois qu'elle sourit, elle dévoile de petites dents mal alignées. On a l'impression que quelque chose fond dans sa bouche.

« Il ne va pas au Canada, hein ? dit Nan.

– Honnêtement, je ne pourrais pas te dire », répond-il.

Jerry. Alec se demande s'il utilise beaucoup d'autres noms. En a-t-il un pour chaque personne qu'il rencontre ? Ou une petite collection dans laquelle il puise en choisissant celui qui lui semble le plus adapté au pigeon qu'il a en face de lui ? Ou Duke est-il simplement un surnom qu'il se donne depuis quelque temps ?

« Et toi ? demande Nan.

– Je n'ai rien de prévu en ce moment.

– Tu l'accompagnes, c'est ça ?

– Pour l'instant, oui.

– Quel âge tu as ? demande-t-elle.

– Vingt-trois ans.

– Qu'est-ce que tu fais, dans la vie ?

– Je cueillais des pommes dans un verger du côté de Niagara Falls mais j'ai été renvoyé.

– Tu es de là-bas ?

– Je viens d'Elmira.

– Vous êtes nombreux, dans la famille ?

– J'ai quatre sœurs, dit Alec. J'avais un frère, aussi, mais il est mort quand il était bébé.

– Je n'ose même pas imaginer, dit-elle. Tu es l'aîné ?

– Le troisième. Ma sœur Myra a presque trois ans de plus que moi, et Fiona, un an et demi.

– Tu es espagnol ?

– Non, dit Alec.

– Tu pourrais, avec ces yeux bruns et ces cheveux. Mais d'Espagne, pas du Mexique. Tu es trop grand pour un Mexicain.

– Mon père est irlandais et ma mère moitié écossaise moitié allemande.

– C'est quoi, ton nom ?

– Larkin.

– Alec Larkin », dit-elle.

En l'entendant dire son nom, il a l'impression que sa tête s'est temporairement détachée de son corps ; elle monte vers le plafond et s'il y avait un trou dedans, elle continuerait à s'élever dans le ciel de nuit. Il aimerait prononcer le sien, mais il ne connaît pas son nom de famille. À la place, il lui demande si elle a des frères et sœurs.

« Je suis fille unique, dit-elle. Enfin à ma connaissance, même si mon père s'est bien amusé.

– Où il est ?

– Il est mort. Un engin de chantier lui est tombé dessus dans une gravière.

– Désolé, dit Alec. Et ta mère ?

– Quoi ma mère ? Et la tienne alors ? réplique Nan.

– Ma mère est plus grande que la plupart des hommes, répond Alec. Et plus catholique que le pape. Elle fait toujours partie de la chorale de St John the Baptist. Je n'étais pas assez bien pour elle.

– Ma mère vit sur une péniche, à Knoxville dans le Tennessee », dit Nan.

Elle tend le bras par-dessus la table et lui prend son gobelet.

« Ah oui ?

– Non. Elle habite à l'autre bout de la ville avec un type de cent quarante kilos qui est persuadé qu'un grand vaisseau spatial va venir chercher les justes pour les emmener sur une planète où tu paies en dollars et t'as la clim.

– J'aimerais bien voir ça, dit Alec.

– Et comme en plus ils sont nudistes, je garde mes distances », ajoute Nan.

Alec reprend son verre, boit une gorgée et croque dans un glaçon.

« Quel âge tu as ? demande-t-il.

– Je suis trop jeune pour m'user les fesses toute la journée dans une cuisine, répond-elle. Vingt-quatre ans.

– Tu es très mince pour une femme qui vient d'avoir un bébé. »

Elle rit. C'était un commentaire idiot, il le sait, mais elle semble plus charmée qu'agacée.

« Tu aurais dû me voir quand j'étais enceinte de neuf mois, dit-elle. Tu perds tes kilos quand tu continues à allaiter après l'hôpital. »

En l'entendant parler d'hôpital, Alec se dit qu'elle doit être infirmière et l'imagine tout en blanc avec une coiffe et des chaussures à semelles de caoutchouc.

« Ma sœur Myra vient de terminer ses études d'infirmière à Chicago University, dit-il.

– Je parlais d'allaiter le bébé en rentrant de la maternité, dit-elle en riant de nouveau.

– Ah oui, la tétée. »

Après avoir repris une gorgée de Jim Beam, il lui demande ce qu'elle fait dans la vie. Elle lui explique qu'elle a commencé des études d'esthéticienne, mais qu'elle a dû les mettre de côté après avoir eu son fils.

« Où est le père ? demande-t-il.

– Ailleurs qu'avec sa femme et son petit garçon.

– Il s'est tiré ?

– Il a filé comme les gazelles qu'on voit à la télé.

– Comment il s'appelle ?

– Drew.

– Drew », répète Alec.

Le seul fait de prononcer son nom lui donne des envies de vengeance, comme un personnage de film qui doit échafauder un plan.

« Pourquoi ? Tu veux le retrouver ?

– Peut-être, plaisante Alec.

– Il fait à peu près un mètre quatre-vingt-dix et quatre-vingt-dix kilos. Cheveux châtains, yeux bleus. Un grand type élancé, un peu comme toi, mais pas aussi mince. Je peux te le dessiner, si tu veux.

– Tu n'as pas de photos ? plaisante de nouveau Alec.

– Je les ai toutes déchirées. »

Nan lui reprend son verre et boit une gorgée. Ses yeux exercent une telle fascination sur lui qu'il a la gorge serrée. À chaque regard qu'ils échangent, il a l'impression qu'elle lui vole un peu de son oxygène.

« Pourquoi tu as les mains qui tremblent ? demande-t-elle.

– Je ne sais pas. Des fois, elles se mettent à trembler toutes seules. Ça a toujours été comme ça.

– Le cœur inquiet », dit-elle.

Il lui montre ses mains, les paumes vers le haut.

« Les seuls moments où elles ne tremblent pas, c'est quand elles tiennent de l'argent. »

Elle passe les doigts sur ses paumes. Il est presque pulvérisé. C'est de la sorcellerie. Mais de la bonne sorcellerie. Il a l'impression de se désintégrer. Elle l'a changé en sciure.

Duke revient avec le bébé qui a une grosse couche et l'air émerveillé.

« Dis bonjour à Drew, dit Duke à Alec.

– Coucou, Drew.

– Drew, je te présente Alec. Mon seul véritable ami. »

Drew a de grands yeux bleus. Alec n'a jamais vu un bébé aussi calme. L'espace d'un instant, il se dit qu'il est peut-être sourd.

« Il a quel âge ? demande-t-il.

– Quatre mois et demi, répond Nan. Avec cette chaleur, il a le visage tout bouffi. Je laisse le ventilateur allumé dans sa chambre.

– Il est parfait, son visage, dit Duke. Il est beau comme tout. » Drew se cramponne au petit doigt de Duke. « Mais c'est que tu as de la poigne. Bientôt, tu sauras te servir d'un marteau. »

Drew tripote le nez de Duke de sa petite main fripée, puis sa bouche, puis son menton.

« Ton dégonflé de père ne compte pas revenir, je suppose ? murmure gentiment Duke.

– J'ai arrêté de l'attendre depuis quelques semaines, dit Nan.

– Il a appelé, au moins ? lui demande Duke.

– Non. »

Duke s'assied à la table de la cuisine et fait sauter Drew sur ses genoux. Le bébé se met aussitôt à hurler. Le bruit est assourdissant, on dirait le mugissement d'une sirène d'alerte tornade restée bloquée. Nan lui prend le bébé et le met contre elle. Il se calme aussitôt et Alec est sidéré par le pouvoir qu'elle a sur cet enfant. Elle n'a même pas besoin de lui donner le sein ; la seule proximité de sa peau l'a rendu muet. Est-ce l'odeur ? Ou autre chose ? L'ivresse à la perspective du lait tiède ? Sa mère avait-elle le même pouvoir sur lui ? La grande Ava Larkin, cette espèce de cul-bénit qui passait son temps à lui faire la morale.

Alec remarque d'autres taches de rousseur qui parsèment le décolleté et les épaules de Nan. Il rêve de tenir un de ses pieds nus entre ses mains.

Pendant un silence, le chant des cigales s'élève soudain. Une ombre de tristesse traverse le visage de Duke.

« Je vais lui changer sa couche et le remettre dans son berceau », dit Nan en mettant Drew sur son épaule.

Elle se lève et se dirige vers le couloir.

Au moment où elle passe avec le bébé devant Alec, il sent l'odeur de caca. Une porte s'ouvre et se referme. Quelques instants plus tard, on entend au loin une petite musique d'orgue à vapeur.

« Le père de Drew s'est volatilisé un mois après sa naissance, explique Duke. Cette espèce de lâche.

– Tu le connais ?

– Ouais, je le connais, répond Duke. C'est mon fils. »

L'idée que Duke ait un fils est si surprenante qu'Alec doit résister à l'envie de s'asseoir par terre. Duke n'a jamais parlé d'enfant. Alec l'a toujours imaginé totalement indépendant, sans aucune attache.

« Tu sais où il est ? demande Alec.

– Si je le savais, j'irais le chercher avec une pique à bœuf. »

Nan revient s'asseoir. Elle s'est attaché les cheveux. Elle soupire et éponge la sueur qui perle sur son front du revers de la main.

« C'est du boulot, dit Duke.

– Tu l'as dit, acquiesce Nan. Sauf que c'est pas payé. »

Elle demande une cigarette à Duke qui prend son paquet de Pall Mall et lui en sort une. Elle l'allume à la gazinière et tire une longue bouffée. La petite musique enjôleuse continue à s'égrener dans la chambre du bébé.

« Tiens », dit Duke en glissant une grosse liasse de billets devant Nan.

La liasse est pliée en deux et entourée d'un élastique. Alec ne peut pas deviner le montant, mais apparemment, il n'y a que des billets de vingt. C'est sans doute plus d'argent qu'il n'en a gagné pendant tout l'été.

« Ça devrait t'aider à passer le cap.

– Je ne sais pas ce que je ferais sans toi », dit Nan en lui serrant le bras.

La musique s'estompe peu à peu, remplacée par les cigales dont le vacarme incessant paraît plus méthodique, comme si elles se rapprochaient de la maison.

« Il faut qu'on y aille », dit Duke à Alec.

Alec se lève. Quand Nan se met également debout, il a soudain envie de faire en sorte que chaque moment compte. Leurs adieux doivent être dignes d'un film.

Sous la véranda, Nan et Duke s'étreignent plus longuement que la première fois. Duke adore visiblement la mère de son petit-fils. Alec a regagné la voiture pour les laisser seuls mais il voit Nan embrasser Duke sur la joue.

« Il faut faire réparer cette véranda, dit Duke. Quelqu'un va finir par se tordre la cheville. »

Elle le remercie de nouveau pour l'argent.

Quand Duke s'éloigne de la maison, Nan reste sous la véranda, sa silhouette éclairée à contre-jour par la lumière du salon. Elle est spectrale, à moitié là, un fantôme parfait.

Juste avant qu'ils ne montent dans la Bonneville, Nan lève la main pour dire au revoir à Alec. Leurs adieux auraient dû être plus intimes. La déception lui crispe la mâchoire. Il aurait aimé échanger quelques mots avec elle, la serrer contre lui. Il a même senti une pointe de jalousie quand elle était dans les bras de Duke, comme un petit coup dans les reins. Il lui fait au revoir de la main. Puis Nan se retourne et rentre dans la maison.

Dans la voiture, Duke n'allume pas la radio. Pendant plusieurs minutes, il semble lointain, inaccessible.

Alec lui demande si ça va.

« Ça va, oui, répond-il. C'est juste que j'adore ce petit bonhomme. »

Un quart d'heure plus tard, ils arrivent à Frankfort. Il est plus de quatre heures du matin dans la petite ville et tout est éteint, à part les feux de circulation. Le bazar est équipé d'une grille métallique, comme Duke l'avait dit. Au-dessus du magasin se trouve un appartement avec trois fenêtres, dont les rideaux sont tirés.

Duke se gare de l'autre côté de la rue et éteint le moteur.

« Toi, tu restes là, dit-il. Tu viens uniquement me chercher si tu vois la lumière s'allumer chez elle. »

Duke descend de la Bonneville et fait calmement le tour du magasin, sans se cacher, sans se baisser, comme s'il s'apprêtait à rentrer chez lui.

Alec ne peut pas s'empêcher de penser à Nan. Assise en face de lui dans sa petite cuisine, avec la tapisserie du clown en haut du mur. Ses poignets et ses doigts fins. Ses cheveux roux et sa peau parsemée de taches de rousseur. L'aisance avec laquelle elle portait son bébé dans le couloir…

Une lumière s'allume au-dessus du bazar. À la deuxième fenêtre. Alec la regarde plusieurs secondes avant de se rappeler ce que Duke lui a demandé de faire. À présent, une autre fenêtre est allumée – celle qui est tout à droite. Alec descend de voiture, traverse la rue en courant et fait le tour du magasin. Des pièces de monnaie tintent au fond de sa poche et il les jette dans l'herbe haute qui borde la bâtisse. Mais curieusement, il s'arrête devant la porte de derrière, incapable d'entrer. Pris d'un besoin pressant, il ouvre sa braguette et se soulage contre le soubassement en ciment. Son urine sent l'ammoniaque et le bourbon et il se rend compte qu'il n'a quasiment rien mangé de la journée.

Le temps qu'il entre, il est déjà trop tard. Le bazar plein à craquer est saccagé. Le sol est jonché de vêtements rétro, de livres, de bibelots. La caisse grande ouverte a été vidée et les étagères de la principale vitrine ont été pillées. La vieille dame d'en haut supplie Duke. Elle a des cheveux blancs très fins, une peau claire translucide et porte un peignoir éponge écru à fleurs. Elle essaie d'empêcher Duke de fouiller dans le bas d'une autre vitrine qui contient des boucles de ceinturon, des bagues en turquoise et des portefeuilles en cuir.

La vieille dame essaie de lui attraper le cou par-derrière. Duke se retourne, la saisit par les épaules et la jette violemment comme pour se débarrasser d'un chat devenu fou. Elle va s'écraser contre un radiateur et s'écroule par terre en hurlant. Duke s'empare d'un serre-livres en bronze et la frappe à plusieurs reprises à la tête avec l'objet lourd et contondant. Au troisième coup, son crâne se vide par terre et une gerbe de sang éclabousse une statue de la Vierge Marie ornée d'une multitude de colliers de perles colorées.

Sans qu'aucun d'eux ne l'ait vu, Alec fait demi-tour, ressort par la porte de derrière et court aussi vite qu'il peut jusqu'à la Bonneville. Il a l'impression que ses jambes lui ont été retirées puis replacées n'importe comment. Il se jette sur le siège du conducteur. Il pourrait partir. Il lui suffirait de tourner la clé que Duke a laissée sur le contact. Mets le contact, se dit Alec. Vas-y ! Mais il ne peut pas. Il s'arrache de la voiture et se traîne de l'autre côté. Ses chevilles aussi ont été enlevées – enlevées et refixées – et il trébuche à deux reprises. Il réussit à ouvrir la portière côté passager et s'affaisse sur le siège. Ses mains tremblent tellement qu'il est obligé de s'asseoir dessus. Il a la nausée. Il ouvre la portière et essaie de vomir, mais rien ne vient.

Quelques instants plus tard, Duke surgit de derrière le magasin et s'approche de la voiture avec une série de boîtes empilées contre son large torse et coincées sous le menton. Il ferme la portière côté passager d'un coup de hanche, puis il pose les boîtes, fait calmement le tour de la voiture et prend les clés sur le contact. Il va ouvrir le coffre, le referme, et revient avec trois boîtes de cigares Dutch Masters.

« Il y a à peu près mille dollars dans chaque », dit Duke en refermant sa portière et en tendant les trois boîtes à Alec.

Alec en ouvre une et regarde fixement l'argent qui est soigneusement rangé en liasses serrées de billets de dix et de vingt.

« Et toi ? demande-t-il.

– J'en ai mis quatre dans le coffre. »

Duke démarre et ils s'en vont.

Frankfort défile dans le flou par la vitre d'Alec. Une station-service. Une boutique de prêts sur gages. Une église au clocher blanc. Voilà une ville où ce genre de chose peut arriver, se dit-il. Un homme roule trois heures en pleine nuit pour aller dévaliser une vieille dame et lui fracasse le crâne.

« Où on va ? demande Alec au bout d'un moment.

– À la gare routière, répond Duke. Il faut qu'on se sépare.

– Tu vas prendre le car ? demande Alec.

– Non, c'est toi », dit Duke.

À un feu rouge, Alec demande à Duke comment il s'est procuré la clé de l'arrière du magasin.

« Je l'ai toujours eue, répond Duke. J'habitais chez la vieille dame, la propriétaire.

– Elle te louait une chambre ?

– Si on veut, répond Duke. Tiens, ajoute-t-il en lui tendant un mouchoir. Ton nez… »

Alec porte le mouchoir à ses narines qui dégoulinent de sang. Depuis toujours, il saigne facilement du nez, en particulier sous le coup d'une émotion. Un jour, quand il était jeune, la voisine, Mrs Kaminski, qui était au volant de sa Plymouth avait écrasé par accident son caniche en reculant et la tête de Skipper avait éclaté comme un sac en plastique. Alec et sa sœur Myra avaient tout vu. Alec s'était aussitôt mis à saigner du nez. Il repense aussi à la nuit où les Mulert ont été assassinés chez eux, ça avait recommencé. Myra s'en était aperçue et il avait eu tellement honte qu'il était rentré en courant chez eux en se bouchant le nez.

Arrivé sur le parking d'une petite gare routière, Duke se gare, sort une cigarette et l'allume.

« Je te conseille d'aller vers l'ouest, dit-il en soufflant la fumée.

– Tu vas où ?

– Loin d'ici, répond Duke. Il vaut mieux que tu ne saches pas où. Et si j'étais toi, je mettrais cet argent au fond de ton sac, ajoute-t-il.

– OK, s'entend répondre Alec.

– Fais-le tout de suite. »

Alec ouvre le sac de paquetage de son père, retire un tas de vêtements en vrac à l'odeur aigre, glisse les trois boîtes de cigares au fond, remet les affaires et le rattache.

« Tu peux peut-être essayer le Midwest, dit Duke. Les gens sont plutôt sympas, là-bas. »

Alec descend de la voiture avec le sac et referme la portière.

« Et n'oublie pas ce que je t'ai dit tout à l'heure. Dépense cet argent intelligemment », lui lance Duke par la vitre baissée.

Duke redémarre. Alec regarde la Bonneville s'éloigner jusqu'à ce qu'elle tourne à gauche au croisement. Le bruit du moteur s'estompe, couvert par le chant des cigales.

Dans la petite gare routière, un grand ventilateur sur pied oscille en faisant encore plus de vacarme qu'une tondeuse à gazon. Il n'y a qu'une seule personne qui attend : un jeune homme en uniforme qui s'est endormi la tête dans les mains. Derrière le guichet en fibre de verre, l'employé regarde une petite télé en noir et blanc. Une rediffusion de *Bonanza*. Lorne Greene a l'air d'une apparition, un esprit mineur condamné à hanter à jamais le ranch de Ponderosa. L'horloge accrochée en hauteur indique qu'il est presque cinq heures moins vingt-cinq.

« Le prochain car est à quelle heure ? demande Alec à l'employé poisseux de sueur.

– Dans trente-cinq minutes, répond-il en s'éventant avec un horaire de car.

– Il va où ? demande Alec.

– New York. »

Alec met son sac à l'épaule et lui demande s'il y a des cars qui vont en direction de l'ouest. L'employé lui dit que le prochain est à six heures.

« Et il va jusqu'où ?

– Il vous emmènera en Californie, si c'est ce que vous voulez, répond l'employé. Vous en voulez un ? ajoute-t-il en lui tendant l'horaire qui lui sert d'éventail.

– Non merci », répond Alec qui ressort sur le parking, où malgré la nuit la chaleur semble monter d'elle-même du bitume. Il a l'impression de patauger dans une mare tiède. Tout est fait pour vous ralentir, dans la région. Comme si la nuit laissait toute liberté à la nature.

Alec n'arrive pas se défaire des images du bazar : la vieille dame qui s'écrase contre le radiateur ; puis Duke ou Jerry, ou peu importe son nom, qui lui fracasse le crâne avec le serre-livres en bronze ; le crâne qui s'ouvre comme un melon : la gerbe de sang qui éclabousse la statue de la Vierge Marie... Alec s'aperçoit qu'il pleure en gémissant, que ces images grotesques ont réveillé en lui une fragilité, une faiblesse enfantine. C'est le son qu'il produisait quand il chantait dans la chorale, enfant. L'air chaud s'engouffre dans sa bouche et sa gorge, manquant de l'étouffer. Bien qu'il ne saigne plus du nez, il serre toujours le mouchoir plein de sang que lui a passé Duke. Il se mouche avec les doigts et s'en sert pour essuyer une goutte de morve sanguinolente au creux de sa main.

Les cigales se déchaînent. Leur chant a quelque chose d'une transe obsédante. C'est comme si elles voulaient te figer sur place, se dit-il, t'empêcher d'avancer, pour prendre le pouvoir.

Il fouille dans son sac de paquetage et ouvre une des boîtes de cigares. C'est un moment clé, réalise-t-il. Il y en a peu, dans la vie, deux ou trois tout au plus. C'est comme une porte qui sort de terre, une porte toute simple, en bois, avec une vieille poignée en cuivre terni. Soit on la saisit, on la tourne et on franchit cette putain de porte, soit on ne le fait pas. Doit-il appeler la police pour dénoncer Duke ? Doit-il se débarrasser de l'argent ?

Alec retourne dans la gare routière et demande à l'employé un aller simple pour Los Angeles. Quand il lui donne l'argent, ses mains sont si tremblantes qu'il a les coudes qui craquent.

Peu avant l'aube, Alec monte dans un Greyhound qui va jusqu'à Los Angeles, en Californie. Il n'y a que deux passagères – des bonnes sœurs âgées en habit noir et blanc à l'allure hommasse, assises côte à côte derrière le chauffeur. L'une tient un chapelet, l'autre lit un livre de poche. Elles semblent déconcertées par leur propre sérénité, une forme de joie modérée apparemment permanente qui leur est sans nul doute accordée par le Saint-Esprit. Elles lui sourient quand il passe devant elles, le sac de paquetage de son père sur l'épaule. Il essaie de leur rendre leur sourire, mais son visage ne lui obéit plus.

La chaleur s'est enfin allégée et le car traverse en bringuebalant les quartiers modestes d'Utica en direction de l'Interstate 90. À l'est, l'aube aussi bleue qu'un œil de chèvre pointe à l'horizon. Par la vitre baissée, Alec entend les oiseaux jacasser. Les cigales ont disparu comme par enchantement, cédant la place aux cris perçants des corbeaux, des alouettes et des hirondelles, répétitifs, exaspérants, mais Alec se console en songeant aux plus de trois mille dollars qu'il possède désormais.

3

ELMIRA, NEW YORK

24 décembre 1965

LEXY

« Allez, la marmotte, on se réveille », dit Ed en garant son break dans l'allée des Larkin.

Lexy sent ses lèvres douces et pulpeuses sur son front. Il s'est rasé ce matin et sa peau lisse sent l'English Leather. Les trois heures et demie de route depuis Poughkeepsie lui ont laissé un arrière-goût dans la bouche. Elle a envie d'un Coca et elle n'en trouvera sûrement pas ici, car sa mère a toujours été contre les sodas. Tout ce que le réfrigérateur des Larkin a à lui offrir, c'est au mieux du lait entier ou le lait de poule nature que prépare sa mère pour les fêtes.

Lexy a rencontré Ed lors d'une soirée à New Haven au début septembre. Il est de l'Upper East Side, à Manhattan. Leurs regards se sont croisés dans la salle de bal du Dwight Hall pendant que les Whiffenpoofs, le chœur d'élite de Yale, chantait *Miss Otis Regrets*. Avant la fin du dernier refrain, l'étudiant de troisième année large d'épaules et dégingandé d'un mètre quatre-vingt-quinze qui ressemble à Gregory Peck jeune s'est faufilé jusqu'à elle. Sans dire un mot, Ed lui a tendu la main et elle l'a prise. Ce soir-là, il faisait exceptionnellement doux pour un mois de septembre dans le New Haven, et ils sont allés se promener sur le campus. Elle aimait sa voix, sa façon de marcher tranquillement à grandes enjambées, l'aisance de ses mouvements.

Avant qu'elle ne prenne le car pour rentrer à Poughkeepsie, ils ont échangé un chaste baiser à l'entrée du parc de New Haven, puis passé la semaine à s'appeler quasiment tous les jours en se disant qu'ils avaient hâte de se revoir, ce qui est arrivé le week-end suivant, quand Ed a fait les deux heures de route qui le sépare du campus de Vassar, plus au nord, au volant de son break Ford Country Squire de 1958, voyage qu'il répète chaque week-end depuis.

Les débuts de Lexy à Vassar ont été exaltants. Elle est rapidement devenue la star des première année au club de volleyball et s'est prise de passion pour un cours de littérature du XXe siècle, qui lui a fait connaître le roman fascinant d'Albert Camus, *L'Étranger*. Elle se projette dans le personnage de Marie, la petite amie de Meursault, les imaginant faire l'amour, nager dans la Méditerranée, marcher dans les rues baignées de soleil d'Alger, manger dans les cafés et circuler en tramway. Bien qu'elle se soit toujours bien entendue avec sa mère, l'éloignement lui a permis de se sentir (enfin !) une adulte jouissant de vraies libertés. À part veiller à ce que son côté de la chambre soit rangé, il n'y a aucune corvée. Et elle n'est pas allée à l'église une seule fois depuis qu'elle est à l'université ; cela fait quatre mois qu'elle profite librement de ses dimanches. Quand elle est rentrée pour Thanksgiving, elle a menti à sa mère en lui assurant qu'elle n'avait jamais raté la messe.

À l'instant précis où Lexy et Ed arrivent devant la maison avec leurs sacs de voyage, il se met à neiger. Les flocons qui tombent dans la lumière des projecteurs fixés au garage ont presque l'air d'être artificiels.

« Pile au bon moment », dit Ed en parlant de la neige.

Les grands arbres noueux et dénudés du quartier prennent soudain de l'éclat. Les feuilles mortes qui jonchent la pelouse terne en tas informes sont réargentées. Le fait qu'il y ait encore des feuilles aussi tard dans l'année suggère que l'arthrose de son père a empiré. Elle peut peut-être demander à Ed de lui proposer de ratisser. Ça ferait certainement bonne impression à sa mère. Le vénérable sycomore – que Lexy, son frère et ses sœurs ont escaladé pendant des années, autour duquel ils couraient, sous lequel ils lisaient – est décharné et attaqué par la rouille comme s'il avait survécu à un bombardement. La vieille balançoire à pneu y est suspendue comme un appendice.

À l'intérieur, il fait bon et Lexy sent des odeurs de cuisine : jambon rôti, sauté de feuilles de moutarde, les célèbres roulés au fromage et à l'ail de sa mère et quelque chose à la cannelle. Ava Larkin a manifestement passé la journée devant les fourneaux et la perspective du repas de réveillon lui tiraille l'estomac.

« Ça sent incroyablement bon, ici, dit Ed.

– Attends un peu d'avoir goûté, dit Lexy. Ma mère a des recettes secrètes qui datent de Mathusalem. »

Ils enlèvent leurs manteaux dans le vestibule et les accrochent aux rares patères libres. Lexy ôte son béret rouge en laine et le fourre dans la poche du sien. Elle glisse un coup d'œil dans le salon où Joan est assise sur le vieux tapis de corde ovale devant la télévision. À la lueur de l'écran, son visage paraît éteint, cireux. Même de loin, Lexy voit que sa sœur a grossi. Sous certains angles, certains éclairages, elle ressemble à tous ces cinquantenaires en surpoids du quartier. Dès qu'elle aperçoit Lexy, Joan se lève avec une étonnante agilité et se précipite vers elle. Quand elle la prend dans ses bras, Lexy est effarée par sa corpulence, la masse compacte de son corps.

« Bonjour Joan, dit Ed à Joan qui se cache le visage dans le pull en cachemire bleu ciel qu'il a offert en avance à Lexy pour Noël. Je suis ravi de faire enfin ta connaissance. »

Joan lui jette un coup d'œil.

« Je vais regarder *Rudolphe, le renne au nez rouge*, lui dit-elle sans lâcher sa sœur. Il y a un monstre des neiges et un bûcheron et un elfe qui veut devenir dentiste. Fiona vient avec un garçon qui s'appelle Sky. Myra est dans la cuisine avec maman.

– Papa est là ? lui demande Lexy en lui remettant une mèche derrière l'oreille.

– Il est au supermarché », répond Joan en jetant de nouveau un regard à Ed.

Il lui adresse un sourire charmeur qui la décide à enfouir tout son visage dans le pull.

« Et Alec ? demande Lexy.

– Myra dit qu'il fait l'imbécile au Kansas. Tu veux bien m'embrasser sur la tête ? »

Lexy dépose un baiser sur le front de sa sœur qui sourit avec une telle candeur qu'Ed ne peut pas s'empêcher de rire.

« Lexy fait des bisous magiques », dit Joan à Ed, puis elle court se rasseoir dans le salon.

Elle se laisse tomber devant l'énorme Magnavox Console en couleur, dont le son a été baissé. Il y a deux ans, quand l'image de sa chère Zenith Porthole s'est décentrée, Donald a fait une folie et s'est offert le combiné télévision-radio-tourne-disques. Le gigantesque meuble semble prendre plus de place que le canapé. Il est massif, indestructible, une machine de guerre. À l'écran, il y a une publicité pour la nouvelle Ford Thunderbird blanche équipée d'un toit ouvrant et de nombreuses innovations automobiles. Joan est instantanément captivée par les images glacées de la publicité. Elle suce encore son pouce bien qu'elle ait plus de vingt et un ans. De sa main libre, elle pétrit le bord du tapis de corde comme si cela pouvait faire surgir *Rudolphe le renne au nez rouge* avant l'heure indiquée sur le *TV Guide.*

« Impressionnant, le sapin », dit Ed en montrant d'un signe de tête le coin du salon, où le sapin de Noël des Larkin scintille de lumières clignotantes, de décorations de toutes les couleurs et de guirlandes de popcorn.

Lexy le prend par la main pour aller le voir de plus près. Sa large paume si chaude, si forte dans la sienne lui donne des frissons. Ed est le premier garçon avec qui elle couche. Ils ont passé les jours précédents dans une chambre de motel de Poughkeepsie à faire l'amour, boire de la liqueur de pêche et prendre des bains ensemble. Lexy a dit à sa mère qu'elle a été retenue sur le campus jusqu'à aujourd'hui par un tournoi de volley obligatoire et apparemment Ava a avalé le mensonge sans se douter de rien.

« C'est Mickey Rooney ? » demande Ed en désignant l'ange perché en haut de l'arbre.

Lexy rit. L'ange aux larges ailes en plumes de son enfance est trop grand pour le sapin, qui fait presque trente centimètres de moins que d'habitude. Chaque année, son père va couper un pin de Douglas à la pépinière de son frère, dans les Catskills, la semaine qui suit Thanksgiving. Autrefois, c'était une des grandes sorties familiales, où ils votaient tous pour leur sapin préféré, buvaient du cidre chaud et se couraient après dans la neige, mais à présent, son père y va seul.

De près, l'ange semble vaguement amusé, comme s'il détenait un secret honteux.

Quelques cadeaux ont déjà été disposés au pied du sapin. Chez les Larkin, la tradition veut que la plupart des cadeaux soient mis en cachette quand tout le monde dort.

Lexy sort de son sac de voyage ses petits paquets cadeaux et les pose au milieu des autres : un stylo de collection de Vassar pour Myra ; un journal relié en cuir pour Fiona ; une figurine de Mickey Mantle qui dodeline de la tête pour Joan ; des chaussettes en laine pour son père ; une écharpe tricotée pour sa mère.

« Ça sent l'orange », dit Ed en se penchant vers le sapin.

Lexy, qui se tient à côté de lui, effleure son avant-bras dénudé du bout des doigts. Dans la chambre de motel, elle a exploré son corps comme elle n'aurait jamais imaginé pouvoir le faire ; ses mains ont touché des recoins cachés, des parties primitives de la chair où la sensualité et le plaisir attendent d'être éveillés. Elle frémit un instant en repensant à ces longues heures passées à faire l'amour et dormir. Ils ont mis des préservatifs, évidemment, mais malgré toutes les voluptés qu'ils ont partagées, elle n'a pas pu s'empêcher d'éprouver une pointe de culpabilité catholique, dont l'écho enjôleur résonnait lointainement à son oreille gauche quand elle se levait pour aller aux toilettes. Le seul moyen de la faire disparaître, c'était d'éteindre la lumière pour ne pas se voir dans le miroir de l'armoire à pharmacie.

Elle grappille des grains de popcorn sur une des guirlandes du sapin, en gobe deux et pose le dernier au creux de la main d'Ed.

« Vas-y, le défie-t-elle.

– Petite gloutonne, la taquine-t-il en croquant le popcorn.

– Rebelle », réplique-t-elle en glissant sa cuisse dans son entrejambe.

Ed est juif, mais dans la voiture, Lexy lui a demandé de n'en parler à personne.

« Ils ne sont pas obligés de le savoir tout de suite. »

Pendant le réveillon, des chants de Noël leur parviennent du salon.

Fiona est assise en face de Sky, son petit ami hirsute. Ils sont arrivés dans un cabriolet Bonneville 1959 beige piqué de rouille. Lexy est à la gauche de Sky, qui arbore un costume élimé en velours côtelé caramel et un tee-shirt noir des Kinks. Ses yeux bleu clair sont vifs et intelligents. Sa tignasse brune ébouriffée sent les cigarettes au clou de girofle et l'huile musquée. À droite de Sky se trouve Joan, qui est si réservée depuis que Lexy est arrivée qu'elle se demande si on lui a donné un calmant.

De l'autre côté de la table, en face de Lexy, sont assis, de droite à gauche, Myra, Fiona et Ed, qui a mis une chemise et un pull ras-du-cou. Fiona porte un col roulé moutarde avec des rayures marron et rouges. Elle n'a pas de soutien-gorge et Lexy ne peut s'empêcher de remarquer que ses seins pointent sous le jersey fin en polyester. Elle est sûre qu'Ed les voit aussi. C'est typique de sa sœur, qui a toujours aimé provoquer, toujours tout fait pour qu'on la remarque. Elle est arrivée avec une mauvaise toux – elle dit que ce n'est rien – et Ava lui a demandé de bien vouloir tousser dans sa serviette ou dans le creux de son bras.

À l'autre bout, en diagonale, il y a Myra, vêtue d'un simple cardigan rouge et d'un chemisier blanc. Elle porte une petite croix en or autour du cou. Lexy a toujours trouvé que Myra possédait le type de beauté qui retient le regard au bout de la troisième ou la quatrième fois, une beauté qui s'affirme peu à peu sans jamais faiblir. Avec son calme, sa placidité, son assurance tranquille, Myra est indubitablement la plus constante des trois sœurs, celle qui les enterrera tous.

Aux deux extrémités de la vénérable table à pattes de lion en acajou se trouvent sa mère, placée à côté de l'arcade qui sépare la salle à manger de la cuisine, flanquée de Joan et Myra, et son père, assis, dos au salon, devant le jambon de cinq livres, entre Lexy et Ed. Il porte une chemise à manches courtes bleu ciel assortie d'un gilet en laine à carreaux et d'une cravate en tricot. Ses cheveux sont bien peignés, avec la raie sur le côté comme d'habitude. Le tableau du Christ qui a été récemment restauré se dresse au-dessus de l'épaule droite de sa mère, comme s'il complotait avec elle.

Au moment du bénédicité que récite son père, Lexy croise le regard d'Ed. Pendant que les autres ont les yeux fermés, elle articule en silence « J'ai envie de toi ». Ed sourit et baisse les paupières. Elle se faufilera dans la chambre d'Alec quand tout le monde dormira. Ils n'en ont pas parlé, mais c'est décidé.

Après le bénédicité, les plats fumants circulent pendant que son père coupe de belles tranches de jambon avant de les disposer dans un autre plat. Ses mains tremblent plus qu'à Thanksgiving, il a du mal à tenir le couteau et la fourchette. Malgré son air impassible, l'articulation de sa mâchoire palpite imperceptiblement. Il a appris à serrer les dents pour que cela se voie le moins possible. Bien qu'il ait quarante-sept ans, ses tempes grisonnent depuis peu et il a à peine quelques rides au coin des yeux. Au lycée, les amies de Lexy avaient toutes le béguin pour lui. Ses mains déformées sont la seule chose qui trahisse son âge.

Une fois son assiette devant elle, Fiona se met à tousser violemment dans sa serviette et se racle la gorge. Elle croise le regard de Lexy. Elles n'ont quasiment pas échangé un mot depuis qu'elle est arrivée avec Sky.

« Quelqu'un a des nouvelles d'Alec ? » demande Fiona d'une voix rauque, desséchée, sans détacher les yeux de Lexy.

De tous les frère et sœurs de Lexy, Fiona est celle qui a eu la sexualité la plus libre. Elle était bien plus aventureuse que les autres filles d'Elmira et avait été déflorée par un étudiant quand elle avait seize ans. Il s'appelait Rusty Bales. Il était en deuxième année à Syracuse University et l'avait draguée pendant les vacances de printemps dans le restaurant où elle travaillait comme hôtesse, à Corning, non loin de là. Elle n'était pas rentrée de tout le week-end. Craignant que sa fille n'ait été enlevée, Ava Larkin avait appelé la police et même déclaré sa disparition le dimanche, mais Fiona était réapparue comme si de rien n'était à la messe du soir. La semaine suivante, la rumeur au sujet de Fiona et Rusty Bales s'était propagée comme la grippe dans toute la cafétéria, et au lieu de la démentir, Fiona avait crânement assumé. Ses amies avaient arrêté de lui parler et, entre les cours, les élèves s'étaient mis à la traiter de traînée, de salope et de prostituée. Mais le ridicule n'avait fait que l'encourager. Elle était d'une indépendance de plus en plus farouche. C'est la seule des sœurs Larkin qui oserait assister au repas de réveillon sans soutien-gorge. Lexy ne le lui avouerait jamais, mais elle a toujours admiré la façon dont sa sœur s'habille et se maquille, bien que ce soir, elle n'ait même pas de mascara. Elle a l'air plus jeune, plus maigre que d'habitude.

« Myra dit qu'il est au Kansas, répond leur mère en servant une grande cuillère de légumes dans l'assiette de Joan.

– Il travaille sur un chantier, explique Myra à l'autre bout de la table.

– Tu lui as parlé ? demande Lexy.

– Il appelle Myra chaque fois qu'il est bourré ou qu'il a besoin d'argent, intervient Fiona.

– Fiona », l'avertit leur mère en coupant le jambon de Joan en petits carrés.

Fiona secoue la tête en souriant tandis que de l'autre côté de la table, Sky lui lance un regard de reproche en articulant silencieusement « Arrête ». À travers ses cheveux en bataille, Lexy remarque qu'il a l'oreille gauche percée, bien qu'il ne porte pas de boucle. Le lobe est déchiré. Elle se demande si c'est une affectation qui fait partie de son personnage de rebelle. Elle l'imagine arracher lui-même sa boucle en commençant par se regarder dans le miroir puis compter jusqu'à trois et tirer d'un coup sec.

« C'est bien qu'il travaille, dit sa mère en se servant à son tour.

– Je lui ai dit qu'il était le bienvenu à Noël, reprend Myra. Que papa et maman étaient d'accord.

– Tu lui as dit qu'il pouvait revenir à la maison ? lance Fiona, incrédule, à leur mère.

– Oui. Nous en avons parlé, ton père et moi, et nous pensons qu'il est temps.

– Il avait l'air en forme, dit Myra. Son travail lui plaît. Il loue un appartement à côté de Wichita. »

Une ombre passe sur le visage de Fiona. Elle paraît soudain absente. Sa bouche se relâche et son regard glisse. Est-ce un regret ? se demande Lexy. Un souvenir ? De la jalousie face à cette subite indulgence envers Alec ? Ou un sentiment inexprimé à l'égard de son seul frère encore en vie ?

Quand leur mère se lève pour aller à la cuisine, Fiona prend un petit pain sur l'assiette d'Ed et le lance au mystérieux Sky, qui l'attrape, le pose à côté des légumes, puis se ravise et finit par le tendre à Ed, suspendant les hostilités.

« Garde-le, dit Ed. Mais merci quand même. »

Le sujet d'Alec – le tabou de sa vie triste et honteuse – a plongé la table dans un silence pesant. Les accords de *Douce nuit, sainte nuit* interprétée par le Symphony Chicago Orchestra s'échappent du salon. Lexy sent le regard de Fiona peser sur elle. Elle lève les yeux et, sans surprise, voit qu'elle la fixe.

« Qu'est-ce qu'il y a ? lui lance-t-elle.

– Rien, réplique Fiona.

– Pourquoi tu me regardes comme ça ?

– Ça se passe comment, à la fac ? demande Myra à Lexy, essayant de temporiser.

– Très bien, répond Lexy.

– Tu sais ce que tu vas choisir, comme majeure ?

– Économie, peut-être.

– Merde, dit Fiona. Pourquoi ça ?

– On dit zut, intervient Ava Larkin en revenant de la cuisine avec la carafe en cristal de sa mère, un des rares trésors de famille. Ou mince.

– Mince, pourquoi ça ? reprend Fiona sans sourciller.

– Il y a une forme de certitude dans les chiffres, répond Lexy.

– L'argent, tu veux dire », réplique Fiona.

Leur mère tend la carafe de vin rouge à Fiona.

« Passe-la à ton père, tu veux.

– Et pourquoi pas la comptabilité ? demande Fiona en confiant la carafe à Ed, qui à son tour la donne à Donald.

– Parce que la comptabilité, c'est juste des additions et des soustractions, répond Lexy. L'économie, c'est bien plus que ça.

– En quoi ? insiste Fiona.

– En comptabilité, on ne s'intéresse pas nécessairement au marché. Ni à la politique économique.

– Elle va se retrouver à Wall Street en moins de deux, lance Fiona à Sky qui sourit poliment sans mordre à l'hameçon.

– Elle lit un roman intéressant, en ce moment », intervient Ed, manifestement pour détourner la conversation des perspectives de carrière de Lexy.

Myra s'incline.

« Quel livre ?

– *L'Étranger*, répond Lexy.

– Dis donc, dit Fiona, Camus. Et ça te plaît ?

– Beaucoup, répond Lexy.

– Qu'est-ce qui te plaît ? demande Fiona.

– Je ne sais pas. Le personnage principal, par exemple, je n'ai jamais rencontré quelqu'un comme lui.

– Meursault, dit Fiona avec un accent français exagéré. Le mystère algérien.

– Tu l'as lu ? demande Myra à Fiona.

– "Comment n'avais-je pas vu que rien n'était plus important qu'une exécution capitale et que, en somme, c'était la seule chose vraiment intéressante pour un homme !" cite sans peine Fiona. Mon passage préféré, c'est quand l'aumônier lui demande s'il a vu le visage de Dieu dans les murs de sa cellule et Meursault avoue qu'il a regardé les murailles pendant des mois en y cherchant un visage, et que ce n'était pas celui de Dieu qu'il espérait voir, mais celui de sa petite amie.

– Est-il spirituellement dévoyé ? demande leur mère.

– Je crois qu'il trouve que l'idée de Dieu est absurde, répond Fiona.

– Ou qu'elle l'indiffère, dit Lexy.

– Tu trouves que l'idée de Dieu est absurde ? demande leur mère à Fiona.

– Je ne sais pas, répond-elle. Je n'ai pas encore tranché.

– Et toi ? » demande leur mère à Lexy.

Lexy est incapable de répondre. C'est comme si elle avait la lèvre prise dans un hameçon. Elle n'a jamais parlé de ce genre de chose devant sa mère.

« Qu'est-ce qu'il a fait pour être emprisonné ? demande Myra, venant au secours de Lexy.

– Il a tué un Arabe sur la plage, répond Lexy, sortant de sa brève stupeur. Il lui a tiré dessus en légitime défense.

– La première balle, c'était de la légitime défense, objecte Fiona. Mais ensuite, il vide son chargeur. Il lui tire dessus encore quatre fois.

– C'est horrible, intervient leur mère.

– Pourquoi il lui tire encore dessus ? demande Myra.

– Ce n'est pas clair », observe soudainement Sky.

C'est la première fois que Lexy entend le son de sa voix. Elle est étonnamment douce, pas du tout comme elle l'imaginait. Tout le monde se tourne vers lui.

« Et je ne pense pas que l'intrigue se prête à une interprétation facile, ajoute-t-il. Il est suggéré qu'au bout du compte les jurés le déclarent coupable parce qu'il n'a pas pleuré à l'enterrement de sa mère. Alors que rien ne prouve que ce soit un crime intentionnel et non un acte de légitime défense. »

Lexy est frappée de l'aisance avec laquelle les mots sortent de la bouche de Sky.

« Finalement, poursuit-il, il est condamné à mort. Je crois que ce que Camus veut mettre en évidence, c'est l'indifférence de l'État.

– Et de Dieu, ajoute Fiona.
– Sans compter la bêtise du tribunal, intervient Lexy.
– La folie du système judiciaire, renchérit Sky en hochant la tête.
– La folie, répète Fiona. Exactement.
– Tu as étudié le livre en cours ? demande Myra à Sky.
– J'ai lâché mes études, répond-il.
– Tu es arrivé à ces conclusions tout seul ? demande Lexy.
– Plus ou moins. »

Passant outre la remarque sur l'indifférence de Dieu, leur mère se lève afin d'aider Joan à rapprocher sa chaise de la table, sans doute pour éviter qu'elle continue à se salir en mangeant.

« Et que faites-vous dans la vie ? demande-t-elle à Sky.

– En fait, je n'ai plus de boulot, en ce moment, répond-il en écartant une mèche de son front. J'ai passé quelques mois à enduire des murs, mais c'est fini. Il y a pas mal de chantiers de rénovation à New York, je suis sûr que je vais rapidement trouver autre chose.

– C'est un artiste extraordinaire, intervient Fiona. Ses tableaux sont incroyables. Il est autodidacte. Comme les meilleurs peintres.

– Tu habites à New York même ? demande Lexy.
– Il loue un loft à SoHo, dit Fiona.
– Avec des amis, explique Sky. On forme une sorte de communauté.
– C'est intéressant », dit leur mère.

Lexy remarque qu'elle échange un regard avec son père, qui hausse un sourcil.

« On est six, explique Sky. On partage ce qu'on a, on donne ce qu'on peut pour le loyer, l'électricité, la nourriture.

– Ils sont tous incroyablement talentueux, dit Fiona. Il y en a un qui fait des sculptures avec des pièces de vélo qu'il trouve un peu partout en ville.

– Et tu fais aussi partie de cette communauté ? demande leur mère à Fiona.

– Fiona m'aide à monter les toiles sur les châssis, explique Sky. Et elle apprend à préparer les couleurs.

– Tu vis là-bas, toi aussi ? demande leur mère.

– Oui », répond Fiona.

Lexy voit leur mère jeter de nouveau un coup d'œil à leur père, qui croise son regard sans que son expression trahisse grand-chose.

« Et le mois dernier, tu étais à Washington ? dit sa mère à Fiona en se servant un peu de vin de la carafe qui a fait le tour de la table.

– Juste quelques jours, dit Fiona.

– C'est pour ça que tu n'es pas rentrée pour Thanksgiving ? intervient Lexy. À cause des manifestations ?

– Je suis là, non ? réplique Fiona.

– Nous sommes ravis que tu sois là, dit leur mère. Et nous sommes ravis de faire votre connaissance, Sky.

– Merci de m'accueillir, dit Sky. J'ai tellement entendu parler de vous.

– Mange tes légumes », dit leur mère à Fiona qui s'exécute docilement en en prenant une bouchée.

Puis Fiona tousse à trois reprises dans sa serviette. Une toux violente, âpre, qui semble douloureuse.

« Tu as été voir quelqu'un ? lui demande Myra.

– Ça ressemble à une bronchite, dit Lexy.

– Parce que tu es médecin, maintenant ? rétorque Fiona. Ce n'est rien. Ça revient chaque hiver. Ça finira par partir.

– Qu'est-ce que tu en penses, Myra ? dit leur mère qui a fait d'elle l'experte ès maladies de la famille depuis qu'elle a suivi des études d'infirmière.

– Tu as de la fièvre ? » demande Myra à Fiona.

Leur mère se lève et pose la main sur le front de Fiona.

« Tu es un peu chaude, dit-elle, puis elle va dans la cuisine.

– Ça a l'air sérieux, dit Myra. Il faut te reposer. Et boire beaucoup de liquide. Tu as la possibilité de faire de la vapeur dans une douche ? »

Fiona fait non de la tête.

« Pas en ce moment.

– Il y a une douche en haut, suggère Lexy.

– Ça gâcherait de l'eau », réplique Fiona.

Lexy imagine sa sœur se laver dans le loft communautaire de Sky, à SoHo, devant un évier industriel taché de peinture destiné à nettoyer des pièces de machine avec de l'eau rouillée sans doute pleine de bactéries, puis ne pas se laver pendant des jours et des jours et se retrouver les pieds crasseux, couverts de champignons, les cheveux infestés de poux.

Leur mère revient avec deux aspirines.

« Prends ça », dit-elle.

Fiona les met dans sa bouche et les avale sans eau.

Il y a un silence, ponctué par le cliquetis des couverts sur les assiettes et les chants de Noël. Un morceau s'achève et le présentateur de la radio annonce un autre morceau interprété par le Chicago Symphony Orchestra. « *O Little Town of Bethlehem* », dit-il de sa voix veloutée de baryton.

Lexy jette un coup d'œil à Ed, qui boit une gorgée de vin puis s'essuie la bouche avec sa serviette. Il est très silencieux depuis le début du repas. Elle avait tellement hâte de présenter le grand et beau garçon avec lequel elle sort. Elle pensait qu'il serait assailli de questions, mais c'est Sky qui monopolise l'attention de sa famille.

« Vous avez manifesté contre la guerre ? » demande leur père à Sky de l'autre bout de la table.

Tout le monde s'arrête de manger pour se tourner vers lui. Leur père n'a pas ouvert la bouche depuis qu'il a dit le bénédicité. Il regarde fixement Sky, ses grands yeux gris interrogateurs.

– Oui, monsieur, répond Sky. Nous avons manifesté contre le Vietnam.

– Vous y êtes opposé, dit leur père.

– J'en ai bien peur. Sans vouloir vous offenser monsieur Larkin. Fiona m'a dit que vous aviez servi dans l'armée.

– Vous n'aimez pas votre pays ? demande leur père.

– J'aime mon pays, monsieur. Énormément. C'est précisément pour cette raison que nous sommes allés à Washington, Fiona et moi. » Sky semble réfléchir un instant. Il se tamponne la bouche avec sa serviette avant de poursuivre : « Comme beaucoup d'autres, je pense que nous ne sommes pas là-bas pour de bonnes raisons. Ça ne nous regarde pas.

– Nous devons arrêter l'expansion du communisme, proteste leur père.

– Il y a des milliers de morts, lui objecte doucement Sky. Tant de gens qui souffrent. Des femmes et des enfants. Je ne vois pas l'intérêt.

– À chacun ses opinions, intervient leur mère.

– Si ça peut vous rassurer, poursuit Sky, mon père a fait la Seconde Guerre mondiale, lui aussi. Il était sergent d'artillerie dans les Marines. Il a combattu à Iwo Jima et je l'admire beaucoup.

– Et que pense-t-il du fait que vous manifestiez ?

– En toute honnêteté, c'est compliqué, répond Sky. On ne se parle plus depuis plusieurs années.

– Je suis désolée, dit leur mère.

– Son père voulait qu'il travaille dans l'entreprise familiale, dit Fiona. Dans le Wisconsin.

– Une entreprise de quoi ?

– De matériel médical, dit Sky.

– Mais c'est un peintre, déclare Fiona à tout le monde. C'est sa mission sur terre. Et son travail est remarquable. Il vient de finir un grand tableau qui représente une forêt tropicale. Quand on est devant, on sent presque son odeur. On entend quasiment les insectes. On sent les bêtes tapies derrière les arbres. On a l'impression d'être immergé dedans. C'est comme si le tableau vous avait imaginé.

– Il doit être incroyable, dit Myra.

– Monsieur Larkin, reprend Sky, je n'ai honnêtement aucune idée de ce que dirait mon père. »

Leur père hoche la tête et retourne à son assiette. Tout à l'heure, quand il est rentré des courses, il a embrassé Lexy et salué Ed en lui serrant la main avec respect, mais il semblait plus réservé que d'habitude. Il a retiré son manteau et apporté le sac de provisions dans la cuisine avec une sorte de désespoir tranquille. À

Thanksgiving, Lexy avait remarqué qu'un germe de souffrance était apparu entre ses yeux, et ce soir, il est toujours là.

Après un silence, leur mère se ressert de vin et demande :

« Comment trouvez-vous le jambon ?

– Il est délicieux, répond Ed.

– Vraiment très bon, ajoute Sky.

– Il en reste plein, n'hésitez pas à en reprendre, leur propose-t-elle.

– Et toi, Ed ? » s'enquiert Fiona en faisait tournoyer sa fourchette dans la purée.

Lexy est soulagée. C'est le moment pour lui de briller. Enfin.

« Qu'est-ce que tu veux savoir ? dit Ed.

– Quels sont tes centres d'intérêt, lui demande Fiona avec une extrême politesse en articulant parfaitement les consonnes.

– Je suis un cursus de sciences de l'éducation, avec option psychologie. J'aimerais devenir professeur de lycée et peut-être coach de baseball. »

Lexy saute sur l'occasion.

« Il est dans l'équipe de Yale, fanfaronne-t-elle. C'est leur deuxième meilleur marqueur.

– Yale. Dis donc, dit Fiona.

– Tu pourrais me resservir une tranche de jambon ? » demande Ed à Myra en tendant son assiette à Fiona qui la donne à sa sœur.

Veut-il éviter de se mettre en avant ? se demande Lexy. Elle ne le pensait pas aussi timide.

« Bien sûr, répond Myra en le servant avec la fourchette de service avant de faire passer l'assiette.

– Et toi, tu as fait des études ? » demande Ed à Fiona.

Lexy perçoit dans sa voix une pointe de dérision.

« Elle est allée au College of Saint Rose à Albany, dit Lexy, mais elle est revenue au bout d'un semestre.

– J'ai eu une mononucléose, explique Fiona.

– Elle a laissé tomber, réplique Lexy.

– J'ai été clouée au lit pendant un mois ! »

Lexy jette ses couverts dans son assiette et se penche au-dessus de la table.

« Le problème de Fiona, c'est qu'elle est incapable de décider si elle veut être une artiste ou une révolutionnaire. » Une poussée d'adrénaline lui enflamme le visage. « Elle sérigraphie des tee-shirts anti-apartheid dans le grenier d'un inconnu du New Jersey et du jour au lendemain, elle atterrit à Peekskill chez un nudiste à moitié abruti, un soi-disant photographe dont elle est soi-disant l'assistante – allez savoir ce que ça veut dire. » Les mots se bousculent dans sa bouche, elle a les joues en feu. « Et comme ça n'a pas marché, elle a travaillé comme femme de ménage dans une coopérative alimentaire du Lower East Side, mais évidemment, ça n'a pas duré non plus – le balai devait être trop lourd pour elle –, et voilà qu'un mois après, elle se laisse pousser les poils sous les bras et va manifester contre la guerre à Washington. » Elle regarde Fiona droit dans les yeux. « Si tu veux arriver à quelque chose, choisis une voie une fois pour toutes.

– Arrête, Lexy », lance Myra après avoir surpris un regard grave de sa mère qui garde son calme depuis que la dispute a commencé.

Lexy ose à peine lever les yeux, à présent. Leur père fixe son assiette comme si le jambon pouvait apporter une solution.

Fiona a le visage blême, figé. Les pupilles de ses yeux verts sont rétrécies, son regard, sauvage. Puis elle se ressaisit.

« Lexy a soudain des opinions, commence-t-elle en s'adressant directement à Ed. Parce que mademoiselle fait des lettres dans une université très chic. Parce qu'elle lit Camus. » Elle tourne brusquement la tête vers Lexy. « Peut-être que je choisirai la voie de la respectabilité, comme toi. Ça doit être chouette de respecter les règles, de jouer la jeune Américaine modèle. Ah ça, la quête de perfection, ça doit te faire jouir, espèce de coincée ! » Elle se retourne vers Ed. « Quoique, ça m'étonnerait qu'elle sache ce que c'est, de jouir. » Elle vide son verre de vin d'un trait et revient aussitôt à Lexy. « Et Graham n'était pas nudiste, il était juste à l'aise avec son corps ! Et il n'habitait pas à Peekskill, il habitait à Katonah ! Et si tu veux savoir, ses photos ont été publiées dans des magazines !

– Va prendre une douche – tu pues ! riposte Lexy.

– C'est une odeur naturelle, je fais pas de chiqué, moi, c'est pas comme toi !

– Tu sens le bouc ! » crache Lexy.

Elle s'aperçoit qu'elle montre les dents. La chaleur qui enflamme son visage s'est propagée à son cou. Elle a les oreilles en feu.

« Et toi, tu sens le fadasse, comme ton pull en cachemire ! Pour qui tu te prends – Jackie Onassis ?

– Mets un soutien-gorge, Sheena, on n'est pas dans la jungle !

– Les filles ! » finit par s'écrier leur mère en se levant d'un bond. Sa taille est impressionnante, d'une majesté presque grandiose. « Ça suffit ! »

Soudain, on n'entend plus que les chants de Noël dans le salon. Un chœur d'enfants qui chante *L'Enfant au tambour*.

Joan lâche sa fourchette dans son assiette, porte les mains à son visage et se met à pleurer en silence, les poings sur les yeux, comme si elle avait le visage enfermé dans un sac en plastique. Ses traits sont tordus sur eux-mêmes, effrayants.

Fiona se détourne et pousse une quinte de toux dans ses mains. Lexy prend un malin plaisir à imaginer sa sœur atteinte d'une horrible infection respiratoire, crachant des mares de glaires jaunâtres.

« Va chercher son carnet », demande Ava à Myra qui recule sa chaise pour se lever et se dirige vers l'escalier.

Fiona tousse encore, puis met sa serviette sur sa bouche en tournant le dos.

Leur mère qui est restée debout secoue tristement la tête.

« Pour l'amour du ciel, c'est la première fois depuis plus d'un an que nous sommes tous réunis. » Elle regarde Fiona, puis Lexy. « Vous ne pouvez pas essayer au moins de vous entendre ?… Fiona Marie, je te parle ! »

Fiona détourne la tête et lui offre son profil.

« C'est trop vous demander ? » insiste leur mère.

Leur père passe la main sous la table et presse doucement le genou de Lexy. Ces petites marques d'affection de sa part sont rares et elle est toujours étonnée de constater à quel point elle en a besoin. Bien qu'ils se parlent peu, elle l'aime d'un amour absolu et, malgré la réserve de son père, elle sait que c'est réciproque. Elle sent qu'Ed l'observe mais elle est incapable de lever les yeux. Elle se mord la langue pour ne pas pleurer. Sa lèvre inférieure la trahit toujours. Si seulement elle pouvait l'empêcher de trembler !

La musique leur parvient toujours du salon ; à présent, c'est *Joy to the World*, interprétée par le Philadelphia Symphony Orchestra. Lexy se penche devant Sky pour regarder Joan, qui a les joues marbrées de rouge. Leur mère s'est mise derrière elle et lui caresse le dos. Depuis qu'elle est petite, Joan a tendance à faire de l'hyperventilation.

« Doucement, lui dit leur mère. Respire… »

Lexy sent que Fiona la fixe en jubilant comme un cochon repu.

« Excusez-moi », dit Lexy, posant sa serviette sur son assiette et se levant de table.

Quand elle entre dans la cuisine, Myra parle à mi-voix au téléphone.

« D'accord, dit-elle. On pense bien à toi. Courage. Joyeux Noël. »

Elle raccroche et se retourne. Sous son bras, elle tient le carnet à dessin de Joan et sa boîte de crayons.

« C'était Alec ? » demande Lexy.

Myra hoche la tête.

« Où est-il ?

– Il n'a pas voulu me le dire.

– Il voulait encore de l'argent ? »

Myra hoche de nouveau la tête et lui demande de ne rien dire aux autres.

« Pourquoi tu le protèges ? demande Lexy.

– Je ne sais pas. Peut-être parce que personne ne croit en lui.

– Mais toi si.

– Je voudrais, oui, répond Myra. Vraiment. »

Au milieu de la nuit, quelques heures après être revenue avec toute la famille de la messe à St John the Baptist, Lexy traverse le couloir d'en haut sur la pointe des pieds et entre dans la chambre d'Alec. Quand elle ouvre sa robe de chambre devant lui, Ed se redresse d'un bond sur le lit comme s'il avait soudain une vision de l'au-delà. Il lui touche un sein et Lexy se laisse tomber sur lui. Ils s'étreignent, se caressent, se goûtent. Il s'est remis à neiger et le clair de lune qui baigne la pièce argente leurs silhouettes. Il y a quelque chose d'obscène à faire l'amour dans la maison de son enfance – et dans la chambre de son frère, qui plus est –, comme s'ils étaient épiés par le trou de serrure ; pire encore, c'est comme si Alec lui-même était caché dans le placard.

Avant qu'il soit chassé de la maison, elle l'avait surpris un jour à se masturber dans le garage. Il devait avoir quinze ou seize ans. C'était au cœur de l'été et il faisait une chaleur torride. À la demande de sa mère, elle était venue chercher une bassine en métal pour la remplir de glace. Alec était dans le coin, de profil, occupé à se masturber avec une bouteille de lait remplie de thon en conserve. Les deux boîtes ouvertes de StarKist étaient posées par terre à ses pieds, avec un des ouvre-boîtes de la cuisine. L'odeur était reconnaissable. Elle l'avait regardé, figée sur place, pendant une éternité. Inutile de dire qu'elle n'avait pas rapporté la bassine à sa mère et qu'elle n'avait plus jamais pu se résoudre à manger du thon.

Ed se glisse entre ses jambes. Puis ils changent de position et elle se met sur lui. Il est mince, imberbe. Elle passe le doigt sur la partie légèrement surélevée de sa cicatrice d'appendicite, qui va de la hanche à l'aine. Elle le prend dans sa main, puis dans sa bouche. Il pousse un gémissement et elle lui plaque la main sur la figure. Il lui mord les doigts et ils sont forcés d'enfouir le nez dans l'unique oreiller pour ne pas éclater de rire. Ils reprennent leur sérieux mais quelques secondes plus tard, ils manquent de nouveau de s'esclaffer. Lexy lui chuchote qu'il ne faut surtout pas faire de bruit. C'est excitant de devoir se retenir. Quand elle le caresse d'une main pour le faire jouir en lui couvrant la bouche de l'autre, il gémit comme si on l'étouffait.

Lexy va ensuite à la cuisine réchauffer un peu de lait de poule de sa mère. En descendant les marches – sur la pointe des pieds, pour ne pas les faire grincer – elle entend Fiona demander de l'argent à leur père. De l'escalier, dans le noir, elle le voit disposer les cadeaux au pied de l'arbre dans le salon. Fiona se tient derrière lui, les bras croisés, encore en col roulé et pantalon de velours bleu. Leur père s'accroupit et sort son portefeuille. Il prend un billet de vingt dollars et le lui tend.

« C'est tout ? proteste Fiona en fixant le billet de vingt dollars entre ses doigts. Comment je vais faire pour le loyer et les courses ? Et si j'ai besoin de médicaments pour soigner cette toux ? »

Leur père lui donne un autre billet de vingt. Fiona se contente de secouer la tête avec indignation en regardant le billet.

« On t'a donné beaucoup d'argent, cette année, dit leur père. Il est temps que tu te débrouilles toute seule. »

Fiona fait demi-tour, sort en trombe du salon, traverse la salle à manger, puis la cuisine. Lexy l'entend ouvrir la porte du sous-sol, puis descendre les marches. Elle reste assise dans l'escalier à regarder son père, qui a recommencé à disposer les cadeaux au pied du sapin. On entend alors les pas étouffés de deux personnes qui remontent du sous-sol, et quelques instants plus tard Fiona et Sky passent dans la salle à manger et le salon, vont dans l'entrée, ouvrent la porte et sortent de la maison. Sky porte la valise rouge de Fiona qu'elle a héritée de Myra et ils ne s'arrêtent même pas pour dire au revoir à leur père en partant.

Lexy descend l'escalier et, par la fenêtre du salon, les voit monter dans la Bonneville de Sky, qui est garée derrière le break d'Ed. Sky met la valise rouge sur la banquette arrière, ferme la portière puis racle à main nue la neige accumulée sur le pare-brise et le rétroviseur. Fiona tousse violemment, crache des glaires dans la neige, monte dans la voiture côté passager et claque la portière.

Sky s'installe au volant. La voiture démarre en vrombissant et sort en marche arrière de l'allée dans un nuage de fumée grise qui s'élève du pot d'échappement.

Assis par terre devant le sapin, son père se retourne et voit Lexy.

« Ils viennent de partir, lui dit-elle.

– Je suppose, oui », répond-il comme s'il parlait de deux inconnus qui s'étaient servis de l'allée pour faire demi-tour. Fidèle à lui-même, il n'a visiblement pas envie d'en parler. « Tu n'arrives pas à dormir ?

– Juste un peu d'insomnie à la veille de Noël, c'est classique, dit-elle en s'approchant de lui. À mon âge, c'est ridicule, je sais. »

À côté de lui est posée une grande boîte de sucres d'orge, emballés chacun dans du plastique. La surprise de découvrir au matin le sapin orné de sucres d'orge est une tradition de longue date dans la famille Larkin, une petite attention du Père Noël.

Lexy s'assied par terre près de son père.

« Tu n'en as pas marre, de faire ça ? lui demande-t-elle en se frottant les yeux.

– J'aime bien, dit-il. C'est mon petit rituel à moi. C'est étonnamment apaisant… Ta mère cuisine toute la journée et moi, je passe la nuit à faire ça.

– Vous avez toujours formé une bonne équipe. »

Son père s'occupe de réparer une guirlande lumineuse qui ne s'allume plus, la débranche et dévisse plusieurs ampoules. Ses années de travail à l'usine lui ont horriblement abîmé les mains. Elles sont larges, veineuses et lentes, certaines de ses articulations sont déformées, un des petits doigts tordus.

Lexy réalise soudain qu'elle est nue sous sa robe de chambre et que son entrejambe est encore humide. Elle s'assure que la ceinture est bien serrée.

« J'ai besoin de prendre l'air, dit-elle. Je vais aller faire un tour.

– Tu veux que je t'accompagne ?

– Non, c'est gentil, merci. Je sais que tu as beaucoup de choses à faire.

– Il fait froid, dehors. Couvre-toi bien, surtout. »

Lexy se lève, l'embrasse sur le haut du crâne en sentant les effluves de feuilles brûlées et d'huile de paraffine de la lotion capillaire qu'il utilise depuis longtemps.

« Joyeux Noël, papa, dit-elle.

– Joyeux Noël. »

Dans le vestibule, elle s'emmitoufle dans le manteau d'Ed, met son béret rouge en laine, l'écharpe à carreaux de Myra et enfile les bottes en caoutchouc de Joan. Quand elle retourne dans sa famille, elle se retrouve systématiquement à porter les vêtements des autres.

Dehors, le ciel est dégagé et les étoiles brillent. Il a enfin cessé de neiger. Les jardins du quartier sont recouverts d'une peau blanche si immaculée qu'on dirait une neige de conte de fées.

Au bout de l'allée, une des poubelles en métal s'est renversée et le couvercle est tombé. Au milieu des déchets, Lexy repère un colis postal en papier kraft adressé à sa mère. Le colis est décoré d'un nœud en velours rouge et de petits volants de ruban argent. Lexy ne peut pas s'empêcher de l'ouvrir. À l'intérieur, elle trouve une petite boîte Tupperware rectangulaire qui contient ce qui ressemble à de la mousse au chocolat. Elle soulève légèrement le couvercle et aussitôt, une odeur d'excréments humains lui donne envie de vomir. Elle laisse tomber la boîte dans la neige et se détourne. Elle est prise d'un haut-le-cœur, puis d'un autre, mais ne vomit pas. Après avoir repris son souffle, elle s'accroupit dans la neige et referme le couvercle.

Lexy remarque alors, collée en dessous, une carte postale en noir et blanc représentant une église. Elle la regarde de plus près. L'église arbore un grand clocher qui perce un ciel sans nuage. Au premier plan, on distingue un petit cimetière clôturé. D'après la légende, c'est la Holy Trinity Catholic Church, à Trinity, dans l'Indiana. Au verso, est écrit au stylo-bille bleu :

Joyeux Noël, maman.
Affectueusement, Alec.

L'écriture déplorable de son frère est facilement reconnaissable. Il a toujours eu une écriture déformée, comme s'il était forcé de se servir de sa main gauche. À l'école, ses professeurs lui reprochaient sans cesse d'écrire comme un cochon. C'est horrible de faire une chose pareille, se dit Lexy. Qu'est-ce qui lui a pris ? Elle ramasse le Tupperware et les autres ordures, remet le tout dans la poubelle qu'elle replace à côté de l'autre, puis repose le couvercle par-dessus.

Le long de Maple Avenue, les sapins de Noël qui luisent par les fenêtres des salons plongés dans la pénombre ont une allure spectrale, fantomatique. Elle arrive près de la maison où les Mulert ont été assassinés, il y a quatorze ans. Elle n'avait que quatre ans, à l'époque, mais se rappelle encore l'atmosphère sombre qui régnait à Elmira, comme si des nuages pollués recouvraient en permanence sa ville natale ; les gens du quartier qui semblaient vivre cachés derrière les rideaux de leurs salons. La police n'a jamais retrouvé le tueur. La maison des Mulert a été repeinte en gris cuirassé avec des bordures blanches. Elle est habitée par un veuf, à présent, un monsieur juif émacié du nom de Mort Abelman dont la femme est morte dans son sommeil en août dernier, juste avant que Lexy ne parte à Vassar. Mr Abelman est un diamantaire à la retraite qui s'occupe apparemment d'un nombre invraisemblable de chats.

Chaussée des bottes de Joan, Lexy longe la propriété en s'enfonçant dans la neige et se faufile par la haie persistante. À travers une fente des rideaux, elle aperçoit Mr Abelman installé dans un fauteuil inclinable, le regard fixé sur un objet invisible, manifestement perdu dans ses pensées. Est-il insomniaque ? se demande Lexy. À jamais réveillé en sursaut par le chagrin, le regret ou un mélange des deux ? Il y a bel et bien un grand nombre de chats – sept, huit, neuf peut-être ? – qui se prélassent sur les meubles et un énorme gris tigré roulé en boule sur ses genoux. À ce que dit sa mère, certains croient que l'esprit de sa défunte femme a pris possession du gigantesque chat qui suit Mr Abelman partout où il va.

Les morts nous quittent-ils jamais ? se demande Lexy. Elle repense à son petit frère, Archie, qui est mort à l'hôpital, le lendemain des meurtres, à son petit corps luisant auquel la fièvre avait donné une étrange couleur corail. Du haut de ses quatre ans, Lexy pensait que le Saint-Esprit était entré en lui, que le bébé allait s'embraser comme un de ces personnages bibliques dont on parlait au catéchisme. L'esprit d'Archie vit-il encore chez eux ? Son âme s'est-elle accrochée aux cheveux de sa mère quand elle est sortie de l'hôpital à l'aube, ce jour-là ? Lexy imagine l'âme du nourrisson sous la forme d'une fine membrane translucide aussi mince qu'une toile d'araignée flottant au-dessus de sa mère dans son sommeil.

Lexy se retourne vers Maple Avenue et contemple leur maison qui depuis toutes ces années abrite les joies et les souffrances de sa famille. Elle revoit son père et sa mère danser le slow sur *Dream Along With Me* de Perry Como, une nuit, dans le salon. Tout le monde était censé dormir, mais du haut de l'escalier, Lexy regardait son père la tête posée sur l'épaule de sa mère, plus haute que la sienne, la longue main fine d'Ava enroulée autour de sa nuque, leurs silhouettes qui se balançaient de façon quasi imperceptible. Puis elle revoit Myra pleurer en silence à la table de la cuisine, après avoir reçu la lettre d'acceptation à l'école d'infirmières de Chicago University. Pendant qu'elle versait des larmes de joie, leur mère se tenait derrière elle, la main sur son dos. Et puis le soir terrible où en plein dîner, Alec s'est levé de sa chaise et, en deux enjambées, est allé se planter devant le tableau du Christ et a balancé un coup de poing dans le mur, juste à côté. Le cadre s'est décroché et fracassé au sol. Un des angles s'est fêlé comme un fémur. Alec est sorti en courant de la maison sans prendre sa veste et n'est rentré que deux jours plus tard. Lexy repense à Joan assise en tailleur au milieu du carré de rhubarbe de leur mère, contemplant béatement pendant des heures les lucioles qu'elle avait piégées, sans avoir peur du noir. Et la fois où Fiona est rentrée complètement saoule, s'est déshabillée et s'est baladée toute nue au rez-de-chaussée en criant « Oh joie ! Oh joie ! Oh joie ! »

Puis s'est mise à hurler de rire quand son père l'a plaquée sur le canapé et enroulée dans un des plaids en patchwork de sa mère.

La vieille maison et ses meubles massifs et sombres ; ses parquets qui ont besoin d'être revernis ; la cuisinière qui fait un bruit de ferraille et le réfrigérateur bruyant ; le sous-sol en pierre humide et ses longues étagères croulant sous un nombre incalculable de bocaux remplis à ras bord de confiture de rhubarbe de sa mère, qui semblent se succéder à l'infini ; les chambres étroites et les murs épais, les lavabos qui fuient et les toilettes du bas qui gargouillent constamment ; le bois abîmé du grenier où les termites s'en sont donné à cœur joie ; tous les souvenirs cachés dans des cartons – d'innombrables cartons pleins d'albums de photos, d'albums de fin d'année de l'école, de feuilles d'impôts, de bulletins de notes, de projets scolaires oubliés et de tonnes de vieux magazines ; une maison de silences et d'éclats ; une maison qui a résisté aux blizzards, aux averses de grêle et aux vents du nord-est ; une maison aux fenêtres fissurées par des oiseaux désorientés qui se sont heurtés à leur reflet et dont les carreaux minces ont été disjoints par le vent ; une maison qui pour l'heure est à moitié endormie tel un bateau à l'abandon ancré au large.

Toutes les lumières sont éteintes, excepté une petite lueur au rez-de-chaussée où son père continue sans doute à disposer soigneusement les cadeaux et à accrocher les derniers sucres d'orge dans le sapin.

Sa mère mourra dans cette maison. Cette idée s'empare brusquement d'elle comme si on lui attrapait les bras par-derrière. Elle imagine sa mère étendue sur le sol de la cuisine, un bras plié bizarrement au-dessus de la tête, ses yeux bleu pâle grands ouverts comme les yeux étonnés d'une poupée en porcelaine. Elle imagine tous les membres de sa famille mourir dans la maison, un par un : son père s'affaisser contre un mur, essayer de se raccrocher aux meubles, tomber à genoux et basculer en avant sur le tapis de corde ; Alec faire un infarctus alors qu'il dévale l'escalier, se cramponner à la longue rampe en bois, s'asseoir sur les marches et se serrer la poitrine tandis que ses yeux noirs se figent dans leurs orbites ; Fiona dégringoler les marches du sous-sol tête la première en invoquant Dieu ou en maudissant le diable et s'ouvrir le crâne comme un melon ; Myra expirer avec élégance dans un des fauteuils en rotin de la véranda, les mains croisées sur un genou, et pousser son dernier souffle au milieu des colibris qui voltigent autour des abreuvoirs d'eau sucrée ; Joan s'étouffer, des myrtilles plein la bouche, sur des crackers à la confiture qu'elle a pris dans le garde-manger et rapportés en douce dans sa chambre…

Puis Lexy se voit tomber du toit à la fin du printemps et se rompre le cou. Son corps est retrouvé quelques jours plus tard par un garçon du quartier qui cherche une balle de baseball perdue. Il la découvre au milieu du massif de lilas, des fourmis dans les narines et des lucanes nichés dans ses cheveux blonds, ses bras et ses jambes dépassant de façon grotesque. Elle sent un pincement dans les vertèbres du haut de la nuque. La dernière des Larkin, morte elle aussi. Oui, cette maison avec sa cheminée en brique, sa véranda affaissée et son vieux toit en pente délabré leur survivra à tous.

4

CHICAGO, ILLINOIS

13 juillet 1966

MYRA LEE

En ce deuxième mercredi de juillet, il est neuf heures du matin et il fait déjà plus de trente degrés, avec un taux d'humidité qui avoisine les quatre-vingt-dix pour cent. Le temps que la brise languissante du lac Michigan atteigne la petite laverie automatique au coin de la 100e Rue et de South Bensley Avenue, dans le South Side, elle n'offre que peu de répit, si ce n'est aucun. L'air fait l'effet d'un gel chaud étalé sur la peau. Le ciel est d'un vert glauque.

Myra Lee Larkin a trimballé presque l'équivalent de la moitié de son poids en affaires sales de son appartement de South Yates Avenue à la laverie automatique, deux blocs plus loin, où des noirs travaillent lentement, pliant et séparant les vêtements en cadence, méthodiquement, et attendent que leurs machines aient fini de sécher avec une patience grave et résignée. Certains fument des cigarettes mentholées, d'autres feuillettent des magazines. Une femme distribue des cartes sur une petite table pliante pour faire une réussite. La climatisation est en panne et un grand ventilateur métallique vrombit dans un coin de la laverie.

La plupart des vêtements que Myra extirpe du sac en nylon qui tapisse son caddie appartiennent à Fiona, qui s'est installée chez elle dimanche. Après un appel désespéré en PCV au milieu de la nuit, sa sœur est arrivée deux jours plus tard par l'escalier de secours en bois de l'immeuble, chargée de son énorme Samsonite Pullman rouge complètement éraflée – que Myra lui a donnée il y a quelques années – et d'un sac-poubelle noir bourré à craquer de vêtements. Quand elle l'a vue sur le pas de la porte, elle a été stupéfaite de la trouver aussi maigre et épuisée. Fiona portait un pantalon en polyester moulant couleur pêche, un débardeur en tricot avec un arc-en-ciel taché devant et de vieilles tennis d'homme sales trop grandes de trois pointures. Ses cheveux en bataille étaient crasseux, ses épaules voûtées et son expression disaient tout : New York avait eu raison d'elle.

Depuis que Sky, son petit ami, l'avait virée de son loft de SoHo peu de temps après Noël, Fiona vivait du côté de Greenwich Village où elle faisait du théâtre expérimental avec une troupe de femmes baptisée les Early Westside Widows. Les Widows se produisaient exclusivement au Caffe Cino, un petit centre artistique de Cornelia Street, en plein cœur de West Village. Depuis sa rupture avec Sky, six mois auparavant, Fiona s'était peu à peu imposée au sein de la troupe, où elle avait commencé par entretenir les costumes et faire le café pour des pièces intitulées *Pourquoi Holiana ne peut pas garder sa robe* ou *La Folie de Lady Lynx*. Elle avait fini par décrocher un petit rôle dans *Le Morse et la reine perdue*, qui consistait à actionner deux énormes défenses de morse en papier mâché. On lui avait promis des rôles parlants après cela – les nouveaux membres devaient les mériter – mais à la fin du mois de juin, Fiona en avait eu assez. Elle dormait sur le premier canapé venu et ne mangeait qu'aux repas de la troupe, deux fois par semaine, où chacun apportait quelque chose et qui étaient invariablement composés de chili végétarien, de pain de maïs et d'une salade improvisée détrempée. Au printemps, elle avait réussi à conserver pendant un peu plus d'un mois un emploi de vendeuse dans une librairie d'occasion de St Mark's Place, mais elle avait été renvoyée après s'être absentée deux fois de suite à cause de ses obligations au théâtre. Contre toute attente, elle avait également connu un autre chagrin d'amour avec une personne appelée Dido, dont Myra ignore encore le sexe. Après avoir reçu son appel au secours, Myra avait envoyé à Fiona de quoi se payer un billet de train, quelques repas et le taxi. Deux jours plus tard, elle débarquait à Chicago.

Le sac-poubelle plein à craquer contient essentiellement des éléments de costumes que Fiona a piqués à la troupe : des jeans pattes d'eph, des pantalons d'homme, un assortiment de dos-nus et de blouses colorées, des chemises classiques à rayures, des jupes droites, plusieurs salopettes et un complet-veston de grande taille lavable et séchable en machine. Dans le sac, il y a également un bric-à-brac de bijoux de scène en toc, que Myra met soigneusement de côté et pose sur une serviette sur une des étroites tables de pliage. Fiona a assuré à Myra qu'elle comptait vendre les costumes et les bijoux de scène dans une friperie de Milwaukee Avenue dont a parlé la chef costumière des Widows. Elle lui a promis que le fruit de son butin servirait à payer le loyer.

La machine à laver de l'immeuble de Myra est en panne depuis plus de trois semaines et cela fait deux mercredis de suite qu'elle est obligée d'utiliser la laverie du quartier de Jeffrey Manor. Le mercredi est le seul jour où elle ne travaille pas à l'hôpital. Malgré l'heure matinale, elle a déjà nettoyé sa salle de bains, fait ses courses et envoyé une lettre à ses parents, comme tous les quinze jours. Elle leur a donné les dernières nouvelles de sa vie au Saint Francis Hospital, parlé de la vague de chaleur qui frappe Chicago et annoncé l'arrivée de Fiona. Jusqu'à ce que sa sœur téléphone, personne ne savait où elle se trouvait depuis le réveillon de Noël désastreux d'Elmira.

En ce qui concerne sa sœur, Myra s'en est tenue à l'essentiel : *Fiona va bien et je m'occupe d'elle.* Elle n'a pas pris la peine de mentionner ses cheveux hirsutes, sa maigreur, son mauvais état général, ou la mystérieuse personne qui lui a brisé le cœur une seconde fois et qui est encore plus énigmatique que son ex-petit ami peintre, Sky. Ces détails sordides mettraient sa mère dans une colère noire. Ava Larkin serait capable de demander à un marshal d'arrêter Fiona et de la ramener manu militari à Elmira.

Myra est occupée à séparer les vêtements clairs des foncés et à poser des bijoux de pacotille sur la serviette quand un grand type maigre et dégingandé en tee-shirt jauni et jean délavé entre dans la laverie. D'un coup d'œil, Myra remarque que son visage pâle et chevalin est curieusement séduisant et qu'il est couvert de sueur, comme tout le monde par cette chaleur caniculaire. Il a de longs cheveux bruns gominés lissés en arrière et des bottes de cowboy noires. Ses yeux endormis sont en décalage avec sa bouche pleine et gourmande. Il semble parfaitement à son aise dans la laverie essentiellement fréquentée par des noirs.

Il va au comptoir, sort de la poche de son jean un billet chiffonné d'un dollar et demande la monnaie. L'employé lui donne quatre pièces de vingt-cinq cents et défroisse le billet pendant que l'homme se retourne et inspecte la laverie, la main en visière, comme s'il contemplait une grande prairie ensoleillée. Myra baisse les yeux sur son linge. Les deux femmes noires qui plient les vêtements à ses côtés sont visiblement indifférentes à cet étrange blanc, mais c'est plus fort que Myra et dès qu'elle relève la tête et que leurs regards se croisent, il s'avance vers elle. En s'approchant, il lâche un grand sourire espiègle tout en gencives en mâchant un chewing-gum. Sa longue mâchoire remue dans un sens puis dans l'autre. Il se débrouille pour se faufiler entre Myra et sa voisine, qui écarte sa pile de vêtements.

« Ça en fait des fringues », dit-il.

Son chewing-gum à la menthe ne parvient pas à neutraliser son haleine qui empeste la nicotine, la bière et le sandwich à la mortadelle. Ses joues sont grêlées de légères cicatrices de rougeole, ses yeux, bleu-gris et aussi dépourvus de cils que ceux d'un requin.

Myra ne répond pas.

« C'est à votre mari ? » marmonne-t-il en montrant une salopette.

Il a de longs doigts blancs, des ongles crasseux.

« Non, répond Myra.

– Votre petit copain ?

– Il y a aussi les affaires de ma sœur.

– Elle est aussi maigre que vous ? »

Malgré la grossièreté de la question, Myra se sent rougir. Il parle avec indolence, de façon relâchée. Il avale la fin des mots, grignote les consonnes comme des coins de biscuits. Et ses gestes sont d'une langueur presque comique. Son corps semble gouverné par une nonchalance provocante. Il se penche et s'incline en se courbant comme un peigne en plastique.

« Je suis sûr que vous pouvez avaler une assiette de pancakes sans prendre un gramme, dit-il. Vous vous appelez comment – Julie ? »

Myra se concentre sur ses vêtements. Il finira bien partir si elle les plie avec détermination.

« Mona », poursuit-il.

Elle fait une pile de serviettes pliées, la sépare des vêtements.

« Non, non, non, attendez », dit-il, fermant les yeux et posant les doigts sur le front avec un air inspiré de voyant. « Margaret. »

Elle fait signe que non.

« Merde, j'étais sûr que c'était Margaret.

– Eh non, réplique Myra.

– Mais ça commence bien par un M, non ? »

Myra fouille dans le sac-poubelle et en sort trois bracelets argentés en toc reliés par une ficelle et des lunettes papillon avec une chaîne en perles. Elle ajoute les bracelets et une série de bagues fantaisie aux autres bijoux.

« Et si je vous appelais quand même Margaret ? Ou Maggie. Vous en voulez un, Maggie ? » propose-t-il en lui tendant une tablette de chewing-gum emballée dans son papier d'aluminium. C'est un peu pervers de sa part de lui offrir un chewing-gum hors de son paquet comme s'il l'avait trouvé dans la rue.

« Vous êtes de quel signe ? demande-t-il. Je parie que vous êtes Vierge. »

La femme noire qui est à droite de Myra la regarde. Est-ce un avertissement ? Peut-être qu'elle le connaît. Est-ce qu'il vient souvent dans cette laverie ? Est-ce qu'il demande toujours qu'on lui fasse la monnaie d'un dollar avant d'aborder la jeune blanche qui est seule dans son coin ?

« Vous êtes pas obligée de répondre, dit-il. Vous avez aucune raison. »

Myra finit de plier la serviette et en prend une autre.

« Vous devez être du coin, poursuit-il. Je parie que vous habitez au bout de la rue. »

Malgré la chaleur, un frisson parcourt les épaules de Myra. Le haut de ses bras se couvre de chair de poule.

La dame qui fait une réussite ayant rouspété, l'employé met le ventilateur plus fort.

« Merci, Levon », lui lance-t-elle.

Derrière Myra, les sèche-linge qui tournent font du vacarme.

L'inconnu fait tinter les pièces dans sa main.

« Alors, Maggie ?

– Quoi ? réplique-t-elle en s'efforçant d'éviter le blanc terne de ses yeux, presque aussi jaune que les taches de son tee-shirt.

– J'aime dire votre nom. Maggie, Maggie, Maggie. »

La femme noire qui est à sa gauche lui jette un coup d'œil à son tour. Elle est plus claire de peau, plus jeune que celle de droite. L'avertissement est plus sévère. Elle arrête de plier ses vêtements sans sourciller.

« Venez boire un verre, dit l'homme. Loin de cette chaleur infernale.

– Désolée, j'ai des choses à faire, répond Myra.

– On a tous des trucs à faire. Des trucs à faire, des choses à régler, des rendez-vous à prendre. Pas vrai ? » dit-il à la femme qui vient de lancer un regard à Myra.

La femme se contente de secouer la tête et déploie un drap blanc.

« Je pourrais changer votre vie, dit-il à Myra.

– Ah oui ? réplique Myra.

– Oui, madame. Et vous savez pourquoi ?

– Pourquoi ?

– Parce que je suis un homme remarquable.

– J'ignorais que j'avais besoin de changement dans ma vie.

– Tout le monde a besoin de mettre un peu de piment dans sa vie de temps en temps. Qu'est-ce que vous faites, d'ailleurs ?

– Je suis infirmière », répond-elle en se demandant aussitôt avec une réelle perplexité ce qui lui prend de raconter sa vie à ce type bizarre.

Peut-être que ça peut le faire partir ? Peut-être va-t-il finir par la trouver trop normale pour lui ?

« Infirmière, évidemment, dit-il. Je vous imagine en petite tenue blanche, avec la coiffe et les chaussures. C'est pas les infirmières qui manquent, par ici. Il y en a en pagaille. C'est un métier extraordinaire. Toute cette sollicitude. »

À présent, il fume une cigarette. Myra ne sait pas d'où elle sort, ni quand et comment il l'a allumée. Il lui en offre une. Elle refuse d'un signe de tête.

« Quel genre d'infirmière ? demande-t-il.

– Pédiatrique.

– Donc, vous travaillez avec des vieux.

– Des enfants, rectifie-t-elle.

– Les enfants et leurs jeux de vilains, dit-il obscurément. Je sais ce que c'est, la pédiatrie, ajoute-t-il. Je plaisantais. »

Myra exhume un jean, le secoue et entreprend de le plier sur la table.

« Si vous voulez mon avis, les enfants et les vieux font partie de la même catégorie répugnante, poursuit-il. Ils passent leur temps à chier dans leur froc et brailler pour un rien. »

Myra s'apprête à plier une culotte de Fiona, mais elle se ravise, le range dans la pile et se met à trier par paires ses chaussettes blanches d'infirmière.

« Vous savez quoi ? dit-il après avoir soufflé la fumée vers le plafond. Vous me faites penser à ma petite sœur. » Il se rapproche d'elle. Elle sent ses cheveux sales, l'odeur de son cuir chevelu. Comme des relents de graisse de poulet au fond de la poêle. « Allez, venez boire un verre », lui chuchote-t-il à l'oreille.

Et de nouveau son haleine, à peine adoucie par le chewing-gum qui ne parvient pas à masquer la pourriture fétide qui fermente en dessous.

Au moment où son nez effleure la joue de Myra, un jeune noir torse nu entre en courant dans la laverie et se met à crier de toutes ses forces.

« Ils ont pris Truvoy ! »

À ce moment précis, un grondement de tonnerre éclate juste au-dessus d'eux.

La voisine de droite de Myra – la plus âgée des deux, celle qui a la peau plus foncée – cesse de plier son linge et se plante devant le garçon.

« Où ça ? lui crie-t-elle.

– Ils l'ont arrêté à côté de la bibliothèque et embarqué dans le panier à salade !

– Qu'est-ce qu'il a fait ? demande la dame.

– Il a rien fait ! On se baladait, c'est tout. »

Elle se précipite aussitôt dehors en courant étonnamment vite pour une femme de sa corpulence, laissant sur la table quasiment deux machines de linge non plié. Les autres clients la suivent du regard, puis retournent à leurs jeux, leurs livres de poche et leurs éventails de fortune.

« Cette chaleur, ça rend les gens dingues, dit l'homme.

– Sans doute, oui, répond-elle.

– Surtout les nègres », chuchote-t-il.

Myra est choquée de l'entendre prononcer ce mot avec une telle désinvolture dans une laverie du South Side. Elle sort un pantalon d'homme en polyester froissé et commence à le plier alors qu'il n'a pas encore été lavé. La chair de poule qui lui couvre les bras gagne peu à peu le creux de ses reins. Elle se sent bête et empotée.

« Shit-cago commence à ressembler à Dallas, observe-t-il. Vous êtes déjà allée à Dallas ?

– Non », répond Myra.

Après le pantalon d'homme, elle attrape distraitement un bas de pyjama d'enfant de la pile de la dame noire et commence à le plier. Il est bleu ciel et orné de balles de baseball.

« À Dallas, la chaleur vous colle à la peau, poursuit-il. On la porte comme un vieux veston qu'on ne peut jamais enlever. Ça commence dès le début du mois de juin et ça dure jusqu'à la mi-septembre. Mais c'est bon pour garder la ligne. »

Myra entend alors la pluie crépiter, et par la devanture de la laverie elle voit un véritable déluge s'abattre en rafales obliques.

« Tombe, tombe la pluie, dit l'homme. Au moins, ça va nettoyer un peu les rues. »

Myra remarque un tatouage sur son avant-bras droit : BORN TO RAISE HELL. Il surprend son regard et serre le poing, en faisant tressaillir les tendons. Son tatouage danse légèrement. Myra détourne les yeux.

« Alors, on va le boire, ce verre ? demande-t-il en tirant sur sa cigarette.

– Je ne bois pas, répond Myra.

– Merde, même pas un Shirley Temple ?

– Non merci.

– Ou un Coca-Cola avec une putain de cerise ?

– Non, merci, répète-t-elle.

– Comme vous voulez, dit-il. J'aurai essayé, au moins. »

Myra le sent qui se rapproche encore. Il se plaque contre sa hanche. Il est tout en os et en cartilage. Pas un gramme de graisse, très peu de muscle. Maigre comme un râteau.

« Vous devriez être flattée, ajoute-t-il à voix basse. Mais vous savez ce que vous pouvez en faire, de votre flatterie ? »

Elle sent son sexe en érection qui s'enfonce au creux de sa taille, juste sous ses côtes.

« Vous pouvez vous la foutre dans la chatte. Vous valez pas mieux que moi. »

Myra le repousse et au moment où elle s'apprête à lui rétorquer qu'elle n'a jamais dit qu'elle valait mieux que lui ou que quiconque, il lui jette sa cigarette à la figure. Elle rebondit sur sa gorge du côté filtre avant de tomber par terre. Une petite braise lui brûle le bras et elle la balaie de la main sans le quitter des yeux. Si jamais elle détourne le regard, ça ne va faire qu'empirer, elle en est sûre.

Il continue à la fixer de ses yeux pâles dont les pupilles sont réduites à deux têtes d'épingle, telle une créature surnaturelle mi-homme mi-rapace, puis soudain il cligne des paupières en rompant le charme, et recule rapidement à grands pas. Il a un sourire grotesque et lascif, comme s'il avait la bouche pleine de chocolat à moitié fondu. Juste avant de sortir, il attrape un tas de vêtements d'une table de pliage et le balance par terre. Puis il s'en va nonchalamment à longues enjambées et disparaît sous le déluge qui se déverse sur South Bensley Avenue.

La fille qui pliait les vêtements que l'homme a fait tomber – une jeune noire enceinte très mince coiffée d'un foulard bariolé – se contente de regarder le tas en secouant la tête, les mains sur les hanches. L'employé de la laverie se précipite à son secours. La dame qui fait des réussites écarte sa table pliante, se lève en plusieurs étapes, remonte son short et vient également l'aider.

Myra écrase du bout du pied la cigarette de l'inconnu.

« Il faut appeler la police, à votre avis ? demande-t-elle à sa voisine de gauche.

– À quoi bon ? » répond-elle.

Myra recommence à plier le linge abandonné par la grosse dame noire qui est partie à la recherche de Truvoy. Elle trie tout soigneusement : tee-shirts, culottes, soutiens-gorge, chaussettes, pantalons.

En l'espace d'une minute, la vie reprend son cours. Quelqu'un a mis la radio. On réussit à l'entendre malgré le vacarme du ventilateur. Les White Sox de Chicago, qui viennent de perdre cinq fois d'affilée face aux Red Sox de Boston, notamment lors de deux programmes doubles, reçoivent les Indians de Cleveland à partir de demain. Les Cubs de Chicago, encore sonnés, qui jouent également à l'extérieur, entament une série de rencontres avec les Pirates de Pittsburgh demain.

La dame à la table pliante se rassied, rassemble ses cartes éparpillées et entame une autre réussite.

Quand Myra rentre chez elle, trempée par la pluie diluvienne, Fiona dort encore sur son canapé-lit imprimé sous le souffle du ventilateur bon marché. L'orage ne l'a pas réveillée, évidemment. Elle a toujours eu un sommeil de plomb. Elle est allongée en culotte sur un plaid en patchwork de sa mère. Dans la famille Larkin, quand Ava vous offre un de ses patchworks, c'est le signe que vous avez réussi dans la vie. Myra en a un, tout comme Lexy, qui a reçu le sien à l'automne dernier quand elle est partie pour Vassar.

Les seins de Fiona, remarque-t-elle avec une pointe de jalousie, ressemblent à des melons pleins et ronds parfaitement sculptés, avec des tétons clairs et saillants. Elle s'est laissé pousser les poils sous les bras, même s'ils ne forment que deux petites touffes aussi pâles que des taches de thé. Sa sœur est une vraie bohème. Une beatnik. Bien qu'elle ne prenne plus soin d'elle-même, Fiona reste bien plus jolie que la plupart des filles, se dit Myra en se séchant les bras avec un torchon. Puis elle sort les affaires propres de son caddie et commence à les empiler sur la table de la cuisine. Si seulement sa sœur voulait bien se faire couper les cheveux convenablement, s'épiler les aisselles et arrêter de s'habiller comme une saltimbanque. Elle a de beaux cils auburn fournis et incroyablement brillants. Elle dort comme une épileptique après une crise, empestant la pièce de son haleine malgré le ventilateur.

Myra ouvre le réfrigérateur et se sert un verre de jus d'orange tiède. Même les appareils électroménagers ont du mal à supporter cette chaleur caniculaire.

« Tu as déjà fait la lessive ? lui lance Fiona du canapé d'une voix rêveuse, desséchée.

– Oui.

– C'est ton jour de congé, non ?

– Oui, répond Myra. Le mercredi.

– Tu es une vraie machine.

– Je me suis dit qu'il n'y aurait pas trop de monde. Je n'avais pas envie d'avoir à attendre pour faire sécher le linge par une chaleur pareille. L'orage a à peine rafraîchi l'atmosphère.

– Il y a eu un orage ? s'étonne Fiona, qui ne s'est rendu compte de rien.

– Il pleut des cordes », répond Myra.

Fiona se redresse sans même se couvrir. Elle pose une main sur sa gorge et se frotte les yeux de l'autre.

« Tu es sûre que tu n'as pas de chat ? » demande-t-elle.

Elle prétend y être allergique alors qu'elle a vécu quasiment toute son enfance avec les chats de la famille.

« Les animaux sont interdits dans l'immeuble, répond Myra. Ça doit être le canapé. Si tu avais mis le drap dessus comme je te l'avais dit, tu ne le sentirais même pas. Tu devrais prendre une douche, ajoute-t-elle.

– Ne me dis pas que tu sens quelque chose de là où tu es, proteste Fiona.

– Ça te ferait du bien. »

Myra s'aperçoit subitement qu'elle a rapporté le linge de la femme noire de la laverie.

« Les Marocains boivent du thé chaud quand il fait ce temps-là », dit Fiona.

Elle a une voix basse, masculine. Elle aime s'écouter parler, se dit Myra, comme si chaque syllabe était une bouchée d'un délicieux repas. Elle souffre du narcissisme des actrices. Depuis que Fiona est arrivée, il y a quelques jours, Myra a remarqué qu'elle passe son temps à se contempler dans tous les miroirs, toutes les surfaces réfléchissantes. Hier soir, au dîner, elle l'a même surprise à se regarder dans sa cuillère à soupe. C'est curieux qu'elle puisse être à la fois si obsédée par son image et si peu soucieuse de son hygiène.

« Il paraît que ça fait baisser la température du corps, ajoute Fiona. Tu savais que les chèvres vivent dans les arbres, au Maroc ? Apparemment, elles sont littéralement perchées sur les branches comme si elles attendaient qu'on les prenne en photo.

– Tu en sais des choses sur le Maroc, comment ça se fait ?

– Dido a habité un an là-bas. Elle a survécu au grand tremblement de terre d'Agadir qui a fait quinze mille morts. »

Encore Dido. Est-elle française ? se demande Myra. Grecque ? C'est un nom qui convient davantage à une idée qu'à une personne. Comme le nom d'une danse ridicule sous un manche à balai. Myra se met à imaginer une sorte de chef de tribu africaine en sandales artisanales. Immense, d'un noir d'ébène, aussi mince qu'un bouleau.

« Je croyais que tu ne voulais pas parler de Dido, dit-elle.

– Tu as raison, répond Fiona. C'est la dernière fois que je prononce son nom, promis.

– Mais c'est bien une femme.

– Tu as peur que je sois lesbienne.

– J'ai l'air d'avoir peur ?

– Tu passes ton temps à t'inquiéter, répond Fiona. Mais quand tu es vraiment inquiète, tu as un petit pli entre les sourcils. C'est de famille.

– On tient ça de papa, dit Myra. Tu ne l'as pas encore.

– Crois-moi, je l'ai ailleurs. »

Myra sépare les serviettes pliées et les pose sur le plan de travail.

« Si je comprends bien, tu es bisexuelle, dit-elle après un silence.

– Pourquoi ce besoin de coller des étiquettes ? Lui, c'est une boîte de maïs. Elle, une boîte de haricots verts.

– Tu as couché avec combien de femmes ?

– Beaucoup.

– Et d'hommes ?

– Sans doute moins. Ou peut-être plus. Mais depuis quelque temps, je suis moins attirée par les hommes. Surtout, ne dis rien à maman. Elle se lancerait dans un autre patchwork. Cette femme a fait de son angoisse de catho certains des plus beaux patchworks des États-Unis.

– Papa, lui, fume sa pipe. »

Myra ouvre le réfrigérateur et en sort un tee-shirt vert de Chicago University qu'elle garde au froid pour les jours de canicule. Elle le lance à Fiona.

« Ça va te rafraîchir, lui dit-elle.

– À New York, personne n'a la clim non plus, dit Fiona. Pour se rafraîchir, on allait au Woolworth's de Times Square. »

Fiona est d'une pâleur saisissante. Elle est fantomatique. Même de loin, ses yeux vert pâle brillent d'une intensité sauvage. Survivre à New York a visiblement aiguisé son regard.

La pluie s'est un peu calmée mais continue à ruisseler sur la fenêtre de la cuisine.

« Viens m'aider à ranger ça », dit Myra en lui montrant les piles de linge propre qu'elle a posées sur la table de la cuisine.

Fiona acquiesce d'un signe de tête et enfile le tee-shirt réfrigéré de Chicago University. Puis elle s'avance en marchant sur la pointe des pieds. Elle a toujours eu une démarche féline. De petites touffes de poils pubiens dépassent de sa culotte. Myra et Alec sont bruns et Myra a toujours été un peu jalouse de Fiona et Lexy, et même de Joan, dont les cheveux châtains blondissent toujours en été.

Un petit crucifix en bois est accroché au mur, au-dessus de la table de la cuisine. Le Christ a les yeux fermés et une expression de bienveillance affligée.

« Tu vas toujours à la messe ? demande Fiona en montrant le crucifix.

– Pas aussi souvent que je devrais, répond Myra. Comme je travaille le dimanche, ce n'est pas facile.

– Myra Lee Larkin, catholique non pratiquante.

– Je pratique toujours, proteste-t-elle.

– C'est juste une pause, les amis. Une petite suspension de foi… Je ne suis pas allée une seule fois à la messe depuis que j'ai quitté Elmira. »

Cela fait quatre ans, songe Myra qui, ce jour-là, avait reçu à l'aube un coup de téléphone de sa mère, furieuse. Il était à peine six heures du matin, à Chicago. Fiona était partie au milieu de la nuit, en laissant un mot sur le réfrigérateur.

Maman et papa,
Je dois partir.

Affectueusement,
Fiona.

« Huit mots ! avait crié sa mère au téléphone. C'est tout ce qu'elle a trouvé à nous dire ? Huit mots ! »

Bien que Fiona ait eu d'assez bonnes notes au lycée et passé haut la main les tests d'admission à l'université, elle avait accepté d'aller au College of Saint Rose, à Albany, un établissement très catholique qui avait la préférence de sa mère. Fiona avait plutôt envie d'aller à Wesleyan, située à Middletown dans le Connecticut, mais c'était une université bien trop progressiste pour Ava. Au College of Saint Rose, Fiona avait abandonné ses études au bout d'un mois à peine. Certes, elle avait attrapé une mononucléose, mais il était évident qu'elle n'avait aucune envie de faire de grandes études. Son bref passage à Albany avait été marqué par trop de nuits blanches et d'absentéisme. Elle avait toujours rêvé en secret d'être actrice ; seule Myra était dans la confidence. Leur mère considérait que l'art n'était qu'une perte de temps frivole. Elle voulait que ses enfants soient professeurs, assistants sociaux, professionnels de la santé. Elle est fière de la carrière d'infirmière de Myra. Alors que Fiona lisait en douce Shakespeare, Tchekhov et même Arthur Miller. Elle cachait des pièces de théâtre sous son matelas pour que leur mère ne les voie pas. Comme elle ne travaillait pas, s'occuper de Joan était devenu pour elle une façon d'apporter sa contribution, de payer son écot. Mais cet arrangement avait fini par lui peser. Comment en aurait-il été autrement ? Aider une adolescente à aller aux toilettes, la coucher, lui faire ses lacets, lui couper ses aliments en petits morceaux comme pour un enfant, la tenir constamment éloignée des prises électriques et des nids de guêpes, veiller à longueur de journée à ce qu'elle suive le chemin le plus sûr comme un gigantesque ballon d'hélium volant au ras du sol. Il y avait de quoi rendre fou n'importe qui et encore plus une jeune fille qui venait de terminer ses études secondaires et se disait qu'elle avait toute la vie devant elle.

« Tu pourras peut-être en essayer quelques-uns, dit Myra en montrant la pile de costumes de sa sœur. J'ai mis de l'adoucissant, ils doivent sentir bon. »

Fiona renifle une salopette.

« Ça sent la prairie », dit-elle, puis elle se met à inspecter les vêtements avant de les replier. « Tu as des nouvelles d'Alec, de temps en temps ? demande-t-elle.

– Je l'ai eu au téléphone il y a quelques semaines, répond Myra. Il est toujours au Kansas. Dans une ville au sud de Wichita.

– Il avait besoin d'argent ? » demande Fiona, sans une once de lucidité sur elle-même.

Myra ne relève pas.

« Non, il voulait juste parler.

– Quand j'habitais encore chez les parents, il leur tapait du fric au moins une fois par semaine.

– Il finit toujours en larmes au téléphone, dit Myra. Il chargeait et déchargeait les camions pour un magasin de meubles mais il s'est fait virer.

– Qu'est-ce qu'il a volé, cette fois ?

– Un fauteuil en cuir. Il m'a assuré qu'on lui avait dit qu'il pouvait le prendre – que c'est un coup monté.

– Voleur un jour, voleur toujours, dit Fiona.

– Je lui ai dit qu'il pouvait s'installer ici, s'il avait besoin d'un endroit où dormir.

– Tu es sûre que c'est une bonne idée ?

– C'est notre seul frère, Fiona.

– Quand tu es partie faire tes études d'infirmière, tu sais combien de fois il m'a piqué de l'argent ?

– Je t'héberge bien.

– Mais je ne suis pas une voleuse. Je suis juste dans le besoin.

– Tu as bien volé ces vêtements, non ? dit Myra.

– Elles me devaient de l'argent.

– C'est l'hôpital qui se fout de la charité.

– Alec est capable de te piquer les gonds de tes portes si tu le laisses s'installer ici.

– New York t'a rendue cynique. »

Fiona ouvre le réfrigérateur et se campe devant.

« Évite de faire ça, lui conseille Myra. Sur le moment, c'est agréable, mais ça ne sert à rien. On se sent encore plus mal après.

– J'aurais pensé qu'au moins la pluie rafraîchirait un peu l'atmosphère. »

Fiona reste plantée là. Myra ne peut pas s'empêcher de regarder le personnage qu'elle est devenue. Une nomade. Une hippie à moitié nue. La lumière du réfrigérateur couvre sa peau en sueur de reflets argent. Elle semble perdue. Comment peut-on en arriver à s'éloigner à ce point de soi-même ? se demande Myra. Fiona est comme une feuille mouillée qui s'accroche à une fenêtre. Comment se fait-il qu'une fille aussi jolie et intéressante que sa sœur soit à ce point invisible quand elle est dans une pièce ? Et qui plus est, une fille qui veut devenir actrice. Ça doit être difficile pour elle d'avoir à écouter les conversations des autres parce qu'elle n'est plus le centre d'attention.

Fiona referme le réfrigérateur et retourne à sa pile de vêtements.

« Tu vas finir par tous nous héberger, dit-elle en repliant une salopette de menuisier blanche. Alec, moi, et puis Lexy. Il faudra que tu rachètes un autre canapé-lit.

– J'ai l'impression que Lexy va se débrouiller toute seule, répond Myra. Tu as été dure avec elle, à Noël, au fait.

– Je voulais voir ce qu'elle avait dans le ventre. Voir si cette fac puante avait déteint sur elle.

– Tiens, dit Myra en lui tendant un short en jean, mets ça. »

Fiona l'enfile et regarde ses cuisses.

« Je suis grosse.

– J'allais dire l'inverse. »

Fiona regarde ses jambes.

« Il faut que je m'épile, dit-elle.

– J'allais te le dire. Il y a un rasoir neuf dans l'armoire à pharmacie. »

Myra défait la serviette nouée dans laquelle elle a mis les bijoux de scène et les aligne.

« Et papa et maman ? demande Fiona. Ça va ?

– Ils font aller. Papa n'est pas en grande forme, en ce moment. Entre le diabète et ses mains. Ses médicaments contre l'arthrose lui font mal au ventre, il n'aime pas les prendre.

– Pauvre Donald qui ne dit jamais rien.

– Ils s'inquiètent pour toi », dit Myra.

Fiona s'arrête de replier ses vêtements volés et s'assied dans un des fauteuils dépareillés. Il fait encore plus chaud et le ventilateur semble aggraver les choses. Myra s'assied à son tour. Elle sent l'humidité qui lui colle à la peau. Son chemisier en coton se couvre d'auréoles de transpiration.

« Tu devrais les appeler, dit Myra. Ou leur écrire.

– Cher papa et maman, c'est Fiona – vous vous souvenez de moi ? Ne vous inquiétez pas, je vais bien. Je n'ai pas la syphilis et je ne suis pas forcément lesbienne.

– Dis-leur juste que tu es en vie. »

Cette remarque déclenche visiblement quelque chose chez Fiona, qui lui explique soudain avec désinvolture qu'elle a songé à se suicider. Le mois dernier encore, elle avait sur elle un flacon de Quaalude. Elle avait même envisagé de se mettre un sac en plastique sur la tête et se laisser mourir d'asphyxie en « flottant » dans un bain chaud. Apparemment la chaleur du corps peut induire le cerveau à penser qu'il est dans un lieu sûr semblable au ventre de la mère, ce qui permet d'éviter l'état de choc et de s'évanouir avant de se noyer. C'est comme si on s'endormait, dit Fiona qui parle du suicide comme si elle parlait de faire un pique-nique au parc.

C'est tellement morbide, se dit Myra. Tellement narcissique et morbide.

« Si tu n'avais pas accepté l'appel en PCV, je ne sais pas si je serais encore là », ajoute Fiona.

Myra songe à la mort de l'aînée de ses sœurs, à l'idée que Fiona soit en vie – assise quelque part sur un matelas crasseux posé à même le sol dans une chambre minuscule de New York, la peinture qui s'écaille aux murs, une plante fanée sur le bord de la fenêtre, le vacarme de la circulation – et que soudain, elle disparaisse. L'histoire de Fiona Larkin consumée si vite, absorbée par les gaz invisibles de la terre. Myra sent un pincement dans les reins, une pointe de regret. Si elle devait perdre Fiona, ce sentiment pourrait ne jamais la quitter. Elle se penche et prend sa sœur qui se laisse aller dans ses bras.

« Tu as quand même envie de vivre, non ? lui demande Myra.

– Je pense, oui, répond Fiona. Pour le moment, en tout cas. »

Myra lui redresse les épaules puis lui relève doucement le menton du poing. Fiona se tient d'instinct plus droite. C'est ce que faisait leur mère quand elle voyait ses enfants avachis à table.

« Cette personne dont nous tairons le nom a vraiment dû te faire une crasse », dit Myra.

Fiona ne répond pas. La blessure doit être profonde.

« Et ils sont où ces comprimés ? lui demande Myra.

– Je les ai jetés dans les toilettes.

– Quand ça ?

– Avant de prendre le train, répond-elle. À Grand Central Station. »

Myra prend la main de sa sœur et la serre dans la sienne, puis elle se lève pour leur préparer des sandwichs à la tomate et au fromage frais.

Une heure plus tard, il cesse enfin de pleuvoir. En revenant de la bibliothèque où elle est allée rendre des livres, Myra passe par la buanderie du premier étage où un jeune homme essaie de comprendre comment fonctionne la machine à laver. Il tient deux grosses poignées de vêtements et regarde la fente à pièces d'un air perplexe.

« Elle est en panne », lui lance Myra du couloir.

Le jeune homme se tourne vers elle, les mains pleines de chaussettes, de tee-shirts, de caleçons et d'un gant de toilette vert.

« Il y a une laverie automatique à deux blocs d'ici, ajoute-t-elle. J'ai fait deux lessives tout à l'heure. Il n'y a pas de climatisation, mais si vous supportez la chaleur, c'est la meilleure solution. »

Le jeune homme la remercie. Il a les cheveux châtain clair, presque blonds, une coupe quasi militaire avec la raie sur le côté, et il est bien rasé.

« Et vous ne devriez pas laver le gant avec le blanc. Il va déteindre sur tout le reste. »

Il met le gant dans un panier à linge en plastique posé sur le sèche-linge.

« Je n'avais même pas vu qu'il était là, dit-il.

– Ça m'arrive tout le temps », dit Myra.

Il porte un tee-shirt marqué UNITED STATES MILITARY ACADEMY, un short assorti et des baskets blanches impeccables. Il a de grands yeux gris, un peu comme son père.

« Vous êtes nouveau, dans l'immeuble ? lui demande Myra du seuil de la buanderie.

– J'ai emménagé hier », répond-il.

Il est arrivé du Wisconsin le week-end dernier, lui explique-t-il. Comme il n'a plus grand-chose à se mettre, il s'est dit qu'il pouvait faire une lessive, mais manifestement, ce n'est pas pour aujourd'hui.

Il prend son panier de linge et rejoint Myra dans le couloir. De près, il est plus grand qu'elle ne le pensait, presque un mètre quatre-vingt-cinq, les épaules carrées. Il sent légèrement la transpiration et la lotion solaire comme s'il avait passé la journée à la plage.

« West Point, dit-elle en lui montrant son tee-shirt.

– C'est mon tee-shirt spécial jour de lessive, explique-t-il.

– Je viens d'Elmira, dans l'État de New York, dit Myra. On passait devant West Point quand on allait voir ma tante dans le Connecticut.

– Sans blague.

– J'habite au-dessus, au deuxième étage », ajoute-t-elle.

Il lui dit qu'il habite au bout du couloir et Myra le raccompagne jusqu'à sa porte. Il a les jambes légèrement arquées et marche d'un pas déterminé. Bien qu'il soit venu du Wisconsin, explique-t-il, il est originaire de Chicago et a passé son enfance dans le North Side, à Rogers Park.

« Vous avez décidé de rentrer au bercail, dit Myra.

– Si on veut », répond-il.

Cette année, il a l'intention de reprendre des études pour devenir enseignant. À l'Illinois Teachers College.

« Bravo », dit Myra.

Arrivé devant son appartement, il pose le panier à linge par terre et sort une clé de la poche de son short. Il a des gestes vifs et gracieux. C'est peut-être un joueur de tennis, se dit-elle. Il met la clé dans la serrure et ouvre la porte.

Myra sent dans ses poignets une soudaine poussée d'adrénaline.

« Je m'appelle Myra, dit-elle. Myra Larkin. Appartement 3-F.

– Denny, dit-il. Denny Happ.

– Enchantée, Denny.

– Moi de même. »

Par la porte entrouverte, elle constate qu'à part une petite table de cuisine, deux chaises identiques et quelques cartons par terre, l'appartement est quasi vide, sans rien aux murs, ni même un canapé. Pour le moins spartiate. Myra sait bien qu'elle devrait se diriger vers la cage d'escalier, mais elle n'a pas envie de partir.

« Je vous inviterais bien à entrer, dit Denny, mais on étouffe, à l'intérieur. On ne peut pas ouvrir les fenêtres, j'ai l'impression qu'ils les ont bloquées en faisant les peintures. J'ai laissé un mot au gardien, mais il ne m'a pas encore répondu.

– Vous avez un ventilateur ?

– Il n'y en avait plus au Woolworth's », répond-il.

Myra sent une nouvelle montée d'adrénaline.

« Ça vous dirait de dîner à la maison, tout à l'heure ? » s'entend-elle lui demander. Les mots se déversent comme si elle devait recracher quelque chose qu'elle n'aurait pas dû avaler. Elle n'a jamais fait preuve d'une telle audace avec un homme. « Il y aura ma sœur et moi, poursuit-elle. Je comptais faire du poulet au citron avec du riz.

– Oh, dit-il, visiblement étonné par l'invitation.

– Du poulet au citron, répète-t-elle. Du riz et sans doute des légumes. Vous avez des allergies ?

– Je suis allergique au chou-fleur, répond-il.

– Qu'est-ce qui se passe si vous mangez du chou-fleur ?

– Ça me donne la goutte, dit-il. Aux chevilles. Chou-fleur, homard, pétoncle géant. Je ne veux pas vous déranger, vous et votre sœur.

– Vous ne nous dérangez pas du tout. Ça nous fait de la

compagnie. Il ne doit pas faire beaucoup plus frais que chez vous mais, au moins, je peux ouvrir les fenêtres. Et on a un ventilateur.

– Qu'est-ce que je peux apporter ?

– Rien. Venez à sept heures et demie. C'est la première porte au deuxième étage. »

Denny la remercie, ramasse son panier de linge et rentre dans l'appartement. La porte se referme presque à la figure de Myra. C'est une façon de prendre congé abrupte et pour le moins maladroite, mais quand elle remonte chez elle, elle est aux anges.

Myra passe l'heure suivante à nettoyer la cuisine, récurer la salle de bains et aider Fiona à ranger ses affaires dans le salon. Avec la préparation du dîner, l'atmosphère est encore plus étouffante et elle met le ventilateur dans la cuisine. L'air chaud ondule dans l'appartement comme une couverture invisible. Myra sent la chaleur monter à travers les lames du parquet et pénétrer ses pieds nus.

Elle ne se souvient même pas de la dernière fois où elle a cuisiné pour un homme.

Vers six heures, Fiona finit par se doucher. Elle s'essuie avec sa serviette au milieu du salon pendant que Myra sort le poulet du four. Elle a un corps parfait, se dit-elle en la regardant de la cuisine. Puis Fiona se sèche les cheveux en fredonnant. Myra remarque qu'elle s'est épilée sous les bras.

Une fois que le dîner est prêt, Myra va se doucher à son tour et s'attache les cheveux avec des barrettes. Elle a mis un chemisier crème, un pantalon bleu en coton et une chaîne en or avec une croix toute simple.

« Ne mets pas ça, dit Fiona en montrant la croix. Il va croire que tu es catholique.

– Mais je suis catholique, dit Myra, et toi aussi.

– Il va croire que tu es vierge. »

Myra ne répond pas et commence à mettre la table.

« Merde, ne me dis pas que tu es vierge ? demande Fiona.

– Non », proteste Myra.

Quand elle ment, elle a toujours l'impression d'avoir une incisive qui bouge.

Pendant sa dernière année à l'école d'infirmières, il y avait un homme – ou plutôt un garçon. C'était un jeune étudiant en math de premier cycle du nom de Paul Griparis. Il était beau, mais il avait encore un corps d'adolescent avec de longs membres lisses et doux. Il était quasiment glabre, comme s'il était en melon. Il en plaisantait avec Myra, disait de lui qu'il était « le plus vieil ado prépubère d'Amérique du Nord ». Ils étaient sortis ensemble pendant un peu moins d'un mois. Leur relation – si on peut appeler ça une relation – se bornait essentiellement à des repas ou des promenades le long de Navy Pier en sortant de la bibliothèque. Il leur arrivait aussi de traîner dans la chambre d'étudiant de Paul, mais pour ce qui était de coucher avec lui, elle était trop rebutée par ses petites mains filiformes et une fâcheuse odeur corporelle qui lui rappelait les sandwichs saucisse de foie-moutarde de sa mère.

Elle ne l'avait touché qu'une fois alors qu'il était en pantalon et ç'a l'avait excitée. Son sexe en érection palpitait à travers l'étoffe, étonnamment gros dans sa paume, et tant qu'elle avait tenu dans sa main cette manifestation de son désir comme on tient un rouleau de pièces ou une boîte de haricots, elle avait éprouvé du plaisir à le dominer. Elle avait l'impression de pouvoir le promener ainsi dans le campus comme un animal qui a fait une bêtise. À un moment, il avait poussé un petit cri de dauphin. Myra avait espéré un gémissement d'un registre plus grave. L'étudiant en math de Melrose Park plutôt beau garçon avait soudain l'air ivre, idiot, obséquieux, et Myra avait le sentiment de se laisser entraîner dans cette transaction et se demandait s'il lui rendrait la pareille d'une manière ou d'une autre. Une part d'elle-même voulait aller plus loin, vraiment ; quelque chose en elle avait commencé à céder. Elle imaginait même mettre la bouche sur lui, sur le sexe caché sous le pantalon, mais elle ne voyait pas par quel moyen elle pouvait le débarrasser de ses multiples couches – la ceinture, le pantalon, sans compter le caleçon –, puis il en avait exclu la possibilité en continuant à pousser ces couinements de dauphin.

Quelques jours plus tard, après une autre tentative avortée, Paul Griparis avait fini par rompre avec Myra en lui disant qu'elle était frigide. « Tu es trop mignonne pour être frigide », lui avait-il lancé devant la bibliothèque où ils avaient passé tant d'heures ensemble.

Myra était allée jusqu'à s'excuser et lui avait souhaité bonne chance – oui, bonne chance, comme s'il partait en expédition en raquettes dans le Grand Nord.

Denny Happ arrive à sept heures et demie pile, en pantalon de lin bleu marine et chemise blanche à col boutonné avec les manches remontées jusqu'au coude, pieds nus dans des tennis blanches. Il a un sachet en papier d'où il sort trois oranges.

« Je suis passé au marché, dit-il. J'ai du raisin, aussi, si vous préférez. Il est en bas.

– Des oranges, c'est très bien, répond Myra en les prenant et en les disposant dans une passoire émaillée sur le plan de travail.

– C'est très joli, chez vous », dit Denny.

Elle lui explique qu'elle a mis presque six ans à faire en sorte que ce soit accueillant ; avant, elle habitait avec plusieurs autres élèves infirmières dans la petite maison de la 100e Rue Est, juste à côté, mais après avoir décroché son diplôme, elle a dû partir. Son amie Gloria vit encore dans la maison des infirmières. Gloria a vingt-deux ans, six ans de moins que Myra. Elles se sont rencontrées l'année dernière à une soirée de l'Illinois Nurses Association et sont très vite devenues amies. Elle raconte à Denny qu'elles passent souvent la journée au lac Michigan et pique-niquent sur la plage.

« On compte aller sur les dunes de sable de l'Indiana ce week-end, ajoute-t-elle. J'ai pris mon samedi.

– Ça doit être sympa d'avoir une amie tout près », dit Denny.

Myra est si surexcitée qu'elle a oublié de lui offrir à boire. Elle a déjà débouché une des deux bouteilles de chardonnay. Comme le réfrigérateur fonctionne mal, l'autre est plongée dans des glaçons au fond de la baignoire. Elle s'apprête à lui proposer du vin quand Fiona entre dans la cuisine, vêtue d'un dos-nu bleu ciel et d'un short de majorette blanc qui lui fait des jambes élancées. Myra fait les présentations. Quand Denny lui serre la main, Fiona se cambre légèrement et se met sur la pointe des pieds comme si elle jouait dans un vaudeville du XIXe siècle.

À la demande de Fiona, Myra a remplacé sa croix en or par un collier en perles de verre colorées. Elle est soudain embarrassée de porter le bijou de scène volé et essaie de le cacher sous son chemisier, mais Fiona lui saisit le poignet.

« Laisse, sers-nous à boire plutôt », dit-elle à Myra.

Ils s'assoient tous les trois autour de la table de cuisine ronde de Myra et parlent de Fiona qui vient d'arriver de New York en buvant le premier verre de chardonnay.

« Quelles sont vos premières impressions ?

– Il fait chaud, répond Fiona. Remarquez, à New York aussi. Chicago est plus propre que je ne m'y attendais. C'est déjà ça. »

Denny leur explique que bien qu'il ait passé près d'un an et demi à West Point, à quatre-vingts kilomètres à peine au nord de New York, il n'a jamais visité la ville. Pendant ses permissions, il prenait le train de Peekskill à Grand Central Station puis l'express de nuit jusqu'à Chicago, mais il ne s'arrêtait à New York que pour attraper sa correspondance ; il ne s'est jamais aventuré dans la Grosse Pomme.

« C'était bien, West Point ? » lui demande Myra.

Elle l'imagine en uniforme gris-bleu. Quand elle était au lycée, elle voyait souvent des photos de cadets dans le journal d'Elmira lorsqu'il y avait des matchs de football entre les élèves officiers de West Point et les aspirants de marine de l'Académie navale d'Annapolis. Ils étaient tous si soignés, si américains, pleins de fierté et de promesses.

« Je n'y ai passé que trois semestres, répond Denny. Moins de trois semestres, même.

– Comment ça se fait ? demande Fiona.

– J'ai été blessé six semaines après le début de mon année de *Yuck*. » En voyant l'air perplexe de Fiona, il ajoute : « C'est comme ça qu'on appelle la deuxième année. *Yuck* ou *Yearling*. La première année, on est un *Plebe*, ensuite un *Yuck*, puis un *Cow* et ensuite un *Firstie*. Ne me demandez pas où ils ont été chercher ça.

– On dirait un jeu d'enfant, dit Fiona. J'imagine une bande de gamins de quatre ans les yeux bandés qui jouent au milieu d'un pré avec des balles de ping-pong et de jonglage.

– C'est presque ça, dit Denny. On peut ajouter un fusil Springfield et quelques sabres.

– Comment vous vous êtes blessé ? » demande Myra.

Denny explique qu'il faisait partie de l'équipe d'athlétisme et qu'il s'était esquinté le genou et déchiré le ménisque au triple saut.

« Après l'opération, ils m'ont donné des béquilles et j'ai dû rejoindre les blessés légers. C'est un détachement de cadets qui ne peuvent ni défiler ni participer aux exercices. Il n'y a pas pire, quand on est à West Point. Surtout les deux premières années. Ça a été le début de la fin.

– Vous avez abandonné ? insiste Fiona.

– J'ai été réformé, répond Denny d'un ton détaché. C'est le terme officiel. »

Myra a le sentiment que ce compte rendu flegmatique cache quelque chose. Est-ce de la déception ? du chagrin ? de l'amertume ?

Elle lance un regard à Fiona et d'un signe de tête sévère lui intime ouvertement de cesser cet interrogatoire. Fiona sourit d'un air angélique et boit du vin.

« Mickey Mantle aussi avait des problèmes aux genoux », dit Myra. Elle va dans le salon et revient avec une carte de baseball sous plexiglas qu'elle tend à Denny. « C'est sa carte de recrue. Mon père me l'a offerte pour mes seize ans, explique-t-elle. Mantle est son joueur préféré.

– C'est un grand joueur », lui dit Denny en lui rendant la carte de collection.

Myra la rapporte au salon, puis revient dans la cuisine et sert le poulet au citron et le riz.

« Que faisiez-vous à New York ? demande Denny à Fiona.

– Elle jouait au théâtre, répond Myra.

– En fait, je ne jouais pas, précise Fiona. Je passais mon temps à raccommoder des costumes et distribuer des programmes ronéotypés à l'entrée du théâtre. J'étais censée jouer.

– Elle faisait partie d'une troupe de théâtre expérimental, ajoute Myra. Et elle commençait à avoir des rôles.

– Jouer des défenses de morse, je n'appelle pas ça un rôle.

– Mais tu allais décrocher de vrais rôles, insiste Myra. Servez-vous », dit-elle à Denny en lui présentant les asperges.

Denny se sert pendant que Fiona lui redonne du vin, puis remplit son verre et ensuite celui de Myra. Elle lui montre son verre d'un air malicieux, l'encourageant à boire. Myra en prend une petite gorgée. Elle n'a jamais beaucoup bu et sent déjà que l'alcool lui monte à la tête.

Fiona se lève de table, se dirige pieds nus vers le tourne-disque de Myra et met un disque. Quelques secondes plus tard, on entend *The Sound of Silence* de Simon et Garfunkel.

Hello darkness, my old friend...

« Un peu de musique pour accompagner le dîner, dit Fiona en revenant s'asseoir à table. C'était soit ça, soit l'abominable John Denver.

– Hé, j'aime bien John Denver, moi, proteste Denny.

– Berk, dit Fiona en coupant un morceau de poulet.

– Qu'est-ce que tu lui reproches, à John Denver ? intervient Myra.

– Rien, mais il a une tête d'abruti et il est tout sauf sexy.

– Je le trouve plutôt sexy, moi, dit Myra.

– La boîte de Quaker Oats qui est là-bas a plus de sex-appeal que John Denver », rétorque Fiona, puis elle se tourne vers Denny. « Vous le trouvez sexy, vous ?

– Ce n'est pas à moi qu'il faut le demander.

– Presque toutes ses chansons parlent des femmes, explique Myra.

– C'est vrai, renchérit Denny. Il y a *Ann*. Et puis *Darcy Farrow.*

– Et *Blues My Naughty Sweetie Gives to Me* ? dit Myra. Si ça ce n'est pas une chanson sexy, je ne sais pas ce qu'il te faut. »

Fiona secoue la tête.

« Si on lui baissait son pantalon, on trouverait sûrement une espèce d'interrupteur ou un truc dans le genre. »

Myra se met à rire et Denny aussi. Son sourire éclatant met ses pommettes en valeur et fait apparaître deux étonnantes fossettes.

« Un interrupteur, répète Fiona, en extase devant son propre humour. Ou comment on appelle le truc qu'il y a sur les radios ?

– Une antenne ? suggère Myra.

– Un bouton, dit Denny qui rit toujours.

– Un bouton à bite ! » s'exclame Fiona.

Ils rient pendant une bonne minute. Myra a l'impression que son visage se dilate et que ses dents sont énormes.

Au moment de *Leaves That Are Green*, elle s'aperçoit qu'elle a mangé presque la moitié de son assiette. Il faut qu'elle ralentisse. Elle respire et boit un peu de vin.

« Quels chanteurs aimez-vous ? demande Denny à Fiona, qui tient une asperge entre ses doigts comme si elle allait s'en servir pour diriger une chorale d'enfants.

– J'aime bien The Association, répond-elle en croquant un bout d'asperge. Les Rollings Stones. Les Kinks. Le rock'n'roll brut. Et vous ? demande-t-elle la bouche pleine avant d'avaler. À part ce génie asexué de John Denver, bien sûr.

– Pas mal de trucs, répond Denny. Les Beatles, les Beach Boys, les Byrds.

– Pour ne citer que les B, plaisante Fiona, le sourire en coin. Mais dans les fêlés, qui vous aimez ? Je veux des *fêlés*.

– Les Beach Boys sont assez *fêlés*, dit Denny.

– Je trouve aussi, approuve Myra. Avec ces harmonies étranges.

– Mais les Beach Boys sont tellement prévisibles, réplique Fiona en prenant une autre asperge avec les doigts. Et quelqu'un comme Crispian St Peters ? Avec sa coupe et tout, il a l'air normal, mais il est fêlé. Même sa façon de chanter est bizarre.

– Ma sœur aime bien se fier aux apparences, dit Myra.

– Oh, toi aussi, tu es tordue », rétorque Fiona qui mâche, avale et boit du vin tour à tour dans un tourbillon de gestes virevoltants.

Ses mains fines et pâles sont belles, malgré ses ongles rongés, songe Myra. Fiona a des mains de pianiste, alors qu'elle-même a des mains noueuses et masculines de plombier.

« C'est juste qu'elle est plus organisée que les autres tordus, ajoute Fiona à l'intention de Denny. Le poulet est très bon, au fait. Peut-être même meilleur que celui de maman.

– C'est rare qu'elle me fasse des compliments, dit Myra à Denny.

– C'est vrai qu'il est excellent, acquiesce Denny, la fourchette pleine. La sauce est délicieuse. »

Pendant un silence, les accords de *Blessed* s'élèvent. Myra a l'impression de flotter au rythme joyeux de la batterie. Elle prend plaisir à regarder Denny manger. Il est bien élevé, se sert poliment de sa serviette. Il coupe son poulet avec son couteau, puis le pose et fait passer sa fourchette de sa main gauche à sa main droite pour prendre le morceau et le mettre tranquillement dans sa bouche. Ses gestes sont agiles, silencieux. Il ne racle jamais son assiette, ne pose pas ses couverts violemment sur la table. De toute évidence, il a reçu une bonne éducation à West Point. Quand il mange, ses mâchoires palpitent et ses narines se dilatent imperceptiblement. Son visage la fascine. Elle a envie de se rapprocher de lui, de replier sa serviette ou de lui resservir du poulet, mais cela ne se fait pas. Elle reprend plutôt une gorgée de vin.

Fiona explique que *Blessed* est une chanson anti-religion, que « dieu » sans majuscule, c'est comme « homme » avec une minuscule et qu'à son avis, Jésus n'était jamais que l'équivalent d'un guitariste qui sort de chez le coiffeur. Une sorte de Jimi Hendrix blanc, enfin, si tant est qu'on puisse dire que Jésus était blanc, vu qu'il était sans doute plus basané qu'on voulait bien le faire croire.

« C'est une chanson pour tous les catholiques déchus », ajoute-t-elle.

Pendant l'intro de guitare perlée de *Kathy's Song*, Myra s'imagine se promener main dans la main avec Denny dans Michigan Avenue. Ontario Street… Ohio Street… Grand Avenue. Faire du lèche-vitrine en choisissant des affaires qu'ils pourraient acheter. Des vêtements pour le froid. Des manteaux assortis pour affronter l'hiver de Chicago, des écharpes pour se protéger du vent glacial du lac Michigan. La voix de Paul Simon est chargée de tant de promesses.

« Vous revoulez du poulet ? demande-t-elle à Denny et, sans lui laisser le temps de répondre, elle lui sert le dernier blanc qu'elle recouvre de riz et de sauce.

– Il paraît que la vie est chère, à New York, dit-il à Fiona.

– Ne m'en parlez pas, soupire Fiona. La plupart des filles de la troupe vivaient aux frais de papa et maman. »

Et toi à mes frais, se dit Myra. Espèce de parasite. Petite charmeuse, va. Puis elle chasse cette idée de son esprit.

« Le ticket de métro vient de passer de quinze à vingt cents, poursuit Fiona. Vingt cents pour prendre ce putain de métro.

– Hé, lui dit Myra.

– Quoi ?

– Surveille ton langage.

– Rien à foutre. J'ai vingt-six ans. » Fiona prend une gorgée de vin qui dégouline sur son menton. Elle l'essuie de la main et, sans la moindre gêne, se lèche les doigts. Elle se conduit encore plus mal qu'à Noël. « Tout ce que je dis, c'est que New York est trop cher pour les gens ordinaires.

– Tu n'es peut-être pas ordinaire.

– Oh si, je suis tout ce qu'il y a de plus ordinaire. Apparemment, je suis aussi ordinaire qu'un bol de céréales. C'est pour ça que je n'arrivais pas à décrocher un bon rôle.

– Elle est ravissante, dit Myra à Denny. Je n'arrête pas de lui dire qu'il faut juste qu'elle se fasse couper les cheveux convenablement.

– Et que je rencontre un homme de Des Moines, que je me marie, que j'aie des enfants et peigne nos initiales sur la porte du garage. Chic alors.

– Vous n'êtes que deux, dans la famille ? demande Denny.

– Nous avons deux autres sœurs et un frère, répond Myra.

– Myra, Fiona, Alec, Joan et Lexy, lance Fiona d'une seule traite comme si elle crachait des pépins de pastèque dans un pot. Il y avait aussi Archie, mais il est mort quand il était encore bébé.

– Rhumatisme articulaire aigu, ajoute Myra. Il n'avait que deux mois.

– Je suis désolé, dit Denny.

– Et vous, vous êtes d'une famille nombreuse ? demande Fiona.

– J'ai un demi-frère et une demi-sœur. Ils sont beaucoup plus vieux, tous les deux. Ils habitent à Skokie.

– Vous deviez être souvent seul, observe Fiona.

– On peut dire ça.

– J'adore les loups solitaires », dit Fiona.

Pendant un autre silence, Denny semble se recroqueviller sur lui-même. Myra a peur qu'il perde tout intérêt pour elle. Des trois sœurs Larkin qu'elle considère comme normales, elle a toujours estimé qu'elle était le vilain petit canard. Il y a Lexy, grande, blonde, les yeux bleus et la peau parfaite, et Fiona, ses magnifiques yeux verts, ses cheveux roux et sa personnalité provocante. Avec ses cheveux bruns, son visage banal, ses yeux noisette cachés en permanence derrière ses lunettes, sa silhouette ordinaire et ses grosses mains, elle se trouve quelconque.

L'aiguille du tourne-disque grésille sur la cire morte du microsillon et Myra se rend compte que la première face de *Sound of Silence* est terminée. Elle se lève pour aller retourner le disque et entend sa sœur demander à Denny depuis combien de temps il habite dans l'immeuble.

« Quelques jours seulement.

– Il habite au premier, lance Myra du salon en posant l'aiguille sur le premier morceau de la face B.

– Au bout du couloir en sortant de la buanderie, précise Denny.

– Il va passer son diplôme d'enseignement à l'Illinois Teachers College, ajoute Myra en revenant s'asseoir, ravie de pouvoir dispenser à Fiona une information qu'elle ne possède pas.

– Je commence à la rentrée.

– Vous étiez où, au lycée ? demande Myra.

– À Senn. Ici, à Chicago.

– C'est dans le North Side, dit Myra. Je passe quelquefois devant en allant travailler. »

Denny lui demande où elle travaille et elle lui explique qu'elle est infirmière pédiatrique au Saint Francis Hospital, à Evanston.

« Infirmière pédiatrique. Impressionnant.

– On vous a déjà dit que vous ressemblez à Robert Redford ? lance Fiona qui s'est rehaussée sur sa chaise en glissant les jambes sous elle. Vous pourriez être son frère, ajoute-t-elle.

– Je ne sais pas qui est Robert Redford, désolé », répond Denny.

Fiona a des pupilles de lapin si écarquillées qu'elles mangent ses yeux verts. Un joli petit lapin tout ébouriffé, songe Myra. Est-elle ivre ? Ou a-t-elle émergé de sa léthargie simplement parce qu'elle a un auditoire ? Il y a encore une heure à peine, elle traînait dans l'appartement à moitié nue en exhibant ses aisselles poilues, perdue, à la dérive.

« Il joue dans *Daisy Clover*, dit Fiona à Denny.

– Il est très beau », ajoute Myra.

Denny sourit, dévoilant de nouveau ses fossettes. Mais son sourire est aussitôt effacé par le rouge qui lui monte étonnamment aux joues ; le compliment le met visiblement mal à l'aise.

« Vous pourriez vraiment être son frère », insiste Fiona.

Curieusement, au moment précis où passe *A Most Peculiar Man* – « un homme très étrange » – Fiona se met à parler de leur père, dont elle estime également qu'il ressemble à Redford.

« C'est lui en plus vieux, plus triste, plus désespéré, plus austère, dit Fiona. Et plus brun.

– Donald Larkin serait bien le dernier à se trouver beau », ajoute Myra.

Elle parle alors à Denny de son père : le jeune soldat qui a survécu à la forêt de Hürtgen ; le vétéran de la Seconde Guerre mondiale devenu conducteur de machines ; le fervent supporter des Yankees ; le mari dévoué qui va à la messe.

« Tu sais qu'il a voté Goldwater ? demande Fiona.

– Papa a toujours été républicain, explique Myra.

– Mais il ne pense même pas aux candidats. Il se contente de suivre les consignes du parti.

– Pas toi ? dit Myra à sa sœur en resservant du vin à Denny.

– S'il y avait un bon candidat républicain, je voterais pour lui », répond Fiona en prenant la bouteille de vin des mains de sa sœur. Elle remplit son verre quasiment à ras bord, puis verse le fond de la bouteille dans celui de Myra. « Ou elle, si c'était une candidate.

– Et pour qui tu as voté à la dernière présidentielle ? lui demande Myra.

– Je ne supportais pas l'idée que Johnson revienne.

– Alors, qu'est-ce que vous avez fait ? intervient Denny.

– J'ai mis quelqu'un d'autre.

– Qui ? demande Myra.

– Burt Lancaster. »

Denny lâche un soupir qui pourrait passer pour du dédain.

« Seriez-vous en train de vous moquer de moi ? lui lance Fiona d'un ton taquin. Burt Lancaster a joué un général dans *Sept jours en mai*. Il est sûrement mieux placé pour gouverner que LBJ et Barry Goldwater réunis.

– Ce n'est pas parce que quelqu'un a joué un général qu'il est qualifié pour devenir président. Ni même pour devenir général.

– Est-on jamais vraiment qualifié, dans la vie ? rétorque Fiona. Je ne suis pas pâtissière, mais je sais faire un gâteau. Il suffit de lire la recette, mélanger des trucs dans une jatte, faire préchauffer le four et mettre à cuire, ce n'est pas compliqué. »

Fiona et sa manie de contredire. Est-ce qu'elle dit ça comme ça ou est-ce qu'elle y croit vraiment ? se demande Myra. Est-ce la même fille qui chantait tous les cantiques à l'église ? qui a cru au père Noël jusqu'à treize ans ? qui avait tellement peur du tonnerre qu'elle se cachait dans le placard de sa chambre ?

« Roy Orbison aurait été un grand président, lui aussi, ajoute Fiona. Quand il chantait, il était capable de nous faire oublier tous les problèmes du pays. » Elle se tourne vers sa sœur. « Myra est démocrate, mais elle entretient son appartement comme une républicaine. »

Myra boit une gorgée de vin pour s'empêcher de répondre.

« Et vous ? demande Fiona à Denny. Pour qui vous avez voté ?

– Je n'ai pas voté à la dernière élection, répond-il.

– Pourquoi ça ?

– J'étais à l'hôpital, dit-il en posant sa fourchette et en regardant son assiette.

– À cause de votre genou ? demande Myra.

– Non, ce n'était pas le genou. Le genou, ça allait. »

Il serre le poing droit. Myra remarque pour la première fois sa bague de lycée, la pierre d'un bleu éclatant. Elle déchiffre les lettres SENN gravées sur la monture. Il a un duvet blond sur le dessus des doigts et sur les poignets.

« L'hôpital des beaux gosses », dit Fiona d'un air malicieux.

L'air est de plus en plus étouffant autour de la petite table. L'orage aurait dû rafraîchir l'appartement, mais il n'en est rien. Et le ventilateur n'est d'aucun secours. La bouteille de vin est vide. *April Come She Will*, la chanson préférée de Myra, est passée. Elle ne se souvient presque d'aucune parole. Denny a toujours les yeux baissés. Une veine bleue aussi pâle que de l'encre délavée palpite près de sa tempe.

« Je vais chercher l'autre bouteille ? » propose Myra.

Elle doit être à l'hôpital à sept heures demain matin et préfère ne pas penser à l'heure à laquelle elle va devoir se lever pour se doucher, repasser sa tenue, nettoyer ses chaussures blanches, préparer le petit-déjeuner puis prendre le bus jusqu'au métro aérien et marcher plusieurs centaines de mètres jusqu'au Saint Francis Hospital, à Evanston. Un ou deux verres de vin l'aideront sans doute à s'endormir.

« Absolument », répond Fiona.

Myra va dans la salle de bains avec le tire-bouchon et ouvre l'autre bouteille de chardonnay qui trempe dans de l'eau tiédie au fond de la baignoire. Le bouchon se casse et elle met un temps fou à arracher le dernier centimètre de liège coincé dans le col de la bouteille.

Quand elle revient dans la cuisine, Fiona est assise sur les genoux de Denny. Le disque de Simon et Garfunkel tourne à vide avec un petit bruit sec. Elle sent monter dans sa gorge une rage froide, mais se force à déglutir et pose la bouteille sur la table. Elle a l'impression qu'elle va vomir. Fiona épluche une des oranges que Denny a apportées. Elle le dorlote comme un prince. Myra remplit son verre de vin et le lui tend. Fiona pose l'orange à moitié pelée sur la table, avale une bonne rasade de chardonnay puis donne son verre à Denny.

« Non merci, dit-il. Il ne vaut mieux pas. »

Myra se ressert de vin et en avale péniblement une gorgée.

Fiona, qui est toujours sur les genoux de Denny, essaie de le persuader de boire dans son verre. Il détourne la tête en souriant.

« J'ai déjà trop bu, vraiment », dit-il.

Ses grands yeux gris sont tristes. Myra sent la douleur qu'il charrie comme une valise de livres dont on ne veut pas. Elle aimerait tant le décharger de son fardeau, prendre son visage entre ses mains.

Il écarte doucement Fiona et se lève.

« Je dois y aller, dit-il. Demain, c'est jeudi. J'ai plein de choses à faire. Merci pour le dîner, Myra. »

Denny reste encore un instant à regarder Myra dans les yeux, puis il s'en va. La porte se referme derrière lui. Et voilà, il est parti. Les deux oranges non épluchées sont posées au bord de la table.

Myra va dans le salon lever le bras du tourne-disque et l'éteint. Elle fusille sa sœur du regard.

« Quoi ? dit Fiona.

– Après tout ce que j'ai fait pour toi », s'indigne Myra.

Elle ne se rappelle pas avoir été aussi en colère contre sa sœur.

« Oh c'est bon, réplique Fiona. J'avais le droit, non ? C'est évident que je l'intéressais.

– Parce que tu t'es jetée sur lui ! Tu n'as donc aucune dignité ?

– Bien vu.

– Je croyais que tu étais lesbienne, dit Myra en sachant pertinemment que c'est un coup aussi bas que vain.

– Pas ce soir, rétorque Fiona, puis elle recule jusqu'au salon et s'affale dans le canapé, les jambes écartées, le menton dans le cou.

– Tu es complètement saoule, constate Myra.

– Tu dois l'être aussi. » Fiona fixe sa sœur un long moment, puis elle éclate d'un long rire cruel. « Myra Lee Larkin, toujours aussi sage, lance-t-elle. Tu as vingt-huit ans. T'as jamais rien fait de mal dans ta putain de vie, hein ? »

Myra ne répond pas. Elle prend le verre de vin de Fiona et le vide d'un trait.

« Je me suis retrouvée dans une partouze à New York, poursuit Fiona, avec cinq autres personnes. Il y avait un type de soixante ans. Et un autre qui était aveugle.

– Tu vois où ça t'a menée, répond Myra qui est un peu choquée bien qu'elle connaisse sa sœur.

– Je me suis éclatée », dit Fiona.

Myra pourrait l'étrangler. L'envie lui démange les poignets. Elle ne s'est jamais battue avec Fiona. Quand elles étaient jeunes, Myra la protégeait, passait son temps à la défendre contre les brutes. Mais là, elle serait capable d'agripper à la gorge cette espèce de petite opportuniste ingrate. À la place, elle entreprend de tout ranger. En débarrassant la table, elle laisse tomber le plat de poulet au citron. Des restes de riz et de sauce se renversent par terre.

« Si t'es si folle de lui, t'as qu'à frapper chez lui, bafouille Fiona en s'enfonçant dans les coussins du canapé.

– Tu n'arrives même plus à parler, lui dit Myra en nettoyant le sol avec une éponge mouillée. Tout ça n'est qu'un jeu, pour toi, hein ? Une partie de rigolade. »

Mais Fiona ne répond pas car elle s'est endormie. Elle se met à ronfler bruyamment.

Myra va dans le salon, la bascule sur le côté puis la fait rouler au bas du canapé et la traîne jusqu'au fauteuil rembourré. Puis elle enlève les coussins du canapé, déplie le lit et réussit à remettre Fiona sur le matelas dont le drap-housse tient à peine aux deux extrémités.

« Reste sur le côté gauche, surtout », lui dit Myra.

Fiona claque les lèvres.

« Tu m'entends, Fiona ? Si jamais tu veux vomir, essaie d'aller jusqu'à la salle de bains, OK ? »

Fiona hoche la tête et une expression perplexe passe soudain sur son visage. Elle est tellement belle. Ces cils brillants. Cette bouche. Ce menton si pur. Comment Denny aurait-il pu lui résister ?

Après avoir terminé de nettoyer la cuisine, elle vide un autre verre de vin en se forçant à l'avaler comme une potion médicale, puis descend au premier et frappe à la porte de Denny. Il est très tard – bien après minuit.

« Myra », dit Denny en lui ouvrant. Il est en caleçon et tee-shirt blanc. Ses jambes sont si musclées.

« Vous dormiez ? demande-t-elle.

– Non. J'étais réveillé.

– Je n'arrive pas à dormir non plus », dit-elle.

Elle sait qu'elle est ivre. Elle a l'impression d'avoir le visage déformé, la langue enflée. Chaque mot lui remplit la bouche.

« Entrez », lui propose Denny. Il referme la porte derrière elle et tire le verrou. « J'ai réussi à entrouvrir une des fenêtres. »

Sans lui laisser le temps de dire autre chose, Myra se retourne et plaque sa bouche contre la sienne. Elle sent le sel de sa transpiration, la menthe de son dentifrice. Moins d'une minute plus tard, ils sont dans sa chambre plongée dans l'obscurité, le visage collé l'un à l'autre, le corps doué d'une intelligence propre, et se laissent tomber sur un grand matelas posé à même le sol. Le drap est rapidement expédié dans un coin avec leurs vêtements et ils font l'amour maladroitement avec une sorte de volonté animale douce, instinctive.

La première fois lui fait plus mal qu'elle ne s'y attendait, mais elle est magique. Des larmes de joie ruissellent de ses yeux. Quand il est en elle, elle a l'impression d'être aussi en lui. Elle se perd complètement. Elle a l'impression d'être changée en une substance plus fine encore que la poussière. Elle est le pollen. Les particules indivisibles, absolues, de l'amour. Une sorte de vapeur. Elle distingue des formes, des sons, les muscles de son dos, l'épice de leurs souffles mêlés, le battement lourd au bas de son ventre, son membre gonflé qui s'enfonce en elle.

Quand c'est fini, Denny se met en chien de fusil, comme s'il était désemparé. Myra s'enroule autour de son large dos et de ses épaules carrées pour le réconforter et découvre alors une grosse cicatrice entre le haut de son biceps gauche et son aisselle. Il la couvre de sa main droite, comme pour la protéger. Elle desserre ses doigts et l'effleure. Elle est vilaine, boursouflée. Denny la laisse faire. C'est un enfant perdu. Il semble avoir oublié qui il est, ce qu'ils viennent de vivre.

« Qu'est-ce qui t'est arrivé ? » chuchote Myra, les doigts sur la cicatrice.

Denny ne répond rien et se contente de la couvrir de sa main. Ne voulant pas insister, Myra continue à l'embrasser et là encore, il la laisse faire. Elle n'a jamais éprouvé cela pour quiconque. Denny Happ sera sa destinée, la fin de tout ce qu'elle était avant lui. Le commencement de ce que sera sa vie d'après. Elle en a une certitude aussi criante que les taches de sang qui marquent le coutil du matelas. En cet instant même, elle sent sa semence en elle, qui se déverse, chaude, inévitable. La tache de sang se répand sur le matelas, de plus en plus foncée, presque violacée.

Myra se réveille avec le pressentiment qu'il est arrivé un malheur. Elle ne s'est pas réveillée ! Il est neuf heures passées. Elle a deux heures de retard. Denny dort à poings fermés en respirant profondément. Même dans le sommeil, il est d'une beauté stupéfiante. La lumière matinale qui pénètre par la fenêtre nue argente les contours de son corps. À part la question qu'elle lui a posée sur sa cicatrice, ils n'ont pas échangé un mot depuis qu'elle est entrée dans son appartement. Le bas de son ventre est meurtri, douloureux. Mais c'est une douleur agréable. Elle n'est plus vierge. À voir le sang, on dirait que quelqu'un a été poignardé.

Myra se lève, s'habille en silence, cherche un stylo et lui écrit un mot au dos d'un bordereau d'expédition déchiré.

Denny,
Merci pour cette nuit merveilleuse.
Je dois partir au travail.
Je ne voulais pas te réveiller.
Myra

Ses baskets à la main, elle sort par la porte de derrière qui donne sur l'escalier de secours. Malgré le soleil matinal, on distingue les gyrophares bleus et rouges de la police sur la paroi d'un immeuble de la ruelle. Dans la 100e Rue Est, une ambulance et deux voitures de patrouille sont garées devant une zone délimitée par un ruban jaune, qui correspond visiblement à la maison des infirmières où elle habitait avant. Bien qu'elle soit perturbée par la scène, elle n'a pas le temps de s'attarder.

En rentrant chez elle, Myra trouve Fiona endormie sur le canapé-lit, tournée sur le côté gauche comme elle l'avait laissée, l'air perplexe, innocent. Elle appelle Mrs Denton, l'infirmière en chef, et lui ment en racontant que le courant a sauté dans son immeuble et que son réveil n'a pas fonctionné. C'est son second mensonge en moins de vingt-quatre heures. Vont-ils commencer à s'accumuler ?

Mrs Denton est sévère, mais elle comprend.

« Dépêchez-vous », lui dit-elle.

En se préparant, Myra apprend à la radio que la nuit dernière, huit jeunes élèves infirmières ont été torturées et assassinées après être rentrées dans leur maison, située au 2319, 100e Rue Est. Une des victimes est Gloria Davy, avec qui elle devait aller aux dunes de l'Indiana ce week-end. À l'idée que Gloria soit morte, elle a le souffle coupé et est obligée de s'asseoir. Elle s'abaisse lentement jusqu'au sol en linoléum.

Dans le bus qui doit la déposer à la station du métro aérien, plus au nord, Myra s'efforce de comprendre ce qui a pu se passer. Comment une seule personne a-t-elle pu commettre toutes ces atrocités ? Les infirmières se sont-elles défendues ? Gloria a toujours été une fille indépendante, avec du caractère. Elle n'aurait jamais capitulé sans résistance. Elle avait grandi à Chicago. Le meurtrier avait-il une arme à feu ? Un couteau ? Les a-t-il droguées ?

Dans le métro aérien, Myra a la chance de trouver une place. Elle essaie de faire le vide, de ne pas penser, ni à Gloria, ni à sa sœur, ni même à ce qui s'est passé la veille avec Denny. Ça fait trop de choses à la fois. Elle ferme les yeux et se met à fredonner entre ses dents le morceau de Simon et Garfunkel qu'elle avait tellement envie d'entendre pendant le dîner, *April Come She Will*. Elle se demande pourquoi la chanson ne parle que des six mois d'avril à septembre, et non des autres. Qu'est-ce que ça peut bien vouloir dire ? Elle se surprend à chanter à mi-voix le couplet sur juillet :

July, she will fly
And give no warning to her flight

On est le 14 juillet, après tout. Elle examine la poésie de la chanson. Juillet, elle s'envolera. La sobriété de la composition lyrique dissimule-t-elle un sens caché ? une énigme ? Est-elle elle-même, Myra, camouflée quelque part dans les ombres de cette chanson ?

Alors que le métro passe dans un fracas devant le stade de Wrigley Field, elle se rend compte qu'elle est en tenue blanche d'infirmière, avec sa coiffe sur les genoux. Elle sent les regards des passagers peser sur elle. Sont-ils au courant des meurtres ? Croient-ils qu'après cette horrible tragédie, elle s'amuse par cruauté à s'afficher en infirmière dans les transports publics ? Ils doivent tous la détester. Elle s'efforce de garder les yeux baissés. Elle ne supporte pas l'idée que quelqu'un l'agresse.

Myra jette un coup d'œil à un homme plongé dans les pages sports du *Chicago Tribune*. Il lève la tête de son journal et la regarde fixement. Il a un visage joufflu avec une consistance de pâté de jambon et un gros nez bourgeonnant sillonné de couperose. Myra baisse les yeux. Elle les gardera fixés sur ses genoux pendant le reste du trajet.

Quelques heures plus tard, dans la salle de repos du troisième étage du service pédiatrique du Saint Francis Hospital, Myra regarde avec d'autres infirmières et des aides-soignantes l'énorme télévision couleur où un présentateur local explique au journal télévisé du grand Chicago que l'on a plus de précisions sur les meurtres. Il s'avère que son amie Gloria a également été violée. Le tueur l'a violée puis étranglée et poignardée à plusieurs reprises. Myra sent quelque chose lâcher en elle. Elle est obligée de s'asseoir sur une chaise et manque de tomber. Elle met un moment à reprendre son souffle. La famille de Gloria doit être dévastée. Comment vont-ils pouvoir survivre à cette tragédie ?

La seule bonne nouvelle au milieu de ces atrocités, c'est qu'il y a une survivante à la résidence du 2319 de la 100e Rue Est, une jeune femme du nom de Corazon Amurao qui a réussi à rester cachée sous un lit pendant qu'un homme torturait et assassinait huit autres élèves infirmières. Un jour où elle était allée voir Gloria là-bas, elle avait rencontré Corazon. Elle se rappelle que Corazon ne buvait pas d'alcool. C'était une catholique très jolie et très croyante. Elles avaient parlé d'aller ensemble à la messe de St Joseph Parish dans le quartier de Back of the Yards. Cela faisait des semaines que Myra n'était pas allée se confesser et elle culpabilisait. Elle s'égarait, comme aurait dit sa mère.

D'après le présentateur, Corazon Amurao, une des trois étudiantes philippines qui habitaient dans la résidence, avait déclaré aux autorités de la police que le tueur encore en liberté était blanc, grand, avec des cicatrices de rougeole sur les joues, des cheveux bruns gras coiffés en arrière à la Elvis Presley et l'inscription

BORN TO RAISE HELL sommairement tatouée sur sa peau claire, en haut de son bras gauche.

BORN TO RAISE HELL.

Myra essaie de chasser de son esprit l'image familière du tatouage de l'inconnu qui l'a traitée si grossièrement à la laverie. Se peut-il que ce soit le même homme qui ait violé et tué Gloria ? Elle a l'impression qu'elle va vomir et se force à déglutir.

Pendant que le journal se poursuit, Myra se raccroche aux images de sa nuit avec Denny : ses épaules suspendues au-dessus d'elle ; la fenêtre nue de sa chambre ; le carré de lune parfait constellé de gouttes de pluie ; son expression quand il l'a pénétrée ; l'étrange inévitabilité de leurs corps mêlés ; la paix qui l'a envahie après ; les sentiments profonds, intenses qu'elle éprouvait pour lui quand ils étaient enlacés.

5

SALEM, MASSACHUSETTS

Automne 1970

FIONA

Ma chère Myra,

J'ai du mal à croire que nous ne nous sommes pas parlé depuis des années. Je ne t'écris pas pour te demander de l'argent ni de m'aider en quoi que ce soit, alors ne déchire pas cette lettre. Lis-la, s'il te plaît.

Il s'est passé tant de choses depuis Chicago. New York et Chicago sont deux chapitres de ma vie que j'aimerais pouvoir effacer ou réécrire, mais il est trop tard, et je crains de devoir vivre avec ces mois de honte sur la conscience jusqu'à la fin de mes jours. C'était incroyablement charitable de ta part de m'avoir accueillie. Comme dirait maman, tu as été une sainte et je ne t'ai montré aucune reconnaissance. J'étais une véritable loque, agressive, ingrate. Pendant ces deux mois, tu m'as nourrie, remise sur pied, tu as supporté mon manque d'hygiène (ton pauvre canapé !) sans jamais rien me demander en échange. Et je t'en serai éternellement reconnaissante.

Sainte Myra, protectrice des enfants terribles de la famille.

Après être partie de chez toi avec l'argent des vêtements (et celui que j'ai volé dans ton porte-monnaie), j'ai pris un car Greyhound pour Milwaukee, où j'ai trouvé un boulot dans la cafétéria d'une école militaire de garçons à Delafield, dans le Wisconsin, figure-toi. Apparemment, c'est la réplique exacte de West Point, avec des bâtiments en pierre qui ressemblent à des petits châteaux. (Ça rappellerait peut-être des souvenirs à Denny !) Ça n'a pas duré, à la cafétéria, inutile d'entrer dans les détails. Disons seulement que je suis sortie avec un des profs de là-bas, Perry, un jeune prof d'anglais (plus jeune que moi – tout juste vingt-quatre ans), qui était marié, et que j'ai aussi eu une affaire avec sa femme. (Elle s'appelait Eden. Ils venaient de Kenosha, ils étaient ensemble depuis le lycée et ils avaient une peau sublime, tous les deux !) Et puis ça a dégénéré et trois mois plus tard, j'ai repris le car, pour Detroit cette fois, où j'ai trouvé un autre boulot dans la restauration, à Wayne State University, mais c'était en plein hiver, j'ai attrapé une sale bronchite – j'ai failli cracher un poumon – et je me suis absentée près d'un mois. Évidemment, j'ai perdu mon job. En quittant le campus, après avoir récupéré mes affaires, je suis tombée sur un panneau d'affichage où il y avait une petite annonce toute simple, très modeste, qui proposait de travailler comme ouvrier agricole dans une ferme du Massachusetts, alors j'ai appelé et trois heures plus tard j'étais dans un autre Greyhound qui allait vers l'est, cette fois.

Plusieurs heures plus tard, je suis arrivée dans une petite gare routière du nord-est du Massachusetts où j'ai été accueillie à la descente du car par deux femmes avec des coiffes blanches. Et à partir de là, tout a changé.

Depuis quelques années, je vis au sein d'une communauté de femmes et travaille à la ferme. Elle s'étend sur quatre hectares, dont la moitié est consacrée à l'agriculture. Il y a une vieille maison en bardeaux et une ancienne grange aménagée. Et aussi un hangar à maïs réservé à diverses tâches. Et puis un étang, un saule majestueux, trois labradors marron, d'innombrables chats, un nombre inimaginable de colibris au printemps et en été (maman serait jalouse !) et une jument tachetée au dos creusé qui dort debout.

Nous ne croyons pas au temps au sens classique du terme. Mais nous croyons aux saisons. Et à la météo. Il n'y a rien de plus vrai que la météo.

Ici, c'est l'automne, quelque part entre la fin septembre et la mi-octobre. Je ne sais pas si mon anniversaire est passé ou non. Si oui, j'ai trente et un ans. Les feuilles sont magnifiques ici, elles ont des nuances extraordinaires de rouge, d'orange et d'or. Il y a quarante-huit sœurs qui viennent de partout. Trois sont de Galveston au Texas. Une de McCall, dans l'Idaho. Il y a même une fille du Ghana, en Afrique. Sœur Laine est de Canastota, dans l'État de New York, à deux heures à peine au nord d'Elmira, comme tu le sais. Nous sommes très proches, toutes les deux. (Oui, « très proches » veut bien dire ce que tu penses.) Elle te plairait. Elle est grande, comme maman (enfin, pas aussi grande, quand même !), elle a des yeux bleus étincelants et de longs cheveux blonds. Quand elle est arrivée à la ferme, elle était en deuxième année de master (elle faisait des études d'anthropologie). Laine et moi, nous portons des coiffes assorties, pour signifier aux yeux de tous que nous sommes en couple. Notre supérieure, mère Emily, voudrait nous unir après la première chute de neige. L'union est une sorte de cérémonie de mariage. Je sais que papa et maman feront tous les deux une crise cardiaque quand ils apprendront ça. Tu peux leur dire, au fait, ça ne me dérange pas. Ça finira bien par se savoir, de toute façon. Je vois d'ici la tête de maman. Cet air de réprobation sévère qui plisse son beau visage. L'amertume silencieuse qui lui ferme les yeux.

Je pense souvent à toi et à Alec. Je sais que tout ira bien pour toi, Myra. Ça a toujours été le cas. Tu es si stable, si indépendante, si fiable. Et maintenant que tu as trouvé quelqu'un, ta vie est encore plus solide. Tu es faite pour avoir une vie heureuse. C'est écrit depuis que tu es toute petite. Mais pour Alec, c'est une autre histoire. Pauvre Alec. On dirait qu'il est perdu. Que quelque chose est détraqué en lui. Ce n'est pas tant le fait qu'il mente et qu'il vole. C'est plus subtil. Je ne l'ai pas vu depuis des années, mais j'ai la sensation qu'il disparaît peu à peu ; que toutes les villes où il fuit (et qu'il finit par fuir) le rongent petit à petit. Plus il fuit, plus il s'efface, couche après couche. Bientôt, sa peau ne pourra plus le contenir et ses entrailles se répandront dans les rues et dégoulineront dans un caniveau. Il se volatilisera dans le néant. Je ne sais pas d'où il vient, Myra. C'est peut-être ces yeux bruns et ce teint mat. Des fois, je me demande si maman ne l'a pas trouvé sur un parking et n'a pas simulé sa troisième grossesse.

Quant aux autres Larkin, je ne pense pas souvent à Lexy. Comme toi, elle s'en sortira très bien. Elle finira avocate ou médecin ou peut-être même sénatrice. Elle vivra dans une maison à trois étages capable de résister à toutes les tornades. Elle aura trois enfants et un mari qui l'appellera « chérie » et lui donnera une petite tape sur les fesses quand elle passera avec les plats. Ce sera une bonne marcheuse. Une fois par an, elle gravira un sommet inaccessible et fera une déclaration triomphale dans une langue étrangère. Elle adorera sa vie.

Je pense encore moins à Joan. Quand je suis partie d'Elmira, elle devenait plus encombrante qu'un vieux meuble bancal. Et avant que je prenne la tangente, c'est moi qui en supportais tout le fardeau. Papa et maman devraient la placer en institution à Watertown. Ce serait préférable pour tout le monde. Je ne trouve pas ça triste. Joan se sentirait probablement normale pour la première fois de sa vie. Elle pourrait même se faire un ou deux amis.

Joan serait alors dans une « institution », moi je serais dans une « ferme » et Alec serait « nulle part ». On dirait un jeu de société. On jette les dés, on fait tourner la flèche et on regarde les enfants Larkin sauter à cloche-pied sur les cases de couleur en cherchant ce qu'on cherche tous.

Mais revenons à ma vie à la Ferme.

Nous ne sommes pas une communauté religieuse, bien qu'on puisse prier avant les repas si on le souhaite et qu'on ait le droit de lire des textes religieux si on le veut. Il y a d'anciennes catholiques, des catholiques pratiquantes, cinq juives, quelques agnostiques, une Grecque athée un peu plus âgée, une musulmane noire de Baltimore et même une mormone de l'Utah. Nous mettons l'accent sur l'agriculture, la force des femmes, la bonté et un mode de vie indépendant du système américain. Nous faisons nos vêtements. Nous fabriquons nos meubles. Nous pasteurisons notre lait. Nous avons des chèvres, des vaches, des poules. Il y a une sœur qui peut même réparer les voitures. Elle en sait sans doute plus sur le moteur huit cylindres que papa.

En fait, pour ce qui est de la « foi », je ne sais plus trop ce à quoi je crois. L'invasion du Cambodge, Richard Nixon, la séparation des Beatles, la famine, l'assassinat de Martin Luther King. Comment un Dieu juste et bienveillant aurait-il pu laisser faire ça ? À quoi pouvons-nous croire, désormais ? Nos impôts servent à remplir les poches des ploutocrates de Washington. Tous ces petits vieux avec des pellicules et des poils aux oreilles manipulent notre argent à notre insu. Pour financer des guerres dont personne ne veut. Pour gonfler leurs comptes en banque.

Bref, la Ferme a du sens à mes yeux. Notre simplicité. Notre attachement au travail partagé et à la bonté. Notre mission d'agriculture et d'autosuffisance.

Je dois également te dire qu'à la Ferme nous avons renoncé à notre nom de famille. Je ne suis plus Fiona Grace Larkin. Je suis simplement Fiona. Ou sœur Fiona. Comme une religieuse ! Quelle ironie, n'est-ce pas ? La catholique déchue rebaptisée sœur Fiona. Les oripeaux des noms de famille ne peuvent qu'empêcher l'individu de donner tout son potentiel. Je ne parle pas du potentiel d'une entreprise ou du potentiel de consommateurs. Je parle du potentiel humain. Le potentiel d'empathie. Le potentiel de pardon. Le potentiel d'écoute de l'autre. Le potentiel de sollicitude.

Nous cultivons la terre, nous élevons les bêtes. Nous travaillons. Nous entretenons les prés. Nous chantons souvent (on est fans des Beatles, bien qu'il y ait un petit groupe de sœurs qui sont folles de ces boulets de Carpenters – berk !). Nous nageons nues dans un vieux lac qui est à trois kilomètres d'ici, où il y a des plongeons huards, des salamandres et des tortues géantes. Nous y allons à pied avec des sandales que nous avons fabriquées nous-mêmes.

Il y a aussi des enfants, ici, qui sont éduqués par deux sœurs qui étaient institutrices. La classe est au fond de la grange. Il n'y a pas de manuel. Juste un partage de connaissances. Les enfants apprennent à lire, réfléchir et se servir des maths.

Et il y a un homme, qu'on appelle simplement David, qui vient nous voir pendant nos cycles d'ovulation. Si nous le souhaitons, nous pouvons coucher avec David. Il est le père de nos enfants. David est très doux et très silencieux. À bien des égards, il me rappelle papa. Il a combattu au Vietnam et il a une jambe infirme, mais il croit en la paix, il est très généreux (il nous aide à nous occuper des vaches) et il est entièrement dévoué à notre mission.

Je suis désolée d'avoir quitté Chicago de cette façon. J'étais dans un sale état, je ne pensais qu'à moi. Je suis sûre que Denny et toi vous êtes remis de ma conduite inqualifiable. Il a l'air d'un chic type, tu mérites quelqu'un comme lui. Quelqu'un qui t'aimera et prendra soin de toi.

J'espère que tu accepteras cette coiffe en gage de mon affection. C'est sœur Elsa qui l'a faite. Elle est de la même couleur que tes yeux quand tu mets le pull vert que tu as depuis le lycée. Quand tu le regardes, rappelle-toi que je pense souvent à toi. Je ne te donne pas mon adresse – la Ferme a pour principe de ne pas révéler le lieu où nous habitons – mais je continuerai à t'écrire.

Affectueusement,

Fiona

6

CHICAGO, ILLINOIS

21 janvier 1973

ALEC

Dans le car, il y a un jeune prêtre catholique qui n'arrête pas de parler de Dieu. Il s'appelle le père Bryce et son visage rasé de près à la peau sans défaut lui rappelle les fesses douces et immaculées d'un nouveau-né. Il est monté dans le Greyhound à Des Moines et s'est assis à côté d'Alec. Il dit qu'il est originaire du Dakota du Sud, mais vit à Boone, dans l'Iowa.

Le père Bryce dégage une sagesse calme et confiante étonnante pour son âge – Alec lui donne environ vingt-cinq ans. Alec a désormais trente et un ans, mais les gens pensent qu'il a dix ans de moins et chaque fois qu'il montre son permis de conduire, ils ont une drôle de réaction. Au Kansas, il a bien essayé de se laisser pousser la barbe pour se vieillir – si tant est qu'on puisse appeler ça une barbe –, mais les maigres touffes de poils clairsemés sur ses joues et son menton lui donnaient l'air de manquer de vitamines. L'air d'un gringalet. D'un type qui se faisait taper dessus quand il était petit. Quand une vendeuse dans une pharmacie lui a demandé s'il faisait de l'anémie et essayé de lui vendre un complément de fer, il a tout rasé le soir même.

Avant d'accepter sa nouvelle charge, lui explique le père Bryce, il était responsable de la pastorale des jeunes à l'église du Sacred Heart, à Boone. C'est précisément ça, cette jeunesse pure, flagrante, qui dégoûte Alec, peut-être parce qu'elle lui rappelle à quel point il est à présent éloigné du royaume de l'innocence. Il a été traité de parasite, d'escroc, de kleptomane. Au moins deux de ses anciens patrons, sans compter des membres de sa famille, ont dit de lui qu'il était un voyou endurci. On a aussi dit qu'il était peu fiable, fainéant et bête.

Au bout de quelques minutes, Alec a jugé que le prêtre faisait partie de ces pauvres bougres qui n'ont jamais achevé leur puberté. Son visage ne paraît pas totalement formé. Les lèvres charnues, le petit nez, les pommettes délicates et le menton rond et imberbe présentent un contraste incongru avec sa chaude voix de baryton de présentateur radio. Il a des cheveux blond-roux, plus clairs que ceux de Fiona, et des yeux bleu pâle dont les pupilles se dilatent dès qu'il prononce le nom de « Dieu » ou une de ses variantes. Comme lui, le père Bryce descend à Chicago, puis il prendra un autre car jusqu'à Milwaukee, à environ cent cinquante kilomètres au nord, pour devenir enseignant dans une école élémentaire catholique. Le froid glacial ne semble pas déranger le prêtre. Il ne porte pas son manteau ni son bonnet en laine, qu'il a laissés avec ses sacs dans le porte-bagages. Contrairement à la plupart des passagers du car, il n'a même pas d'écharpe ou de pull, juste sa chemise noire à col romain avec le petit carré blanc et un pantalon noir. Peut-être le Saint-Esprit lui tient-il chaud. Le souffle torride et tout-puissant de Dieu.

De son côté, Alec est frigorifié. Il a beau avoir un caleçon long sous son jean, un gros pull en laine sur un sous-pull thermique et un caban marine boutonné jusqu'au menton, il ne parvient pas à se réchauffer. Il n'a pas de chaussettes, ce qui n'arrange rien.

On est le 21 janvier – un dimanche – et à la radio, un présentateur enrhumé ne cesse de jacasser, expliquant que c'est le jour le plus froid de l'année, avec une température maximale attendue de moins dix degrés et une température ressentie de moins vingt-huit.

« Je rencontre peu de non-croyants », reprend le père Bryce. Cela fait presque trois heures qu'Alec fait la conversation au prêtre. « Du moins, aucun qui soit aussi accueillant », ajoute-t-il.

Depuis Des Moines, Alec a poliment répondu à une litanie de questions sur divers sujets, allant de son enfance catholique à l'agriculture au Nebraska, le dernier endroit où il a échoué. Quand le car s'est arrêté pour faire le plein, juste avant Davenport, Alec est descendu avec son sac, a fumé deux cigarettes et acheté une barre chocolatée au distributeur. Lorsqu'il est remonté dans le car, il a changé de place, passant devant le père Bryce pour aller s'asseoir sur un siège libre, vers le fond, à gauche, mais le prêtre l'a poursuivi et s'est assis juste de l'autre côté du couloir.

Les prêtres d'Elmira adoraient les enfants de chœur et les servants de messe. C'était facile d'éviter les peloteurs qui ne pouvaient pas s'empêcher d'avoir la main baladeuse, comme le vieux père Oates avec ses yeux bouffis d'ivrogne et ses dents jaunies, ou le père Nickel qui passait son temps à prendre les petits garçons sur ses genoux comme s'il décrochait des chatons des rideaux. Ceux dont il fallait se méfier le plus, c'était les plus discrets, les plus distants. Comme le père Farrell qui débarquait souvent dans la sacristie quand Alec accrochait sa soutane. Il fermait la porte et le regardait s'habiller en l'interrogeant sur sa relation à Dieu, sur ses progrès à l'école ou ce qu'il avait pensé du sermon du père Oates. Pendant ces entretiens, le père Farrell se rapprochait peu à peu, presque imperceptiblement, jusqu'à ce qu'inévitablement, il finisse par le prendre dans ses bras et vienne poser ses lourdes mains cadavériques sur ses épaules en commençant par malaxer les muscles tendus de son cou – « Ça te plaît ? » – avant de les glisser le long de sa colonne vertébrale pour les enrouler autour de sa taille et les joindre sur le devant de son pantalon en velours côtelé. Alec regardait les articulations des poignets du père Farrell aller et venir en défaisant sa ceinture en cuir – celle que sa mère lui avait offerte pour ses douze ans. Au moment où le prêtre s'agenouillait devant lui, il y avait l'odeur familière de pommes de terre qui se dégageait de son épaisse soutane noire, la vision fugitive d'une oreille velue hérissée d'un étonnant buisson de piquants noirs et courts, son haleine aigre de tourbe et les traînées de pellicules sur ses épaules.

Alec avait juré que plus jamais il ne ferait confiance à un ecclésiastique, et encore moins à un prêtre catholique.

Le car chemine lentement sur l'Interstate 80, au milieu des rubans de neige qui jaillissent sur la chaussée délabrée givrée de sel. Au-delà de la bande d'arrêt d'urgence, les lignes électriques pendantes se succèdent en festons sur un ciel bas couleur d'acier. Les immensités désolées des terres agricoles de l'Illinois se perdent à l'infini. Ici et là, un silo ou un hangar à maïs rouillé ponctuent le paysage. Les corps de ferme éloignés ressemblent à des maisons miniatures qu'un géant fantaisiste du Midwest aurait sorties d'un sac et plantées au hasard dans le sol.

Alec jette un coup d'œil au père Bryce qui, chose incroyable, s'est endormi. Il va enfin avoir un peu de calme et de silence.

En regardant par la vitre, cependant, il a le vague pressentiment qu'il ne se dirige pas vers un avenir plus radieux, mais se contente de se déplacer d'une plaine maudite à une autre. À Ogallala, le paysage était si informe et monotone qu'il craignait de devenir fou. Il y avait des endroits reculés en dehors de la ville, dans les étendues désertiques, où il aurait juré avoir vu la terre se renfler sur son axe de rotation. Des kilomètres et des kilomètres de champs à perte de vue interrompus ici ou là par un trio de tours de transmission ou une haute girouette solitaire. Un océan de blé moissonné. Un train de marchandises à l'horizon, aussi infinitésimal qu'une colonne de fourmis. Dans ces régions de l'ouest du Nebraska, on se sent parfois petit, bête et insignifiant.

Au moins, à Chicago, il y aura des gratte-ciels. Des grands parcs publics, des stades de baseball, le métro aérien, des plages de sable au bord du lac Michigan et des milliers de femmes inconnues.

Alec a quitté le Nebraska à cause d'une femme. Elle s'appelle Emma Flahive et il l'a aimée comme il n'a jamais aimé personne, ni rien, mais ça s'est compliqué quand elle lui a annoncé qu'elle était enceinte de lui. Alec travaillait pour le père d'Emma, Kerwood Flahive, qui possédait une entreprise de déménagement prospère. Il avait changé, il était devenu travailleur et digne de confiance, et en moins de deux mois Kerwood l'avait mis sur le plus gros camion qui rapportait le plus.

Quelques semaines après avoir rencontré Emma, il s'était retrouvé dans les plaines avec elle et elle s'était donnée à lui sur la banquette arrière de la Bonneville 1969 de son père. Elle était si innocente, elle avait une telle façon de le regarder qu'il avait commencé à croire qu'il lui restait un peu d'humanité. Il ne se rappelait pas avoir jamais éprouvé un tel sentiment. Il l'avait déflorée comme on ouvre un cadeau d'anniversaire. Il savait qu'il était le premier et, au moment où il s'était répandu en elle, elle s'était agrippée à lui comme si elle s'apprêtait à tomber dans un gouffre sans fond. Les marques d'ongles sur ses flancs avaient mis un mois à cicatriser. Emma, qui avait vingt-deux ans, prenait la pilule à l'insu de ses parents mais ça n'avait pas marché. La potion sexuelle qu'ils avaient créée était si puissante qu'elle avait contrecarré la magie contraceptive.

Alec avait rencontré Emma dans le jardin de la grande maison de style Tudor des Flahive, à North Plate, alors qu'il lavait le camion de déménagement pour se faire un peu d'argent. Emma qui faisait une école de secrétariat et habitait encore chez ses parents était venue lui proposer un verre de limonade et, dès cet instant, ils étaient devenus inséparables.

Lorsque Kerwood Flahive avait appris que sa fille unique était enceinte, il avait annoncé sans détour à Alec qu'il devait l'épouser et Alec s'y était engagé. Il était sincère et s'était convaincu qu'il tiendrait promesse et fonderait une famille avec cette fille comme il faut en tout point parfaite.

Mais à mesure que la réalité s'imposait à lui, il avait commencé à paniquer. Kerwood avait donné à Alec et à sa fille suffisamment d'argent pour servir d'apport à l'achat d'une petite maison de plain-pied à Stapleton, non loin de là, et s'était même porté garant pour l'emprunt. Pendant que l'homme chargé de leur faire visiter des lieux guidait Alec, Emma et Kerwood dans les différentes pièces vides de la maison, Alec avait senti un changement s'opérer peu à peu en lui. Tout était soudain si concret, l'adoucisseur d'eau dans le sous-sol inachevé, la chaudière à gaz, la boîte à fusibles. Ces histoires d'isolant en amiante ignifugé, de vitres qui avaient été changées, l'étonnement presque érotique d'Emma face aux appareils électroménagers, sa façon de caresser du bout des doigts la surface en acier brossé du réfrigérateur. Tout ce cinéma pour une maison vide, il en avait eu la nausée. Il s'était éclipsé dans les toilettes de la suite parentale, où il avait été pris de haut-le-cœur à plusieurs reprises sans pouvoir vomir.

Ce soir-là, Kerwood et sa femme, Bridget, avaient emmené leur fille et leur futur gendre dîner dans un grill du quartier, pour fêter la nouvelle maison d'Alec et Emma. Ils avaient mangé du filet mignon et de la purée de pommes de terre à la graisse de canard, son futur beau-père avait réglé l'addition et Alec avait vraiment eu l'impression d'être accueilli au sein de la famille Flahive. Pendant le dîner, Kerwood avait même évoqué la possibilité de le nommer responsable d'un de ses camions de déménagement, avec à la clé une jolie augmentation de salaire. Emma avait gardé la main gauche posée sur son ventre toute la soirée comme si elle accordait sa bénédiction à l'enfant à naître.

Mais bien plus tard, dans la nuit, ne trouvant pas le sommeil, Alec avait appelé sa sœur à Chicago du téléphone à pièces du palier de son hôtel meublé, au centre-ville d'Ogallala, et lui avait demandé si elle pouvait l'héberger. Il n'avait pas parlé d'Emma, ni de la nouvelle maison, ni de l'enfant à naître. Il lui avait simplement dit qu'il avait besoin de changer d'air, qu'il en avait marre du Nebraska et qu'on lui avait dit beaucoup de bien de Chicago. Après quelques minutes d'hésitation, Myra lui avait dit qu'il pouvait venir chez elle et son mari, Denny, tant qu'il ne voyait pas d'inconvénient à dormir sur le canapé-lit. Ronan, son neveu de quatre ans qu'il n'avait jamais rencontré, dormait dans l'autre chambre, lui avait-elle expliqué. La seule condition, sur laquelle Myra avait insisté, c'était qu'il trouve un travail et un logement. Elle l'aiderait aussi longtemps que nécessaire, mais il devait vraiment faire des efforts. Bien sûr, lui avait promis Alec. Et ça ne le dérangeait pas de dormir sur un canapé-lit, pas du tout, il avait connu bien pire. Il avait même dormi sur une palette de transport imbibée d'urine. Il avait hâte de renouer avec sa sœur aînée. Cela faisait plus de dix ans qu'ils ne s'étaient pas vus.

Alec avait quitté Emma au milieu de la nuit avec un sac de sport en toile contenant ses quelques affaires. Il avait dormi d'un sommeil agité sur un banc de la gare routière. Dès que le soleil s'était levé, il était allé se cacher dans un box des toilettes pour hommes. Il avait quatre heures à attendre et il avait une peur bleue que Kerwood déboule dans la gare à sa recherche. Heureusement pour lui, ça n'avait pas été le cas. À la fin de la matinée, les poumons glacés par l'air vif du Nebraska, il était enfin monté dans le car Greyhound, direction l'est.

« On est bientôt arrivés ? » entend-il soudain.

Le père Bryce s'est réveillé.

« D'ici deux heures, à peu près », répond Alec.

Le père Bryce hoche la tête en se frottant les yeux. Il se tourne sur son siège, en collant le dos à la vitre, et fait face à Alec.

« Vous ne m'avez pas dit ce qui vous amène à Chicago, dit-il.

– Je vais voir ma sœur.

– Vous comptez rester longtemps ? demande le prêtre.

– Je pense, oui.

– Je peux vous poser une question ?

– Tant que ce n'est pas des maths », réplique Alec.

Le prêtre glousse en dévoilant de parfaites petites dents de cochon d'Inde.

« Avez-vous des ennuis ? » demande-t-il.

Alec se détourne et inspire profondément mais il n'ose pas souffler devant cet homme, craignant qu'il ne s'y trompe pas et sente son exaspération. Il se force à ravaler son agacement comme une cuillère de sel. Va-t-il devoir subir cet interrogatoire bienveillant deux heures de plus ? Il est allé au fond du car – en snobant ce foutu cureton – pour avoir un peu d'intimité. Il a même pris le siège dont personne ne veut à côté des toilettes qui dégagent en permanence des relents de pisse. Il aurait pu piger, non ?

« Si vous avez besoin de vous confesser, poursuit le père Bryce avec douceur, je suis là.

– Et vous me donnerez la communion, aussi ? plaisante Alec.

– C'est dimanche, répond le père Bryce. Quand je voyage, j'ai souvent une hostie sur moi, au cas où.

– Je suis parti d'Ogallala parce que j'ai mis une fille enceinte », s'entend dire Alec.

Deux rangs devant, une femme se retourne vers lui. Elle a un visage bouffi marbré de rouge percé de deux fentes enflammées en guise d'yeux. À tous les coups, c'est encore une de ces punaises de sacristie qui fourrent leur nez partout.

« Mêlez-vous de vos oignons », lui dit-il.

Elle lâche un soupir de dédain, manifestement choquée par sa grossièreté, mais se retourne en secouant la tête.

Depuis Niagara Falls, Alec s'était aperçu qu'il éprouvait du plaisir à être cruel avec les femmes. Ça lui avait passé, avec Emma, du moins c'était ce qu'il croyait. Il la traitait comme une princesse. Un vrai gentleman. Il lui tenait les portes et veillait à ce qu'il ne lui arrive rien. La dorlotait. Et voilà qu'il se montre de nouveau méchant.

« Donc, vous fuyez, dit le prêtre.

– C'est une des rares choses que je sache faire, répond Alec. Si seulement je pouvais en faire un métier. Alec Larkin, fuyard professionnel, voici ma carte. »

Le prêtre sourit.

« Vous lui avez dit au revoir ?

– Pour ça, il aurait fallu du cran », dit Alec.

Le père Bryce frotte ses mains pâles l'une contre l'autre, puis contemple sa paume droite comme s'il y avait noté un verset de la Bible.

« Comment s'appelle-t-elle ?

– Emma. »

Le fait de s'entendre prononcer son nom lui transperce les côtes de honte, la douleur est telle qu'il a du mal à ne pas se tenir la poitrine.

« Vous pouvez me dire pourquoi vous avez décidé de partir ?

– J'avais besoin de changer d'air. Je ne supportais plus la pression, là-bas. »

Il parle alors au prêtre de Kerwood Flahive, de la nouvelle maison et de l'emprunt en partie financé.

« Vous aviez l'intention d'épouser Emma ?

– C'est ce qui était prévu. »

Alec se retourne vers sa vitre et colle le front contre le verre froid et humide. Des meubles sont censés être livrés mardi dans leur nouvelle maison. La mère d'Emma les a emmenés dans un showroom où ils ont choisi un canapé, deux fauteuils assortis, une table de salle à manger et un buffet. Les trois meilleurs employés de Kerwood devaient livrer le tout avec le plus grand soin. Le jeune couple avait droit à un service haut de gamme.

« Que comptez-vous faire, à Chicago ? demande le prêtre.

– Trouver un travail. Un logement. Repartir de zéro. Ma sœur me laisse squatter son canapé-lit le temps que je me retourne. »

Le prêtre se montrant insistant, il explique que sa sœur habite avec son mari et leur petit garçon, Ronan.

« Vous avez donc un neveu, dit le père Bryce, soulignant le bon côté des choses.

– Il faut que je lui apporte un cadeau, je suppose, dit Alec. Du popcorn au caramel ou autre chose.

– Je suis sûr que pour un petit garçon, le fait de rencontrer son oncle pour la première fois est déjà un cadeau en soi. Ou alors… – le prêtre ouvre sa mallette et fouille dedans – vous pourriez lui donner ça. »

Il lui tend une bible avec une reliure de cuir noire.

L'espace d'un instant, elle semble flotter dans le couloir comme par magie, puis Alec la prend et la pose sur ses genoux. Elle est étonnamment lourde, son poids a des allures de présage.

« Elle a vécu, dit-il en regardant le dos patiné et les coins émoussés. "Père David Bryce", ajoute-t-il, lisant à voix haute le nom écrit en lettres dorées sur le rabat. Je croyais que votre prénom, c'était Bryce, ajoute-t-il.

– Je fais partie de ces malheureux affublés d'un double prénom.

– C'était un cadeau, dit Alec en montrant l'inscription.

– Elle m'a été offerte par mon guide spirituel et je l'ai depuis longtemps. Maintenant, c'est à votre tour de l'offrir à votre neveu. »

Alec la feuillette. Un léger parfum d'encens se dégage de ses pages. Alec a parfois l'impression de sentir sur ses vêtements l'odeur familière d'autrefois, y compris sur des vêtements qu'il n'a portés que bien après l'époque où il était servant de messe. Peut-être les odeurs d'église pénètrent-elles au cœur de la peau et ne vous quittent-elles jamais ?

Alec le remercie et pose la bible sur le siège libre, à côté de lui. Il se voit l'offrir à son neveu et imagine le petit garçon la lancer dans la pièce comme un ballon de football.

Ils restent un moment silencieux. Le car ralentit à l'entrée de Joliet, dans l'Illinois.

« Y a-t-il autre chose que vous voudriez me dire ? » lui demande le père Bryce.

Alec réfléchit sincèrement à cette invitation manifeste à se confesser. Il a commis ou été complice de tant de délits plus ou moins graves qu'il ne saurait pas par où commencer. Il a vu un homme tuer une vieille dame dans son magasin. Il a volé de l'argent dans l'église de sa ville natale et des meubles de bureau sur un quai de chargement de Manhattan, dans le Kansas. À Omaha, depuis la place du passager, il a vu un ancien détenu appelé Virgil Roundtree démarrer avec les fils une Cadillac DeVille 1968 en parfait état, qu'ils sont ensuite allés vendre au nord-ouest du Texas trois mille dollars à un vendeur de voitures d'occasion, et deux jours plus tard, il a aidé le même Roundtree à arracher des tuyaux en cuivre d'un immeuble résidentiel vide à Little Rock, dans l'Arkansas, et à les fourguer à un ferrailleur. Il a trompé plusieurs jeunes femmes, a volé de l'argent dans leurs sacs et, dans leurs coffrets à bijoux, des bagues, des colliers et des boucles d'oreilles qu'il a vendus à des prêteurs sur gages et des marchands d'or. Et quand il leur a brisé le cœur, il a pris plaisir à les humilier, les traiter d'idiotes ou de grosses, leur dire qu'elles étaient nulles au lit ou qu'elles puaient. Il boit trop et il lui arrive de dormir toute la journée. À part cette courte saison dans l'entreprise de déménagement de Kerwood Flahive où il a vraiment travaillé dur, il est d'une paresse indécrottable. Quand on lui fait une faveur, il ne prend jamais la peine de rendre la pareille ni même de remercier. Il est d'un égoïsme sans bornes. Il n'a pas parlé à ses parents depuis plus de dix ans. Il a appris par sa sœur que son père était devenu diabétique et il s'en fiche éperdument. Il a même été invité à passer Noël avec eux il y a quelques années et il a laissé l'invitation s'effacer de sa mémoire aussi facilement qu'un numéro de téléphone qu'il n'avait pas envie de retenir. Il aurait tant de choses à confier à ce prêtre.

« Non, répond-il au bout d'un moment. Rien. »

Quand ils arrivent à Chicago, il se met à neiger. C'est la fin de l'après-midi, le ciel est sombre, couleur d'eau sale. À l'ouest du lac Michigan, au sud de la boucle de la Chicago River, l'air grouille de petits flocons piquants qui tourbillonnent comme des moucherons couverts de chaux complètement désorientés. Des mini-tornades de journaux et de déchets traversent Randolph Street. À la gare routière, la grande enseigne lumineuse des cars Greyhound est éteinte et lorsqu'ils passent en dessous pour rejoindre le parking souterrain, elle cliquette à l'angle de l'énorme bâtiment en granit auquel elle est fixée. Manifestement, se dit Alec, ce qu'on raconte sur Chicago est vrai : ici, le vent, ça ne plaisante pas.

Le car se gare sur le gigantesque parking cimenté qui se trouve sous la gare. Le chauffeur leur souhaite au haut-parleur la bienvenue à Chicago, Windy City, « la ville du vent », patrie des Bears, des White Sox et des Cubs. À l'avant, quelques passagers applaudissent et poussent des acclamations. Alec met quelques secondes à se relever comme si ce trajet interminable l'avait vieilli. Ses genoux sont raides. Son dos et ses hanches lui font mal. Il a l'impression d'avoir reçu un coup sur la nuque. Il réussit à glisser la bible du père Bryce dans son sac de sport bourré à craquer et descend avec les autres passagers, qui semblent tout aussi exténués par le voyage. Les relents d'haleine fétide et de corps mal lavés lui donnent presque la nausée.

Alec ne regarde pas derrière lui, de peur de devoir poursuivre la conversation avec le prêtre. Dans l'escalator qui mène au niveau principal, il garde les yeux fixés devant lui. Mais au milieu de la foule qui se presse dans le terminus, il voit soudain le père Bryce se précipiter vers lui.

Le prêtre lui tend un bout de papier portant le numéro de téléphone où le joindre à Milwaukee.

« Appelez-moi si vous avez besoin de quoi que ce soit », lui dit-il, un peu essoufflé. Il a les hanches enrobées, le bas du corps un peu lourd. « Même si c'est juste pour parler. »

Alec le remercie, prend le bout de papier et le glisse dans la poche de son jean.

Au haut-parleur, *The Candy Man* de Sammy Davis Jr. est interrompu par la voix de l'agent qui annonce le numéro de quai du car à destination de Milwaukee.

« C'est pour moi, dit le père Bryce en lui serrant la main. Dieu vous bénisse, Alec.

– Vous aussi, mon père. »

Dès que le prêtre est parti, Alec se dirige vers une rangée de téléphones à pièces, devant lesquels un vétéran barbu aux cheveux longs est assis en tailleur, une pancarte sur les genoux.

J'AURAIS DÛ CREVER À KHE SANH

PARDON CHARLIE

AIDEZ UN VÉTÉRAN QUI A FAIM

Le treillis militaire semble dévorer l'homme, comme s'il y avait piégé cet être en souffrance tel un invité sans méfiance. Il demande une cigarette à Alec qui s'excuse en lui disant qu'il n'en a plus depuis Davenport.

Le cou de l'homme est couvert de cicatrices semblables à de la cire fondue.

« Dieu vous garde », répond-il à Alec.

Deux bénédictions en l'espace de quelques minutes. Ça doit être un signe. Il va peut-être se dégoter une fille à Windy City.

« Restez au chaud, ce soir », ajoute le vétéran.

Sa voix sifflante grince comme une porte moustiquaire qui a besoin d'être huilée.

Au téléphone, il a dit à Myra qu'il prendrait un taxi jusque chez elle, en haut de North Hoyne Avenue. Il lui reste quatre-vingts dollars dans son portefeuille, mais il a le sentiment qu'il doit faire attention à ne pas trop dépenser. Peut-être est-ce de voir toute la neige qui tourbillonne à l'extérieur des grandes baies vitrées.

Il appelle Myra d'un des téléphones. Il laisse sonner plusieurs fois. Il se retourne pour regarder le terminus. C'est étrange, tous ces gens emmitouflés. Ils ont des parkas par-dessus des vestes et des blousons, et le visage dissimulé par des bonnets et des écharpes comme s'ils attendaient une punition inévitable. Même les deux policiers plantés à côté de la zone d'attente ont l'air de condamnés. Ça ne répond toujours pas chez Myra et il finit par raccrocher. Pourquoi Myra n'est-elle pas chez elle ?

Au centre du terminus, devant le kiosque d'information, un homme aux cheveux gominés avec la raie sur le côté observe Alec. Il a des yeux gris au regard fixe et intense et un visage joufflu bien rasé. Il porte une veste de peintre blanche trop légère pour la saison et un pantalon de menuisier trop large. On dirait un vendeur de glaces, aussi improbable à cette heure qu'en cette saison.

« Vous êtes perdu ? lui demande l'homme.

– Non, répond Alec.

– On dirait.

– Je suis à Chicago et c'est la gare routière, réplique Alec. Si je me trompe, dites-le-moi.

– Vous avez besoin qu'on vous dépose quelque part ?

– Vous avez un taxi ?

– J'ai une voiture, il y a le chauffage et de l'essence dedans. Vous allez où ? »

Alec n'a pas pour habitude d'engager la conversation avec des inconnus, mais ce type paraît plutôt inoffensif.

« Au 4002…, commence-t-il – il a du mal à déchiffrer ce qu'il a noté dans le creux de sa main gauche –, quelque chose Hoyne.

– *North* Hoyne, rectifie l'homme. C'est à vingt minutes d'ici. Du côté de Lane Tech.

– C'est quoi ? demande Alec.

– Un lycée chic. L'acteur de *Jinny de mes rêves* y est allé. Le copain de l'autre, Roger. Enfin bon. Ça vous coûtera deux dollars. » Il prend un paquet de chewing-gums, sort une tablette, retire le papier et la fourre dans sa bouche, puis il en offre une à Alec. « Menthe verte, dit-il.

– Non merci, dit Alec.

– Vous êtes venu voir de la famille ?

– Ma sœur.

– Les taxis sont tous pris. Avec la neige, les éléments. Ça n'arrête pas de tomber, c'est apocalyptique. »

Alec regarde de nouveau par les baies vitrées qui donnent sur Randolph Street où la neige est oblique.

« Vous trouverez pas moins cher, dit l'homme. D'où est-ce que vous venez ?

– Ogallala, au Nebraska.

– Le coin le plus plat au monde, constate l'homme.

– Ça c'est sûr, dit Alec.

– J'ai passé un bon moment dans l'Iowa. Je trouvais que c'était plat, là-bas. Mais comparé au Nebraska, l'Iowa, c'est San Francisco. Comment vous vous appelez ? »

Sa première réaction est de vouloir donner un faux nom – pourquoi dévoiler le sien aussi facilement ? – mais la seule vision de la neige qui fouette les hautes baies du terminus, l'angoisse qu'elle lui inspire, l'incite à opter pour la sincérité.

« Alec, s'entend-il répondre.

– Enchanté, Alec. Moi, c'est Jack. »

Ils se serrent la main. Celle de Jack est petite, ferme et plus vigoureuse qu'il n'y paraît. On dirait la main d'un prof de sciences naturelles.

Ils sortent par les longs escalators qui mènent au niveau de la rue. Jack s'efface poliment en haut de l'escalator pour laisser passer Alec.

Ils parcourent les quatre blocs qui les séparent de la voiture de Jack sous une neige aveuglante. Le vent hurle entre les immeubles comme un animal affamé abandonné sur une colline. Alec relève le col de son caban et plisse les yeux sous les rafales de neige qui lui cinglent le front et les cils.

« Il neige toujours comme ça, par ici ? crie-t-il.

– Et vous n'avez encore rien vu », réplique Jack, apparemment immunisé. Il n'a même pas de bonnet ou de chapeau. « D'ici deux heures, on se croira en Sibérie. »

Il lui propose de porter son sac de sport, mais Alec refuse.

À un carrefour, ils sont obligés d'attendre qu'une armada de saleuses ait dégagé la rue pour pouvoir traverser. Alec commence à ne plus sentir ses doigts de pieds nus dans ses baskets et sautille sur place. De son côté, Jack n'a même pas boutonné sa veste jusqu'en haut. Ils continuent à descendre Clark Street en direction du sud et longent l'hôtel de ville en s'arc-boutant contre le vent glacial comme des explorateurs en expédition.

« J'ai le chauffage dans la voiture ! lui crie Jack en tournant dans Madison Street. Il faudra juste attendre un peu qu'il chauffe ! »

Sa Pontiac LeMans bordeaux ressemble à une voiture de patrouille. À première vue, elle est en bon état, sans rouille, bien que le toit et le capot soient couverts d'un manteau de neige. Jack ouvre la portière côté passager et Alec se glisse à l'intérieur en serrant son sac de sport.

« Attention à vos doigts », lui dit Jack en claquant la portière, puis il passe quelques minutes à gratter le pare-brise avec une raclette en plastique.

L'intérieur de la voiture sent le propre, comme s'il avait mis du désinfectant. Alec a l'étrange sentiment qu'il devrait être assis à l'arrière, qu'en se mettant à côté de cet homme, il se montre trop familier. Jack travaille à mains nues sur le pare-brise avec efficacité, en habitué des tempêtes de neige. Quand il monte dans la voiture après avoir terminé et claque sa portière, la boîte à gants s'ouvre brusquement et un gyrophare bleu de la police tombe sur les genoux d'Alec.

« Vous êtes policier ? lui demande Alec en tenant le dôme lumineux.

– Jamais de la vie, réplique Jack en le prenant. C'est au cas où je devrais procéder à une arrestation citoyenne.

– Hein ? fait Alec, surpris.

– Mettons que je suis dans mon quartier et que je vois un abruti casser la vitre d'une voiture garée, explique-t-il. Ou que je me balade du côté de Rogers Park et qu'un de ces nègres du South Side arrache le sac d'une pauvre dame. On ne sait jamais quand votre communauté peut avoir besoin de vous.

– Et vous avez déjà eu à vous en servir ?

– Pas encore, non. Mais cette ville est rongée par les problèmes raciaux. On a les nègres et les skinheads. Les gangs mexicains, les gangs irlandais, les macaronis et j'en passe. » Il range le gyrophare dans la boîte à gants et la referme en appuyant bien. « On va démarrer histoire de vous réchauffer. »

Le trajet prend du temps. Jack lui explique qu'il préfère passer par les petites rues, pour éviter les embouteillages de Lake Shore Drive. Le chauffage met longtemps à faire effet, mais au bout d'un moment, Alec réussit enfin à se réchauffer.

Encore étonné par le gyrophare, il demande à Jack ce qu'il fait dans la vie.

Jack lui dit qu'il a une entreprise de construction avec une équipe de dix ouvriers. Il monte des cloisons en placo, installe des salles de bains et fait aussi un peu de menuiserie.

« Vous faites le taxi en plus, alors ?

– Oui, c'est un à-côté. Je passe à la gare routière deux fois par semaine. Surtout quand il fait mauvais. J'arrondis mes fins de mois. Et de temps en temps, je me fais des amis. »

Ils gardent le silence quelques minutes. Alec sent que ses orteils se dégèlent. La perspective de revoir sa sœur l'angoisse. Même s'ils ne s'entendaient pas étant jeunes, il sentait parfois une réelle complicité entre eux. Mais il avait aussi l'impression qu'il ne pouvait rien lui cacher. Chaque fois qu'il mentait à leur mère, ce qui était fréquent, Myra essayait de le persuader de tout avouer – assumer le fait qu'il avait rayé la Chrysler de leur père ou admettre qu'il avait jeté un de leurs chats du haut du toit. Elle passait son temps moitié à le gronder, moitié à le protéger, et s'il détestait l'un, il lui a toujours su gré de l'autre. Curieusement, il a du mal à croire que Myra soit mariée et encore plus qu'elle ait un enfant. Il ne sait pas à quoi ressemble son mari. Et voilà qu'en plus, il est devenu oncle. Il ne sait même pas comment un oncle est censé se comporter.

Jack s'arrête devant un immeuble qui porte l'adresse de Myra et se gare.

« On y est, dit-il en jetant un coup d'œil par le pare-brise. C'est un quartier tranquille, par ici. »

Alec regarde la façade en brique des immeubles. La rue est envahie de voitures garées et de congères à moitié déblayées. Il remercie Jack et descend de la voiture avec son sac de sport.

L'appartement de Myra est au deuxième étage. Il trouve la clé sous le paillasson, comme sa sœur le lui a dit, et entre. Il n'y a personne, mais elle a laissé un mot sur la table de la cuisine.

Alec Christopher,

Bienvenue à Chicago !

Fais comme chez toi. Désolée pour le bazar. Je suis allée chercher Ronan chez la nounou. Denny devrait rentrer vers huit heures. Si tu veux dormir un peu, j'ai mis des draps propres et une couette sur le canapé. Il y a de la salade de pommes de terre et du jambon au frigo. À tout à l'heure.

Affectueusement,

Myra

En voyant son deuxième prénom dans le mot de bienvenue de Myra, Alec se sent soudain jeune et bête. Il regarde le petit appartement autour de lui. Dans le salon, il y a un canapé imprimé qui n'est pas sans rappeler celui d'Elmira. C'est sans doute le canapé-lit où il va dormir. Il doit gratter, tenir trop chaud. Les draps et la couette sont soigneusement pliés sur un oreiller. À côté d'une télévision sur pied se trouve une grande bibliothèque basse remplie de livres.

Au-dessus, le mur est couvert de photos encadrées des Larkin. Il y a un portrait de son père avant qu'il ne parte au front : il est en uniforme de cérémonie, les cheveux coupés en brosse. Il a l'air fier, plein d'espoir. Il sourit même. Myra a ses yeux. Sur une autre photo, sa mère se tient près du piano droit qui était dans leur salon à Elmira. Elle doit avoir trente ans – un peu plus jeune que lui aujourd'hui – et sourit discrètement, les yeux baissés, comme si elle cachait un secret. Elle a une robe claire, un bibi assorti, des gants blancs. Il se souvient que c'était une de ses tenues préférées pour aller à l'église. Un vase blanc orné de lilas est posé sur le piano. Ava paraît grande, timide et inconsciente de son pouvoir. Alec est surpris, il l'a toujours connue dominante, abrupte ; elle ne reculait devant rien. Juste à côté, il y a la photo de lycée de Fiona. Ses yeux pâles semblent transpercer le verre. Elle a un sourire en coin, comme si elle dissimulait une cigarette allumée dans son dos. Sa blouse blanche du lycée catholique n'est pas boutonnée jusqu'en haut et le col ouvert dégage son cou. En dessous, dans un petit cadre en métal gris acier, il y a un cliché de Joan. Elle est en train de rire, renversée par terre, dans le salon, en serrant Frank, le chat siamois de la famille. Elle porte son costume d'abeille d'Halloween, visiblement aux anges. La pauvre idiote. Il était si cruel avec elle, parfois même violent, et elle l'aimait malgré tout. Et puis il y a Lexy, élégante et mûre sur sa photo de lycée. Avec ses longs cheveux blonds, ses yeux bleus et ses pommettes hautes, on la croirait sortie d'un concours de beauté. Même sur cette simple photo, son visage respire l'intelligence.

Il y a aussi une photo de son neveu Ronan, un nourrisson chauve et tout fripé, enveloppé dans une couverture bleu ciel. Et puis la photo de Myra prise à Elmira le jour de son mariage, auquel Alec n'a pas pu se résoudre à assister. Myra qui, chose rare, est maquillée, est très belle dans sa robe blanche de mariée – vraiment heureuse – et Denny est élégant dans son smoking. Le prêtre – un homme grand et maigre au nez aquilin qu'il n'a jamais vu – les contemple d'un œil bienveillant. Alec a si honte d'avoir raté son mariage qu'il a mal au côté. Son nouveau nom de famille résonne comme un tiroir que l'on claque : *Happ*.

Et puis il y a sa photo. Il est perché sur une table de pique-nique, au bord de la Chemung, une canne à pêche à la main, une boîte à café pleine de vers de terre à côté de lui. Il doit avoir onze ou douze ans. Avec ses cheveux noirs et ses yeux bruns, il est l'imposteur de la famille. Il est en short en jean et tee-shirt blanc. Il a une trace de boue sur le visage et sourit devant l'objectif. Il ne se rappelle pas que cette photo ait été prise et se demande par qui. Probablement Myra, qui avait un petit compact Minolta qu'elle essayait de temps en temps. C'est la plus petite photo du mur, plus petite même que celle de Joan.

Le dessus de la bibliothèque est orné de quelques bibelots : une statuette d'ange, un petit cactus en pot, deux talons de billets d'un match à Wrigley Field, et une carte de baseball de Mickey Mantle sous plexiglas. Mantle porte la casquette bleu marine des Yankees et regarde au loin, une batte jaune au-dessus de l'épaule droite. Il a quelque chose d'inquiétant dans le regard, comme s'il observait une bête sauvage qui s'était introduite dans le stade. Alec retourne la carte. Elle date de 1952, la première saison de Mantle, et vaut sans doute une petite fortune. Presque sans réfléchir, il la glisse dans une poche de son caban.

Le sol est jonché de jouets. Il y a des blocs en bois, des balles de baseball en plastique, un gant de champ intérieur en cuir pour enfant et un coloriage de cowboy à moitié fini qui traîne sur un plateau. Dans le coin, un punching-ball en plastique gonflable à l'effigie de Bozo le Clown. Sur la table basse, toute une collection de petits soldats en plastique disposés en deux bataillons. Bien qu'il n'ait jamais rencontré son neveu, il sait qu'il porte le deuxième prénom de leur frère Archie. Il repense un instant à Archie Larkin, mort tout bébé, qui n'est plus qu'une tache floue dans sa mémoire.

En voyant les jouets de Ronan, ses chaussures et surtout ses petits vêtements soigneusement pliés et rangés dans un panier à linge – le slip à carreaux, le pantalon rouge en velours côtelé et le tee-shirt Casper le gentil fantôme –, Alec est pris de panique. Il va dans la cuisine, où il tombe sur d'autres traces de l'enfant : des boîtes de céréales, des bols colorés en plastique qui sèchent dans l'égouttoir, l'alphabet en aimants sur la porte du réfrigérateur, un Polaroid fixé aux quatre coins par les lettres L, O, V et E, représentant Myra, Denny et Ronan sur les marches du Shedd Aquarium. *19 octobre 1972, 4 ans de Ronan*, est-il écrit en dessous dans la marge blanche. Alec reconnaît l'écriture élégante de sa sœur, qui lui valait sans cesse des compliments à l'école. Le petit garçon a l'air heureux, il plisse les yeux à cause du soleil. Il porte un tee-shirt des Chicago Cubs. Alec ne peut pas s'empêcher de penser à l'enfant qu'attend Emma, la vie qu'il vient d'abandonner à Ogallala. Est-ce que ce sera un garçon ou une fille ? Aura-t-il ses cheveux bruns ou les cheveux blond vénitien d'Emma ? Il imagine l'accouchement, le haut de sa tête apparaître entre les jambes d'Emma, puis une épaule, puis une pince de homard atrophiée à la place d'un bras. Son cœur se met à battre à tout rompre, le bout de sa langue s'engourdit. Il ne peut pas rester là une seconde de plus. Il traverse l'appartement à grands pas en manquant de trébucher sur une batte de baseball en plastique qu'il envoie dans un mur. Il fait tomber son sac de sport puis le remet à l'épaule. Il sort de l'appartement, referme la porte derrière lui, remet la clé sous le paillasson et dévale l'escalier quatre à quatre. Au moment où il passe dans le hall étroit de l'immeuble, un homme qui vient d'entrer l'arrête. Il est emmitouflé dans une parka avec une capuche bordée de fourrure qu'il retire.

« Bonjour, dit-il à Alec.

– Oui ? répond Alec.

– Vous êtes le frère de Myra. »

Alec reconnaît l'homme du Polaroid collé sur la porte du réfrigérateur de Myra. Malgré son visage gercé par le froid et son nez qui coule, il voit bien que c'est le mari de Myra. On dirait un acteur fatigué.

« Je suis Denny, dit l'homme. Denny Happ. »

Il retire un gant de laine et lui tend la main.

L'espace d'une seconde, Alec reste sans voix. Il a l'impression d'avoir une graine de tournesol coincée dans la gorge.

« Alec, c'est bien ça ? »

Alec lui serre la main. Il est frappé par la chaleur de sa poigne, sa force.

« Désolé, je suis en retard, dit Denny en lui lâchant la main. J'ai eu un mal fou à trouver une place pour me garer. Il n'y en a pas une seule dans la rue, le dimanche soir.

– Je ne m'appelle pas Alec, finit par bafouiller Alec.

– Ah bon ? fait Denny.

– Je m'appelle Jack, dit-il.

– Mais vous ressemblez vraiment au frère de ma femme.

– Je m'appelle Jack », répète Alec en sortant la carte de visite de la poche de son jean. Son sac de sport glisse de nouveau de son épaule. Cette fois, il le rattrape au creux du bras. Il tend la carte à Denny, qui la prend. « Vous avez besoin de travaux dans votre appartement ? dit-il. On fait les cloisons, la peinture, la plomberie.

– Le gardien s'occupe des réparations, dit Denny en le scrutant. Vous êtes vraiment le portrait craché du frère de ma femme, ajoute-t-il. Je peux vous montrer une photo, si vous voulez. Vous êtes sûr que vous n'êtes pas Alec Larkin ?

– Je ne sais pas quoi vous dire, répond Alec. Je suis qui je suis, je ne peux pas être un autre.

– Désolé de vous avoir dérangé », s'excuse Denny.

En sortant de l'immeuble, Alec sent que Denny le suit du regard. Dehors, il est assailli par le vent glacial. Et soulagé de voir la Pontiac de Jack garée devant, le moteur tournant au ralenti, crachant des nuages de fumée par le pot d'échappement.

« Il n'y a personne, dit Alec en remontant dans la voiture.

– Je suis content d'avoir attendu, répond Jack. On risque d'attraper des engelures dans cette toundra. »

Alec lui demande s'il peut le déposer à un motel, mais Jack proteste.

« Vous n'allez quand même pas gaspiller votre argent dans un motel miteux. Ils vont vous racketter, vous faire casquer un paquet de frais annexes. Venez chez moi. Je suis à Norwood. Vous aurez un bon repas. Je crois que ma femme fait des côtelettes de porc, ce soir. On vous donnera un bon lit et on vous accueillera comme on sait le faire à Chicago.

– Je ne voudrais pas vous déranger, dit Alec.

– Ne dites pas n'importe quoi, réplique Jack qui démarre et met en route les essuie-glaces. Un bon lit, un bon repas, ça s'arrête là. Demain matin, je vous ramène ici, chez votre sœur. »

Sur le chemin, Alec se rappelle subitement qu'en partant de chez Myra, il a emporté la carte de recrue de Mickey Mantle. Il sent le coin du boîtier en plexiglas dans la poche de son caban.

Jack lui propose un autre chewing-gum, qu'il accepte.

« Alors, racontez-moi tout, dit-il.

– Il n'y a pas grand-chose à raconter, répond Alec. Disons que je suis en quête du prochain – je ne sais pas – chapitre de ma vie, ou de la prochaine aventure, peu importe.

– La *raison*, dit Jack. La *raison essentielle.*

– Sans doute, oui.

– Vous êtes croyant ?

– Sûrement pas, réplique Alec.

– Généralement, j'accompagne ma femme à la messe. Pour l'image.

– L'image ?

– Ça fait bien, explique Jack. J'enfile un pantalon, j'astique mes pompes. Je serre la pince au père McQuaid, je suis tout sourire. J'écoute pas vraiment le sermon, j'avoue. Pour moi, le monde est comme il est. La science, la religion, les championnats de baseball ne peuvent rien y changer. Il y aura toujours des guerres. Des famines. Des vieilles dames aux cheveux violets. Des astronautes qui flottent dans l'atmosphère. Des mariachis et des films de Godzilla. On n'est là que pour très peu de temps – comme les poules et les termites – et s'il y a un Dieu il s'en fiche clairement. »

Après un silence, Jack lui demande quelle est son expérience professionnelle. Alec lui parle de la cueillette des pommes du côté de Niagara Falls, de son boulot récent de déménageur pour Kerwood Flahive et de l'été où il a tassé le goudron sur un chantier de construction de route à Topeka, au Kansas.

« Donc, vous avez surtout travaillé comme ouvrier, dit Jack.

– Je n'ai jamais fait autre chose.

– Vous n'avez pas peur de vous salir les mains.

– Depuis que je suis parti de chez moi, j'ai toujours eu les mains sales.

– Et c'était où ?

– Elmira, dans l'État de New York.

– Un gars de la côte Est, dit Jack. Ça m'a jamais emballé. C'est rongé par la corruption. Les villes sont dégoûtantes, là-bas. La Grosse Pomme pourrie, Washington. Philadelphie est une des villes les plus sales du pays. Il y a des rats qui courent partout.

– À Elmira, il n'y avait pas de rats, dit Alec. Mais il y avait plein de catholiques. »

Jack lâche un drôle de rire en staccato d'une voix de fausset étonnamment aiguë pour un homme. Il en dépasse la limite de vitesse et, l'espace d'un instant, Alec craint qu'il ne perde le contrôle et percute un véhicule venant d'en face. Il sent ses mains qui se cramponnent à son siège.

Quelques minutes plus tard, après un long silence, ils arrivent dans une petite rue tranquille.

« Bienvenue à Norwood », lui dit Jack.

Quand ils descendent de voiture, il neige toujours mais le vent est tombé. Les flocons sont gros comme des glands. La modeste maison claire de plain-pied flanquée de deux autres quasi identiques semble être peu à peu dévorée par les congères.

Jack prend le sac de sport d'Alec, qui cette fois le laisse faire.

« Attention, lui dit-il en approchant de l'allée en pente. Ma femme a glissé tout à l'heure et elle a atterri sur les fesses. »

Le froid hivernal s'infiltre de nouveau dans les baskets d'Alec. Il retire le chewing-gum de sa bouche et le jette derrière lui. Ses gros orteils, ses cous-de-pied et ses voûtes plantaires sont gelés. Il aurait dû piquer des chaussettes dans le panier à linge de Myra.

La porte d'entrée donne directement sur un salon lambrissé. L'espace est envahi par un gros meuble de télévision, sur lequel trône une céramique bariolée représentant un clown couché sur le côté – peut-être une boîte à biscuits incongrue. Un canapé en laine marron est accompagné d'un fauteuil identique et la moquette grise peluche par endroits, comme si un chat s'était fait les griffes dessus. Pour le plus grand bonheur d'Alec, il fait bon à l'intérieur. Son estomac se tord, alléché par les odeurs de cuisine.

« Carole ! crie Jack après avoir refermé la porte. Viens faire la connaissance de mon nouvel ami ! »

Quelques instants plus tard, sa femme entre dans le salon. Carole est grande, jolie, vêtue d'un chemisier et d'un cardigan assorti à une longue jupe verte boutonnée sur le devant. Ses cheveux blonds ont un aspect si synthétique que soit elle porte une perruque, soit elle les a aspergés d'une telle couche de laque que c'est tout comme. Un vrai casque pare-balles, se dit Alec. Elle s'avance vers lui, les hanches en avant. Elle lui tend la main et il la serre. Comme elle était en train de cuisiner, sa paume est chaude.

« Carole, Alec, dit Jack. Alec, voici le grand amour de ma petite vie.

– Enchantée, Alec, lui dit Carole, puis elle chuchote à Jack qu'elle vient de coucher les filles.

– Les mômes, dit Jack à Alec. Il faut qu'on parle à voix basse. »

Il explique la situation à sa femme, lui disant qu'il a accompagné Alec chez sa sœur, dans le North Side, mais qu'elle n'était pas là.

« Je ne pouvais pas le laisser seul par un froid pareil. Le pauvre n'a même pas de chaussettes.

– On a des chaussettes, dit Carole. Je vais vous en sortir une paire de propres. » Elle se tourne vers Jack. « Côtelettes de porc et haricots de Lima, au fait. C'est déjà servi. Avec une salade mélangée à la sauce rose. Je vais chercher une autre assiette. Et si vous aimez les gâteaux, Alec, j'ai une très bonne tarte au citron vert, vous n'aurez qu'à desserrer votre ceinture d'un cran. »

Elle retourne à la cuisine.

« Quelle nana », soupire Jack.

Il apporte le sac de sport dans la chambre d'ami, au bout du couloir, et indique à Alec où se trouvent les toilettes.

Alec n'allume pas la lumière, il se contente de fermer la porte et de s'asseoir sur l'abattant de la cuvette. Cette longue journée – avec toutes ces heures passées dans le car – commence à peser dans ses mâchoires et sa nuque. Il enlève ses baskets mouillées, enroule ses pieds dans du papier-toilette et les remet. Quand il se relève, sa tête se vide de son sang. Il se revoit s'enfuir en courant de chez sa sœur. Il n'en peut plus d'être aussi lâche. Demain matin, il retournera chez elle et avouera tout à Denny. Ne supportant pas de se voir dans le miroir, il sort des toilettes sans avoir allumé la lumière une seule fois.

Dans la petite salle à manger de Jack, ils mangent des côtelettes de porc caoutchouteuses et des haricots de Lima pâteux. Il y a du lait dans de grands verres ambre. Alec n'a pas bu de lait depuis qu'il a quitté Elmira, il y a plus de dix ans, et sa seule vue, sa seule odeur lui donnent presque la nausée. Leur mère leur en faisait boire en vantant sans cesse ses bienfaits. Le calcium était bon pour les os et les dents. Sans lait, le corps ne pouvait pas se développer pleinement. Quand il était petit, sa sœur Joan buvait tellement de lait qu'il imaginait que plus tard, elle ferait plus de deux mètres et aurait d'énormes dents d'hippopotame.

« Vous n'aimez pas le lait ? lui demande Jack, percevant manifestement son dégoût.

– Je suis allergique, ment-il.

– Qu'est-ce que ça vous fait ?

– Je préfère vous épargner les détails.

– Ça vous détraque la plomberie, dit Jack comme s'il ne connaissait que trop bien les désordres intestinaux.

– Arrête, chéri, intervient Carole.

– On n'a pas de soda ? demande Jack.

– On a fini le Fresca hier. Je crois bien qu'on a du jus d'ananas en bas. Et du jus d'orange aussi.

– Mais c'est pour mon Mai Tai », dit Jack, une fourchette de haricots à la main. Il se penche vers Alec d'un air de confidence. « Je vous en ferai un, tout à l'heure.

– Ah je sais, on a de l'Ocean Spray ! » s'exclame Carole, qui se tient très droite sur sa chaise. Avec sa coiffure, on dirait qu'elle a un cygne doré perché sur la tête. Elle se tourne vers Alec et lui parle comme à un enfant : « Vous voulez de l'Ocean Spray pomme-cranberry ?

– Volontiers », répond Alec.

Carole se lève et va en chercher au réfrigérateur en trottinant sur ses escarpins blancs. Elle est séduisante, pas du tout comme Alec l'imaginait. Jack a visiblement fait un beau mariage. Quand il lui avait parlé d'elle, dans la voiture, Alec avait imaginé un double de Jack en femme, joufflue, replète, une marmotte ficelée de polyester. Carole ressemble davantage à un dauphin terrestre.

Quand elle revient avec le verre d'Ocean Spray, elle l'interroge sur sa sœur.

« Quand est-ce que vous l'avez vue pour la dernière fois ?

– Il y a quelques années, ment-il.

– Vous êtes complices, tous les deux ? demande Jack.

– D'une certaine façon, oui. On ne s'est jamais vraiment entendus, mais on a toujours été proches. On peut passer des années sans se voir, et quand on se retrouve, c'est comme si on s'était quittés la veille. »

Ils mangent tous les trois. Le silence est troublé par la respiration difficile de Jack. Alec se prend à penser que son nouvel ami n'en a pas pour longtemps ; il est peut-être à quelques grandes pizzas de l'infarctus.

« Gardez de la place pour la tarte au citron vert », lui dit Carole, quand une fillette blonde entre dans la salle à manger.

Elle porte une grenouillère en coton ornée de petits boutons-d'or bleus.

« Qu'est-ce qu'il y a, mon ange ? lui dit Carole en posant sa fourchette et en allant vers elle.

– J'arrive pas à dormir », dit la petite fille, le pouce dans la bouche. Elle a les yeux bouffis, comme si elle avait été piquée par une araignée. « Les ombres font comme des mains géantes », pleurniche-t-elle.

Carole se tourne vers Alec.

« Elle parle du sycomore du voisin. »

Encore un mouflet, songe Alec. Dès qu'on prend conscience de leur existence, il en surgit de partout.

« Viens, on va aller fermer tes rideaux, dit Carole. D'accord, mon chou ? » La fillette hoche la tête. « Je reviens », dit Carole.

Une fois qu'elles sont parties, Jack lui glisse :

« Elle faisait partie du package. Elle et sa sœur. Les belles-filles. »

Le vent secoue les fenêtres du salon. La petite maison donne à la fois une impression de fragilité et de permanence. Son centre de gravité est si bas qu'elle paraît indestructible mais elle fait autant de vacarme qu'une simple cabane en tôle.

« Mais les enfants sont de vrais rayons de soleil, pas vrai ? dit Jack.

– Absolument », s'entend-il répondre sans conviction.

Il remarque un tableau représentant un clown vagabond accroché au lambris. Le clown au maquillage criard est assis sur une caisse et se réchauffe les mains au-dessus d'un petit feu. C'est la nuit, mais un ciel orange d'apocalypse apparaît au loin. Le clown a quelque chose d'horriblement triste.

Alec sent le regard de Jack sur lui.

« J'ai quelque chose à vous proposer.

– La tarte au citron vert, dit Alec.

– Non, répond Jack en pouffant de rire. J'aimerais que vous veniez travailler dans mon équipe – qu'est-ce que vous en dites, hein ? Vous pourriez commencer mardi, ça vous laisse le temps de vous installer demain. Je vous ferai d'abord monter les cloisons. Je paie mes gars convenablement. Je pense que vous avez le profil.

– Les cloisons, répète Alec.

– C'est un boulot honnête. C'est mieux que de rester à se tourner les pouces. Dites-moi au moins ce que vous en pensez.

– OK, dit Alec.

– Sérieux, dit Jack. Vous me faites bonne impression. »

Alec voit les derniers mois de sa vie se dérouler sous ses yeux comme une vieille bobine de fil. Après avoir emballé, scotché et chargé des meubles dans un camion de déménagement de Kerwood, il va monter des cloisons en placo en plein hiver, à Chicago. Ça ou autre chose, de toute façon, il faut bien qu'il bosse. Il ne peut pas vivre aux crochets de Myra et Denny plus que quelques semaines.

« Il vous faut des chaussures de chantier et des gants, mais je peux vous avancer l'argent, dit Jack.

– Je veux bien, oui, je n'ai pas grand-chose », répond Alec.

Carole est revenue dans la salle à manger. Elle est à présent en peignoir éponge bleu ciel par-dessus sa chemise de nuit, avec aux pieds des chaussons roses en peluche à oreilles de lapin. Elle a à la main une paire de chaussettes de sport blanches cerclées de bleu et de jaune.

« Apparemment, Alec va rejoindre mon équipe ! lance Jack.

– Félicitations ! » dit-elle à Alec en lui tendant les chaussettes et en commençant à débarrasser la table.

Quand Alec la remercie pour les chaussettes et le dîner, elle lui répond « Il n'y a pas de quoi ». Elle retourne à la cuisine avec le plateau chargé des restes de côtelettes et de haricots de Lima, puis lance :

« La tarte au citron vert !

– On la mangera demain, dit Jack.

– Et notre invité, alors ! s'écrie-t-elle.

– Vous ne voulez pas de tarte, non ? » lui demande Jack.

Alex lui fait signe que non.

« Tu l'as trop fait manger, il va éclater, hein, Alec ?

– Je vais éclater, répète Alec. C'était délicieux.

– Je m'occupe du reste, chérie », dit Jack. Quand Carole revient, il lui prend la main et dépose un baiser dessus. « Je ne sais pas ce que je ferais sans elle, dit-il.

– Tu es un trésor. C'est moi qui ai de la chance.

– Va te coucher, lui dit-il. Mon nouvel employé et moi, on va aller fêter ça au sous-sol.

– Je ne veux pas de musique, lui dit Carole.

– Pas de musique, lui promet-il.

– Lui et sa chaîne hi-fi, dit-elle à Alec. Si on le laissait faire, il passerait son temps à écouter REO Speedwagon en boucle.

– On sera sages comme des images », lui assure Jack.

Carole dépose un baiser sur ses cheveux gominés et il lui serre le haut du bras de sa petite main ferme. Puis Carole dit à Alex qu'elle lui a préparé la chambre d'ami.

« Je vous ai sorti une brosse à dents, aussi. Elle est encore sous plastique, elle est toute neuve. »

Alec la remercie à nouveau et ils se souhaitent bonne nuit. Puis Carole se dirige vers le couloir.

Après avoir entendu le bruit assourdi de la porte de leur chambre qui s'ouvrait et se refermait, Jack transforme la main qui vient de serrer l'épaule de sa femme en marionnette de ventriloque.

« *Elle est encore sous plastique, elle est toute neuve*, répète-t-il d'une voix nasillarde de dessin animé. *Bip-bip-bip-bip.* » Il fait un signe de tête en direction de la chambre en levant les yeux au ciel. « Merde, des fois, j'ai l'impression d'avoir épousé Chatty Cathy. "Quand tu tires sur le cordon, tu ne sais jamais ce qu'elle va dire". »

Ils étouffent tous les deux un rire face à cette imitation de la célèbre publicité pour la poupée qui parle. Quand il rit, Jack a le visage qui se ratatine en dévoilant une rangée de petites dents tassées vaguement bleuâtres.

Au sous-sol, Jack prépare des Mai Tai avec un shaker en inox derrière un bar hawaïen bricolé surmonté d'un toit en faux raphia et orné d'une guirlande lumineuse. Un réfrigérateur est flanqué de quatre tablettes remplies de bouteilles d'alcool et de boissons non alcoolisées, et d'une étagère sur laquelle se trouve ladite chaîne hi-fi, dont les enceintes rectangulaires sont posées de part et d'autre du bar.

Au mur, à côté de l'entrée, se trouve un autre tableau de clown, un portrait en buste, cette fois. Le clown a l'air d'avoir la gueule de bois et d'être persécuté par la terre entière, en colère, presque.

« C'est Pogo, lui dit Jack en versant le contenu du shaker dans des verres à cocktail.

– Vous aimez bien les clowns, lui dit Alec.

– Il leur arrive d'être tristes, comme tout le monde, répond Jack en apportant leurs verres sur une petite table de jeu. Et en plus, ils doivent payer les violons. » Alec s'assied avec lui à la table et Jack lui tend son Mai Tai. « Il est comme à Hawaï. Bienvenue dans mon petit repaire. »

Ils trinquent et boivent. Alec sent sa langue se rétracter sous l'effet du cocktail frais et acidulé.

Il remarque un petit passage fermé par un rideau orange.

« Qu'est-ce qu'il y a, là-bas ? demande-t-il.

– C'est là que je garde tous les secrets de l'univers », répond Jack. Il vide son verre en deux gorgées à peine et retourne au bar préparer une nouvelle tournée. « Je vais vous confier un de ces secrets, dit-il en versant tous les ingrédients dans le shaker. On est là, tous les deux. Pour de vrai. On boit des Mai Tai en parlant d'homme à homme.

– C'est sûr, répond Alec.

– Vous avez un deuxième prénom ? demande Jack.

– Joseph, ment Alec sans trop savoir pourquoi.

– Comme le père de Jésus.

– Pas besoin de me le rappeler, dit Alec. J'en ai marre de tout ça.

– Joseph était artisan, vous savez. C'était un charpentier. Je crois qu'il avait toujours un marteau sur lui. Un marteau et un niveau. » Jack revient avec le shaker et ressert Alec, puis remplit son verre. « Je peux voir votre bague ? » demande-t-il à Alec en désignant sa bague de lycée.

Alec retire la bague et la lui tend.

« Notre Dame High School, lit-il à voix haute. Elmira. Elle est jolie », ajoute-t-il en la lui rendant.

Alec n'a jamais compris pourquoi il continuait à porter cette bague alors que tout ce qui a trait à sa ville natale semble être englouti dans le passé.

Jack se lève et se dirige vers le rideau orange.

« Je reviens », dit-il.

Pendant son absence, Alec boit une gorgée de son deuxième Mai Tai. Pourquoi cet inconnu est-il si gentil avec lui ? Il se demande ce qu'il a bien pu faire pour mériter ça. Malgré tout le dédain que lui inspire son éducation religieuse, il se surprend à envisager l'existence d'êtres divins. D'anges humains qui viennent vous guider dans les moments difficiles. Il repense au père Bryce et au bout de papier avec son numéro de téléphone qu'il a dans sa poche. Est-il déjà arrivé à Milwaukee ? À côté du bar, un téléphone est fixé au mur. Alec se lève, sort le papier de la poche de son jean, décroche le combiné et compose le numéro. Au bout d'un moment, un homme décroche et Alec lui demande si le père Bryce est là.

« Il est allé se coucher, je crois. Voulez-vous lui laisser un message ?

– Dites-lui juste qu'Alec a appelé.

– Entendu, Alec. Vous pouvez me donner votre numéro ?

– Non, répond-il. Je réessaierai peut-être demain. »

Alec raccroche et regarde de nouveau le portrait du clown. De près, il a la même forme de tête que Jack. Et il a quelque chose de similaire dans les yeux, aussi.

Sur ce, Jack réapparaît avec une petite boîte à chaussures dans les mains.

« Pogo le Clown, dit-il.

– Qui est l'artiste ? demande Alec.

– C'est John.

– Qui est John ?

– Il est devant vous.

– Oh, dit Alec, un peu surpris. Je croyais que vous vous appeliez Jack.

– Jack c'est mon petit nom. Vous pouvez continuer à m'appeler Jack si vous préférez. Le tableau vous plaît ?

– Oui, il est très coloré.

– La couleur est peut-être l'essentiel, dans une œuvre d'art, dit Jack. Venez, je vais vous montrer quelque chose. »

Il indique la table de jeu et ils retournent s'asseoir. Jack ouvre alors la boîte à chaussures, révélant plusieurs bagues de lycée serties de pierres différentes.

« Je les collectionne, explique-t-il.

– D'où viennent-elles ? demande Alec.

– Oh, d'un peu partout. De vide-greniers, de marchés aux puces, de brocantes. Celle-là, c'est ma préférée. »

Il donne une bague à Alec qui la tourne entre le pouce et l'index.

« Glenwood High School, promotion 1973, lit Alec.

– Je l'ai trouvée par terre dans les toilettes de la gare routière. J'adore la pierre. Le rouge du rubis.

– C'est où, Glenwood ?

– Il y a un Glenwood dans l'Illinois, mais je crois que là, c'est plutôt Glenwood dans l'Iowa.

– Comment vous le savez ? demande Alec.

– Quand je l'ai dans la main, je sens la prairie. »

Jack reprend la bague, la remet dans la boîte à chaussures et la referme. Puis il va poser la boîte sur le bar, prépare une autre tournée de Mai Tai et revient à la table de jeu avec le shaker et remplit leurs verres.

« Donc, d'après votre bague de lycée, vous êtes de la promotion 59, dit Jack.

– J'ai de la chance de l'avoir eue, répond Alec en contemplant sa bague. J'ai décroché mon diplôme de justesse.

– Vous savez ce qui est dingue, Alec ? »

Alec avale une gorgée de Mai Tai.

« Quoi ?

– Vous êtes plus vieux que moi ! » s'exclame Jack. Son visage joufflu est luisant. « En vous voyant à la gare routière, je vous donnais dix-sept, dix-huit ans ! Mais punaise, vous avez trente ans !

– Trente et un, en fait, dit Alec. J'aurai trente-deux ans en mars.

– C'est complètement dingue !

– On fait tous très jeunes, dans la famille, dit Alec.

– Les gènes, soupire Jack. Il y a des gens qui ressemblent comme deux gouttes d'eau à leurs parents. D'autres qui ont les jambes arquées comme le vieil oncle Stubin qu'on a perdu de vue. Ou ils sont nés avec un spina-bifida. Des taches de vin en forme de Texas et j'en passe. C'est dingue, les gènes, hein ?

– Dans ma famille, on est presque tous grands comme ma mère, dit Alec. Mon père ne fait qu'un mètre soixante-dix-huit à peu près.

– Elle fait combien, la maman ? demande Jack.

– Un mètre quatre-vingt-dix.

– J'y crois pas ! s'écrie Jack. C'est gigantesque ! » Il descend son Mai Tai, se ressert de nouveau et lève son verre pour porter un toast. « À tous les petits mystères.

– À tous les petits mystères, répète Alec.

– Et à Speedwagon.

– À Speedwagon.

– Le meilleur groupe d'Amérique du Nord », ajoute Jack.

Ils trinquent et boivent.

« Je peux vous montrer un tour ? demande Jack en posant son verre.

– Quel genre de tour ?

– Un tour de magie. Il est vraiment bon. »

Jack exhibe alors une paire de menottes qui sort de nulle part.

« C'est des menottes, dit Alec.

– Parfaitement, c'est des menottes. Des vraies de la police. Mettez-les et je vous montre comment les enlever.

– Comment ? dit Alec.

– Mettez-les d'abord et je vous montre.

– Vous êtes sûr ?

– Sûr, sûr », répond Jack.

Après un instant d'hésitation, Alec prend les menottes et en passe une sur son poignet gauche. Il se regarde faire comme si une part étrangement détachée de lui-même voulait voir l'autre Alec aller jusqu'au bout du tour de magie.

« L'autre aussi », insiste Jack d'un ton malicieux en montrant ses petites dents bleuâtres.

Alec commence à mettre l'autre autour de son poignet droit, quand Jack l'arrête.

« Derrière le dos, lui dit-il. Ou ça ne compte pas. »

Jack vide son verre d'un trait, puis s'approche d'Alec, lui prend doucement les poignets, les place derrière son dos et attache les menottes. Il retourne ensuite s'asseoir, son menton empâté entre les mains. Ils restent là à se regarder.

« Vous avez vu, dit Jack. Vous êtes menotté. »

Après un court silence, pendant lequel un système de chauffage souterrain se relance, Alec est soudain pris d'un fou rire. Jack s'esclaffe aussi – de nouveau, ces drôles d'éclats en staccato – et ils rient tous les deux si fort que Jack pose le doigt sur les lèvres.

« Chuuuttt ! dit-il en continuant à rire. On va réveiller Carole ! »

Alec ravale son rire et souffle par le nez.

« J'ai des menottes, crie-t-il presque.

– C'est drôle, hein ? dit Jack à mi-voix.

– Il y a longtemps que je ne m'étais pas autant marré ! » dit Alec.

C'est vrai. Voilà une éternité qu'il n'avait pas ri comme ça. Il a l'impression que son visage est énorme.

Puis, de sous la table, Jack sort une tige de bois et une corde et les pose devant Alec. C'est comme s'il organisait un jeu pour des enfants avec des objets de la maison.

« C'est pour quoi faire ? demande Alec.

– C'est les accessoires pour le reste du tour, dit Jack. Les accessoires essentiels. »

La corde, qui a un nœud à chaque extrémité, ressemble au corps d'un serpent à deux têtes.

« Ça marche comment ? » demande Alec.

Il se sait condamné d'une manière ou d'une autre, et pourtant il ne veut pas modifier le cours des événements.

« C'est très simple, répond Jack. Je vous passe la corde autour du cou, je glisse la tige dans les deux nœuds et je tourne jusqu'à ce que vous disparaissiez. »

Alec se remet à rire et Jack aussi.

« Je vais disparaître ? » répète Alec en imaginant un immense vide noir.

Va-t-il être absorbé dans le néant ? Se dissoudre en millions de minuscules particules, semblables à du pollen noir microscopique et s'envoler dans le vide ?

« Oui, monsieur, répond Jack. Comme je l'ai dit, c'est un tour de magie. Je commence à tourner la tige, vous disparaissez et les menottes que vous avez tombent par terre.

– Et après, je réapparais ? demande Alec, avec encore aux lèvres ce sourire qui lui donne l'impression d'avoir le visage déformé, caoutchouteux.

– Ça, c'est jamais arrivé, dit Jack. Mais avec la magie, on sait jamais ! On essaie, hein ? »

Jack se place derrière Alec, lui passe la corde autour du cou et insère la tige en bois dans les deux nœuds.

« Vous voyez comment ça marche ? demande-t-il, en soufflant son haleine épaissie par les Mai Tai dans la nuque d'Alec.

– Je comprends, oui », répond Alec en fermant les yeux.

Il y a une courte pause, pendant laquelle Jack semble se refermer sur lui-même. Alec ne le sent plus derrière lui.

Et puis la corde et la tige sont retirées de son cou, les menottes détachées.

« J'ai vraiment cru que vous aviez dix-huit ans », dit Jack, perplexe.

Il retourne à la petite table, pose la tige en bois dessus et la contemple comme s'il lui demandait conseil.

« Des fois, j'aimerais bien, dit Alec. J'aurais une seconde chance.

– Il n'y a que dans les petits clubs de golf qu'on donne une seconde chance. Ça s'appelle un mulligan, je crois.
– J'en aurais bien besoin, dit Alec.
– Vous êtes un bon petit gars », lui dit gentiment Jack.

Un peu plus tard, dans la voiture, ils roulent en silence vers l'est dans les rues fraîchement déblayées du North Side. Quand ils sont remontés du sous-sol, Jack est allé chercher le sac de sport d'Alec et lui a annoncé brusquement qu'il valait mieux qu'il le ramène chez sa sœur dès ce soir, expliquant qu'il y avait un problème de moisissures dans la chambre d'ami.

Alec revoit des fragments de sa vie : son lit d'enfant avec sa fine couverture en coton bleu de Pâques ; une vieille maison abandonnée à moitié calcinée par un incendie sur l'autre rive de la Chemung, avec des vitres cassées sur lesquelles son ami Roland Merlo et lui s'amusaient à jeter des pierres ; un parking désert de Topeka sur lequel il avait trouvé trente-cinq dollars dans un portefeuille en cuir marron ; les bancs en chêne lisses et frais de St John the Baptist qu'il astiquait quand il était servant de messe ; un renard roux avec dans la gueule un écureuil gris mort trottant dans le jardin d'une maison où il louait une chambre, à Sioux Center, dans l'Iowa, ses yeux perçants couleur d'ambre ; les colibris qui se disputaient le nectar des trois abreuvoirs que leur mère suspendait à l'avant-toit de la véranda dans le soleil couchant qui éclairait à contre-jour leurs petites ailes floues qui s'agitaient frénétiquement.

Jack le dépose sur Hoyne Avenue et, malgré le froid, ils restent un moment à discuter par la vitre côté passager de l'heure à laquelle Alec doit commencer le lendemain.

« Onze heures, lui dit Jack. Apportez de quoi déjeuner. »

Au dos d'une carte de visite, il note l'adresse de la maison où son équipe rénove une salle de bains et la lui tend, en lui disant qu'il y a un bus sur Montrose Avenue qui l'y conduira en moins d'une heure.

« Essayez d'être là un quart d'heure avant pour que je vous présente au reste de l'équipe.

– Entendu, répond Alec. Merci pour tout.

– Pas de problème, dit Jack qui prend son portefeuille, en sort cent dollars en billets de vingt, les plie en deux et les tend à Alec. Le temps de vous retourner.

– Je ne peux pas accepter, dit Alec.

– Mais si, répond Jack. Dites-vous que c'est une avance. Bienvenue à Windy City. » Jack glisse les billets de force dans sa main. « À demain », dit-il, puis il remonte la vitre et repart.

Alec se sent curieusement revigoré, certain d'avoir échappé à un sort tragique, il fourre la liasse de billets dans la poche de son jean puis contemple l'immeuble de sa sœur. Malgré cette seconde chance, pourtant, la haine qu'il a de lui-même ne fait que croître. Tu es un minable, se dit-il. Un minable profiteur et bon à rien. Tu vas avoir trente-deux ans. Regarde-toi.

Il est minuit passé et le froid de Chicago est totalement absurde. Ogallala n'était rien, comparé à ça. Il ouvre son sac de sport et en sort la bible que le père Bryce lui a donnée. Il la serre un moment. Lorsque le sang afflue dans ses mains, il la laisse tomber dans une congère, pris d'une soudaine envie de partir. Il referme son sac, le met à l'épaule et court jusqu'à Damen Avenue où il hèle le premier taxi qui passe.

« Vous allez où ? » demande le chauffeur noir une fois qu'il a fermé la portière.

À l'intérieur, ça sent les cigarettes menthol.

« À la gare », répond Alec.

Il s'imagine regarder par la fenêtre d'un train longue distance qui fonce à toute allure et voir au loin les champs enneigés. Les silos, les hangars à maïs et les petites fermes hérissés de stalactites de glace qui pendent des toits. Peut-être ira-t-il vers le sud, cette fois. Le plus loin possible au sud, loin de ces températures polaires.

Au bout de quelques centaines de mètres, Alec lui demande si c'est une grande gare.

« Une des plus grandes du pays », répond le taxi. Il baisse la radio qui passe de la soul. « De Union Station, vous pouvez aller à peu près n'importe où. »

Alec sort de la poche de son jean la carte de collection de Mickey Mantle. En tapotant du pouce un des coins de plexiglas, il ressent soudain une pointe de culpabilité, comme s'il avait une pièce d'or logée dans ses boyaux. Mais il déglutit à plusieurs reprises, imagine la chaude lumière du Sud sur son visage – semblable à celle qui l'envahit devant les publicités de cigarettes et les albums d'Elton John ou des Allman Brothers Band – et ça passe.

DEUXIÈME PARTIE

7

JOLIET, ILLINOIS

30 mars 1981

MYRA LEE

« Il est bien à Carbondale », annonce Marna à Myra en revenant de la salle de repos des infirmières avec deux canettes de Fanta et une grande enveloppe kraft.

Myra est en train de mettre un pansement sur l'ampoule qui s'est formée sur son talon gauche. Ses nouvelles chaussures d'infirmière lui font encore mal aux pieds. Les dernières lui ont duré quatre ans au St Francis d'Evanston, et quatre ans de plus ici, au St Joseph, à Joliet, mais moins d'une semaine après qu'elle a été promue infirmière surveillante du service pédiatrie, leurs semelles se sont trouées. Avec sa promotion et sa modeste augmentation de salaire, elle s'est dit qu'elle pouvait au moins s'offrir une nouvelle paire d'Annie Hi.

« Dale l'a vu sortir d'une Datsun blanche 200SX immatriculée dans l'Illinois », poursuit Marna en bataillant comme d'habitude pour arriver à s'asseoir sur son siège au poste des infirmières. Elle n'a que quarante ans, mais avec ses douleurs au dos, on lui en donne bien plus.

« Ensuite, il est entré chez elle, ils ont mangé des spaghettis et regardé *WKRP in Cincinnati*.

– Il est reparti ? demande Myra.

– Non, désolée, ma belle. »

Denny n'a jamais été un amateur de spaghettis. Il mangeait rarement des pâtes, pour ne pas dire jamais. Il préférait les pains de viande avec des pommes de terre ou la poitrine de bœuf à la mijoteuse accompagnée des épinards à la crème dont sa mère lui avait donné la recette. La seule fois où il avait mangé quelque chose qui ressemblait un tant soit peu à des spaghettis, c'était le jour de ses trente et un ans, où elle lui avait préparé des lasagnes qu'il n'avait même pas finies.

Myra sent sa tête se vider de son sang. Elle n'a plus eu la moindre nouvelle de Denny depuis qu'il les a quittés, Ronan et elle, il y a six ans, à l'époque où ils habitaient dans la petite maison avec les jardinières aux rebords des fenêtres et le pacanier sur la pelouse de devant. C'était à Wilmette, un peu au nord d'Evanston, où ils avaient vécu apparemment heureux pendant deux ans, jusqu'à ce que Denny disparaisse brusquement sans explication. La maison de plain-pied avec deux chambres faisait à peine plus de cent dix mètres carrés, mais elle n'avait que vingt ans et possédait un salon-salle à manger sur deux niveaux, des appareils électroménagers dernier cri, un garage attenant et des fondations très saines. Comme le père de Myra les avait aidés à financer l'apport, son salaire et celui de Denny suffisaient à payer le crédit, les factures et les mensualités de leur petite Coccinelle rouge, et à mettre un peu d'argent de côté si elle faisait attention à ne pas trop dépenser pour les courses. C'était le genre de maison où l'on pouvait élever un enfant et avoir un réfrigérateur plein sans pour autant devoir se priver à Noël. Après le départ de Denny, elle aurait voulu rester dans la maison pour élever Ronan seule, mais sans le salaire de son mari, elle n'en avait pas les moyens et avait été obligée de vendre.

Marna est la meilleure amie de Myra et son mari Dale est un ancien policier du comté de Will qui a reçu une balle dans le fémur gauche lors d'une confrontation avec un gang de l'East Side. Dale a bénéficié d'une retraite anticipée et, désormais, il possède une entreprise de nettoyage de moquette et mène par ailleurs des enquêtes pour son compte. Dale a pu obtenir des informations auprès du Homewood-Flossmoor High School où Denny avait enseigné quelque temps, et a sillonné les banlieues ouest et le nord-ouest de l'Indiana sur ses traces, avant de le retrouver au fin fond du sud de l'Illinois, à Carbondale. Il vit apparemment avec une femme du nom de Connie Fullmer, curieusement infirmière, elle aussi. Il s'avère que Denny a été un de ses patients dans un hôpital psychiatrique de Harrisburg, où il a été interné plus d'un an.

D'après Dale, il avait été hospitalisé à la suite d'un incident qui s'était produit à Murphysboro, dans l'Illinois. Il avait grimpé en haut d'un arbre et s'était mis à crier sans relâche : « Je n'ai que mon équipement ! » Quand la police était arrivée, Denny s'était déshabillé et secouait violemment les branches de l'arbre comme pour repousser des assaillants. La Veterans Association avait pris en charge ses frais d'hospitalisation au Mulberry Center, à Harrisburg, et son état s'était amélioré au fil des mois. Ses médecins lui administraient un cocktail psychoactif qui régulait suffisamment son humeur pour qu'ils estiment qu'il pouvait réintégrer la société et être suivi en consultation externe. Connie l'infirmière et Denny avaient commencé à sortir ensemble dès sa sortie.

Dale a tapé tout ça dans un rapport de cinq pages, que Myra a passé les derniers jours à lire attentivement, à la table de la cuisine de son petit trois-pièces de la résidence de Cedarwood, dans Ingalls Avenue, où elle vit avec son fils Ronan qui est actuellement en sixième au Troy Junior High School.

Les photos contenues dans l'enveloppe kraft que vient de lui donner Marna au poste des infirmières sont les preuves ultimes et marquent la fin de la mission de Dale.

Myra a peur d'ouvrir l'enveloppe. Elle imagine que Connie est une grande blonde avec de longues jambes lisses, comme Angie Dickinson dans *Sergent Anderson*. Au fond d'elle-même, elle a toujours pensé qu'elle était trop quelconque pour son mari et qu'il finirait par se laisser séduire par une femme plus belle.

Depuis la première fois où elles ont pris un verre ensemble au Earl's après le travail, il y a quatre ans, Marna conseille à Myra d'oublier Denny. À l'époque, cela faisait déjà deux ans qu'il les avait abandonnés. Ronan n'avait que six ans quand, début avril, Denny n'était pas rentré du travail alors qu'un blizzard de deux jours étonnant pour la saison avait recouvert la région de Chicago de trente centimètres de neige. La tempête était si violente qu'il avait même fallu fermer O'Hare Airport. Denny n'avait pas laissé de mot d'adieu. Il n'avait même pas emporté ses affaires. Pendant des semaines, Myra avait contemplé ses vêtements dans le placard, jusqu'au jour où elle s'était enfin décidée à les donner à Goodwill. Elle avait mis presque six mois à retirer sa brosse à dents du gobelet en plastique des Cubs posé sur le lavabo pour la jeter à la poubelle. Denny s'était volatilisé comme dans un tour de magie raté. Naturellement, Myra avait déclaré sa disparition. Quelques jours après le blizzard, la police avait envoyé une petite équipe de recherche pour passer le Centennial Park de Wilmette au peigne fin, pensant qu'il avait peut-être voulu rentrer à pied et s'était laissé surprendre par la tempête, mais cela n'avait rien donné, et Denny n'était plus revenu travailler à Homewood-Flossmoor où il enseignait l'histoire. Depuis ce funeste jour d'avril 1975 – pile au milieu de la décennie –, Myra n'a plus eu de nouvelles de lui.

Après sa disparition elle est restée en contact plusieurs mois avec son demi-frère et sa demi-sœur, Carl et Nora, mais ils n'étaient au courant de rien. Pendant longtemps, elle s'est dit qu'il était peut-être mort, mais son corps n'a jamais atterri à la morgue. Au fond d'elle-même, elle savait depuis tout ce temps qu'il était en vie. Elle n'a pas cessé de rêver de lui – des rêves frappants, réalistes, qui la laissent perdue, déconcertée et souvent en larmes. Les nuits seule sont longues.

Ronan a vécu sans son père la moitié de sa vie. Tous les matins, au réveil, Myra le trouve endormi par terre, au pied de son lit. Il a beau avoir douze ans, il se glisse dans sa chambre au milieu de la nuit et se couche en position fœtale à côté de sa table de chevet. Myra lui laisse toujours une couverture et un oreiller. Le matin, elle se contente de le secouer et, quand elle revient de la salle de bains, il est retourné dans sa chambre, au bout du petit couloir, et se prépare pour partir au collège. Quand elle a fini par en parler à sa mère, il y a quelques années, Ava Larkin lui a simplement répondu que c'était sans doute une phase passagère.

« Vous avez tous eu des problèmes de sommeil, a-t-elle dit à Myra. Laisse faire le temps. Ça finira par lui passer. »

Mais ce n'est pas le cas. Myra a envisagé de l'emmener voir quelqu'un, mais chaque fois qu'elle a appelé un psychologue pour enfants, elle a raccroché avant que la secrétaire ait pu fixer un rendez-vous. La seule idée que Ronan puisse avoir un problème lui est insupportable. Pour ne rien arranger, de son côté, Myra a l'estomac de plus en plus fragile depuis la disparition de Denny. C'est comme si chaque année d'absence avait peu à peu conduit plusieurs cavités à se fermer en elle. Elle n'a plus le même appétit qu'avant. Cela fait une éternité qu'elle n'a pas terminé un repas. Au poste des infirmières, Marna n'arrête pas de la tanner car elle est à peine capable d'avaler la moitié d'un sandwich.

Avant leur mariage, Myra ignorait tout des troubles psychologiques de Denny. Il s'était contenté de lui dire qu'il avait été réformé de West Point pour « raisons médicales ». Quand on lui posait des questions, il reconnaissait seulement avoir souffert d'une « série de migraines » sans doute « dues au stress ».

Ce que Myra avait appris plus tard, il le lui avait dit un soir, quand elle l'avait retrouvé dans le placard de leur chambre, recroquevillé sur lui-même, en train de marmonner de façon incompréhensible. Il s'était enroulé dans un plaid en patchwork d'Ava Larkin alors qu'on était en plein mois d'août. Il était comme un enfant qui se cache pour échapper au croquemitaine. C'était un peu plus de deux ans après leur mariage, alors que Ronan était bébé et qu'ils habitaient encore Hoyne Avenue, dans le quartier de North Side, à Chicago. Une fois que Myra était arrivée à le convaincre de sortir du placard, Denny s'était couché par terre dans leur chambre, la tête sur ses genoux, et lui avait raconté ses débuts à West Point. Il n'avait que seize ans et il était de loin le plus jeune des cadets. Après avoir été blessé au genou pendant un entraînement d'athlétisme, il avait dû marcher avec des béquilles et rejoindre un détachement de cadets, appelés les « blessés légers » – en d'autres termes des parias. Cette histoire, Myra la connaissait déjà, mais ce qu'elle ignorait, en revanche, c'est qu'en raison de son âge, Denny était constamment humilié par ses supérieurs qui le traitaient de « minet ». Le sergent de section du détachement des blessés légers, un gigantesque joueur de football de Colorado Springs appelé Aaron Wilde, s'était mis à l'appeler Minette. Le surnom efféminé s'était répandu comme une traînée de poudre et, malgré toutes les pompes qu'il enchaînait pour prouver sa force, il lui était resté.

Même son camarade de chambrée, un médiocre blond de Louisville appelé Laird Plotke, s'était joint aux moqueurs. Un soir, avant la descente des couleurs, il lui avait dit : « Hé, Minette, tu peux me passer du cirage ? J'en ai plus. »

Denny savait qu'il aurait facilement pu lui régler son compte, mais il avait simplement acquiescé en lui disant que le cirage était en haut de son casier.

Le fait que Denny fasse partie des meilleurs éléments de sa promotion, tant sur le plan scolaire qu'athlétique, n'y changeait rien. Sa blessure au genou – une sérieuse déchirure au ménisque qui mettrait des mois à guérir – l'avait rejeté tout en bas de l'échelle des première année. Le fait d'être relégué dans un détachement de cadets appartenant à ce qui était considéré comme la caste la plus méprisable de l'école militaire le plaçait loin derrière ses camarades. Vers la fin du second trimestre, ça allait si mal qu'il s'était enfermé dans son placard – probablement comme ce soir-là, lorsque Myra l'avait trouvé – et s'était tailladé le haut du bras gauche avec un couteau à steak dentelé qu'il avait volé dans les cuisines du mess. La blessure qu'il s'était infligée expliquait l'horrible cicatrice qu'il avait au biceps gauche.

« Ce n'était pas des migraines, donc, lui avait dit Myra en lui caressant la tempe.

– Non, avait-il admis. J'ai craqué. »

Mais ce que Denny n'avait jamais pu se résoudre à admettre, c'est qu'il s'agissait d'une tentative de suicide. Il s'était mutilé à un endroit critique de l'artère brachiale, ce qui lui avait malheureusement valu d'être réformé « section 8 », une classification militaire qui désignait une personne comme psychologiquement inapte au service. Ces détails, Myra ne les a découverts que récemment, grâce à l'enquête de Dale.

Ne se sentant pas encore prête à affronter les photos, Myra glisse l'enveloppe kraft dans son sac et sort son chéquier. Elle fait un chèque de trois cents dollars à l'ordre de Dale et le donne à Marna, qui le plie en deux et le glisse dans la poche de son pantalon.

« Si tu veux que je les regarde avec toi, dis-le-moi, lui propose Marna en lui serrant l'épaule. On peut aller prendre un verre au Earl's, j'offre la première tournée. »

Marna essaie depuis un moment de la caser avec l'ami de Dale, un noir appelé Emile Wisdom. Emile, un vétéran du Vietnam et travailleur social dont la femme est morte d'un cancer il y a quelques années, vit à Lockport.

Mais à quarante-deux ans et bien qu'elle n'ait pas un seul cheveu blanc, Myra a tiré un trait sur l'amour, la sexualité et le couple.

Sa journée finie, au lieu de retrouver Marna au Earl's, Myra tourne à droite dans Oneida Street et rejoint l'autoroute, puis prend la sortie en direction de Bloomington-Normal, vers le sud. Pendant les trente premiers kilomètres environ, elle ne regarde pas la jauge d'essence de l'AMC Pacer jaune qu'elle a achetée après avoir revendu la Coccinelle rouge. La Pacer est presque entièrement vitrée et Myra a parfois l'impression de conduire un aquarium, mais elle consomme peu. Elle ne doit faire le plein que quelques fois par mois.

La radio semble vouloir à tout prix enchaîner des chansons d'amour plus tristes les unes que les autres. *If You Leave Me Now* de Chicago, *It's a Heartache* de Bonnie Tyler, *You Light Up My Life* de Debby Boone. Ça n'en finit pas. Quand elle arrive à Pontiac, Myra éteint la radio, préférant encore le silence.

À l'ouest, le soleil couchant donne au ciel des reflets d'un mauve intense au-dessus des immenses champs de l'Illinois. Myra s'arrête prendre de l'essence dans une station-service Gulf, à Chenoa, où, après avoir rempli son réservoir, l'employé dur d'oreille insiste pour vérifier l'huile alors qu'elle lui a dit que c'était inutile. Il y a un téléphone à pièces sous le panneau Gulf et, l'espace d'un instant, Myra a envie d'appeler au Earl's pour s'excuser auprès de Marna de ne pas être venue, mais cette envie est aussitôt balayée par la vision de Denny regardant la télévision dans un canapé avec la belle Connie Fullmer aux jambes interminables. Elle pense aussi à son fils qui, après son entraînement d'athlétisme, doit être planté devant le réfrigérateur en tenue de sport à contempler un paquet de jambon en se demandant ce qu'il va se préparer comme sandwich. La culpabilité lui donne la langue pâteuse.

« Il y a assez d'huile », dit l'employé en claquant le capot.

Comme la nuit tombe, Myra a mis le cardigan couleur pêche que sa mère lui a offert à Noël. Avec le pourboire, elle finit par dépenser vingt-huit dollars, c'est bien trop. Cet argent devait lui servir à faire les courses demain.

Avant de reprendre l'autoroute, Myra vérifie l'itinéraire qu'elle a tracé au stylo rouge dans le parking de St Joe. Elle a encore une petite cinquantaine de kilomètres à faire avant de prendre la Route 51 pour parcourir les trois cents derniers kilomètres jusqu'à Carbondale, qui se trouve à la pointe sud-ouest de l'État. Elle se promet d'appeler Ronan pour voir s'il va bien dès qu'elle le pourra.

Quatre heures et demie plus tard, Myra s'arrête devant une maison moitié en pierre, moitié en bardeaux, au 703 South Dixon Avenue. La pelouse jaunie encore marquée par l'hiver qui s'éloigne est dépourvue d'arbres. Sur la gauche du toit, les gouttières semblent avoir été arrachées. Les petits arbustes à feuilles persistantes qui longent la façade de la maison ont besoin d'être taillés. Derrière la fenêtre du salon, une lueur brille à travers les rideaux écrus. Il est onze heures passées. Myra se gare de l'autre côté de la rue et coupe le moteur. C'est le genre de maison destinée à une famille peu nombreuse et elle se demande si Connie

Fullmer a des enfants, si Denny et elle ont un enfant ensemble. La Datsun 200SX blanche dont a parlé Marna est garée dans l'allée mal pavée. Sous le hayon se trouve un autocollant de soutien à John B. Anderson, le candidat indépendant à l'élection présidentielle qui vient d'être désigné. Ça doit être la voiture de Connie, Denny ne s'est jamais intéressé à la politique.

Myra frappe avec hésitation à la porte, mais comme personne ne répond, elle finit par sonner. Les rideaux du salon s'éclairent et quelques secondes plus tard, la porte s'ouvre. Devant Myra se tient une petite femme en forme de borne d'incendie, pieds nus et vêtue d'un peignoir éponge beige. Elle de grands yeux marron, des cheveux blond cendré coupés à la garçonne et une tête joufflue de bouledogue anglais.

« Vous désirez ? dit-elle.

– Vous êtes Connie ? demande Myra.

– Oui. »

Myra ne sait pas quoi dire, décontenancée par cette femme corpulente à l'allure hommasse. Connie Fullmer n'a rien à voir avec Angie Dickinson.

« Je suis désolée de vous déranger si tard, finit-elle par dire, mais est-ce que Denny est là ?

– Vous êtes ?

– Je suis sa femme, répond Myra.

– Ah, dit Connie, plus étonnée que sur la défensive. Il est très tard, pour lui.

– Je vous en prie, dit Myra. J'ai fait cinq heures de route. »

Connie la regarde un moment sans un mot.

« Entrez », dit-elle.

Elle la conduit dans sa cuisine avec coin repas et l'invite à s'asseoir à la petite table. La cuisine est impeccable et sent vaguement l'eau de Javel. Connie retire son peignoir, le pose sur le dossier d'une chaise et demande à Myra si elle veut boire quelque chose.

« Un peu de caféine ne me ferait pas de mal, répond-elle.

– Je n'ai pas de café, je suis désolée, dit Connie, mais j'ai du thé noir.

– Un thé, c'est parfait. »

Tandis que Connie remplit la bouilloire, Myra se rend compte qu'elles ont encore toutes les deux leur pantalon d'infirmière. Au dos du tee-shirt à manches longues de Connie sont énumérées toutes les villes de la tournée *Long Run* des Eagles. Ses pieds nus sont petits et pâles, d'une perfection presque enfantine.

En attendant que l'eau bouille, Connie vient s'asseoir à la table.

« Vous arrivez d'où ? demande-t-elle.

– De Joliet, répond Myra. C'est là que j'habite.

– Vous êtes infirmière, vous aussi, lui dit Connie en désignant ses chaussures.

– Pédiatrique », dit-elle en se penchant pour ajuster le pansement sur son talon. Elle avait presque oublié l'ampoule douloureuse. « Au St Joseph Hospital.

– Je suis au Mulberry Center à Harrisburg, dit Connie. Je suis infirmière psychiatrique.

– Je sais, répond Myra.

– Comment vous savez ça ? s'étonne Connie.

– J'ai engagé un détective privé pour retrouver mon mari. »

Le silence est ponctué par un tic-tac. Myra regarde autour d'elle en cherchant la pendule. Il n'y a pas une seule miette sur les plans de travail. L'unique trace de nourriture est une boîte de céréales Life sur le haut du réfrigérateur. La voilà : une pendule Félix le Chat avec des moustaches, dont les yeux oscillent de droite à gauche au rythme du cliquetis de chaque seconde.

« Vous avez des enfants ? demande Myra.

– J'ai une fille, répond Connie. Mais pas avec Dennis. Je l'ai eue avec mon premier mari. Elle étudie à SIU Edwardsville.

– Il se fait appeler Dennis, maintenant ? demande Myra.

– À ma connaissance, il s'est toujours appelé Dennis », répond Connie.

Myra hoche la tête et déglutit. Elle a l'impression que sa bouche se remplit de coton hydrophile. Elle n'a pas la force d'aborder les neuf ans qu'elle a passés avec l'homme qu'elle n'a connu que sous le nom de Denny. Pas une seule fois il ne s'est fait appeler Dennis. Même son demi-frère et sa demi-sœur l'appelaient Denny.

La bouilloire se met à chanter. Connie se lève et éteint le gaz. Elle ouvre un placard, en sort un mug couleur terre et le pose sur le plan de travail.

« Lipton, ça vous va ? demande-t-elle à Myra.

– Parfait.

– Du lait ?

– Juste une goutte, s'il vous plaît. »

Pendant que Connie prépare le thé, Myra essaie de se souvenir de la veille de la disparition de Denny. C'était un mardi soir, en 1975. Il était en retard pour le dîner. Il faisait un froid glacial pour un 1er avril, à peine plus d'un degré, et il était rentré à pied de la gare, à plus de trois kilomètres de là. Il n'avait pas son chapeau en tweed – qu'il portait depuis leur premier automne ensemble –, il était allé directement dans la salle de bains sans rien dire et n'en était ressorti que quelques minutes plus tard.

Pendant le dîner, il s'était montré silencieux, distant. Myra avait à peine pu lui arracher quelques mots.

« Ça a été, aujourd'hui ? lui avait-elle demandé.

– Oui », avait-il répondu en ouvrant à peine la bouche.

Il n'avait presque pas touché à son pain de viande.

Quand Ronan, qui était en dernière année de maternelle, lui avait demandé s'ils iraient comme prévu voir les Cubs jouer contre les Expos de Montréal à Wrigley Field, le samedi 12, en ouverture de leur série de matchs à domicile de la saison, Denny avait regardé son fils comme s'il ne l'avait jamais vu.

« Oscar Zamora va lancer », avait dit Ronan.

Du haut de ses six ans, il était déjà un fan enragé des Cubs. Il collectionnait les cartes Topps, et son passe-temps favori était d'apprendre par cœur ce qui était écrit au verso des cartes de baseball. Pour son seizième anniversaire, Myra comptait lui offrir sa précieuse carte de recrue de Mickey Mantle, cependant elle avait mystérieusement disparu en 1973, à l'époque où, curieusement,

Alec était censé s'installer chez eux, du temps où ils habitaient encore Hoyne Avenue, mais n'était jamais venu.

« À la radio, ils ont dit que José Cardenal va commencer champ gauche et frapper en deuxième », avait-il ajouté.

Cardenal était son joueur des Cubs préféré. Il aimait le côté extraverti du vétéran cubain. Cardenal avait une abondante afro et passait son temps à faire des grimaces. Dans leur petit jardin, Ronan frappait des chandelles et essayait d'imiter Cardenal en attrapant la balle à la volée comme au basket. Il avait même écrit son numéro de maillot sur toutes ses affaires d'école et ses cahiers.

Denny s'était contenté de hocher deux fois la tête sans rien dire.

Une fois couchée, ce soir-là, Myra avait voulu lui parler, mais il s'était endormi avant qu'elle n'éteigne la lumière.

Et le lendemain, le 2 avril 1975, le jour où le blizzard avait commencé, il n'était pas rentré. Myra l'avait déposé au train puis elle avait emmené Ronan à l'école. À la fin de son service à l'hôpital, elle avait récupéré Ronan, préparé le repas, l'avait mis au four pour qu'il reste chaud et était repartie à la gare avec Ronan pour aller chercher Denny. Mais il n'était jamais arrivé à la gare de Wilmette. Elle l'avait attendu trois heures, en faisant tourner le moteur de temps en temps pour que Ronan n'ait pas froid, pensant toujours qu'il serait dans le train suivant, qu'il avait peut-être été retenu au lycée à cause de la neige. À leur retour, le plat était desséché.

Connie revient avec le mug de thé et le pose devant Myra.

« Je vais le chercher », dit-elle en sortant de la cuisine.

Elle revient moins d'une minute après avec Denny, qui porte un bas de pyjama en coton gris, un tee-shirt blanc à col en V, des pantoufles bleues des Chicago Cubs et un peignoir éponge bleu ciel semblable à celui de Connie. Il est bouffi, légèrement enrobé et marche d'un pas un peu traînant. Connie le guide par le coude et l'aide à s'asseoir. Il s'installe sur sa chaise et pose les mains à plat sur la table comme un magicien s'apprêtant à révéler où est la pièce. Au bout d'un long moment, il finit par regarder Myra dans les yeux.

« Bonjour Denny, dit-elle.

– Bonjour », répond-il.

Il est bien rasé et ses cheveux qui sont maintenant plus gris que châtain clair sont coiffés exactement comme avant, avec la raie sur le côté et les oreilles dégagées. Il reste beau, malgré les quelques kilos en plus. Myra sent son cœur se serrer. Elle boit une gorgée de thé. Il ne faut pas qu'elle se laisse submerger par ses émotions. Elle va lui parler et obtenir des réponses. Elle se ressaisit et se redresse sur sa chaise.

Connie pose un verre d'eau devant Denny et lui presse l'épaule.

« Je vous laisse tous les deux », dit-elle, et elle sort dans le couloir.

Une porte se referme quelque part dans la maison. Myra et Denny restent un moment face à face en silence. Myra s'efforce de ne pas bouger. Elle sent ses mains qui se tordent sous la table. Malgré sa nervosité, elle ne lâche pas des yeux Denny, dont le regard est fixé sur un énigmatique horizon de honte, de peur ou d'indifférence. La pendule Félix le Chat ponctue le silence pesant.

« Tu sais qui je suis ? finit par demander Myra.

– Oui », répond-il.

La syllabe solitaire transperce le creux tendre de sa gorge.

« Qui je suis ? demande-t-elle.

– Myra, répond-il.

– Ça me rassure », dit-elle.

Denny boit un peu d'eau, puis repose son verre. Myra jette un coup d'œil à la pendule Félix le Chat. Il est déjà onze heures vingt-cinq. Les yeux du chat vont et viennent mécaniquement. Si seulement elle pouvait décrocher cette satanée pendule ou la recouvrir. Elle cherche les yeux de Denny. Il ne veut toujours pas la regarder. Sa respiration est très calme et régulière. Il est visiblement sous sédatif.

« Je n'attends rien, s'entend-elle dire. J'ai juste besoin de réponses, je crois. »

Denny hoche la tête.

« Ça fera six ans après-demain que tu as disparu, poursuit-elle. C'est long, Denny. » Elle boit du thé, reprend son souffle.

« Pendant un moment, j'ai cru que tu étais mort. Je n'avais aucune idée de ce qui t'était arrivé. Tu as laissé derrière toi un petit garçon de six ans. »

Il ne répond pas.

« Tu te souviens de nous, au moins ? demande-t-elle.

– Je me souviens. »

Quatre syllabes, cette fois.

Myra sort de son sac une petite photo de classe de Ronan et la glisse sur la table.

« Il est en sixième, maintenant, dit-elle. Il est au Troy Junior High School. Il fait partie de l'équipe de baseball. Il est champ centre. Il est rapide et il a un bon lancer. Il a donné le coup d'envoi, cette année. Il fait de la course à pied en ce moment.

« Ronan », dit Denny.

Sa bouche est agitée d'un tic, puis se radoucit et esquisse presque un sourire.

« Il s'intéresse plus au sport qu'à ses notes, dit Myra. Il a surtout des B, mais j'espère qu'il va se mettre sérieusement au travail parce qu'il est malin comme tout. Il sait cerner les gens.

– Je n'ai pas d'argent, dit Denny.

– Je ne demande pas d'argent, répond Myra. Je ne suis pas venue pour ça. On se débrouille tout seuls. » Elle s'aperçoit qu'elle a besoin de respirer. Elle inspire par le nez, souffle. Elle reprend une gorgée de thé, repose son mug. « Je veux juste savoir pourquoi tu es parti, Denny. »

Il hoche plusieurs fois la tête, autant de fois peut-être que de mots qu'elle a prononcés. Il reboit de l'eau.

Myra poursuit en lui disant qu'elle peut tout accepter. Il a eu peur, tout simplement, il a rencontré quelqu'un, il s'est mis à jouer ou à boire, il n'était plus attiré par elle. Elle promet qu'elle ne le jugera pas. Elle veut juste la vérité.

Il fixe son verre d'eau, comme hypnotisé.

« J'ai un vide en moi, poursuit-elle. Depuis six ans, je n'arrête pas de penser à toi. Chaque jour, j'espère que tu es en vie, que tu vas bien. Et je suis soulagée de voir que c'est le cas... » Il faut qu'elle ralentisse. Elle a l'impression que ses pensées se bousculent, qu'elle va trop en dire. Elle place les mains autour du mug de thé. « Visiblement, tu as rencontré quelqu'un avec qui tu es heureux, et je ne veux pas tout gâcher. Mais j'ai besoin de savoir pourquoi tu nous as quittés, Denny. Tu dois me le dire.

– La lumière au-dessus de la porte du garage, dit-il.

– La lumière au-dessus de la porte du garage ?

– La grosse lumière.

– Au-dessus de quelle porte de garage ?

– La lumière de la porte du garage, dit-il.

– Tu parles de la maison de Wilmette ? »

Il hoche la tête puis se tait.

Ses cheveux sentent le Vitalis. C'est le tonique qu'il mettait quand ils vivaient ensemble, le même, curieusement, que celui qu'utilisait son père. Puis il lui explique que la lumière avait commencé à communiquer avec lui.

« Oh », dit Myra, déconcertée. Elle sait bien qu'avec ses problèmes, Denny n'est pas tout à fait comme tout le monde, mais elle ne s'attendait pas à une réponse aussi énigmatique. « Qu'est-ce qu'elle te disait ? poursuit-elle.

– Elle me demandait de faire des choses.

– Quel genre de choses ?

– Des choses pas bien.

– Tu peux me le dire, Denny. Je peux tout entendre.

– Elle m'ordonnait de te faire du mal.

– Oh », répète Myra. Elle ne comprend pas exactement ce que cela signifie. « Me faire du mal comment ? Beaucoup de mal ? »

Il hoche la tête.

« Ça durait depuis longtemps ? demande-t-elle.

– Ça commençait quand il faisait noir.

– La nuit.

– Oui, c'est ça.

– Et Ronan ?

– Lui aussi, répond-il. Je devais suivre les ordres.

– Quand est-ce que la lumière au-dessus du garage a commencé à te parler ?

– Quand il faisait noir.

– Mais combien de temps après avoir emménagé à Wilmette ?

– Quand il faisait noir. »

Myra prend soudain conscience qu'il n'a sans doute plus de sens de la chronologie ou de l'histoire personnelle. C'est comme s'il pensait en images d'album de coloriage. Il y a une maison. Il y a une lumière au-dessus du garage. Il y a le noir.

« Tu étais censé nous faire du mal comment ? demande-t-elle.

– Elle me disait de me servir du marteau sous l'évier.

– Donc, tu allais nous tuer avec le marteau ? »

Il hoche la tête.

« Et tu pensais que tu devais écouter la lumière au-dessus du garage ?

– Elle me communiquait des ordres de mes supérieurs, répond-il. Des ordres très stricts.

– Auxquels tu devais obéir ? »

Encore un signe de tête.

« Sinon quoi ? demande-t-elle.

– Sinon je devais faire la même chose à toutes les autres familles. »

Myra sent les larmes ruisseler sur son visage. Au moins, elle n'a pas de mascara. Aujourd'hui, elle n'a que du rouge à lèvres qu'elle a mis dans les toilettes du troisième étage du St Joseph, avant de quitter l'hôpital, car elle pensait aller retrouver Marna au Earl's.

« Toutes les familles du quartier ? demande-t-elle.

– D'Amérique du Nord, répond-il.

– Mais tu ne l'as pas fait. »

Il fait signe que non.

« Parce que tu ne voulais pas nous faire de mal ? » dit-elle.

Il hoche deux fois la tête puis prend une serviette en papier dans le petit distributeur en plastique décoré de tournesols et la tend à Myra.

Elle ne voulait surtout pas pleurer devant lui. Elle se mouche puis se tamponne les yeux et le remercie pour la serviette.

Et toujours le tic-tac de la pendule. Et les yeux de ce foutu chat qui n'arrêtent pas d'aller et venir.

Denny étudie à présent le portrait de leur fils. Son visage gonflé est bienveillant. Cet homme autrefois viril, les traits anguleux, est prisonnier de la bouffissure des traitements, amolli par des saisons entières de léthargie forcée.

« Il court vite, tu dis ? demande Denny en contemplant Ronan.

– C'est le sprinter de l'équipe d'athlétisme. Son entraîneur m'a dit qu'il était le gamin plus rapide du collège. Il n'est qu'en sixième et il est déjà qualifié pour le championnat de l'État dans deux courses. Il tient ça de toi, c'est sûr.

– Il te ressemble, dit Denny en examinant la photo de plus près.

– Mais il a toutes tes expressions, répond-elle. Surtout quand il sourit. »

Denny regarde au dos de la photo où Myra a écrit à l'encre bleue.

« Ronan Archibald Happ, lit-il. Sixième. 1980. Troy Junior High School.

– Il a tes fossettes », ajoute Myra.

Denny retourne de nouveau la photo.

« Je suis désolé, je n'ai pas d'argent », dit-il.

Myra secoue la tête et lui répète que ce n'est pas la raison de sa venue – malgré ce qu'a dit Sophia Toscas, la gentille avocate grecque en droit de la famille de Bolingbroke qui lui a assuré qu'elle pouvait engager des poursuites en exigeant le paiement de six ans de pension alimentaire et faire saisir sa pension militaire.

Myra tend le bras et prend sa main droite dans les siennes. Denny se laisse faire. Sa main est glabre, douce et froide. Enfantine. Ses doigts sont légèrement enroulés comme s'il cachait une pierre.

« Tu es heureux, ici ? » lui demande-t-elle.

Il hoche de nouveau la tête.

« Connie est gentille avec toi ?

– S'il n'y avait pas eu Connie, je ne serais jamais sorti, dit-il.

– De l'hôpital ? »

Encore un signe de tête.

Elle lui tient toujours la main. Elle est crispée, rigide.

« Ils m'auraient gardé, dit-il.

– Et elle t'a aidé, ajoute Myra.

– Elle me coupe les cheveux.

– Elle se débrouille bien, répond Myra. J'aime beaucoup.

– Et on regarde la télévision », ajoute-t-il.

Elle lui demande quelle est son émission préférée.

« *Mork and Mindy*, répond-il. Et aussi *WKRP in Cincinnati.*

– Tu l'aimes ? demande Myra.

– Mindy ?

– Non, Connie.

– Oui », répond-il.

Elle a l'impression d'avaler du verre pilé. Elle se force à boire un peu de thé.

« Ça te dirait de revoir ton fils un jour ? demande-t-elle en reposant son mug sur la table.

– J'ai peur de la lumière, dit-il.

– La lumière au-dessus de la porte du garage ? »

Il hoche la tête.

« De notre ancienne maison de Wilmette. »

Il acquiesce de nouveau.

« Elle te parle toujours ? demande-t-elle.

– Non, mais je suis sûr qu'elle recommencera.

– Écoute, si jamais le cœur t'en dit et que tu t'en sens capable, je suis sûre que Ronan aimerait renouer avec toi. C'est vraiment un garçon formidable. Je pense qu'il te plairait. »

Denny dégage sa main et la glisse sous la table.

« On habite à Joliet, mais je pourrais l'amener passer l'après-midi ici, poursuit-elle. Je vous laisserais seuls tous les deux et je ne te demanderais rien. Tous les garçons ont le droit de connaître leur père. »

Elle scrute son visage, en quête du moindre signe montrant

qu'il a saisi, mais son attention semble s'être égarée au-delà du seuil de la cuisine.

Myra doit de nouveau s'essuyer le visage avec la serviette chiffonnée. Elle a du mal à croire qu'elle éprouve une telle pitié pour cet homme qui l'a abandonnée, cet homme dont elle a dit à sa mère, à son père, à ses trois sœurs, à Marna et Dale et à Sophia Toscas qu'il n'était qu'un sale lâche. Ronan sait que son père était un brillant espoir de l'athlétisme à Chicago, délégué de sa classe en terminale, qui avait obtenu une place à l'académie militaire de West Point alors qu'il n'avait que seize ans. Curieusement, il n'a aucun souvenir de lui. Alors qu'il avait déjà six ans quand Denny est parti et qu'il avait passé des heures à jouer avec lui à la balle dans le jardin, il est parvenu à le refouler de sa mémoire. Et à présent, son père est cet homme énigmatique qui ressemble beaucoup à Robert Redford, l'acteur du *Cavalier électrique*. Il ne connaît de lui que les photos des albums.

Myra dit à Denny qu'il est tard et qu'elle doit partir.

« Tu peux la garder, dit-elle en désignant la photo de classe de Ronan qu'il tient toujours.

– Je collectionnais les pointes de flèche, dit-il soudain, comme pris d'une inspiration venue de nulle part. Le parc de Starved Rock.

– Quand tu étais petit, dit-elle.

– Quand j'avais son âge, répond-il en montrant la photo. À Oglesby.

– Quand on s'est rencontrés, tu m'as raconté que tu allais souvent dans ce parc, lui rappelle Myra. Tu as tellement de bons souvenirs de là-bas.

– Les canyons, dit-il d'un ton rêveur sans terminer sa phrase.

– Quoi, les canyons ? »

Mais il ne répond pas. Sa pensée semble s'être volatilisée comme une phalène dans le noir.

Dans le rapport de Dale, les médecins du Mulberry Center disaient que lorsque Denny avait été admis à l'hôpital, il était considéré comme un homme dangereux et imprévisible qui présentait un risque pour lui-même ou pour les autres. Myra trouvait la formule curieusement guindée, comme si elle était rédigée dans un jargon juridique.

Il glisse la photo de Ronan dans la poche de son peignoir.

« Tu penses quelquefois à nous ? s'entend-elle lui demander.

– Oui, dit-il.

– Et à quoi tu penses exactement ?

– À certains moments, répond-il. Noël. Un voyage en montagne dans l'État de New York.

– Dans les Catskills, dit Myra, encouragée. On était allés voir mes parents à Elmira quelques mois après la naissance de Ronan. Et après, on était montés à Tannersville et on avait passé le reste de la semaine dans ce joli hôtel.

– Je me souviens des chèvres, dit-il.

– Les petites chèvres sur le papier peint.

– Leurs têtes, ajoute-t-il en regardant le fond de son verre. On aurait dit qu'elles pensaient. »

Ils avaient passé une semaine merveilleuse à Tannersville. Denny était plein d'entrain, fou de son fils et ils étaient amoureux.

« On te manque ? » demande Myra.

Il hoche la tête imperceptiblement comme s'il tressaillait à la vue d'un moustique. Puis il prend une expression de profonde confusion. On dirait qu'il regarde quelque chose qui brûle à travers le brouillard.

Une porte se ferme et Connie revient.

« Il est temps de te coucher, Dennis », dit-elle en mettant la main sur son épaule.

Elle a enlevé son pantalon d'infirmière et mis un bas de pyjama assorti à celui de Denny.

Denny pose la main sur celle de Connie.

« Au lit, Denny, dit-elle.

– Au lit », répète-t-il.

La main toujours sur l'épaule de Denny qui tient la sienne, Connie demande à Myra s'ils ont bien discuté, comme si Denny était un petit garçon qui avait ramené un de ses camarades de classe après l'école et devait maintenant aller se laver les mains avant le dîner.

« Je pense, oui », dit Myra.

Denny écarte sa chaise de la table et se lève. Ses mouvements sont précautionneux, un peu raides. Quelque chose s'est emparé de ses articulations. Il lui fait penser à son père, à la lenteur de ses mains percluses d'arthrose après trente années passées à manipuler des leviers, des broches et des vilebrequins en fonte.

Denny a le visage encore jeune, cependant, avec très peu de rides. Ses yeux sont étonnamment limpides. Elle n'aura aucun mal à se souvenir de cette image de lui.

« Au revoir, Denny, dit Myra.

– Au revoir », répond-il tourné vers le couloir.

Elle a le sentiment que la machinerie de son corps est déjà engagée sur une pente irréversible.

« Je vais le coucher et puis je vous raccompagne », dit Connie.

Myra hoche la tête.

Denny s'éloigne dans le couloir au bras de Connie sans se retourner. Leur relation lui fait penser à l'élevage du bétail. Denny est un bovin et Connie une fidèle fille d'étable. Le jour, elle le mène dans un champ. Elle pose devant lui une botte de foin et lui dit quand manger, quand boire de l'eau, quand dormir. Elle le conduit au bout d'une corde. Quand il pleut, elle le fait entrer à l'intérieur. Leur arrangement semble si simple, si primitif qu'il en est presque absurde, et pourtant, on sent une forme d'amour. Il y a entre eux une intimité ritualisée que Myra n'a jamais vraiment connue avec son mari.

Une heure plus tard, Myra traverse l'Ohio River dans un état second et s'arrête dans un *diner* ouvert vingt-quatre heures sur vingt-quatre au beau milieu de la campagne du Kentucky, juste avant Paducah. Elle ne sait pas pourquoi elle a décidé de poursuivre vers le sud sur l'Interstate 24. À Marion, elle aurait dû prendre la sortie nord, en direction de Joliet. Mais elle est partie vers le sud. Avant d'entrer dans le *diner*, elle contemple la rivière dont la surface est aussi lisse que de l'obsidienne, comme si elle pouvait se mettre pieds nus, se planter au milieu et attendre qu'apparaisse un être étrange qui la conseille sur la prochaine étape de sa vie.

Il y a peu de monde dans le restaurant. Un cuisinier chauve en tee-shirt blanc aux manches roulées jusqu'aux épaules va et vient derrière le passe-plat. Lorsque Myra s'assied au comptoir, une serveuse lente en tenue rose Pepto-Bismol la salue. Myra pose devant elle sa carte routière pliée et met son sac entre ses pieds. Elle n'a rien mangé depuis sa pause déjeuner, il y a une douzaine d'heures, et son ventre gargouille depuis qu'elle est partie de chez Connie.

La serveuse lui apporte le menu et lui demande si elle veut du café.

« Je veux bien, merci », répond Myra.

Au-dessus du jukebox, une télévision couleur fixée au mur rediffuse les informations, le son éteint. Au bout du comptoir, un homme massif vêtu de jean délavé des pieds à la tête est penché sur une assiette d'œufs brouillés accompagnés de pain perdu. Dehors, il s'est mis à pleuvoir.

Myra commande deux œufs au plat retournés avec du pain de mie toasté et des galettes de saucisse. Elle verse dans son café deux dosettes de crème et en boit la moitié. La faim la rend fébrile. Quand elle repose sa tasse, elle a les mains qui tremblent.

« On a tiré sur le président », dit l'homme en jean en montrant la télévision d'un signe de tête.

Dan Rather marmonne en silence aux téléspectateurs, avec derrière lui un plan fixe du président Reagan.

« Qui ça ? demande Myra.

– Un jeune cinglé, apparemment, répond l'homme. Il a touché Reagan et trois autres.

– Reagan est mort ? demande Myra.

– Non. Le gamin s'est servi d'un revolver calibre .22. Il aurait dû prendre un .45. Ou un 9 millimètres. Ça aurait fait l'affaire. Le résultat de l'élection ne devait pas lui plaire. »

Myra a voté Carter, qui lui semblait plus gentil ; au lieu de la tête de Ronald Reagan, c'est le visage amolli de son mari – le regard tourmenté de Denny – qui s'impose à son esprit.

Une minute plus tard, une sonnette retentit dans la cuisine et la serveuse lui apporte son plat, la ressert de café et pose à côté de la tasse un grand verre d'eau glacée. Myra commence à manger sans même rajouter du sel et du poivre. Elle engloutit les œufs, puis le toast puis les trois petites galettes de saucisse, et elle est aussitôt revigorée. Elle vide d'un trait son deuxième café. Quand la serveuse vient lui en resservir, Myra lui demande s'il y a un téléphone et elle lui indique un couloir lambrissé au fond du *diner*, en face des toilettes.

Myra se dirige vers le téléphone avec son sac et sort quelques pièces de vingt-cinq cents. Elle a les mains si tremblantes qu'elle a du mal à glisser les pièces dans la fente. Elle respire à fond et finit par y arriver.

« Il est super tard, dit Ronan d'une voix fatiguée en décrochant. T'es où ? »

Myra jette un coup d'œil à sa montre. Il est presque une heure et demie du matin. Elle lui dit qu'elle est allée faire un tour et n'a pas vu passer le temps. Un mensonge absurde, mais elle ne sait pas quoi dire d'autre.

« Mais tu rentres, hein ?

– Bien sûr, répond-elle.

– Tu ne sors jamais aussi tard.

– J'aurais dû t'appeler avant, je suis désolée. Si tu n'arrives pas à dormir, tu peux te faire chauffer du lait dans une casserole. Il y a de la cannelle à côté du grille-pain.

– Tu as raté mon meeting, dit-il.

– Oh, Ronan, je suis désolée. » Elle était si obnubilée par Denny qu'elle a oublié le meeting, pensant qu'aujourd'hui ce n'était qu'un entraînement. Sa culpabilité ressurgit. « Comment ça s'est passé ? demande-t-elle.

– J'ai gagné le cent et le deux cents mètres.

– Bravo, dit-elle. Et le relais ?

– On était loin devant, mais Dee Bynum nous a disqualifiés en courant en dehors de son couloir. Autrement, on se serait facilement qualifiés pour le championnat de section.

– Vous n'aurez aucun problème pour vous qualifier, le rassure-t-elle. Il faut juste que Dee reste dans son couloir.

– Je sais », répond-il.

Il y a un silence. La respiration de son fils à l'autre bout du fil l'apaise.

« Tu es allée où ? demande-t-il.

– Juste faire un tour.

– Mais où ça ?

– Je suis allée au parc de Starved Rock, ment-elle.

– Pourquoi ?

– J'avais besoin de me vider la tête. J'ai eu une journée difficile.

– Encore des enfants qui sont morts ?

– Oui. Un petit garçon a eu un accident de voiture et ne s'en est pas sorti. Il avait perdu trop de sang. »

Elle déteste mentir à Ronan. Ça lui donne l'impression de perdre ses cheveux par poignées.

« Marna a appelé, tout à l'heure, dit-il. Elle n'a pas arrêté de me demander si je t'avais eue au téléphone. Elle avait l'air inquiète.

– J'étais censée la retrouver au Earl's après le boulot, mais je n'y suis pas allée. J'avais mal au ventre.

– Prends du Maalox, lui dit-il.

– J'en ai pris », dit-elle.

Encore un mensonge.

« Et il y a aussi Emile qui a rappelé.

– Tu as noté son numéro, cette fois ?

– Il l'a pas laissé », répond Ronan.

La serveuse dépose l'addition de Myra sur le comptoir, les deux femmes se regardent et Myra lui sourit.

« Il est noir ? demande Ronan à propos d'Emile.

– Oui, répond Myra. Je crois qu'il est moitié-moitié.

– Il est mulâtre.

– Oui, dit Myra, mais tu ne dois pas utiliser ce mot-là.
– Pourquoi ?
– Parce que ça ne se dit plus. À l'hôpital, une des infirmières s'est fait incendier à cause de ça.
– C'est comme le mot qui commence par N.
– Un peu, oui.
– Pourquoi ?
– Peut-être parce qu'il y a le mot "mule" dedans.
– Mais c'est des animaux gentils, les mules, répond Ronan. C'est très bien, les mules.
– Le problème, justement, c'est que ce sont des animaux, répond Myra. Et les animaux sont inférieurs aux hommes.
– Alors qu'est-ce que je dois utiliser, comme mot ?
– Je ne sais pas, dit Myra. "Métis", peut-être… ou "mélangé".
– Il est *mélangé* ?
– Voilà.
– Ça fait boisson protéinée. »

Myra rit. Ronan a le don de la faire rire quand elle s'y attend le moins.

« Tu sors avec Emile ? demande-t-il.
– Non. Le mari de Marna veut me le présenter. Ça te dérange qu'il soit noir ?
– Non », répond Ronan.

La résidence de Cedarwood est composée de seize immeubles de trois étages. Il y a peut-être une douzaine de familles blanches dans toute la résidence. Bien que Ronan et elle soient les seuls blancs de leur immeuble, Myra s'est toujours sentie bienvenue. Tous les enfants noirs et mexicains traitent Ronan comme un des leurs.

« Je n'ai rien contre Emile, dit Ronan. C'était juste comme ça. Au téléphone, il avait l'air cool.
– Comment tu es rentré du meeting ? lui demande-t-elle.
– Coach Blazing m'a raccompagné.
– C'est gentil de sa part. Il faut que je l'appelle pour le remercier.

– Il veut que je commence le saut en longueur. D'après lui, je pourrais faire 5,48. À 5,43, on est qualifié pour le championnat d'État.

– Ton père faisait du triple saut, dit-elle.

– Je sais, c'est ce que j'ai dit à Coach Blazing.

– C'est comme ça qu'il s'est blessé au genou à West Point. » Myra revoit le visage de Denny, sa main sur celle de Connie, et son estomac flanche. « Tu as dîné ?

– J'ai fini le reste des pâtes toutes prêtes.

– Et les légumes ?

– J'en prendrai une double ration demain.

– Et tes devoirs ?

– Je les ai faits. »

Du téléphone à pièces, Myra regarde d'un œil l'émission spéciale sur la tentative d'assassinat de Reagan. Les images au ralenti de ses gardes du corps qui plaquent des gens au sol. Le président est tombé comme une personne âgée dans une rue verglacée.

« Tu as regardé les informations ? demande-t-elle.

– Non. Pourquoi, il s'est passé quelque chose ?

– Non, ment-elle encore une fois. Je me demandais seulement s'ils avaient parlé des Cubs.

– Ils vont encore se planter, dit-il. Bill Buckner est leur seul bon joueur.

– Et Yván DeJesús ?

– Il est nul.

– Je croyais que tu aimais bien DeJesús. Tu imitais toujours sa position à la batte.

– Il a fait son temps, répond Ronan. Il a encore un bon bras, mais pour la mobilité, il vaut plus rien… Tu pleures ?

– Non, répond Myra.

– Tu viens de renifler.

– Il pleut et j'ai le nez qui coule.

– Tu es dehors ?

– Non, à l'intérieur. Je suis dans un *diner*.

– Où ça ?

– Je ne te le dis pas.
– Pourquoi ?
– Parce que je ne suis pas obligée.
– Tu es au Denny's de Jefferson ?
– Non, dit-elle.
– Tu pleures.
– Non, je t'assure. »

Myra se passe la main sur les joues, ce qui la fait encore renifler.

« Arrête de te lamenter sur ton sort. »

C'est ce qu'elle lui dit toujours quand il s'apitoie sur lui-même.

« Tu es plus solide que tu le crois », ajoute-t-il.

Ça aussi, elle le lui dit toujours.

« Je suis solide », répond-elle.

Elle se revoit face à Denny dans la petite cuisine, la main posée sur la sienne, la tristesse qui se dépose sur leurs membres comme du pollen.

« Tu rentres quand ? demande Ronan.
– Bientôt. Ne m'attends pas.
– Je pensais mettre la chaîne sur la porte, dit-il, mais tu ne pourras pas rentrer.
– Le verrou suffit amplement. Ne t'inquiète pas.
– OK. Mais tu me jures que tu es en route.
– Je te jure, répond-elle. Et promets-moi de te brosser les dents et de te coucher.
– Promis.
– Désolée d'avoir raté le meeting.
– Du moment que tu viens au championnat de district, dit-il.
– Promis.
– Et de section.
– Et de section.
– Et de l'État, aussi.
– Bien sûr, dit Myra.
– Je dois terminer dans les deux premiers du championnat de section pour être qualifié pour le championnat d'État.

– Tu réussiras, dit-elle.

– Ne prends pas une amende pour excès de vitesse.

– Promis », dit-elle.

Après avoir raccroché, Myra va aux toilettes et vomit tout son repas. Depuis quelque temps, elle a de plus en plus de mal à garder ce qu'elle mange. Elle maigrit. Et plus d'une fois, elle a vu du sang dans ses selles. C'est probablement un ulcère. Elle se dit que c'est sans doute le stress d'élever seule un garçon de douze ans. De travailler à temps plein sans jamais s'arrêter. D'essayer de joindre les deux bouts avec un salaire d'infirmière.

Elle se rince la bouche au lavabo, retourne au comptoir et règle l'addition en laissant un pourboire d'un dollar. L'homme en jean est parti. Myra prend sa carte routière et remercie la serveuse.

« Bonne nuit, lui répond-elle. Faites attention à vous. »

Il pleut toujours. Sans trop savoir pourquoi, elle poursuit vers le sud sur la Route 45. Avec la pluie, les réverbères intermittents se changent en taches sur le pare-brise. À la radio, on ne parle que de la tentative d'assassinat du président Reagan. L'ancien acteur d'Hollywood n'est en poste que depuis deux mois. Une balle tirée par John Hinckley Jr. l'a touché au poumon alors qu'il venait de faire un discours à Washington. Plusieurs personnes sont blessées, dont Jim Brady, le porte-parole de la Maison-Blanche.

Myra éteint la radio. Il n'y a que des chansons d'amour et des nouvelles dramatiques. Elle n'a pas voté pour Reagan, mais elle le plaint. Elle sait que c'est un ancien démocrate, qu'il est né à Tampico, dans l'Illinois, juste à l'ouest de Joliet, non loin de la frontière avec l'Iowa, à une vingtaine de kilomètres de la Rock River, et qu'il a été gouverneur de Californie. Elle préfère la décence de Jimmy Carter et ses positions sur les droits de l'homme, et pense qu'il a été injustement critiqué à cause de la crise pétrolière et du marasme économique dont il a hérité, sans compter la situation des otages retenus en Iran. Peu de présidents auraient pu survivre à de telles difficultés.

Quand elle arrive aux abords d'Oak Grove dans le Kentucky, Myra se gare sur la bande d'arrêt d'urgence pour regarder la carte sous le plafonnier de la Pacer. Elle pourrait continuer vers le sud. Les villes s'échelonnent jusqu'au golfe du Mexique comme autant de provocations. Elle pourrait continuer à rouler jusqu'au petit matin. Elle pourrait faire une courte sieste à Memphis et atteindre La Nouvelle-Orléans avant midi. Regarder le soleil moucheter la surface du lac Pontchartrain. Recommencer sa vie là-bas. Disparaître exactement comme Denny, il y a six ans. Changer de nom, trouver une ancienne remise à calèches et y vieillir, anonyme et sans témoin. Plus besoin de se soucier de Ronan, des courses, des rappels de vaccin, des réunions parents-professeurs, de travailler dans cet hôpital en triste état où les enfants sont abandonnés, souffrent et meurent trop souvent. L'espace d'un instant, elle est enthousiasmée par cette idée, cette possibilité de se réinventer entièrement. Elle pourrait commencer à écrire. Ou se mettre à l'aquarelle. Elle pourrait travailler dans une librairie de livres d'occasion et parler avec un accent. Multiplier les aventures. Peindre les bordures de sa remise d'un beau jaune électrique. Son jardin serait sauvage, échevelé. Elle ferait pousser des tomates anciennes avec de drôles de formes et elle aurait des ruches. À l'intérieur, elle se baladerait nue, se doucherait rarement, se laisserait pousser les poils sous les bras et dormirait sur des oreillers extravagants. Elle fumerait du haschisch, écouterait Joni Mitchell, lirait les nouvelles de John Cheever et les romans de Toni Morrison et de Joyce Carol Oates.

Mais à mesure que les essuie-glaces balaient la pluie, ces idées s'effacent peu à peu comme si elle les avait écrites du bout du doigt sur le pare-brise. Elle ne voit plus que son fils. Ronan qui court sur une piste cendrée. Ses longs cheveux cuivrés flottant derrière lui. Ses yeux noisette inquisiteurs qu'il tient d'elle. Ses bras d'adolescent qui d'ici deux mois seront couverts de piqûres de moustique. Ses mollets pâles curieusement musclés. Elle démarre, se réengage sur l'autoroute, sort par la bretelle suivante, fait demi-tour et reprend la direction du nord.

Il lui faudra plus de six heures pour rentrer à Joliet. Après avoir retraversé l'Ohio River, elle devra prendre de l'essence et au moins deux autres cafés pour rester éveillée et il est probable qu'elle se fera porter malade, mais elle a pris sa décision : elle ne fuira pas sa vie. Elle retournera dans son petit appartement du deuxième étage du bâtiment 6 de la résidence Cedarwood, au 2421 Ingalls Avenue, où son fils endormi sera recroquevillé anxieusement au pied de son lit, attendant sa main aimante.

8

PADUCAH, KENTUCKY

10 avril 1982

ALEC

Les rives de l'Ohio sont particulièrement nauséabondes, aujourd'hui. Aussi nauséabondes qu'un sac de truites laissées au soleil. Alec sort la dernière cigarette de son paquet de Pall Mall, l'allume, et s'assied sur son plot en ciment préféré. Il mesure soixante-quinze centimètres de haut et à en juger par son anneau en fer à béton, c'est sans doute une ancienne borne d'amarrage, probablement destinée aux petits bateaux. Les yoles. Les canots à moteur. Les canoës et les kayaks.

D'après le *Courier-Journal* avec lequel il vient de s'essuyer, c'est un samedi. Il y avait encore Ronald Reagan en une. Ce connard de Reagan avec ses faux cheveux caoutchoutés. Et dire que le pays est dirigé par un ancien acteur d'Hollywood. Va comprendre. Il est un peu plus de midi et le soleil lui caresse le visage. Il a besoin de se doucher et de se raser et le soleil le purifiera, le débarrassera de toutes les odeurs et des bactéries. Deux fois par semaine, il se faufile en douce dans le petit centre d'hébergement de la 12e Rue où il a habité quelques mois, après avoir passé trois semaines derrière les barreaux pour avoir essayé de voler de l'argent dans la caisse d'un bar de bowling, et récupère un rasoir usé dans la poubelle et la moindre rognure de savon qu'il peut trouver. Il se douche, se rase, va aux toilettes et se brosse même les dents avec le doigt s'il y a du dentifrice qui traîne. Si Ulysses, le vieux noir à moitié aveugle, est à l'accueil, il peut même le persuader de lui donner un ou deux rouleaux de papier-toilette pour éviter d'avoir à se servir de cette saloperie de journal à chaque fois qu'il a envie de chier. Mais pour l'instant, il se contente de laisser faire le soleil de début avril. Compte sur le pouvoir des rayons ultraviolets. Il tourne le mot dans sa tête : ultraviolet… ultravioline… ultraviolence…

Alec en est à la moitié de sa cigarette quand un garçon sort des broussailles avec une canne à pêche et un petit seau rose qui ressemble à un jouet de plage. Il est maigre, blond-roux, vêtu d'un jean trop grand et d'un sweat à capuche d'adulte marqué University of Louisville. Ses baskets sont couvertes de boue.

Lorsqu'il s'approche, Alec tire une dernière bouffée de cigarette et la jette derrière lui dans l'eau.

« La pêche a été bonne ? demande-t-il.

– Non, j'ai rien pris, à part un petit crapet arlequin, mais je l'ai rejeté à l'eau, cet enfoiré, répond le gamin.

– Je ne savais pas que les poissons pouvaient être des enfoirés, dit Alec.

– Y a des enfoirés partout.

– Tu auras peut-être plus de chance en descendant à quatre cents mètres d'ici, lui suggère Alec, en montrant d'un signe de tête le petit port de plaisance où il vit sur sa péniche délabrée. Il y a un petit quai où tu peux lancer ta ligne, ajoute-t-il. Il y a toujours quatre ou cinq noirs tout tordus qui traînent là à pêcher et jouer aux dominos, mais si tu restes dans ton coin, ils te laisseront tranquilles.

– J'ai pas peur des noirs », répond le garçon.

Il a des cheveux couleur de rouille, et de près Alec voit qu'il a également des taches de rousseur, comme sa sœur Fiona, qu'il n'a pas revue depuis qu'il est parti de chez lui, voilà plus de vingt ans. Emma, la femme avec qui il était censé se marier et élever un enfant au Nebraska, avait des taches de rousseur, elle aussi. L'espace d'un instant, Alec imagine l'enfant qu'il ne connaîtra jamais. Est-ce un garçon ? une fille ? une pauvre créature à moitié formée en fauteuil roulant ? Est-il aveugle ? Avec des taches de rousseur comme ce garçon sorti des broussailles ? Il chasse à jamais cette idée de son esprit comme on jette un détritus.

Mais il n'est pas aussi facile de se débarrasser du poids des années qu'il a accumulées. Quand il pense à son âge – il a maintenant quarante et un ans –, il sent que des choses se défont petit à petit dans ses organes, comme des vis qui se desserrent.

« Qu'est-ce que tu as dans ton seau – des vers de terre ?

– Rien, répond le garçon. C'est pour rapporter ce que je vais pêcher.

– Qu'est-ce que tu veux attraper ?

– Un bar.

– Avec quel appât ? »

L'enfant sort de la poche avant de son sweat à capuche un paquet de mortadelle.

« Tout ce que tu vas réussir à attraper avec ça c'est un poisson-chat combatif. Et bonne chance pour le décrocher de ton hameçon sans te faire piquer.

– J'ai pas peur des poissons-chats non plus, répond le gamin. J'en ai attrapé plein.

– Tu n'as pas peur de grand-chose, hein ? » dit Alec.

Le garçon reste planté là, plissant ses yeux bleus au soleil, sa canne à pêche à l'épaule.

« Tu as quel âge ? demande Alec.

– Treize ans, répond-il.

– Tu es petit pour ton âge.

– Ah ouais ?

– Je t'en donnais neuf.

– J'ai eu treize ans il y a trois semaines.

– Tu es en quoi, alors, en quatrième ?

– Cinquième.

– J'étais petit pour mon âge, moi aussi, dit Alec. Ne t'en fais pas, tu grandiras.

– Tant que j'ai une grosse bite, je m'en fous.

– Eh bien, bonne chance, répond Alec en riant. Tu t'appelles comment, au fait ?

– Grady.

– Salut Grady, dit Alec. Moi, c'est Jack.

– Pourquoi t'es là comme si t'avais rien à faire ?

– Oh, j'ai plein de choses à faire. C'est juste que je profite un peu du soleil avant de m'y mettre. »

Grady met sa main en visière et scrute Alec.

« T'es du coin ?

– Je suis d'un peu partout, répond Alec. Mais pour le moment, j'ai décidé d'élire domicile à Paducah. Et toi ?

– J'habite à Brockport. De l'autre côté de la rivière.

– Tu n'aimes pas pêcher dans l'Illinois ?

– Maman est là aujourd'hui, dit-il. Quand elle travaille de ce côté, elle me laisse pêcher.

– Qu'est-ce qu'elle fait, ta mère ?

– Elle fait le ménage chez les gens.

– Il y a de quoi faire, dans la région, dit Alec.

– Elle fait les bureaux, aussi. Elle va lancer sa boîte. Avec son amie Nona.

– Tu tiens tes taches de rousseur de ta mère ou de ton père ?

– Aucun des deux, à tous les coups.

– Ton père t'a appris à pêcher ?

– Non.

– Il est où, aujourd'hui ?

– Aucune idée.

– Il est vivant ?

– Je crois.

– Il s'est tiré, c'est ça ?

– Ouais.

– Désolé.

– Ma mère dit que c'est une ordure avec un grand O.

– Comme la plupart des hommes.

– Je crois qu'elles sont gouines, Nona et elle.

– Chacun son truc, répond Alec.

– L'autre jour je les ai surprises à se fourrer les doigts dedans.

– Comme je l'ai dit, chacun ses goûts.

– Nona a des mains de gorille.

– Tu ne l'aimes pas ?

– Si, elle est cool. On regarde *Capitaine Furillo* ensemble. C'est une ancienne haltérophile. Elle peut faire cinquante pompes, genre.

– Elle m'a l'air d'une femme intéressante.

– Il te reste des cigarettes ? » demande Grady.

Alec s'aperçoit alors qu'il a encore son paquet de Pall Mall vide à la main.

« Je viens de fumer la dernière.

– T'es naze.

– De toute façon, tu ne devrais pas fumer, répond Alec en froissant le paquet. Surtout à ton âge. Cette saleté va t'empêcher de grandir. Tu peux dire adieu au gros zizi de tes rêves.

– S'il t'en restait une, tu me la filerais, dit Grady.

– Ah ouais ?

– Ça se voit. »

Alec rit et fourre le paquet de cigarettes froissé dans la poche de son jean. Il essuie la sueur de son front avec le bandana rouge qu'il a toujours dans son coupe-vent, puis le replie en carré et le remet dans sa poche.

« Tu connais le poisson tambour ? demande-t-il.

– Jamais entendu parler.

– Il a une pierre dans le crâne.

– Le tambour ?

– On l'entend vibrer quand il approche. C'est de là que vient son nom. Chaque pierre a une lettre dessus. Si jamais tu en attrapes un avec la première lettre de ton nom, ça te porte chance toute ta vie.

– C'est des conneries.

– Non, je t'assure », répond Alec. Il prend un vieux portefeuille en cuir dans la poche arrière de son jean, et en sort un bout de papier blanc plié. « Regarde », dit-il en dépliant le papier, révélant une petite pierre grise de la taille d'une première dent.

Grady s'approche et l'examine de près.

« Tu vois le *J* là ? lui demande Alec.

– C'est pas un *J*.

– Bien sûr que si.

– J'ai déjà vu des crapauds morts qui ressemblent plus à des *J*.

– C'est un *j* minuscule, objecte Alec. Regarde mieux. »

Grady penche la tête. Ses cheveux ont l'odeur musquée des garçons qui ne se lavent pas. Des relents de puanteur aigre s'élèvent de son sweat crasseux. Il a probablement les oreilles sales.

« Tu le vois, là ? demande Alec. Tu vois la boucle en bas ?

– Je vois, ouais, répond le garçon, vaguement fasciné. Un petit *j*. »

Alec remballe la pierre dans le papier et la remet dans le portefeuille.

« En quoi t'as de la chance ? demande Grady.

– J'en ai beaucoup, répond Alec. Et d'une, j'ai ma propre péniche.

– Genre, tu vis dedans ?

– Je dors dedans, je mange dedans, je fais tout ce que je veux dedans.

– Tu peux pêcher dessus ? demande Grady.

– Si je veux. Mais je n'aime pas pêcher là où je dors.

– Quels appâts ils aiment, les tambours ?

– Leurs préférés, c'est les crabes violonistes. Il y a un magasin de pêche à peu près convenable à Brockport ?

– Ouais. La patronne a de la moustache mais elle dit qu'elle a tout.

– Alors, elle aura sûrement des crabes violonistes. Tiens, dit Alec en sortant un billet de dix dollars de son portefeuille et en le lui tendant. Achète une douzaine de crabes violonistes et retrouve-moi demain. Je serai là. J'aurai peut-être même une cigarette pour toi, mais je te laisserai seulement tirer une ou deux taffes. Je t'aiderai à le trouver, ton tambour.

– Demain, je peux pas, dit Grady. C'est Pâques. Je dois aller à la messe.

– Que le grand cric me croque, plaisante Alec. Voilà que j'oublie les grandes fêtes religieuses. Quand est-ce que ta mère revient travailler de ce côté de la rivière ?

– Je sais pas, répond Grady. Probablement la semaine prochaine. Mais je peux venir lundi.

– Tu ne vas pas au collège ?

– Je viendrai après. Je sors vers trois heures. Le bus me dépose vers trois heures vingt.

– Tu peux être là à cinq heures ? demande Alec.

– Je peux sûrement être là avant.

– Disons cinq heures pile. Les tambours sont plus faciles à attraper le soir.

– Pourquoi, parce qu'ils ont sommeil ?

– Quelque chose comme ça, répond Alec. À cause des hormones, tout ça.

– Les poissons ont des hormones ?

– Les poissons sont presque des *humains*, dit Alec. Tout le monde croit qu'on descend des singes, mais on est bien plus proches des poissons. On sait nager. Les singes ne savent pas nager.

– Une fois, j'ai vu un singe se branler et balancer sa sauce sur un mannequin qui posait pour un maillot, dit Grady. C'était au super zoo de Chicago.

– Je vais avoir du mal à m'ôter cette image de la tête, dit Alec.

– Elle l'a reçu en plein dans les cheveux. Et en plus, elle était grande.

– Je m'en doute, dit Alec en riant. Une giclée de jus de singe. »

Grady se cure le nez puis s'essuie le doigt sur son jean.

« Tu t'appelles comment, déjà ?

– Jack, répond Alec. Tu peux m'appeler Happy Jack.

– Tu crois qu'il y a une pierre de tambour avec un *G* dessus ?

– Je veux, oui. Et c'est ton *G* à toi. Et il te portera chance, je le jure sur Elvis.

– Il paraît qu'il est mort en se vidant les boyaux aux chiottes, dit Grady.

– C'est bien possible, dit Alec. Mais c'était son trône et Elvis était le roi. Ce soir, quand tu rentreras chez toi, en te couchant, avant de dire tes prières et de dormir, imagine le tambour qui nage vers toi.

– Je suis dans l'eau ?

– Non, toi tu es sur le quai avec le crabe violoniste accroché à ton hameçon et le tambour avec le *G* sur la pierre qu'il a dans le crâne est encore à des kilomètres de là, dans l'Ohio, du côté de l'ouest de la Pennsylvanie ou ailleurs, mais il se dirige vers toi.

– OK, dit Grady.

– Si tu ne l'imagines pas, il ne viendra pas », le prévient Alec.

Ils restent un moment silencieux.

Grady se met à remuer la bouche comme s'il chiquait du tabac, puis il crache.

« Comment ça se fait que tu sais pas que c'est Pâques demain ? T'as pas de calendrier ?

– Faut croire que non, répond Alec.

– T'as tellement de pot que t'en as pas besoin ?

– Le soleil se lève, le soleil se couche. J'ai pas besoin d'autre calendrier. »

Grady finit par accepter le billet de dix dollars qu'Alec tient depuis un moment entre le pouce et l'index, et l'examine.

« C'est qui, dessus ? demande-t-il.

– Je crois que c'est Alexander Hamilton.

– Il était président ou quoi ?

– Honnêtement, je ne sais pas, répond Alec. Mais il ressemble à ma vieille tante Frothingslosh. »

Grady est pris d'un fou rire.

« Frothingslosh ! » crie-t-il en riant.

Il est trop jeune pour avoir entendu parler de la célèbre bière de Pittsburgh née d'un canular, la Ye Olde Frothingslosh « si légère que la mousse est au fond » et sa plantureuse égérie.

« Ne les dépense pas en cigarettes, lui dit Alec quand le garçon se calme enfin.

– Promis », dit Grady.

Sur ce, une petite fille émerge en courant des broussailles. Elle arrive à peine à la taille de Grady, porte une salopette jaune et a les genoux et les coudes couverts de boue.

« Je l'ai vu ! crie-t-elle à Grady. J'ai vu le blobfish !

– Merde, dit Grady à Alec, puis il se tourne vers sa sœur. Tu t'es vue, Doris, t'es toute sale ! Maman va être furieuse ! Espèce de petite merdeuse !

– Mais j'ai vu le blobfish ! répète-t-elle. Je l'ai vu, j'te jure ! Il était aussi gros qu'un chien !

– Maman va te coller une sacrée fessée !

– Il avait une tête d'homme, dit-elle. Comme s'il pouvait parler. Bonjour monsieur.

– Bonjour, toi, dit Alec.

– C'est ma sœur, Doris, dit Grady.

– Enchanté, Doris. Moi, c'est Jack.

– Enchanté, Jake, dit Doris.

– Jack, pas Jake, la reprend Grady. *Happy Jack*, espèce de patate ! Et appelle-le monsieur.

– Enchantée Happy Jack, dit-elle.

– Où est passée Lisa ? lui demande Grady.

– Oh non, dit Doris en mettant la main sur sa bouche.

– Y a plus qu'à espérer que le blobfish l'a pas mangée. »

Doris repart en courant et disparaît dans les broussailles d'où elle était sortie.

« Tu n'as pas d'autres frères et sœurs ? demande Alec.

– Non, répond Grady. Je supporterais pas d'avoir une autre petite peste comme elle.

– J'ai quatre sœurs, dit Alec. Dont deux plus jeunes.

– Quatre sœurs ! s'exclame Grady. Ça doit être l'enfer. Y en a que t'aimes bien ?

– Pas vraiment, répond Alec. Doris me rappelle la plus petite. La même couleur de cheveux. Les mêmes yeux bleus.

– Doris fait encore caca dans sa culotte. J'arrête pas de dire à maman de lui remettre des couches. Faut être complètement idiote pour faire caca dans ton pantalon en CP.

– Elle ne fait sans doute pas exprès.

– Si, c'est juste pour qu'on s'intéresse à elle.

– Ça lui passera.

– Y a intérêt, dit Grady. J'en ai marre de lui torcher le cul, ça pue.

– Tu es un bon frère, dit Alec. Meilleur que moi. »

Le garçon se gratte le cou, en laissant des traces rouges.

« Retrouve-moi ici lundi et je t'aiderai à attraper ton tambour, dit Alec. À trouver ta pierre en *G*.

– Cinq heures, dit Grady. Je prendrai mon vélo.

– Et surtout, n'en parle à personne, autrement le tambour le saura et il ne viendra pas. N'en parle ni à ta mère ni à Nona. À personne, tu entends ?

– Je dirai rien. »

Doris ressort des broussailles avec sa poupée Patouf dont la petite bouille de grand-mère ahurie lui fait penser à sa sœur Joan, la demeurée. Quand il était au lycée, Alec se glissait souvent dans sa chambre et lui bouchait le nez pour voir la tête qu'elle ferait.

« Le blobfish était toujours là ? demande-t-il à Doris.

– Non, répond-elle. Lisa lui a dit de partir. »

Elle lui montre sa poupée qui est aussi sale qu'elle, avec des taches de boue sur ses bras et ses jambes rembourrés.

« Lisa m'a tout l'air d'avoir des pouvoirs magiques, dit Alec en regardant la petite poupée crasseuse.

– Allez la pisseuse, on y va », lance Grady à sa sœur.

Il la prend par la main et ils repartent vers les broussailles. Alors qu'ils s'éloignent, Grady se retourne vers Alec, qui est toujours assis sur son plot en ciment. Alec le salue comme un général et Grady lui rend son salut.

Plus tard, Alec rachète un paquet de Pall Mall au 7-Eleven et en allant aux toilettes il vole un burrito à faire réchauffer au micro-ondes. Après s'être débarbouillé au lavabo, il avale le burrito froid en à peine plus de trois bouchées. En descendant le chemin de gravier qui part de North Water Street et mène à sa péniche, il lâche un énorme rot.

Il s'est approprié la péniche abandonnée il y a un peu plus d'un an après avoir quitté le centre d'hébergement. Quand le responsable du port de plaisance, un vieux monsieur perclus d'arthrose connu sous le nom du Colonel, est venu voir si tout allait bien, Alec était déjà installé.

Le Colonel n'avait pas la force de discuter et lui a simplement dit qu'il pouvait la prendre. L'ancien propriétaire était apparemment « parti pêcher et jamais revenu ». Alec devait juste s'acquitter d'un loyer minimal pour la place dans le port de plaisance et de quelques taxes locales insignifiantes. Le Colonel lui a dit qu'il devait remplir des papiers officiels au tribunal du comté, Alec y est allé dès le lendemain et il a officiellement pris possession de la péniche, comme si c'était son destin.

La péniche est délabrée, infestée de puces et de punaises de lit. Plus d'une fois, après avoir trop bu, Alec a envisagé d'y mettre le feu pour se débarrasser de ces vermines. Il a même volé un extincteur dans un bar du coin où il n'est plus le bienvenu pour pouvoir maîtriser l'incendie, mais il préfère ne pas courir le risque que tout parte en fumée. Il n'aurait plus de toit et serait obligé de retourner dans un de ces putain de centres d'hébergement où il devrait se coltiner des groupes de parole avec d'autres dégénérés et parler de Dieu, du pardon et des divers chemins de la rédemption.

Il n'y a pas de toilettes à bord de la péniche et quand personne ne regarde, il se contente de pisser du pont. Quand il est complètement saoul, il va jusqu'à déféquer au même endroit et lâche ses étrons dans l'Ohio.

Il y a un chauffage au pétrole qui lui procure un peu de chaleur et un coin lit suffisamment grand pour ses longs membres endoloris. Il s'est fait un nid avec de vieilles couvertures de l'Armée du Salut et un sac de couchage à peu près convenable qu'il a trouvé dans un camping à côté de Lexington. Pour s'éclairer, si besoin est, il se sert de deux lampes tempête efficaces qui consomment peu et fonctionnent avec de l'huile de paraffine, qui lui coûte dans les dix dollars le bidon à la quincaillerie du coin. Mais de toute façon, quand le soleil est couché, il préfère rester dans le noir.

À part sa carte de recrue de Mickey Mantle, qu'il conserve dans son boîtier en plexiglas d'origine dans une fente de huit centimètres qu'il a creusée à côté de son lit, dans le bois à moitié pourri, il a peu de choses de valeur. Il sait bien que la carte vaut une fortune, mais se refuse à la vendre car c'est la seule garantie qui lui reste pour échapper au dénuement total. Il pourrait en avoir besoin plus tard. La nuit, par mesure de sécurité, il cadenasse l'entrée de la péniche de l'intérieur. Il y a aussi une coupée en poupe, qu'il appelle sa « porte pour nain », qu'il a barricadée avec un vieux poêle à bois hors d'usage dont le tuyau s'est désintégré. Il a dû boucher le conduit de fumée avec du contreplaqué.

Un jour sur deux, il va chercher de l'eau potable avec un bidon qu'il remplit à la fontaine du YMCA de Paducah, où il fait les yeux doux à Ginny, la grosse dame de l'accueil, en lui faisant croire qu'elle lui plaît.

« Quand est-ce que vous allez accepter de sortir avec moi, ma belle Ginny, lui dit-il en remplissant son bidon.

– Arrêtez, Jack », répond-elle en rougissant, balayant ses avances de ses énormes bras flageolants.

Il dort avec un couteau de chasse sous l'oreiller et il a jeté son dévolu sur un revolver à canon court avec une crosse en nacre qu'il va régulièrement voir en bus à Louisville, chez un prêteur sur gages de Washington Avenue. Il ne coûte que deux cent cinquante dollars et il sait que ça lui changera la vie. Il s'est déjà procuré trois boîtes de cartouches.

Alec s'assied à sa table de fortune, fabriquée avec une vieille porte trouvée dans une ruelle, derrière l'usine de poulets où il avait postulé pour un emploi et rapidement été rejeté. Il prend la bouteille de Maker's Mark qu'il range sous la table, la débouche et se rappelle alors qu'elle est malheureusement vide. Il ne reste plus une goutte de bourbon au fond. Demain, il faudra qu'il retourne à la banque du sang. Il a donné plus de sang à cette satanée banque que l'on peut humainement en demander à n'importe qui. Il est O négatif et il sait que c'est son seul véritable atout. Son foutu sang.

Il reste où il est pendant des heures entières, lui semble-t-il, sur sa péniche qui tangue et roule d'un bord sur l'autre. Ses idées se plantent dans sa tête comme des pointes à béton : argent, bourbon, solitude… argent, bourbon, solitude… argent, bourbon, solitude…

Quand la nuit tombe, il se met à pleurer d'une voix d'enfant, ou même de femme, aiguë, caressante, méconnaissable. Il se sent si seul qu'il songe à s'asperger de pétrole et mettre le feu. Il pourrait aller sur le pont arrière de sa péniche et envoyer le monde se faire foutre en dansant dans les flammes avant de tomber à l'eau, mort et entièrement calciné, à l'exception de ses dents rescapées du brasier.

Il gratte une allumette, contemple la flamme puis l'approche de l'extrémité d'une cigarette qu'il fume en refoulant ses sanglots qu'il ravale entiers, comme un amas de perles sèches. Il redonnera une pinte de sang à ces salopards, et avec l'argent, il s'achètera une bouteille de Maker's, de quoi manger, du répulsif, un spray antifongique pour les pieds, un bidon d'huile de paraffine et un paquet de caleçons. Il gardera quarante dollars, qu'il mettra de côté dans la petite boîte à café rangée sous son lit, qui est destinée au .38 à canon court avec une crosse en nacre de Louisville.

Arrivé à la moitié de sa cigarette, il gratte une autre allumette pour enflammer la mèche d'une des lampes tempête et regarde le premier moustique de la saison voleter dans le halo, en vibrant comme un diapason résonnant au loin dans une pièce inexistante.

« Viens lundi, s'il te plaît », dit-il aux parois de sa cabane flottante rongée par la pourriture en pensant à son nouvel ami Grady, réfrénant une envie de pleurer à nouveau. « Viens, viens, je t'en supplie. Je t'attendrai. »

9

ELMIRA, NEW YORK

7 septembre 1985

AVA

À l'intérieur du confessionnal, l'odeur est pestilentielle. À croire que quelqu'un a mangé la moitié d'un sandwich à la saucisse de foie et laissé le reste sous le banc du pénitent. Ava Larkin est venue se confesser au père Gattas, qui a rejoint la paroisse après la mort du père Oates, le curé de St John the Baptist, en mars. Le père Gattas est jeune, à peine trente ans, et avant d'arriver à Elmira il était à Santa Fe, au Nouveau-Mexique. Malgré sa jeunesse, il prononce ses sermons avec le calme posé et la clarté d'un homme bien plus âgé, comme un vieil acteur de cinéma jouant un candidat à la présidence.

Le profil pâle du père Gattas, estompé par la fine grille qui sépare le confesseur du pénitent, est plongé dans l'ombre. Il a un visage rond et ouvert et les cheveux du même blond enfantin que sa petite dernière, Lexy. Bien qu'il y ait un banc en acajou, Ava préfère s'agenouiller sur le prie-Dieu capitonné. Elle a soixante-six ans et, depuis quelques mois, a du mal à faire une simple génuflexion. Quand elle travaille au jardin, elle passe bien moins de temps à genoux qu'il y a encore trois mois, au début de l'été. Mais le moins qu'elle puisse faire à l'église, c'est de s'agenouiller, surtout pendant le sacrement de la confession. Jésus a souffert bien plus pour nos péchés, après tout. Depuis quelques semaines, elle a toutes les peines du monde à maintenir le torse droit plus d'une minute dans cette position sans s'écrouler en avant. Elle glisse des chaussettes montantes dans le creux de ses genoux pour soulager la pression – ça lui permet de se détendre un peu. Les chaussettes appartenaient à son défunt mari et ça la réconforte d'apporter à l'église quelque chose de Donald. Jeudi prochain, cela fera un an qu'il est mort, et la douleur qu'elle ressent à l'arrière des genoux paraît s'aggraver de mois en mois, comme si le fantôme de son mari s'emparait peu à peu de ses articulations.

Le temps est lourd pour septembre et son front est déjà couvert de sueur. D'une main, elle serre son chapelet blanc et de l'autre, une carte postale qu'elle a reçue hier. Les grains de son chapelet sont faits de coquillages censés avoir été bénis au XIXe siècle par le pape Léon XII sur l'autel papal de la basilique Saint-Pierre. Ava l'a hérité de sa mère vers la fin de sa vie, et comme les chaussettes montantes de son mari, Ava l'emporte partout où elle va. Sur la carte postale figure une petite église en bardeaux photographiée en noir et blanc, et au dos, écrit au stylo-bille bleu le nom TIMOTHY DETTBARN, suivi d'un nombre qu'elle suppose être son âge, 14, et en dessous, de la même écriture, la formule BONJOUR ET AU REVOIR. C'est la douzième carte de ce type qu'elle reçoit. Chacune d'entre elles, qu'elle trouve dans sa boîte aux lettres au début du mois, représente au recto une église, et porte au verso le nom d'un garçon, un nombre correspondant et la même formule mystérieuse de salutation et d'adieu sans signe de ponctuation. Ce qui l'amène au confessionnal de St John the Baptist, c'est qu'elle n'en connaît que trop bien l'écriture : c'est celle de son fils Alec. Ava l'a compris après avoir reçu la troisième carte, en décembre. Elle est montée au grenier et a exhumé ses vieux devoirs d'un carton. Le *B* et le *A* majuscules sont incontestablement identiques. Le *B* renflé et s'affaissant vers la droite, la boucle du bas trop petite par rapport au reste de la lettre. Les jambes du *A* arquées comme les pattes d'un jeune poulain.

Après l'échange confessionnel, Ava reste agenouillée plusieurs minutes, lui semble-t-il. Elle sait que c'est à elle d'entamer la suite de la conversation. Le silence est troublé par les bruits de la vieille église : le craquement de la tribune du chœur, le vent qui gémit par les fissures du grand vitrail qui domine le confessionnal, une voix répétant des formules liturgiques en latin qui résonne dans la nef. Ava fréquente cette église depuis toute petite. Donald et elle s'y sont mariés. Ses enfants y ont été baptisés et y ont fait leur première communion. Tous, à part Joan, y ont reçu leur confirmation. Elle a toujours été pour elle une seconde maison, un lieu de refuge.

« Vous êtes bien silencieuse aujourd'hui », dit le père Gattas au bout d'un moment.

Ava s'excuse. Dans le réduit, sa voix lui semble faible, creuse. Elle a beaucoup plus d'assurance, d'habitude.

« Qu'est-ce qui vous préoccupe, madame Larkin ? »

Ava regarde la carte postale. L'humble bâtisse carrée de l'église paraît mieux adaptée à une station-service en bord de route ou une petite boulangerie familiale. Le panneau en bois planté sur son étroite pelouse dit WOOLRIDGE BAPTIST CHURCH. D'après le cachet, elle a été postée dans le Missouri.

« J'ai besoin de conseils, dit-elle, en se tamponnant le front de la main qui tient le chapelet.

– Quel genre de conseils ? »

Elle retourne la carte sur ses genoux, exposant le nom de Timothy Dettbarn et en dessous, BONJOUR ET AU REVOIR, griffonné au stylo-bille bleu sur le carton pelliculé. Comme si Alec avait écrit ces quatre mots sur ses genoux. Ava se représente Timothy Dettbarn sous les traits d'un jeune garçon de ferme aux cheveux paille. Des taches de rousseur sur le nez, les genoux égratignés. Mais s'il a effectivement quatorze ans, elle le voit bien trop jeune. Étrangement, il lui évoque une image d'innocence. La plupart des garçons de quatorze ans sont en pleine puberté alors qu'elle a imaginé un enfant de huit ans.

« Je crains qu'un membre de ma famille ne se soit égaré, dit-elle.

– Je suis désolé, dit le prêtre. Vous pouvez m'en dire plus ? »

Elle imagine Alec si clairement. Elle le revoit la veille du jour où Donald et elle lui ont demandé de partir. Il était en face d'eux à la table du dîner. Ses cheveux noirs, longs et épais, commençaient à boucler à l'arrière. Depuis un an, il avait pris de la carrure. Son menton et son front étaient marqués de légères traces d'acné. Il essayait de se faire pousser une moustache qui dessinait de minuscules pattes d'araignée au-dessus de sa lèvre. Comparé à ses filles, il avait l'air d'un fou, comme si un vagabond sale et sauvage s'était introduit dans leur maison.

« Il s'agit d'un de vos enfants ? » demande le père Gattas.

Il est d'une grande perspicacité pour son âge. Il perçoit des choses dans les silences. Il a vraiment une belle voix. Elle serait parfaite pour les publicités à la radio, il pourrait faire de la réclame pour une banque, ou un magasin de chaussures. Au lycée, il devait être à la tête de son équipe d'éloquence. Elle l'imagine réciter des sonnets de Shakespeare devant la glace.

« … madame Larkin ?

– C'est mon fils aîné, dit-elle.

– Il a des ennuis ?

– J'en suis quasi certaine, oui.

– Avec la justice ?

– Je ne pense pas que ce soit ça », dit Ava.

Encore une fois, il lui demande d'être plus précise. Mais elle reste sans voix.

« Madame Larkin, je vous connais depuis peu, mais je ne vous ai jamais vue aussi réservée en confession.

– C'est plutôt spirituel, il me semble. Je pense qu'il est perdu.

– Vous avez coupé les ponts avec… ?

– Alec », répond-elle.

Le seul fait de dire son nom – depuis quand ne l'a-t-elle pas prononcé ? – la laisse interdite. Elle est obligée de porter les mains à sa bouche et de déglutir. Elle revoit encore les cheveux de son fils. Sont-ils toujours aussi noirs ? Sont-ils grisonnants ? Poivre et sel ? Il a les yeux si bruns, comme un Espagnol ou un Italien. C'était le seul de la famille à bronzer instantanément en été. Les autres prenaient tous des coups de soleil.

« Alors, parlez-moi d'Alec, dit le père Gattas.

– C'est mon seul fils, dit Ava. Enfin, le seul qui soit en vie. Il a été servant de messe, ici.

– Quel âge a Alec, aujourd'hui ?

– Presque quarante-cinq ans, répond-elle. Il a toujours été perturbé. »

Elle ne juge pas nécessaire de mentionner le fait qu'il a volé un jour l'argent de la quête dans cette même église – les conduisant, Donald et elle, à le chasser de leur toit. C'est la seule chose qui ait entaché la longue et fidèle relation que sa famille entretient avec l'église.

« Depuis combien de temps ne vous êtes-vous pas parlé ? demande le prêtre.

– Oh, plusieurs années, dit-elle en se tamponnant de nouveau le front. Vingt ans au moins.

– Et aujourd'hui, vous vous inquiétez pour lui parce que… ? »

Elle entend un bruit de papier froissé et elle imagine le père Gattas déballer une tablette de chewing-gum et la fourrer dans sa bouche. À moins qu'il ne prenne des notes ? Elle retourne la carte, du côté de la petite église.

« J'ai l'impression qu'il s'est tellement écarté de ce que l'on appelle le droit chemin, dit-elle. Il n'a jamais su trouver sa place dans le monde. Et aujourd'hui, j'ai peur qu'il ne vive dans…

– Dans quoi ?

– Disons, de façon très immorale, répond-elle.

– Dans le péché ? » demande le prêtre.

Ce simple mot en cinq lettres est lourd d'implications. Elle voit Alec se déplacer dans une pièce vide, voler des choses sur une commode : un peigne, un coupe-papier, une épingle à chapeau. Est-il toujours aussi mince ? Ses grandes mains aux veines saillantes ont-elles épaissi ? Il tient un petit couteau de cuisine et ses yeux sont rivés sur le dos d'un jeune garçon qui regarde par une fenêtre.

« Je ne sais pas ce qu'il en est exactement, mais je crains que ce soit bien pire que tout ce que je peux imaginer. »

Le père Gattas lui dit qu'il comprend parfaitement qu'elle ne soit pas prête à discuter plus en détail de la question. Il ajoute que si c'est plus simple pour elle, ils peuvent en parler de façon informelle en dehors du confessionnal.

« Vous savez où se trouve Alec en ce moment ?

– Non. Il est longtemps resté en contact avec sa grande sœur, mais elle n'a plus de nouvelles depuis un moment.

– J'ai l'impression que vous vous sentez responsable de son égarement, je me trompe ? »

Le père d'Ava aurait dit d'Alec qu'il était *fainéant.*

« En effet », répond-elle.

D'après son père, tous ceux qui n'étaient pas prêts à travailler quarante heures par semaine ou répondre à l'appel du devoir étaient des fainéants. Stuart Farrell. Qui avait passé son enfance à Dublin, était arrivé aux États-Unis à l'âge de huit ans, avait vécu jusqu'à quatre-vingt-treize ans et était capable de citer de mémoire les sermons et les poèmes de John Donne.

« Tout ce que vous pouvez faire, c'est prier pour votre fils », dit le père Gattas.

À travers le mince claustra, Ava voit le prêtre s'essuyer le front avec un mouchoir. Au fond d'elle, elle se demande si elle ne devrait pas ignorer les conseils de ce jeune prêtre et contacter les autorités. La police pourrait-elle l'aider à retrouver son fils ? Ou cette carte postale et les onze autres qu'elle a rangées dans le tiroir fourre-tout, sous le téléphone, l'incriminent-elles d'une façon ou d'une autre ? La seule idée de le dénoncer, d'alerter les autorités lui est insupportable. Et puis, elle ne sait même pas où il est. Quel poste de police devrait-elle contacter ?

« Et vous pouvez aussi prier pour être pardonnée du rôle que vous avez pu jouer dans ses errements, ajoute-t-il. Mais cela, Dieu seul peut en juger.

– Je n'arrête pas de me dire qu'il a dû lui arriver quelque chose, dit Ava. Sans que je le sache.

– Pourquoi donc ?

– Parce que nous avons appris à nos enfants à faire le bien. Donald était exemplaire. Certes, ils ne sont pas parfaits, mais les sœurs d'Alec font réellement preuve de sollicitude, poursuit-elle en serrant son chapelet. On a fait tout notre possible avec lui.

– Je suis sûr que vous lui avez donné toutes les chances de mener une vie accomplie. Parfois, nous ne pouvons rien faire de plus. »

Le père lui propose une pénitence et Ava récite rapidement l'acte de contrition.

« Louons le Seigneur parce qu'il est bon, dit le père Gattas.

– Sa miséricorde est éternelle », répond Ava.

Elle songe un instant à la notion de miséricorde. Elle ne peut s'empêcher de penser à Alec. Peut-elle être aussi indulgente que le Très-Haut ? Si son seul fils encore en vie commet des actes épouvantables, saura-t-elle puiser dans son cœur la force de se montrer miséricordieuse ? Même dans le confessionnal, ça lui semble presque impossible.

« Le Seigneur vous a pardonnée, dit le père Gattas à travers la cloison. Allez en paix.

– Loué soit le Seigneur », répond Ava.

Après être sortie du confessionnal, elle va s'asseoir sur un banc au fond de l'église et remercie en silence le Seigneur de lui avoir accordé sa miséricorde. Elle récite alors sa pénitence, et continue à serrer son chapelet, qu'elle a l'intention de léguer à Myra. Elle regrette que Myra n'ait pas de fille pour perpétuer la tradition qui veut que cet objet qui est depuis si longtemps dans sa famille soit transmis à la fille aînée. Malheureusement, Fiona est devenue athée, Joan n'aura jamais d'enfant et Lexy a épousé un juif. Lexy et son mari, Barry, qui est vice-président d'une grande société financière de Wall Street, ont des jumelles, Eve et Elizabeth. Ils vivent dans une magnifique maison de style Tudor à Rowayton, dans le Connecticut. Barry pourrait être le frère d'Ed, l'amour de jeunesse de Lexy, qui a fini par lui briser le cœur en partant en Suisse après avoir décroché son diplôme de Yale. Allez savoir pourquoi Lexy est aussi attirée par les hommes juifs ? Mystère.

Au supermarché, Ava prend une douzaine d'œufs, un bidon de lait, une livre de viande hachée maigre, une livre de ricotta, une autre de mozzarella, deux boîtes de concentré de tomates et un paquet de lasagnes. Pendant qu'elle attend à la caisse, elle tombe sur un présentoir à journaux qui vend un de ces horribles tabloïds, avec en une la photo de la star de cinéma Rock Hudson. Il se prélasse sur le pont d'un yacht, torse nu. Le titre dit que Mr Hudson a contracté le virus du sida et que son état de santé s'est dégradé. En petits caractères, il est écrit qu'il a couché avec plus de vingt mille hommes, que toute sa carrière n'est qu'un mensonge. Sur la photo, il est émacié, le visage creusé.

« C'est vrai, lui dit la caissière. Il a attrapé la peste homo. »

Ava secoue la tête en souriant. Qui paierait soixante-cinq cents pour un torchon pareil ? se demande-t-elle.

« Et dire qu'il n'a que cinquante-neuf ans, le pauvre, soupire-t-elle, que Dieu le garde. »

Le scandale Rock Hudson lui fait penser à Fiona, qui vit en ce moment à New York dans un appartement en enfilade qu'elle partage avec un homosexuel appelé Bobby John Krabbenhof. Un nom de péquenaud. Ava n'a jamais rencontré Bobby, mais elle l'imagine élancé, délicat et excessivement souple, comme une longue branche de saule. La voix haut perchée, indolent, se plaignant pour un rien, imitant sans cesse ses divas préférées. Comme Fiona, Bobby John est un acteur sur le retour et, d'après les renseignements qu'elle a pu glaner auprès de sa fille cadette, il travaille surtout comme serveur dans un café de West Village, à côté de chez eux. A-t-il été infecté, lui aussi ? se demande Ava. Malgré sa sexualité, Fiona a-t-elle essayé avec lui ? Va-t-elle contracter cet horrible virus en vivant dans la promiscuité ? Ils partagent les toilettes, après tout. En transportant les courses jusqu'au break, elle s'efforce de chasser de son esprit les images de Fiona et Bobby John en train de coucher ensemble sans préservatif, se livrer à la sodomie, organiser des orgies, accueillir le diable en personne dans cet appartement qu'elle imagine crasseux, avec une baignoire au milieu de la cuisine, des toilettes à côté de la cuisinière et des cadavres de mouches alignés sur le rebord des fenêtres.

Une fois rentrée, Ava regarde fébrilement le courrier, bien qu'elle sache que la prochaine carte postale n'arrivera sans doute pas avant quelques semaines. Ses mains sont froides, plus froides encore que la boîte aux lettres. Comment se fait-il qu'après tout ce temps, la seule idée de recevoir une carte provoque chez elle une telle réaction ? Quelque chose a changé. Le simple fait qu'il puisse en apparaître une dans la boîte aux lettres lui paraît être un présage. Ce qu'elle a pris pendant des mois pour une farce cruelle, une énigme délibérément insoluble, lui semble à présent on ne peut plus réel. Alec est capable de changer n'importe quand les règles de ce jeu pervers. Mais il n'y a pas de carte postale ; juste des factures d'électricité, un calendrier paroissial et quelques prospectus de grands magasins.

Après avoir rangé les provisions et sorti ce dont elle a besoin pour le dîner, elle appelle Myra. Depuis que Donald est mort, il y a près d'un an, elles se téléphonent une fois par semaine, parfois deux.

« Tu n'as pas trop mal aux genoux ? demande Myra.

– Non, ça va, ment Ava. Le temps est étonnamment humide aujourd'hui et ils sont un peu capricieux, mais je fais avec. » Elle s'aperçoit qu'elle a bizarrement enroulé le cordon du téléphone autour de son poignet gauche. « Comment ça se passe, à l'hôpital ? » demande-t-elle en le défaisant.

Elle veut absolument évoquer cette histoire de carte postale. En sortant les courses de la voiture, elle s'est promis que dès qu'elle aurait Myra au téléphone, elle lui parlerait d'Alec, mais elle en est incapable.

Myra lui dit qu'on lui a proposé un poste d'infirmière en chef dans une prison pour jeunes délinquants de la ville. Elle obtiendrait le statut convoité d'infirmière d'État, ce qui lui vaudrait une augmentation de salaire et une meilleure couverture médicale.

« Quel âge ont-ils ? demande Ava.

– Entre dix et dix-sept ans. Parmi les plus âgés, il y a en a beaucoup qui sont déjà des hommes adultes, mais il paraît que les gardiens sont très bien. Il y a des meurtriers et des violeurs, ajoute-t-elle. Mais les plus dangereux sont maintenus à l'écart des autres. »

Des enfants de dix ans qui violent, tuent et mettent le feu, songe Ava. De simples garçons qui se livrent aux abominations du diable. Elle ne peut s'empêcher d'imaginer Alec partout dans cette prison. Elle le voit à quatorze ans, le même âge que Timothy Dettbarn, narguer sa sœur de quarante-sept ans, l'insulter de la pénombre de sa cellule. Alec, le garçon perturbé qui n'a jamais grandi, condamné à une éternelle puberté.

« Ne t'en fais pas, dit Myra comme si elle sentait son inquiétude. Je vais suivre un stage d'autodéfense de six semaines. »

Une heure plus tard, dans son jardin, son panier préféré au creux du bras, Ava cueille quelques tomates pour ses lasagnes. Comme les lapins ont rongé le filet et décimé les derniers brocolis de la saison, elle choisit à la place une dizaine de choux de Bruxelles. Satanés lapins. Elle adore les regarder – ils ont l'air si innocents, avec leurs jolis grands yeux et leurs oreilles veloutées – mais elle déteste les voir piller ainsi ses légumes. L'année prochaine, il faudra qu'elle mette un grillage. Elle cueille une poignée de feuilles de basilic, les ajoute dans le panier et retourne à l'intérieur.

Vers trois heures et demie, Ava fait revenir la viande hachée et entreprend de préparer ses lasagnes dans un grand plat. Elle en est à la moitié quand elle s'aperçoit avec agacement qu'elle a oublié de mettre la couche de ricotta en dessous. Elle retire le tout et recommence. Il est rare qu'elle soit aussi déconcentrée. Normalement, elle est capable de faire ces lasagnes les yeux fermés. À l'évidence, le jeune Dettbarn de la carte d'Alec la perturbe. Elle a presque l'impression de préparer les lasagnes pour lui. Elle rempile les couches, en prenant soin de bien mettre la ricotta, la viande hachée, les tomates en dés et le parmesan râpé.

Une fois le plat enfourné, elle prend un stylo, un carnet, et après une série de coups de fil elle parvient, avec l'aide des renseignements téléphoniques du secteur de Woolridge, dans le Missouri, à trouver le numéro des Dettbarn. Sa respiration s'accélère. Elle essaie de la calmer en soufflant par le nez à plusieurs reprises. Au début de son mariage, cela fonctionnait toujours quand elle voulait empêcher ses mains de trembler pour coudre ou apporter son café du matin à Donald.

Une femme décroche au bout d'une seule sonnerie.

« Allô ? » dit-elle d'une petite voix grêle, un peu étranglée.

Ava essaie de parler mais elle a la bouche sèche. Elle avale une gorgée du thé glacé qu'elle buvait en préparant les lasagnes puis demande si Timothy Dettbarn habite bien là.

« Vous savez quelque chose au sujet de mon fils ? » demande son interlocutrice. Elle a un vague accent du Sud, une voix presque trop douce pour cette conversation.

Ava déglutit et reprend un peu de thé.

« Vous avez des informations sur Timmy ? insiste la femme.

– En fait, j'appelle de la bibliothèque, ment Ava.

– La bibliothèque ?

– Il semblerait que Timothy ait des livres en retard.

– Mais il ne va jamais à la bibliothèque, répond la femme. À part des bandes dessinées, il ne lit rien.

– D'après nos fichiers…

– Qui est à l'appareil ? »

Sa voix est brusquement montée d'une octave.

« J'appelle de la bibliothèque, répond Ava.

– Laquelle ?

– Celle de Woolridge.

– Je ne sais pas qui vous êtes, mais il n'y a pas de bibliothèque à Woolridge », réplique la femme.

Ava reste sans voix. Elle fixe le nom du garçon sur la carte postale. Elle la retourne du côté de la modeste église en bardeaux avec son petit clocher tout simple.

« Mon fils a disparu depuis quatre mois et vous avez le culot de m'appeler en me racontant une histoire bidon de livres de bibliothèque ? »

Ava est toujours sans voix.

« … Allô ? dit la femme à l'autre bout du fil.

– Excusez-moi, répond Ava. Je me suis trompée, manifestement, ce n'est pas le bon Timothy Dettbarn.

– Ça m'étonnerait qu'il y ait un autre Timothy Dettbarn à Woolridge ! »

De l'autre côté de la fenêtre de la cuisine, une grande corneille – presque aussi grande qu'un corbeau – sautille au milieu des premières feuilles mortes, sans doute en quête d'un trognon de pomme, d'un cadavre d'écureuil ou même d'un colibri mort. Les corneilles voraces qui dévorent les leurs, songe Ava, pillent tout ce qu'elles peuvent trouver. Se goinfrent de charognes. Il est probable que l'hiver n'aura aucun effet sur cette bête. Elle survivra certainement à tous les autres oiseaux, même les robustes geais bleus.

« Si vous savez quelque chose au sujet de mon fils, je vous en prie, dites-le-moi, lui dit la femme d'une voix qui se casse. Je vous en supplie… »

Ava raccroche le téléphone au mur, et reste un instant la main crispée sur le combiné, les articulations blanches. Une douleur fulgurante lui transperce la hanche gauche et se propage dans son fémur. Elle attrape l'arrière de son genou et le combiné glisse du poste et tombe par terre. Une faille d'arthrose lui déchire la hanche.

« Bon, bon, Donald, dit-elle en souriant. Ce n'est pas le moment de batifoler… »

Après avoir remis le combiné sur l'appareil, elle agrippe brusquement l'arrière de son genou gauche qui la lance de nouveau. Elle refuse de prendre le Bufferin que lui conseille le docteur Trammel. Il lui donne mal au ventre et il a mauvais goût. Et elle veut encore moins avaler un de ces médicaments sur ordonnance qui, en épuisant son organisme déjà affaibli, sont probablement à l'origine de l'aggravation brutale de l'état de santé de Donald. Il a tenu deux semaines sous dialyse, puis son corps a simplement lâché en plein après-midi. Il était dans son bureau où il écoutait à la radio un match de ses chers Yankees. Donald était déçu par l'équipe, qui était restée troisième de sa division toute la saison, et Ava le soupçonnait de penser que la détérioration de sa santé leur avait porté malchance, même s'il n'aurait jamais admis une idée aussi narcissique. Pour ce qui était des Yankees, Donald était aussi superstitieux qu'un gamin. Les jours de match, il garait toujours la Chrysler en marche arrière dans l'allée, persuadé que s'il se garait dans l'autre sens, c'était la défaite quasi assurée. Quand Ava l'a trouvé dans son fauteuil, qui avait été récemment retapissé de moleskine vert forêt, ils en étaient à la septième manche. Dave Winfield qui était à la batte a frappé un roulant dans un double jeu. Donald avait les yeux ouverts, la bouche légèrement écartée.

Ava a cru que son mari était simplement abasourdi par ce nouveau coup de poisse qui venait s'ajouter à la longue série de malchances de la décevante saison 1984.

« Donald, a-t-elle dit. Donald, mon chéri. »

Mais il était mort. C'était comme si un interrupteur avait été éteint, stoppant la machinerie de son corps.

Ava s'assied à la table de la cuisine et fixe de nouveau la petite église de la carte postale en noir et blanc… les bardeaux blancs… le petit panneau affichant les horaires des offices… le ciel nuageux et le parking désert. Elle est de nouveau frappée par l'absence de croix sur le toit. Il n'y a pas non plus de statue religieuse indiquant qu'il s'agit d'un lieu de culte. On dirait plutôt un *soda shop* fermé pour l'hiver, le genre d'endroit où on peut se commander un sandwich aux œufs. Pourquoi toutes les cartes postales représentent-elles une église ? Qu'est-ce que ça peut bien vouloir dire ?

Ava ouvre le petit tiroir fourre-tout qui est sous le téléphone et en sort les onze autres cartes postales entourées d'un élastique et classées dans l'ordre où elle les a reçues. Au-dessus se trouve celle de Pittsburgh, la première qu'elle a trouvée dans sa boîte aux lettres il y a près d'un an, au début d'octobre. Elle représente une grande église catholique avec un grand dôme vert et deux autres, plus petits, surmontant les tours qui flanquent le porche. La photo est légendée : IMMACULATE HEART OF MARY. Au dos est écrit JUSTIN HURLEY. 14. BONJOUR ET AU REVOIR. Sur la suivante, qu'elle a reçue quelques jours après Halloween, figure Our Lady of the Snows Catholic Church, à Climax Springs, dans le Missouri. Et au dos : THEODORE DRAKOS. 11. BONJOUR ET AU REVOIR. La suivante, peu après Thanksgiving, représente St Raphael's Cathedral de Dubuque, dans l'Iowa, avec écrit au dos : WILLIAM RABE, 13. BONJOUR ET AU REVOIR. Toujours un prénom masculin. Toujours un nombre. Toujours l'étrange formule de salutation et d'adieu de la main molle d'Alec. Quand il était jeune, il n'appuyait jamais assez en écrivant. Ava était persuadée que c'était plus un manque de volonté qu'une quelconque faiblesse dans le poignet. Alec avait les capacités physiques d'un athlète. Il était capable de courir plus vite et de lancer une balle plus loin que la plupart de ses camarades, et pourtant il y avait quelque chose de fragile, de faible, de lâche, presque, dans sa façon d'écrire.

Quand il était au collège, Ava et Donald avaient même reçu un mot de son professeur de lettres de cinquième, sœur Nolan. Il y a trois mois, Ava a ressorti le mot du carton des dossiers scolaires d'Alec qui est au grenier. Elle le prend dans le tiroir fourre-tout et le déplie.

Chers Mr et Mrs Larkin,

Comparé à ses camarades de classe, Alec a une écriture déplorable et j'estime qu'il est de mon devoir de vous le signaler. Malgré les multiples discussions que j'ai pu avoir avec lui à ce sujet, votre fils refuse d'y remédier et je crains que cela constitue un obstacle dans la suite de ses études. Alec est un garçon intelligent avec beaucoup de potentiel et j'aimerais qu'il réussisse.

N'hésitez pas à m'appeler si vous souhaitez en discuter.

Cordialement,

Sœur Sheila Nolan

Ava avait longuement parlé avec Alec du problème de son écriture. Elle avait souligné l'importance d'écrire clairement et lisiblement, le fait que cela témoignait de la personnalité de quelqu'un, de la manière dont on se percevait et de la place que l'on occupait dans une société qui reposait sur l'aisance culturelle et la lisibilité. Elle s'était même installée à côté de lui à la table de la salle à manger et lui avait fait écrire l'alphabet et plusieurs passages de la Bible. À force, il avait fini par écrire d'une main plus ferme, mais elle avait conclu que c'était uniquement pour la calmer et aller rejoindre ses copains au parc, car quelques semaines plus tard sœur Nolan lui avait appris que, loin de s'être améliorée, son écriture était de plus en plus pâle et indistincte. En définitive, sœur Nolan avait renoncé à intervenir.

Ava et Joan passent à table peu après sept heures. Depuis que Donald est parti, elle n'a plus que Joan pour lui tenir compagnie. En plus de ses coups de fil réguliers avec Myra, elle a Lexy au téléphone deux ou trois fois par mois. Fiona, toujours aussi peu fiable, l'appelle quand même de temps à autre pour se plaindre de sa carrière d'actrice, qui en dépit d'un petit rôle ici ou là dans une pièce off voire off-off Broadway, est quasiment inexistante. Fiona lui parle aussi de sa lassitude des boulots temporaires qu'elle enchaîne ou de ses derniers déboires sentimentaux avec un homme – généralement marié – rencontré dans un musée, parmi les feuilles éparpillées de Central Park ou à l'heure de l'apéritif dans un bar qu'elle imagine sordide, avec des toilettes immondes et de la sciure au sol. La dernière fois qu'elle l'a appelée, Fiona s'est vantée de savoir repérer une trace d'alliance sur la main d'un homme. Sa fille trouve sans doute que ses anecdotes sont amusantes, mais Ava est toujours embarrassée par sa conduite scandaleuse. Et invariablement, une fois qu'elle lui a débité une ou deux histoires de ce genre, le sujet dérive, tel un petit bateau condamné par la tempête, vers le rivage douloureux de son insolvabilité chronique. Et se conclut systématiquement par une demande d'argent. Il y a quelques années, elle a joué dans une publicité pour une assurance vie qui a été diffusée quelques mois pendant les feuilletons de l'après-midi, mais à son habitude, elle a dépensé tout l'argent en vêtements, en cours de théâtre, en livres gauchistes et en meubles de brocante à moitié cassés.

À presque quarante-six ans, elle n'a pas encore trouvé le moyen de subvenir convenablement à ses besoins. Malgré son intelligence et sa beauté – on lui donne à peine plus de trente ans – elle n'a pas de revenus réguliers et pas d'homme dans sa vie. C'est tellement dommage, vraiment. Au lycée, les garçons se jetaient presque à ses pieds. Mais elle a toujours eu un côté rebelle. Cela n'avait rien à voir avec la malveillance délibérée d'Alec. C'est juste qu'elle rêvait d'un autre monde. D'une aventure qui lui assure la liberté, quel qu'en soit le prix.

Après avoir quitté l'État de New York, elle a vécu quelque temps dans une étrange secte de la fertilité dans une grange ouverte aux quatre vents du Massachusetts, du New Hampshire ou du Vermont, peu importe. Des lesbiennes qui fabriquaient leurs propres vêtements, déféquaient dans des trous. Miséricorde. Des dizaines de jeunes femmes perdues aux cycles menstruels ridiculement synchronisés qui dormaient côte à côte dans des greniers à foin et des hangars à maïs, se lavaient dans des rivières et se tressaient mutuellement leurs cheveux infestés de poux.

Donald a légué à Myra, Lexy et Fiona une somme d'argent plus que respectable pour Elmira – presque vingt mille dollars chacune – mais Fiona a dilapidé son héritage pour éponger ses innombrables dettes. Il lui restait à peine de quoi payer le dépôt de garantie de l'appartement de West Village qu'elle partage avec Bobby John. Depuis la mort de Donald, Ava se surprend souvent à ravaler les conseils maternels qu'elle avait l'habitude de dispenser à la plus instable de ses filles. Elle se retrouve à écouter Fiona pleurnicher en se lamentant sur l'injustice de son métier et sa malchance tragique. Toute cette comédie finit par passer, naturellement, et elles se quittent sur un ton plus posé. Après avoir raccroché, Ava sort généralement son chéquier et lui envoie de quoi régler son loyer.

Ava a toujours aimé vivre à Elmira, mais il lui est arrivé de se demander si elle n'aurait pas dû voyager un peu. Elle a toujours eu envie d'aller à Paris. Elle a fait trois ans de français au lycée – elle était capable de tenir une conversation – et s'imaginait souvent déambuler sur les grands boulevards parisiens, puis elle s'est mariée et a tout de suite eu des enfants, et à présent qu'ils sont tous partis, excepté Joan, elle se sent comblée. Elmira est son Paris à elle. Malgré sa simplicité, la ville n'est pas dénuée de beauté. Il y a le parc Pulaski et les rives de la Chenung, les magasins de West Water Street et toutes les jolies demeures du quartier. Elle adore sa maison et son jardin. Les feuilles qui jaunissent à l'automne. L'année qui vient de s'écouler a été difficile, certes – Donald lui manque chaque jour –, mais elle en est venue à apprécier cette nouvelle vie plus ascétique.

Joan, qui est assise comme toujours à côté d'elle, n'aura jamais l'aisance de ses sœurs à tenir une conversation, mais c'est la seule de ses filles qui ait été là contre vents et marées. Elle n'a pas eu le choix, évidemment. À une époque, elle a songé à la mettre dans une institution à Watertown, au nord. Donald a laissé amplement de quoi couvrir cette éventualité et ce n'est qu'à deux heures de route, mais quand elle s'est interrogée sur la question, elle a culpabilisé à l'idée que Joan se retrouve parquée comme du bétail au milieu de dizaines d'autres adultes handicapés mentaux dans ce centre aux allures de pénitencier. Joan n'a pas l'habitude d'être avec des gens comme elle ; elle a toujours jugé qu'elle était normale. Ava a prié sans relâche puis elle a simplement abandonné l'idée et à présent, elles vivent en compagnie l'une de l'autre. Elles ratissent les feuilles ensemble, arrachent les mauvaises herbes ensemble et Ava lui confie même la tondeuse à gazon manuelle, ce qui lui fait économiser au moins vingt dollars par mois.

Après la mort de Donald, Ava a enlevé deux rallonges de la table en acajou à pattes de lion, si bien qu'elle forme à présent un carré parfait, idéal pour deux ou même trois si une de ses amies de l'église vient déjeuner. Quand les autres enfants viennent, il lui suffit de remonter les rallonges du sous-sol. Elle espère que les filles seront là à Thanksgiving. Myra lui a dit qu'avec Ronan, ils feraient toute la route en voiture depuis Joliet. Lexy, Barry, Eve et Elizabeth viendront du Connecticut. Et avec un peu de chance, Fiona prendra le train de New York ; Ava lui a dit qu'elle pouvait inviter Bobby John. Elle a mis les photos de ses trois petits-enfants sur le vieux piano droit et quand elle joue, elle est si heureuse de regarder leurs beaux visages. Ce sera un plaisir d'avoir tout le monde – ou presque – à la maison. L'espace d'un instant, Ava repense à l'horrible paquet qu'Alec avait envoyé pour Noël, il y a des années de ça – l'immonde Tupperware contenant des excréments – en réponse à l'invitation qu'ils lui avaient lancée de venir passer les fêtes avec eux. C'était abominable de faire une chose pareille, d'autant qu'ils lui avaient tendu le rameau d'olivier comme la colombe à Noé dans la Bible.

« Tu as avancé dans ton puzzle ? demande Ava.

– J'ai fini les bords, répond Joan.

– C'est un progrès. »

Le puzzle est une image du film Disney préféré de Joan, *La Belle et le Clochard*, où un cocker et un chien bâtard partagent amoureusement un plat de spaghettis aux boulettes de viande dans un restaurant italien. Le fait que Joan ait achevé les bords toute seule est bel et bien un signe de progrès. À quarante et un ans et malgré son handicap, Joan semble encore évoluer intellectuellement, ce qui est une bénédiction aussi récente que rare.

Après avoir fait la vaisselle, Ava la laisse sécher dans l'égouttoir, fait couler le bain de Joan puis va s'installer dans le bureau de Donald et s'assied dans son fauteuil. Elle aime bien le nouveau tissu. La moleskine est moelleuse, on dirait presque du velours, et le vert forêt était la couleur préférée de son mari.

Ava allume la radio et un animateur volubile à la voix rauque annonce une chanson intitulée *The Power of Love* d'un groupe de rock appelé Huey Lewis and the News. Elle écoute une vingtaine de secondes puis éteint la radio et reste simplement là à se souvenir de son mari. C'est son rituel du soir : pendant que Joan prend son bain, Ava s'assied dans son fauteuil et repense aux jours heureux. Ce soir, elle le revoit simplement en train de laver sa Chrysler dans l'allée, ses épaules ondulantes luisant au soleil. Il trempe une grande éponge jaune dans un seau d'eau savonneuse et la passe sur la carrosserie galbée de sa précieuse voiture. Parfois, elle se trompe dans de petits détails. Une fois, par exemple, elle l'a imaginé travaillant à son établi dans le sous-sol, alors que celui-ci a toujours été dans le garage. Il l'avait fabriqué là et ne l'avait jamais déplacé. Mais elle se pardonne ces erreurs. Depuis quelque temps, sa mémoire est aussi insaisissable que ses rêves.

Dans la chambre, Joan dort déjà. Elle occupe le lit de Donald, à présent, à côté de celui d'Ava, car elle est trop grosse pour monter l'escalier. À la dernière visite médicale, elle pesait plus de cent dix kilos et le docteur Kelly a recommandé à Ava de la maintenir au rez-de-chaussée pour éviter qu'elle ne se blesse sérieusement. Joan n'a jamais eu une bonne motricité. Même à l'époque où elle avait un poids normal, elle avait généralement besoin qu'on l'aide pour monter au premier étage.

« Bonne nuit », lui dit Ava alors que sa fille dort à poings fermés.

Sa respiration est profonde, son souffle encombré, elle ronfle encore plus que Donald mais Ava l'aime. Elle s'est endormie bien des soirs en se laissant bercer par ce vacarme infernal.

Incapable de calmer son esprit pendant qu'elle est agenouillée en prière, Ava finit par se relever en s'aidant du montant du lit et sort de la chambre. Elle comptait aller à la cuisine se faire chauffer du lait – le lait chaud l'a toujours aidée à se détendre – mais se surprend à gravir l'escalier. Une obscure volonté qui semble émaner de la maison même l'attire vers le premier étage. Elle sent la morsure de chacune des douze marches dans ses genoux défaillants. Après avoir repris son souffle en haut de l'escalier, elle entre dans la chambre d'Alec.

Ces temps-ci, Ava ne monte que rarement à l'étage. Des trois chambres, celle d'Alec est celle qu'elle évite le plus. On dirait une installation fabriquée, comme si un décorateur du théâtre municipal avait pris des éléments de la jeunesse d'Alec pour recréer l'idée de sa chambre. Les vêtements qu'il a laissés en partant sont toujours soigneusement pliés dans la commode Shaker en cerisier qui appartenait au père d'Ava. Des mocassins marron qu'il mettait autrefois pour aller à l'église sont posés au bas de son placard. En réalité, à part les draps qu'elle a dû changer en de rares occasions pour un invité de passage, elle n'a touché à rien dans cette chambre depuis qu'Alec est parti, il y a plus de vingt ans.

Dans le tiroir de la table de chevet, elle trouve un paquet intact de Viceroy. Il fumait depuis son plus jeune âge et Donald avait beau le punir, rien n'y faisait. A-t-il laissé les cigarettes juste pour les embêter ? Pourquoi ne les a-t-il pas prises avec lui, sinon ? Il y a aussi un jeu de cartes, un emballage de Wrigley's à la menthe et deux pièces sales de cinq cents. Ava referme le tiroir comme si le fait de tout laisser en l'état pouvait l'aider à résoudre le mystère des cartes postales.

Elle se met alors péniblement à genoux (le gauche d'abord, le droit ensuite), passe la main sous le lit et découvre une boîte à chaussures avec son nom complet – ALEC CHRISTOPHER LARKIN – marqué sur le bord du couvercle. Elle ouvre la boîte et y trouve un canif rouillé, plusieurs appâts de pêche et un chausse-pied dont le manche en bois lustré porte l'inscription PÈRE SHELBY OATES gravée à la feuille d'or. Qu'est-ce que cela fait sous le lit de son fils ? Pourquoi Alec avait-il le chausse-pied du père Oates ? Cela dit, son fils était à tout le moins un voleur. S'il avait dérobé l'argent de la quête de sa propre paroisse, qui sait ce dont il était capable ? C'est un beau chausse-pied en écaille de tortue d'une quinzaine de centimètres. Est-ce un indice qui explique le déclin spirituel de son fils ? Combien d'autres objets de ce genre sont-ils cachés dans cette chambre ? À moins qu'Alec ne l'ait pas volé. Peut-être que le père Oates a remarqué qu'il l'admirait et le lui a simplement offert ? Un cadeau à un servant de messe plein d'avenir ? Cela dit, Alec a toujours été la brebis galeuse. Personne ne l'aimait, encore moins à St John the Baptist où on le grondait toujours parce qu'il arrivait en retard et on le menaçait régulièrement de le relever de ses fonctions.

Alors qu'elle s'apprête à remettre le couvercle, elle remarque quelque chose collé en dessous. Elle enlève le scotch et retire un petit cliché en noir et blanc de huit par huit, avec la date « août 1951 » notée en dessous dans la marge d'un centimètre. Sur la photo, on voit un homme nu en érection assis sur un petit tabouret. Son torse est couvert d'une toison noire et sa peau très pâle. Il serre entre ses dents un chausse-pied à la façon d'un couteau de pirate en prenant un regard de fou furieux. Il a les poings sur les hanches. Son pénis a l'air venimeux, comme une bête arquée qui s'apprête à frapper. Ava ressort le chausse-pied et le tourne d'un côté, puis de l'autre. C'est bien le même que celui de la photo, le manche est identique. En regardant l'homme de plus près, Ava reconnaît le père Oates. Les yeux sont facilement reconnaissables. La photo est pour le moins choquante. Est-ce Alec qui l'a prise ? En août 1951, il n'avait que dix ans. Pourquoi Alec l'avait-il ? Et pourquoi avait-il le chausse-pied, le seul accessoire qui figure sur la photo ? Avait-il laissé la boîte à chaussures pour que quelqu'un la découvre un jour, comme une preuve infâme ? une ignoble petite capsule temporelle ? C'est en tout cas l'impression que cela donne. Ava a le souffle coupé et un froid envahit la région de son cœur. Les implications sont telles qu'elle ne peut y faire face. Elle glisse la photo dans la poche de sa robe de chambre.

Elle descend à la cuisine et finit par se faire chauffer du lait dans une casserole. Elle coupe le feu juste avant qu'il ne frémisse, verse le lait dans un grand mug, ajoute de la cannelle et un peu de sucre. Elle s'assied à la petite table et pose la cuillère sur une serviette.

En attendant que le lait tiédisse, elle ouvre le tiroir fourre-tout et en sort sa collection de cartes postales. Elle retire l'élastique et les étale devant elle à égale distance l'une de l'autre en une longue rangée bien alignée.

Elle regarde les cartes postales. Douze églises. Douze garçons.

BONJOUR ET AU REVOIR.

Dehors, la température a baissé et quelque part dans les entrailles de la maison le chauffage se rallume.

Sous la rangée de cartes postales, elle pose le cliché du père Oates.

Bientôt, le temps va se refroidir, se dit-elle. Il faudra qu'elle ratisse les feuilles mortes avec Joan. Ensuite, il neigera. Elle sait déjà que l'hiver sera long.

TROISIÈME PARTIE

10

New York, New York

8 juillet 1991

RONAN

Ronan a quitté l'East Village depuis à peine dix minutes et il est déjà en nage. Il est dix heures moins le quart et il fait presque vingt-sept degrés. Les brumisateurs de Washington Square Park n'offrent qu'un bref et cruel répit. C'est le lundi qui suit le week-end du jour de l'Indépendance et les chaussures en cuir à lacets à dix-huit dollars qu'il a achetées samedi sont hyper serrées. D'habitude, Ronan porte du 48, mais quand il a essayé les 47 dans le petit magasin vintage plein à craquer, il a eu l'impression qu'elles lui allaient. Et maintenant, il va encore être en retard au boulot. Il aurait dû se contenter de mettre ses Top-Siders. Les Top-Siders sont en beau cuir et les semelles sont encore en bon état, mais dans la maison d'édition où il travaille, aucun de ses collègues ne met des chaussures bateau. Comme on le lui a fait remarquer l'autre jour au déjeuner, les chaussures bateau sont réservées au barbecue sur la plage et, au troisième étage de la grande et prestigieuse maison d'édition de la tour Saatchi & Saatchi, qui occupe quasiment tout l'angle de Hudson et de Houston Street, s'il y a bien une chose que l'on veut éviter, c'est de ressembler à un type invité à un barbecue sur la plage.

Ronan travaille aux ventes. Son supérieur hiérarchique est le directeur des ventes grand format, Dan Van Asselt, un compatriote du Midwest originaire de Chippewa Falls, dans le Wisconsin. Le deuxième jour, Dan lui a dit qu'il était allé à l'encontre des pratiques habituelles et l'avait recruté à cause de son accent. Ronan a fait ses études à Loras College, une obscure université catholique de Dubuque, dans l'Iowa. C'est une institution plus qu'honorable, mais les autres assistants du troisième étage sortent de Yale, Columbia, Harvard et Cornell, ou de petites universités élitistes du Nord-Est comme Tufts, Williams, Hamilton et Amherst.

À Loras, Dan avait d'excellentes notes et faisait également partie de l'équipe d'athlétisme All-America de division III, mais en dépit de ce CV avantageux, il est loin des sphères de l'Ivy League et sa garde-robe est sans doute la première chose qui le trahisse. Il met perpétuellement à tour de rôle ses trois chinos de couleurs différentes, tout comme ses quatre chemises à col boutonné et ses six cravates, dont deux à motif cachemire fantasmagorique trouvées dans le bac à promotions d'un magasin de vêtements pour hommes de Dubuque. Au département éditorial ou artistique, il pourrait sans doute s'en tirer avec des chaussures bateau mais aux ventes, les attentes ne sont pas les mêmes.

Ronan arrive à son box avec presque dix minutes de retard et est accueilli par un Post-it requérant sa présence ASAP dans le bureau de Dan. Ronan se remet instantanément à suer à grosses gouttes, bien que cette fois ce soit dû à l'angoisse pure et simple. Cela ne peut signifier que trois choses, également catastrophiques : 1. Dan en a par-dessus la tête qu'il soit constamment en retard de trois à cinq minutes ; 2. À cause de la récession, il y a une vague de licenciements et il est viré ; ou 3. On l'a surpris à voler l'édition originale de *L'Attrape-cœurs* à la femme de Dan.

La troisième possibilité lui retourne l'estomac. Il a presque envie de vomir.

Il y a deux semaines, sachant que son nouvel assistant serait seul en ville pendant le week-end de la fête de l'Indépendance, Dan avait invité Ronan à dîner dans sa maison en grès de Remsen Street, à Brooklyn Heights. Ronan avait accepté avec enthousiasme, évidemment. Le dîner avait eu lieu avant-hier soir, samedi.

Avant le dîner, Dan et sa femme, Elsa, une Suédoise blonde et svelte à la voix grave, lui avaient fait visiter leur maison de deux étages. Elsa vient de Stockholm, mais elle parle anglais avec un accent parfait. Ses incisives pointues sont plus longues que ses autres dents, ce qui lui donne un air de sauvagerie. Pendant l'apéritif, Ronan avait appris qu'ils s'étaient rencontrés à La Nouvelle-Orléans cinq ans plus tôt, lors de la convention annuelle de l'American Booksellers Association. À l'époque, Elsa, qui n'avait que vingt-neuf ans, possédait une petite librairie à Bath, dans le Maine. Dan, qui a neuf ans de plus qu'elle (il a maintenant quarante-trois ans), semble tellement normal, tellement formaliste, tellement conventionnel que Ronan s'attendait presque à ce que sa femme soit sa petite amie de la fac. Il imaginait une ancienne étudiante en lettres avec des cuisses musclées et une coiffure de présentatrice télé. Avec un prénom comme Kathy. Allez savoir comment ces deux-là ont fini ensemble.

Ronan avait eu la nette impression que son patron avait fait un beau mariage. Les cadres de l'édition gagnent relativement bien leur vie, mais il voit mal comment ils pourraient s'offrir une maison de deux étages dans un des plus beaux quartiers de Brooklyn.

Elsa a un maintien d'aristocrate. Elle servait le Rombauer et tenait son verre de vin comme s'ils lui caressaient le bout des doigts.

Le premier étage de leur maison abritait une magnifique et immense bibliothèque en chêne clair qui allait du sol au plafond. Elsa, désormais une grande agente littéraire spécialisée dans la littérature de jeunesse, est une fervente collectionneuse de livres et elle avait montré à Ronan toute une étagère de premières éditions, parmi lesquelles, entre autres titres célèbres, *Fidèle Vagabond* de Fred Gipson, *Le Vent dans les saules* de Kenneth Grahame et *L'Attrape-cœurs*, le roman favori de sa mère, qui fait aussi partie de ses préférés.

Après le dîner, en montant aux toilettes du premier étage (Dan occupait celles du rez-de-chaussée), Ronan s'était retrouvé en arrêt devant l'étagère des premières éditions. Puis il avait senti sa main se tendre vers le chef-d'œuvre de Salinger. Et l'instant d'après, il était aux toilettes sous l'applique industrielle joliment patinée, le livre entre les mains, effleurant le texte du bout des doigts, émerveillé par la beauté du graphisme, la générosité des marges, grisé par l'odeur boisée qui s'échappait de la reliure. Il était tellement ébloui qu'il avait oublié de se soulager et passé le reste de la soirée à avoir envie de faire pipi, le livre glissé dans le creux des reins, sous sa chemise qui n'était pas rentrée dans son pantalon. Il avait fait attention à rester assis pour boire le bourbon que Dan avait tenu à lui offrir en guise de digestif.

« Vous avez bu beaucoup de Pappy Van Winkle dans l'Iowa ? lui avait demandé Dan en lui servant deux doigts de bourbon sur de la glace.

– C'est la première fois », avait répondu Ronan, soulagé d'avoir opté ce soir-là pour une chemise ample et un pantalon beige à pinces dans lequel il flottait carrément.

À vingt-deux ans, Ronan semble être condamné à porter des vêtements larges. Il fait un mètre quatre-vingt-dix et a hérité non seulement de la taille et des membres longilignes de sa grand-mère, mais également de la minceur de sa mère. Après un repas copieux, il atteint péniblement les soixante-quinze kilos. La combinaison de ses bras d'orang-outan et de ses épaules carrées l'oblige à s'acheter des chemises XL qui, s'il ne les rentre pas dans son pantalon, bouffent autour de sa taille comme les chemises de nuit d'autrefois. Il est sans cesse forcé de dompter ces vêtements blousants en les pliant comme des origamis sous la ceinture de son pantalon. Samedi soir, il était content d'avoir de la place.

Après deux autres doigts de bourbon, les Van Asselt et lui s'étaient quittés sans autre incident. Jouant le rôle de l'assistant reconnaissant, Ronan les avait remerciés mille fois de l'avoir invité. C'était son premier jour de l'Indépendance à New York, après tout.

« Je ne pouvais tout de même pas laisser un compatriote du Midwest échoué dans East Village », avait répondu Dan. « Et encore moins avec tout ce qui se passe dans le parc. »

Ronan habite la 10e Rue, à moins de deux cents mètres à l'ouest de Tompkins Square, où depuis début mai la police s'efforce d'évacuer les sans-abri qui y campent pour que la ville puisse lancer une importante campagne de rénovation. Le jour de son arrivée à New York, des centaines de policiers en tenue anti-émeute ont encerclé le parc, entre la 10e et la 7e Rue et les avenues A et B. Le bidonville des sans-abri qui s'était formé à l'origine autour du kiosque à musique avant de s'étendre a été détruit et leurs occupants évacués de force par le NYPD, par petits groupes ou un par un, souvent. Une semaine plus tard, le premier cocktail Molotov était jeté d'un toit de la 10e Rue, entre les avenues A et B, à deux pas de chez Ronan. Le feu avait pris dans les buissons qui bordaient les terrains de basket. Ronan se serait cru à Beyrouth ou en Europe de l'Est. La scène était sans commune mesure avec ce qu'il avait connu sur le campus de Dubuque, où les seules démonstrations de force se bornaient à des manifestations étudiantes pour exiger la titularisation d'un professeur adoré.

« C'était délicieux », avait dit Ronan à Elsa sur les marches de leur maison.

C'était la première fois qu'il mangeait du coq au vin et c'était effectivement délicieux, tout comme le Rombauer. Sans compter l'assortiment de fromages présentés sur un aviron du XVIIe siècle restauré dont l'arrière-arrière-arrière-arrière-grand-père Aksel d'Elsa se servait pour descendre en canot le Piteälven.

« Jusque-là, je croyais que Coco Van était un groupe de punk-rock branché de Madison, dans le Wisconsin », avait-il ajouté en essayant de faire de l'humour.

Elsa avait souri – laissant entrevoir l'éclat de ses incisives pointues – et l'avait embrassé sur la joue.

« Vous faites si jeune, est-ce qu'au moins vous vous rasez ?

– Oui, avait-il répondu. Mais seulement deux fois par an. »

Elsa avait égrené un rire aristocratique.

« Ne vous en faites pas, avait dit Dan. Je n'ai commencé à me raser que vers vingt-sept ans.

– Et maintenant, il se rase *partout* », avait ajouté Elsa, lui laissant l'image de son patron agenouillé dans un nuage de vapeur à même le sol de la salle de bains du premier, en train d'appliquer de la lotion après-rasage sur ses fesses rasées de frais.

Après quelques gloussements de bon aloi, Ronan avait remercié encore une fois les Van Asselt pour le dîner et ajouté à l'adresse de Dan :

« À lundi, au bureau.

– Vous avez intérêt à y être avant moi », avait plaisanté Dan.

Quand Ronan entre dans le bureau de Dan, son patron est au téléphone. Dan a trois plantes grasses dans des pots en terre cuite alignés sur le rebord de la fenêtre et un fanion des Indiana Hoosiers punaisé à l'horizontale au-dessus de sa bibliothèque – étonnamment, il est à la fois un amateur de plantes et un fan de la Big Ten Conference.

Dan lui désigne un des fauteuils Barcelona en similicuir disposés devant son bureau. Ronan s'assied et, au bout de deux minutes, Dan finit par raccrocher.

Dan se balance d'avant en arrière dans son fauteuil en cuir blanc, les mains entrecroisées sur le torse. Après quelques oscillations grinçantes, il lui dit :

« Vous savez pourquoi je vous ai fait venir, j'imagine ? »

Ronan a la bouche sèche. Il revoit en pensée le livre volé. Dès qu'il est rentré chez lui, samedi, il l'a emballé dans une de ses trois serviettes et l'a mis dans son placard, pour que Mrs Dobroshtan, la vieille Ukrainienne qui lui loue la chambre dans son appartement, ne le voie pas.

« Honnêtement, je ne sais pas trop, répond-il après avoir dégluti.

– Je voulais juste vous l'annoncer officiellement, dit Dan. Vous restez ici. »

Le soupçonne-t-il de vouloir s'échapper par l'escalier de service ? La sécurité de l'immeuble a-t-elle été alertée ? Les policiers sont-ils déjà postés derrière la porte, prêts à intervenir ?

« Le dégraissage, poursuit Dan. La moitié des assistants des départements vente et marketing sont virés aujourd'hui. Mais vous ne craignez rien. »

Au fond de lui, une masse molle informe se déplace et retombe. Une glande qui se relâche ? Un organe qui se libère d'un voile cristallin d'anxiété ? Il souffle lentement par le nez.

« Je ne vous l'ai pas dit au dîner parce que la direction ne m'avait pas encore confirmé que je pouvais vous garder. Vous avez bien fait de ne pas négocier le salaire quand je vous ai engagé.

– Je suis vraiment content, dit Ronan. Et très reconnaissant. Merci Dan.

– De rien. Continuez comme ça. Et si vous pouviez me boucler les rapports de visites avant ce soir, ce serait super.

– Promis, dit Ronan en se levant.

– Ah, au fait, Elsa ne parle que de vous, ajoute Dan au moment où Ronan franchit le seuil. Elle voulait vous donner ça. »

Il sort de son bureau un livre emballé dans un papier cadeau et le lui tend.

« Waouh », fait Ronan. Il revient et prend le paquet que lui tend Dan. « Comment la remercier ?

– La prochaine fois que vous viendrez chez nous, offrez-lui des chocolats ou autre chose. Elle adore les Godiva.

– Va pour des Godiva. »

Quand il retourne à son box, Ronan n'en revient pas de ce revirement de situation. Il attend que Dan sorte de son bureau en renouant sa cravate pour aller déjeuner. Une fois son patron hors de vue, Ronan enlève le scotch du paquet et le papier cadeau. C'est une édition originale de la traduction du roman-culte de Haruki Murakami, *La Course au mouton sauvage*, publiée deux ans auparavant chez Kodansha International. Ronan a entendu Stark Slovak, un des représentants qui couvre la région de la baie de San Francisco en parler à Dan avec un enthousiasme débordant alors que le téléphone était sur haut-parleur. Apparemment, c'est une sorte de roman policier mystique. Glissé dans le rabat de la jaquette se trouve un marque-page ivoire portant un mot écrit à l'encre bleue.

Ronan,

J'ai été ravie de faire votre connaissance l'autre soir. J'ai pensé que ce roman vous plairait. C'est l'histoire d'un jeune homme qui se cherche dans un monde inconnu. Je le trouve lumineux, comme vous.

Bonne lecture.

Amicalement,

Elsa

Ronan s'imagine lumineux. Il se représente une larve humaine translucide, minuscule, de la taille d'un gecko. Il s'imagine également Elsa, lumineuse. Elle s'avance nue vers lui de toute sa taille avec ses féroces incisives qui brillent en brandissant l'aviron de l'arrière-arrière-arrière-arrière-grand-père Aksel. Elle a des seins étonnamment lourds et une toison pubienne brune.

Pendant la pause déjeuner, Ronan reste à son box et compile les rapports de visites pour les grands formats, une tâche qui consiste à transcrire et présenter les notes rédigées à la main par les représentants à la suite de leurs rendez-vous chez les libraires. Il met plus de trois heures à achever et relire le rapport imprimé de vingt-quatre pages, et à trois heures et quart, il entre dans le bureau de Dan qui est au téléphone et le lui remet, puis le récupère vingt minutes plus tard, paraphé en rouge. Ronan passe le reste de l'après-midi devant la photocopieuse qui enchaîne les bourrages papier et autres avatars, l'obligeant finalement à éteindre le monstre de ferraille et à le rallumer.

Quand par chance elle fonctionne dix minutes d'affilée, le bruit de la machine a quelque chose d'hypnotique. Ronan profite alors de ces moments de répit pour se laisser aller à penser à la pièce qu'il écrit et qui a enfin pris forme. Il l'a commencée juste après être arrivé à New York. C'est pour l'essentiel le monologue remémoratif d'un jeune homme qui tue accidentellement sa petite sœur de six ans en rentrant en voiture du fast-food où il travaille pour l'été. Alors qu'il est près de chez lui, elle déboule soudain au milieu de la rue et il ne réussit pas à l'éviter. À ce moment de la pièce, deux autres personnages entrent en scène : la petite sœur (sous la forme d'un fantôme) et la mère du jeune homme qui, après cette tragédie, devient folle et doit être internée jusqu'à la fin de sa vie.

Ronan a découvert la dramaturgie à Loras, en troisième année, après s'être fait un claquage au mollet pendant un entraînement d'athlétisme. Un matin, au début du printemps, il retournait dans sa chambre en boitant après une séance de rééducation, quand il était tombé sur le club de théâtre de l'université qui répétait une pièce dans un ancien atelier, près du complexe sportif. Il faisait exceptionnellement doux et ils avaient laissé les portes de l'atelier ouvertes pendant qu'ils jouaient le premier acte du chef-d'œuvre d'Harold Pinter, *Le Retour*. Ils avaient transformé un simple espace cimenté en un salon du nord de Londres typique des années soixante, avec un escalier qui semblait curieusement monter vers l'infini. Ronan avait été immédiatement subjugué. Il avait l'impression d'avoir voyagé à travers le temps de l'autre côté de l'Atlantique. Les étranges silences lourds d'angoisse, les accents anglais parfaitement interprétés par les acteurs étaient envoûtants. Il avait suivi la répétition en entier et n'avait cessé de repenser à la pièce toute la journée et toute la nuit. Depuis ce jour, il se nourrissait de théâtre contemporain. Comme il n'y avait pas de cours de dramaturgie à Loras, il avait décidé de lire l'ensemble des pièces de théâtre modernes de la bibliothèque et avait passé l'été à essayer d'écrire comme Harold Pinter, Caryl Churchill, Sam Shepard et John Guare. Il s'avérait qu'il était plutôt doué, il avait le chic pour imaginer des rebondissements inattendus et un talent pour les dialogues. Ses sujets étaient à la fois drôles et sombres. Dès que Ronan avait commencé à écrire des pièces, c'était devenu pour lui une obsession, qui éclipsait l'athlétisme et toutes les autres matières. Ses études terminées, il rêvait d'aller à New York. Il avait envoyé une pièce en un acte à Early Voices, un groupe de dramaturgie hébergé par une célèbre compagnie de théâtre de la ville. Et à son grand étonnement, il avait été accepté.

Early Voices est formé de cinq hommes et cinq femmes. Chaque auteur a le droit à une bourse de mille cinq cents dollars et une lecture théâtralisée de tout ce qu'il a pu écrire pendant l'année. Le groupe se retrouve tous les jeudis à dix-neuf heures au cinquième étage d'un immeuble de Great Jones Street dont l'ascenseur crachote et s'arrête de temps en temps comme s'il était branché sur un respirateur artificiel. Ronan est le seul à être originaire du Midwest et un des deux uniques hétéros. Récemment, il leur a lu les dix premières pages de sa nouvelle pièce en monologue et les réactions des autres membres ont été très encourageantes. Il ne sait pas d'où lui vient ce monologue ni où il va, mais il ne cesse de l'obséder, presque autant que l'obsède une des participantes, Henny Woods.

Henny, diminutif de Henrietta, a vingt-cinq ans, est fraîchement diplômée de Yale où elle a obtenu un master de dramaturgie (elle a fait toutes ses études à Yale) et vient d'une bourgade rurale du nord-ouest du Connecticut. Elle est métisse (son père est blanc, sa mère noire) et ses beaux cheveux frisés forment une étonnante boule couleur de feuilles d'érable en automne. Ronan estime qu'elle est sans aucun doute la meilleure auteure d'Early Voices. C'est aussi la plus courageuse en ce qu'elle dit ce qu'elle pense du travail des autres sans se soucier de les blesser, ni vouloir à tout prix être aimée de tous. Elle est aussi franche dans ses éloges que dans ses critiques et Ronan est le plus souvent de son avis.

Le père d'Henny est un célèbre peintre abstrait dont les œuvres sont représentées par une galerie de Greene Street. Sa mère a longtemps fait partie de la Paul Taylor Dance Company et elle enseigne à présent la danse contemporaine dans un studio, à côté de chez elle, dans le nord-ouest du Connecticut. Comme Ronan, Henny est enfant unique. Contrairement à Ronan, cependant, elle vit des intérêts d'un trust familial mis en place par son père quand elle était très jeune. Les dividendes lui assurent une rente mensuelle qui lui permet de vivre confortablement. Quand elle a décroché son diplôme d'écriture dramatique à Yale, elle a également reçu un prix doté d'une jolie somme récompensant les talents les plus prometteurs. Tout cela, Ronan le tient d'une des membres du groupe, Alexis, une jeune diplômée de Vassar qui aime porter des casquettes rayées de conducteur de train et pleure souvent ouvertement quand les autres lisent ce qu'ils ont écrit, que ce soit bon ou non. Ronan n'est jamais allé dans l'appartement d'Henny, dans la 12e Rue, juste à l'ouest de la Cinquième Avenue, mais d'après Alexis, c'est un magnifique deux-pièces avec de hauts plafonds, un parquet à chevrons et une terrasse à l'arrière qui donne sur un jardin de quartier luxuriant.

Après le travail, Ronan doit assister à une nouvelle adaptation des *Trois Sœurs* de Tchekhov à l'Atlantic Theater Company, à Chelsea. Le lundi soir, le théâtre fait habituellement relâche, mais il y a une avant-première pour la presse et comme Early Voices a reçu une série de billets gratuits, il est probable qu'Henny y sera.

Dès qu'il entre dans le foyer de l'Atlantic Theater, une ancienne église de la 20e Rue Ouest, Ronan tombe sur un mur de photos de pièces qui y ont été jouées par le passé et de portraits de comédiens de la troupe actuelle, parmi lesquels une poignée d'acteurs d'Hollywood ou du cinéma indépendant. Il s'assied sur le côté avec le reste du groupe qui est déjà installé dans les rangées du fond.

L'adaptation des *Trois Sœurs* a été écrite par le dramaturge en résidence de l'Atlantic, un auteur iconoclaste souvent récompensé. D'après le programme, elle doit être jouée en quatre actes, avec deux entractes. Ronan ne sait pas grand-chose de Tchekhov, si ce n'est qu'on lui attribue le principe sacro-saint selon lequel s'il y a un fusil sur la scène, il doit obligatoirement servir. Et que ses pièces sont longues. Il est un peu après vingt heures et il ne sera probablement pas rentré avant minuit.

Au moment où le noir se fait dans la salle, il croise le regard d'Henny qui est assise quelques sièges plus loin. Elle lui fait un signe de tête, comme s'ils étaient deux enquêteurs qui venaient d'arriver sur une scène de crime. Son cœur se met à battre à tout rompre et il hoche la tête à son tour. Il n'a jamais été aussi obnubilé par une femme. Le maigre plaisir de savoir qu'ils regardent la même pièce devrait lui permettre de tenir toute la soirée, d'autant que ça lui procurera peut-être un sujet de conversation pour après.

La pièce est lente, la troupe joue avec une diction réfléchie d'une précision presque clinique. Ronan reconnaît la comédienne qui joue Macha pour l'avoir vue dans le film de John Hughes, *La Vie en plus,* et cette satisfaction l'aide à supporter l'interminable premier acte.

Pendant le premier entracte, Ronan prend l'air devant le théâtre quand il voit Henny s'avancer vers lui. Elle porte une chemise d'homme bleu ciel à col boutonné avec les manches roulées, un pantalon large en lin et des sandales en cuir marron.

« Tchekhov, dit-elle.

– Le maître », répond-il.

En la voyant si proche de lui, il est soudain embarrassé par ses mains. Ne sachant pas quoi en faire, il les croise derrière le dos.

« Je ne déteste pas, dit Henny.

– Celui qui joue Andreï est plutôt bon, avance Ronan.

– Pourquoi tu t'es mis complètement sur le côté ? » lui demande-t-elle en lui tapotant le torse du bout de l'index.

Elle a plus de force qu'il ne s'y attendait et il manque de tomber, il est obligé de décroiser ses mains pour ne pas perdre l'équilibre.

« J'étais en retard, répond-il sans pouvoir s'empêcher de sourire.

– La place à côté de moi est libre, lui dit-elle. Tu devrais la prendre.

– OK », répond Ronan, embarrassé d'avoir failli tomber à cause d'elle.

Pendant le deuxième acte, Ronan n'arrive pas à se concentrer sur ce qui se passe sur la scène car il est submergé par le parfum d'Henny qui lui rappelle curieusement la neige fraîche dans l'Iowa et les oranges que sa mère piquait de clous de girofle et plongeait dans des marmites de cidre frémissant au moment des fêtes.

Henny regarde la pièce avec gravité. Elle est penchée en avant, les coudes sur les genoux, apparemment indifférente à tout le reste. Elle cligne à peine des yeux, le regard dur et clinique, avec un air mêlé de fascination et de dégoût comme si elle voyait un chien agonisant au bord d'une route essayant péniblement de se relever. Elle est si attentive que Ronan a l'impression d'ignorer les ressorts de la pièce et ses significations cachées, tel un enfant qui perd à un jeu de foire où il est impossible de gagner. Il imagine qu'elle perçoit à la fois les faiblesses et les forces de la pièce, que sa propre intelligence lui pèse, qu'elle est écœurée par la moindre malhonnêteté. Et pourtant, elle regarde tout avec respect, d'un regard totalement engagé.

En fait, il n'a d'yeux que pour Henny. Il fera tout ce qu'elle lui demande.

Pendant le deuxième entracte, en attendant devant les toilettes, il aperçoit une femme dont il jurerait qu'elle ressemble à sa tante Fiona. Il n'a jamais rencontré l'aînée des sœurs de sa mère, mais il la reconnaît pour l'avoir vue dans les albums de photos. Il est fasciné depuis tout petit par l'énigme de cette ravissante tante aux cheveux roux flamboyants, au teint pâle et aux yeux verts. D'après sa mère, Fiona était l'anticonformiste de la famille, la seule des sœurs Larkin à s'être rebellée contre l'éducation catholique conservatrice qu'elles avaient reçue. Quelques années après avoir arrêté ses études, excédée de devoir s'occuper de sa sœur handicapée, elle était partie au milieu de la nuit. Par la suite, elle avait fait un long séjour dans une secte de la fertilité installée dans une ferme abandonnée, au nord du Massachusetts. Mais avant cela, dans les années soixante, elle avait vécu quelque temps dans West Village et joué au Caffe Cino. D'après ce que Ronan a lu, le Caffe Cino, qui a ouvert à la fin des années cinquante et connu dix ans de succès, est considéré comme le berceau du mouvement du off-off Broadway. Le théâtre a aidé à lancer la carrière de María Irene Fornés, Sam Shepard et John Guare qui est pour lui un des plus grands dramaturges. Quand Ronan a découvert sa passion pour la dramaturgie, il s'imaginait fréquenter ce genre d'endroit. En allant au bureau, il est même passé devant la salle légendaire de Cornelia Street qui abritait autrefois le Caffe Cino. Aujourd'hui, c'est une gargote italienne.

Quand le sosie de tante Fiona passe devant lui, Ronan se retourne et la voit se rasseoir au cinquième rang. Elle est vêtue d'une longue jupe en lin écrue et d'un tee-shirt tie-dye bleu et blanc. Ses cheveux roux sont attachés en queue-de-cheval. Sa mère n'a pas eu de nouvelles de Fiona depuis des années. Ronan a toujours soupçonné qu'elles s'étaient brouillées. Tante Fiona et oncle Alec sont les deux seuls de ses frère et sœurs qu'il n'a jamais rencontrés. Se peut-il que ce soit elle ?

Il n'y a pas d'entracte entre les actes III et IV, mais à la place, un long passage au noir durant lequel s'élève un chant folklorique russe chanté a cappella par un immense chœur.

Dans l'obscurité, Henny se penche vers Ronan et lui chuchote :

« On va boire un verre après.

– Absolument », lui glisse-t-il à son tour en s'efforçant de dissimuler l'excitation qui perce dans son regard. Il se force à cligner des yeux. « Mais pas de vodka », ajoute-t-il.

Le quatrième acte se déroule dans le champ en friche, derrière la maison. Le décor est convaincant et représente les hautes herbes jaunies, les fleurs sauvages qui se fanent et un gros tronc d'arbre pétrifié. Des feuilles tombent par intermittence tout au long de l'acte. Les comédiens les chassent parfois de leur visage.

À un moment, les deux hommes qui se disputent l'amour d'une des sœurs se battent en duel. Les pistolets de scène claquent dans un bruit assourdissant qui tire Ronan de sa torpeur. À la fin de la pièce, les trois sœurs s'embrassent, pleurent, se lamentent de devoir travailler et vieillir et se plaignent qu'elles ne pourront jamais retourner à Moscou. Dans l'ensemble, leur tristesse collective sonne faux. Irina semble être la seule à verser de véritables larmes dont Macha et Olga se servent pour se mouiller le visage, donnant ainsi l'illusion qu'elles pleurent toutes réellement. Ronan est rebuté par ce dénouement délibérément larmoyant.

Lors du rappel, les trois quarts du public se lèvent aussitôt pour acclamer les comédiens avec un enthousiasme qu'il juge hypocrite. Le sosie de sa tante Fiona est presque dressé sur la pointe des pieds et applaudit avec ferveur, son tee-shirt tie-dye se balançant dans son dos. Mais Ronan refuse de se mettre debout. Il est tout au fond, il peut se le permettre. Henny reste également assise, l'air impénétrable, dans son monde. Il est difficile de dire si elle est totalement déroutée ou toujours en train d'assimiler le dernier tableau.

Au bord de la scène, les comédiens sont épuisés, reconnaissants, bienveillants, humbles, s'excusant presque non pas de tout ce temps perdu en ce lundi soir (pas loin de quatre heures !), mais de la traversée déchirante dans laquelle ils ont entraîné le public, des tourments lancinants du cœur, de l'âme et de l'angoisse que leurs heureux témoins ont dû éprouver. Nous savons que c'est une histoire difficile, semblent-ils dire. Merci de l'avoir écoutée avec tant de courage, tant de compassion. Merci d'avoir absorbé le virus des rêves anéantis et de l'amour sans retour ! Maintenant, nous sommes tous vaccinés !

Les comédiens applaudissent le public. En les voyant saluer ainsi les ovations qui leur sont destinées, Ronan a vaguement la nausée.

En sortant du théâtre, Henny lui propose de nouveau de prendre un verre.

« Juste un, dit-elle. On en a besoin. »

Il est presque minuit et Ronan doit travailler demain, mais il serait fou de dire non à Henny. Ils vont dans un pub irlandais à quelques blocs de là, lieu de rendez-vous habituel des spectateurs et des comédiens de l'Atlantic Theater Company après le spectacle. Le bar rempli de fumée est couvert de lambris de faux bois et d'enseignes de bières au néon agonisantes, mais le jukebox est convenable et la salle n'est pas trop bondée. Ronan commande au barman deux verres de merlot de la maison qu'il a à peine les moyens de s'offrir et va s'asseoir avec Henny sur une banquette libre, à côté des toilettes.

« Alors, Tchekhov, dit-elle.

– Il était aussi médecin, non ? dit Ronan. Il ne devait pas chômer. »

Moondance de Van Morrison passe sur le jukebox. Au bar, un groupe d'habitués parlent des Yankees. Un vieux coiffé d'un bob se plaint bruyamment du nouveau joueur de champ centre Bernie Williams qui se montre très décevant depuis qu'il a été recruté.

« Ça ne sera jamais Mickey Mantle ! » s'écrie-t-il.

Le jukebox passe à présent *Train in Vain* des Clash.

Henny boit un peu de vin et repose son verre.

Ronan aime ses doigts fins, l'os saillant de ses poignets, son visage. Il se sent vivant avec elle, électrisé. Il est préoccupé par son haleine, par le fait qu'il ne s'est pas douché depuis tôt ce matin. En présence d'Henny, il sent presque les pores de sa peau claire se dilater.

Sur ce, Ronan remarque la femme qui ressemble à sa tante Fiona assise quelques banquettes plus loin.

« Je la connais, dit-il à Henny en la lui montrant d'un signe de tête. Là-bas, sur la troisième banquette. La rousse. »

Henny regarde.

« Je l'ai vue au théâtre quand je faisais la queue pour aller aux toilettes.

– C'est qui ?

– Je crois que c'est ma tante.

– Sérieux ? dit-elle. Va lui dire bonjour.

– Je ne l'ai jamais rencontrée.

– Ah bon ? s'étonne-t-elle en levant les sourcils d'un air perplexe. Raison de plus ! »

Ronan se lève avec son verre de vin et s'approche de la banquette de la femme. Elle est assise avec les comédiens qui jouent Andreï et Irina. Elle boit du vin rouge comme lui, la bouteille de merlot est posée à côté d'elle. Maintenant qu'ils se sont changés, les deux acteurs de l'Atlantic semblent plus petits, moins imposants, dépouillés du peu de magie qu'ils possédaient sur scène.

« Excusez-moi, dit Ronan à la femme. Je crois que je vous connais.

– Ah oui ? » répond-elle d'un ton malicieux.

De près, Ronan reconnaît les yeux verts caractéristiques, le semis de taches de rousseur sur l'arête du nez. Il sait qu'elle doit avoir une cinquantaine d'années, mais elle n'a pas un seul cheveu gris.

« Vous vous appelez bien Fiona ? demande-t-il.

– Aïe, s'amuse l'interprète d'Irina.

– Et vous êtes ? lui demande la rousse.

– Je crois bien que je suis votre neveu. Ronan Happ. »

La rousse pose son verre de vin et s'essuie la bouche d'un revers de main.

« Ronan ? Le fils de Myra Lee ?

– J'ai mes papiers, si vous voulez », plaisante-t-il.

Elle se tourne vers ses amis.

« C'est le fils de ma sœur aînée. Merde alors ! » Elle se lève et le prend dans ses bras. Ses cheveux sentent le parfum et la cigarette. « Tu as vu la pièce ? »

Il acquiesce.

« Félicitations, au fait, dit-il aux deux comédiens.

– Joignez-vous à nous », lui propose l'interprète d'Andreï.

Ronan lui répond qu'il en serait ravi, mais qu'il est venu avec une amie, et lui montre Henny.

« Il y a de la place », dit l'interprète d'Irina.

Ronan fait signe à Henny qui le rejoint avec son verre presque vide à la main et tous deux se serrent sur la banquette. Ronan est à présent assis entre Fiona et Henny, en face des deux comédiens. Après les présentations, l'interprète d'Andreï qui s'appelle Niles va commander un pichet de bière au bar.

Fiona tend la bouteille de merlot à Henny.

« Je vous sers ? lui demande-t-elle.

– Volontiers, répond Henny et Fiona remplit son verre.

– Vous étiez excellente dans la pièce », dit Ronan à la blonde qui se nomme Margot. C'est un mensonge. Il l'a trouvée froide et geignarde. En fait, des trois comédiennes qui jouaient les sœurs, sa préférée était Olga. Mais comme, dans la dernière scène, Margot est celle qui avait l'air de pleurer réellement, il ajoute : « Votre émotion, à la fin…

– À ce moment-là, Irina est absolument anéantie, répond Margot. C'est un plaisir d'avoir un public comme vous. Il paraît que le *Times* était là, ce soir.

– C'est encore bien trop long, dit Niles qui est revenu avec le pichet de bière et cinq gobelets en plastique.

– Moi, je n'ai pas trouvé, proteste Fiona. J'aurais facilement pu vous regarder une heure de plus.

– Il y a encore trop de gras, dit Niles en servant de la bière à Margot et à Ronan. Le secret, quand on joue Tchekhov, c'est de faire simple. »

Fiona demande à Ronan depuis combien de temps il vit à New York.

« Je suis arrivé début mai », dit-il, puis il lui explique qu'il a pris un car Greyhound deux jours après avoir reçu son diplôme. Qu'il a fait tout le chemin à pied de la gare routière de Port Authority jusqu'à East Village parce qu'il avait peur d'héler un taxi. Heureusement, un de ses professeurs de littérature de Loras connaissait la dame ukrainienne qui lui loue une petite chambre dans la 10e Rue Est.

Fiona lui demande ensuite comment va sa sœur.

Ne sachant pas exactement dans quel état d'esprit elles sont l'une vis-à-vis de l'autre, il ne veut pas trop en divulguer.

« Elle va bien », se contente-t-il de répondre.

Fiona explique aux autres que Myra Lee, la mère de Ronan, est infirmière pédiatrique dans le Midwest, qu'elle est l'aînée de la famille Larkin et a toujours été la plus fiable, la plus sérieuse, la plus calme face aux désastres en tous genres. Vers la fin, son ton sonne creux, avec peut-être même une pointe d'amertume. Est-elle jalouse de sa mère ? A-t-elle des regrets ? Elle regarde au fond de son verre, et autour de la table tout le monde se tait.

Niles prend la bouteille de merlot.

« Tu en veux ? » lui dit-il.

Fiona hoche la tête en souriant et il la ressert.

« Vous êtes dans le théâtre ? demande-t-il à Henny.

– J'essaie d'écrire des pièces, répond-elle. Ronan aussi, d'ailleurs, ajoute-t-elle en le désignant d'un signe de tête.

– Le fils de Myra Lee écrit, lance Fiona. Ça alors ! »

Ronan demande à sa tante si elle vit à New York et elle lui parle de l'appartement de Morton Street où elle habite depuis quinze ans.

« C'est un deux-pièces avec une alcôve. Les fenêtres vibrent quand les camions-poubelles passent et il y a une baignoire au milieu de la cuisine, mais il a son charme.

– Tu joues toujours ? demande Ronan.

– J'ai fait une pub pour Tide il y a quelques semaines.

– Il faut bien payer les factures », dit Margot.

Les coins de la bouche de sa tante s'affaissent, comme tirés par d'invisibles griffes de souris. Une amertume réapparaît discrètement, une brève contraction en elle. A-t-elle auditionné pour la pièce de Tchekhov ? A-t-elle été refusée ? Il l'imagine regarder de l'extérieur ses amis réussir sur les planches. Fiona se penche dans l'ombre de la banquette et, en voyant sa pâleur presque grotesque, Ronan a soudain l'impression qu'elle est en train de disparaître sous ses yeux. Il se tourne vers Henny, heureux qu'elle soit là, à côté de lui.

« Si jamais tu veux que je lise ce que tu as écrit, n'hésite pas, lui dit Fiona.

– Promis, répond-il.

– Vous aussi, ajoute-t-elle à l'adresse d'Henny.

– Absolument, dit Henny.

– Je vais en reprendre un », dit-elle en levant son verre vide.

Henny et Ronan s'empressent de se lever de la banquette pour la laisser passer.

Quand ils sortent du pub, Fiona dit au revoir à Margot et à Niles, non sans avoir tapé une cigarette à ce dernier, puis demande à Ronan s'il peut lui prêter de quoi payer un taxi.

« J'ai laissé ma carte de crédit à la maison, dit-elle. Je rentrerais bien à pied, mais j'ai un peu trop bu. »

Ronan finit par lui donner les dix dollars qui devaient lui servir pour déjeuner pendant quelques jours.

« Ta mère me manque, dit Fiona à Ronan. Ça fait bien trop longtemps qu'on ne s'est pas vues.

– Je suis sûr qu'elle serait ravie d'avoir de tes nouvelles », dit-il.

Fiona le prend dans ses bras et l'embrasse. Son haleine âcre sent la nicotine et l'alcool.

« C'est un plaisir de te connaître enfin, dit-elle. Je suis tellement contente d'avoir un neveu. » Elle salue Henny qui est restée poliment à l'écart. Elles s'avancent l'une vers l'autre et se serrent la main. « Deux auteurs dramatiques, dit Fiona. Je vous souhaite bien de la chance. »

Henny rit et lui dit qu'elle est ravie d'avoir passé la soirée avec elle.

Ronan demande alors son numéro de téléphone à Fiona. Elle fouille au fond de son grand cabas bariolé, en sort un stylo et note le numéro de son service de messagerie à l'intérieur d'une pochette d'allumettes du pub. Ronan la glisse dans une poche.

Bien qu'elle habite au sud du pub, elle hèle brusquement un taxi qui se dirige vers le nord sur la Huitième Avenue, comme si elle avait hâte de s'en aller. Ronan lui tient la portière pendant qu'elle se glisse sur la banquette arrière. En la refermant, il l'entend donner au chauffeur son adresse, dans Morton Street. Au moment où le taxi redémarre, elle a l'expression d'une jolie femme qui sort d'une soirée où tout le monde l'a ignorée.

Henny paie le taxi jusque chez lui, dans l'East Village. Ils s'arrêtent à l'épicerie du coin, où Ronan achète une grande bouteille de bière forte avec ses cinq derniers dollars. Il va devoir gratter les restes de la réunion éditoriale prévue demain dans la salle de conférences du troisième étage.

Quand ils arrivent chez lui après avoir gravi péniblement les quatre étages à pied, Ronan est soulagé de voir que Mrs Dobroshtan dort déjà. Généralement, elle va se coucher avant neuf heures, mais il lui arrive de l'attendre pour s'assurer qu'il est bien rentré.

Sa chambre est juste à gauche en entrant. Celle de Mrs Dobroshtan est à l'autre bout de l'appartement. Leurs chambres sont séparées par une cuisine avec un joli coin repas, un salon désuet dont les meubles anciens en bois de rose donnent l'impression d'une pièce davantage faite pour être admirée que pour s'y asseoir, et un long couloir penché qui mène à la salle de bains. Le cabinet de toilette, comme dit Mrs Dobroshtan, possède une baignoire à pattes de lion mais pas de douche, si bien qu'il est obligé de s'asseoir comme un enfant trop grand et s'asperger avec un tuyau muni d'un embout qu'il a acheté dans une quincaillerie au coin de la Première Avenue et la 7e Rue.

Sa cage à rat de trois mètres par trois a un placard si exigu qu'il ressemble davantage à un coffrage destiné à dissimuler une conduite d'eau. La tringle fait moins de dix centimètres – cela dit, Ronan n'a pas besoin de beaucoup de place pour les quelques affaires qu'il a apportées du Midwest. Il a un blazer bleu marine, les quatre chemises à col boutonné et, en plus des trois chinos, un beau pantalon en laine qui sera parfait pour l'automne. Sa seule fenêtre qui est bloquée par la peinture donne sur la 10e Rue et sur une fenêtre d'un autre immeuble, où il voit de temps en temps un vieux monsieur qui regarde dans la rue. Il est souvent torse nu, les mamelles tombantes comme des oreilles d'épagneul. Ronan dort sur un matelas futon dont il a bricolé le cadre avec deux palettes en bois que Samir, le patron yéménite de l'épicerie du coin, lui a gentiment laissées. Le futon est un souvenir du précédent locataire de Mrs Dobroshtan, un étudiant de New York University qui est parti sans payer son dernier loyer.

Son bureau de fortune, une planche carrée en contreplaqué de soixante-quinze par soixante-quinze dénichée dans la rue et posée sur quatre colonnes de parpaing, est appuyé contre un mur. Sur le bureau, il y a un cahier à spirale et son bien le plus précieux, un Macintosh Classic d'Apple. À côté de l'ordinateur se trouve un petit tas de disquettes. La première contient le fichier de sa nouvelle pièce en monologue qu'il a intitulée « Fragments de la nuit ». Il y a aussi un gobelet de café à emporter rempli de stylos, de la menue monnaie et quelques jetons de métro.

Par terre, au pied du bureau, sont empilés tous les livres qu'il a achetés, trouvés ou pris au dépôt des exemplaires de presse du département des ventes. Adossée au mur d'en face, une belle commode haute en noyer qui fait partie des meubles anciens de Mrs Dobroshtan est fournie avec la chambre, tout comme le futon. Pour le moment, seuls trois de ses huit tiroirs sont remplis. Sur la commode est posé un ventilateur oscillant bas de gamme que Ronan a acheté trois dollars à un vétéran sans abri qui vendait ses biens sur un drap dans la Deuxième Avenue.

La seule chose accrochée au mur est une photo encadrée du championnat national d'athlétisme de la division III de la NCAA à l'université Baldwin Wallace à Berea, dans l'Ohio. On y voit six des athlètes de l'équipe universitaire de Loras – quatre garçons et deux filles – qui se sont qualifiés pour le championnat national. Ronan a terminé deuxième au cent mètres et troisième au deux cents. Son équipe de relais quatre fois cent mètres est arrivée en tête – Ronan s'est élancé en dernier et a rattrapé le relayeur de l'université du Wisconsin, à La Crosse, dans les ultimes vingt mètres – et sur la photo, il porte une médaille en or autour du cou, tout comme ses équipiers, Eric Fullilove, Demetrious Gord et Ed Silas, dit Scooter. Ils posent tous les quatre avec les deux autres athlètes à côté de la fosse du saut en longueur, se tenant par les épaules, le sourire aux lèvres, leurs médailles en or reflétant les éclats du soleil rasant de cette fin d'après-midi dans l'Ohio. Le meeting a eu lieu il y a trois mois à peine, mais il a l'impression que des années se sont écoulées depuis.

Ronan redresse la photo et s'assied sur la chaise de son bureau, une relique branlante en bois qu'il a trouvée devant le Pyramid Bar, dans l'Avenue A. La pochette d'allumettes de sa tante lui entre dans la cuisse et il la sort de son pantalon pour la poser sur la table. Quand il enlève ses chaussures en cuir, il réprime un soupir de soulagement. Ses orteils sont ratatinés. Le sang afflue dans sa voûte plantaire endolorie. Il offre à Henny le futon qui est soigneusement fait.

« C'est spartiate, observe-t-elle en s'asseyant en tailleur après avoir laissé tomber son sac.

– Je n'ai pas vraiment le choix, répond-il. Je suis arrivé avec une valise, un sac à dos et l'ordinateur.

– Que tu as trimballé depuis la gare routière. En bon pèlerin des temps modernes. »

Ronan ouvre la bouteille en tapant le bord de la capsule métallique contre l'angle d'un des parpaings qui soutiennent la planche du bureau – un truc d'étudiant complètement idiot – mais avant même qu'il lui ait tendu la bouteille, Henny se lève du futon, se met devant lui et commence à déboutonner sa chemise.

« Ça te va ? » lui demande-t-elle.

Ronan hoche la tête, avale une gorgée de bière et la regarde se déshabiller. Ses vêtements glissent comme par magie.

À la fac, il n'a jamais eu de petite amie attitrée. Il est sorti avec quelques étudiantes et a couché avec une seule fille, sa première fois. Elle s'appelait Pam Grenke et venait d'une bourgade rurale des environs du nom de Lost Nation. Il s'est avéré que Pam était très catholique, ne prenait pas la pilule, voulait à tout prix non seulement se marier mais plus encore avoir au moins trois enfants. Un soir, dans sa chambre, après quelques bières, elle lui a confessé que c'était la seule raison pour laquelle elle était entrée à Loras : entamer sa vie rêvée de catholique fondée sur la planification naturelle familiale. Face à cet aveu, Ronan a flippé et rompu avec elle peu après.

Mais s'il n'est pas totalement inexpérimenté, il n'a jamais vu une femme – et encore moins une femme comme Henny, d'une beauté plus incroyable encore que dans son imagination – se planter devant lui et se dévêtir aussi naturellement.

« Ça te plaît ? » demande-t-elle.

Il hoche de nouveau la tête et elle se retourne, puis se plie en deux en faisant lentement glisser ses mains le long de ses cuisses, de ses genoux et de ses mollets. C'est une sorte de spectacle.

Elle a la tête en bas, à présent, et frôle son genou droit de sa joue gauche.

Le globe magnifique de son extraordinaire crinière semble palpiter sous elle. Elle le regarde d'un air de défi, presque.

« Qu'est-ce que tu attends ? » dit-elle.

Ronan se lève enfin, ôte les vêtements qu'il porte depuis huit heures, ce matin, et s'avance vers elle.

« Il ne faut pas faire de bruit, dit-il. Ma logeuse. »

Henny pose coquettement un doigt sur ses lèvres et hoche la tête.

Une heure plus tard, ils sont couchés sur son futon. Du haut de la commode, le ventilateur souffle sur leurs corps humides.

« Désolé pour la chaleur, dit-il. Un jour, je pourrai me payer la clim.

– Après ton premier succès à Broadway ?

– Après mon premier braquage de banque, plutôt », plaisante-t-il.

Ils refont l'amour, mais cette fois, c'est moins irréel et bien plus terre à terre – un peu maladroit, pour tout dire. Leurs dents s'entrechoquent quand ils s'embrassent. Ils sont pris d'un tel fou rire que Ronan plaque une main sur sa bouche et l'autre sur celle d'Henny. Il finit par pouffer et doit se moucher dans le tee-shirt qu'il a enlevé.

« Chut ! » murmure-t-elle entre ses doigts.

Il aime le parfum poivré de ses cheveux et de son cou. Ses oreilles sont un paradis. Sa peau, une drogue. Tout chez elle le plonge dans une ivresse indolente.

Quand ils ont fini, il ouvre son petit placard, sort son vieux sweat-shirt de Loras, l'enroule autour de sa taille, prend la pochette d'allumettes de Fiona et va aux toilettes, où après avoir pissé longuement, il se rince la bouche au robinet. L'odeur du sexe d'Henny sur ses mains lui procure une délicieuse sensation de langueur.

Dans le salon, il s'assied sur une des deux causeuses anciennes de Mrs Dobroshtan, prend le téléphone à touches, lit le numéro inscrit sur la pochette d'allumettes et appelle le service de messagerie de sa tante. Une part de lui veut simplement avoir la confirmation qu'il s'agit bien de son numéro. Une autre part veut qu'elle réponde, sans qu'il sache au juste pourquoi. Au bout de quatre sonneries, une voix automatisée annonce que le numéro n'est plus attribué.

Quand il retourne dans la chambre, Henny est assise nue à son bureau, et regarde de près la photo d'athlétisme qu'elle a décrochée du mur. Ronan est de nouveau frappé par sa beauté. Elle est si libre, si à l'aise avec sa nudité.

« C'était au championnat national, dit-il en se mettant à côté d'elle, admirant ses épaules fines et minces.

– Tu es un des deux seuls blancs, observe-t-elle. Tu es d'une pâleur incroyable. Surtout à côté des autres.

– On m'appelait l'Aspirine.

– Parce que ça agit vite ?

– Non, parce que c'est très blanc.

– À quelle épreuve tu as participé ?

– J'ai couru le cent mètres, le deux cents mètres et le relais quatre fois cent mètres.

– Donc, tu es rapide, dit Henny.

– Au championnat national, j'ai terminé deuxième au cent mètres et troisième au deux cents. Avec les trois gars qui sont à ma gauche, on a été sacrés champions nationaux du relais. J'étais le dernier relayeur.

– Alors tu es très très rapide.

– Mon père a été champion de Chicago en saut en longueur et en triple saut.

– C'est dans tes gènes.

– J'ai hérité de ses gènes et de ses jambes arquées.

– Je les aime bien, moi, tes jambes arquées, dit Henny. Il est où ton père, maintenant ?

– Je ne sais pas. Il est parti quand j'étais très jeune.

– Pour aller où ?

– Personne ne le sait, répond Ronan. Il n'a jamais refait surface.

– Donc c'est ta mère qui t'a élevé.

– C'est ça.

– L'infirmière.

– L'infirmière, répète-t-il.

– Des frères et sœurs ?

– Je suis enfant unique, dit-il. Comme toi.

– Comment tu sais ça ?

– C'est Alexis qui me l'a dit.

– Elle t'a dit ça comme ça ?

– Il y a quelques semaines, on a pris un verre ensemble après la réunion du groupe.

– Elle a craqué pour toi, tu le sais ?

– En tout cas, j'ai passé la soirée à lui poser des questions sur toi.

– Sérieux ?

– La première fois que je t'ai vue, je me suis dit : Je veux tout savoir d'elle. Sa date de naissance, sa taille, son poids, sa ville natale, sa pointure. Est-ce qu'elle est droitière ? gauchère ?

– Tu ne plaisantes pas.

– Quand j'étais petit, je collectionnais les cartes de baseball, explique-t-il. Je les apprenais par cœur, c'était une obsession, je retenais toutes les statistiques, tous les détails, mais ce qui m'intéressait le plus, c'était les renseignements personnels, dont un certain nombre d'infos sans importance.

– Du genre ?

– Genre : Quand il était à Napa High School, Bill Buckner jouait au football et a été nommé deux fois meilleur receveur écarté de l'État. Ça m'aidait à m'endormir le soir. J'arrive à deviner la taille et le poids des gens.

– Je fais quelle taille, alors ?

– Un mètre soixante-treize.

– Pas mal. Un mètre soixante-douze.

– Tu te tiens hyper droite, ça te rajoute un centimètre.

– Et mon poids ?

– Cinquante et un, cinquante-deux ?

– Cinquante-trois, dit-elle en remuant un peu sur la chaise, mais ça, c'est en fin de journée, avant d'aller me coucher. Et j'ai l'impression que ma balance affiche quelques kilos en trop.

– Alors, j'ai raison, dit-il.

– Et ma pointure ?

– Du 40.

– Là, tu m'épates.

– Je pourrais tenir un stand de foire.

– Qu'est-ce que tu mettrais d'autre sur ma carte de baseball ? »

Il lui demande quel est son deuxième prénom.

« Elizabeth, dit-elle.

– Henrietta Elizabeth Woods vient du nord-ouest du Connecticut…

– De Cornwall, précise-t-elle.

– De Cornwall, Connecticut. Elle est gauchère. Lycée ?

– Groton. Un lycée privé du Massachusetts.

– Elle a fait ses études secondaires à la Groton Academy…

– Groton School.

– De la seconde à la terminale, elle a été à la Groton School, puis elle a passé genre dix-neuf ans à Yale, où elle a obtenu son diplôme avec mention.

– On ne dit pas la Groton School, juste Groton School. Et on entre dès la quatrième. Et c'est mention très bien.

– Elle a obtenu la mention très bien, répète-t-il comme un perroquet.

– Et j'ai fait ma licence et mon master à Yale, ce qui représente six ans, et pas dix-neuf. Continue.

– Quand cette brillante diplômée de l'Ivy League assiste à une pièce, elle se penche en avant le menton dans le creux des mains et les coudes plantés dans les cuisses comme si elle regardait de loin un accident de voiture au ralenti.

– Ça me plaît, dit-elle avec un sourire en tirant sur le sweat-shirt enroulé autour de sa taille. Quoi d'autre ?

– Elle préfère mettre des chemises d'homme trop larges. Pour mieux dissimuler son corps sublime.

– Continue.

– Elle a toute une constellation de grains de beauté au creux des reins qui sont disposés de façon presque artistique. Ses yeux changent de couleur selon ce qu'elle porte. Si elle a une chemise bleue, ils ont l'air gris. Si elle a une chemise verte, ils tirent sur le jaune, comme des yeux de loup, presque. À la réunion du groupe de dramaturgie auquel elle assiste toutes les semaines, elle fait une espèce de petit claquement de langue quand elle n'aime pas ce qu'a écrit quelqu'un. Ça fait un bruit de bois creux. Comme un jouet d'enfant qui tombe d'un plan de travail. Elle fait le même bruit quand elle est gênée.

– J'aimerais des témoignages concordants là-dessus.

– Elle a une dent du haut, à gauche, qui est légèrement décolorée, mais ça se voit uniquement lorsqu'elle lâche un grand sourire, ce qui est rare. Les veines de ses mains suggèrent qu'elle a fait du piano quand elle était petite.

– C'était de la clarinette. Mais si j'ai les mains veineuses, c'est plutôt parce que je préparais les couleurs pour mon père. Il est peintre.

– Je le savais, dit Ronan. Grâce à Alexis.

– J'ai préparé assez de peinture pour le restant de ma vie. Et je dansais, aussi. Ma mère a passé presque vingt ans à la Paul Taylor Company.

– Mon travail d'enquête m'avait également permis de le découvrir.

– Tu cours vite, tu as ça dans le sang, moi c'est la danse. J'ai dansé de l'âge de trois ans à quatorze ans. »

Elle fléchit le pied gauche, en lui montrant la cambrure de sa voûte plantaire.

Ronan s'agenouille devant elle et prend son pied entre ses mains. Il est robuste, enroulé, plus lourd qu'il ne s'y attendait.

« Tu étais douée ?

– Pour danser le premier rôle dans *Le Lac des cygnes*, il faut être capable d'enchaîner soixante fouettés sur chaque jambe, et à douze ans j'en faisais déjà trente-deux. Donc, j'étais bien partie pour danser Odette. Mais à Groton, on ne te laisse pas danser six heures par jour.

– Ça te manque ?

– Le rituel, oui, mais pas la douleur. Il y a quelques années encore, j'avais des pieds de troll. Des cors, des ongles qui manquaient – et ceux qui restaient ressemblaient à des coquilles d'huîtres pourries. J'avais des ampoules sous mes ampoules. »

Elle remue les orteils et fléchit encore le pied deux ou trois fois.

« Ils m'ont l'air parfaits, maintenant », dit Ronan.

Elle se lève de la chaise, s'approche du futon et se retourne vers lui. Elle s'installe dans l'angle en tenant l'oreiller contre ses seins.

« Alors comme ça, ta mère est infirmière. »

Ronan s'assied sur la chaise, ajuste le sweatshirt autour de sa taille, renoue les manches et lui raconte comment elle a gravi tous les échelons du service pédiatrique de l'hôpital St Joseph de Joliet, dans l'Illinois, avant de se voir proposer un poste dans la prison pour mineurs de la ville.

« Le mois dernier, elle a été promue à Stateville, dit-il. La prison pour hommes. Maintenant, elle file leurs médocs à des violeurs et des meurtriers adultes.

– Tu te fais du souci pour elle ?

– Il y a toujours un gardien avec elle, mais elle fait un mètre soixante-deux et quarante-neuf kilos toute mouillée. Alors, oui, je me fais du souci.

– C'est ce que tu mettrais sur sa carte de baseball ?

– Je mettrais : "Myra Lee Larkin Happ. Date de naissance : 15 juin 1938. Ville natale : Elmira, New York. Taille : un mètre soixante-deux. Poids : quarante-neuf kilos…"

– Toute mouillée.

– Ça fait tellement cliché, toute mouillée, plaisante Ronan.

– Quarante-neuf kilos au sortir du marais, suggère-t-elle à la place. Comment ça se fait que tu sois aussi grand ? demande Henny.

– Ma grand-mère Ava fait un mètre quatre-vingt-dix.

– C'est fou. Et la pointure de Myra Lee Larkin ?

– Elle chausse du 38,5.
– Les yeux ?
– Noisette tirant sur le gris.
– Quoi d'autre ?
– Ancienne élève de la prestigieuse école d'infirmières de Chicago University, Myra Lee Larkin est une jolie brune timide et réservée qui n'a jamais eu conscience de sa beauté. Aînée de six enfants…
– Dont une que j'ai rencontrée ce soir.
– Oui, dont une qu'Henrietta Elizabeth Woods de Cornwall, Connecticut, a rencontrée ce soir.
– Tante Fiona.
– Tante Fiona, la fille cadette des Larkin, l'insoumise qui a apparemment rejoint une secte lesbienne de la fertilité quand elle avait une vingtaine d'années.
– Sans déconner ?
– Je ne connais pas tous les détails, mais non, je ne déconne pas, c'est la légende familiale. Je crois qu'elle a toujours été un peu perturbée. Visiblement, ça n'a pas changé.
– Tu dis ça parce que c'est une actrice sans rôle ?
– Je dis ça parce qu'elle m'a taxé dix dollars alors que je lui ai dit que je gagnais une misère dans l'édition.
– Je ne suis pas sûre que ce soit une preuve très concluante. Mais revenons à la carte de baseball de ta mère.
– Le plus jeune frère de Myra Lee, Archie, est mort de rhumatisme articulaire aigu quand il était bébé. Alec, le troisième de la famille, a disparu au milieu des années soixante et on ne l'a jamais revu. En plus de Fiona, elle a deux autres sœurs : Joan, qui est handicapée mentale et vit encore avec mon immense grand-mère, et Lexy, qui est allée à Vassar, a épousé le dirigeant d'un *hedge fund* réputé, a des jumelles et habite à Rowayton, dans le Connecticut, dans ce que l'on pourrait appeler une gigantesque propriété. Le mari de Myra Lee, Denny Happ, l'a abandonnée, ainsi que son jeune fils, Ronan, le jour d'un improbable blizzard, le 2 avril 1975. Elle a quelques amis et apprécie la solitude. À cinquante-trois ans, elle a moins de dix cheveux blancs et jure

qu'elle ne s'est jamais teint les cheveux et ne les teindra jamais. Et elle fait un excellent pain de viande, qui est une légère variante de la recette légendaire de sa mère.

« Ça fait sacrément long pour une carte de baseball.

– Il faudrait l'imprimer en tout petits caractères. »

Henny attrape la bouteille à laquelle ils n'ont quasiment pas touché, grimace car la bière doit être tiède, avale une gorgée et lui demande quel est son deuxième prénom.

« Archibald, dit-il.

– Si je comprends bien, ta maman t'a donc donné le nom de son petit frère mort.

– Tu crois que je risque le rhumatisme articulaire aigu ?

– Ronan Archibald Happ », dit-elle.

Il aime l'entendre prononcer son nom en esquissant un sourire mystérieux comme si elle l'avait noté sur un bout de papier et glissé dans un livre qui lui est cher.

Elle reprend une gorgée de bière et lui tend la bouteille.

« Et Denny ? » demande-t-elle.

Il sent quelque chose qui lâche dans sa poitrine.

« Holà, dit-elle. Ça fait mal ?

– Quoi ?

– Tu as fait une drôle de tête.

– C'est une sorte d'énigme, dit Ronan.

– Il est toujours en vie ?

– Apparemment, oui. Je crois que ma mère n'a jamais tourné la page.

– Elle ne s'est pas remariée ?

– Elle n'a pas eu d'autres histoires, ou à peine. »

Le ventilateur oscille en soufflant de l'air chaud.

« Et toi ? demande Henny.

– Ça m'arrive de sortir avec des filles, dit-il. En ce moment, je n'ai personne, mais je suis presque sûr qu'il y a une femme un peu plus âgée de mon groupe de dramaturgie qui a des vues sur moi.

– Je parlais de ton père, dit-elle. Tu as réussi à oublier ?

– Il n'y a rien à oublier, s'entend-il dire.

– Comment ça ?

– Je n'ai aucun souvenir de lui.

– Rien ?

– Juste quelques bribes ici ou là. Par exemple, le chapeau qu'il portait en hiver, c'était un chapeau en tweed irlandais comme Michael Caine en portait dans les films des années soixante-dix. Il était vert forêt moucheté de rouge et de gris. »

Il avale une rasade de bière tiède et lui repasse la bouteille. Elle boit à son tour et la lui rend.

« Tout ce que je sais de lui, à part ses exploits en athlétisme au lycée, c'est qu'il a passé un peu plus d'un an à West Point et qu'il a été réformé parce qu'il a été jugé psychologiquement inapte au service. » Il reprend une gorgée de bière et pose la bouteille par terre. « Il est schizophrène », ajoute-t-il, s'apercevant que c'est la première fois qu'il parle de son père à qui que ce soit. Il a l'impression d'avoir vidé le fond d'une poche de manteau. « Le type de schizophrène qui est parfois totalement déconnecté de la réalité, poursuit-il. Je crois qu'il a été interné plusieurs fois. Mais je n'en sais pas plus.

– Que dit ta mère ?

– Elle ne parle jamais de lui. Ça doit être trop douloureux. Comme je te l'ai dit, je crois qu'elle ne l'a jamais oublié.

– C'est drôle, je croyais que tu avais grandi dans une grande famille catholique du Midwest, dit Henny. Dans une maison avec un escalier qui n'en finit pas. Un vieux piano droit dans le salon. Des photos de famille partout sur les murs. Un break. Une pelouse couverte de feuilles à l'automne devant la maison, et derrière, une cabane dans les arbres.

– Ça, c'était du côté de ma mère, dit-il. Mais c'était dans le nord de l'État de New York. Moi, j'ai grandi dans un trois-pièces d'un quartier chaud de Joliet, dans l'Illinois.

– Chaud, c'est-à-dire… ?

– Il y avait des gangs à tous les coins de rue, de la drogue. Plein de mères célibataires qui vivaient d'allocations. Des gamins de huit ans qui fumaient des menthols. Des carcasses de voitures volées à moitié immergées dans l'étang artificiel.

– On se fait tous des idées », dit-elle.

Elle lui décrit alors Cornwall, dans le Connecticut : les vastes collines ondoyantes ; les exploitations laitières ; son célèbre pont couvert. Quand elle était petite, elle avait dansé la ronde autour de l'arbre de mai à la fête du printemps.

« En gros, c'est comme si j'avais grandi dans un tableau de Norman Rockwell, dit-elle.

– Heureusement que tu as un talent fou, autrement je détesterais.

– Toi et tes préjugés de classe », réplique-t-elle, puis elle lâche l'oreiller, s'approche de lui à quatre pattes et l'embrasse.

Sa bouche est chaude et pulpeuse, elle a un léger goût sucré de bière.

« Ce truc fait plus de boucan qu'un hors-bord, dit-elle en montrant le ventilateur.

– J'imagine qu'il n'y a pas beaucoup de hors-bords dans le nord-ouest du Connecticut.

– Ah bon ? dit-elle d'un ton espiègle. Et tu vois ça comment alors ?

– Des étals de légumes au bord des routes. Des adolescents qui se promènent dans des bois joliment éclairés en fumant des joints trouvés dans les ponchos en mohair à douze mille dollars de leurs parents qu'ils emporteront avec eux à Amherst, Williams, Wesleyan…

– Ou Yale, dit-elle.

– Ou Yale, répète-t-il.

– Et que deviennent tous ces ponchos ?

– Ils sont oubliés dans les rades sordides de toutes les villes universitaires défavorisées dispersées le long de la côte nord-est et récupérés par des gars du coin qui ont eu la bonne idée ce soir-là de jouer aux fléchettes jusqu'à la fermeture.

– Pas mal, dit-elle en riant. Tu ne seras sans doute pas étonné d'apprendre que mes parents ont une maison à Cape Cod. Nos voisins, les Leddington, possèdent un offshore. Il est blanc avec des rayures rouges. Ils l'ont baptisé *Cookie*. C'est carrément peint sur la coque. »

Ronan imagine Henny se prélasser au soleil sur la plage de Cape Cod. Il est à côté d'elle, pâle comme une voile.

« *Cookie* le hors-bord, dit-il. On dirait un album pour enfants. »

Il se laisse glisser de sa chaise branlante trouvée dans la rue, s'agenouille et la prend dans ses bras. Ainsi entrelacés, ils se précipitent à genoux vers le futon.

Une fois sur le matelas, il mentionne qu'Alexis lui a parlé de son magnifique appartement et raconté qu'elle vit sur les intérêts du trust de son père.

« Tu lui files du blé ou quoi ?

– J'ai vu que vous étiez amies. Je voulais juste en savoir plus sur toi.

– À entendre Alexis, on dirait que ma vie n'est qu'une série de tableaux tous plus agaçants les uns que les autres : Henrietta Woods dans son peignoir Chanel se prélasse sur un sublime meuble victorien ; Henrietta Woods feuillette avec insouciance un de ses innombrables beaux livres ; Henrietta Woods prend le thé à sa table d'appoint signée Bill Willis.

– Ou sur sa terrasse donnant sur un jardin de quartier luxuriant.

– Mais putain, elle déconne totalement, Alexis.

– Ça a l'air super cool, chez toi, dit-il. Tu devrais m'inviter.

– C'est une grande étape, pour moi, dit-elle.

– Ça te met mal à l'aise d'être riche.

– Les auteurs dramatiques sont censés être fauchés, non ? »

Ils sont assis côte à côte sur le futon, le dos au mur.

« Je travaille aussi, tu sais, poursuit Henny. Je suis modèle dans une école d'art. Plusieurs fois par semaine.

– Comment ça, modèle ?

– Modèle vivant, ça s'appelle. Je ne fais pas de photos pour *Playboy*.

– Tu es nue.

– La plupart du temps, oui. Parfois, j'ai un foulard ou un voile pour changer un peu. Mais les élèves sont là pour étudier le corps humain.

– Du dessin d'après modèle.

– Le fait d'avoir été danseuse m'aide beaucoup. J'arrive à tenir les poses très longtemps.

– Ça paie bien ?

– Non, mais je ne fais pas ça pour l'argent. J'ai l'impression de devenir quelqu'un d'autre, j'aime bien.

– Un autre personnage, tu veux dire ?

– Oui. Quand je suis exposée à ce point, examinée sous toutes les coutures, j'arrive à me transformer. À changer ma manière de voir. Je contrôle, ça me plaît. »

Il est un peu effrayé à l'idée de cette vie parallèle. Qui est cette personne qui se métamorphose sous le regard des autres ? Est-ce une exhibitionniste ?

Henny prend la bière qui est par terre, revient sur le futon, en boit une gorgée, puis coince la bouteille entre ses pieds en les enroulant comme des mains. Après un silence, elle dit :

« Et toi ? Quel secret es-tu prêt à m'avouer, Ronan Archibald Happ ? »

Le sweat-shirt encore noué autour de la taille, il se lève du futon et va ouvrir son placard. Sur la petite étagère du haut, il prend un paquet enveloppé dans une de ses serviettes, le déballe puis se retourne et lui tend le livre.

Elle regarde le dos, l'ouvre lentement et feuillette les pages liminaires.

« Putain, c'est une édition originale, dit-elle en passant le doigt sous le copyright. Où est-ce que tu l'as eue ? »

Il lui raconte l'histoire – que son patron l'a invité à dîner chez lui le samedi ; que sa femme collectionne les éditions originales ; qu'après le repas, il s'est absenté pour aller aux toilettes, qu'il s'est retrouvé dans la bibliothèque du premier étage, a pris le livre sur l'étagère et passé le reste de la soirée avec le volume glissé derrière le dos.

« Tu l'as emprunté ? demande-t-elle.

– Je crois que je suis un voleur, Henny.

– Holden Caulfield serait fier, dit-elle en lui rendant le livre.

– Holden Caulfield n'était pas un voleur, objecte-t-il. Il était juste complètement perdu.

– Mais il a volé le disque qu'il donne à sa sœur, non ? Celui qui se casse ?

– Il achète le quarante-cinq tours de *Little Shirley Beans* dans un magasin de disques de Broadway, répond-il. C'est un des rares magasins de disques ouverts le dimanche. Il dit que ça lui a coûté cinq dollars, mais il exagère probablement.

– Tu connais vraiment *Attrape-cœurs*, dit-elle.

– *L'Attrape-cœurs* », rectifie-t-il.

Henny a toujours la bouteille entre les pieds et Ronan est face à son placard, le dos tourné.

« Alors, qu'est-ce que tu penses de mon secret ? » demande-t-il.

Il s'attend à moitié à ce qu'elle se rhabille, prenne son sac et s'en aille. Mais à la place, elle lui répond que ça l'excite un peu.

« Alors tu ne pars pas ?

– Je ne bouge pas d'ici », répond-elle.

Les mains serrées sur le livre, il est envahi par une vague de chaleur et sent le désir monter de nouveau en lui.

« J'aimerais poser pour toi, dit-elle.

– Je ne suis pas doué pour le dessin, répond-il. Je ne te rendrais pas justice.

– Alors, tu pourrais me regarder.

– Et tu resterais là sans bouger ?

– Comme ça », dit-elle.

Mais il est encore tourné vers le placard et ne la voit pas.

« Je ne te regarderai même pas, dit-elle. Tu peux me demander de me mettre dans n'importe quelle position. Ton rêve le plus fou… »

Il range le livre sur l'étagère du placard et se tourne enfin vers elle.

« Je veux sentir ton regard sur moi, ajoute-t-elle.

– Et tu serais qui ? demande-t-il, en érection.

– Je ne sais pas encore. »

Il s'avance vers le futon, où elle prend son sexe dans sa main et l'attire à elle. Cette fois, il adopte la position classique du missionnaire, la miraculeuse chevelure d'Henny répandue dans l'angle de la pièce. Ils sont en dessous de la fenêtre condamnée, éclairés par la lueur des réverbères qui argentent la vitre sale. De sa main gauche, Henny s'agrippe au rebord étroit. Ronan s'appuie de presque tout son poids sur les coudes et se glisse en elle. Cette fois, ils se montrent tendres, précautionneux, comme s'ils se remettaient tous les deux d'une blessure.

« Oui, comme ça, murmure Henny. Lentement, comme ça… »

Il essaie de ralentir plus encore, de baisser le rythme de son cœur, d'étirer le temps. Il fixe son regard sur elle. Elle va se changer en une créature magique. Une sorcière, une sirène, une femme biche, un spectre dans une forêt. Ses yeux polis luisent de reflets verts et argent, leur pupille est large et insondable. Il a fantasmé cette scène tant de fois, mais jamais il n'avait imaginé qu'elle puisse se réaliser.

Prends ton temps, se dit-il. Prends ton temps.

Ensuite, Henny s'endort le visage contre lui. Son souffle léger imprégné de bière le réchauffe au plus profond de sa poitrine.

L'idée lui vient soudain que sa vie est en train de devenir une histoire : un roman épique qui couvre près d'un siècle. Le livre est épais d'une trentaine de centimètres, aussi lourd qu'un bloc de chêne, chargé non seulement de la promesse d'une vie héroïque mais aussi de la tragédie d'innombrables chagrins irréductibles. Une partie du roman finit là où une autre commence. Tous les mots, un à un, vont le remplir, le réparer. Il n'a que vingt-deux ans, mais il est prêt. C'est un voleur, après tout… un artiste… et maintenant, un amant. Son corps est si pâle à côté de cette femme sublime. Son souffle est presque bleu.

11

JOLIET, ILLINOIS

9 mai 1994

MYRA LEE

Le couloir qui mène à la cellule du condamné à mort sent les détenus et l'eau de Javel. Au bout de trois ans, Myra ne s'y est toujours pas habituée. Des relents d'une virilité distincte, oppressante percent sous la propreté des corridors aseptisés du centre pénitentiaire de Stateville. Une âcre puanteur animale, mélange de diverses odeurs : cheveux gras, aisselles aigres, mycoses des pieds, bouches malpropres, entrejambes d'une saleté répugnante. Dehors, c'est un après-midi frais et nuageux et ce matin, Myra est arrivée sous une petite pluie finie qui mouchetait le pare-brise de sa voiture. À l'intérieur de la prison, et plus encore dans le couloir de la mort, on n'a aucune conscience du temps qu'il fait, ni des saisons, ni même des heures qui passent. À l'infirmerie, Myra est incapable de dire quelle heure il est à moins d'être face à la pendule de cafétéria accrochée au mur. Elle a dû arrêter de porter sa montre, car ses gardes lui paraissaient interminables. Curieusement, à Stateville, il est préférable que le temps demeure un mystère plutôt que de savoir combien d'heures il vous reste.

Ce ne sera que la deuxième exécution d'un détenu de l'Illinois depuis 1962, date à laquelle l'État a abandonné la chaise électrique. La première est celle de Charles Walker, qui a abattu un couple de pêcheurs au bord d'une petite rivière de l'Illinois et a été exécuté à Stateville il y a quatre ans. Il est probable que Myra se rende à cet instant dans la même cellule que celle où Mr Walker a passé en partie le dernier jour de sa vie.

Myra a vu la petite pièce où les exécutions ont lieu. Elle est pourvue d'une simple table d'examen munie de nombreuses sangles pour immobiliser le condamné à mort. Les murs de brique ont été peints en bleu pervenche et une grande baie vitrée offre au petit amphithéâtre une vue directe sur la lugubre procédure. Du côté de la salle, c'est en réalité un miroir sans tain qui permet au condamné à mort de se voir une dernière fois. Myra s'est souvent demandé si c'était pour forcer les condamnés à régler leurs comptes avec eux-mêmes.

Elle a découvert la salle d'exécution lors de sa formation. Elle a aussitôt été frappée par la couleur des murs, qui se trouve être celle qu'ils avaient adoptée pour la chambre de bébé de Ronan, au dernier trimestre de sa grossesse. A-t-elle été choisie par humanité ? Est-elle censée évoquer l'enfance ? un beau ciel ensoleillé ? le paradis ? Ou inversement, est-ce une plaisanterie cruelle ? une ironie démesurée ? Une chose est sûre, le condamné à mort qui a été transféré par hélicoptère du centre pénitentiaire de Menard vers quatre heures et demie ce matin va aller en enfer. D'après ce qu'elle sait, il a violé et assassiné trente-trois garçons et coulé un grand nombre d'entre eux dans du ciment sous sa maison de Norwood.

Quand Myra est arrivée à Stateville à six heures quarante-cinq, des camions de la télévision étaient déjà garés devant l'enceinte de la prison. Un groupe de manifestants religieux débarquaient d'un grand car scolaire jaune avec des pancartes portant des versets de la Bible. Dehors, une femme aux cheveux frisés – leur leader – hurlait des slogans contre la peine de mort dans un mégaphone. À l'autre bout du parking s'attroupaient ceux qui étaient venus applaudir l'exécution. Il y avait aussi un troisième rassemblement indépendant où figuraient des journalistes, des sœurs et un groupe de gens en larmes tenant les photos agrandies des victimes collées sur de grands panneaux en carton. Il y avait même un trio d'hommes déguisés en clown. Un des clowns avait installé un stand sur une table pliante avec d'énormes thermos et des gobelets en polystyrène où il vendait des cafés vingt-cinq cents pièce. Un autre clown distribuait des parapluies gratuitement. Des barrières de police avaient été dressées pour maintenir la foule à l'écart de l'entrée principale. Myra n'avait jamais vu une telle agitation.

Sion, un colosse noir à l'allure tranquille qui marche à longues enjambées, l'accompagne jusqu'à la cellule de détention du condamné à mort. C'est un gardien qui vient d'être transféré du centre pénitentiaire de Centralia.

« Il est là depuis très tôt ce matin, lui dit Sion. Il est avec Londell, en ce moment. »

Londell est le plus imposant et le plus effrayant des gardiens du couloir de la mort. Avec ses deux mètres et ses cent vingt-cinq kilos, il est encore plus colossal que Sion. Au milieu des années quatre-vingt, Londell, qui était receveur rapproché de l'équipe All-America d'Illinois State University, avait décroché une mention honorable et été recruté par les Detroit Lions, mais durant le camp de pré-saison, il avait été touché par une blessure à l'épaule qui avait mis un terme à sa carrière. Inutile de dire qu'il y a très peu de mortels dont il ait peur et Myra se sent toujours en sécurité quand il amène un détenu à l'infirmerie.

« Vous savez qu'on lui a mis un bureau ? dit Sion. Et avec un téléphone, carrément ? Il a tué tous ces gamins et on lui file le téléphone ?

– Que voulez-vous, c'est son dernier jour sur terre, dit Myra.

– Ça pourrait être son dernier jour sur Jupiter, je m'en fiche, réplique Sion. Pour moi, quand on a tué autant de gens, on n'a pas le droit au téléphone. »

Sion frappe à la porte et, quelques instants plus tard, elle bourdonne. Il l'ouvre et laisse passer Myra. Dès qu'ils ont franchi le seuil, le lourd battant d'acier se referme sur eux avec un déclic.

Sion a raison – il y a un bureau en métal de style militaire et effectivement un téléphone à touches. Dans ce décor, le condamné à mort assis derrière le bureau a des airs de petit entrepreneur installé dans une cabane de chantier. En face de lui, il y a une chaise. À qui est-elle destinée ? se demande Myra. Elle-même ? un prêtre ? son avocat ? À côté du téléphone, il y a un gobelet en carton rempli d'eau. Le condamné à mort est blanc, corpulent, avec le visage rasé de près et des cheveux gris un peu longs, mais soigneusement peignés et lustrés par un lubrifiant quelconque. Son menton à fossette est empâté et proéminent. Londell se dresse derrière lui tel un monument de chair brune, ses bras titanesques croisés sur la poitrine. Il semble occuper la moitié de la cellule, qui est réchauffée par les corps et sent le même tonique capillaire – sans doute celui du condamné à mort – que son père a porté jusqu'à son dernier jour. L'odeur lui est si familière qu'elle est désarçonnée. S'il y a bien une chose qu'elle veut éviter en cet instant, c'est d'éprouver la moindre sensation familière. L'homme a l'air malicieux du vendeur de glaces du coin qui taquine la baby-sitter. Mais Myra sait que les apparences peuvent être trompeuses. Comme elle l'a appris pendant son stage obligatoire d'autodéfense, en présence d'un détenu il faut constamment être sur le qui-vive, quel que soit le nombre de gardiens et même s'il paraît physiquement inoffensif.

« Debout, monsieur Gacy, ordonne Londell au condamné à mort qui se lève lentement comme s'il était gêné par un claquage à la cuisse. Mrs Happ est venue prendre vos constantes.

– Bonjour », dit-il à Myra qui le salue à son tour, puis se tait.

L'infirmière en chef, Mrs McGee, lui a donné pour consigne de ne pas engager la conversation avec l'individu ; sa seule tâche est de prendre ses constantes et les noter, puis de retourner à son poste.

Myra pose sa trousse par terre avec précaution. Est-elle censée s'asseoir sur la chaise ? Ou doit-elle rester debout comme Sion et Londell ?

Les poignets du condamné à mort sont menottés devant lui, tout comme ses chevilles. Il porte la tenue de rigueur à Stateville – chemise bleue, pantalon assorti, chaussettes blanches et pantoufles. De toute évidence, on lui a donné des affaires quand il est arrivé ce matin. Myra se demande si c'est parce que le directeur de la prison est fier qu'un criminel d'une telle envergure porte l'uniforme de Stateville, ou si le condamné à mort a abîmé d'une manière ou d'une autre sa tenue du centre pénitentiaire de Menard pendant son transfert depuis Chester. On sait que les détenus font parfois sur eux en un ignoble geste de défi.

Myra sort de sa trousse un thermomètre au mercure à l'ancienne.

« Vous permettez ? »

Normalement, elle ne pose pas la question, mais l'étrangeté des circonstances a ravivé ses manières.

« Tant que vous me le collez pas dans le trou de balle », réplique l'homme avec un sourire ironique.

Il a de petites dents bleuâtres.

« Silence, ouvrez la bouche », lui ordonne Sion.

Le condamné à mort obtempère et Myra lui glisse le thermomètre sous la langue. Il referme la bouche et se met à fredonner – *Yankee Doodle* ou *Good King Wenceslas*, c'est difficile à dire.

Ensuite, il faut lui prendre la tension. Myra sort le tensiomètre noir qui est un peu encombrant, défait le velcro et le pose sur ses genoux.

« Qui doit le voir, après ? demande Sion à Londell.

– Soit l'aumônier, soit son avocat, je ne sais plus. »

Myra retire le thermomètre. Le mercure s'arrête juste en dessous de 37,2°. Myra note la température sur le formulaire fixé à son clipboard et range le thermomètre dans sa trousse d'infirmière. Tout à l'heure, elle le plongera dans une solution antiseptique. C'est désormais un thermomètre qui a été dans la bouche d'un tueur en série. Elle pourrait le conserver dans de la résine.

« Vous savez ce que vous voulez manger ? » demande Sion au condamné à mort.

Sion a l'habitude de taquiner les détenus du couloir de la mort, si bien que la question n'étonne pas Myra.

« Je pensais juste demander une boîte de donuts, répond l'homme. Mais finalement j'ai dit au larbin du directeur que je voulais une douzaine de crevettes frites, un bucket de Kentucky Fried Chicken, recette originale, une portion de frites et une livre de fraises. »

En l'entendant réciter le menu de son ultime repas, Myra a l'estomac qui se soulève.

« Et comme boisson ? demande Sion.

– Un Diet Coke, répond Gacy.

– Vous allez avaler ce tas de cochonneries et arroser le tout avec un Diet Coke ? s'étonne Londell.

– C'est ridicule, hein ? dit le condamné à mort. Et je vais pouvoir faire un pique-nique dehors. J'ai de la famille qui vient et tout. »

Le condamné à mort éclate d'un rire d'emphysémateux. Il a une haleine fétide, fécale. Myra se bouche le nez. Quand il rit, ses petites dents bleues de garnement qui essaie de cacher des bonbons volés dans sa bouche paraissent gluantes.

« Les donuts ont des noms de prostituées, poursuit-il. J'ai entendu ça dans une chanson, *Donuts have names that sound like prostitutes*. Les paroles sont géniales. Le gars qui la chante vaut pas Speedwagon mais faut reconnaître que c'est de la bombe. » Il prend le gobelet avec aisance malgré les menottes, boit une gorgée d'eau et ajoute : « *You can tune a piano, but you can't tuna fish.*

– Cet imbécile raconte n'importe quoi, dit Londell.

– Sexe, drogue et rock'n'roll, à bas le disco et la soul, dit le condamné à mort.

– C'était il y a quinze ans, ça, soupire Sion.

– Le mec est complètement dépassé », renchérit Londell.

Dans l'Illinois, l'exécution par injection létale suppose l'administration de trois différents produits par voie intraveineuse. Le premier, le thiopental sodique, est un anesthésique chirurgical qui entraîne la perte de conscience. Une fois le condamné à mort endormi, une combinaison de chlorure de potassium et de Pavulon est introduite dans la perfusion. Le Pavulon paralyse le diaphragme. Le chlorure de potassium arrête le cœur. Si les produits sont correctement administrés, la mort survient sans douleur en sept minutes environ, alors que le sujet dort.

Myra pose le brassard à velcro autour du bras gauche du condamné à mort, serre à plusieurs reprises la poire en caoutchouc jusqu'à ce qu'il gonfle, puis ouvre la valve en laissant l'air s'échapper. La peau du condamné à mort est inerte et molle. Elle la dégoûte, mais il ne lui reste que deux constantes à prendre – son pouls et sa fréquence respiratoire – et ensuite elle pourra regagner l'infirmerie.

Après avoir retiré le tensiomètre de son bras, elle note le résultat sur le formulaire. 125 sur 80. Moins élevée qu'elle ne l'aurait imaginé étant donné sa condition physique et le stress qu'il doit éprouver. C'est une tension normale pour son âge, qui d'après son dossier médical est de cinquante-deux ans. Il est né le 17 mars 1942. Il sera exécuté ce soir. On est le 9 mai et il sera conduit dans la salle d'exécution bleu vif vers minuit. Il ne devrait pas vivre plus d'une heure ou deux le 10 mai 1994.

Myra a presque cinquante-six ans. À l'idée que sa vie puisse être abrégée avant qu'elle entre dans sa soixante-dixième année, elle sent un frisson glacé lui parcourir l'arrière des jambes, descendre le long de ses mollets et s'emparer de ses chevilles. Sa mère a soixante-quinze ans et malgré ses problèmes de genoux elle a une santé de cheval et vivra sûrement centenaire. Myra a toujours été persuadée que les Larkin enterreront tout le monde. Elle se voit vieillir dans une petite ferme quelque part au Nord-Est. Dans le New Hampshire, le Maine ou les collines ondoyantes du Vermont. Une maison toute simple avec un poêle à bois, une bonne isolation et un jardin. Elle passera ses journées à lire des livres et faire de longues promenades en forêt. Elle pense à ses sœurs, Fiona, Lexy et Joan, qui ont toutes plus ou moins la cinquantaine et sont en parfaite santé. Et à son frère Alec. Où est-il, que devient-il ? Personne n'a eu de ses nouvelles depuis des années. Quand elle essaie de l'imaginer plus vieux, la tristesse lui tenaille le ventre.

« Ce que je crois, moi, poursuit le condamné pendant que Myra prend son poignet gauche, c'est qu'on est tous étendus côte à côte dans le silence de la nuit. Les bons et les méchants. Les vivants et les morts. Il y a des loups et il y a une prairie. »

Myra lui tâte le pouls du bout des doigts.

« Et vous faites partie de quelle catégorie ? demande Londell.

– Oh moi, je suis dans la catégorie des *bons*, répond-il. Et la catégorie des *Je suis encore en vie*. Et ce qui est sûr, c'est que je suis pas une prairie.

– Mais bientôt, vous serez mort, dit Sion.

– Peut-être, dit le condamné à mort.

– Comment ça, peut-être ? s'étonne Londell. Vous croyez que le gouverneur Edgar va vous gracier ou une connerie dans le genre ?

– Des fois, la machine ne marche pas, réplique le condamné à mort. La dernière fois, il y avait des nœuds dans les tubes. »

C'est vrai, Myra le sait. D'après Mrs McGee, qui est infirmière en chef depuis le début des années quatre-vingt, l'injection létale de Charles Walker a été ratée car les tubes étaient emmêlés et il est mort après de longues souffrances. Soudain distraite, elle ne sait plus à combien de pulsations elle en est et doit recommencer.

« Oh ce coup-ci, ça va marcher, dit Londell. Je vous le promets. Ils ont une machine toute neuve. Faite exprès pour vous.

– Alors il va peut-être falloir que je disparaisse avant qu'ils l'allument, dit le condamné à mort.

– Et vous comptez faire ça comment ? demande Sion.

– La magie. Abracadabra, bibbidi-bobbidi-boo. Je vais me changer en termite et me faufiler par les fissures.

– Je vous vois plutôt comme un gros cafard, dit Sion.

– C'est drôle que vous disiez ça, répond le condamné à mort. Vous savez pourquoi ?

– Pourquoi ? demande Sion, mordant à l'hameçon.

– Parce qu'il y a des cafards qui vivent super longtemps. Encore plus longtemps que les tortues géantes des Galapagos. »

Myra a beau essayer de ne pas regarder directement l'étrange personnage qu'est Gacy, elle ne peut pas s'en empêcher. Ses bajoues sont irritées par le feu du rasoir. Il a oublié de se raser ici et là et quatre petits poils semblables à des pattes blanches d'insecte à moitié formées poussent sur le contour flasque de sa mâchoire. Un léger duvet sort de sa grosse oreille gauche, dont le conduit est obstrué par du cérumen brunâtre. Le parfum du Vitalis dans ses cheveux se mêle à présent à son odeur naturelle, qui rappelle les relents de graisse de bacon figée dans la poêle.

« Et si la formule magique ne marche pas ? lui lance Londell.

– Ouais, si vous ne disparaissez pas ? ajoute Sion. Qu'est-ce qui se passe ?

– Alors, je meurs, répond le condamné à mort. Et pour mes obsèques, je veux une messe d'hommage au corps médical à dix heures du matin à St Francis Borgia. À côté de Schiller Woods. À mon avis, c'est de loin la meilleure église catholique de Chicago. Je porterai un costume pied-de-poule bleu croisé, une chemise blanche et une cravate rouge avec des rayures bleu roi. Les rayures seront assorties au vitrail qu'il y a derrière l'autel. » Il boit de nouveau dans le gobelet avec ses mains menottées. « Je veux avoir les mains jointes sur la poitrine, comme si je disais le *Notre Père*. Je vous montrerais bien, mais avec ces fichues menottes, je peux pas.

– On imagine très bien, dit Londell.

– Et je demanderai qu'on m'enroule un chapelet autour des pouces, ajoute-t-il. Histoire de compléter le tableau. Pour que ça fasse authentique, il faut soigner les détails, vous voyez ? »

Il y a un long silence. Myra compte ses pulsations pendant trente secondes uniquement. Quarante-cinq battements. Cet homme à un pouls de quatre-vingt-dix. Elle s'attendait à bien plus vu sa morphologie, sa corpulence. Elle lâche son poignet, note son pouls sur le formulaire, puis sort le stéthoscope de sa trousse.

« Ah oui, et puis les fidèles chanteront mes trois cantiques préférés, *Amazing Grace*, *How Great Thou Art* et *Holy God, We Praise Thy Name*.

– Vous allez être incinéré ? demande Sion.

– Pas question, répond le condamné à mort, c'est pas mon genre. L'idée, c'est que je sois enterré au cimetière de Maryhill à Niles, dans la concession qui se trouve juste derrière la tombe de mon père. Le cercueil sera gris métallisé avec l'intérieur blanc. Je préférerais de la vachette, mais c'est pas donné. À la limite, je veux bien du cuir reconstitué, mais pas de similicuir. C'est bon pour vous autres, les négros, pour vos canapés imitation cuir, vos intérieurs de bagnole et vos pantalons de mac pédé. »

Sion secoue lentement la tête.

« Écoutez-moi cet abruti, soupire-t-il.

– Vous parlez de pédés, dit Londell, mais tous ces garçons que vous avez tués, vous les avez bien violés.

– Ah mais c'était pas moi, répond le condamné à mort.

– C'était qui, alors ? demande Sion.

– C'était l'autre. Il avait la même tête, la même allure, la même voix que moi, mais en réalité, c'était quelqu'un qui n'avait rien à voir avec moi.

– C'est ça que vous vous dites ? » s'étonne Londell.

Le condamné à mort sourit – comme à lui-même – et secoue tristement la tête comme s'il se savait innocent et se lamentait de l'infâme ignominie d'être un martyr désigné injustement calomnié par l'univers tout entier.

« Je crois bien qu'il y a un jeune qui s'en est tiré. Un brun. Grand. Beau garçon.

– Ah ouais ? dit Londell. Pourquoi il l'a laissé filer, votre copain ?

– Il était un peu trop vieux. D'après mes sources, il doit encore être quelque part dans la nature à se demander ce qui s'est passé. »

Myra insère les embouts du stéthoscope dans ses oreilles et pose le pavillon au milieu du torse de l'homme. Elle écoute sa respiration, le rythme de son cœur. Son battement cardiaque est ample, fort, contrairement à ce qu'elle pensait, là encore, vu sa mauvaise condition physique apparente. Elle l'imagine développer cette force insoupçonnable en traînant des corps dans sa maison de banlieue de Norwood. Il serait probablement incapable de soulever l'annuaire de Chicago au-dessus de sa tête plusieurs fois de suite, mais il peut manipuler un corps de jeune homme saisi par la rigidité cadavérique et lui donner n'importe quelle forme. Elle a le sentiment que son cœur continuera à battre longtemps après sa mort, qu'au milieu de la nuit il cognera furieusement dans la tête de toutes les mères éplorées de ses victimes. Ces pauvres femmes condamnées à survivre à leurs fils.

« Hé, j'espère que ces satanés Cubbies vont se reprendre en main, déclare le condamné à mort à brûle-pourpoint. Ils ont gagné que huit matchs ! Huit matchs, c'est tout ! »

Il secoue la tête.

Myra ne peut s'empêcher de penser à Ronan qui était un fervent supporter des Cubs dont il regardait tous les matchs sur WGN. Il se mettait trop près de la télévision et elle passait son temps à lui demander de se reculer.

« Mon avocat a tous les détails des obsèques, dit-il ensuite à Sion. On en a discuté hier. Vous devriez venir, les gars. Je peux m'assurer que vous soyez sur la liste des invités. Vous aussi, Myra. »

Myra est choquée d'entendre son prénom dans la bouche pestilentielle du condamné à mort. Comment se fait-il qu'il le connaisse ? Il sourit de nouveau et un étau lui tord le ventre. Elle a des problèmes intestinaux depuis plusieurs mois. Ses selles sont extrêmement irrégulières, parfois très douloureuses, et elle a deux fois moins d'appétit qu'avant, comme si elle était revenue aux terribles années qui avaient suivi le départ de Denny.

Elle est soulagée de constater qu'elle a oublié d'enlever son badge qui est attaché à la poche du chemisier de sa tenue d'infirmière. Normalement, après avoir pointé en arrivant le matin, elle le laisse sur son bureau avec sa montre. Dieu merci, son prénom ne lui est pas apparu grâce à un sortilège maléfique.

« Après, il y aura une réception dans un bon resto », dit le condamné à mort en jubilant presque, comme s'il allait y assister incognito après avoir ressuscité.

Myra l'imagine rôder dans l'ombre d'une gargote de Norwood avec une vieille moquette et un buffet de seconde main. En lunettes noires et long imperméable beige, il charge son assiette à ras bord, rote bruyamment sans se mettre la main devant la bouche, se moque de ceux qui sont venus lui rendre hommage, qui qu'ils soient.

« Des travers de porc, ajoute-t-il à l'adresse de Londell en tournant le buste pour le regarder par-dessus son épaule. Il y aura peut-être même des haricots yeux noirs pour vous deux, là, les grands singes fainéants. »

Quand Myra quitte la prison, la foule massée devant la porte a doublé, peut-être même triplé. Plusieurs véhicules de la police de Joliet sont présents, ainsi qu'une série de voitures de patrouille de l'État. Les camions de la télévision ont installé leur antenne satellite et les cameramen préparent les séquences avec les journalistes. Il fait encore un peu jour, c'est le crépuscule, le temps est calme, pas tout à fait estival. Avant que Ronan parte à l'université, c'était le genre de soirée où elle aurait regardé un match des Cubs avec lui et dîné dans le canapé, leur assiette sur les genoux.

Elle monte dans sa voiture et décide de garder ses vitres fermées. Alors qu'elle attrape le volant, une douleur aiguë semblable à une vrille de métal lui transperce soudain l'abdomen comme si elle avait avalé une boucle d'oreille dans son sommeil – ou sa bague de fiançailles qu'elle conserve dans la petite boîte en porcelaine, sur sa table de chevet. La douleur est si violente qu'elle retient son souffle jusqu'à ce qu'elle passe. Elle compte jusqu'à cinquante. Les nombres se succèdent, tels des épouvantails dressés en bordure d'un immense champ de maïs. Elle doit en toucher un et courir jusqu'au suivant, le toucher, courir jusqu'au suivant…

Dans un état presque second, Myra s'arrête en chemin au Kentucky Fried Chicken de Jefferson Street et commande un menu recette originale composé de trois morceaux, un blanc, une aile et un pilon. Comme assortiment, elle choisit une petite barquette de purée et une autre de maïs.

De retour chez elle, elle dispose le tout sur une assiette et s'assied à sa petite table de cuisine après avoir mis le journal télévisé de dix-neuf heures dans le salon. Les présentateurs parlent du condamné à mort qu'elle a vu tout à l'heure dans son étrange cellule avec bureau et téléphone. D'ici quelques heures – peu après minuit – il sera exécuté par injection létale. Il a pique-niqué avec des membres de sa famille sur une des pelouses de la prison. Puis il s'est entretenu avec un prêtre catholique qui préfère garder l'anonymat. Les présentateurs répètent ce que Myra sait déjà : le condamné à mort a assassiné et violé trente-trois jeunes hommes de la région de Chicago et coulé un grand nombre d'entre eux dans du ciment dans le vide sanitaire de sa maison de Norwood.

À Stateville, l'envoyée spéciale commente l'événement d'une voix basse et émue en le comparant à une manifestation sportive. Il y a des super fans. Des groupes religieux. Des bonnes sœurs, des prêtres et quelques rabbins de la région de Chicago. Des familles de victimes qui tiennent des bougies allumées en brandissant de grandes photos de leurs fils assassinés. Un petit cercle d'hommes déguisés en clowns qui dansent au rythme du groupe préféré du condamné à mort, REO Speedwagon, dont l'album à succès, *You Can Tune a Piano, but You Can't Tuna Fish,* est diffusé sur une grosse radiocassette. On entend la batterie résonner dans le fond.

« Est-ce la clameur de la justice ou la clameur du mal ? » demande avec emphase l'envoyée spéciale.

Myra se rappelle l'haleine fétide de l'homme, ses dents ternies, ses mains pâles et agitées attachées par des menottes, les quatre poils blancs le long de sa mâchoire informe, la fossette de son menton empâté. Elle se demande si le malheureux croque-mort qui devra le préparer pour la veillée rasera ces poils égarés ou s'il n'y touchera pas ; si Gacy sera niché au creux du cercueil capitonné de cuir de ses rêves dans l'état d'hygiène où il aura été exécuté. Cela dit, toutes ces histoires d'obsèques, de costume croisé et de réception ne sont peut-être que des paroles en l'air. Il lui semble qu'après leur exécution, les condamnés à mort sont incinérés.

Elle mange la moitié du blanc de poulet et un peu de maïs, mais perd rapidement l'appétit. Elle n'ouvre même pas la barquette de purée. Son ventre se tord de nouveau. Le poulet frit n'était peut-être pas idéal. Soudain, elle est submergée par une vague de nausée en se rappelant que pour son dernier repas, Gacy a commandé un Kentucky Fried Chicken et, qui plus est, recette originale. L'idée a dû se glisser dans son subconscient. Elle plaque la main sur sa bouche pour éviter de vomir et avale ensuite trois gorgées d'eau, puis une quatrième.

Après avoir vidé son assiette dans la poubelle et posé la vaisselle sale dans l'évier, elle retourne au salon et change de chaîne pour mettre WGN. Les Cubs jouent contre les Cardinals à Saint-Louis. C'est le début de la troisième manche et ils sont à 3-1. Pour une fois, ça commence bien, mais elle décide d'éteindre la télévision et d'aller prendre une douche.

L'eau chaude – heureusement qu'il y a de l'eau chaude ! – est la première sensation agréable qu'elle éprouve de la journée. La chaleur l'alanguit et lui donne envie de dormir. Elle pousse un soupir. Elle ne se lave même pas les cheveux. Lever les bras au-dessus de la tête lui demanderait trop d'effort, elle n'en a pas le courage. Il y a longtemps qu'elle n'a pas été aussi épuisée. En sortant de la douche, elle a à peine la force de se sécher et est obligée de s'asseoir sur les toilettes pour enfiler sa chemise de nuit. Il n'est que huit heures passées, mais elle décide de se coucher tôt. Il faut à tout prix qu'elle se repose pour aller travailler demain matin.

Avant d'aller au lit, elle retourne à la cuisine pour appeler Ronan. « Bonjour, dit-elle sur son répondeur. Je voulais juste entendre ta voix. » Elle doit déglutir une fois de plus pour ne pas vomir et s'assied à la table. Elle n'arrête pas de déglutir, d'être obligée de s'asseoir. « Les Cubs jouent contre les Cardinals, ce soir, poursuit-elle, ils ont bien commencé le match, mais tu le sais déjà, je suis sûre. Mark Grace est leur seul bon joueur, cette saison… » Elle a tellement sommeil qu'elle résiste à l'envie de poser la tête sur la table. « Au travail, ils supportent tous les White Sox. Ils n'arrêtent pas de me charrier parce que je suis fan des Cubs et me répètent que Joliet est dans la banlieue sud de Chicago et qu'il est temps que je me réveille. »

Brusquement, elle imagine Ronan attiré chez le condamné à mort à Norwood. Gacy le voit passer dans la rue et lui fait signe de s'approcher. Il le persuade de descendre dans son sous-sol en usant de son charme excentrique, déployant ses connaissances sur les tortues géantes, ses anecdotes sur les Cubs et ses paroles de chansons décalées. Il lui offre à boire, glisse en douce un barbiturique en poudre dans son verre, l'invite à s'asseoir à côté de lui dans un petit canapé rembourré. Elle chasse l'image de son esprit. « Tu me manques, Ronan, ajoute-t-elle. Je t'aime… »

Elle raccroche. Elle serait capable de s'endormir sur place. Mais une femme qui se réveille à sa table de cuisine n'est pas faite pour ce monde. Soit c'est une ivrogne, soit c'est une loque, et Myra n'est ni l'une ni l'autre. Elle se force à se lever, éteint la lumière dans la cuisine et se traîne jusqu'à sa chambre.

Avant de s'endormir, elle pense à des choses plus agréables et imagine Ronan se promener dans les rues de New York au bras de sa ravissante petite amie, Henny, avec qui il sort depuis trois ans. Myra ne l'a pas encore rencontrée, mais elle a prévu de passer une semaine à New York en juillet. Elle a collé sur son réfrigérateur un Polaroid d'eux deux que Ronan lui a envoyé il y a deux mois. Ils sont devant Leshko's, dans l'Avenue A. C'est l'hiver et ils sont emmitouflés sous plusieurs couches. Ronan a le bras tendu pour prendre la photo. Ils ont l'air très épris. D'après Ronan, ils sont toujours fous amoureux et envisagent de s'installer ensemble. Deux auteurs dramatiques qui ont le coup de foudre dans la plus grande ville du monde – c'est tellement romantique. Myra les voit main dans la main dans le métro, dîner dans une pizzeria du Village. Puis aller voir un film en partageant un grand seau de popcorn.

Myra s'endort en imaginant Ronan et Henny regarder un film en se tenant la main, un grand seau de popcorn coincé entre eux.

Peu après minuit Myra est réveillée par une douleur fulgurante au bas de l'abdomen. De ces douleurs qui explosent dans une blancheur aveuglante. Qui transpercent les molaires. Quand elle essaie de se lever, elle a l'impression d'être empalée sur du verre brûlant, attaquée par un loup, poignardée dans son sommeil par un cambrioleur. À la blancheur aveuglante succèdent des éclairs dans sa tête, un élancement dans la colonne vertébrale.

Elle s'entend crier d'une voix étrange qu'elle ne reconnaît pas, jaillie d'un ravin de chair déchirée au plus profond d'elle.

Elle parvient à se jeter par terre et ramper jusqu'à la cuisine où, par la seule force de sa volonté, elle arrive à décrocher le combiné en tirant sur le cordon du téléphone. Le temps qu'elle donne ses coordonnées à l'opérateur des urgences, une flaque de sang se forme sous elle. Elle ne sait pas d'où elle vient. C'est comme si une valve avait été ouverte, répandant sur le linoléum une couronne de sang violacé aussi épais que du sirop, dont l'odeur métallique est mêlée de relents d'humus comme des vieux couverts laissés dans la boue.

Elle a l'impression de se vider, de se creuser… le sang trempe sa chemise de nuit, imbibe ses cheveux…

La dernière image qui la frappe avant de perdre connaissance, ce sont ses mains cramponnées au pied en aluminium de la table de la cuisine.

12

TUNICA, MISSISSIPPI

19 avril 1995

ALEC

Le garçon qui n'a pas dormi de la nuit est assis par terre devant l'écran plat trente pouces d'Alec, la manette Nintendo entre les mains. Il est sept heures passées et il joue à *Donkey Kong* depuis quatre heures et demie du matin, heure à laquelle ils ont arrêté de boire des Mai Tai et fini le peu d'herbe qu'il restait à Alec. Le garçon lui a dit que l'herbe l'aiderait à se concentrer et Alec s'est fait un plaisir de lui rendre service. Il aurait bien continué à préparer des cocktails, mais il est à court de Bacardi et de triple sec, et à part un pack de Coors Light, le seul alcool qu'il ait sur place est un flacon d'isopropanol dont il se sert pour désinfecter les coupures qu'il se fait sans cesse aux mains et aux poignets en pêchant ou en ramant. Bref, ce gamin est un puits sans fond. À moins que son organisme ne soit pas affecté par l'alcool. Il a manifestement le métabolisme d'un enfant de six ans. Alec lui a promis que s'il arrivait à battre son meilleur score, il lui donnerait sa carte de baseball collector très rare. Ce qui est sûr, c'est que l'herbe l'a effectivement plongé dans un état de concentration extrême.

Alec a rencontré le garçon au casino du coin, où il passe tous ses après-midi. Sept jours sur sept, on le trouve dans la salle des machines à sous ou « bandits manchots », invariablement vêtu d'une de ses nombreuses chemises hawaïennes, d'un short cargo à poches multiples résistant à l'eau et de ses fidèles claquettes à semelle à mémoire de forme. Posté devant sa machine à sous préférée, au troisième rang, il l'observait depuis plusieurs minutes. Il faut dire que le gamin se démarquait avec sa casquette de baseball rouge des St Louis Cardinals, son tee-shirt assorti XXL, son short de baseball trop large, ses tennis ultra-blanches, ses chaussettes également blanches bien tirées et ses tresses noires qui rampaient derrière sa nuque comme autant de queues de lézard carbonisées attachées par un élastique.

La machine à sous d'Alec avait déjà englouti quatre-vingts dollars sur les deux cents qu'il avait investis sans même une triple barre. C'était une véritable débâcle. Mais dès que le garçon s'est arrêté pour le regarder – à l'instant même – Alec a appuyé sur le bouton, décroché une double cerise au centre et empoché un joli pactole de six cent cinquante-sept dollars et quarante-deux cents… Banco !

« Tu dois porter chance », a-t-il dit au garçon, qui devait avoir seize ans, tout au plus.

Alec a imprimé le ticket de ses gains puis s'est dirigé vers la caisse. Et naturellement, le garçon lui a emboîté le pas.

« J'ai l'impression que tu me suis, lui a dit Alec en s'avançant vers le guichet en plexiglas pare-balles.

– Vous avez passé combien de temps devant la machine à sous ? lui a demandé le garçon en mâchonnant sa paille.

– Une vingtaine de minutes, je crois.

– Ça vous rend pas dingue, cette musique ? »

Alec a tendu l'oreille un instant, la tête légèrement inclinée, prêtant attention au vacarme métallique des machines. Les bandits manchots étaient particulièrement racoleurs, ce jour-là.

« On dirait des lutins du père Noël qui ont pété un câble, a dit le gamin.

– Au bout d'une heure ou deux, on ne l'entend même plus, a observé Alec.

– Vous gagnez souvent comme ça ?

– À chaque fois », a répondu Alec, ce qui était totalement faux, même si le fait est que les machines à sous lui réussissaient mieux que les jeux de table.

Quatre mois plus tôt, environ, il avait eu une période de veine au poker à trois cartes, mais il s'était lassé de devoir affronter toujours les mêmes adversaires. Des dondons pleines de coups de soleil. Des Asiatiques de passage avec leurs putain de lunettes noires. Des vieux veufs perclus d'arthrite avec leurs fausses dents et leurs perruques de traviole trouvées aux puces. Il avait fini par préférer la compagnie des machines.

« C'est quoi, votre secret ? lui a demandé le garçon.

– Deux cents dollars, répond Alec. Tu les crédites d'un coup dans la machine et tu n'arrêtes pas de jouer. Si tu n'as pas eu de gain convenable quand il ne t'en reste plus que cent, tu les encaisses, tu rentres chez toi, tu te colles devant la télé et tu te dis que ça valait le coup pour boire à l'œil. »

Le garçon est resté à côté à mâcher sa paille pendant qu'il récupérait son argent. Quand Alec lui a jeté un coup d'œil, il ajustait le bord de sa casquette des Cardinals, qui portait encore son étiquette argent derrière. Il devait faire un mètre quatre-vingt-trois, environ, presque sans un gramme de graisse. Les muscles de ses jambes ressemblaient à deux sculptures installées au-dessus de ses hautes chaussettes blanches. Il était noir, mais pas du genre sous-continent africain comme dans le *National Geographic*.

Alec a demandé uniquement des billets de vingt, et Nikki, la caissière blonde frisottée et maquillée comme un clown de rodéo pour laquelle il s'est pris de sympathie, lui règle la somme au cent près en moins de trente secondes.

« La journée a été bonne, je vois, lui a dit Nikki.

– Mieux qu'hier », a-t-il répondu en lui donnant en pourboire les dix-sept dollars et quarante-deux cents restants.

Elle l'a remercié en lui soufflant un baiser.

« Fais-en bon usage, John. »

Dix minutes plus tard, ils roulaient tranquillement sur la Highway 61 dans la Chevrolet Malibu d'Alec, direction le Sonic, où ils ont tous les deux commandé un Bacon Double Cheeseburger SuperSONIC accompagné de Cheese Tots et d'un Blue Coconut. Une fois que la petite rousse maigrichonne avec des taches de rousseur les a servis en patins à roulettes, ils ont mangé en silence un moment.

« Comment tu t'appelles, au fait ? a demandé Alec au garçon.
– Jermaine », a-t-il répondu.

Des flots de voitures défilaient sur la Highway 61. Le temps était magnifique. Jermaine a avalé son repas à toute vitesse, engloutissant son burger en à peine quelques bouchées et malmenant ses Cheese Tots comme si les malheureuses croquettes de pommes de terre l'avaient mérité.

Alec a baissé la vitre et lâché un gigantesque rot qui lui a arraché les chairs du thorax.

« Je peux te demander un truc ? a-t-il dit.
– Quoi ?
– Tu peux m'expliquer quelle idée farfelue peut passer par la tête d'un gamin du Mississippi pour qu'il pousse le vice jusqu'à devenir fan des Cardinals ?
– Je suis pas du Mississippi », a-t-il répondu.

Il s'est avéré qu'il venait d'East Saint Louis.

« C'est quoi la différence entre East Saint Louis et Saint-Louis ? lui a demandé Alec.
– East Saint Louis est sur l'autre rive, a expliqué le garçon. Du côté de l'Illinois.
– Le pays de cet abruti de Lincoln. Tu es venu avec tes parents ?
– Avec ma mère, a-t-il répondu.
– Elle doit se demander où tu es passé, non ?
– Nan, a-t-il dit en sirotant son Blue Coconut. Elle joue au blackjack. Elle menait quand j'ai filé.
– Et si jamais elle te cherche ?
– Elle se dira que j'ai dû rencontrer une fille. Genre à la piscine. Ou dans leur super salle de muscu.
– Tu dois en rencontrer souvent, dit Alec. Des filles.
– Pas mal, ouais.
– Ta mère est d'accord ? lui a demandé Alec en lui offrant le reste de ses Cheese Tots.
– Elle sait que j'ai ma vie, a répondu Jermaine en acceptant sans hésiter les pommes de terre d'Alec. Tant que je mets une cagoule.
– Une cagoule ?

– Un chapeau, quoi. Un préservatif, a-t-il ajouté en voyant qu'Alec n'avait toujours pas l'air de comprendre.

– Aaah.

– Elle me fait confiance.

– C'est important, la confiance, a dit gravement Alec.

– Carrément, ouais », a répondu Jermaine. Puis il s'est tourné vers la vitre comme s'il essayait de résoudre une question difficile. Décidément, il adorait ronger sa paille. « En fait, c'est pas vraiment ma mère, si vous voulez tout savoir.

– C'est qui ? a demandé Alec.

– C'est plutôt ma tante. »

Alec est allé jeter leurs déchets dans la poubelle, puis ils ont repris la Highway 61. En ce début de soirée, l'air était lourd d'humidité. Les heures à venir se teintaient d'un sentiment d'inévitable. D'une assurance suave qui lissait le duvet hérissé sur ses avant-bras. Sa nouvelle chemise hawaïenne rose pétard était un bon achat. Cent pour cent rayonne. Quarante dollars seulement à la boutique cadeau du casino. Super douce au toucher et ornée de soucis. Il se sentait bien dedans.

Alec a allumé la radio qui passait *Kiss from a Rose* de Seal. Il s'est empressé de l'éteindre.

« Merci, a dit Jermaine. Je déteste cette chanson. »

Alec se plaisait en compagnie de son nouvel ami. Ils devenaient copains. Les moustiques ne tarderaient pas à s'en donner à cœur joie. Ils se mettaient toujours en chasse à la tombée de la nuit.

« Vous vous appelez, John, c'est ça ? lui a dit Jermaine.

– Absolument, a répondu Alec.

– Alors, où est-ce qu'on va, John ?

– Où tu veux. Mais il n'y a pas grand-chose à voir à Tunica. Tu veux que je te ramène au casino ?

– Nan, lui a assuré le garçon. J'aime bien changer d'air. D'environnement, tout ça.

– J'ai de l'herbe chez moi, a dit Alec.

– Cool, a répondu le garçon. On y va. »

En chemin, Alec a demandé à Jermaine s'il jouait vraiment au baseball ou si c'était juste une tenue de supporter.

« Je suis un vrai, John, a-t-il répondu fièrement en attaquant une nouvelle paille. Je joue, yo. »

Et il lui a alors expliqué qu'il commençait au poste d'arrêt court dans l'équipe de son lycée et donnait le coup d'envoi.

« C'est quel lycée ?

– East Saint Louis Lincoln. Les Tigers.

– C'est quoi les couleurs de ton lycée ?

– Orange et noir.

– Logique pour des tigres. Tu es en première année ?

– Parole d'honneur, a déclaré Jermaine.

– Eh ben. Tu as quoi, quatorze ans ?

– J'aurai quinze ans en août.

– Quatorze ans, c'est le bel âge, a dit Alec. L'avenir t'appartient. Je te croyais plus vieux. »

Alec ne sait pas si c'est vrai, mais on lui a dit que les noirs américains se développent plus vite que les blancs du même âge à cause de toutes les hormones contenues dans la fast-food. C'est pour ça qu'ils atteignent la puberté plus jeunes. Et qu'ils ont des grosses bites et du diabète. Alec, qui n'était pas vraiment précoce, avait été cruellement privé de poils pubiens jusqu'à l'âge de quinze ans.

« Je suis sûr que tu ne te rases pas encore », a dit Alec.

Jermaine avait vraiment une tête de gamin.

« Vous, c'est sûr, a rétorqué Jermaine. Ou en tout cas, vous devriez. »

Alec a ri. C'était vrai. Il ne s'était pas rasé depuis plusieurs jours. Sa barbe poivre et sel commençait à faire un peu loup.

« Vous devez pas avoir de femme. Ni de copine.

– Qu'est-ce qui te fait dire ça ?

– Vous pouvez pas bouffer de la chatte avec la brousse que vous avez sur la figure.

– Ça fait au moins trois mille ans que j'ai arrêté de bouffer de la chatte, a répliqué Alec.

– Vous avez dû tomber sur une salope.

– Tout un banc, tu veux dire, comme les poissons. » Il a mis une Nicorette dans sa bouche. « Tu aimes ça, toi ?

– Yo, ça me fait kiffer, a répondu Jermaine. On peut dire ce qu'on veut. Moi, si tu me files deux Bacardi-Coca et un bon joint, je peux passer la nuit à lécher une chatte. »

Alec a ri un bon moment et s'est attardé sur l'image pendant quelques kilomètres. Ils sont passés devant une voiture abandonnée sur la bande d'arrêt d'urgence. Quelqu'un avait déjà cassé les vitres et embarqué les roues.

« Je peux te confier un secret ? » a demandé Alec après avoir pris la bretelle de sortie.

Et c'est là qu'il lui a parlé de son bien le plus précieux : sa carte de recrue de Mickey Mantle de 1952.

« Sérieux ?

– C'était peut-être le meilleur champ centre de toute l'histoire du baseball, a poursuivi Alec. Entré au Hall of Fame. Une authentique légende des Yankees. La carte est comme neuve.

– Mickey Mantle ? a dit Jermaine. En vrai ?

– Sans déconner », a répondu Alec.

Puis il lui a demandé s'il aimait jouer aux jeux vidéo.

« Carrément, ouais. J'ai une Nintendo chez ma tante.

– J'en ai une aussi », a répondu Alec.

Ce qui était plus vrai que le bleu d'un ciel bleu du Sud. Puis il lui a fait son offre :

« Tu es bon à *Donkey Kong* ?

– Un peu, ouais, s'est vanté Jermaine.

– Si tu bats mon meilleur score, je te donne la carte de Mantle.

– Sérieux ?

– Sérieux, lui a assuré Alec.

– Elle vaut combien ? a demandé le garçon.

– Cent mille, au moins. Peut-être plus. »

Ce qui, selon la cote la plus récente, était également vrai.

« Et si je le bats pas ?

– Tu peux faire une croix sur la carte.

– Mais qu'est-ce que je devrai faire en échange ?

– Rien, a répondu Alec. Le plaisir de ta compagnie me suffit amplement.

– J'ai combien de temps ?

– Disons jusqu'au lever du soleil.

– Et puis merde, a dit Jermaine. Je suis partant. »

Les voilà donc dans le salon d'Alec, un peu après sept heures du matin. Une chose est sûre, Jermaine a déjà joué à *Donkey Kong* ; il est meilleur qu'Alec ne l'escomptait. Il ne lui a fallu que deux essais pour être à portée de son record personnel. Il est manifestement habitué aux subtilités de sa vieille console de 1988.

« Tu te fais combien de pailles par jour ? lui demande Alec.

– Un paquet, répond Jermaine. Ce que je préfère, c'est les rouges.

– Tu l'as carrément achevée, celle-là. »

Jermaine a les yeux rivés sur l'écran. Il n'a quasiment pas cligné des paupières depuis qu'Alec le regarde.

« Je peux avoir un autre Red Bull ? » demande-t-il.

Alec va dans la cuisine et ouvre le réfrigérateur qui est rempli de canettes de Red Bull et de Coors Light. Il prend un Red Bull, retourne au salon, l'ouvre et le pose à côté du garçon sur l'épaisse moquette ignifugée.

La maison d'Alec, un grand bungalow avec des parois en PVC bleu ciel, est montée sur des pilotis renforcés de quatre mètres cinquante de haut et desservie devant par un escalier en cèdre en zigzag et par un autre identique derrière, en guise d'issue de secours. Il l'a achetée dix-huit mille dollars en liquide deux ans plus tôt. Il y a deux chambres, une salle de bains, une cuisine, un salon et une climatisation étonnamment efficace. Construite au début des années soixante-dix, elle appartenait à un certain Carl Ulis, qui s'en servait le week-end pour chasser, pêcher et boire avec une bande de copains. Ulis, qui fumait apparemment des Pall Mall sans filtre depuis l'âge de neuf ans, avait vécu jusqu'à cent six ans, et comme il n'avait pas désigné d'héritier pour la maison, Alec avait pu facilement mettre la main dessus lors de la succession. Les cloisons en placo étaient si imprégnées de l'odeur des Pall Mall et de l'essence du Zippo qu'Alec s'est également mis aux Pall Mall, une habitude dont il a pu se débarrasser grâce aux Nicorette, auxquelles il est à présent accro.

Alec n'a pas apporté beaucoup d'améliorations, mais il a ajouté une parabole, un four à micro-ondes avec un plateau tournant, un combiné lave-linge sèche-linge, un canapé d'angle en cuir chocolat plutôt pas mal, une cafetière filtre et la télévision Samsung devant laquelle Jermaine est planté, le tout grâce à sa chère machine à sous du troisième rang.

Jermaine termine une nouvelle partie, sans même arriver à trois mille points du score d'Alec, et jette la manette de dépit.

« Je vais pisser », dit-il.

Il file au fond du couloir, à l'arrière de la maison, les tresses sautillant sur sa nuque, et ferme la porte de la salle de bains.

Pendant qu'il est aux toilettes, Alec va dans la cuisine et ouvre le congélateur. Il comptait mettre au four une pizza au pepperoni couverte d'olives noires en conserve, mais se ravise en se disant que ça le ferait somnoler et referme le congélateur.

Il sort une Coors Light du réfrigérateur, la décapsule, en boit la moitié d'un trait et pousse un énorme rot.

« Hé, man, dit Jermaine en revenant des toilettes. Il y a une drôle d'odeur là-dedans. Ça sent la crevette pourrie. Comme s'il y avait un cadavre.

– C'est la fosse septique, répond Alec. Elle fuit quand la nappe phréatique est haute. On est en pleine zone inondable, ici, c'est la charmante Coupure de Tunica.

– Pourquoi on l'appelle la Coupure ? demande Jermaine en mâchant une nouvelle paille rouge.

– C't'à cause que dans l'coin, y a des tas d'trucs qu'y coupent, répond Alec en imitant un accent de petit blanc du sud.

– Du genre ? dit Jermaine.

– L'électricité, répond Alec en se débarrassant de l'accent. Le téléphone… les têtes. Je plaisante. » Alec boit une gorgée de bière, rote à nouveau. « Dans les années trente, poursuit-il, les gars du génie ont coupé le cours du Mississippi à certains endroits stratégiques pour que les navires marchands ne soient plus obligés de s'emmerder à passer par de longs méandres de contorsionnistes en épingle à cheveux. Ils ont procédé à des coupures dans une douzaine d'endroits.

– Vous étiez dans l'armée ? demande Jermaine.

– Moi ? Jamais de la vie. »

Sur ce, Jermaine lui demande ce qu'il fait comme métier.

« Je suis travailleur indépendant, répond Alec.

– Genre, vous travaillez pour vous ?

– Exact. Je suis mon propre patron.

– Cool », dit Jermaine.

Alec ouvre le placard qui est au-dessus de l'évier, pensant y trouver un spray de Lysol pour couvrir l'odeur de crevette. Raté. Il le referme.

« Tu sais quoi, il y a un truc qu'on a en commun, dit-il.

– Quoi ? demande Jermaine.

– Le Mississippi. Ce foutu fleuve immense et légendaire. »

Ils trinquent au Mississippi, l'un à la Coors Light, l'autre au Red Bull.

« Au Mississippi, dit Alec.

– Au Mississippi », répète Jermaine.

Alec sort son paquet de Nicorette de sa poche, en prend deux comprimés et les met dans sa bouche.

« C'est pour quoi faire, les sacs de ciment ? demande Jermaine en montrant le fond du couloir où sont empilés l'un sur l'autre cinq sacs orange de Quickrete, contre lesquels est appuyée une pelle.

– Un projet de rénovation, répond Alec. Je dois renforcer les pilotis de la maison. Tous les ans, il faut recimenter les fondations, autrement elle risque de devenir branlante.

– Mais pourquoi vous les avez montés ? demande Jermaine. Ils doivent être lourds, non ?

– Ouais, ils pèsent quarante kilos chacun, ces saloperies, répond Alec. C'était pas du gâteau de les trimballer jusqu'ici, je peux te dire. Je me suis démoli le dos, mais on ne peut pas les laisser dehors. Ils prennent l'eau et après c'est fichu. Je pourrais les couvrir avec une bâche, mais on risquerait de me les voler. Quasiment tous les abrutis du coin ont un pick-up. Ils sont foutus de te piquer les gonds de ta porte si tu ne fais pas gaffe. Crois-moi, ça valait le coup de les monter. » Alec inspire en secouant la tête. « J'ai cinquante-quatre ans, mais j'ai encore du jus. Pour le mal de dos, j'ai mis de la glace quelques heures, y a rien de tel. Tu es un athlète, tu dois connaître. Les inflammations, tout ça.

– Yo, John, vous avez cinquante-quatre ans ? s'étonne Jermaine. Je vous donnais, quoi, quarante ans max.

– Je suis flatté, répond Alec. Tu devrais dire ça à mes genoux.

– Vous avez de l'arthrite ? »

Alec acquiesce d'un signe de tête.

« Ça te déglingue en moins de deux, dit-il en reprenant une gorgée. Je parie que tu cours vite, ajoute-t-il. T'es un voleur de base ?

– Ouais, dit Jermaine. J'ai volé des bases. J'ai même volé un home-run, une fois.

– Tu as des muscles jeunes à contraction rapide », dit Alec avant de finir sa bière.

Il écrase la canette d'une main puis la jette par-dessus son épaule. Elle atterrit bruyamment dans l'évier vide.

Jermaine semble agité. Quelque chose a changé chez lui.

« Ça va ? » lui demande Alec.

Jermaine reste planté à mâcher sa paille. La fatigue commence enfin à lui adoucir les traits. Ses tresses sont ridicules. Alec résiste à l'envie de tirer sur chacun des petits élastiques roses pour les voir se déployer en afro de *soul brother* intergalactique tout droit sorti des années soixante-dix.

« Tu veux que je te ramène au casino ? dit Alec.

– Quand j'aurai battu votre record et récupéré la carte de recrue », répond Jermaine.

Il n'a aucune intention de rendre le gamin – sûrement pas – mais la psychologie inversée a parfois du bon. Il l'a compris il y a longtemps, avec le premier garçon qu'il a pris. C'était à Versailles, dans le Missouri, au cours de l'été 1982. Il avait ramené un jeune Grec dans le sous-sol d'une baraque abandonnée qu'il squattait. La pièce était meublée d'un canapé en velours côtelé avec des sièges baquets à moitié défoncés et d'une table de ping-pong, avec deux raquettes et une boîte de balles poussiéreuse qui n'avait jamais été ouverte. Versailles, que les gens du coin prononçaient « Versayles » était une petite ville pourrie avec un lac convenable, quasiment aucun poste de police et son lot de maisons à l'abandon. C'était juste après le week-end de la fête de l'Indépendance et l'air infesté de moustiques sentait encore le feu d'artifice. Alec conduisait un vieux vélo à dix vitesses qu'il avait acheté douze dollars dans un vide-grenier. L'engin tenait au chatterton et roulait à peu près tant qu'il ne se servait que des trois premières vitesses. Alec avait aperçu le garçon qui marchait seul, sur une voie de desserte, aux abords de la ville. Il semblait hébété, comme s'il avait été hypnotisé par les libellules qui voletaient au-dessus du chemin de terre. Avec ses cheveux bruns et ses grands yeux couleur de charbon, il lui faisait penser à lui-même au même âge. Il était un peu plus enrobé qu'Alec à l'époque, mais il lui plaisait quand même.

Il avait sauté au bas de son vélo et avait sympathisé avec lui en lui offrant un chewing-gum Wrigley's à la menthe, avant de lui parler de la précieuse table de ping-pong. Il s'était avéré qu'il adorait jouer au ping-pong, presque autant qu'à Rock 'Em Sock 'Em Robots, mais pas tout à fait. Le garçon lui avait dit qu'il s'appelait Teddy. Il avait onze ans.

Au moment où ils s'apprêtaient à entrer dans le sous-sol de la maison, Alec avait employé avec lui la même tactique de psychologie inversée en lui déclarant qu'il ne devait pas jouer au ping-pong avec un inconnu, et encore moins sans la permission de ses parents.

« J'ai pas besoin de permission », avait rétorqué Teddy.

Il avait un accent étranger qu'Alec ne reconnaissait pas, mais qu'il aimait bien.

Au début, tout s'était passé pour le mieux. Ils avaient joué un tournoi en trois manches. Alec avait laissé Teddy gagner, naturellement – il était gaucher. Ça faisait longtemps qu'il ne s'était pas autant amusé. Pour célébrer sa victoire décisive, Alec lui avait enlevé la raquette de la main et l'avait conduit vers le canapé, où il avait ouvert une bouteille de Boone's Farm Strawberry Hill qu'il avait versé dans des gobelets. Teddy en avait bu deux gorgées seulement car il trouvait que le vin à la fraise avait un goût de médicament.

Au début, Alec s'était montré doux – il ne voulait pas faire comme les prêtres avec lui – mais Teddy avait pris peur, et au moment où son sang se gorgeait de désir, le gamin avait commencé à geindre et pleurnicher et à se débattre en lui agrippant les poignets. Alec avait été submergé par un sentiment de honte si profond qu'il s'était dit qu'il n'avait pas d'autre solution que de le faire disparaître, d'abolir son emprise sur lui d'une manière ou d'une autre, de purifier l'immonde magma qui coulait dans ses veines. Et il avait fini par faire quelque chose – quelque chose dont il rêvait depuis longtemps. Il avait simplement eu l'impression d'endormir le garçon. Son geste lui avait procuré une paix immense.

Plus tard, en regardant les vêtements du gamin, Alec avait vu le nom *THEODORE DRAKOS* écrit au marqueur à l'intérieur de sa chemise bleu ciel à manches courtes de l'école du dimanche. C'était le premier nom d'une longue liste. Theodore « Teddy » Drakos. Un nom qu'il n'oublierait jamais.

« J'aurais bien aimé refaire une tournée de Mai Tai, dit Alec à Jermaine. Désolé, je n'ai plus rien en réserve. Je n'avais pas prévu d'avoir un invité.

– De la beuh, ce serait mieux, répond Jermaine. Ça m'aide à me concentrer. »

Il se rassied.

« Attends, avant de t'y remettre », dit Alec en fouillant dans une des nombreuses poches de son short.

Il en sort une carte postale et la lui tend.

Jermaine l'examine un moment.

« C'est votre maison, non ? » dit-il en montrant la photo en couleur qui figure sur la carte.

C'est bel et bien la maison d'Alec avec ses parois en PVC bleu, ses pilotis, la parabole sur le toit et son numéro en fonte noire juste au-dessus de la boîte aux lettres.

« J'en ai fait imprimer un lot dans un petit magasin de fournitures de bureau de Robinsonville, dit Alec. Tu veux bien me faire l'honneur de la signer ?

– Genre, vous voulez mon autographe ?

– Si ça ne te dérange pas, dit Alec. J'ai comme l'impression qu'un de ces jours, il pourrait valoir cher.

– Mais vous m'avez jamais vu jouer.

– Des fois, il suffit de regarder quelqu'un et on sait, répond Alec.

– Merde, je vous la signe, si ça peut vous faire plaisir. »

Alec lui tend un feutre noir.

« Écris d'abord ton nom, dit-il, et signe en dessous. Ça a plus de valeur comme ça.

– Cool », dit Jermaine et, d'une écriture enfantine, il écrit son nom en capitales au dos de la carte. Puis il signe juste en dessous. « Vous voulez que je mette mon numéro de maillot aussi ? demande-t-il.

– Non, répond Alec. C'est le combien ?

– Un. Pour des raisons évidentes.

– Qui portait le numéro un ?

– Ozzie Smith, man.

– Il jouait arrêt-court, c'est ça ?

– Il joue, rectifie Jermaine. C'est un peu tôt pour le mettre à la retraite. Le Wizard of Oz est le meilleur arrêt-court défensif de tous les temps. Y en a qui disent que c'est Cal Ripken, ou, genre, Barry Larkin, mais j'suis pas d'accord.

– Ozzie, c'est celui qui fait les saltos arrière, dit Alec.

– Il fait des saltos, a remporté le Gant d'or des tas de fois, joué dans des matchs All-Star de malade, volé des bases de malade. C'est un des plus grands Cardinals de tous les temps.

– Alors, vas-y, dit Alec. Mets ton numéro. »

Jermaine hoche la tête et ajoute un grand n° 1 à côté de sa signature, puis lui rend le feutre et la carte postale.

Alec l'étudie un moment.

« Merci, dit-il. Vraiment. »

Puis Jermaine lui demande s'il peut voir sa précieuse carte de baseball.

« Vous me l'avez même pas encore montrée », dit-il.

Alec glisse la main dans une autre poche de son short – celle avec une fermeture Éclair – et en sort la carte de recrue de Mickey Mantle, dans son mince boîtier en plexiglas aimanté. Il la tourne d'un côté, puis de l'autre.

« Merde, dit le garçon. C'est vraiment vrai. »

Il tend la main mais Alec la retire.

« Tss-tss, fait-il. Tu dois d'abord battre mon score. »

Jermaine appuie sur *reset* pour relancer une partie. Pendant la musique d'intro du jeu, Alec va à la fenêtre du salon et baisse le store. D'après sa Rolex Submariner Hulk verte, qu'il a gagnée il y a deux mois à Boca Raton lors d'une partie de poker qui a duré presque toute la nuit, il est presque huit heures moins le quart. Le soleil blême éclaire à peine la surface du lac. Un plongeon huard pique dans l'eau pour pêcher un poisson, mais remonte le bec vide.

« C'est pour t'aider à te concentrer, explique Alec. Je veux que tu aies toutes tes chances. »

Le garçon se remet à jouer pendant une heure à *Donkey Kong* avec une détermination nouvelle, plissant le front et se mordant la lèvre inférieure. Ça lui fait une tête de lapin et lui donne l'air idiot. Il échoue quatre fois de suite, puis fait une pause et reprend un Red Bull qu'Alec a posé à côté de lui sur la moquette.

Alec est plié de rire. Affalé sur le canapé, il vide trois autres Coors Light, puis une quatrième. Il se sent un peu éméché, un peu somnolent. Il décide de préparer du café, mais renonce en se rappelant qu'il n'a plus de filtre.

« Tu veux de la musique ? demande-t-il.

– Nan, répond le garçon. Faut que je me concentre. »

Après deux autres échecs, Jermaine se lève et se met à enchaîner les sauts en étoile puis les pompes. Il court sur place en comptant jusqu'à cent, propulsant les cuisses comme des pistons, enfonçant les genoux dans ses paumes ouvertes. Ensuite, il se rassied et se remet à jouer.

À huit heures, il arrive à six cents points du record d'Alec. Vingt minutes plus tard, à deux cents points. Et enfin, à neuf heures dix, il le bat de soixante points.

Alec, qui a enlevé ses sandales, dort à moitié, les jambes allongées sur le canapé.

« Yo, John ! s'écrie Jermaine. Ça y est ! J'ai battu votre score ! »

Alec se redresse, puis se déplie lentement en luttant contre la douleur chronique qui lui vrille les chevilles et les genoux. Il s'avance vers l'écran plat.

Jermaine est en train d'inscrire ses initiales, JAH, en haut du tableau des scores, reléguant le JLC d'Alec à la deuxième place.

Alec le félicite sincèrement.

« J'avais la volonté, dit le garçon, toujours remonté à bloc. Il faut une volonté de malade.

– C'est pour quoi, le A ? demande Alec.

– Anthony, répond Jermaine. Jermaine Anthony Holloway. » Il se tourne vers Alec. « Et le C ?

– Christopher, dit Alec. John Christopher.

– Anthony et Christopher, dit Jermaine. C'est des saints, non ? Je sais que saint Antoine est le patron des objets perdus.

– Il peut peut-être m'aider à retrouver mon vieux Zippo, plaisante Alec. Ou les trente dernières années de ma vie.

– Je sais plus ce que fait saint Christophe, dit le garçon.

– Ça doit être le saint patron des rages de dents et des mauvais genoux, suggère Alec.

– Je crois que c'est les voyageurs, dit Jermaine. Genre, les touristes, tout ça.

– Tu en sais des choses sur les saints, comment ça se fait ? demande Alec. Tu es croyant ?

– Ma tante les collectionne, explique Jermaine. Des petites figurines grandes comme ça. Elle en a toute une vitrine.

– C'est comme ça qu'elle dépense ce qu'elle gagne au blackjack ? »

Jermaine se fige un instant.

« Merde », s'exclame-t-il.

Il se relève brusquement sans lâcher la manette. Au moment où il se redresse complètement, il arrache sans le vouloir le câble du port qui se trouve sur le côté de l'écran plat, et la télévision bascule sur les informations matinales.

À l'écran, les images montrent un bâtiment fédéral d'Oklahoma City d'où s'élèvent des tourbillons de fumée. Un célèbre présentateur commente l'événement, en proie à la plus grande confusion, cherchant désespérément à trouver un sens, à s'appuyer sur des faits.

« Un véhicule piégé a explosé devant un grand bâtiment fédéral du centre-ville d'Oklahoma City, ravageant l'immeuble, tuant des enfants, tuant des agents fédéraux et des civils. Une bombe de plus de cinq cents kilos, d'après la police, a éventré le bâtiment fédéral de huit étages il y a onze minutes, provoquant dans le centre d'Oklahoma City un chaos qui rappelle Beyrouth. Plus de cinq cents personnes étaient déjà dans leurs bureaux et plus de cinquante enfants se trouvaient dans une crèche située au premier étage… »

On dirait un film d'Hollywood. Alec et Jermaine regardent tous les deux, totalement hypnotisés.

« C'est pour de vrai ? demande Jermaine.

– Je crois, oui », répond Alec.

La fumée continue à s'échapper du bâtiment. C'est presque trop réel pour être vrai. Le garçon se mord de nouveau la lèvre inférieure. Ils restent plantés devant les informations, fascinés par cette interminable fumée apocalyptique.

Lorsque le présentateur donne la parole à un autre journaliste envoyé sur place, Alec a sorti des menottes de la police. Lentement, en silence, il attache le poignet gauche de Jermaine, puis le droit.

« Yo, John, qu'est-ce que vous foutez ? » proteste Jermaine.

Mais le chiffon imbibé de chloroforme lui couvre déjà le nez et la bouche, et moins d'une minute plus tard il est réduit au silence après une brève lutte, et son corps se relâche.

Sur le lac, un bateau à moteur a fait fuir le plongeon huard et deux hommes pêchent l'esturgeon blanc, le crapet et le tambour. Le magasin de pêche qui ouvre à l'aube a déjà dû écouler la moitié de son stock de vers de terre, de criquets et d'asticots ; c'est toujours le cas par ce temps-là. Il doit faire à peine plus de vingt degrés, et encore plus frais sur le lac.

Alec imagine le soleil matinal percer enfin les nuages et venir moucheter la surface de l'eau. La corde à deux têtes et la tige en bois sont scotchées sous son canapé en cuir, à portée de main.

Ça va être une belle journée.

13

EUREKA SPRINGS, ARKANSAS

14 juin 1997

MYRA LEE

Les treize heures de train de Chicago à Little Rock lui avaient paru interminables. Le petit compartiment couchette de Myra rendait le voyage un peu plus confortable, mais au bout de huit heures, l'ennui formait une gigantesque masse uniforme qui la renvoyait à son immense solitude. Elle avait fini *Le Voyageur malgré lui* d'Anne Tyler en moins de huit heures et, bien qu'elle ait beaucoup aimé, elle n'avait pas vraiment envie de le relire. Toutes les quelques pages, elle était obligée de faire une pause car ses yeux étaient fatigués, comme le reste. Malgré son épuisement et la faiblesse générale qu'elle éprouve ces derniers temps, elle se déplaçait avec aisance dans le train tant qu'elle pouvait se raccrocher à quelque chose tous les deux ou trois mètres. Dans le wagon-restaurant, elle avait même agréablement bavardé avec un vieux monsieur noir. Il s'appelait Udonis Bunch et allait rendre visite à son fils installé avec sa famille à Midlothian, dans le Texas. La voix de Mr Bunch coulait comme la sève riche et mystérieuse d'un arbre séculaire. Il lui avait raconté les cinquante ans qu'il avait passés à gérer les buvettes de Comiskey Park, l'ancien stade de baseball de Chicago, jusqu'à sa démolition à la fin de la saison 1990. Puis il lui avait demandé ce qu'elle faisait dans la vie et quand elle lui avait répondu qu'elle avait été infirmière au centre pénitentiaire de Joliet, son visage s'était éclairé. Son petit frère Fennis y purgeait une peine de réclusion à perpétuité pour homicide. Mr Bunch n'était pas entré dans les détails et Myra n'avait pas insisté. Durant ses années à Stateville, elle n'avait jamais rencontré Fennis Bunch, ce qui signifie qu'il y menait sans doute une existence paisible et sans histoires, ce qu'elle avait expliqué à Udonis Bunch.

« Le monde est vraiment tout petit petit », avait-il dit.

Myra avait beau apprécier la compagnie de Mr Bunch, elle regrettait de ne pas avoir pris l'avion, qu'elle avait évité sur les conseils pressants du docteur Baron, son premier oncologue de Chicago qui l'avait prévenue que la pressurisation de la cabine était nocive pour sa santé et que ce n'était pas non plus une bonne idée de faire le trajet en voiture car cela exigeait beaucoup de concentration, sans compter qu'elle aurait peut-être besoin de prendre son analgésique. Bien qu'elle soit constamment gênée par la douleur depuis un an environ, Myra est prudente avec les analgésiques.

Myra a terminé sa dernière chimiothérapie il y a à peine trois semaines et elle n'a pas encore retrouvé toutes ses forces. Deux ans plus tôt, elle avait subi un premier traitement chimiothérapique et tout semblait indiquer qu'elle entrerait en rémission. Les scanners étaient bons. Le docteur Baron, qui d'ordinaire était d'un réalisme à toute épreuve, paraissait sincèrement optimiste. Pour fêter sa santé presque recouvrée, Lexy et son mari Barry l'avaient aidée à obtenir un emprunt pour s'acheter une maison modeste à Waitsfield, une petite ville située au nord-ouest du Vermont. Malheureusement, la rémission avait été de courte durée et Myra a subi deux autres cycles de chimiothérapie depuis. Elle a effectué la dernière chimio dans une clinique de Montpelier, non loin de chez elle, et Lexy est venue s'installer dans le Vermont le temps qu'elle surmonte la fatigue et les nausées.

Nichée dans les collines, la maison bien isolée dispose de près d'un demi-hectare de terrain et de son propre ponton sur la Mad River. Datant de 1921 et achetée en kit sur le catalogue Sears & Roebuck, elle fait un peu plus de cent quatre-vingts mètres carrés. Elle est vert pâle avec des bordures blanches et agrémentée d'une lucarne au premier étage. Devant, il y a une véranda à moustiquaire et une autre, complètement vitrée, a été ajoutée à l'arrière. Elle est entourée d'arbres à feuillage persistant et Myra a de la place pour jardiner. Après vingt ans passés dans un trois-pièces exigu avec de la musique qui hurlait dans tout l'immeuble à toute heure du jour ou de la nuit, c'est un véritable paradis. Il y a la rivière, et puis des sentiers de randonnée et une multitude d'oiseaux. Waitsfield est une bourgade si petite que c'est à peine si elle figure sur la carte du Vermont, mais Myra est ravie d'être coupée du monde. Elle a enfin trouvé un endroit paisible où finir ses jours.

Myra, qui a toujours été très mince, a davantage maigri cette fois que lors des deux dernières chimios. C'est maintenant la deuxième récidive de son cancer. Son nouvel oncologue de Montpelier, le docteur Anthony, espérait qu'elle entrerait en rémission – mais ses derniers scanners ont déçu ses attentes. Myra a repris un peu de poids, mais pas suffisamment. Elle a l'impression d'avoir des mains immenses et les os de ses poignets sont monstrueux. Le problème, c'est qu'elle n'a pas retrouvé l'appétit. Elle mange comme un tout-petit, uniquement des aliments liquides ou en purée : de la compote de pomme, des bouillons légers ou de la *jelly*. Même la boisson protéinée qui lui a été prescrite a du mal à passer. De curieux relents métalliques – comme une odeur de *cents* oubliés au fond d'une boîte à café rouillée – lui remontent souvent dans la bouche et tout a un goût de métal.

Par ailleurs, elle est toujours aussi épuisée et dès qu'elle est un tant soit peu à son aise, elle est capable de s'endormir en moins d'une minute – que ce soit sur une chaise, sur un banc de parc ou dans un train bringuebalant. Elle s'est même assoupie sur les toilettes à plusieurs reprises. Elle ne s'accorde plus le plaisir de prendre un bain et s'en tient aux douches par peur de se noyer.

Après avoir passé la nuit à Little Rock, elle avait encore fait trois heures et demie de route dans une Ford Escort de location pour rejoindre Eureka Springs. Elle avait dû s'arrêter trois fois : d'abord pour reprendre de l'essence, ensuite pour faire une sieste sur une aire de repos, et enfin pour réfléchir dans le parking, au sommet de la Magnetic Mountain où, comme elle l'avait promis à sa mère, elle est allée voir une gigantesque statue de Jésus, appelée le Christ des Ozarks. Myra avait garé la voiture puis traversé la pelouse immaculée qui mène à la statue. Elle avait mis du temps, car ses jambes sont de plus en plus faibles, depuis quelque temps. Elle a une canne en aluminium et bien qu'elle l'ait emportée – à la demande du docteur Anthony – elle refuse de s'en servir. Elle est restée sur le lit de sa chambre de motel, tel un funeste et inévitable support qui attend qu'elle soit estropiée une bonne fois pour toutes.

Cinq ou six autres personnes tournaient autour du Christ en prenant des photos. La statue fait vingt mètres de haut et semble être en pâte d'amandes blanche. Les bras du Christ sont écartés avec bienveillance, suggérant la crucifixion. Ava Larkin serait choquée par l'absence de croix et y verrait sans doute un exemple sacrilège de l'art populaire païen ou, pire encore, une œuvre « luthérienne ». La statue est très éloignée du tableau du Christ qui trône depuis toujours dans la salle à manger des Larkin. Jésus y est représenté de façon réaliste sous les traits d'un homme pensif à l'air tourmenté, avec un corps émacié, des yeux noisette bienveillants emplis de souffrance et une couronne d'épines ensanglantées. Alors que ce Christ paraît tout droit sorti d'une de ces émissions de Noël animées en pâte à modeler. Sa mère le trouverait peut-être drôle, finalement. Au moins, Myra pourra lui dire qu'elle a tenu promesse et est allée le voir.

De retour dans la voiture, elle a mis du rouge à lèvres et du fard à joues, puis retiré son foulard pour appliquer de l'huile essentielle d'arbre à thé sur son cuir chevelu. Après une troisième chimiothérapie en trois ans, son crâne la démange. C'est la troisième fois qu'elle perd tous ses cheveux et une ombre de duvet commence à peine à repousser. Elle s'est plus ou moins habituée à être chauve, mais elle n'avait pas eu le cuir chevelu aussi irrité les deux premières fois. Manifestement, ces mystérieux poisons ont agi sur sa peau. Son amie Marna lui a suggéré l'huile d'arbre à thé – elle s'en sert pour lutter contre l'eczéma qui lui couvre l'arrière des bras – et c'est visiblement efficace. Son foulard est blanc et orné d'oiseaux colorés : des bouvreuils pivoines, des rouges-gorges et deux cardinaux rouges. C'est Ronan qui le lui a offert après sa première chimiothérapie. Quand elle se gare sur le parking du Myrtle Mae's Cafe, dans Van Buren Street, elle porte par-dessus, comme souvent, une casquette de baseball bleue des Chicago Cubs.

À quatorze heures trente, il fait déjà plus de vingt-sept degrés – exceptionnellement chaud pour la mi-juin dans la région – et, après avoir baissé sa vitre, elle prend le temps de rassembler ses affaires et d'ajuster son foulard dans le rétroviseur. Il y a vingt minutes, elle a discuté avec un homme pourvu d'une abondante barbe platine tachée de nicotine qui tenait la réception d'un motel résidentiel où un prêtre l'avait envoyée. Au début, le père Joseph, qui se trouvait être la seule personne présente à St Elizabeth of Hungary Catholic Church, ne s'est pas montré très loquace sur Alec, se contentant de lui dire qu'il était employé là comme jardinier. Quand Myra est entrée dans la petite église, le prêtre était occupé à mettre les recueils de cantiques sur les bancs en fredonnant. En insistant un peu, elle a appris qu'Alec, qui se fait désormais appeler Jerry, ne travaillait pas le samedi et profitait sans doute de son jour de repos. Changeant de tactique, elle a alors expliqué au père Joseph que St John the Baptist, l'église que fréquentait sa famille, à Elmira, jouait un rôle essentiel dans la vie de la communauté et particulièrement pour les siens. Elle lui a montré sa pièce d'identité et il a accepté non sans réticence de lui donner l'adresse d'Alec, au Statue Road Inn, où l'homme à la longue barbe platine lui a dit qu'il devait se trouver au Myrtle's Mae, le café où il déjeune d'habitude.

Myra a décidé de faire le voyage jusqu'à Eureka Springs après que sa mère a de nouveau reçu une des inquiétantes cartes postales d'Alec, dont elle n'a appris l'existence qu'à Noël, quand elle est venue passer les fêtes à Elmira avec Ronan. Alors que Joan était allée se coucher et que Ronan était au téléphone avec Henny, à l'étage, Ava a ouvert le tiroir fourre-tout et en a sorti les cartes. Sur celle que Myra a dans son sac figure une photo couleur de l'église où elle vient de se rendre : St Elizabeth of Hungary à Eureka Springs. Le petit clocher de l'église est barré d'une inscription griffonnée au stylo-bille bleu de la curieuse écriture indistincte d'Alec : C'EST LÀ QUE JE TRAVAILLE. Ava lui a montré toutes les cartes – il y en a vingt et une en tout – et c'est la première fois qu'Alec écrit autre chose que le nom d'un garçon, un nombre correspondant sans doute à son âge, suivi de la formule énigmatique, BONJOUR ET AU REVOIR. Sa mère lui a dit qu'elle en avait reçu une douzaine en l'espace d'un an, dans les années quatre-vingt, et que depuis, elles s'étaient espacées.

À soixante-dix-sept ans, avec ses genoux mal en point et Joan dont elle devait constamment s'occuper, il lui était presque impossible de faire le voyage, lui a-t-elle expliqué. Bien qu'elle ne se soit pas encore remise de sa dernière chimio, Myra lui a alors proposé d'y aller. Ça romprait la monotonie de ses journées où elle passait son temps à faire la sieste et essayer de surmonter ses nausées. Et ça la forcerait à sortir et voir du monde, ce qui est une bonne chose quand on est en convalescence. Après tout, elle est la seule personne avec laquelle Alec soit resté en contact au fil du temps, bien qu'il ne l'ait pas appelée depuis une dizaine d'années. En fait, la dernière fois qu'elle a eu des nouvelles de son frère, c'était en 1988. Elle habitait encore à Joliet et recevait des amis chez elle pour Thanksgiving : Marna et son mari Dale, qui avait retrouvé la trace de Dennis bien des années auparavant, et deux gardiens de la prison. Ronan, qui était alors à l'université, était revenu pour l'occasion. Elle était aux anges. Puis au moment de servir la tarte au potiron, le téléphone avait sonné. C'était Alec qui lui expliquait qu'il avait besoin d'argent. Il avait bu et sa voix était pâteuse. Il avait juste besoin de cinq cents dollars pour payer son loyer, disait-il. Il appelait de Phoenix, où il prétendait avoir trouvé un boulot dans une entreprise qui installait des fosses septiques. Il la rembourserait, promis juré – bien qu'il ne l'ait jamais fait, pas une seule fois. Des appels de ce genre, Myra en avait reçu des dizaines et chaque fois elle avait fini par envoyer quelque chose à Alec, ne serait-ce qu'un tiers de la somme qu'il demandait. Mais ce jour-là, elle avait refusé pour la première fois de lui donner de l'argent, et depuis, elle n'avait plus jamais eu de nouvelles de lui.

Malgré le gouffre de près de dix ans qui les sépare, Myra estime qu'elle est le dernier lien d'Alec avec sa famille. Et malgré sa fatigue, elle a réussi à se convaincre que le voyage en valait la peine. De toute façon, elle devait retourner à Joliet pour faire expédier dans le Vermont des cartons entreposés dans un garde-meubles. Lexy a eu la gentillesse de faire quinze heures de route pour l'emmener depuis le Vermont et l'aider à s'occuper des cartons. Puis elle l'a déposée à LaSalle Street Station, à Chicago, pour qu'elle puisse prendre son train, avant de retourner dans le Connecticut.

Pendant sa maladie, Lexy a été la seule de ses frère et sœurs à la soutenir. Fiona a disparu de sa vie, tout comme Alec. Quand Fiona a quitté la secte de femmes du Massachusetts, dans les années soixante-dix, elles sont restées plus ou moins en contact quelque temps, mais cela se bornait à des coups de fil de cinq minutes de temps à autre, pas même au moment des fêtes, et lorsque Myra lui posait des questions sur elle – avait-elle un travail, est-ce qu'elle se portait bien, avait-elle quelqu'un dans sa vie –, Fiona restait vague et silencieuse puis mettait rapidement un terme à la conversation. Tout ce qu'elle sait, c'est qu'elle vit toujours à New York et persiste à vouloir être actrice ; c'est triste qu'une femme de son âge essaie encore de percer dans ce métier. Lexy a aussi raconté à Myra que Fiona lui a proposé de déjeuner avec elle l'an dernier. Fiona a pris le train jusqu'à Rowayton, dans le Connecticut, où Lexy avait accepté de la retrouver dans son café préféré. En fait Fiona, qui s'était cassé le poignet, lui a demandé cinq mille dollars pour couvrir les frais médicaux ainsi que son loyer. Comme elle ne travaillait pas, lui a-t-elle expliqué, elle n'avait plus d'assurance maladie. Elle est même allée jusqu'à s'arracher quelques larmes en engloutissant son sandwich au thon. C'était une erreur, Lexy le savait, mais elle a accepté de l'aider et lui a aussitôt fait un chèque, là sur la table. Naturellement, Fiona lui a juré qu'elle la rembourserait, en essuyant ses larmes. Lexy a confié à Myra qu'elle avait le vague sentiment que Fiona portait un faux plâtre et qu'on aurait dit un accessoire de scène. Reste à Myra l'espoir que ce voyage lui permettra de renouer avec son seul frère encore en vie.

La voici donc à plus de neuf cents kilomètres de Chicago et deux mille deux cents kilomètres de chez elle, dans le Vermont.

En approchant du café, elle voit un journal laissé sur un banc. Le gros titre dit « Dans le procès de l'attentat d'Oklahoma City, le jury se prononce pour la peine de mort à l'encontre de McVeigh ». En entendant la nouvelle à la radio sur la route de Magnetic Mountain, elle a été soulagée à l'idée que certaines des familles de victimes puissent enfin être apaisées après cette tragédie. Au moment où elle s'apprête à prendre le journal, elle aperçoit un homme attablé de l'autre côté de la fenêtre. Il a le visage durci par une amertume que Myra a souvent rencontrée chez d'anciens alcooliques tourmentés qu'elle a connus en prison. C'est Alec. Ses yeux bruns sont cernés par la fatigue, peut-être l'insomnie. Elle est sûre que c'est lui. Elle est choquée de trouver son frère aussi vieilli. Il a eu cinquante-six ans en mars. La dernière fois qu'elle l'a vu – il y a presque quarante ans, alors qu'elle était venue passer quelques jours en famille quand elle était encore à l'école d'infirmières –, ses cheveux étaient aussi noirs que le cirage de leur père. À présent, ils sont clairsemés, gris fer, et son visage s'est empâté. Il est toujours bel homme, cependant, bien qu'il ait visiblement brûlé la chandelle par les deux bouts. Sa chemise hawaïenne rouge à manches courtes est ornée de palmiers blancs. Il est seul et mange méthodiquement en buvant du café dans un mug.

En entrant dans le café, Myra est accueillie par une jeune femme avec l'accent du Sud. Myra lui montre la table d'Alec et la serveuse la suit avec un menu. Quand elle se glisse en face de lui, il est en train d'engouffrer dans sa bouche deux morceaux de bacon, si ce n'est plus. Dans son assiette, il y a des œufs brouillés, des galettes de pomme de terre et un toast beurré. Il lève la tête. Myra voit aussitôt qu'il ne sait absolument pas qui elle est. Cela n'a rien d'étonnant. Elle est chauve. Elle a subi trois chimios. Il est probable qu'elle n'a plus rien de la fille qu'il a connue il y a une quarantaine d'années.

« Salut Alec », dit-elle.

Il s'arrête de mâcher et la regarde.

« C'est moi. Myra. »

Il a des dents de chiqueur de tabac. Ses coudes sont gonflés, probablement par la bursite.

« Myra ? dit-il.

– Ta sœur, ajoute-t-elle. Myra Lee.

– Waouh. Sérieux ? »

Il avale son bacon et prend une gorgée de café. Puis il pose ses grandes mains à plat sur la table. Elles sont déformées et noueuses comme celles de leur père. Ses phalanges sont hérissées de poils sombres.

« Tu as l'air surpris, dit-elle. Je comprends. »

Déjà, une pointe de tristesse se forme dans sa poitrine, semblable à un noyau de cerise. Myra déglutit pour la faire passer, mais elle a la bouche sèche. Elle lui demande si elle peut boire un peu d'eau, et il hoche brièvement la tête, méfiant, comme si elle était une professionnelle de santé qui lui faisait subir un examen. Elle prend son verre et avale une gorgée. Elle peut boire des litres d'eau, elle est toujours assoiffée à cause de la chimio.

« Qu'est-ce que tu fais là ? demande Alec d'une voix rauque, cassée par endroits, comme s'il avait survécu à des infarctus et des incendies.

– J'avais juste envie de te voir, répond-elle.

– Ah bon. Pourquoi ça ?

– Et d'une, j'ai été malade, dit-elle.

– OK.

– J'ai un cancer. » Elle lui explique qu'il a été diagnostiqué il y a trois ans et qu'elle a été en rémission à deux reprises mais que chaque fois, il a récidivé. Puis elle retire sa casquette des Cubs et son foulard. « J'ai un crâne d'œuf, ajoute-t-elle. À cause de la chimio. »

Alec a une expression de vague dégoût, comme s'il était tombé sur une chèvre qui faisait ses crottes sur le trottoir.

« Et puis demain, c'est mon anniversaire.

– Si je comprends bien, en guise de cadeau d'anniversaire, tu voulais retrouver ton frère perdu de vue, dit-il. C'est original. Tu veux que je jaillisse d'un gâteau ou quoi ? »

Myra est blessée par ce commentaire, son manque évident de considération pour elle, et remet son foulard en laissant sa casquette des Cubs sur la banquette à côté d'elle.

Alec boit une gorgée de café.

« Il y en a des oiseaux sur ton foulard, dis-moi.

– C'est mon fils qui me l'a offert après ma première chimio.

– Ronny.

– Ronan, rectifie-t-elle.

– Ah oui, Ronan. Quel âge il a ? demande Alec.

– Vingt-huit ans », répond Myra.

Soudain, une serveuse entre deux âges apparaît et demande à Myra si elle veut commander.

Myra s'éclaircit la voix avant de répondre et lui demande s'il y a du fromage blanc.

« Avec ou sans ananas ? dit la serveuse.

– Sans, s'il vous plaît. Et un ginger ale.

– Un Sprite, ça vous va ?

– C'est très bien », répond Myra.

Une fois que la serveuse s'est éloignée, Alec demande à Myra comment elle a fait pour le retrouver, d'un ton qui semble davantage s'adresser à un détective privé ou un garant de caution judiciaire.

Elle lui explique qu'elle s'est arrêtée à la petite église en pierre avec le clocher et que le père Joseph lui a indiqué le motel de Passion Play Road, où l'homme à la barbe platine lui a dit qu'il venait souvent déjeuner là.

« Mais comment tu as su que je bossais à St Elizabeth ? »

Myra ouvre son sac et en sort la carte postale. Elle lui montre l'inscription : C'EST LÀ QUE JE TRAVAILLE. Puis elle prend les autres cartes postales et les pose sur la table.

« Elles étaient adressées à maman, dit Alec. Pas à toi.

– Maman voulait venir, répond Myra, mais elle a du mal à se déplacer, en ce moment.

– Qu'est-ce qu'elle a ?

– Ce sont ses genoux. Ils sont dans un sale état. Et elle refuse l'opération qui permettrait de réparer le cartilage. Elle ne peut quasiment plus travailler au jardin. Elle marche avec une canne. »

Myra juge inutile de parler de leur père ou de l'absence notable d'Alec à son enterrement.

Alec reste un moment à contempler le contenu de son assiette, puis il pose sa fourchette et son couteau en croix par-dessus, comme si l'image de leur mère marchant avec une canne l'avait empoisonné.

« Et à l'église, comment elle fait ? dit-il. Elle reste debout ?

– La plupart du temps, elle chante dans la chorale, répond Myra. Alors, elle reste debout. C'est plus facile. »

Elle scrute son visage, en quête d'un indice quelconque qui lui révèle ce qu'il est devenu : une cicatrice, une marque, un tremblement. Mais c'est le même visage qu'autrefois. Plus vieux, simplement, plus enrobé et creusé de rides ici et là.

Alec évite son regard.

« Et me voilà, conclut Myra.

– On se croirait dans *Magnum*. C'était un vrai coup de poker.

– Je me suis dit que ça valait la peine. Je n'ai plus qu'un seul frère. »

Il récupère quelque chose dans son mug et le jette par terre.

« Pourquoi Jerry ? demande-t-elle.

– Pourquoi pas », réplique-t-il, puis il boit une gorgée et tourne lentement le mug entre ses mains et regarde dedans, comme s'il espérait y trouver la solution pour se sortir de cette situation embarrassante.

Myra préfère ne pas insister.

« C'est quoi, comme cancer ? demande-t-il en finissant par reposer le mug.

– L'estomac, répond-elle. Et il a atteint le côlon, aussi.

– Tu souffres beaucoup ?

– Ça dépend des moments.

– On te donne quelque chose ?

– Oui, mais je n'aime pas trop en prendre. Les médicaments sont toxiques pour le foie et donnent à mon corps une raison de plus d'être fâché contre moi.

– Je suis preneur, au fait, dit Alec. Enfin, si tu balances tes comprimés à la flotte, je veux dire. »

Essaie-t-il de faire de l'ironie ? de l'humour ? Myra s'efforce de sourire, mais elle a l'impression que son visage est engourdi, caoutchouteux.

« Il te reste combien de temps ? lui dit-il sans plus d'émotion que s'il lui demandait si un mini-four était encore sous garantie.

– On ne sait pas, répond-elle. Si la dernière chimio fait effet, je m'en sortirai peut-être.

– Et autrement ?

– Il y a peu de chances que je connaisse mes petits-enfants.

– Ronny est marié ?

– Ronan. Non, mais il est en couple depuis un moment déjà. »

Alec se tait. Ses pupilles sombres sont vides. Il n'a visiblement que faire de son neveu et encore moins de son prénom.

Myra montre son assiette.

« Désolée si je t'ai fait perdre l'appétit. »

Alec qui avait autrefois un beau teint mat est à présent blême, exsangue. Une barbe de trois jours poivre et sel lui givre les joues, le menton et le cou et des touffes de poils blancs lui sortent des oreilles. Ses cheveux sont longs et sales, anémiques. On dirait un divorcé qui joue des reprises dans un groupe de seconde zone.

« Pourquoi tu es venue, Myra ? dit-il au bout d'un moment. Ça fait une éternité. Pourquoi vouloir à tout prix me retrouver maintenant ?

– Tu es mon frère, répond-elle, ne sachant pas quoi dire d'autre. Je m'inquiète pour toi. On s'inquiète tous pour toi. » Elle s'aperçoit qu'elle joue avec l'élastique qui tient les cartes postales. Elle s'arrête et pose les mains sur ses genoux. « Je peux te poser des questions ?

– Tant que ce n'est pas des maths », répond-il.

C'était une de ses expressions préférées, autrefois. Myra sourit, puis se couvre la bouche avec embarras, comme elle en a l'habitude depuis que la chimio lui a jauni les dents.

« Tu as quelqu'un dans ta vie ? dit-elle en retirant sa main de sa bouche. Tu as des enfants ?

– Non, ni l'un ni l'autre. Même pas un chien. Même pas un poisson rouge. »

Myra est attristée de voir qu'il se soucie aussi peu de sa propre solitude. Elle ne connaît que trop la sienne.

« Le père Joseph m'a dit que tu étais employé comme jardinier à l'église, dit-elle.

– Je tonds les pelouses. Taille des buissons en tous genres. Détruis les nids de guêpes à l'occasion. Parfois, je dois aussi m'occuper des cerfs qui viennent grignoter les roses.

– Comment fais-tu pour les éloigner ?

– J'ai un fusil à plombs. Je leur tire dans le croupion. Ils comprennent vite. Contrairement aux humains. »

Myra lui explique le mélange que concocte leur mère.

« Elle met du poivre de Cayenne, de l'huile d'olive et tout un tas de trucs. Elle arrose le jardin avec ça.

– Ça fait beaucoup de choses à acheter.

– C'est plus humain. Et ça les éloigne vraiment.

– J'ai du bacon, dit-il. Tu en veux ?

– Non, merci. »

Il lui dit qu'elle est aussi maigre que si elle sortait d'un camp de concentration.

« Je n'ai pas retrouvé mon appétit, explique-t-elle.

– La chimio, c'est du poison, non ?

– Techniquement, oui, dit-elle. Mais c'est conçu pour attaquer les cellules malignes et aider le corps à guérir.

– Moi, je ne ferais jamais de chimio.

– Qu'est-ce que tu ferais, alors ? lui demande-t-elle.

– Je laisserais faire les asticots, dit-il. De toute façon, le monde est fait pour te détruire. Il y en a qui partent plus vite que d'autres. Tout ça n'est qu'un jeu, ce n'est pas si compliqué que ça. Je préférerais encore me battre avec un alligator. »

Myra perçoit dans sa voix un léger accent nasillard. Est-ce une posture de sa part ? Ou la tendance que l'on a tous à s'imprégner de la musique de l'environnement ? Elle lui demande quelles sont ses distractions.

« Mes *distractions* ? répète-t-il, la voix montant soudain d'une octave, comme si elle avait prononcé un mot étranger.

– Tes passe-temps, dit-elle. Tes loisirs.

– Il y a un beau lac, par ici, des berges incroyables, avec des grottes, tout ça. À côté, la Chemung n'est qu'une pissotière paumée au milieu de nulle part. Il y a des tonnes de black-bass, de brèmes, de crapets, tous les poissons-chats possibles et imaginables. » Il regarde son poignet comme s'il avait une montre. « J'ai arrêté de fumer il n'y a pas longtemps, ajoute-t-il. J'aimais bien.

– Je suis contente que tu aies arrêté.

– Ça me manque, dit-il. Ça m'occupait.

– Tu vas à l'église ?

– Je passe la moitié du temps là-bas à tondre leur putain de pelouse, mais je ne sais pas si ça compte. »

Le juron fuse comme un couteau planté dans un mur. Mais cela n'a rien d'étonnant. La politesse n'a jamais été son fort.

« C'est un gagne-pain, lui dit-elle.

– On peut dire ça.

– Qu'est-ce que tu as fait d'autre, comme boulot ?

– Rien d'extraordinaire. Les mêmes que du temps où on était encore en contact. J'ai monté des cloisons, chargé du gravier dans des camions, repeint je ne sais pas combien de maisons. Au noir, les trois quarts du temps. Et puis j'ai fait d'autres choses, aussi. Des choses dont je ne suis pas nécessairement fier. Je joue, je me débrouille plutôt bien. »

Myra n'a même pas envie d'en savoir plus. Il a une tête de délinquant, comme la plupart des hommes qui finissaient au centre pénitentiaire de Stateville du temps où elle y était. Des escrocs, des pyromanes, des violeurs. Des assassins sans pitié. Ils avaient tous quelque chose qui manquait dans les yeux, comme un vide au centre de la pupille, une absence inhumaine. Les coyotes ont ce regard-là. Les requins et les hyènes aussi. Les serpents venimeux.

« Ça fait combien de temps que tu es dans l'Arkansas ?

– Longtemps. Enfin, pas si longtemps que ça. Pourquoi tu me demandes ça ?

– Juste par curiosité.

– J'ai une sorte de refuge dans le Mississippi. Au bord de l'eau. Je l'appelle "La maison des rêves les plus fous". C'est mon petit paradis.

– Tu y vas quand il fait froid ? demande-t-elle.

– C'est à peu près ça. »

La serveuse revient avec ce qu'a commandé Myra. Le tas de fromage blanc a été posé sur un quartier de laitue iceberg. Myra n'a pas faim, mais il lui faut des protéines et des matières grasses.

« Ça t'arrive de penser à nous ? » demande-t-elle en prenant une bouchée de fromage blanc. Elle a aussitôt la nausée, mais se force à avaler.

« Nous ?

– Ta famille. Tes sœurs.

– Les Larkin ? » À l'entendre, on croirait qu'il parle d'un groupe de country comique. « Pas vraiment. De temps en temps, je me pose des questions sur toi.

– Du genre ?

– Oh, les trucs habituels. Est-ce que Myra est grosse ? Est-ce que Myra est maigre ? Est-ce que Myra a rejoint une troupe de saltimbanques ?

– Où est-ce que vit Myra ? lui suggère-t-elle – question plus importante.

– Tu n'es pas à Shit-cago ?

– Non. En parlant de Chicago, d'ailleurs, je me suis toujours demandé pourquoi tu n'es pas venu, il y a des années. Tu as dit que tu quittais le Nebraska pour t'installer chez nous et puis plus rien. Tu n'es pas venu – tu n'as même pas téléphoné. Qu'est-ce qui s'est passé ?

– Rien, la vie, c'est tout, répond-il. Des arbres tombent dans les forêts. Des ponts s'écroulent. Des gouffres s'ouvrent soudain.

– Quoi qu'il en soit, l'arrête Myra qui n'a aucune envie d'entendre ses explications oiseuses, je viens de m'installer dans le Vermont. J'ai trouvé une petite maison sur la Mad River. Lexy et son mari, Barry, m'ont aidée.

– Pourquoi le Vermont ?

– J'aime les collines ondoyantes. Et puis les oiseaux. J'ai un petit jardin. Je vois les montagnes Vertes de ma véranda. Je me suis dit que si c'était bientôt la fin, ce serait agréable d'être dans la nature.

– La fin de ta vie, tu veux dire », dit-il.

Myra se surprend à hocher lentement la tête. Son frère ne l'a presque pas regardée.

« Je suis désolé que tu sois malade, dit-il.

– Merci », répond-elle, sachant l'effort que représentent pour lui ces quelques mots. Il a toujours été gêné de se montrer compatissant. « Et côté santé, tout va bien ? lui demande-t-elle.

– Va savoir. Tout le monde s'en fout.

– Moi pas. De quand date ton dernier check-up ?

– De la tourmente des années soixante, répond-il d'un ton sarcastique. Pourquoi, tu es venue jusqu'ici pour me faire passer un examen médical ? »

Myra s'abstient de relever.

« Je bois probablement trop, dit-il. Je me suis bousillé les poumons. Et je suis sûr que je me suis cassé des os sans le savoir. Je suis comme ces vieilles bagnoles qui continuent à démarrer comme par miracle.

– Tu dors assez ?

– Qu'est-ce que tu cherches, Myra ? » réplique-t-il sèchement en jetant sa serviette sur son assiette.

Elle prend son courage à deux mains.

« Je veux savoir ce que c'est que cette histoire de cartes postales, dit-elle.

– C'est juste des cartes postales. Tu n'as jamais envoyé de cartes postales ? Ça ne t'arrive jamais ?

– Avec des prénoms de garçons dessus ? Leur âge ? "Bonjour et au revoir" ? Qu'est-ce que ça veut dire ?

– C'est une énigme enveloppée dans un piège. Ou peut-être une mauvaise plaisanterie cachée comme un diable dans sa boîte.

– Quel genre de mauvaise plaisanterie ? »

Alec finit son eau puis agite son verre en faisant s'entrechoquer les glaçons.

« Est-ce que ces garçons existent ? Est-ce que tu les as inventés ?

– À ton avis ?

– Honnêtement, je n'en ai pas la moindre idée.

– Sers-toi de ton imagination, réplique-t-il. À moins que la chimio ait détruit cette partie-là de ton cerveau ? »

La cruauté lui est si naturelle. Depuis toujours. Il n'a jamais reculé devant aucune bassesse. Il terrorisait Joan sans le moindre remords. Il se délectait de voir ses sœurs humiliées. Myra remarque qu'il lui manque une molaire du haut, à droite, et se demande à quand remonte sa dernière visite chez le dentiste. Cinq ans ? Dix ans ? Vingt ans ?

« Alec, si tu fais quelque chose à ces garçons… »

Elle prend une cuillère de fromage blanc, mais la laisse en suspens.

« Du genre ?

– Si tu leur fais du mal d'une façon ou d'une autre. »

Le coin de l'œil gauche d'Alec tressaille légèrement. Il lève son verre, prend un glaçon dans sa bouche et le tient entre ses dents comme s'il allait le croquer, puis le lui crache à la figure. Il atterrit pile entre ses yeux, puis ricoche sur le distributeur de serviettes chromé et glisse sur la table.

« Tu ne penses pas que tu devrais te faire aider ? » lui demande-t-elle, si interloquée qu'elle ne trouve rien d'autre à dire.

Il la regarde enfin dans les yeux et lui lance :

« Tu crois que sous prétexte que tu me faisais l'aumône, ça te donne le droit de débarquer ici pour me me sermonner ? On dirait notre emmerdeuse de mère, toujours là à nous faire la morale. »

Myra prend sa serviette et s'essuie entre les yeux, à l'endroit où le glaçon l'a touchée.

Sur ce, un garçon entre dans le café. C'est un adolescent de treize ou quatorze ans, en pleine puberté, avec le teint mat et des cheveux noirs mi-longs. Il a l'air d'être latino ou amérindien. Il porte un tee-shirt Woody Woodpecker, un short de bain trop grand pour lui et il est pieds nus dans des baskets bon marché. Il se dirige tout droit vers leur table.

« Salut, dit-il à Alec.

– Salut, répond Alec. C'est ma sœur, Myra.

– Salut, dit le garçon.

– Je te présente Lake, dit Alec à Myra.

– Enchanté, Lake. »

L'adolescent est crasseux, comme s'il avait traversé en courant un champ de maïs coupé. Il sent le linge aigre et le cheveu gras. Ses jambes brunes et lisses sont criblées de piqûres de moustique. Sur son bras gauche, au niveau du biceps, une plaie couverte d'une croûte cerclée de rouge est enflammée, probablement infectée.

« Assieds-toi », lui dit Alec.

Lake s'affale à côté de lui. Ses bras maigres sont glabres. Il a de grands yeux bruns vigilants. Il est à cet âge où tout est encore élastique. Son corps est tout en exubérance et en jeunes muscles. Il est capable de prendre huit centimètres en un mois. Mais il évite Myra du regard. Elle sait que son crâne chauve peut faire peur aux gens, surtout aux enfants. Ils savent qu'elle essaie de dissimuler sa maladie sous son foulard.

« Tu as faim ? demande Alec au garçon.

– J'ai mangé, répond Lake.

– Quoi ? Encore une barre chocolatée ?

– J'ai pris un sandwich beurre de cacahuète et confiture.

– Et quoi d'autre ?

– Des Pringles.

– Il faut manger mieux que ça. Ou tu vas finir comme moi. Mange au moins un ou deux légumes.

– Je mangerai tout à l'heure », dit Lake, puis il pose la tête sur l'épaule d'Alec.

Au début, Myra est touchée par leur familiarité, ce geste d'un fils envers son père. Alec se contente de la fixer sans ciller des yeux. Puis Myra se sent soudain glacée.

La chimio l'a creusée de l'intérieur, lui a aminci la peau. Elle a parfois l'impression qu'une fourchette froide tourne lentement dans ses entrailles.

Lake détourne le regard. Depuis qu'il est contre Alec, il semble absent, comme plongé dans la rêverie.

« Dis-moi, Lake, comment vous vous êtes connus, avec Jerry ? »

Lake écarquille les yeux.

« On s'est rencontrés près du terrain de baseball de la Little League, répond Alec à sa place. On est tous les deux fans de baseball, hein, Lake ?

– Jerry tient ça de notre père, dit Myra.

– C'est pas vrai, proteste Alec.

– Notre père était un grand fan des Yankees, explique Myra à l'adolescent.

– Quand c'est des adultes qui jouent, ça ne m'intéresse pas, rétorque Alec.

– Je préfère les Cubs, poursuit Myra en montrant sa casquette de baseball à Lake.

– Moi je suis fan des Cardinals, répond Lake. Ils ont Royce Clayton.

– Dans ce cas, on est des adversaires acharnés, toi et moi, lui dit-elle gentiment.

– Les Cubs sont carrément nazes, comme équipe. C'est les plus nuls », réplique Lake.

Il a toujours la tête sur l'épaule d'Alec.

« Tu joues dans une équipe ? demande Myra.

– Il devrait, dit Alec. Il est meilleur que la plupart des jeunes d'Eureka Springs. Il peut frapper, il attrape toutes les balles et il court aussi vite qu'un jaguar.

– Pourquoi tu ne joues pas ? demande Myra.

– Ça coûte un max de blé, répond Lake. T'as deux cents balles ?

– Non, désolée », répond Myra.

Il se gratte le torse, faisant grimacer Woody Woodpecker qui prend soudain l'air narquois.

« C'est qui, le plus vieux ? demande-t-il.

– C'est moi, dit Myra. J'ai quelques années de plus.

– Pourquoi t'as ce machin sur la tête ?

– Parce que je n'ai pas de cheveux et je trouve que les oiseaux de ce foulard sont plus jolis à regarder que mon crâne bizarroïde.

– Elle est malade, dit Alec à Lake.

– T'as le sida ou quoi ? demande le garçon.

– J'ai un cancer. Mais avec un peu de chance, je suis en voie de guérison.

– Quand tu souffles, ça sent la bagnole », lui lance Lake avec un sourire cruel, visiblement fier de sa petite pique venimeuse, voulant sans doute impressionner son mentor.

Tandis qu'Alec rit, Myra se couvre la bouche avec sa serviette puis boit un peu de Sprite. Comme son frère a la mâchoire ouverte, elle remarque de nouveau la molaire manquante. Peut-être l'a-t-il avalée dans son sommeil ? À moins qu'il ait descendu une demi-bouteille de mauvais whisky avant de l'arracher avec des pinces ?

« Qu'est-ce que tu t'es fait au bras ? demande-t-elle à Lake qui gratte la croûte.

– Il s'est écorché contre le bord de la barque, dit Alec. Quand on pêchait, l'autre jour. Pas vrai, Lake ?

– Ouais, je me suis écorché, répond l'adolescent. Mais t'en fais pas. J'ai des superpouvoirs. »

Il soulève la tête de l'épaule d'Alec et regarde par la fenêtre. Qui est ce garçon ? se demande Myra. Qu'est-ce que c'est que cette histoire ? Au bout d'un moment, Lake repose la tête sur l'épaule et ferme les yeux.

Alec fait un grand sourire à Myra. Des profondeurs de son cerveau ressurgit le souvenir du jour où elle l'avait surpris dans la chambre de Fiona et Lexy à l'âge de douze ans, en train d'asperger de ketchup le fond de toutes les culottes de Fiona. Quand elle lui avait demandé ce qu'il faisait, il lui avait répondu que c'était pour lui apprendre ce qu'étaient les règles. Il avait sur le visage le même sourire carnassier de loup.

« Tu sais ce que tu voulais savoir ? lui demande Alec.

– Je pense, oui.

– Alors, tu ferais mieux d'y aller », dit-il.

Et subitement, il se met à saigner du nez. Du sang épais s'écoule lentement de ses deux narines. Lake lève la tête vers lui puis il prend la serviette posée sur l'assiette d'Alec et l'applique sur son nez. Alec accepte son aide. La serviette se teinte de rose, puis de rouge.

Les joues de Myra s'enflamment. Elle ouvre son sac et en sort un billet de dix dollars, qu'elle pose à côté des cartes postales, puis elle se lève. Elle a mal aux chevilles et met plus de temps à parcourir les quelques mètres qui la séparent de la sortie qu'elle ne l'espérait. Elle ne voulait surtout pas avoir l'air affaiblie devant Alec.

Dehors, la chaleur l'engloutit comme une chape. Elle aurait dû boire plus de Sprite. Le sucre lui aurait donné de l'énergie, au moins. Les jambes tremblotantes, elle réussit à regagner sa Ford Escort. Elle met le contact et la climatisation, et reste là derrière le volant. De là où elle est, elle a vue sur la banquette où Lake est toujours assis à côté d'Alec qui se tient à présent la serviette sur le nez. Son frère lui donne un morceau de bacon, puis un toast. Lake mâche la bouche ouverte. Avec un air de défi. Si Ava Larkin le voyait, elle rirait et le traiterait de garnement.

Après avoir bien mastiqué, Lake avale et ouvre la bouche comme pour montrer à Alec qu'il ne cache rien. Sa langue est étonnamment grande, aussi pâle qu'une huître. Alec pose la serviette trempée de sang, glisse la main dans sa poche arrière, en sort son portefeuille et donne de l'argent à Lake. L'adolescent se lève et range les billets dans la poche de son short de bain. Puis il enlace affectueusement Alec, sort du café en courant, coupe à travers le parking et s'engage dans la rue.

Sans même réfléchir, Myra se lance à sa poursuite. Au feu rouge, au moment où il traverse le carrefour, elle se penche et baisse sa vitre.

« Lake ! lui lance-t-elle. Monte, je t'emmène. »

Il s'arrête au milieu de la rue et se tourne vers elle. Quand le feu passe au vert, elle se range sur le côté et il monte dans la voiture.

« Où est-ce que tu vas ? lui demande-t-elle.

– Au centre commercial, répond-il.

– Je te dépose.

– C'est par là », lui dit-il en indiquant droit devant.

Myra redémarre. Dans la chaleur étouffante de la petite voiture, l'odeur combinée de sa saleté répugnante et de ses vêtements crasseux a des relents aigres.

« Tu habites dans le coin ? lui demande-t-elle.

– J'habite avec ma mère. À la résidence Victoria Woods.

– Tu as des frères et sœurs ?

– Une sœur aînée. Mais elle est au Koweït.

– Elle est dans l'armée ?

– Dans les Marines.

– Comment s'appelle-t-elle ?

– Missy. Mais tout le monde l'appelle la Brindille parce qu'elle est maigre comme un clou. »

Il se cure le nez et essuie la crotte sur son short de bain.

« Continue tout droit », dit-il.

Au feu suivant, elle tourne la tête vers lui. Il regarde par la vitre en tapotant la croûte qu'il a au bras.

« Vous avez l'air très proches, mon frère et toi.

– Jerry est cool.

– Vous passez beaucoup de temps ensemble ?

– Il m'emmène à la pêche, tout ça, répond-il. Des fois, je dors chez lui.

– Au motel ? »

Lake hoche la tête.

« Sa chambre ne doit pas être bien grande, dit-elle.

– Il a le câble et un micro-ondes.

– Il y a combien de lits ?

– Juste un. »

Le feu passe au vert et elle redémarre. Elle ne peut pas s'empêcher d'imaginer ce garçon au lit avec Alec, mais ne peut se résoudre à imaginer le reste.

« Il y a une piscine, aussi, dit Lake. Jerry m'apprend à nager.

– C'est super, dit-elle. Que fait ta mère ?

– Elle travaillait au Pizza Hut, mais elle a été virée. Je ne sais pas ce qu'elle fait, maintenant.

– Et ton père ?

– Il vit au Texas, répond Lake. Le centre commercial est au prochain feu. »

Une fois que Myra s'est garée sur le parking du centre commercial, Lake lui demande de l'argent.

« Pour quoi faire ? lui demande-t-elle.

– Jouer aux jeux vidéo.

– C'est quoi, ton jeu préféré ?

– C'est un vieux jeu qui s'appelle *Scramble*. T'es aux commandes d'un vaisseau spatial et tu bombardes des tas de civilisations. Je l'ai presque terminé. »

Myra sort son portefeuille de son sac et lui donne un billet de dix dollars. Il le prend avec brusquerie, comme si elle lui devait de l'argent depuis longtemps.

« Je peux te poser une dernière question ? lui demande-t-elle.

– Quoi ? soupire-t-il.

– Est-ce que mon frère a un comportement déplacé avec toi ? »

Elle a formulé sa question comme une assistante sociale. C'est trop formaliste, elle le sait. Quand elle travaillait à la prison pour jeunes délinquants, les psychologues parlaient de cette façon-là aux garçons et Myra avait toujours eu l'impression que cette posture d'adulte noble ne faisait que les éloigner.

« Je sais pas ce que ça veut dire, répond Lake.

– Quand tu es au lit avec lui, poursuit-elle. Est-ce qu'il te fait faire des choses qui te mettent mal à l'aise ?

– Tout ce qu'il fait, c'est de m'apprendre à mieux dormir.

– Et comment fait-il ?

– Il me parle, c'est tout.

– De quoi ?

– Il me raconte qu'un jour, on habitera peut-être dans une maison. Qu'il épousera peut-être ma mère.

– Il sort avec ta mère ?

– Non, mais je lui ai montré des photos d'elle.

– Tu crois qu'ils se plairaient, tous les deux ?

– Elle est assez grosse, mais elle chante comme Whitney. Jerry dit qu'il aime bien les grosses, du coup… »

Myra déglutit. Elle a la bouche très sèche.

« Qu'est-ce qu'il se passe d'autre quand il t'apprend à mieux dormir ?

– Des fois, on boit un sirop violet pour la toux.

– Parce que tu tousses ? » demande-t-elle.

Mais Lake ne lui répond pas car il descend déjà de voiture et ferme la portière derrière lui. C'est un de ces gamins qui apparaissent et disparaissent comme les chats sur les toits, dans les branches d'un érable, sur les rebords de fenêtre. Une des surprises du tour de passe-passe de la vie. En claquant, la portière souffle une bouffée d'air chaud qui s'écrase comme un chiffon tiède sur la figure de Myra.

Alors qu'elle fait le plein dans une station-service Shell à la sortie de la ville, une policière se gare devant la pompe d'à côté. C'est une jeune femme blanche à la carrure impressionnante. Son uniforme bleu est impeccable et sans un pli. Ses cheveux blonds sont attachés en queue-de-cheval et elle porte des lunettes à effet miroir. Sur la plaque attachée au-dessus de sa poche droite est écrit N. HUDOCK.

Myra est trop faible pour appuyer sur la gâchette du pistolet.

« Vous pourriez m'aider, s'il vous plaît ? lui demande-t-elle. Je n'ai pas de force dans les mains, aujourd'hui.

– Bien sûr », lui répond la policière en lui prenant le pistolet.

Myra voit son reflet dans les chromes de la pompe à essence. À côté de cette femme imposante, elle ressemble à une poupée de chiffon.

« Vous êtes en chimiothérapie ? lui demande l'agent Huddock.

– Je viens de terminer, répond Myra. C'est la troisième. Et la dernière, espérons.

– Mon père a connu ça, dit la policière en retirant ses lunettes. Du pancréas. Heureusement, il a été pris à temps. Il y avait des jours où il était si faible qu'il ne tenait même pas assis. Mais maintenant, il est fort comme un bœuf.

– Tant mieux, dit Myra.

– Je m'appelle Noelle.

– Enchantée, Noelle. Moi, c'est Myra. »

Noelle finit de remplir le réservoir de la Ford Escort, puis raccroche le pistolet sur la pompe.

« Je peux faire autre chose pour vous ? » lui demande-t-elle.

Myra essaie péniblement de déglutir.

« En fait, oui », répond-elle, la bouche cotonneuse. Elle explique alors à Noelle qu'un jeune garçon lui a volé de l'argent, il y a vingt minutes à peine. Elle l'avait emmené en voiture jusqu'au centre commercial par gentillesse parce qu'il marchait seul au bord de la route, l'air complètement perdu, puis il lui avait demandé de l'argent. Alors qu'elle cherchait quelques pièces dans son portefeuille, il avait arraché un billet de dix dollars. Bien sûr, ce n'est que dix dollars, mais comme elle est malade, cela fait plusieurs mois qu'elle ne peut plus travailler.

« Le moindre dollar compte, en ce moment, conclut-elle.

– Il vous a dit comment il s'appelait ? demande Noelle.

– Lake.

– Ça doit être Lake Lakota, dit Noelle. On a déjà eu ce genre de problèmes avec lui.

– J'étais garée devant le centre commercial quand il m'a volé l'argent. En chemin, il m'a dit qu'il allait là-bas pour jouer aux jeux vidéo.

– Il doit encore y être. Vous voulez porter plainte ?

– Je ne veux pas gâcher sa vie.

– Croyez-moi, vous lui rendriez service, dit Noelle. On a lui a donné toutes les chances possibles et imaginables. Le mois dernier, il est entré par effraction chez une vieille dame. Elle l'a surpris en train de voler son lecteur de DVD.

– Pourquoi n'a-t-elle pas porté plainte ?

– Aucune idée. Elle a peut-être eu pitié de lui parce qu'il est amérindien. Sa mère est une loque et il n'a pas de père. La vie ne doit pas être facile tous les jours, chez lui. Mais ça lui ferait peut-être du bien de devoir assumer les conséquences de ses actes.

– Si vous l'arrêtez, qu'est-ce qui lui arrivera ?

– Techniquement, il vous a agressée, ce qui est un délit grave, répond Noelle. Je pense que le procureur n'a plus beaucoup d'indulgence pour ce gamin. Il sera sans doute envoyé au centre de détention pour mineurs de Bentonville jusqu'à sa mise en examen.

– C'est bien, comme endroit ?

– D'après mon expérience, c'est le meilleur centre de l'État », lui assure Noelle.

Une fois que Noelle a fait le plein de sa voiture de patrouille, Myra remonte dans la Ford Escort et la suit jusqu'au centre commercial.

Dix minutes plus tard, Noelle sort du centre, accompagnée de deux vigiles vêtus de coupe-vent jaunes qui escortent Lake Lakota jusqu'à la voiture de Myra. Il a les mains attachées derrière le dos.

Myra descend de voiture et Noelle et les deux vigiles lui amènent l'adolescent. Il a la joue éraflée, comme s'il s'était débattu. Myra imagine son visage plaqué sur la moquette de la salle de jeux vidéo, les genoux des vigiles enfoncés entre ses omoplates.

« C'est lui ? » demande Noelle.

Le garçon détourne les yeux.

« Regarde-la », lui ordonne un des vigiles.

Il s'exécute.

« C'est bien lui », dit Myra.

L'adolescent crache violemment par terre.

« Hé ! aboie un des vigiles en tirant d'un coup sec sur ses poignets pour le forcer à se tenir droit.

– Sale menteuse », lance le garçon à Myra.

Les deux vigiles le secouent de nouveau pour l'obliger à se redresser puis Noelle commence à lui lire ses droits en faisant signe aux deux autres de le conduire à la voiture de patrouille. Après l'avoir enfermé à l'arrière du véhicule sécurisé par une grille et avoir verrouillé les portières, elle revient voir Myra.

« Vous avez bien fait, lui dit-elle. Ce gamin va peut-être réussir à s'en sortir.

– Je l'espère, répond Myra.

– Bon rétablissement », ajoute Noelle en lui tendant un billet de dix dollars.

L'argent est apparu comme par enchantement. Est-ce le billet qu'elle a donné à Lake ? Non, il a dû le dépenser dans la salle de jeux. Est-il à Noelle ? Myra l'accepte sans rien dire et le froisse dans sa main droite.

Noel retourne à sa voiture, où elle remercie les deux vigiles, puis elle monte au volant. Quelques instants plus tard, un coup de sirène retentit, le gyrophare s'allume et elle sort du parking, avec la silhouette de l'adolescent qui se découpe à l'arrière du véhicule.

Plus tard, alors que Myra suit une route de campagne en lacet à la recherche d'un motel, une biche surgit devant sa voiture. Elle a beau rouler bien en dessous de la vitesse autorisée, elle ne parvient pas à freiner à temps et l'écrase. Elle aurait imaginé qu'avec une voiture aussi compacte, le choc aurait été plus violent, mais elle a l'impression d'avoir simplement heurté une valise vide ou un sac de provisions. Dans son rétroviseur, elle voit l'animal qui gît au milieu de la route, disloqué.

Elle se gare et descend. L'avant de la Ford Escort est tout cabossé et une touffe de poils est restée accrochée au coin de la plaque d'immatriculation de l'Arkansas. Un des phares est cassé. Elle remonte la route sur une cinquantaine de mètres pour aller voir l'animal, qui a la nuque brisée. En fait, il a la gorge presque tranchée et le sang se répand sur la chaussée. Elle s'aperçoit alors que ce n'est qu'un faon dont le pelage est encore tacheté de blanc. Elle cherche la mère. La route est bordée des deux côtés par la forêt, mais elle ne voit aucun signe de la biche. Myra est envahie par une tristesse immense, une absence de joie absolue, comme si on lui avait asséché le cœur. Au moins, le faon n'a pas souffert.

Est-elle punie pour avoir menti à propos de Lake ? se demande-t-elle. Cette entorse méritait-elle un tel châtiment ? Elle voulait simplement protéger le garçon. Mais son Dieu a toujours été un Dieu de vengeance. Il a ôté la raison à son mari, il lui a ôté la santé et une grande part de son bonheur. Il lui a même ôté son petit frère alors qu'il était encore bébé. Il s'est montré impitoyable. Pourquoi en irait-il autrement aujourd'hui ?

Elle attrape le faon par les pattes arrière pour le tirer sur le bas-côté. Elle n'a aucune force dans les jambes, comme si la chimiothérapie avait fait fondre tous ses muscles. Le petit faon est incroyablement lourd pour sa taille, mais elle doit absolument le dégager de la route. C'est à croire qu'il est lesté de plomb. Heureusement, il n'y a aucune voiture. En le tirant, elle laisse une traînée de sang sur la chaussée. Le corps du petit animal dégage une chaleur mystérieuse. Myra aimerait le recouvrir. Dans le Vermont, elle a toujours des plaids dans le coffre de sa voiture, mais il n'y a aucune chance qu'il y en ait dans celui de la Ford Escort de location. Les corbeaux vont sans doute dépecer la pauvre bête.

Après avoir dégagé le faon de la route, elle est forcée de se mettre à genoux et manque de s'écrouler sur l'animal. Elle a toutes les peines du monde à se relever, elle est exténuée. Sa voiture lui semble être à des kilomètres.

Une fois arrivée au motel, elle prendra une douche fraîche et appellera sa mère à Elmira. Elle lui dira qu'Alec travaille comme jardinier dans une jolie église catholique et vit dans un motel résidentiel de bon standing. Elle lui racontera qu'ils ont déjeuné ensemble, que c'était agréable – qu'il a même proposé de régler l'addition, mais qu'ils ont fini par payer chacun sa part.

Elle dira à sa mère qu'il lui manque une dent et qu'il a les cheveux presque gris, mais qu'il est toujours aussi bel homme et qu'il est en bonne santé. Les cartes postales ne sont qu'une mauvaise plaisanterie. Elle ne parlera pas du garçon à Ava. Inutile de briser le cœur d'une mère.

14

LONDRES, ROYAUME-UNI

25 juillet 1998

RONAN

Son agent l'avait prévenu de s'attendre à de la grisaille, mais Ronan ne pensait pas qu'il pleuvrait autant à Londres. C'est le dernier samedi de juillet, et il a l'impression qu'il pleut sans discontinuer depuis un mois. C'est la première fois qu'il part à l'étranger et on est loin de la Pampelune pittoresque d'Hemingway ou de la vision qu'il se faisait d'Autun après avoir lu *Un sport et un passe-temps* de James Salter. Il a déjà acheté et perdu trois parapluies ce mois-ci, et lorsqu'il longe au pas de course les devantures de Goldhawk Road en se rendant au Bush, le théâtre qui présente la première mondiale de sa nouvelle pièce, *Near*, il décide d'investir dans un bon imperméable à capuche. Il ne risquera pas de le perdre – c'est trop volumineux –, alors que s'il devait faire le compte de tous les parapluies qu'il a égarés depuis qu'il s'est installé à New York, il est probable que cela représenterait un mois de loyer.

Il sort d'un magasin d'alcools où il a acheté deux bouteilles de Jack Daniel's pour Anton et Reese, les deux comédiens américains qui jouent dans sa pièce. Le magasin est idéalement situé à deux pas de l'appartement que le théâtre lui loue, au coin de Goldhawk Road et d'Hammersmith Grove. Le studio impeccable est équipé d'un lit escamotable, d'un mini lave-linge séchant dont il n'a pas encore compris le fonctionnement et d'une salle de bains style cockpit si exiguë que les genoux lui arrivent quasiment au menton quand il est assis sur les toilettes.

Au magasin d'alcools, il a demandé du Maker's Mark, mais à la place du traditionnel bourbon du Kentucky que ses personnages boivent dans la pièce, le propriétaire dur d'oreille n'avait à lui proposer que du Jack Daniel's qui est un whisky du Tennessee. Il ne voyait pas la différence. « Tant que ça bourre la gueule, c'est le principal », a-t-il dit à Ronan.

L'avant-première réservée aux journalistes – la « soirée de presse », comme on dit à Londres – est demain, dimanche. Ronan a déjà trouvé un cadeau pour le metteur en scène, Harold Hull, le génial directeur artistique du Bush, un personnage à la Falstaff aimé de tous pour lequel Ronan s'est pris d'affection. Non seulement il a pu admirer l'habileté avec laquelle il a dirigé *Near* tout au long du processus des répétitions, mais il a descendu bon nombre de verres de vin et de pintes de bière avec lui au O'Neill's, le pub qui se trouve en dessous du théâtre, où après chaque répétition Harold tient salon à sa table d'angle préférée devant un parterre de comédiens et de techniciens. La conversation, systématiquement menée par Harold, saute allègrement de la politique américaine au punk rock en passant par les ingrédients d'un bon *trifle* anglais ou la petite célébrité londonienne repérée ce soir-là dans le théâtre de quatre-vingts places.

Harold, cinquante-six ans, ancien bonimenteur de foire (et ancien élève d'Eton), est un véritable colosse. Il fait un mètre quatre-vingt-treize et près de cent quarante kilos et ses mains sont gigantesques, Ronan n'en a jamais vu d'aussi grandes. Après deux petits infarctus, on lui a posé un pacemaker trois semaines avant son cinquantième anniversaire. Outre ses problèmes cardiaques, il souffre de goutte et fait actuellement une crise qui touche son gros orteil, si bien qu'il marche avec une canne, tel un géant boiteux s'appuyant sur une baguette de chef d'orchestre. Il a également du psoriasis sur les mains, les joues, le cou et le front. Malgré tous ces maux, pourtant, on a le sentiment qu'Harold Hull enterrera la moitié de l'Angleterre.

Chaque fois qu'il boit, autant dire tous les soirs, ça finit par dégénérer, généralement après le troisième merlot où il devient incohérent et finit par lancer une remarque inopinée extrêmement blessante à un membre du groupe qui ne mérite pas ça. L'autre soir, il a dit à Anton qu'il a beau être un comédien solide, les trois quarts du temps il n'est qu'un crétin paresseux qui compte sur son vague charme hollywoodien et sa blondeur de Beach Boys et se met en scène plus qu'il ne joue. Deux jours avant, il avait dit à Reese, une fille menue au tempérament de feu avec une cascade de longues boucles auburn et des yeux verts au regard intense, qu'elle se préoccupait trop de sa diction parfaite de cours de théâtre pour se mettre réellement à la place de son personnage et qu'elle ferait peut-être mieux de faire des pubs pour les pulls de fête en cachemire à la télé américaine. (Elle a pleuré.) Le même soir, à Muriel, son assistante à la mise en scène, qui l'aime manifestement comme un père, il a lâché amèrement d'une voix pâteuse qu'elle était trop snob pour faire quoi que ce soit d'intéressant. (Elle a également pleuré.) Puis il a traité son régisseur de longue date, Ian, un chic type complètement chauve d'une petite quarantaine d'années, d'« énorme concombre à oreilles » et ajouté qu'il pouvait tout aussi bien faire partie d'une espèce de gourdes géantes, en lui suggérant de baisser son pantalon pour leur prouver qu'il était pourvu d'une paire de testicules.

Après ces attaques venimeuses sorties de nulle part, Ian fait généralement un signe à Dawn, une jeune stagiaire fraîchement diplômée d'une école d'art dramatique, qui prend l'enveloppe de frais de la compagnie, en sort un billet de dix dollars qu'elle tend à Ian, qui le glisse sous la table à Harold pour son taxi, histoire de lui faire comprendre en douceur qu'il est temps d'y aller. Généralement, la soirée se termine peu après et Harold revient toujours le lendemain, furieux contre lui-même et offrant à toute la troupe ses excuses les plus sincères assorties d'une bouteille de vin français hors de prix pour ceux qu'il se rappelle avoir insultés.

Jusque-là, la seule personne à avoir échappé à ses invectives d'ivrogne est Ronan.

Harold est marié avec Katja, une auteure et ancienne comédienne néerlandaise qui est aussi belle qu'amoureuse de son géant perturbé de mari. Ronan a fait sa connaissance un soir où Anton et lui avaient raccompagné Harold en taxi chez lui, à Notting Hill.

Harold était tellement bourré qu'ils avaient peur qu'il n'arrive pas jusqu'à la porte d'entrée. Katja les a accueillis devant la grille et ils ont soutenu son mari qui titubait dans l'allée dallée, puis l'ont aidé à monter les trois marches et franchir le seuil de leur maison à deux étages de Portland Road. Pendant qu'ils le pilotaient dans l'entrée pour le déposer sur le canapé de son salon, il baragouinait diverses élucubrations, dont son intention de contracter un virus incurable, faire le moonwalk au Parlement et « cracher à la gueule » du Premier ministre Tony Blair. Une fois sur le canapé, il a rapidement sombré en se lançant dans une symphonie comique de ronflements.

Katja, qui avait préparé du thé, a supplié Ronan et Anton de rester, et elle est allée dans la cuisine chercher un plateau de fromages et de saucisson. Au départ, Ronan se demandait si elle avait soif d'attention ou voulait simplement qu'ils jouent le rôle de tampon au cas où Harold se réveillerait de mauvaise humeur, mais ils se sont posés dans des fauteuils et lui ont tenu compagnie, touchés de la voir se montrer aussi généreuse malgré l'heure tardive et impressionnés par la patience dont elle faisait preuve face à son mari abominablement saoul, qui gisait inconscient sur le canapé, son torse énorme se soulevant et s'abaissant comme une île volcanique au bord de l'éruption. Katja riait à chacun de ses grognements et éructations d'ivrogne. Cela semblait être le fondement de leur histoire d'amour : Harold était l'artiste de génie qui s'abrutissait tristement dans l'alcool et Katja l'épouse dévouée, toujours là pour nettoyer derrière lui, l'aider à cuver sa cuite et le remettre sur ses pieds rongés par la goutte.

Mais ce soir-là, Ronan a appris que Katja était en réalité une dramaturge et traductrice accomplie souvent récompensée, dont la célèbre adaptation de *Mademoiselle Julie* de Strindberg avait récemment été présentée au Donmar Warehouse, un théâtre bien plus grand que le Bush. Au début de sa carrière, elle était uniquement comédienne et jouait souvent à la Royal Shakespeare Company, où elle avait rencontré Harold qui la dirigeait dans une mise en scène du *Songe d'une nuit d'été*. Ils étaient rapidement tombés amoureux (« À l'époque, Harold ressemblait à Terence Stamp jeune », leur a-t-elle dit) et avaient créé leur propre compagnie théâtrale, Midnight Corpus, qui se donnait pour mission de s'écarter de Shakespeare et des classiques pour favoriser de nouvelles pièces parlant du monde actuel. Dans leur petit théâtre situé à l'arrière d'un pub d'Islington, ils avaient collaboré sur plus de vingt projets originaux, souvent salués par la critique. Katja écrivait et Harold mettait en scène, échangeant parfois les rôles. Grâce aux subventions publiques et à une bonne fréquentation, ils ont fini par pouvoir engager une petite troupe de comédiens – huit au total – incroyablement dévoués à la compagnie désormais connue sous le nom de MC. Nombreux sont les membres de Midnight Corpus à avoir fait ensuite une belle carrière au cinéma ou à la télévision.

À première vue, Harold et Katja semblent vivre le genre de relation à la fois créative et amoureuse – les cuites d'Harold mises à part – que Ronan aimerait avoir avec Henny. Leur couple est gangrené par une rivalité tacite de plus en plus marquée, dernièrement en particulier. Au début, Henny avait beaucoup plus de succès que lui et enchaînait les productions et les récompenses. Il apprenait tellement en la regardant négocier les tournants exaltants de sa carrière que, dans un premier temps, il était plutôt soulagé par cette disparité. Mais lorsqu'il a fini par trouver ses marques et connu une série de premières mondiales couronnées de succès, cela s'est équilibré. Depuis un an, ils sont en terrain inconnu, passant des mois entiers dans des villes différentes au gré des spectacles. La dernière fois qu'ils ont été réunis – pendant six jours, début juin – ça a été compliqué. Quelque chose semblait s'être atrophié entre eux. Leurs moindres rituels paraissaient mécaniques. Durant les repas, la conversation était hésitante, pour ne pas dire froide. Lors d'un déjeuner au Cafe Mogador, leur restaurant préféré d'East Village, ils ont à peine échangé un mot.

Pendant ces six jours, ils n'ont couché ensemble qu'une fois, et le matin où Ronan partait à Londres, il a trouvé à son réveil un mot d'Henny sur la table de la cuisine :

Je suis allée me balader.
Bon voyage.

Elle ne l'avait même pas signé.

Ils ne se sont parlé qu'une fois depuis qu'il est à Londres. Les cartes de téléphone internationales sont chères et les quelques places du cybercafé proche de son appartement sont presque toujours occupées.

Henny est actuellement en résidence à la National Playwrights Conference du Eugene O'Neill Theater Center de Waterford, dans le Connecticut, où elle travaille à sa nouvelle pièce. En prenant un verre avec lui, la semaine dernière, Harold l'a mis en garde en disant qu'il était risqué d'être en couple avec une autre dramaturge. Autant mettre dans la même pièce deux personnes infectées se disputant l'unique dose de vaccin disponible. La seule fois où Katja et lui ont essayé d'écrire des pièces simultanément, lui a confié Harold, ils ont bien failli se séparer. Quand elle était l'auteure et lui le metteur en scène, tout se passait bien. Il a prévenu Ronan qu'il ferait mieux de tomber amoureux d'un ficus plutôt que d'une autre dramaturge.

« Le problème, c'est qu'on ne peut pas coucher avec un ficus, a objecté Ronan.

– T'as qu'à faire un trou dedans et le bourrer d'huîtres ! » s'est exclamé Harold.

Ronan apprécie l'humour paillard d'Harold, son honnêteté sans concession, son mépris de tout ce qui est à la mode. Mais surtout, il apprécie la passion d'Harold pour sa pièce, dont la première va bientôt avoir lieu. Avant tout, *Near* est une histoire d'amour on ne peut plus simple : deux âmes en peine – un vétéran de la guerre du Golfe, Briggs, et une jeune fugueuse du Midwest, Birdie, se rencontrent dans les rues malfamées de New York. Ils décident de squatter ensemble un immeuble condamné du Lower East Side. Ils se tolèrent quelque temps. Alors qu'ils sont sur le point de se séparer, Birdie apprend qu'elle est très malade et Briggs, qui a lui-même des problèmes de santé et des troubles psychologiques, finit malgré tout par s'occuper d'elle jusqu'à son dernier souffle. La pièce est l'histoire de deux personnes enfermées dans une pièce dont l'une a du mal à partir. Ronan a emprunté le titre aux paroles de Tom Waits, « But I'd trade off everything to have you near » de la chanson *Saving All My Love for You*, la troisième de l'album *Heart Attack and Vine*.

De voir Harold donner vie à sa pièce et amener Anton et Reese à livrer cette interprétation courageuse et émouvante a été une expérience incroyablement inspirante pour Ronan. Il y a si peu de places au Bush qu'Harold a pris l'habitude de se glisser sous les gradins pour voir la pièce. Plus d'une fois, Ronan l'a surpris à pleurer quand le noir se fait sur scène.

Pour la soirée de presse du lendemain, Ronan a acheté un chapeau à Harold. Il a trouvé le feutre Brisbane couleur whisky chez Bates, un chapelier de Jermyn Street, à côté de Piccadilly Circus, il y a deux jours. C'est la réplique exacte de celui d'Harold qui est taché et déformé. Le chapeau lui a coûté près de deux cents livres. Il n'a jamais dépensé une somme pareille pour quiconque, à part Henny, mais il a beaucoup d'affection pour cet homme et ne regrette pas son achat. Muriel, l'assistante à la mise en scène, l'a accompagné dans ses recherches, c'est elle qui a eu l'idée du chapeau, après tout. C'était le premier jour des répétitions techniques et Harold avait libéré tout le monde, le temps que l'équipe installe le décor. Ronan et Muriel ont pris le métro jusqu'à Piccadilly Circus et passé l'après-midi à esquiver la pluie et enchaîner les boutiques. Après avoir trouvé le cadeau d'Harold, ils ont déjeuné dans un restaurant indien de Regent Street.

Muriel, vingt-quatre ans, a un humour caustique et un accent aristocrate que Ronan a souvent entendu dans les pièces de Noel Coward qu'il a visionnées à la bibliothèque du Lincoln Center. Elle a suivi une formation d'actrice à la Royal Academy of Dramatic Art, mais elle a décidé de s'orienter vers la mise en scène, estimant que la vie de comédienne est une suite de mésaventures humiliantes. Elle lui a raconté tout cela au restaurant indien où Ronan a goûté pour la première fois un poulet korma. Il se trouve également que Muriel est très jolie, avec ses cheveux blond cendré, ses yeux bruns au regard profond et ses dents légèrement de travers, parfaitement imparfaites. D'après Harold, c'est la fille d'un lord anglais. Dans la salle de répétition, Ronan se surprend à rapprocher sa chaise de plus en plus près de la sienne.

Quand il arrive enfin au Bush, Ronan confie les bouteilles de Jack Daniel's à Ian, le régisseur, avec pour consigne de les mettre dans les loges des acteurs une demi-heure avant le début de la représentation, et lui demande d'imprimer un mail de sa tante Lexy qu'il a reçu ce matin. Puis il descend au O'Neill's. Comme d'habitude, l'après-midi, les clients sont rares. Au bout du bar se trouve un vieux monsieur facilement octogénaire assis dans une espèce de mini-voiturette de golf, qui vient là tous les jours. Ronan l'a déjà vu entrer par les portes-fenêtres du fond du pub et se garer à l'extrémité du comptoir, où il prend systématiquement deux doubles scotchs qu'il sirote si lentement qu'on est toujours étonné de l'entendre en commander deux autres.

Ronan sort de sa poche la copie du mail de sa tante Lexy et la pose sur le bar.

Ronan,

Ta maman est de nouveau hospitalisée. Elle a eu une perforation du côlon. Elle a été opérée et son état est stable. Je suis auprès d'elle à Montpelier avec ta grand-mère et ton oncle Barry. Inutile de rentrer. Le docteur Anthony nous a assuré que l'opération s'était bien passée. C'est juste pour te prévenir. J'espère que tout va bien à Londres.

Affectueusement,

Tante Lexy

Le barman pose sa pinte de Guinness devant lui. Ronan boit une longue rasade. Puis une seconde.

À l'idée que sa mère ait un nouveau pépin de santé alors qu'il est de l'autre côté de l'Atlantique, il se sent impuissant et coupable, comme s'il était un mauvais fils. Est-ce que c'est arrivé au milieu de la nuit, comme la dernière fois ? alors qu'elle était en train de jardiner ? de monter les marches de la véranda ? de remplir les abreuvoirs des colibris ? Il hésite à sauter dans un avion, mais sa pièce va débuter et il se rassure en se disant que tante Lexy, oncle Barry et grand-mère Ava sont sur place. À part la soutenir moralement, il ne voit pas ce qu'il pourrait faire.

À Londres, Ronan n'a parlé à personne de la maladie de sa mère, de peur que ça le déconcentre. Et il était confiant en partant à Londres. Depuis son dernier cycle de traitement, il y a un an, sa mère allait bien et il l'appelait pour prendre de ses nouvelles au moins deux fois par semaine. Elle a insisté pour qu'il aille en Angleterre afin de suivre le processus de répétitions jusqu'à la première mondiale de sa pièce. Il est rongé par la crainte d'une rechute. Il ne dort pas beaucoup. Au début, il pensait que c'était dû au décalage horaire, mais après plusieurs semaines, il n'arrive toujours pas à dormir plus que quelques heures par nuit et ses yeux sont cernés.

Il commande une autre pinte au barman. Il est à peine seize heures, c'est un peu tôt pour boire deux Guinness coup sur coup, mais il en a besoin. Le barman tire lentement la bière, puis pousse la pinte devant lui.

Derrière lui, Ronan entend :

« Gardes-en pour les clients. »

Il se retourne et tombe sur Muriel, à sa droite. Ses cheveux sont trempés par la pluie. Elle porte un blouson en jean sur un tee-shirt blanc Joy Division à l'inscription délavée. Ses grands yeux bruns pleins de bienveillance contredisent son humour sarcastique.

« Tu es déjà à la Guinness, dit-elle.

– Apparemment, il y a plus de vitamines et de minéraux là-dedans que dans la plupart des céréales de petit-déjeuner », réplique Ronan. Il en avale une rasade pour faire bonne mesure et essuie la mousse sur ses lèvres.

Muriel reste plantée à côté de lui, des mèches de cheveux mouillés plaquées sur les côtés du visage.

« Ça va ? lui demande-t-elle. On dirait que ton équipe préférée vient de rater la coupe.

– Ça va, répond-il. Mais je crois bien que la pluie a fini par me démolir le moral.

– Il flotte tout le temps, hein ?

– Tu vas regarder la pièce ?

– Bien sûr, dit-elle en buvant une gorgée de Guinness dans son verre. Je prends des notes pour Harold. Il est dans le public, aujourd'hui. C'est la dernière chance de régler les détails avant que les vrais salopards débarquent.

– Les critiques, tu veux dire.

– C'est les pires, répond-elle en reposant son verre. Le gros connard de l'*Evening Standard* sera sûrement là. Plath de Jong. Il s'assied au premier rang et se met torse nu, il faut toujours que ça tourne autour de lui.

– Il se met vraiment torse nu ?

– C'est une façon, pas franchement subtile, de protester contre la chaleur. Harold coupe la climatisation quand les lumières s'éteignent pour que le public entende bien les acteurs. Ce type écrit plutôt bien, mais il déteste tout. Mais ne t'en fais pas, les autres vont être dithyrambiques. Ils vont considérer tes personnages comme des victimes du système de classes américain et applaudir à ta critique virulente d'un gouvernement qui oublie ses vétérans et ses filles perdues.

– Harold m'a dit que les critiques n'avaient pas tant d'importance que ça, ici.

– Oh que si. Ce n'est pas comme à New York où c'est le *Times* ou rien. Ronan lit-il ses critiques ?

– Il les lit.

– Et quand elles sont mauvaises, il reste au fond de son lit prêt à se mettre la tête dans le four ?

– Elles n'ont jamais été mauvaises à ce point.

– Et quand elles sont bonnes ?

– Soirée pizza et cri primal.

– On dirait le titre d'une mauvaise autobiographie de rocker. »

Ronan rit et prend une gorgée de Guinness.

« À New York, quand il y a de bonnes critiques, il y a plus de spectateurs, et donc plus d'argent pour l'auteur.

– Et plus de Guinness pour les amis de l'auteur, réplique-t-elle en lui prenant de nouveau sa pinte et en buvant à grands traits. Et quand tu te feras éreinter par ce gros con de de Jong, il faudra arborer fièrement sa critique. »

Elle repose sa pinte sur le bar.

« Je la déchirerai et j'en ferai un beau nœud papillon, déclare-t-il.

– Au fait, poursuit-elle. J'ai emballé le cadeau d'Harold. Il va adorer le chapeau. »

Et sur ces mots, elle se dirige vers l'escalier en lui promettant de le retrouver après la pièce et de lui offrir la première tournée.

Ronan passe le premier acte de la pièce dans le foyer des artistes. Les dialogues sont diffusés par le vieux haut-parleur métallique comme si la pièce était retransmise d'une planète lointaine.

Anton et Reese semblent au diapason et enchaînent les scènes sans céder à la tentation de souffler, une des bêtes noires d'Harold. Il déteste les acteurs qui veulent à tout prix qu'on voie leur jeu, qui cabotinent. Il ne supporte pas les acteurs qui tiennent à dévoiler tous les secrets.

Ce que Ronan apprécie, au Bush, c'est qu'on peut commander un verre au bar, que ce soit avant la représentation ou pendant l'entracte, et l'emporter dans la salle. Il aime aussi le petit canapé à carreaux rembourré du foyer des artistes. S'il replie bien ses grandes jambes, il peut s'installer confortablement. Il somnole à moitié en regardant le dépôt mousseux au fond de sa troisième pinte.

« Ça s'est bien passé, vraiment », lance Harold quand Ronan lui apporte un verre du vin rouge de la maison.

Harold tient déjà salon, calé dans le coin de sa banquette habituelle, à côté de Muriel. Ronan a également dans les mains deux pintes de bière blonde, une pour lui et une autre pour Muriel. Il s'assied près d'elle et lui tend sa Grolsch. Ian et Dawn, qui sont assis face à Harold, ont déjà une pinte de Guinness devant eux. Anton et Reese se sont abstenus, se réservant peut-être pour la soirée de presse.

« Tchin-tchin, déclare Harold en levant son verre. À demain.

– À la soirée de presse, répondent les autres en chœur.

– Qu'ils aillent tous se faire foutre, ces minables ! » ajoute Harold.

Ils trinquent tous.

« Ça avait l'air plutôt bien, du foyer, dit Ronan, puis il demande à Harold s'il est content des acteurs.

– Il a encore pleuré, observe Muriel. Admets-le, tu as pleuré comme un bébé.

– Qu'est-ce que tu veux, ils m'émeuvent, répond Harold. Tout comme la pièce époustouflante de notre auteur. » Il se tourne vers Ronan. « C'est mon dernier verre, au fait, tu n'as pas intérêt à m'en rapporter un autre. De toute façon, je ne sais pas ce qu'ils servent ce soir, mais c'est de la piquette. »

Le pub est bondé, comme toujours après les représentations. Après le tomber de rideau, la plupart des spectateurs descendent boire un verre. Ronan aime bien écouter leurs conversations. Contrairement à New York, il n'y a aucune photo du dramaturge dans le théâtre, et ils ne savent pas qu'il est l'auteur. Cet anonymat lui permet d'espionner en toute liberté. Pendant qu'il attendait le verre de vin d'Harold au bar, il a entendu une femme d'un certain âge dire que la pièce était « plutôt pas mal pour un Américain ».

Ronan boit sa Grolsch si près de Muriel qu'il sent l'odeur de sa transpiration mêlée à celle du déodorant. Il en est à sa quatrième bière depuis l'entracte et n'a rien mangé depuis des heures. Il devrait commander quelque chose. Un de leurs curieux hamburgers à la consistance de pâté de jambon. Ou du boudin noir avec de la purée. Il peut aussi aller au fish and chips de l'autre côté de Shepherd's Bush Green.

Harold commence à énumérer les personnalités qui doivent venir le lendemain, parmi lesquels figurent, outre une trentaine de critiques (dont Plath de Jong), plusieurs membres de son ancienne compagnie théâtrale et une célèbre star australienne. Il a terminé son verre de vin. Ian fait signe à Dawn qui commence à se lever, sans doute pour aller lui en chercher un autre au bar.

« Je te l'interdis, lance Harold à Dawn qui se fige sur place. Comme je l'ai dit, ce soir, je n'en bois qu'un. Demain, je serai tellement bourré que je n'aurai même pas besoin de canne. Ian, trouve-moi un taxi, tu veux. »

Dawn et Ian se lèvent et Harold extirpe son impressionnante masse de la banquette et se relève en s'appuyant sur sa canne. Il est visiblement affaibli par sa crise de goutte et se dirige vers la sortie, sans doute trop obnubilé par son gros orteil qui l'élance pour leur dire au revoir. Dawn sort un billet de dix livres de son enveloppe et le tend à Ian, qui emboîte le pas au metteur en scène.

Vingt minutes plus tard, Ronan et Muriel s'apprêtent à entrer dans l'appartement qu'elle occupe à Notting Hill. Dans le taxi, il s'est retrouvé face à son joli visage ouvert au teint clair qui se penchait vers lui pour l'embrasser. Un long baiser profond, parfait. C'est la première fois en cinq ans qu'il goûtait à d'autres lèvres et il a aussitôt senti une pointe de culpabilité qui l'a quasiment cloué dans le taxi quand Muriel en est descendue. Il a même demandé au chauffeur de laisser tourner le compteur. Mais Muriel a réglé la course puis l'a attrapé par le poignet et délogé sans plus de cérémonie.

« Il fait une de ces chaleurs ici, on se croirait au Maroc », soupire Muriel en le guidant dans l'obscurité de son appartement où flottent des effluves de thé noir et d'orange.

Elle ouvre une fenêtre. Une odeur d'ozone se répand dans la pièce, mêlée d'un peu de gaz d'échappement.

Quelques instants plus tard, ils sont face à face dans ce qui doit être sa chambre, où elle enlève son blouson en jean, son tee-shirt

Joy Division puis son soutien-gorge. Elle a plus de poitrine qu'il ne l'imaginait, des tétons clairs qui pointent. Ils s'embrassent de nouveau et elle glisse la main sur son entrejambe. Il bande déjà. La honte n'a eu aucun effet. Malgré l'obscurité, il remarque le tendre creux de sa gorge, deux petits grains de beauté sur son cou. Alors qu'il s'apprête à l'embrasser de nouveau, Muriel sort sa chemise de son pantalon – une chemise oxford blanche légèrement élimée –, la déboutonne et la lui enlève. Le courant d'air frais effleure la chaleur de leurs torses collés l'un à l'autre. Ils se débarrassent du reste de leurs vêtements en rejoignant son grand lit à colonnes. Ronan accroche son jean à un des montants du lit. Ils ne se demandent pas ce qu'ils vont faire, comment ils vont se protéger. Cela se passe naturellement, en douceur. Muriel le caresse de la main, puis de sa bouche, le pousse ensuite sur le matelas, le chevauche et le guide en elle. Elle est si différente d'Henny, plus sensuelle, plus libre de son corps. En le sentant tendu, elle lui dit qu'il peut jouir en elle, qu'elle prend la pilule. Au moment de l'orgasme, il a l'impression que l'arrière de ses jambes est traversé par la foudre, comme s'il était délicatement électrocuté. C'est une sensation si primitive, si évidente. Il continue, toujours en érection, et quand Muriel jouit, elle tend les mains devant elle comme une aveugle encerclée d'une nuée d'abeilles. Sa voix se fait perçante, elle ne maîtrise plus son corps et retombe sur Ronan comme si elle avait été poignardée. Ils restent là enlacés, en nage, haletant.

Muriel est plus enveloppée qu'Henny. Ronan aime la douceur de sa taille, la chaleur de son visage dans son cou. Il est déconcerté de ne pas éprouver de culpabilité – de s'apercevoir que c'était si facile, comme de sauter par-dessus une flaque.

« C'était bien ? » demande Muriel.

Il hoche la tête, incapable de parler.

La pluie frémit sur les carreaux.

« Si tu veux aller aux toilettes, c'est au fond du couloir, à gauche. »

Il hoche de nouveau la tête, se lève et enfile son caleçon et son jean.

Les toilettes sont sobres, impeccables. Des carreaux vert d'eau. Un petit panier de savons en forme de tortues et d'oies lavande et bleu ciel. C'est bizarre, de la part de Muriel. Tee-shirts de concert post-punk et savons de vieille dame. Mais les Anglais sont une drôle de secte : ils sont impossibles à cerner. Qui aurait cru, ainsi, que la maison d'Harold serait joliment décorée d'antiquités et de beaux tapis colorés ? Quand Ronan baisse son pantalon pour pisser, il est soudain pris de vertige et doit s'asseoir sur la cuvette des toilettes. Il est ivre, déshydraté. L'odeur entêtante de sexe monte de son entrejambe. Il n'a pas fait pipi assis depuis l'enfance, ça lui donne le sentiment d'être faible et lâche.

Après s'être lavé les mains, il se plante devant le miroir, les poings sur la porcelaine froide du lavabo. L'espace d'un instant, tel un inspecteur tourmenté, hirsute et harassé de fatigue d'un polar des années soixante-dix, il se croit condamné par une immoralité foncière. Microscopique, presque indétectable. Une protéine invisible qui ronge les filaments de bonté liant son cœur à son entrejambe. La faiblesse morale a ramolli son corps pâle, qui n'est plus aussi musclé qu'il l'était il y a encore quelques années. Il vient de coucher avec l'assistante à la mise en scène de sa nouvelle pièce alors qu'il est censé être en couple avec une femme qu'il aime.

On frappe à la porte.

« Tout va bien ?

– J'arrive, répond-il.

– Je vais faire du thé », lui dit-elle.

Après avoir pris sa chemise dans la chambre, Ronan va dans la cuisine où Muriel a mis la bouilloire à chauffer. Elle porte un peignoir ouvert en soie bleu pâle orné de merles, dévoilant sa douce toison brune. Elle a si vite renoncé à son personnage de garçon manqué.

« Tu t'es déjà rhabillé ? s'étonne-t-elle en sortant des sablés d'une boîte de shortbreads Walkers pour les disposer sur un petit plateau en bois. C'était si catastrophique que ça ?

– Pas du tout, répond-il en boutonnant sa chemise. Bien au contraire. »

Ronan s'installe à la petite table ronde couverte d'une résine blanche lisse immaculée. Muriel se perche sur le plan de travail, à côté de la bouilloire qui chauffe sur la cuisinière.

« Peut-être, mais tu te sens si coupable et honteux que tu t'es dépêché de remettre ton jean », réplique-t-elle.

La bouilloire siffle et Muriel tend la main pour éteindre le feu puis descend d'un bond du plan de travail. Elle verse l'eau bouillante dans des mugs où elle a déposé des sachets de PJ Tips, les pose sur le plateau et apporte celui-ci sur la table. Ses jambes sont musclées. Elle est absolument ravissante. Elle se retourne, ouvre un placard et en sort un pot de miel, puis prend une petite brique de lait dans le réfrigérateur.

« C'est la première fois que tu trompes ta copine ? demande-t-elle.

– Oui.

– Ça te fait quel effet ?

– D'un côté, je m'en veux à mort.

– Et de l'autre ?

– J'ai envie de retourner au lit avec toi dès qu'on aura bu le thé.

– Elle s'appelle Henny, c'est ça ?

– Oui, Henny », répète-t-il.

Le seul fait de prononcer son nom lui donne l'impression d'avoir quelque chose de coincé entre les molaires.

« Tu es toujours amoureux d'elle ?

– Depuis quelque temps, il y a comme un éloignement. Le sentiment que… »

Il ne termine pas sa phrase, ne pouvant pas aller au bout de sa pensée.

« Que quoi ?

– Que ça ne va pas durer entre nous, qu'on ne va pas y arriver, appelle ça comme tu voudras.

– Ça fait combien de temps que vous êtes ensemble ?

– Cinq ans.

– Anton m'a dit que c'était une grande dramaturge.

– C'est vrai. Elle met même en scène ses pièces, maintenant.

– Elle fait aussi les lumières, je suppose. Assure l'habillage sonore comme une pro.

– Elle en serait capable.

– Il y a de la rivalité entre vous ?

– Pas vraiment, dit-il. Mais le succès est nouveau pour moi. J'ai longtemps été à la traîne dans notre relation.

– Ça va bientôt changer.

– Tu crois ?

– Les gens vont être absolument scotchés par ta pièce. »

Ronan met une cuillère de miel dans son thé, ajoute une goutte de lait comme il a vu Harold le faire pendant les pauses entre les répétitions.

« Elle est plus courageuse que moi, dit-il en remuant. Dans son écriture.

– Moi je trouve que *Near* est d'un courage dément », réplique Muriel en croquant un shortbread, révélant des dents très légèrement en avant.

Il adore sa bouche enfantine, étonnamment pulpeuse.

« À New York, dit-il, quand les critiques sont impressionnés par un auteur dramatique, ils parlent de sa détermination. Henny est la détermination même.

– Le flegme incarné, dit Muriel.

– Elle se fiche de ce qu'on pense de son travail.

– Et toi ?

– Parfois, j'ai l'impression d'être obnubilé par la réussite. De vouloir à tout prix qu'on m'aime.

– Henny m'a tout l'air d'une femme remarquable.

– Elle vient d'une famille aisée », dit Ronan, s'étonnant lui-même.

Depuis qu'il est avec Henny, il n'en a jamais parlé à personne. Une dramaturge métisse contestataire dont les pièces traitent de questions de justice sociale n'a pas le droit d'être riche, du moins aux yeux du monde. Peu de gens savent qu'elle bénéficie d'un trust, que son père est un peintre célèbre, qu'elle vit dans un appartement luxueux et a grandi dans un quartier huppé et protégé du nord-ouest du Connecticut. C'est principalement pour cette raison qu'elle refuse de donner des interviews. Ronan est persuadé que dans le milieu, son agent répète à qui veut l'entendre qu'Henny vient d'Harlem ou du Bronx.

« Son père est un peintre très connu, poursuit Ronan. Les commandes et les productions lui rapportent de l'argent, mais en fait, elle vit des intérêts d'un trust et, crois-moi, elle vit bien. On mange dans de bons restaurants. Je suis gâté à Noël.

– Pas étonnant qu'elle se fiche de l'opinion des autres, elle peut se le permettre, observe Muriel. Je connais ça. »

Il lui dit alors qu'Harold lui a confié qu'elle était la fille d'un lord anglais.

« C'est vrai, répond-elle. Ma famille possède des terres à côté du Devonshire. À bien des égards, ma vie est toute tracée.

– Pourquoi faire du théâtre, alors ?

– Parce que ça me fout la trouille. Parce que ça me permet de côtoyer des gens comme Harold Hull qui, comme ta copine, se foutent royalement de ce que pensent les autres.

– Harold est mon héros, dit Ronan.

– J'ai tellement appris à ses côtés. Pas seulement la direction, les lectures à la table, les dernières répétitions, mais aussi à prendre un risque, à ne pas avoir peur de l'échec, à créer une œuvre qui fait oublier aux spectateurs à quelle station de métro ils sont descendus.

– Ça ne dérange pas ton père que tu travailles dans le théâtre ?

– Il préférerait sûrement que j'épouse un homme respectable avec un vaste domaine et un bel héritage. Que je fonde un foyer, bref, le conte de fées, mais ça ne risque pas d'arriver. En tout cas, pas tout de suite. »

Ils boivent leur thé. Muriel se retourne sur sa chaise et ouvre un peu plus la fenêtre. L'odeur fraîche de pluie glisse sur la table. Ronan est fasciné par l'aisance avec laquelle elle prend des poses avantageuses. L'ancienne actrice sait encore captiver l'attention.

Muriel surprend son regard.

« Ne t'en fais pas, dit-elle. Je n'attends rien de toi. »

Elle boit un peu de thé et repose son mug.

« Tu as un copain ? lui demande-t-il.

– Absolument. D'ailleurs, il ne devrait pas tarder à débarquer avec sa batte de cricket, plaisante-t-elle avec un sourire. Non, je n'ai personne en ce moment, ajoute-t-elle.

– Si je n'étais pas avec Henny…

– Quoi, tu me ramènerais en douce à New York dans ta valise ? Tu me ferais une déclaration d'amour sur le ferry de Staten Island ? Tu m'emmènerais prendre un chocolat chaud au sommet du Chrysler Building ? »

Ronan ne répond pas.

« Tu es beau quand tu dis son nom. Il faut arrêter ça tout de suite. On retourne au lit ? »

Ronan sent que ses mains tremblent. La cuillère qu'il tient cliquette contre la table.

Muriel prend sa main gauche entre les siennes.

« Tu trembles, lui dit-elle.

– Je n'ai pas beaucoup mangé. Je dois faire de l'hypoglycémie. »

Il lui raconte comment, à l'époque où il faisait de l'athlétisme, les entraînements étaient si difficiles qu'il perdait l'appétit et qu'après, il faisait une crise d'hypoglycémie, avait des sueurs froides et finissait par manger du beurre de cacahuète à même le pot avec les doigts.

Muriel pose la boîte de shortbreads devant lui. Ronan se jette sur les quatre derniers biscuits. Il y a une éternité qu'il n'a pas été aussi affamé. Et lui qui croyait que la Guinness pouvait remplacer un repas.

Une fois que Ronan a englouti les shortbreads, ils retournent au lit. Il se redéshabille et ils baisent en à peine une minute, ou c'est du moins son impression. Il se sent si bien en elle, c'est si doux, si chaud, aussi soyeux que du velours. Ils jouissent ensemble et Muriel crie en se tenant au montant du lit. Elle lui demande de ne pas se retirer tout de suite et il attend d'avoir débandé. Puis ils s'endorment enlacés, l'air pluvieux glissant sur leurs corps humides.

Le sommeil de Ronan est bref et agité, comme s'il s'était endormi debout dans l'entrée d'un immeuble. En se réveillant, il découvre les formes qui peuplent la chambre et qu'il n'avait même pas remarquées. Il y a des amas de linge, une coiffeuse avec un plateau en marbre surmonté d'un miroir rond, des piles de livres et de scripts qui dessinent une ligne de gratte-ciels contre un mur et, au-dessus, une affiche encadrée du *Retour* d'Harold Pinter représentant un homme âgé en blouse blanche en train d'aiguiser un long couteau devant un billot de boucher. Sur sa commode : des pelures d'orange racornies, une constellation de pièces de monnaie britanniques d'épaisseurs si variées qu'elles paraissent fausses, un sac en toile de Rough Trade Records et à côté, le cadeau d'Harold dans sa boîte à chapeau emballée dans un beau papier rouge.

Muriel dort toujours à poings fermés, si tranquillement, tellement sereinement que c'est à se demander si elle respire. Elle est vraiment belle. Et intelligente. Et drôle. Mais qu'est-ce qu'il fout là ? Il a toujours été critique envers les hommes qui ne savent pas se tenir. Tous ces acteurs narcissiques qui trompent leurs compagnes. Les auteurs dramatiques qui se bourrent la gueule avec les comédiens après la représentation et finissent par rentrer avec la jeune actrice ambitieuse ou la petite assistante costumière excentrique.

Dans la rue, des voitures passent. Un ivrogne braille un hymne de victoire de la Premier League – celui d'Arsenal, peut-être ? – dont les paroles clapotent dans sa bouche.

Ronan se sent éloigné de lui-même, comme s'il y avait un canyon au milieu de la chambre. Il est d'un côté du précipice et son double est de l'autre, le dos tourné, plongé dans l'ombre. Il est comme un enfant qui s'est réveillé dans une maison inconnue après s'être endormi pendant un long trajet en voiture. Les affaires de Muriel sont éparpillées un peu partout : des jeans, des tee-shirts et des jupes, des soutiens-gorge et des culottes, des sweats à capuche et des tennis dépareillées. Soudain, il lui apparaît clairement que l'usure de la vie, la lente érosion de tous ses tissus conjonctifs (l'amour, le réconfort, le sexe) aboutit à une situation où la simple disposition des vêtements perd de son importance et où la chambre devient un lieu de chaos. Ces tas d'affaires finiront par bloquer l'entrée, envahir le lit. La chambre même sera dévorée par tout ce qui devrait être rangé dans des tiroirs et suspendu dans des placards.

Il a l'impression que son cœur tournoie dans sa poitrine. Ses mains se remettent à trembler. Il s'habille en silence, enfile son caleçon et son jean, ses baskets. Il ne veut pas réveiller Muriel. Elle dort comme si elle se prélassait au soleil après avoir passé la moitié de la journée à flotter dans une mer chaude. Son dos est ravissant avec ses vertèbres qui modèlent délicatement la chair. Il attrape sa chemise.

Dans la rue, la curieuse sirène à deux tons des voitures de police britanniques résonne puis s'évanouit.

Ronan compte jusqu'à cent, espérant que les chiffres le calment.

C'est quoi ce bordel ? Pourquoi tout se précipite dans ma tête ?

Arrivé à cent, il s'autorise à sortir de la chambre, referme la porte derrière lui. Il enfile sa chemise et parcourt le couloir.

Quand il entre dans la cuisine de Muriel, il tombe sur Harold qui est assis à la table ronde. Les plaques de psoriasis qui lui couvrent les joues et le cou semblent irradier dans la pénombre.

« Ronan », lui dit-il.

Il n'a pas de chaussettes ni de chaussures et le pied touché par la goutte est si difforme qu'on dirait celui d'un troll.

« Harold, répond Ronan. Qu'est-ce que tu fais là ?

– Je pourrais te retourner la question, réplique-t-il. Tu t'envoies en l'air avec mon assistante ? »

Ronan s'aperçoit qu'il ne cligne pas des paupières. Ses yeux lui paraissent énormes, secs, pétrifiés. Il a le sentiment qu'il est sur le point de basculer en arrière dans un abîme noir d'encre de plusieurs milliers de mètres.

« Tu devrais te tenir au plan de travail, lui dit Harold. Ça t'aidera. »

Ronan s'exécute et s'accroche au bord du plan de travail.

« Il est quelle heure ? demande-t-il.

– L'heure que tu veux, répond Harold. C'est sans importance. Cette fichue terre tourne sur son vieil axe tout rouillé. La Tamise est toujours aussi gargouillante et tumultueuse. » Il lui montre une flasque argentée. « T'en veux ?

– Je croyais que tu ne buvais plus, ce soir.

– Allez, mon vieux. On va boire un coup et discuter.

– Qu'est-ce que tu fais là ? répète Ronan.

– Je suis venu te donner tes instructions.

– Des instructions ? s'étonne Ronan. Quelles instructions ? »

Harold porte la flasque à ses lèvres et boit une longue rasade, puis la pose sur la table.

« Muriel sait que tu es là ? demande Ronan.

– À ton avis ? » répond-il.

Harold trompe-t-il Katja avec Muriel ? Muriel séduit-elle tous les hommes de la troupe, avant de les rayer de sa liste un à un ? A-t-elle aussi baisé Anton ? Ian ? Et Dawn et Reese, alors ? Muriel s'intéresse-t-elle aussi aux femmes – est-elle une nymphomane qui multiplie les conquêtes sans discrimination ? Mais quel droit a-t-il sur elle ? C'est lui qui est infidèle.

Harold se caresse la barbe.

« Bien, dit-il. Passons aux instructions. »

Ronan se cramponne encore plus fort au plan de travail. Un sifflement résonne à ses oreilles, aussi ténu qu'un diapason, et il sent une pression dans sa poitrine.

« Tu dois prendre un couteau dans le bloc, là-bas, dit Harold. Choisis-le bien. Je te suggère le couteau à dents, comme ça, tu auras le choix.

– Quel choix ? demande Ronan.

– Eh bien, tu peux facilement la poignarder avec celui-là, mais aussi l'égorger. En lui bousillant les cordes vocales, tu t'assures un niveau de silence optimal.

– Tu es en train de me dire que c'est ce que je dois faire à Muriel ?

– Ce sont tes instructions, oui, répond Harold.

– Les instructions de qui ? »

Harold ne répond pas. Les volutes de psoriasis qui lui marbrent le cou et les joues se sont assombries, elles sont à présent sanguinolentes, squameuses. Elles se mettent à tournoyer en spirale. Ses ongles de pied ressemblent à des serres.

La pression s'accentue dans la poitrine de Ronan, comme si deux mains lui comprimaient le sternum avec force. Sa respiration devient courte, précipitée. Il n'arrive pas à prendre suffisamment d'air. Il déglutit péniblement et demande ce qui se passera s'il suit les instructions.

« Tu éprouveras un soulagement infini.

– Et autrement ?

– Les conséquences seront infinies. »

Dans ses oreilles, le sifflement a redoublé. Deux tons perçants lui vrillent à présent les tempes. Respire, se dit-il. Respire.

« Henny sera ravie », ajoute Harold.

Ronan se surprend à hocher la tête. Il s'approche du plan de travail, tend la main vers le bloc et prend le couteau à dents par le manche.

« À qui tu parles ? »

Ronan se retourne. Muriel est devant lui dans son peignoir de soie qu'elle a noué.

Ronan regarde vers la table. Harold a disparu.

C'est quoi ce bordel ?

« Tu parlais à quelqu'un, dit Muriel.

– Mais il n'y a personne.

– Non, je vois bien.

– Je devais parler tout seul », dit-il.

Muriel a croisé les bras. Elle semble méfiante, sur la défensive.

« Qu'est-ce que tu fais avec ce couteau ? » demande-t-elle.

Ronan pose le couteau sur le plan de travail. Il sait qu'il devrait le remettre en place dans le bloc, mais s'il y retouche, il craint d'exécuter réellement les instructions d'Harold. Il a l'impression d'être fait de sable. Il se frotte les doigts. Sa chair s'effrite en granules qui tombent par terre.

« Ronan », dit Muriel.

Il ferme les yeux, les rouvre en s'attendant à trouver Harold de nouveau assis à la table. Il n'y est pas.

« Je dois y aller, dit-il. Je suis désolé. »

Il part sans fermer la porte derrière lui et ne se retourne pas. Il entend ses pas résonner dans l'escalier. Ils paraissent incroyablement lourds, monstrueux.

Dehors, il pleut toujours. Il se précipite vers Portobello Road, où les stands du marché sont fermés, leurs grilles tirées. Il hèle le premier taxi.

« Vous voulez que je mette la radio ? » demande le chauffeur.

Ronan voit l'homme qui l'observe dans le rétroviseur, le regard dur, vide, un regard de reptile. Il lui fait signe que non. Il est obsédé par l'image de sa main droite qui serre le couteau, la sensation du bout de ses doigts qui s'effritent.

Un quart d'heure plus tard, le taxi s'arrête devant son immeuble, au coin de Goldhawk Road et d'Hammersmith Grove. Il règle le chauffeur et descend.

L'air frais lui fait du bien. La fine pluie l'aide à se rapprocher un peu du domaine de ce qu'il sait être normal. Il traverse la rue et entre dans son immeuble. Une fois dans le hall, il regarde dans sa boîte aux lettres. Il y a une publicité du Bush pour sa pièce et une enveloppe dont l'adresse de l'expéditeur porte le logo du Eugene O'Neill Theater Center, à Waterford, dans le Connecticut.

Il ouvre l'enveloppe. Elle contient une lettre. En reconnaissant l'écriture familière, il perd l'équilibre et s'appuie contre le mur.

La lettre dit :

> *Cher Ronan,*
>
> *Je suis enceinte.*
>
> *Désolée de t'annoncer cette nouvelle par lettre mais je ne savais pas comment faire autrement. Je ne pouvais pas te le dire par téléphone et je ne voulais pas attendre.*
>
> *Waterford est une ville très agréable. Je passe beaucoup de temps à la plage à lire et réfléchir... Ma pièce est un désastre.*

La réécriture est cauchemardesque. Mon dramaturge est un vieux monsieur de quatre-vingts ans qui est un ancien script-doctor d'Hollywood. Ça ne colle pas entre nous. J'aimerais que tu sois là. Je pense que tu pourrais m'aider.

On mange très mal – c'est pire qu'à la cafétéria de Yale. Mais le soir, quand la brume tombe, c'est magique. Un grand nombre des pièces d'O'Neill ont été influencées par ce lieu. En parlant d'O'Neill, demain on va visiter sa maison d'enfance, qui se trouve à New London. Apparemment, c'est celle qu'il décrit méticuleusement dans Le Long Voyage vers la nuit, *jusqu'aux titres des livres de la bibliothèque. Il paraît qu'elle est hantée. J'espère que je vais tomber sur un fantôme.*

Je ne suis pas sûre que je veuille être mère, Ronan. Mais je ne suis pas sûre non plus que je ne le veuille pas.

Veux-tu être père ?

On annonce qu'un ouragan se dirige vers nous. Ce sera ma première tempête tropicale, souhaite-moi bonne chance.

Quand tu recevras cette lettre, il est probable que ce temps dément sera passé et que ta pièce aura débuté. J'espère qu'elle aura beaucoup de succès. C'est une pièce magnifique. Le Bush a de la chance de l'avoir et de t'avoir, toi.

Merde !

Tendrement,

H.

Au grand étonnement de Ronan, Reese entre dans l'immeuble, trempée par la pluie, en tenant un parapluie derrière elle.

« Tiens, quelle surprise, dit-elle.

– Salut », répond Ronan.

Il est encore sous le choc de la lettre et ne trouve rien d'autre à dire.

« Tu es habillée normalement, ajoute-t-il après un silence lourd.

– Je sais. C'est difficile à croire, hein ? Tu ne me vois jamais qu'avec l'espèce de pantalon de survêt de Birdie.

– Sans oublier les sweats à capuche.

– Sans oublier ses magnifiques sweats à capuche XXL », concède Reese.

Elle lui explique qu'Anton et elle ont fini par aller au O'Neill's et que Dawn et Ian leur ont dit qu'Harold, Muriel et lui étaient partis de bonne heure.

« Désolé, dit Ronan, on pensait que vous n'aviez pas envie de prendre un verre. On a jugé plus sage de ne pas se coucher trop tard. Crois-le ou non, mais Harold est parti en premier.

– Il se repose pour demain, dit-elle. C'est ce que je ferais aussi si j'arrivais à me détendre et trouver le sommeil. »

Ronan ferme les yeux et revoit Harold assis à la table de cuisine de Muriel. Son visage blessé. Ses pieds nus grotesques. Il rouvre les yeux et demande l'heure à Reese.

Elle regarde sa montre et lui dit qu'il est deux heures passées.

« Qu'est-ce que tu fais debout à cette heure ? »

Il lui répond qu'il est allé faire un tour.

« Je n'arrivais pas à dormir non plus, ajoute-t-il, ne mentant qu'à moitié. Le stress, sans doute. »

L'espace d'un instant, Ronan se demande si Reese est réellement là.

« C'est le grand jour, demain, dit-elle en fermant son parapluie et en le repliant d'un coup sec au-dessus de la poignée courbe. Enfin, techniquement, c'est aujourd'hui.

– La soirée de presse », répond Ronan.

Curieusement, la façon dont elle a refermé le parapluie confirme sa présence.

« La soirée de presse, répète-t-elle. On est impatients. »

Ronan lui donne alors la lettre d'Henny et lui demande de la lire à voix haute.

« Je n'y vois pas très bien, en ce moment, ment-il, je n'arrive pas à bien déchiffrer l'écriture.

– Tu veux que je prenne l'accent transatlantique ? plaisante-t-elle. Ce n'est pas souvent que j'ai l'occasion de montrer mes talents d'ancienne élève de la rigoureuse école de théâtre de Carnegie Mellon. »

Elle commence par lire ce qui est écrit sur l'enveloppe – l'adresse du destinataire et celle de l'expéditeur – avec un accent transatlantique parfait, marquant toutes les consonnes, s'amusant à arrondir et allonger les voyelles avec sa langue, puis lit la date et le début de la lettre, mais dès la ligne suivante, l'accent disparaît brusquement.

Reese interrompt sa lecture.

« Merde, Ronan, dit-elle.

– Continue.

– Tu es sûr ?

– Oui. Je veux juste m'assurer que je ne suis pas fou. »

Reese s'éclaircit la voix et recommence à lire d'un ton normal, racontant les soirs brumeux de Waterford, la nourriture immangeable, la visite prévue à la maison d'enfance d'O'Neill et le reste. Quand elle a fini, elle lui rend la lettre.

Il la remercie. Lui dit qu'il a vraiment du mal à lire l'écriture d'Henny.

« Comme elle est gauchère, elle penche bizarrement, rajoute-t-il bêtement.

– Ça va ? lui demande-t-elle.

– Je crois, oui. C'est juste que ça fait un choc. »

Ils restent un instant silencieux.

« Je ferais mieux d'aller dormir, finit-il par dire.

– Si tu as besoin de quoi que ce soit, n'hésite pas à sonner chez moi. Sérieux. »

Il hoche la tête, Reese lui souhaite une bonne nuit et se dirige vers l'escalier avec son parapluie.

Ronan reste devant les boîtes aux lettres. Il sent sa main qui s'appuie contre le mur. Le néon grésille au plafond. La lettre d'Henny et son incroyable nouvelle est dans son autre main. Elle ne pèse quasiment rien, mais ce pourrait être une enclume.

Veux-tu être père ?

Au bout d'un moment, il retire sa main du mur, replie soigneusement la lettre, la remet dans l'enveloppe et monte au troisième étage, où il entre dans son appartement meublé de façon spartiate, déplie le lit escamotable, se couche et sombre dans un profond sommeil sans rêves.

15

WAITSFIELD, VERMONT

23 janvier 2001

MYRA LEE

À la fenêtre de la salle de bains du rez-de-chaussée, Myra ajuste le tube relié à son pied de perfusion et regarde l'allée, où Bogdan, un Serbe de la commune qui arbore une barbe si fournie qu'on le croirait sorti d'un roman de Melville, a fini de déblayer la neige. Des talus d'un mètre – de véritables remparts – bordent des deux côtés la mince bande de goudron avec une précision qui frise l'intention artistique. Dans l'amas de neige, l'énorme pick-up gris métallisé de Bodgan muni de sa lame de déneigement jaune d'or ressemble à un vaisseau intergalactique capable de se frayer un chemin jusqu'au sommet d'une des montagnes environnantes pour s'envoler dans les cieux. Bogdan lance sa lame en virtuose, projetant des arcs de neige immaculée dans la direction de son choix. C'est la fin janvier. Après des semaines de contestations, George W. Bush est officiellement le nouveau président. Myra a encore un vieux téléphone à touches et n'a toujours pas Internet. Dans sa maison du nord-ouest du Vermont, elle pourrait se croire dans les années quatre-vingt et c'est très bien ainsi.

Quand il neige autant – en l'espace de trois jours, il est tombé près de trente centimètres –, Myra sait qu'il vaut mieux garer sa Toyota dans la rue, devant chez elle, pour que Bogdan puisse avoir accès à l'allée. Cependant, elle ne se sentait pas la force de monter les marches de la véranda, et a dû demander à Keith, l'infirmier en soins palliatifs employé à plein temps, de se charger de déplacer la voiture dans la rue pour elle.

Mais il y a deux jours, quand son fils est arrivé au volant de sa voiture de location, elle a pris soin de l'attendre sur la véranda malgré son extrême fatigue, non seulement pour l'accueillir convenablement, mais aussi pour le prévenir de ne pas se garer dans l'allée. Ronan s'est consciencieusement rangé sur le trottoir d'en face. Lorsqu'elle l'a vu descendre de voiture en mettant son sac de voyage à l'épaule et traverser la rue, elle a été frappée par son aspect. Il était venu avant Noël, mais depuis, quelque chose s'était visiblement emparé de lui. Au début, elle s'est dit qu'il était simplement épuisé par la longue route depuis New York et que cela devait jouer sur son humeur d'habitude si agréable, mais à son regard, elle devinait qu'il y avait autre chose. Il n'était pas rasé. Il avait les cheveux trop longs. Quand elle l'avait pris dans ses bras, il semblait vidé, plein de douleur, comme si le monde avait eu raison de lui.

« Tu es maigre, lui a-t-elle dit en entrant dans la maison.

– Je pèse toujours le même poids », a-t-il sèchement répondu.

De plus, il paraissait plus distant que d'habitude, un peu réservé, comme absent, ce qui n'était pas le cas quand elle l'avait au téléphone ces derniers temps. Depuis la naissance de son petit-fils, Bruce, Myra sait que la situation n'est pas facile pour Ronan. Il ne peut pas s'appuyer sur le modèle d'un père – il était si jeune quand Denny est parti – et lui a confié qu'il se sentait souvent dépassé. Mais il fait de son mieux et elle a confiance en lui. Elle l'a bien éduqué.

Bruce aura deux ans en mars. En mêlant leur sang, Ronan et Henny ont produit un bel enfant à la peau cuivrée, avec des cheveux frisés aux reflets pêche et des yeux étonnants pleins de curiosité dont la couleur oscille entre le thé vert et l'argent. Myra est ravie d'être grand-mère. Après sa naissance, elle a pris le train malgré sa santé déclinante pour assister au baptême à New York et depuis, elle les a peu vus. Henny et Ronan ont eu la gentillesse de venir deux fois à Waitsfield, mais comme Henny a accepté un poste de deux ans en tant que professeur à Northwestern University, elle ne peut plus lui rendre visite. Depuis un an, Ronan se partage entre Chicago, New York et le Vermont. Et il vient de faire six heures de route depuis New York. Ce n'est pas étonnant qu'il soit à bout de forces.

Bien que Ronan ne lui en ait pas beaucoup parlé, Myra devine que cette demi-séparation avec Henny n'est pas seulement une question de géographie. Elle sait que dans leur couple, c'est Henny qui fait bouillir la marmite. À Northwestern, elle gagne un salaire confortable et l'université offre également une assurance maladie et une aide financière supplémentaire pour les frais de garde des enfants. Depuis quelques années, la carrière de Ronan progresse régulièrement, si bien qu'il n'a plus besoin d'un travail alimentaire. Au début, après avoir quitté le milieu de l'édition, il a enchaîné les petits boulots. Il a déménagé des bureaux. Travaillé à mi-temps comme assistant dans un cabinet d'avocats. Fait de l'intérim dans un magazine financier. Deux fois par semaine, pendant plus d'un an, il a donné des cours particuliers à un garçon d'une famille huppée de l'Upper East Side, qui le payait généreusement. Malheureusement, les parents ont décidé d'envoyer leur fils dans un pensionnat suisse, à Berne, et il s'est retrouvé sans rien. Mais si cette époque est derrière lui, Ronan lui dit que les avances et les commandes ne lui rapportent que des revenus modestes en comparaison des salaires que gagnent les jeunes New-Yorkais dans d'autres professions. Les rentrées d'argent sont toujours imprévisibles et quand enfin il est payé, une fois déduits les frais d'agent et d'avocat, le montant du chèque est bien moins élevé qu'il ne le pensait.

Depuis quelques heures, il campe à la table de la salle à manger où il travaille à un pilote de série télé sur son ordinateur portable. Son agent l'a incité à écrire pour la télévision, car cela paie bien mieux que le théâtre. Ça n'a pas vraiment l'air de lui plaire, et quand elle lui a demandé de quoi parlait le pilote, il lui a répondu que c'était sur des gens beaux et bien habillés qui se balançaient des piques ironiques pendant deux à trois pages d'affilée.

Hier soir, au dîner, Ronan lui a expliqué que pour obtenir l'assurance maladie de la Writers Guild, qui offre une excellente couverture des frais médicaux et dentaires, il devait vendre quelque chose à Hollywood, que ce soit un pilote de série ou un scénario. Il lui a aussi confié qu'Henny lui demandait de contribuer davantage aux dépenses du ménage. Puis, après un long silence durant lequel il a bu beaucoup de vin, il a ajouté qu'il avait du mal à suivre son traitement. Depuis son premier épisode psychotique, deux ans plus tôt, à Londres, il voit une fois par semaine une psychiatre qui lui a prescrit de la clozapine. Le docteur Cantor est une Britannique d'une soixantaine d'années. La première fois que Ronan lui a parlé du médecin, Myra a éprouvé une petite pointe de jalousie, sachant qu'il confiait au docteur Cantor des choses qu'il ne pouvait pas lui raconter. C'est le principe de la thérapie.

Le docteur Cantor est cher, tout comme les médicaments de Ronan, et c'est Henny qui prend tout en charge. Ronan a avoué à Myra qu'au cours des dernières semaines il a connu quelques épisodes sans gravité, ce qui est plus souvent le cas quand il oublie son traitement. Pendant trois jours de suite, il a tout bonnement arrêté de prendre les comprimés pour voir l'effet que ça faisait. Il a reconnu qu'il avait vu des choses qui n'existaient pas : une voiture, un oiseau, un vélo à dix vitesses. Rien de sérieux.

Le plus effrayant, dans sa maladie, a-t-il dit, c'est de voir des gens qui ne sont pas là. Il lui a parlé des quelques personnes qu'il avait vues en hallucination avant le traitement : le metteur en scène de Londres ; une étrange femme nue, très maigre, avec de grandes ailes blanches – une sorte de cygne humain – perchée sur l'accoudoir du canapé, dans l'appartement d'Henny ; un enfant assis sur une boîte aux lettres de leur quartier qui tenait une tortue géante dans ses mains.

« Du coup, il faut vraiment que je vende ce pilote. La folie coûte cher. »

Myra aimerait pouvoir le soulager financièrement, mais toutes ses économies ont été englouties dans l'achat de la maison. Si elle avait pu se douter à l'époque que Ronan serait atteint par une maladie mentale, elle y aurait réfléchi à deux fois. Elle est tellement contente qu'il ait fait le voyage, cependant. À l'idée que leur projet tienne toujours, elle est presque euphorique. Le moment est bientôt venu.

Il est quinze heures tout juste passées. Bogdan a fini de déblayer la neige de l'allée et le jour tombe déjà. La rivière a gelé et en contemplant l'épaisse couche de nacre, elle se demande quand les patineurs vont revenir. C'est la fin janvier. L'an dernier, ils ont commencé à apparaître pendant la semaine de Noël. Malgré l'air hivernal du Vermont, qui donne parfois l'impression d'être pris dans un immense bloc glacial qui se refroidit de minute en minute, elle a toujours aimé les regarder de son ponton jusqu'à ce que la Mad River dégèle, fin mars. Ils patinaient à la lueur des lampes tempête et des torches électriques dans la nuit qui tombait peu à peu des collines de l'est, si bien que de loin, on aurait dit les lucioles de sa jeunesse clignotant au-dessus de la Chemung. Peut-être fait-il tout simplement trop froid pour les patineurs, cette année ?

Quand elle sort de la salle de bains en traînant les pieds, Myra aperçoit du couloir Keith et Ronan qui sont assis au bout de la table de la salle à manger, de dos. Keith est non seulement un excellent infirmier en soins palliatifs, mais également un ancien joueur de hockey semi-professionnel, ce qui est sans doute un des parcours les plus improbables de l'histoire du métier d'infirmier. Elle se sent très proche de lui. Peut-être est-ce simplement le fait d'être soignée par un infirmier comme elle. Keith a de longs cheveux blonds, un immense front léonin et des yeux très bruns enfoncés dans les orbites. Il a une carrure d'armoire à glace, de grandes mains déformées par les multiples fractures qu'il s'est faites aux doigts en jouant au hockey. À première vue, il est terrifiant. On l'imagine volontiers dans le rôle d'un impitoyable seigneur de guerre viking. Mais en réalité, Myra a rarement vu quelqu'un d'aussi gentil et d'aussi doux. Il s'est installé dans une des deux chambres de l'étage il y a trois semaines – peu après la dernière visite de Ronan. Elle ne sait pas ce qu'elle ferait sans lui. Certains soirs, après avoir lu près du poêle à bois du salon, elle n'a pas la force de se lever et il la porte jusqu'à son lit. Elle l'a fait installer au rez-de-chaussée avant Noël, sachant qu'elle aurait de plus en plus de mal à monter l'escalier à mesure que son état s'aggraverait. Ça lui facilite la vie de rester en bas. Elle a beaucoup maigri depuis quelques mois – elle est redescendue en dessous de quarante-cinq kilos –, si bien que Keith ne doit pas avoir trop de difficulté à la porter et elle préfère encore ça au fauteuil roulant tant redouté qui est parqué dans un coin de la chambre.

Elle considère le fauteuil roulant comme une abdication. Bien que son corps se dissolve peu à peu, elle refuse de se soumettre à la volonté de ce satané fauteuil. Peut-être qu'en étant portée, il est possible qu'elle se change en enfant ? En un improbable revirement de son destin. Elle pourrait être l'héroïne d'une fable, celle de la femme qui frôle la mort de si près que sa vie recommence. Mais si jamais elle s'assied dans le fauteuil roulant, la magie cessera d'opérer. Le sortilège sera rompu et elle se fracassera comme une vieille assiette jetée contre un mur. Le fauteuil roulant reste donc, intouché, dans le coin de sa chambre.

Elle sait de quoi Keith et Ronan sont en train de discuter et préfère les laisser tranquille. Ils se sont parlé plusieurs fois au téléphone au cours des dernières semaines, mais c'est la première fois qu'ils se rencontrent. Keith est son troisième infirmier à demeure. Les deux autres ont chacun travaillé deux mois chez elle avant d'être affectés ailleurs. Ils étaient très bien, mais Keith est de loin son préféré.

Cela fait bientôt sept mois que Myra est en soins palliatifs. Personne n'aurait jamais cru qu'elle tiendrait aussi longtemps. Heureusement pour elle, les frais sont couverts par l'assurance maladie du centre pénitentiaire de Stateville où elle a longtemps travaillé. Elle se sert rarement de la pompe à morphine pour soulager la douleur constante et intense. Ce qui au début du programme de soins palliatifs était des maux d'estomac accompagnés ponctuellement de violentes crampes est désormais une souffrance dévorante, parfois si paralysante qu'elle en devient presque abstraite. Mais elle ne recourt quasiment jamais à la morphine, sachant que cela surchargerait son foie et aurait un effet encore plus toxique sur son organisme déjà affaibli. Et bien qu'elle n'ait pas beaucoup d'appétit, cette stratégie combinée à une nourriture riche, telle que les cheeseburgers McDonald's que Keith lui rapporte tous les jours de la ville voisine de Montpelier, semble satisfaire les tumeurs et les empêcher de se nourrir du peu de tissus sains qu'il lui reste dans l'estomac et le côlon. Myra réalise une expérience biochimique sur elle-même. Elle savait qu'elle en arriverait là – qu'elle refuserait de se soumettre au cancer – alors, après s'être assurée qu'elle pouvait faire confiance à Keith, elle a échafaudé un plan avec lui.

Keith est là depuis presque trois mois. Au bout de ses deux mois d'affectation chez Myra, il a demandé à rester chez elle et l'agence a accepté. Myra lui en a été infiniment reconnaissante. Ce soir, il passe la nuit dans un hôtel de Montpelier pour la laisser seule avec son fils.

« Elle est debout ! » lance Keith en se levant de table pour aller à sa rencontre dans le couloir.

Myra s'appuie presque de tout son poids sur son pied à perfusion, qui est équipé d'une petite bouteille d'oxygène. Elle a quelquefois l'impression d'être en concurrence avec le petit récipient métallique dont la densité est difficile à estimer. Elle est obligée de s'arrêter un instant pour remettre son masque à oxygène qui a glissé. Soudain, elle a le tournis, le souffle coupé. Elle cherche le mur de sa paume droite pendant que Keith lui fixe son masque, puis regarde sa main. Elle lui semble préhistorique, reptilienne.

« Merci », dit-elle à Keith.

Derrière le masque, sa voix est lointaine, enfantine.

Keith se contente de sourire et s'occupe du tube à oxygène qui s'est coincé sous une des roues du pied à perfusion. Elle se laisse aller contre lui. Il sent le feu de bois. Elle résiste à l'envie de s'enrouler sur son dos penché qui forme un plateau accueillant. Jamais elle ne l'avouera, mais il y a des moments où secrètement, elle apprécie cette existence de poupée chiffon au bras de ce colosse qui la guide avec aisance tel un partenaire de danse.

Mais ce n'est pas le moment de s'accorder ce plaisir, car elle veut paraître aussi en forme que possible devant Ronan.

Ces derniers temps, elle ne peut sortir ainsi de son lit qu'une fois par jour. Elle s'arrange généralement pour que ce soit aux alentours de seize heures, afin de s'asseoir à la table de la salle à manger et de se réchauffer les mains sur un mug de camomille (elle ne peut plus en avaler qu'une ou deux gorgées) en regardant le soleil se coucher sur la Mad River. C'est pour tout cela qu'elle s'est installée dans le nord-ouest du Vermont : pour les colibris, les collines vertes ondoyantes et les magnifiques couchers de soleil sur la rivière. Bien loin du ciel plombé de Joliet où elle a passé plus de vingt ans de sa vie.

Keith l'aide à rejoindre la table et, avant qu'il ne l'installe sur la chaise qui donne sur la fenêtre de la salle à manger, elle le serre longuement dans ses bras sans dire un mot. Quand ils s'écartent, il a les larmes aux yeux.

« Il va peut-être neiger, lui dit-elle. Soyez prudent au volant, surtout.

– Je ne risque rien, avec la Subaru, répond-il en s'essuyant les yeux avant d'enfiler sa doudoune. Je passe vous voir demain », dit-il à Ronan.

Ronan hoche la tête et le remercie, puis Keith s'en va. Myra l'écoute en silence traverser la véranda de devant et descendre les marches. Il s'éloigne en faisant craquer la neige sous ses pas pour rejoindre sa voiture garée de l'autre côté de la rue, derrière la Toyota.

« C'est vraiment quelqu'un de bien, dit-elle une fois qu'il a démarré.

– Il t'aime beaucoup », dit Ronan.

Sa tisane est déjà posée sur le petit sous-verre carré en denim. Tout est tellement plus simple, avec Keith. Elle a suffisamment repris son souffle pour retirer le masque à oxygène et l'abaisse sur son menton.

« Tu ne voulais pas un thé ou une tisane ? lui demande-t-elle en enroulant les mains autour de son mug.

– Pas pour l'instant, dit-il.

– Tu as faim ?

– J'ai pris un sandwich, tout à l'heure.

– Keith te l'a peut-être dit, mais le frigo est rempli de choses que tu aimes. Et il y a aussi différentes sortes de pizza au congélateur.

– Merci. »

Il a du mal à la regarder.

« Je sais que je ne suis pas belle à voir, en ce moment, dit-elle.

– Arrête, maman.

– Mais c'est vrai. Tu peux à peine me regarder.

– Je suis désolé. Ça n'a rien à voir, tu es toujours belle.

– Tu as honte de quelque chose », dit-elle.

Il est incapable de répondre, comme si on le forçait à garder une pierre coupante dans la bouche.

« Si tu ne veux pas qu'on le fasse…

– On va le faire, dit-il en levant enfin les yeux sur elle. C'est juste que ce n'est pas facile.

– Je sais, répond-elle, mais tu as toujours été courageux. Tu es une des personnes les plus courageuses que je connaisse. »

Elle essaie de boire un peu de tisane. Ses poignets sont si faibles qu'elle a du mal à porter le mug à ses lèvres. Elle réussit à prendre une gorgée et le repose sur la table.

« Tu veux une paille ? » demande-t-il.

Elle secoue la tête. Elle a l'impression que son crâne est si grand que son cerveau ballotte à l'intérieur.

« Comment tu te sens ?

– Tout a un goût horrible, dit-elle. Comme si j'avais de la mine de crayon écrasée dans la bouche. Les cheeseburgers, la soupe de poulet, la glace – c'est de la mine de crayon. Les produits chimiques me sortent par les pores de la peau, je les sens. On a bien choisi notre jour.

– Parlons d'autre chose », dit-il.

Elle regarde le poêle à bois du salon et constate que Keith a pris soin de rapporter un tas de bûches de la remise. Il y a de quoi tenir deux ou trois jours.

« Tu as parlé à Henny ? demande-t-elle.

– Je l'ai eue au téléphone tout à l'heure, répond-il. Elle m'a dit que Bruce était tout content de m'entendre, c'est déjà ça.

– Vous avez passé un bon Noël, visiblement.

– On se serait cru dans la toundra, à Evanston. Je n'ai plus l'habitude, depuis que je suis à New York. Je ne sais pas comment on a pu supporter tous ces hivers à Joliet. Les hivers sont doux à New York, comparés à ce qu'on a connu dans le Midwest. Avec le vent, il fait un froid polaire.

– Mais ça allait mieux, entre Henny et toi.

– C'était un début, dit-il. Ce qui est sûr, c'est qu'on va réessayer. Après la première nuit… »

Il ne peut pas finir sa phrase.

Myra sait que Ronan et Henny ont été séparés pendant presque toute la grossesse. Après ce qui est arrivé à Londres, il a fait une dépression. Il est rentré à New York le lendemain de l'avant-première de sa pièce et a dû être hospitalisé. Il a passé près d'un mois au service psychiatrique de Beth Israel (aux frais d'Henny) sous traitement médicamenteux lourd et suivi psychiatrique constant. Puis il s'est réinstallé chez la logeuse ukrainienne d'East Village pendant presque toute la grossesse. Henny l'a laissé revenir pour les deux dernières semaines et il était là pour l'accouchement. Sur les photos, ils ont l'air d'un couple parfaitement heureux avec le petit Bruce au milieu, mais en réalité, ça ne s'était pas arrangé entre eux. Ronan avait dû être réhospitalisé quelques mois plus tard. Henny l'avait trouvé dans la cuisine dans un état second en train de se larder la cuisse de coups de fourchette. Il était tellement stressé de devenir père que cela avait visiblement déclenché quelque chose dans son cerveau. Il a dû retourner à l'hôpital pendant quelques semaines, le temps d'ajuster son traitement. Si seulement ils pouvaient oublier leur vie de bohème et se marier une bonne fois pour toutes, ça résoudrait une grande partie de leurs problèmes. Depuis qu'il est sous clozapine, il va beaucoup mieux. Elle est contente qu'il ait passé Noël avec Henny.

Ronan déglutit et reprend :

« Quand tout sera réglé ici, j'irai passer quelques semaines à Chicago avec Henny et Bruce. C'est ce qu'on a décidé. »

Il ajoute qu'il y a un petit théâtre d'avant-garde de West Belmont qui veut faire une lecture d'une de ses pièces et que ça devrait l'occuper quelques jours. Entre chaque phrase, il reprend son souffle, comme si les mots l'épuisaient.

« Bruce va être tout content de revoir son papa, dit Myra.

– Il me manque beaucoup, dit Ronan. Elle aussi.

– Elle t'aime, répond Myra. C'est évident depuis le début. »

Elle sent la tristesse qui pèse sur son fils, lui écrasant l'épaule gauche comme s'il portait un sac de sable. Elle remet le masque à oxygène et savoure un instant le plaisir d'inhaler le courant frais.

« Tu sais que la Toyota est à toi, dit-elle après avoir baissé le masque. Tu es déjà sur l'assurance, elle est réglée. Tu n'as qu'à l'apporter de temps à autre chez le garagiste pour faire la vidange. Elle fait moins de sept litres aux cent.

– Je reviendrai la chercher, promis », dit-il.

La lumière qui pénètre par la fenêtre du salon faiblit peu à peu. Le ciel est si nuageux qu'on ne verra pas beaucoup le coucher du soleil, ce soir. La surface gelée de la rivière est argentée comme une feuille de métal polie. L'autre jour, une bande de jeunes est venue boire et patiner. Ils ont laissé leurs canettes de bière qui se sont entrechoquées quelque temps et une écharpe rouge est restée collée à la glace. Le vent qui s'est levé secoue la fenêtre de la salle à manger.

« Je te l'ai déjà dit, je sais, reprend Myra, mais je tiens à te remercier encore de m'avoir envoyé le livre. Ça m'a beaucoup touchée. »

Il y a quelques mois, au début des soins palliatifs, elle a reçu un colis UPS contenant une édition originale de *L'Attrape-cœurs*. Sur la page de titre, il y avait un petit mot écrit au stylo-bille bleu :

À maman,
tendrement
Ronan

C'est un livre qu'ils adorent tous les deux ; elle le lui a offert pour ses quatorze ans et il a aussitôt été emballé. Quand il avait quinze ans, ils ont pris l'habitude de se le lire à voix haute pendant les vacances de Noël, la période durant laquelle Holden Caulfield erre dans les rues de New York. Hormis cette année, la dernière fois qu'ils ont réussi à le lire en entier, c'était à la fin de ses études. Cette année-là, ils étaient restés à Joliet et s'étaient lu des chapitres à tour de rôle sur le canapé. Ils l'avaient terminé en quelques jours à peine. Le mois dernier, juste avant que Ronan aille à Chicago retrouver Henny et Bruce, ils ont repris leur rituel, même si Myra était si fatiguée que Ronan en a lu la plus grande part. Lexy, Barry et leurs filles sont venus passer Noël avec elle.

« J'ai relu des passages après ton départ, dit-elle. Avec le temps, c'est de mieux en mieux. »

Bien que sa tisane ait refroidi, elle garde les mains autour de son mug. Après un long silence, elle demande à Ronan d'aller se raser.

« S'il te plaît, je veux voir ton visage. »

Il lui répond qu'il n'a pas apporté de rasoir.

« Keith en a un, lui dit-elle. Il se sert de la salle de bains d'en haut. »

Ronan se lève et monte pesamment l'escalier. Comment se fait-il que ce sprinter exceptionnel soit devenu si lent ? si renfermé ? Son fils finira par sortir de la dépression. Il ne sera pas comme Denny. Les médicaments le guériront ; elle en est convaincue.

Pendant son absence, elle appuie les coudes sur la table pour se lever de sa chaise et réussit à se mettre debout. Puis elle attrape son pied à perfusion et se dirige vers le salon en avançant à tout petits pas. Elle met près de trois minutes à faire moins de dix pas. Chacune des larges lames de parquet en pin est une borne kilométrique, un poteau téléphonique le long d'une route de campagne.

Une fois dans le salon, elle va jusqu'au bureau à cylindre en cerisier offert par Lexy, qui l'a trouvé il y a quelques années chez un antiquaire, dans le nord du New Hampshire, alors qu'elle venait avec Barry pour l'aider à déménager. Elle s'assied sur le fauteuil en osier, relève le rideau à lattes du bureau et en sort une grande enveloppe kraft. Puis elle rassemble ses forces et se met lentement debout en faisant appel à tous les muscles de ses pieds, de ses jambes et de ses hanches douloureuses, puis entreprend le voyage jusqu'à la salle à manger. Au bout d'à peine trois pas, elle lâche l'enveloppe qui est projetée dans l'autre sens. Il lui est impossible de retourner en arrière pour la récupérer. Elle laisse l'enveloppe où elle est et continue à se traîner péniblement jusqu'à la table.

Avec la maladie, le temps est devenu un démon protéiforme. Il s'épaissit, se solidifie, se transforme en une portée de chatons qui se bousculent entre ses pieds et lui griffent les jambes. Et soudain, ils disparaissent et une autre journée s'achève qui ne lui aura laissé que peu de répit. Les secondes deviennent des piques de douleur. Les minutes, des clous de traverse. Une heure est une vieille cuisinière en fonte suspendue au plafond par un crin de cheval. Elle aurait dû prendre quelque chose pour se soulager. Il suffirait d'une pression sur le petit bouton rouge de la pompe à morphine – un simple jouet d'enfant. Ce matin, Keith a presque insisté pour qu'elle en prenne mais Myra est têtue comme une bourrique, pour employer une des expressions favorites de sa mère. Ce serait facile d'appuyer sur ce bouton, mais elle veut avoir l'esprit clair dans ce moment important avec son fils.

Elle parvient enfin à rejoindre la table de la salle à manger et s'assied lentement sur sa chaise en se servant de ses poignets, de ses avant-bras et de ses coudes. Le haut et le bas de son corps semblent entièrement dissociés de son milieu. Elle a l'impression d'être un pantin en bois jeté dans la rue. Elle serre son mug qui est totalement froid à présent et se regarde dans la cuillère posée sur la table. Elle a bien fait de se maquiller un peu, dans la salle de bains. Pas trop, juste ce qu'il faut. Un peu de rouge à lèvres et de fard. Depuis décembre, ses joues sont devenues creuses et blafardes. Ses cheveux ont repoussé depuis sa dernière chimio, mais ils sont à présent fins, curieusement bouclés et presque incolores alors qu'ils étaient autrefois d'un beau brun chatoyant. Ils n'ont commencé à grisonner qu'il y a quelques années, et si elle n'avait pas suivi ces traitements agressifs, elle aurait peut-être encore sa crinière brune malgré ses soixante ans passés. Pas de cheveux gris, mais un cancer généralisé. D'un côté, Dieu vous accorde un bienfait et de l'autre, il fait tout pour vous anéantir. Parfois, elle regrette d'avoir choisi de subir toutes les chimiothérapies, d'avoir absorbé tout ce poison.

Ronan revient dans la salle à manger. La douche lui a donné bonne mine. Ses cheveux sont mouillés et il s'est fait une raie sur le côté. Comme à l'époque du lycée. Avec son visage rasé de près, il a de nouveau l'air d'un jeune garçon. Son garçon. Par moments, ne peut-elle s'empêcher de remarquer, il ressemble vraiment à Denny. L'expression qu'il prend quand il ne peut pas répondre à une question, quand il est perdu. L'arcade sourcilière proéminente, la façon dont les yeux paraissent s'assombrir et devenir la proie des idées noires, des loups qui rôdent dans son esprit. À moins, bien qu'elle se refuse à le croire, que ce soit une certaine lâcheté, une réticence à affronter quelque chose. Ronan s'est enfin changé. Cela faisait deux jours qu'il portait le jean et le sweat gris informe qu'il avait en arrivant et il est maintenant en pantalon de velours côtelé caramel et gros pull torsadé écru.

« Quel changement, dit-elle en le voyant entrer. L'eau était assez chaude ?

– Elle était parfaite », répond-il.

Elle lui demande d'aller chercher l'enveloppe kraft qu'elle a laissé tomber. Il va la récupérer avec une telle aisance de mouvement que c'en est presque obscène. La douche l'a détendu, apaisé. Il lui tend l'enveloppe. Myra l'ouvre, en sort sept enveloppes blanches et les étale sur la table. Chacune porte un nom :

MAMAN
FIONA
JOAN
LEXY
ALEC
RONAN
DENNY

Elle laisse à Ronan le temps de les examiner puis lui dit :

« Il faudra les remettre en personne. On ne peut pas risquer d'avoir un cachet de la poste sur l'enveloppe. »

Il lui demande si quelqu'un sait où se trouve l'oncle Alec.

« Grand-mère Ava le sait, répond-elle. Il faudra lui demander. » Elle remet les enveloppes blanches dans celle en kraft et la pousse vers lui, puis dissimule ses mains monstrueuses sur ses genoux. « N'ouvre pas la tienne tout de suite, lui dit-elle.

– D'accord.

– Promets-le-moi.

– Je te le promets », répond-il en la regardant droit dans les yeux. Il ressort les enveloppes et les regarde une à une. « Et où est mon père ? »

Elle déglutit. Sa bouche est sèche et irritée comme si elle était forcée d'avaler une cuillère de sable. Cette déshydratation constante. Elle a beau avaler des litres d'eau, elle a toujours aussi soif.

« Il est dans un hôpital pour anciens combattants dans le sud de l'Illinois », répond-elle.

Elle sait que le mystère de son père a toujours été difficile pour Ronan. Il y a un vide en lui. Un abîme sombre, insondable. Dès le départ, Myra a décidé de ne pas lui raconter son histoire. Ne serait-ce que pour se protéger elle-même. Elle était si amoureuse de Denny Happ. Elle aurait tout fait pour lui, subi toutes les humiliations, donné un membre, un rein, sa vie. Son départ inexpliqué, les années de silence, la façon dont elle l'a retrouvé à Carbondale, la révélation bouleversante de sa maladie – tout cela conjugué est sans doute le plus grand chagrin de sa vie.

« Il est hospitalisé là-bas depuis trois ans, ajoute-t-elle.

– Je ne savais même pas qu'il était en vie, dit Ronan.

– Oui. Je suis désolée de ne te le dire que maintenant. J'ai toujours eu du mal à aborder le sujet de ton père, tu sais bien. »

Rien qu'en cet instant, elle a l'impression de gaspiller son précieux oxygène en parlant de Denny.

« Comment tu l'as retrouvé ? demande Ronan.

– L'an dernier, quelqu'un de l'hôpital m'a contactée parce qu'il nous avait mis sur son testament », dit-elle en déformant légèrement la vérité.

En réalité, c'est elle qui l'a retrouvé grâce à la Veterans Health Administration à Washington car elle faisait son testament. Elle veut lui donner trois albums de photos retraçant leur vie à Chicago et à Wilmette.

« Il va mourir ? demande Ronan.

– Non. Du moins, pas à ma connaissance. » Elle remet le masque, respire une bouffée et poursuit. « Il est schizophrène, Ronan. Apparemment, il a un traitement lourd. » Elle souffle, reprend de l'oxygène. « Les troubles dont tu souffres sont probablement héréditaires. »

Ronan a le même air désorienté que lorsqu'il se réveillait de la sieste, étant petit. Elle pourrait lui en dire bien plus, elle le sait. Lui parler de sa visite chez Connie, il y a des années, lui raconter qu'elle a passé un moment avec Denny dans sa cuisine, qu'il lui a raconté que des forces supérieures lui avaient ordonné de les assassiner tous les deux. Mais c'est insoutenable. Elle ne veut pas gâcher ces derniers instants avec son fils. Il devra se contenter de savoir que son père est en vie.

« C'est quel hôpital ? demande Ronan.

– Celui de Marion. C'est à côté de Carbondale. »

Il y a un silence que seul vient troubler le crépitement des braises dans le poêle à bois que Keith a pris soin d'allumer avant de partir.

« Je lui apporterai la lettre », dit Ronan.

Ses yeux sont brillants de larmes qu'il essaie de dissimuler, mais il est si bien rasé que ses joues luisent à la lueur du feu.

Elle lui demande de l'aider à aller dans le salon. Il fait le tour de la table pour lui offrir son bras. Elle s'y agrippe à deux mains et se lève. Une fois qu'elle est stable, il la conduit pas à pas dans le salon, accompagnée de son pied à perfusion, et l'installe avec précaution dans son vieux fauteuil qu'elle a depuis Chicago, et où elle aime tant lire. Avant, il était à l'angle du canapé, mais Keith l'a déplacé il y a quelques semaines près du poêle à bois pour qu'elle ait suffisamment chaud quand elle lit.

Au pied du fauteuil se trouve une caisse en bois remplie de vinyles. Pendant que Myra s'installe, Ronan s'accroupit et les passe en revue : John Denver, Patsy Cline, Simon et Garfunkel, John Prine, Fleetwood Mac…

Le feu siffle. Un bout de bois craque. Ronan ouvre le poêle, rajoute du bois et le referme. Puis il décroche du mur, au-dessus de la caisse, une grande photo en noir et blanc encadrée et dédicacée de la star du baseball Mickey Mantle.

« Grand-mère Ava me l'a apportée la dernière fois qu'elle est venue avec ta tante Joan, dit Myra. Mon père me l'avait offerte pour mes quatorze ans. J'ai demandé à Keith de l'accrocher la semaine dernière.

– Je ne savais pas que tu étais fan de Mickey Mantle, dit Ronan.

– Je l'ai rencontré.

– C'est vrai ? Où ça ?

– À Elmira. Dans un vieux *diner* où ta grand-mère si stricte me laissait aller seule après la messe. Je goûtais enfin à l'indépendance. Quelques heures de liberté après la messe du dimanche. C'était à la fin de la cinquième, pendant l'été. » Elle remet une fois de plus le masque, prend de l'oxygène, puis l'abaisse. « Il est venu à ma table et s'est assis en face de moi. Il a mangé la moitié de mon sandwich et j'ai partagé mon lait malté avec lui. Je ne savais pas qui c'était. Il venait d'être relégué en ligue mineure pour travailler son swing et il était juste de passage dans la ville.

– Il s'est posé en face de toi, là comme ça ? s'étonne Ronan. Tu n'as pas trouvé ça un peu bizarre ?

– Un peu oui, admet-elle. Mais il avait quelque chose. Quelque chose qui m'attirait. Sur le chemin du retour, il s'est mis à pleuvoir, et il m'a raccompagnée en voiture.

– C'est fou, dit Ronan. Tu avais quoi, treize ans ? C'était un adulte.

– Crois-le ou non, mais ça n’avait rien de malsain », répond Myra même si, à l’époque déjà, elle savait qu’elle était trop jeune pour éprouver ce qu’elle éprouvait à côté de lui, quand ils étaient garés dans sa Chevrolet Bel Air aux pneus à bandes blanches. Elle avait envie de l’embrasser sur la bouche. De sentir sous ses lèvres sa belle bouche pulpeuse. Ç’aurait été son premier vrai baiser. Il avait l’air d’une star de cinéma. Il était tellement beau, son sourire était si charmeur. « J’avais sa carte de recrue, poursuit-elle. C’est aussi un cadeau d’anniversaire de mon père. Il me l’a offerte pour mes seize ans. Je ne sais pas ce qu’elle est devenue. Elle a disparu quand on vivait à Chicago. Elle doit valoir une fortune, maintenant… En fait, je ne sais pas si c’était vraiment Mickey Mantle. Ça aurait pu être n’importe qui. »

Ronan raccroche au mur la photo dédicacée de Mickey Mantle et passe la main sur le dos des livres de la bibliothèque qui couvre un mur entier. Des centaines de livres. Ronan prend un autre cadre sur le buffet qui est en face du canapé, à côté de la platine. C’est une petite photo carrée en noir et blanc de son père. Denny Happ est assis sur un banc de parc, sous les branches d’un arbre. Il porte une veste sombre et une chemise blanche ouverte à col boutonné. Ses cheveux sont bien peignés, avec une raie sur le côté quasiment identique à celle de Ronan. Il regarde l’objectif en souriant. Il était tellement heureux, se souvient Myra.

« Je ne l’avais jamais vue, dit Ronan.

– C’est juste après notre lune de miel, explique-t-elle. Le jour où on s’est installés ensemble. Il avait vingt-six ans. Il a déménagé ses affaires chez moi, puis on est allés pique-niquer dans Humboldt Park. J’avais fait des sandwichs au thon et on a bu du Coca tiède. Il faisait une chaleur étouffante, ce jour-là.

– Ils se ressemblent, dit Ronan en approchant la photo de son père de celle de Mickey Mantle.

– Ton père était très beau, dit Myra. Comme toi. Tu as hérité ça de lui.

– Ce n’est pas la seule chose dont j’ai hérité, apparemment, dit-il en se tapotant le crâne.

– Tu as une belle vie devant toi », dit Myra. Sa voix est de plus en plus faible, comme si elle avait presque atteint un quota de mots qui lui serait alloué par jour. Elle reprend de l'oxygène et poursuit : « Tu t'es fait aider à temps. Ton père n'a pas pu.

– Tu l'aimes encore ? demande Ronan.

– L'homme que j'ai connu, oui. Mais il y a longtemps qu'il n'existe plus. Je ne le connais plus. »

Ronan regarde par la fenêtre. Il semble ailleurs, comme s'il suivait du regard quelque chose qui s'envolait au vent.

« Tu as tes pièces, continue Myra, ton merveilleux fils… et Henny. Tu as tout pour toi. Tu peux être le père que tu n'as jamais eu.

– J'aimerais tellement, répond Ronan en se tournant vers elle. Vraiment.

– Alors, tu y arriveras », dit Myra.

Il repose le portrait de son père sur le buffet puis va chercher une chaise dans la salle à manger. Il la place devant elle et s'assied. On n'entend plus que le bois qui siffle et crépite dans le poêle.

Après un silence, Myra lui demande :

« Keith t'a tout expliqué ? »

Ronan hoche la tête.

« Et tu es toujours d'accord ? »

Il hoche de nouveau la tête. C'est comme si chaque hochement marquait le temps, indiquait l'inévitable. Myra reprend une bouffée d'oxygène et énumère tout ce qui doit être réparé dans la maison : dans la cuisine, les suspensions de l'îlot central n'arrêtent pas de sauter ; les gouttières du garage sont vétustes ; il faut à tout prix changer les fenêtres du salon ; la chasse d'eau fuit dans les toilettes d'en haut, l'abattant doit aussi être remplacé ; une des moustiquaires de la véranda est déchirée, elle a besoin d'un ou deux patchs. Le chauffe-eau a plus de vingt ans, tôt ou tard il faudra en racheter un. Lexy et Barry ont accepté de s'en charger. Ils ont aussi dit qu'ils voulaient repeindre l'extérieur. Avec ses cousines, il pourra décider de la couleur des murs et de celle des bordures. Les abreuvoirs des colibris sont dans un carton au sous-sol.

Elle lui parle de la librairie qui est en ville.

« Ils ont un beau rayon de romans actuels, dit-elle. Ils ont même une sélection de théâtre contemporain. La dernière fois que j'y suis allée, je leur ai parlé d'Henny et toi et leur ai dit qu'ils devraient commander vos pièces. »

Elle adore son sourire. Elle sait qu'il fait de son mieux pour elle.

Les mots continuent à se bousculer dans sa bouche. Elle perd de nouveau son souffle et doit poursuivre avec le masque.

Elle a préparé des listes, mis de l'ordre dans les factures. Keith a nettoyé la maison de fond en comble. Il a même engagé deux femmes de ménage pour l'aider. Ils ont passé un week-end entier à astiquer le sol, laver les vitres et ranger la cuisine.

Elle rappelle à Ronan qu'elle souhaite être incinérée. Elle ne veut pas de célébration religieuse, même si cela attriste sa mère. Elle aimerait qu'il organise une commémoration à Joliet, dans Pilcher Park, au printemps. Il faudra qu'il invite Lexy, Barry et les jumelles. Ainsi que Fiona. Et sa mère et Joan, bien sûr. Sans compter Marna et son mari Dale.

« Tout est écrit, lui dit-elle. Tout est dans ta lettre. »

Il hoche de nouveau la tête. Elle a soixante-deux ans. Elle en aurait eu soixante-trois en juin.

Ronan baisse son masque à oxygène. Il sort le flacon de médicaments orange que Keith lui a donné avant de partir. Il dévisse le bouchon, fait tomber deux comprimés dans sa main, puis un troisième.

Il a le visage si doux, si lisse. Ce garçon. Cet homme. Son fils.

« Tu es sûre de ta décision ? » lui demande-t-il.

Elle le regarde sans un mot. Elle a l'air si fatiguée. Ces derniers mots l'ont épuisée.

« Maman, l'entend-elle dire. Bats deux fois des paupières si tu es sûre. »

Elle bat des paupières une première fois. Puis une seconde.

Il lui donne les comprimés, un par un. Les comprimés orange de Darvocet-N 100 ont la forme de la cuve à fioul qui est sur le côté de la maison. Ronan lui tend le gobelet de jus d'orange. Elle ne l'a pas vu aller le chercher dans la cuisine et pourtant, il l'a à la main. Il tient la paille métallique dans le gobelet. Myra met le premier comprimé sur sa langue, aspire le liquide sucré, l'avale. Elle fait de même avec le deuxième. Puis le troisième.

Elle sent les trois comprimés oblongs se frayer un chemin un par un dans son gosier. Il lui vient à l'esprit que de petites choses artificielles peuvent procurer du plaisir, du soulagement, de la sérénité. La poésie de la médecine. Ces composés minutieusement conçus qui vous transportent dans d'autres mondes. Elle est reconnaissante envers la science, impressionnée par cet univers de miniatures, avec leurs formes enfantines et leurs couleurs de maison de poupée, la facilité avec laquelle les médicaments pénètrent dans le sang.

Elle a de nouveau son masque.

« Tu les as tous avalés ? » entend-elle son fils lui demander.

Elle ouvre la bouche et tend la langue.

« C'est bien », dit-il.

Il est son père, le père de son père. Il y a quelque chose de séculaire dans son attitude. Il aurait pu être médecin. C'est inné, chez lui.

Il va chercher un des plaids de sa mère sur le canapé, le pose sur ses genoux et le remonte sur ses épaules.

À présent, il tient le livre qui était sur la table basse.

Soudain, Myra éprouve une sensation de chaleur derrière les yeux et les ferme. La chaleur se propage doucement le long des bras, à l'arrière des genoux, dans les articulations des poignets, la plante des pieds… la mâchoire. Elle a l'impression d'une vague d'amour qui irrigue tout son corps. Une affection ultime, indéfectible.

« Maintenant ? » demande Ronan.

Elle hoche la tête.

« Tu restes avec moi après, promis ? »

Six mots de plus. Six mots cotonneux où voyelles et consonnes se mêlent. Il lui en restait six.

« Détends-toi, dit-il. Je reste là. »

Myra ouvre l'œil droit l'espace d'un instant. Elle a toutes les peines du monde à soulever la paupière, elle est incroyablement lourde, comme un rideau de velours lesté. Par la fenêtre du salon, à la faible lueur de la lumière accrochée sur le côté de la véranda, elle voit qu'il s'est remis à neiger. Les flocons tombent parfaitement droit… Sa paupière tombe elle aussi.

Ronan ouvre le livre et commence à lire : *Si vous voulez vraiment que je vous dise, alors sûrement la première chose que vous allez demander c'est où je suis né, et à quoi ça a ressemblé, ma saloperie d'enfance, et ce que faisaient mes parents avant de m'avoir, et toutes ces conneries à la David Copperfield, mais j'ai pas envie de raconter ça et tout.*

D'étranges images déconnectées envahissent l'esprit de Myra : les petites tomates vertes du jardin de sa mère, les abeilles d'été qui voltigent au-dessus du carré de rhubarbe, les robustes tiges violacées… les chatons d'un saule qui ondulent lentement… sa sœur Fiona encore petite qui marche pieds nus à reculons sur la pelouse, les yeux bandés, une cravate de leur père autour du cou, en tendant derrière elle ses petites mains blanches, tandis qu'Alec la regarde avec un grand sourire, caché dans les lilas… la première fois où elle a pris son fils dans ses bras, son corps palpitant baigné de liquide amniotique, le miracle de ses doigts minuscules… un cerf en bordure de la forêt en hiver, son épais pelage gris parsemé de tiques noires… la vieille balançoire à pneu suspendue au sycomore qui tourne doucement au vent, devant chez ses parents.

Ses paupières sont trop lourdes pour qu'elle les ouvre.

Ronan s'arrête de lire. Elle n'entend plus que sa respiration qui ralentit, désincarnée… lente comme la mer… lente comme un mélèze. Elle sent que Ronan lui enlève le masque, une brusque sensation de fraîcheur autour de la bouche. Elle sent sa main chaude et forte qui serre la sienne tandis qu'il reprend sa lecture : *Là où je veux commencer c'est à mon dernier jour avant de quitter Pencey Prep. Pencey Prep est ce collège, à Agerstown,*

Pennsylvanie, vous devez connaître. En tout cas, vous avez sûrement vu les placards publicitaires…

Myra sent qu'elle sourit.

La voix de son fils est semblable à un fil lentement tiré hors de la pièce, hors de la maison qu'elle aime, cette maison pleine de livres, avec son poêle à bois et son confort simple. Elle suit la voix par-delà les sommets environnants, dans des forêts enneigées dépouillées de leurs feuilles, le long des rives escarpées de lacs anciens, au milieu de vastes plaines de blé, de maïs et de lentilles qui s'étendent à perte de vue, à travers des montagnes rocheuses, des déserts et des canyons et dans les océans bleus de l'infini.

QUATRIÈME PARTIE

16

MARION, ILLINOIS

13 août 2002

RONAN

C'est la fin de l'après-midi et Ronan roule depuis près de deux jours. Bien que la climatisation ne fonctionne pas, ce qui est pénible dans la chaleur moite du Sud, la Toyota de sa mère est non seulement économe en carburant, mais elle s'avère très sûre. La veille, il a passé la nuit dans un Motel 6 à la sortie de Knoxville, dans le Tennessee, où la chambre sentait le burrito à l'œuf et le lit était à peu près aussi confortable qu'un imperméable plié. C'est la mi-août. Ronan a prévu de régler deux affaires familiales – l'une au nord-ouest du Mississippi, l'autre dans le sud de l'Illinois – avant de mettre le cap sur Los Angeles, à l'autre bout du pays, où il a été engagé comme auteur pour une nouvelle série télévisée. Il doit rester dix semaines à Los Angeles. Ce sera officiellement sa première *writers' room*.

La nouvelle série a pour héroïne une ancienne joueuse de tennis professionnelle rescapée d'un cancer du sein qui crée une agence de détective lesbienne. Ronan a été engagé par la directrice de la série, Brenda Ball, une femme aux faux airs de Peter Pan qui a créé un des plus célèbres feuilletons diffusés en prime time des années quatre-vingt-dix. Brenda avait lu quelques pièces de Ronan et, comme elle le lui a expliqué lors d'un déjeuner au Balthazar, à SoHo, elle a besoin d'un homme qui ne soit pas gay dans l'équipe de scénaristes, comme « modérateur » pour éviter que les personnages hétéros masculins ne dérapent. Un des personnages en question est un détective rival, du nom de Pete Stonebridge, qui est peut-être amoureux de ladite ancienne joueuse de tennis professionnelle et rescapée d'un cancer du sein.

À la fin du déjeuner, Brenda Ball lui a directement proposé le job pendant qu'elle réglait l'addition. Derrière son côté Californienne sportive et légèrement New Age (elle a commandé un supplément de pollen avec son thé), Ronan l'a trouvée incroyablement drôle et d'une honnêteté désarmante. Le pilote et le deuxième épisode ont déjà été écrits et l'objectif, c'est que la *writers' room* aide Brenda à pondre une saison entière si captivante que la chaîne n'ait pas d'autre option que de tourner la série.

En ce moment, son fils Bruce ne pense du haut de ses trois ans qu'à envoyer dans l'espace de petits engins de chantier en plastique conduits par des chiens. C'est essentiellement pour lui que Ronan a accepté de travailler pour la télévision. Ce sera la première fois qu'il pourra contribuer de manière substantielle à assurer son avenir. De manière inattendue, n'ayant pas réellement connu son père, il éprouve pour son fils un amour fou. Il souffre presque physiquement d'être séparé de lui depuis quelques jours. Les dix prochaines semaines vont être dures.

Quelques instants plus tôt, alors que Ronan venait de s'engager sur l'Interstate 55 direction nord, le crachin s'est brusquement mué en pluie diluvienne. Les essuie-glaces ont beau être à fond, il n'y voit plus rien. Il se gare sur la bande d'arrêt d'urgence. Devant lui, une autre voiture s'est également arrêtée. Il n'a jamais vu un déluge pareil. On irait plus vite en courant qu'au volant d'une voiture.

Il regarde son portable qui par miracle capte encore. Il appelle chez eux, laisse sonner un moment et, à son grand soulagement, Henny finit par décrocher.

« Tu es à Marion ? demande-t-elle.

– J'ai encore quelques heures de route, répond-il. Je viens de tomber sur un orage démentiel, je n'ai jamais vu ça. J'ai dû m'arrêter.

– Heureusement que tu as appelé maintenant, dit-elle. J'allais partir au bureau. »

Henny dirige à présent le cursus d'écriture dramatique de troisième cycle à Columbia. À trente-six ans, elle est la plus jeune professeure à avoir jamais occupé ce poste. Ils habitent encore dans son appartement de l'Upper East Side, où ils sont à l'étroit depuis qu'ils ont ajouté une cloison pour créer la chambre de Bruce.

« La baby-sitter ne va pas tarder, ajoute-t-elle.

– Ta pièce avance bien ? demande Ronan.

– Je n'aurais jamais imaginé écrire une histoire de fantôme, et pourtant…

– C'est bien plus qu'une histoire de fantôme, l'encourage-t-il. Elle parle de deuil, d'une vieille plantation victorienne, de générations de secrets de famille.

– Sans oublier qu'il y a des chansons, dit-elle.

– Sans oublier qu'il y a des chansons, répète-t-il. Et qui plus est a cappella. Ce qui est plutôt bizarre, mais on n'en attend pas moins d'Henrietta Woods.

– Je t'aime, dit-elle.

– Je t'aime encore plus.

– L'orage ne te fait pas trop flipper ?

– Non, pas vraiment. C'est juste qu'on ne voit absolument pas la route.

– Tu as pris tes médicaments, hein ?

– Oui, répond-il. Ne t'en fais pas. Tout va bien. »

Quelques voitures passent au ralenti sur l'autoroute. La pluie martèle le capot de la Toyota. Ronan se surprend à poser instinctivement la paume sur le plafond, comme pour le soutenir.

« Bon, je dois y aller, dit-elle. Bonne chance, à Marion.

– Je vais bien finir par y arriver si la pluie se calme.

– Tu reviens dans deux semaines, c'est bien ça ?

– J'ai déjà pris les billets d'avion. Ce sera juste pour le week-end – je dois être rentré le lundi – mais ça sera bien. »

Depuis son deuxième séjour à l'hôpital et leur séparation, Bruce les a rapprochés. Ronan était là pour la naissance de son fils, mais peu après, il a dû être hospitalisé à Beth Israel. Lorsque Henny est venue le voir avec Bruce qui était tout bébé, leur vulnérabilité commune leur a permis de surmonter leur rivalité maladive et leurs infidélités mutuelles. Le seul fait de toucher les mains de son fils – sa paume délicate, les minuscules coussinets au bout de ses doigts –, les tenir entre les siennes, les sentir serrées sur son index sous le regard attendri d'Henny les avait soudés tous les trois. Bruce avait les yeux d'Henny, leur couleur magnifique, leur regard. Mais il tenait la forme de sa bouche – ses petits coins déterminés – de son père. Malgré la ouate médicamenteuse qui lui enrobait le cerveau, Ronan n'avait jamais éprouvé une telle émotion. Le sentiment du possible qui accompagnait l'arrivée de Bruce, la volonté d'Henny de poursuivre leur relation lui donnait l'espoir nécessaire pour guérir. Ce qui s'était produit dans la petite salle des visiteurs de Beth Israel était d'une force incroyable. Après cela, Henny était venue le voir tous les jours avec Bruce jusqu'à sa sortie et depuis, ils semblent être sur le bon chemin.

« Tu me manques déjà, dit Henny.

– Toi aussi, tu me manques, répond-il. Embrasse Bruce pour moi. »

Tandis que la pluie continue à pulvériser la Toyota, Ronan sort une carte postale de la poche arrière de son pantalon, puis il attrape son sac à dos sur le siège passager et la range avec la demi-douzaine d'autres cartes attachées par un trombone. Elles représentent toutes la même maison bleue sur pilotis. Au dos, elles portent un prénom de garçon, un chiffre correspondant probablement, d'après sa grand-mère Ava, à son âge, et sous le chiffre, la curieuse formule BONJOUR ET AU REVOIR. Ronan en passe quelques-uns en revue… BLAKE CARDINAL… DREW EADES… ALBERT PAGAN… JERMAINE ANTHONY HOLLOWAY.

C'est sa grand-mère qui lui a donné les cartes postales quand il est allé la voir à Elmira. Il était venu en voiture de New York pour lui remettre en personne une lettre que sa mère avait écrite juste avant de mourir. Il a passé tout le week-end là-bas pour aider sa grand-mère, qui a maintenant plus de quatre-vingts ans, à débarrasser un tas de choses du sous-sol. Il a hérité de sa taille. Elle faisait autrefois un mètre quatre-vingt-dix, mais elle a rapetissé avec l'âge si bien qu'il a à présent une demi-tête de plus qu'elle.

Pendant le dîner, le premier soir, il lui a demandé si elle savait où était son oncle Alec, car il avait également une lettre pour lui.

Sa grand-mère s'est levée de table, est allée dans la cuisine avec sa canne et elle en est revenue avec sept cartes postales.

« Il est là, lui a-t-elle dit en montrant la petite maison sur pilotis.

– Il se cache au fond du Mississippi, a lancé Joan à l'autre bout de la table.

– Ton frère habite dans le Mississippi, a rectifié grand-mère Ava. L'État du Mississippi, Joan. Pas le fleuve. »

Il lui a fallu plus d'un an pour trouver le courage de faire ce voyage, mais Ronan a décidé de profiter du fait qu'il devait se rendre sur la côte Ouest pour faire un détour par le Sud afin de donner sa lettre à Alec, avant de remonter jusqu'à Marion, dans l'Illinois, pour remettre la dernière.

Moins d'une heure auparavant, il a traversé sous une pluie incessante l'étrange ville délabrée de Tunica, dans le Mississippi. Le paysage de champs et de prés verdoyants, dont l'un peuplé de vaches brunes blotties sous la pluie avec des airs de conspiratrices, tranchait avec le bidonville d'habitations de fortune, assemblage hétéroclite de planches de contreplaqué, de bois de récupération et de tôle ondulée, qui menaçaient de voler en éclats à la moindre bourrasque. Il y avait des parcelles entières couvertes de boue, des voitures abandonnées complètement désossées, un vieux camion de glaces planté au milieu d'une prairie de fleurs sauvages comme si la terre l'avait imaginé.

Après avoir tourné dans plusieurs rues inachevées, Ronan s'est arrêté devant la maison de la photo, montée sur pilotis comme beaucoup d'autres dans le secteur. Quand il est descendu de voiture, il a brusquement cessé de pleuvoir et soudain, il a entendu les oiseaux. Peut-être était-ce bon signe.

La maison de son oncle était flanquée à gauche d'une bicoque blanche crasseuse à peine plus grande qu'une cabine de péage, avec un drapeau américain planté sur le toit et au moins trois panneaux INTERDIT D'ENTRER ; et à droite, d'un bungalow vert menthe aux pilotis couverts d'énormes paquets de fiente qui semblait inoccupé, à en juger par les vitres cassées et la porte arrachée de ses gonds.

La maison de l'oncle Alec correspondait parfaitement à la photo des cartes postales : les parois bleu ciel, les pilotis sombres ; l'escalier de cèdre en zigzag menant à la porte d'entrée, cinq mètres au-dessus de lui. En dessous de la maison, une Chevrolet Malibu grise cabossée de la fin des années soixante-dix était garée sur un rectangle de bitume inégal. Elle portait une plaque d'immatriculation du Mississippi sous le pare-chocs arrière.

Ronan a gravi les marches branlantes et frappé à la porte. Pas de réponse. Il ne pouvait pas regarder par la fenêtre car les stores étaient baissés. Il a collé l'oreille à la porte, mais n'a rien entendu. Il est redescendu, a fait le tour de la maison et s'est retrouvé face à un escalier en cèdre quasi identique et tout aussi branlant, qu'il a monté prudemment avec le sentiment qu'il risquait de s'effondrer à tout instant comme si c'était un piège.

En haut de l'escalier, devant l'entrée, se trouvait une brouette qui contenait un fond de ciment préparé. Une grande pelle était posée contre la cuve. Ronan a touché le mélange, il était encore humide et granuleux. Il a essayé de regarder par la lucarne ménagée dans la porte, mais elle était calfeutrée par un tissu sombre.

Il a mis la main sur la poignée. Il est des tournants irréversibles, dans la vie, et il était face à l'un d'eux. Il sentait peser autour de lui une force maléfique, lourde, froide. De l'autre côté de la porte se trouvait certainement quelque chose qu'il préférerait ignorer, d'autant plus s'il s'avérait que cela exigeait de lui autre chose que de remettre simplement la lettre. Il n'a pas ouvert la porte. Il a renoncé et redescendu les vieilles marches en espérant qu'elles ne cèdent pas.

Après avoir refait le tour de la maison, il a sorti de sa poche arrière la lettre de sa mère. La boîte aux lettres était grossièrement attachée au pilotis de droite avec du fil de fer. Elle ne contenait qu'un prospectus d'offres promotionnelles sur le riz Rico, l'huile de maïs Wesson et le poulet entier Perdue. Ronan a remis le prospectus dans la boîte, posé la lettre de sa mère dessus et refermé le rabat.

Puis il s'est approché de la Chevrolet Malibu et a regardé par la vitre du côté passager. Le plancher était jonché de sacs de fast-food. Un ticket de jeu gratté était posé sur le siège. Calée dans un des deux porte-gobelets se trouvait une Game Boy Advance Nintendo bleue.

L'oncle Alec avait-il un fils ? ou une fille ? Y avait-il dans la famille un cousin ou une cousine dont personne ne soupçonnait l'existence ? Comme involontairement, son esprit faisait barrage à d'autres implications plus sombres.

Sur la banquette arrière étaient éparpillées quelques canettes de Coors Light, dont certaines à moitié broyées, des reçus jetés et une paire de lunettes de soleil bon marché.

Ronan a tenté d'ouvrir la portière côté passager, mais elle était verrouillée. Puis il a essayé les autres. En vain. C'était peut-être tout ce qu'il connaîtrait de son oncle Alec : une vieille Chevrolet Malibu contenant une Game Boy, un ticket de jeu gratté et une collection d'emballages de fast-food. Il s'était donné une heure de marge pour pouvoir éventuellement discuter avec son oncle, mais il avait pris du retard. Il avait eu du mal à trouver Tunica et perdu un temps fou à demander son chemin tout d'abord dans deux stations-service, puis au gardien d'un parking de casino. Il avait un rendez-vous important à Marion, dans l'Illinois, et devait à tout prix être à l'heure.

Sur ce, il s'est remis à pleuvoir. Il était à l'abri sous l'étrange maison surélevée de l'oncle Alec. Il est resté un moment à regarder la pluie tomber à verse sur la Toyota de sa mère. Qu'en aurait-elle pensé ? se demandait-il.

Dans la rue de boue et de gravier, un chien errant est passé en se frayant un chemin entre les innombrables nids-de-poule bourbeux. Il était efflanqué, avec de longues pattes, une tête de loup et un regard fou. Même de loin, Ronan voyait qu'il était couvert de gale. L'animal a continué à zigzaguer entre les trous et les flaques immondes avant de disparaître au détour d'une maison.

Tandis qu'il attend au bord de l'autoroute que le déluge se calme, Ronan ne peut chasser de son esprit l'image de ce chien. Au moins, il a pu déposer la lettre de sa mère. Il a tenu sa promesse. Il ouvre la boîte à gants, y range les étranges cartes postales de son oncle, puis regarde de nouveau l'orage apocalyptique.

Une quinzaine de minutes plus tard, au milieu des torrents d'eau qui ruissellent sur la chaussée, la pluie se calme enfin et crépite doucement sur le toit. Ronan éteint les feux de détresse, ralentit les essuie-glaces et reprend l'autoroute.

Il arrive à l'hôpital des anciens combattants de Marion vers huit heures du soir. Le rendez-vous était à sept heures et demie, et après s'être platement excusé, il réussit à convaincre le réceptionniste – un vétéran âgé en treillis militaire – d'essayer d'organiser une nouvelle rencontre avec son père.

« Il faut demander au docteur Petrides », dit le réceptionniste.

Un garde armé vérifie le contenu de son sac à dos et quelques instants plus tard le docteur Petrides, un homme en civil, chauve, l'air gentil, vient le voir à l'accueil. Ils se serrent la main et Ronan s'excuse de nouveau en expliquant comment un orage démentiel du côté de Memphis l'a forcé à s'arrêter au bord de l'autoroute.

Le docteur Petrides lui explique que son père est au centre d'activités, mais qu'il va les installer dans une salle.

« Il a déjà dîné et pris ses médicaments », dit-il.

Il ajoute qu'en raison du programme quotidien de son père, la visite ne peut pas durer plus d'une demi-heure. Il va être privé en grande partie de son heure de loisir, lui dit le médecin, et avant d'aller se coucher, il a deux autres séries d'activités à effectuer.

« Le moindre changement de routine le perturbe, dit le docteur Petrides.

– Qu'est-ce qu'il fait pendant ses loisirs ?

– En ce moment, il fabrique des maniques. Il est plutôt doué. »

Ronan écoute les recommandations du docteur Petrides, puis le suit dans un couloir blanc. Après avoir emprunté deux autres couloirs, ils arrivent devant une série de salles réservées aux visites. Le médecin ouvre une porte et conduit Ronan à une table ronde en bois. Deux chaises pliantes sont installées autour de la table, et quelques autres rangées le long du mur. Un parfum floral de shampooing pour moquette flotte dans la pièce. À part une affiche détaillant le plan d'évacuation en cas d'incendie, il n'y a rien aux murs.

« Comme je vous l'ai dit au téléphone, le prévient le docteur Petrides, votre père a l'air relativement normal, mais sa mémoire est parcellaire.

– Je comprends », répond Ronan.

Une fois que le docteur Petrides est sorti de la pièce, Ronan n'entend plus que le léger grésillement des néons au plafond. Avec son sac à dos sur les genoux, il a l'impression d'être un élève de primaire qui attend devant le bureau du directeur. Il pose le sac sur la moquette institutionnelle couleur foie. Les quatre fenêtres nues sont comme neuves. Tout est neutre. Il n'y a pas un grain de poussière. Il est entouré d'une plage sans fin de néant aseptisé.

Si Henny ne l'avait pas aidé à trouver le bon traitement, il y a quatre ans, il serait peut-être dans une situation similaire. Lors de ses deux séjours à Beth Israel, il a connu la même propreté, la même odeur institutionnelle. Peut-être le néant est-il la clé pour tenir la folie à distance. Des murs blancs. Un éclairage de laboratoire scientifique. Une moquette terne. Sans le docteur Cantor, il n'en serait pas là. Le cocktail qu'elle lui a prescrit s'est révélé très efficace. Son traitement est simple, invariable. C'est comme s'il prenait deux multivitamines tous les jours. Il est infiniment reconnaissant de pouvoir mener une existence normale.

Ronan regarde son portable. Pas de message. Pas de texto d'Henny. Son ventre se noue, sa respiration est plus courte. Il manque de sommeil. La nuit dernière, au Motel 6, il a mal dormi. Mais il est prêt. Tout ira bien, se dit-il. Sa mère lui a dit qu'il avait six ans quand Denny Happ a disparu, pourtant il n'a aucun souvenir de la dernière fois où il a vu son père, qui est à présent le seul parent qui lui reste. Quelle que soit l'issue de cette rencontre, il remontera dans la Toyota et mettra le cap sur l'Ouest pour entamer un nouveau chapitre de sa vie.

La porte s'ouvre et le docteur Petrides fait entrer son père. Denny Happ est plus grand que Ronan ne l'imaginait, plus d'un mètre quatre-vingts, bien qu'il soit un peu voûté. Il a les épaules rentrées, comme sur la défensive, peut-être pour protéger son cœur. Ronan se lève aussitôt comme s'il saluait un empereur. Son père a les jambes arquées dont Ronan a hérité : des jambes de sauteur, des jambes de sprinter. Il porte un bas de pyjama rayé bleu ciel, un tee-shirt blanc, un peignoir écru et des pantoufles en velours côtelé marron. Il avance à pas réfléchis, parfaitement équidistants, comme s'il marchait sur du verre brisé.

Le docteur Petrides l'accompagne jusqu'à la table.

« Dennis, dit-il, voici votre fils, Ronan. »

Son père hoche la tête sans regarder Ronan dans les yeux. Il est plus enrobé qu'il ne s'y attendait. Une petite bedaine dépasse de son bas de pyjama. Il a le visage rond, bien rasé, la peau nette. Un léger tremblement au coin des lèvres. Ses yeux sont du même bleu céruléen que l'affiche du tableau de Chagall accrochée au-dessus de la table de leur salle à manger, à New York (intitulé *La Baie des anges*, il représente une sirène flottant au-dessus de la baie de Nice et figure dans le premier chapitre d'un de leurs romans préférés). Denny Happ a des cheveux fournis blond foncé avec des reflets platine légèrement grisonnants sur les tempes. Il porte la raie sur le côté, comme sur toutes ses photos. Malgré ses mouvements lents et précautionneux, il ne fait pas ses soixante et un ans.

« Je vous laisse faire connaissance », dit le docteur Petrides en aidant son père à s'asseoir.

Ronan le remercie et le médecin quitte la pièce.

Son père regarde la porte se refermer et fixe le regard à mi-chemin entre Ronan et la sortie.

Ils restent une minute sans rien dire. Son père ne lui évoque pas le moindre souvenir. Il l'a tout simplement oublié. Cet homme brisé au coin des lèvres un peu tremblant. Cet être qui marche en traînant ses pantoufles de velours côtelé. Son père. Un athlète exceptionnel qui avait été admis à l'académie militaire de West Point. Des photos témoignent de leur lien ancien : son père et lui en train de prendre un bain ensemble, de faire un bonhomme de neige avec sa mère, d'entasser les feuilles mortes derrière leur petite maison de Willette, de visiter le Shedd Aquarium. Sa mère lui a dit qu'avant de les abandonner, Denny était un bon père. Il lui apprenait à lancer et attraper une balle de baseball. Elle lui rappelait souvent qu'il n'aurait sans doute jamais découvert les Cubs si son père n'avait pas été fan de l'équipe. Il aimerait tant qu'un geste, une expression sur son visage déloge de sa mémoire une de ces anecdotes.

En préambule à un échange qu'il espère fructueux, Ronan montre à son père une petite photo de son fils réalisée en studio. Bruce porte un tee-shirt rayé multicolore. Ce jour-là, Henny lui avait fait une afro et ses cheveux dorés sont tout mousseux. Sa peau est couleur de caramel. Son sourire, immense. Il a des fossettes, une sur chaque joue et une autre au milieu du menton.

« C'est ton petit-fils, dit-il. Bruce. »

Son père prend la photo et la contemple longuement.

« Bruce Nehemiah Happ, dit Ronan. Nehemiah est le prénom du père de ma compagne. Je l'ai écrit derrière. »

Son père continue à étudier la photo, le tremblement frémissant au coin des lèvres presque imperceptible.

« Il a trois ans », dit Ronan.

Son père sourit. Il a un sourire doux. Triste mais doux. Et des fossettes. Ronan comprend à présent de qui son fils et lui tiennent les leurs. Son père retourne la photo, fixe ce qui est écrit derrière. Il hoche la tête et glisse méticuleusement la photo dans la poche droite de son peignoir. Il n'arrive toujours pas à regarder Ronan dans les yeux.

Il y a un long silence. Chaque seconde semble être un souffle perdu, une pierre sur le chemin. Les néons grésillent au plafond.

« Le docteur Petrides t'a dit, pour maman ? »

Son père hoche de nouveau la tête.

« Avant de mourir, elle t'a écrit une lettre », reprend Ronan en sortant l'enveloppe de son sac à dos.

Il pose la lettre sur la table. C'est une enveloppe blanche libellée au nom de Denny de la belle écriture que sa mère a gardée jusqu'à la fin. Jusque-là, Ronan conservait la lettre dans l'exemplaire de *L'Attrape-cœurs* qu'il lui avait offert au début des soins palliatifs et qu'elle lui a légué. Il a prévu de le donner un jour à Bruce. Le livre a fait un long périple depuis la maison de Brooklyn, il y a plus de dix ans, et qui sait où il se trouvait avant cela.

Son père saisit l'enveloppe de ses deux mains pâles et glabres. Il la tourne dans un sens, puis dans l'autre, comme s'il espérait qu'elle dissimule une récompense, et la glisse dans la poche droite de son peignoir avec la photo de Bruce. Peut-être cette poche est-elle remplie d'autres choses qu'il trouve dans la journée ; des médiators, des piles neuf volts, une vieille pièce de cinq cents, une cuillère à dents de la cantine. De l'autre poche de son peignoir, son père sort ensuite une manique chocolat et la lui tend par-dessus la table.

Ronan la prend. Elle est d'une simplicité remarquable. Le tissage du coton est parfaitement régulier. C'est un travail méticuleux.

« Je me sers d'un métier à tisser et d'un crochet », dit son père. Il a un très léger accent de Chicago. Les mots sont aussi précisément espacés que ses pas. « La finition est délicate. J'ai fait un double nœud au crochet, là au coin. On peut le terminer sans le crochet, mais ça prend beaucoup plus de temps. Il est solide. Tu peux le laver à la machine, il ne se défera pas. »

Ronan le remercie, sincèrement touché par ce cadeau inattendu. Il le garde un moment en le faisant passer d'une main à l'autre, puis le range dans son sac à dos.

Son père le regarde alors droit dans les yeux. Ronan est frappé par son visage étonnamment dépourvu de rides, par sa douceur juvénile. Il se souvient que le dernier soir, dans le Vermont, sa mère l'a prié de se raser et se demande si son père s'est rasé, sachant qu'il allait voir son unique enfant, en veillant à ne pas oublier des endroits. A-t-il besoin d'une infirmière pour l'aider à faire sa toilette ? Ses pupilles sont larges, sans doute dilatées par le cocktail psychoactif qui lui est administré.

Son père lui dit qu'il peut lui demander ce qu'il veut, qu'il a sans doute beaucoup de questions à lui poser. Son offre est convaincante, responsable. Elle semble spontanée, comme si l'idée venait de lui traverser l'esprit.

« Vraiment ? » demande Ronan.

Son père hoche la tête. Curieusement, ses yeux ne sont plus du bleu perçant du tableau de Chagall, mais gris. Que s'est-il passé ? s'étonne Ronan. La voûte de son palais est soudain froide.

« Demande-moi ce que tu veux », répète son père.

Ronan prend son souffle puis pose à son père la question qui le hante depuis toujours. La question qui rendait sa mère silencieuse, que ce soit pendant le dîner ou dans la voiture en rentrant d'une de ses compétitions d'athlétisme quand il était au collège. Quelle que soit leur humeur, quelles que soient les circonstances, elle était incapable d'y répondre. Sa bouche se resserrait, comme cousue. Ce n'est que lors de leur ultime conversation qu'elle avait enfin abordé le sujet de Denny Happ.

« Pourquoi tu es parti ? » s'entend-il lui demander.

La question reste un moment en suspens. On n'entend plus que le léger grésillement des néons au plafond.

« Tout ce que je sais, c'est qu'un soir de blizzard, tu n'es pas rentré. Je me pose souvent la question, ces derniers temps, à cause de Bruce. » Ronan s'interrompt, soucieux de bien se faire comprendre. « Maintenant que je suis père, je veux comprendre comment cela peut arriver. Je m'efforcerai de ne pas te juger. Je veux juste savoir ce qui s'est passé. »

Denny Happ hoche la tête. Son menton vient se poser dans le creux de sa gorge.

« Je me suis toujours trouvé face au néant, ajoute Ronan.

– Il y avait une lumière au-dessus du garage, commence son père en levant le menton.

– Quel garage ? À Wilmette ?

– Oui, un projecteur. Au-dessus du garage. »

Son père se met à marmonner de façon presque inaudible.

« Oui, eh bien ? insiste Ronan.

– Elle me donnait des instructions, reprend son père.

– Elle te parlait ?

– Les instructions provenaient d'un supérieur haut placé, poursuit son père, le regard fixe, perdu dans un autre monde. Un supérieur très haut placé.

– Et quelles étaient ces instructions ? demande Ronan.

–… De vous faire du mal. À toi et à ta mère. »

L'estomac de Ronan se glace. Un froid remonte dans sa gorge, semblable à une masse de métal liquide. Il se force à déglutir.

« Nous faire mal comment ? demande-t-il.

– Avec le marteau de sous l'évier. »

Ronan imagine un marteau : sa tête en acier avec son côté plat et ses deux griffes pointues à l'arrière, son poids dense, les dommages au crâne qu'il pouvait causer.

« Nous faire beaucoup de mal ? dit-il.

– Oui », répond son père.

Ronan ne peut pas lui poser la question suivante, car il connaît la réponse.

« Le marteau de sous l'évier de la maison de Wilmette ? » s'entend-il demander par facilité.

Sa voix est monocorde, à présent, méconnaissable.

Une expression de perplexité passe sur le visage de son père, son front se plisse comme s'il n'arrivait pas à établir un lien entre Wilmette et le marteau.

« C'était des instructions officielles, dit-il.

– Et elles venaient de la lumière au-dessus du garage, reprend Ronan.

– Oui. Et si je n'obéissais pas… »

Mais brusquement, sa phrase reste en suspens. L'idée semble s'être déconnectée de tout le reste, comme une braise échappée qui s'éteint non loin du feu de camp.

« Qu'arriverait-il si tu n'obéissais pas aux instructions ? » demande Ronan.

Il ne peut pas s'empêcher d'imaginer les atrocités qu'aurait pu commettre son père après avoir assassiné son fils et sa femme. Aurait-il sévi dans tout le quartier ? Aurait-il retourné le marteau contre lui ? Il se souvient de la nuit terrifiante, à Londres, où il a eu sa première véritable hallucination psychotique : Harold Hull surgi de nulle part qui lui ordonnait de poignarder avec un couteau de cuisine la femme avec laquelle il venait de coucher. Il serre les poings.

Les yeux de son père sont soudain redevenus bleus et se figent, étrangement inexpressifs et vides, tels ceux d'une poupée, comme s'il était un automate tombé en panne. Il se lève – sa chaise se renverse – et se dirige en pantoufles vers la porte d'un pas plus rapide que lorsqu'il est entré.

Quand son père arrive à la porte, Ronan a l'impression qu'il ne comprend pas ce que c'est. Il la regarde comme si ce n'était pas une structure par laquelle sortir, mais un mystérieux portail doué d'une intelligence lumineuse. Son bras droit est suspendu devant lui comme s'il était déconcerté par une poignée de main avortée.

« Papa », lance Ronan depuis la table.

Le mot est si étrange dans sa bouche. Comme s'il provenait d'un mauvais dialogue dit par un acteur inexpérimenté… Papa… Pour la première fois, il prend conscience de la faiblesse, de l'insignifiance de ce mot. Quatre lettres, deux syllabes, une dernière voyelle flottante, sans même une consonne pour la soutenir. Papa… On dirait un paquet de coton mouillé qui atterrit par terre.

Au moment où Ronan se lève pour aller l'aider, son père prend la poignée, l'abaisse et sort.

Sur le parking, Ronan démarre la Toyota et laisse le moteur tourner, vitres baissées. Il voudrait vivre un cataclysme émotionnel. C'est ainsi qu'il a toujours imaginé la rencontre avec son père : pleine d'émotion, de larmes, de cris et de gémissements de tristesse. Et non le néant de ce qui vient de se produire. Tout ce qu'il éprouve, en cet instant, c'est une vague douleur presque indéterminée. Une douleur sourde, lancinante, curieusement localisée aux chevilles, comme s'il s'était fait une légère entorse.

Le jour est tombé et les lourds nuages couleur d'ardoise sont étrangement bas. Son idée est de rouler aussi loin que possible dans la nuit. Mais il se sent vidé, comme s'il avait sauté trop de repas. Peut-être vaudrait-il mieux qu'il s'arrête quelque part pour dîner ? Un simple fast-food ferait l'affaire.

Un éclair de chaleur illumine soudain l'horizon. Il est rose vif et prend curieusement la forme d'une colonie de gigantesques pivoines inversées. Sur la place de parking voisine, une femme descend de voiture. Elle est noire et porte autour du cou un badge de l'hôpital des anciens combattants accroché par un cordon.

« Vous avez vu ? lui demande Ronan.

– Quoi donc ? répond la femme en fermant sa portière.

– L'éclair de chaleur, il était incroyable.

– Je n'ai pas vu d'éclair de chaleur.

– Ah bon ?

– Il y a eu un éclair de chaleur ? demande-t-elle.

– Ça devait être autre chose », dit Ronan.

La femme verrouille la portière avec son plip et se dirige vers l'hôpital. Ronan le voit alors réapparaître. Les fleurs sont violettes, cette fois, et semblent fondre. Il est certain d'avoir pris ses médicaments. Il ne devrait pas avoir de visions. Il ferme les yeux, inspire par le nez, souffle par la bouche.

Sans ouvrir les yeux, il prend son sac à dos et en sort son portable. Il appelle Henny en appuyant simplement sur la touche de rappel, en haut à droite, mais tombe directement sur sa messagerie. Il choisit de ne pas lui laisser de message pour ne pas l'inquiéter. Il hésite à appeler le docteur Cantor, mais décide de surmonter seul la crise. Il effectue trente respirations en inspirant par les narines en comptant jusqu'à trois, puis en expirant par la bouche comme s'il soufflait dans une paille. Chaque respiration l'aide à calmer son esprit, apaiser l'angoisse qui lui ronge le ventre. C'est un exercice qu'il a mis au point avec le docteur Cantor. Elle estimait qu'il était associé de façon positive à l'époque où il faisait de l'athlétisme et constituait un bon moyen d'abaisser son rythme cardiaque. Ronan s'efforce de ne pas penser à son père ; à sa chaise renversée, à sa perplexité devant la porte. Il chasse ces idées de son esprit en se focalisant sur Henny et Bruce. Il les imagine tous les deux sur un terrain de jeu de New York, Henny qui pousse Bruce sur une balançoire, les tennis de Bruce qui s'élèvent vers les arbres en décrivant un arc…

Au bout de trente respirations, Ronan ouvre les yeux. Le ciel est redevenu normal. La brise qui se glisse par sa vitre sent l'herbe coupée. Il distingue aussi l'odeur résineuse de pâte à modeler du tableau de bord en PVC, la légère émanation d'essence, le parfum musqué de son déodorant.

Des odeurs normales. Un ciel normal.

Quelques minutes plus tard, Ronan traverse la ville de Marion, passe devant la place pittoresque, qui possède un clocher blanchi à la chaux étonnamment élevé, un trio de bancs de parc déserts et un stade de baseball de ligue mineure en cours de construction, pavoisé d'une banderole qui proclame : LA FUTURE PATRIE DES SOUTHERN ILLINOIS MINERS !

Après avoir fait le plein dans une station-service à la sortie de la ville, il est subitement saisi par l'image terrifiante du marteau sous l'évier de son éphémère maison d'enfance de Wilmette et regarde dans la boîte à gants. À son grand soulagement, il ne trouve qu'un manuel du conducteur, les papiers de la voiture et les cartes postales de son oncle. Personne ne conserverait un marteau dans une boîte à gants, et encore moins sa mère. C'est absurde. En espérant que ce ne soit pas le début d'une manie de vérification systématique des boîtes à gants, il la referme et chasse cette idée.

Ronan quitte la station-service et reprend la direction de l'autoroute.

Dans les heures qui suivront, il traversera le Missouri, puis l'Oklahoma. Il y aura des arrêts. Une multitude de panneaux de signalisation et de panneaux publicitaires pour le réconforter en chemin, ancrer son esprit.

Il revient à l'image d'Henny et Bruce sur le terrain de jeu. Son fils s'est éloigné de la balançoire et trottine en direction de deux autres enfants qui attendent devant le toboggan. Henny court derrière lui en riant de sa démarche irrégulière. Bruce ne tient pas encore bien sur ses jambes. Il trotte comme un vieil ivrogne exubérant, un oncle adoré gambadant sur la piste de danse lors d'un mariage. Ils arrivent au pied du toboggan, c'est le tour de Bruce. Il est aux anges. Henny l'aide à grimper l'échelle et le voilà qui s'élance.

17

ELMIRA, NEW YORK

21 avril 2003

ALEC

La première chose qu'il a faite, c'est de déposer ses dents dans la boîte aux lettres familiale. Deux jours avant, il se les était fait arracher par un vétérinaire d'Aiken, en Caroline du Sud. Le docteur Dewey était un vieil homme aux pieds tournés en dedans avec une tête de maquereau ahuri. Il était spécialisé en chevaux, mules et alpagas Huacaya. Il travaillait dans une ancienne écurie rénovée qui empestait le paillis de cèdre et le pipi de chat. Ça a été très simple. Le docteur Dewey lui a injecté de la novocaïne plein la bouche et, avec des pinces qu'il se vantait d'avoir utilisées sur lui-même pendant les « années Reagan », a passé trois heures à arracher une à une les dents d'Alec. Alec était stupéfait par la force physique du vieil homme. Une fois extraites, un certain nombre de ses dents dégageaient une telle puanteur qu'Alec a failli s'étouffer dans son vomi. Le docteur Dewey, manifestement habitué aux odeurs pestilentielles des animaux, n'a pas sourcillé. L'expérience a amèrement rappelé à Alec qu'au bout du compte, le corps ne devient guère plus qu'un immonde sac de pourriture. Cet après-midi-là, pendant que ses gencives recousues se réveillaient, il s'est baladé dans une brocante pleine de bric-à-brac installée sur la place pittoresque d'Aiken, où il a trouvé un vieux dentier qu'il a acheté douze dollars et collé dans sa bouche avec du Fixodent Ultra, avant de reprendre la route du nord au volant de sa Chevrolet Malibu grise.

Dès qu'il est arrivé à Elmira, hier soir, Alec a pris une chambre à trente dollars dans un hôtel meublé du centre-ville et passé une nuit agitée dans le lit d'une personne qui sentait le vinaigre de teinture des œufs de Pâques et la sauce d'ailes de poulet frites. Ce matin, il est allé chez un vendeur de voitures d'occasion à qui il a cédé la Malibu pour huit cents dollars. Il aurait pu en tirer plus, il le savait (le châssis n'était presque pas rouillé, un atout rare pour la revente), mais il n'avait pas de temps à perdre. En sortant de chez le vendeur, il est allé directement à la maison où il a passé son enfance.

Il y avait plus de trois kilomètres de marche jusqu'à Maple Avenue, et bien qu'à soixante-quatre ans Alec soit mieux conservé que la plupart des hommes de son âge, il était ralenti par une de ces poussées d'inflammation anarchiques qui migrent sans cesse d'une articulation à l'autre. Il est passé devant la Chemung où il pêchait étant jeune en se contentant de renifler ses effluves, puis devant Kylie's, le vieux *diner* qui a gardé son nom et son enseigne d'origine à présent défraîchie, où sa sœur s'éclipsait pour lire après la messe du dimanche.

Lorsqu'il a échafaudé son plan, quelques semaines auparavant, Alec a décidé qu'en ce jour décisif, il ne s'offrirait pas le luxe de prendre une voiture, une moto ou les transports publics. Il voulait que ces dernières heures aient quelque chose d'originel, comme s'il était un personnage de la Bible condamné à errer dans le désert, un être primordial moitié homme moitié bête maudit par la colère de tous les êtres vivants tandis que les vautours tournoyaient au-dessus de sa tête et que les chacals attendaient au pied des collines de pouvoir le dévorer. Depuis quelque temps, il souffrait d'une crise d'arthrite particulièrement tenace au creux des genoux, mais l'analgésique – un flacon d'oxycodone que le docteur Dewey avait rajouté en prime – donnait une élasticité étonnante à son pas et une imbécillité hilare à son cerveau. Dans les heures à venir, il avait l'intention d'ingérer les dix comprimés restants. Allez savoir pourquoi un vétérinaire équin stockait des opiacés destinés aux humains.

Alec voulait également que ce soit au printemps, après le dégel, quand la terre est meuble. Et quel meilleur moment, au printemps, que le mois d'avril – le mois des marguerites et des pois de senteur. Sa mère chantait des chansons sur ce genre de choses quand elle jardinait. Elle adorait s'écouter chanter, que ce soit des cantiques ou des ballades sur des foutus légumes. Elle ne se lassait jamais du son de sa propre voix. Et le destin voulait que ce soit le lendemain du dimanche de Pâques. Les décorations grotesques étaient encore accrochées aux vérandas et aux portes de son ancien quartier. Des petits lapins et des croix. Des silhouettes en carton de Jésus qui ressemblait plus à un vendeur de sandwichs New Age au brushing impeccable qu'au Fils de Dieu. Un tel monceau de paniers de Pâques jetés qu'il y avait de quoi recouvrir le champ intérieur d'un terrain de baseball. Les planètes étaient alignées ; il y avait de la résurrection dans l'air !

La première chose qu'il a remarquée en arrivant devant la maison de son enfance, c'est le vieux sycomore. Il paraissait plus décharné, un peu rouillé, incapable de produire des feuilles. Il n'était pas mort, mais il n'était pas tout à fait vivant non plus. Les autres arbres de Maple Avenue étaient en fleurs. Sans doute était-ce parce que la plupart des chiens du quartier pissaient sur le sycomore. Que tous les chats des Larkin s'envoyaient en l'air sous ses branches en crachant leur immonde bave. Les miaulements des chats qui copulent ressemblent à s'y méprendre à des cris de bébé qu'on assassine. Quand il était dans le Kentucky, Alec observait souvent un chat errant qui sautait des chattes de gouttière sur les quais, à côté de sa péniche. Il était long et noir comme un lynx. Il violait toutes les minettes du coin. Alec avait l'impression d'observer un grand criminel, un seigneur de guerre. De toute évidence, les racines du sycomore étaient malades à force d'être ainsi imprégnées de vice. Les arbres aussi peuvent avoir des cancers. Certains saignent comme des êtres humains.

La maison elle-même était de la même couleur d'excrément qu'autrefois, mais les bordures avaient été repeintes en vert pomme. La véranda était encore affaissée, le plancher toujours aussi gondolé. Les rebords de fenêtre étaient couverts de fientes d'oiseaux. Alec se rappelait qu'au début du printemps, les rouges-gorges mâles fonçaient sur leur reflet, qu'ils prenaient pour un rival. Fin mars début avril, on les entendait au lever du soleil cogner contre les carreaux en se battant contre eux-mêmes et ils chiaient partout dans la véranda. Quand il était jeune, Alec était chargé de faire la chasse aux crottes d'oiseau. Saloperies de piafs ! Avec leur merde blanche si gluante qu'elle était aussi impossible à nettoyer que de la peinture renversée. Rien ne change jamais, s'est dit Alec. Ni les gens, ni les arbres, ni les maisons. Les prières, les chants, la camomille n'y peuvent rien. Nous sommes tous condamnés à être qui nous sommes. Tu es un poteau, dit Dieu. Tu es un corbac borgne. Bonne chance !

Alec a passé les doigts sur le bord de la véranda où sa mère avait disposé une série de pots de fleurs vides. Réprimant son envie de les balancer dans les buissons, il est allé jusqu'à la porte d'entrée et a glissé le petit sac en toile qui contenait ses dents dans la vieille boîte aux lettres métallique. Sur le sac, il avait griffonné au marqueur MAMAN. Par la vitre de la porte – qui était toujours aussi transparente – il voyait Ava Larkin, dont la longue silhouette d'insecte était repliée dans un fauteuil roulant garé sur le seuil du vestibule. Elle portait un bas de survêtement gris et des pantoufles d'homme – qui avaient sans doute appartenu à son défunt mari – et un pull marron élimé à col rond. Parfaitement encadrée dans le rectangle de la vitre, elle semblait maigre et très vieille. Merde, c'est vrai qu'elle était vieille ! Elle avait plus de quatre-vingts ans. Sa chair flasque pendait de l'ossature de son visage. Ses cheveux autrefois noir de jais étaient à présent aussi fins et pâles que des soies d'asclépiade. Les pointes de ses genoux saillaient de façon ridicule au-dessus des roues de son fauteuil. Cette femme ne mourra jamais, se disait-il. On dirait une mante religieuse incolore et immortelle. Un simple exosquelette. Si on lui lançait un couteau, il rebondirait aussi sec. Cette sale emmerdeuse longue comme un jour sans pain survivra à tous les rats et les termites. Les hyènes d'Afrique périront avant elle.

Une grosse infirmière noire en blouse rose fuchsia est venue nettoyer la bouche de sa mère avec un gant de toilette. Ses cheveux lissés étaient tellement laqués qu'on aurait dit qu'ils étaient ignifugés. Elle s'est mise à parler comme à une enfant à sa mère, qui s'est contentée de hocher la tête. Elle avait le regard à peu près aussi éveillé qu'un porc-épic empaillé.

Alec est descendu de la véranda pour jeter un coup d'œil sur le côté de la maison. Par la fenêtre du salon, il a vu sa sœur Joan assise dans le canapé. Elle était tellement énorme qu'on aurait dit une vache marine. Elle portait ce qui ressemblait à une gigantesque grenouillère en éponge bleu layette. Joan Larkin le lamentin, avec sa tronche hébétée et sa coupe au bol. Dire qu'à presque soixante ans, elle met encore des vêtements de bébé. On croirait un nounours géant rempli de pâte à pancake.

Alec avait envie de faire le tour de la maison pour aller dans le jardin piétiner toutes les plantations de sa mère – qui devaient être toujours aussi vigoureuses. Il voyait presque la rhubarbe, les tomates et les rudbeckies hérissées jaillir du sol. Il se serait fait un plaisir de les ratatiner, mais en voyant la factrice qui remontait l'allée des Larkin en poussant son chariot, il a préféré s'abstenir.

Alec a glissé la main dans la poche de son short et sorti du bout des doigts un autre oxy du flacon, puis il l'a mis dans sa bouche et l'a avalé à sec. Laisse couler le fleuve d'or, se disait-il. Laisse-le couler, laisse-le couler…

Il a attendu que la factrice distribue le courrier des Larkin, puis il a refait le tour de la maison, mais a choisi ne pas remonter les quatre marches de la véranda. Il avait encore tellement de choses à faire en ce jour capital. Et puis, qu'est-ce qu'il aurait dit ? *Salut les greluches, devinez qui est là ?* Il n'était même pas sûr qu'elles le reconnaissent. Peut-être sa mère a-t-elle les neurones grillés par la démence ou l'Alzheimer, un de ces trucs de vieux qui rendent gâteux. Et à tous les coups, Joan l'aurait pris pour le marchand de glaces.

St John the Baptist était à trois kilomètres de là. Bien qu'en ce matin de printemps il fasse frais, une petite quinzaine de degrés tout au plus, il était en nage. La dernière fois qu'il avait autant marché, c'était il y a une vingtaine d'années, quand une de ses caisses pourries, une Coccinelle prétendument invincible avec le moteur à l'arrière, était tombée en panne à French Lick, dans l'Indiana, et qu'il avait dû crapahuter des heures le long d'une route. L'oxy répandait dans son cerveau une chaleur glissante et il avait l'impression qu'il risquait de piquer un fou rire à tout instant.

L'église était déserte. Rien n'avait changé. Les bancs. Les vitraux. La statue de la Vierge Marie dans sa robe bleue, les yeux humblement baissés. Dieu ne t'écrasera pas comme une fourmi si tu regardes le sol. Alec a pouffé de rire. Les armées de prêtres du Tout-Puissant sont comme elle : ils ne te regardent jamais dans les yeux quand ils te tripotent ou te forcent à les toucher. Ils te changent en Dieu – l'enfant dispensateur de ce bref et pitoyable salut. Dieu et la honte sont deux couteaux aiguisés dans une même boîte : à vous de choisir.

Alec n'a pas pu s'empêcher de repenser aux divers prêtres de St John the Baptist et leurs petits couinements de plaisir dans la sacristie. Le père Oates, le père Nickel et le père Farrell qui l'obligeait à avaler. À cette seule idée, la bile lui est remontée dans la gorge et le rire s'est arrêté net. C'était comme si Dieu – ou un de ses abrutis d'anges ou un petit saint lèche-cul – comptait les points derrière son dos. Il a dégluti péniblement et son dentier de brocante a dérapé dans sa bouche. Si ses calculs étaient bons, il n'aurait plus à supporter bien longtemps le goût fruité caoutchouteux du Fixodent.

Alec a remonté la travée centrale, posé ses fesses au troisième rang et essayé de simplement s'imprégner de ce qu'il voyait. Les bancs, leur surface fraîche en bois, les recueils de cantiques soigneusement empilés aux coins. Il ne restait que peu de traces du dimanche de Pâques. Les couronnes de fleurs suspendues à l'autel, peut-être ? Le vase de roses jaunes disposé au pied du crucifix ? Comme si Jésus allait s'amuser à y tremper les pieds. Sous l'effet de l'oxy, tout cet ordonnancement lui semblait un peu bête et ridicule. Idiot. Tout était à sa place. Il n'y avait pas un grain de poussière. À quoi bon ?

L'odeur caractéristique de St John the Baptist était plus forte que jamais. Au fil des ans, Alec avait eu le nez cassé un nombre incalculable de fois et il pensait avoir perdu une bonne partie de son odorat, mais la puanteur de l'église de son enfance n'avait fait que s'accentuer. L'encens, l'encaustique, les vieux relents aigres des vêtements liturgiques. Toutes ces grosses soutanes dégueulasses qui puaient le déodorant bon marché, le tonique capillaire, le foie et les oignons. Et puis aussi la mystérieuse odeur croupie, métallique, de l'eau bénite. Comment ça se fait que l'eau bénite ait une odeur ? se demandait-il. Ce n'est jamais que de l'eau du robinet. Avec juste une cuillère de sel de table. Elle n'est même pas distillée. Il aurait dû foutre le feu à cette église il y a cinquante ans. Il imaginait les flammes s'élever jusqu'aux nuages.

Il sentait un sourire s'épanouir de nouveau sur son visage quand un prêtre avec une barbe brune clairsemée est discrètement apparu au-dessus de son épaule droite et lui a demandé s'il était venu se confesser.

« Je n'ai rien à confesser », a répondu Alec.

Il avait la nette impression que le prêtre le prenait pour un SDF. Le fait est que, techniquement du moins, il était bel et bien sans domicile fixe, car il avait vendu sa maison de Tunica avant son départ. En tout cas, il avait la tête de l'emploi. Il n'était pas rasé, pas lavé. Une pellicule de sueur ou de résidu quelconque glissait peu à peu sur son visage et son cou. Ses cheveux gris anémiques lui allaient presque aux épaules. Et avec sa chemise hawaïenne vieille de dix ans, son short cargo élimé et ses claquettes à velcro, ajoutés à ses orteils ostensiblement couverts de mycose, il n'avait pas exactement l'allure d'un citoyen engagé dans la société. Sans compter qu'il puait. La dernière fois qu'il s'était vraiment lavé, c'était dans la chambre d'un motel dévasté par un ouragan de Mexico Beach, en Floride, quatre jours plus tôt… ou était-ce cinq ? Depuis une semaine il roulait sans but de ville en ville, fuyant l'inévitable. Ce n'est qu'après s'être fait arracher les dents que sa mission lui était clairement apparue.

« Vous avez besoin d'un endroit pour vous reposer ? lui a demandé le prêtre avec une politesse de cheftaine.

– Non, je suis bien reposé, a répondu Alec.

– Je suis le père Carroll », a dit le prêtre.

Alec lui a répondu qu'il était enchanté et en est resté là.

Le prêtre lui a alors parlé du foyer avec lequel ils travaillaient.

« Je peux les appeler, si vous voulez, lui a-t-il proposé.

– Je réfléchis, c'est tout, a dit Alec.

– Vous voulez peut-être libérer votre conscience ? »

L'espace d'un instant, Alec a songé à l'idée absurde de tout déballer en confession. S'agenouiller devant ce crétin barbu dans le confessionnal branlant, réciter les prières de sa jeunesse, cette saloperie d'acte de contrition qu'il connaissait sans doute encore par cœur bien qu'il se soit bousillé le cerveau à coups de drogues, d'alcool et autres substances.

« Pour tout vous dire, a-t-il répondu, je suis venu faire un don. » Il a sorti une pièce de vingt-cinq cents d'une poche de son short. « Pile ou face ? »

Le prêtre a poussé ce rire débonnaire efféminé propre aux hommes du clergé.

« Pile », a-t-il dit.

Alec a lancé la pièce en l'air, l'a rattrapée et posée sur le dos de sa main gauche.

« C'est votre jour de chance », a-t-il dit.

Puis il a pris une autre enveloppe dans sa poche et en a sorti un chèque de quatorze mille huit cent vingt-cinq dollars, soit la somme exacte qu'il a tirée de la vente de sa maison sur pilotis de Tunica, dans le Mississippi, une semaine auparavant. Juste après avoir déposé le chèque sur son compte, il avait demandé au guichetier d'établir un autre chèque au nom de St John the Baptist Catholic Church à Elmira, dans l'État de New York. Malgré les petites améliorations qu'il avait apportées à la maison, Alec l'avait vendue moins cher qu'il ne l'avait payée, mais il n'avait pas le temps de marchander avec l'acheteur, un type de Saginaw, dans le Michigan, qui venait de divorcer et qu'il avait rencontré à la table de poker des Caraïbes, au casino.

Avant de lui tendre le chèque, il l'a séparé d'une lettre de sa sœur Myra qu'il avait reçue l'été précédent. Cette lettre importante était rédigée au stylo-bille bleu de son écriture immaculée aux courbes et aux boucles aussi parfaites que des culs de canetons. Bien qu'elle soit datée du 14 novembre 2000, il ne l'avait curieusement trouvée que deux ans plus tard, mystérieusement déposée dans sa boîte aux lettres sans timbre ni adresse d'expéditeur. Dans le corps de la lettre, il avait découvert six mots constituant le code qui l'avait poussé à se lancer dans cette mission. Il avait entouré chaque mot au feutre rouge.

douleur
tristesse
toi
sombré
vie
arrête

Après avoir donné le chèque au prêtre, Alec a remis la lettre dans l'enveloppe et rangé celle-ci dans sa poche.

Le prêtre fixait le chèque d'un air incrédule.

« Vous êtes sérieux ? a-t-il dit.

– On ne peut plus sérieux.

– Vous êtes un ami de l'église ?

– Un vieil ami, oui.

– Vous êtes d'Elmira ?

– J'y ai vécu il y a bien des années », a répondu Alec comme s'il venait d'une autre époque, tel un tueur de dragon médiéval armé de son épée.

Il n'a pas pris la peine de préciser qu'il avait été enfant de chœur et premier servant de messe et qu'il avait été surpris à piller l'argent de la quête à l'âge de dix-neuf ans.

« Donc, vous veniez à St John the Baptist ? a demandé le prêtre.

– J'ai effectivement fréquenté cette sainte institution, a répondu Alec avec une éloquence lubrifiée par l'oxy. Du temps de ma folle jeunesse. Et depuis, je parcours le pays essentiellement à pied, a-t-il ajouté en levant ses sandales éculées qui servaient d'écrin à ses orteils dont les ongles étaient pour la plupart couleur Coca. Et comme je suis de retour dans ma ville natale, je voulais faire un saut à St John the Baptist pour renifler l'entrejambe belliqueux de notre bon vieux saint. »

Il ne savait pas au juste ce que signifiait « belliqueux », mais il avait entendu le mot au casino et il lui avait plu.

« Je peux vous demander comment vous vous appelez ? » a dit le prêtre en souriant de sa petite bouche bienveillante encadrée par sa barbe. Il était visiblement aussi charmé que dérouté. « Je n'arrive pas à déchiffrer la signature.

– Maximilian Mud », a répondu Alec avant de se lever en faisant trembloter son torse et son ventre bedonnant de cardiaque.

Sur ces mots, il a tourné le dos à l'autel et s'est dirigé vers la sortie avec un sourire amer en faisant claquer ses sandales.

« Merci monsieur Mud, a lancé le prêtre derrière lui. Ou qui que vous soyez. »

La deuxième partie de sa mission était terminée.

D'après l'horloge marine en toc fixée au mur au-dessus de la table de jeu bancale de son meublé de Lake Street, il est vingt et une heures trente passées. Quand il a pris sa chambre hier soir, elle sentait le vieux sandwich au rosbif et le spray déodorant, et à présent on peut y ajouter l'haleine de bière. L'étudiant qu'il a rencontré tout à l'heure au bar – Nash LaMore, de son nom – est assis en face de lui. LaMore, qui est grand, blanc, blond et ridiculement bronzé sur son arcade sourcilière prononcée et l'arête de son nez, est un étudiant de première année qui joue champ centre pour les Red Barons du Corning Community College.

Alec a fait sa connaissance cet après-midi après s'être rendu à l'église, alors qu'il campait sur les gradins du terrain de baseball soigneusement entretenu d'Elmira College, avec sa pelouse immaculée et ses abris violet et or. Visiblement, l'équipe de Corning empruntait les installations de l'université locale pour s'entraîner. Alec regardait LaMore lancer inlassablement en l'air des balles vertigineuses avant de les frapper à la volée avec l'aisance instinctive d'un boulanger rattrapant des petits pains sortis du four dans un panier matelassé. Ensuite, LaMore a fait le tour des bases en courant d'une longue foulée d'antilope. Elle était efficace, naturelle, une illusion d'optique qui donnait l'impression qu'il courait bien moins vite qu'en réalité. Après ça, il a attaqué l'entraînement à la batte et il était sacrément doué. C'était clairement le meilleur joueur de l'équipe. Il n'y en avait aucun autre qui lui arrivait à la cheville. Il avait le même gabarit qu'Alec autrefois – un mètre quatre-vingt-huit, élancé, large d'épaules –, mais sur le terrain, c'était un athlète d'une tout autre envergure.

Après le débriefing d'entraînement avec le coach, Alec a fait signe à Nash de venir puis s'est présenté comme le recruteur des Florida Marlins et lui a proposé de prendre un café. Nash a accepté, bien sûr, et après s'être douché et changé, il a retrouvé Alec dans un pub, à proximité du campus, où celui-ci a puisé dans l'argent que lui a rapporté la Malibu – sa cagnotte des Marlins, comme il l'appelle – pour inviter Nash LaMore à dîner et le faire parler de lui.

Nash, qui vient de Manteno, dans l'Illinois, a établi un certain nombre de records au lycée local et intégré la première équipe de l'État réservée aux petits établissements publics, ce qui lui a valu d'être sélectionné par plusieurs petites formations de baseball de division I du Midwest. Mais même en terminale, il était très maigre, soixante-dix kilos à peine, si bien que les recruteurs juniors envoyés par les universités réputées de la Big Ten pour le jauger n'ont guère été impressionnés par son allure et la grande main osseuse qu'il leur tendait. Au lieu de rejoindre une division I plus modeste, Nash a opté pour la voie moins prestigieuse des *community colleges*, où il serait sûr d'être la star, aurait plus de chances de se faire remarquer et, qui sait, d'être sélectionné ou invité dans un camp d'entraînement de la Big Ten. Tout était possible.

« D'après ce que j'ai vu aujourd'hui, tu en es tout à fait capable », lui a assuré Alec alors qu'ils en étaient à leur deuxième bière.

Depuis la fin de la terminale, Nash a pris cinq centimètres et dix kilos de muscles – les protéines de lactosérum font des miracles – et diminué de deux dixièmes de seconde le temps qu'il mettait à atteindre la première base. C'est un centre droit, mais les coachs de Corning essaient d'en faire un premier lanceur à cause de la puissance prodigieuse de son bras. Des recruteurs de grandes équipes universitaires de division I viennent presque tous les jours assister aux entraînements de printemps. Oui, le bruit court que Nash LaMore, ce jeune talent révélé sur le tard, est le secret le mieux gardé de ce côté du Mississippi. L'assistant du coach de Syracuse est venu hier, par exemple, et celui de Lehigh University était dans les parages la veille. Mais Alec, dont la carte de visite est au nom de Jerry Karlin, est le premier recruteur pro à s'intéresser à lui.

Avant de quitter le Mississippi, Alec avait commandé une boîte de cartes de visite en quadrichromie au Xerox de Crenshaw. Il a même réussi à y apposer le logo officiel des Marlins. Il les a fait imprimer sur du bristol. Elles en jettent. Comme elles n'étaient pas données, il en a commandé la quantité minimale – 250 – en se disant qu'il n'aurait besoin d'en distribuer que quatre ou cinq avant qu'un pauvre pigeon se fasse avoir. Et voilà que ça marchait du premier coup. Si c'était pas le destin !

JERRY KARLIN

RECRUTEUR SENIOR

FLORIDA MARLINS

Quand il a tendu la carte à Nash LaMore, le visage du gamin s'est éclairé comme un jukebox dans l'arrière-salle d'un rade miteux.

Autour d'un *chicken-fried steak* avec de la purée arrosés de pintes de Coors Light, Nash LaMore s'est épanché sur sa vie dans une bourgade de l'Illinois. Son père, Jimmy Jack, un chauffeur routier et ancien joueur de niveau AA (un joueur de première base qui savait vraiment frapper) était mort d'un cancer l'année précédente. Il lui avait appris à frapper de la main gauche quand il avait cinq ans, ce qui expliquait son magnifique swing naturel. Nash avait été élevé par sa mère, qui enseigne encore l'histoire dans le lycée où il était. Manteno est une ville du nord-est de l'Illinois, non loin de la frontière de l'Indiana, connue pour son asile d'aliénés.

Nash a parlé à Alec de l'époque où sa mère partait avec ses copines de lycée à la recherche des échappés de l'asile qu'elles retrouvaient plantés au milieu des champs de maïs comme des épouvantails désorientés, ne comprenant pas où ils se trouvaient.

« Elles leur apportaient des sandwichs », a dit Nash, le regard brillant de cet éclat magique que l'on ne voit que dans les yeux des jeunes prodiges élevés au maïs par une bonne mère.

Alec hochait la tête d'un air admiratif, impressionné par la résilience et le dévouement du garçon.

« Waouh, répétait-il. C'est dément… »

Le récit achevé, Alec est passé aux choses sérieuses.

« Tu as les cinq atouts indispensables, a-t-il déclaré. Comme on dit, s'il court vite et frappe fort, il vaut de l'or. »

Alec s'est alors extasié sur la vitesse de Nash, l'aisance avec laquelle il récupère les chandelles à la volée dans le champ extérieur, son explosivité quand il jaillit du rectangle du batteur, et surtout son magnifique swing.

« Tu me fais beaucoup penser à Mickey Mantle », lui assure-t-il.

Et c'est comme ça qu'il l'a ferré – grâce à ce bon vieux Mickey Mantle.

Bien que Mantle soit mort et enterré depuis plus de dix ans, le gamin était fan de lui.

Il arrivait même que des anciens le comparent à lui, a-t-il dit. Il était blond comme Mantle, et comme lui c'était un frappeur ambidextre qui frappait mieux à gauche, et un lanceur droitier. Il avait également sa vitesse.

« Tu es plus grand, a répondu Alec. Et tu as un bras plus puissant, je pense. »

Il a ajouté qu'à son humble avis, ce serait dommage que ses coachs le cantonnent au monticule et gâchent tous ses autres atouts – la frappe, le jeu défensif, la vitesse naturelle.

Évidemment, c'est là qu'Alec lui a montré sa fidèle carte de recrue de Mantle, l'appât suprême pour les gamins comme Nash LaMore. Il l'a sortie comme un lapin d'un chapeau, en expliquant à Nash qu'il l'avait toujours sur lui comme d'autres ont des versets de la Bible ou des photos de leur femme et de leurs enfants.

« Mantle est mon dieu, a dit Alec. La référence absolue. »

Nash, qui en était à sa quatrième bière, n'en croyait pas ses yeux. Son père, feu Jimmy Jack LaMore, était le plus grand fan de Mantle, a-t-il déclaré, et quand il lui apprenait à frapper de la main gauche, il essayait de reproduire le swing de la légende des Yankees.

Alec n'en revenait pas. Il avait l'impression de voir un bambin se précipiter vers un gâteau d'anniversaire.

Quand il lui a annoncé qu'il possédait la batte que Mickey Mantle avait utilisée pour frapper son premier coup de circuit en ligue majeure – celle-là même qui figurait sur sa carte de recrue (*la célèbre batte jaune !*) –, Nash a été si bouleversé qu'il s'est presque désintégré sur place en un petit amas de talc, et Alec a enfoncé le clou en lui remontrant la carte de recrue. Sur ce, il a avalé un autre oxy et payé une autre bière au gamin. Puis encore une autre.

Alec possède bel et bien la batte. C'est une fausse, évidemment. Il a trouvé la Slugger Louisville d'environ quatre-vingt-six centimètres datant du début des années cinquante dans un vide-grenier d'Asheville, en Caroline du Nord, alors qu'il remontait du Mississippi. Puis il a peint sa trouvaille à la bombe aérosol du même jaune que la batte de la carte de Mantle.

Après leur quatrième tournée de bière – ou peut-être la cinquième, Alec a déclaré à Nash qu'il lui donnerait la carte et la batte s'il lui rendait un service.

« Sérieux ? Vous me la donneriez ?

– Elle vaut peut-être un million, maintenant. Je suis sûre que ta mère continue encore à rembourser les frais médicaux de ton père, je me trompe ?

– Non, c'est vrai. Elle a dû emprunter de l'argent à mes tantes.

– Ce n'est pas facile, a dit Alec. Je connais ça. Ma sœur a eu un cancer.

– Elle ne s'en est pas sortie ?

– Non, elle est morte, a répondu Alec en glissant quelques petits trémolos dans sa voix.

– Je suis désolé, a compati Nash.

– La carte a été expertisée trois fois, a dit Alec, ramenant la conversation à la carte. L'argent pourrait vous aider à passer le cap, ta famille et toi, le temps que tu signes ton premier gros contrat. C'est gagnant-gagnant. »

Nash a bu une gorgée de bière.

« Et c'est quoi, ce service ? lui a-t-il demandé.

– Viens chez moi, je t'expliquerai là-bas. »

Un silence s'est installé, puis Nash lui a demandé :

« Vous êtes gay, Jerry ?

– Pas du tout, a répondu Alec. Jamais de la vie. C'est juste que je ne peux pas te le dire ici. C'est top secret. Fais-moi confiance. »

Alec a acheté trois autres canettes de Coors Light au barman, qui les a glissées dans un sac en papier, puis il lui a demandé de leur appeler un taxi.

Vingt minutes plus tard, Nash LaMore et lui étaient au meublé de Lake Street. Le vigile armé jouait au gin rami avec le vieil employé chinois de l'accueil et Alec et Nash sont passés devant eux comme deux joyeux drilles qui s'apprêtaient également à jouer aux cartes toute la soirée.

Les voici donc assis l'un en face de l'autre sur deux chaises pliantes métalliques couleur bouillie. L'horloge marine à la petite aiguille légèrement tordue marque le temps en silence. À force de mélanger l'oxy et les bières, Alec se sent d'humeur de plus en plus potache. Si seulement il y avait une radio dans ce bouge. Avec la bonne musique – du Roy Orbison, du REO Speedwagon ou du Boston – il serait capable de se mettre à danser.

« Alors, c'est quoi ce service ? » demande Nash.

Alec voit bien que le gamin est déconcerté par la petite chambre triste, sa simplicité de lieu de passage, les murs vides blanc cassé, la moquette terne, le lit d'une personne défoncé à peine plus grand qu'un lit de camp poussé dans un coin, le lavabo avec ses traînées jaunâtres couleur d'urine, le tuyau de chauffage du sol au plafond et la table de jeu qu'on imagine tout aussi bien avec une boîte de soupe froide dessus. Un recruteur senior des Florida Marlins ne devrait-il pas séjourner au Marriott ou un hôtel de ce genre ? Alec y a pensé mais il savait que le meublé au confort rudimentaire était idéal pour mener sa mission à bien. Il n'y avait pas une seule caméra de surveillance dans les locaux.

« Le plus important d'abord », dit Alec en posant la carte de recrue de Mantle sur la table.

Il y avait également les cartes postales que sa sœur Myra lui avait bêtement rendues voilà plusieurs années, à Eureka Springs, où il essayait en fait de mener une vie normale, jusqu'à ce qu'elle fasse coffrer son ami Lake. Pour le rituel, les cartes postales sont étalées en éventail comme une combinaison gagnante au rami. C'est sa version de la Cène, son petit jeu pervers de l'Eucharistie.

Alec tend alors le bras derrière lui vers le petit placard aménagé à côté de la porte à imposte et en sort la batte de Mantle, dont le fût jaune est emballé dans de la cellophane. Il la pose devant le gamin. Elle roule de quelques degrés d'un côté puis de l'autre, et s'immobilise.

« C'est la vraie ? demande Nash.

– La seule et unique. »

Nash la prend entre ses mains, et tandis qu'il admire le légendaire instrument, une expression sournoise – carrément perverse – passe sur son visage. Une porte s'est ouverte dans l'esprit de ce garçon, une trappe noire d'espace négatif qui l'invite à rejoindre les verts pâturages infinis de rêves de grandeur illusoire.

Mais qu'est-ce qu'on peut être cons, soupire intérieurement

Alec. Nous avons un cerveau de piranha. Et un intellect de poisson-chat ou de crocodile.

« Qu'est-ce que je suis censé faire en échange ? dit Nash après un long silence.

– Je veux que tu me défonces le crâne », dit Alec.

Il a lancé ça d'un ton anodin. Comme s'il lui demandait deux dollars pour se payer un café.

Nash rit de son offre. Il a l'air bête quand il rit. Il a vu trop de stars de cinéma rire. Trop de champions de la batte.

« Avec la batte ? demande-t-il.

– Avec la batte, oui.

– Vous voulez que je vous tue ? » s'étonne Nash, incrédule.

Alec hoche la tête à trois reprises avec une gravité et une sincérité réelles.

« Merde, Jerry, dit le garçon qui ne rit presque plus. C'est une blague, hein ?

– Je suis aussi sérieux qu'un putain d'assommoir. »

Le sourire s'efface du visage de Nash.

« Mais pourquoi ? C'est complètement dingue. »

Alec ouvre une canette de Coors Light et avale une rasade de bière.

« Il y a des questions auxquelles on ne peut pas répondre, dit-il. Disons que c'est un acte essentiel qui doit être accompli pour le bien de toutes choses.

– Vous avez fait des trucs horribles, devine le garçon.

– Et pas assez de trucs bien pour contrebalancer.

– C'est quoi, ça ? demande Nash en montrant les cartes postales, tentant visiblement de changer de sujet.

– Je collectionne les cartes postales, répond Alec. Chaque fois que je vais dans une ville que je ne connais pas. C'est ma petite lubie.

– Qu'est-ce que ça veut dire "Bonjour et Au revoir" ?

– Exactement ce que ça dit, répond Alec avec détachement. Les meilleures énigmes sont les plus simples. »

Nash regarde Alec en plissant les yeux comme s'il n'arrivait pas à évaluer sa réponse, puis la rejette comme une balle courbe prise par erreur pour une balle rapide. Il demande à Alec si c'est la première fois qu'il vient à Elmira.

Alec grimace presque en attendant le nom de sa ville natale. Son vieux dentier commence à glisser et il est obligé de serrer les mâchoires pour le remettre en place.

« La première et j'espère bien la dernière. »

Un silence s'installe. L'atmosphère de la pièce est de plus en plus lourde, comme si un front froid s'était installé au-dessus d'eux.

« Vous ne pourriez pas vous pendre, plutôt ? Ou vous défenestrer ?

– Je n'en ai pas le courage, répond Alec. Tu as le privilège d'avoir devant toi un véritable lâche. »

Nash prend la bière et boit une gorgée.

Alec lui dit qu'il lui a facilité la tâche : le fût de la batte est couvert d'un film étirable et il lui fournira des gants chirurgicaux en latex XXL qui ne laissent pas d'empreintes. Il n'y aura pas de trace de l'agresseur. Il a repéré les lieux et il n'y a aucune caméra, pas la moindre surveillance.

« Les visiteurs ne doivent même pas signer de registre, ici », ajoute-t-il. Puis il pose ce qu'il lui reste de liquide sur la table. « Il y a plus de six cents dollars, dit-il. Vois ça comme un pourboire. »

Nash fixe la liasse de billets de vingt.

« Vas-y, insiste Alec. Mets-les dans ta poche. Ils sont à toi. »

Nash hoche plusieurs fois la tête, essayant apparemment de comprendre la logique.

« Si tu t'y prends bien, un ou deux coups devraient suffire, dit Alec, trois à la limite. Tu repars avec les six cents dollars, la carte de recrue de Mantle et sa célèbre batte jaune. Tu vends la carte, tu éponges les dettes médicales de ta famille. Ta maman te vénère jusqu'à la fin de tes jours. Tu peux peut-être même lui acheter une nouvelle maison. Avec un petit jardin. » Il voit Nash envisager toutes les perspectives. Il a réussi à le convaincre. « En sortant, va à droite, ajoute-t-il. Il y a un escalier de service. »

Nash glisse vers les billets une main semblable à une gigantesque araignée blonde sortie de la jungle, puis les attrape et les glisse dans la poche ventrale de son sweat à capuche.

« Et si vous vous mettez à crier ? » demande-t-il.

Alec sort d'une autre poche de son short un rouleau de gaze qu'il pose à son tour sur la table.

Nash plisse les yeux, classant les variables dans l'ordre.

« Vous ne voulez pas me dire ce que vous avez fait ?

– J'aime autant pas », répond Alec.

Nash lui montre alors son propre nez pour lui signaler qu'Alec a un problème avec le sien.

Alec porte la main à ses narines qui sont en sang.

« Putain de saignements de nez, dit-il en plaquant de la gaze dessus.

« Vous sniffez de la coke ? demande Nash.

– Pourquoi, t'en as ? rétorque Alec à travers la gaze qui s'imbibe de sang. Je blague. »

Il se tamponne de nouveau le nez. Putain de saignements de nez.

« Tant que vous ne vous en prenez pas à des petites filles », dit Nash.

Alec décèle une ouverture.

« Tu as un faible pour les petites filles ? » demande-t-il en se pinçant le nez.

Il pose le tampon de gaze à côté des cartes postales.

« J'ai une sœur, connard.

– Elle a quel âge ?

– Sept ans.

– Sept ans, répète Alec. Sympa. »

Le visage de Nash change. Une étonnante amertume lui rapetisse la bouche, comme s'il avait avalé une cuillère de jus de citron. Alec lâche ses narines. Le saignement s'est arrêté. Il s'essuie les mains sur son short.

« Ta sœur vient te voir jouer ? demande-t-il. Quand tu signes un home run fracassant, elle se lève pour acclamer son grand frère pendant qu'il fait le tour des bases ?

– Arrêtez. Sérieux, mec.

– Elle fait une petite danse de la victoire pour son beau gosse de frangin ?

– La ferme. »

Alec est amusé par son sens de la famille. Il a réussi à réveiller le fauve. Il glisse la main dans la poche de son short, sort un autre oxy du flacon, le fourre dans sa bouche, puis, au point où il en est, prend les trois derniers et les fait passer avec une rasade de bière.

« Je la vois d'ici, dit-il. Comment s'appelle-t-elle ? Paige ? Une jolie petite blondinette ? »

Nash tient la poignée de la batte, la main gauche sur la droite. Les veines de sa main sont gonflées. Les tendons de son bras s'animent tels des serpents.

« Tu pourras dormir avec, dit Alec en lui montrant la batte d'un signe de tête. L'accrocher au mur, la mettre sous plexiglas. Ça sera ton petit paratonnerre. Ton porte-bonheur. C'est sûr, tu as du talent, mais de la chance, il va t'en falloir une palanquée pour jouer au plus haut niveau. Même les meilleurs joueurs de D1 en ont besoin.

– Vous êtes vraiment recruteur ?

– Oui. Et je peux t'assurer qu'un compte rendu détaillé et extrêmement favorable de tes aptitudes a déjà été envoyé à un certain membre de la direction des Marlins qui va sûrement t'inviter à participer prochainement à un camp pour les joueurs sans contrat.

– A ou Double-A ? demande Nash.

– Triple-A, répond Alec. À un échelon de la MLB. »

Je suis le plus grand mythomane du monde, se dit-il. Je suis le méchant du film. Dark Vador et ce con de Willy Wonka réunis.

Puis le gamin se remet à parler de sa sœur.

« Elle a la trisomie 21, OK ? lance-t-il, comme s'il en appelait au peu de décence qui lui restait afin de couper court à la conversation.

– La petite Paige ? Elle est trisomique ?

– Oui, putain. Elle est trisomique.

– Encore mieux, dit Alec en imaginant la môme avec ses dents de lapin et ses yeux endormis. Une petite blonde demeurée. Hé, faut pas avoir honte, moi aussi j'ai une sœur demeurée. »

Nash tourne brusquement la tête vers Alec. Ses yeux bleus perçants ne sont plus que deux lames de faux, tels ceux d'un reptile.

« Elle a un deuxième prénom, Paige ? Quelle est sa couleur préférée ? Et comme glace, qu'est-ce qu'elle aime, les Pudding Pops Jell-O ?

– Sale pervers », lui lance Nash.

Alec sort les gants bleus chirurgicaux dont il a parlé et les jette sur la table.

« Mets-les », dit-il.

Nash fixe les gants avec une intensité presque nauséeuse, comme si le seul fait de les enfiler rendait la situation irréversible.

« Écoute, je te promets deux choses, dit Alec. Et d'une, tu as l'étoffe pour accéder à la MLB, et de deux, personne ne saura jamais ce qui est arrivé. Une fois que c'est fait, sors d'ici calmement – passe par l'escalier de service – et retourne au pub. Ne prends pas de taxi. Mets ta capuche pour cacher tes beaux cheveux blonds et vas-y à pied – c'est à un peu plus de deux kilomètres. Aborde la plus jolie fille du pub, rentre avec elle, baise-la à fond. Fais en sorte qu'elle tombe amoureuse de toi. Elle assistera à tous tes matchs. Elle te préparera ton déjeuner, s'épilera la chatte et apprendra à te sucer comme une pro. Elle ira peut-être même jusqu'à te coller sur le ventre et te lécher le trou de balle. Au bout de huit ans à peu près, elle deviendra grosse et chiante, mais il y a un tas d'exercices physiques pour raffermir tout ça et au pire, tu pourras toujours te prendre une maîtresse. »

Le garçon fixe la batte sous le film étirable luisant.

« Mets ces putain de gants, poursuit Alec. Souffle dedans d'abord. »

Le gamin s'exécute et souffle consciencieusement dans les gants avant de glisser ses grandes paluches blondes dedans.

Alec sort alors des menottes de son short, se lève en titubant légèrement, s'appuie sur le mur pour retrouver l'équilibre et fait le tour de la table de jeu.

« Attendez, qu'est-ce que vous faites ? s'alarme Nash.

– Tu vas me menotter », dit Alec en posant les menottes sur la table, puis il se tourne vers la porte et joint les poignets derrière son dos. Il sent presque le gamin qui fixe les menottes.

« Vas-y, ça te facilitera la tâche, tu pourras frapper avec plus de précision. Je ne pourrai pas gesticuler. »

Nash prend les menottes et les lui attache aux poignets, le gauche d'abord, puis le droit. Alec se laisse tomber à genoux. L'oxy est d'une grande aide. Normalement, il n'aurait jamais pu s'agenouiller sans coussin.

« Je vais fermer les jieux, marmonne Alec d'une voix pâteuse, le dentier à moitié déchaussé. Trois bons coups, cha devrait chuffire. »

Nash se tient derrière lui, la batte dans les mains, espère-t-il.

« Plus tu frapperas fort, plus tôt che chera fini. T'as une vitèche de frappe echeptionnelle, je l'ai tout de chuite vu. »

Alec pouffe de rire. Il inspire et expire par le nez, s'efforçant de savourer la divine euphorie des analgésiques, dont l'effet semble avoir redoublé depuis trente secondes. Comment dit-on, déjà ? L'Élysée ? C'est une des conneries qu'il a retenues de ses cours de littérature du lycée. Les Champs Élysées étaient l'au-delà, le lieu où tous les dieux grecs trouvaient le repos quand ils étaient tristes, se faisaient punir ou n'avaient plus la niaque.

« Je croyais que vous deviez vous bâillonner, dit Nash.

– Il va falloir que tu t'en charges », répond Alec.

Le garçon prend le tampon de gaze ensanglanté et le lui fourre dans la bouche. Alec sent le goût métallique de son propre sang, le latex poudré des gants. Puis Nash saisit la batte et disparaît derrière lui. Alex l'imagine en train de se mettre en position, les pieds écartés de la largeur des épaules, les genoux légèrement fléchis.

« Tu fais comme Chimmy Chack t'a appris », baragouine-t-il à travers la gaze, en pouffant de rire, totalement défoncé.

Il sent qu'il sourit comme un abruti et s'arrête de peur de faire tomber le bâillon.

« Calcule bien ton coup », ajoute-t-il en sachant jusque dans la moelle de ses ignobles os arthritiques que c'est exactement ce que fait Nash.

Il le devine, à la façon dont les molécules se déplacent derrière sa tête, affluent autour de ses oreilles. Il le voit presque aligner le fût sur la zone vulnérable, à l'arrière de son crâne, où le tronc cérébral rejoint le haut de la colonne vertébrale.

Puis Alec lève fièrement le menton et entame à voix haute le compte à rebours à partir de dix-sept. Il n'a aucun lien particulier avec ce nombre, c'est un nombre entier aléatoire sorti de nulle part, comme un insecte attrapé au vol en passant la main par la vitre d'une voiture qui fonce à toute allure. Un nombre à la con, aboutissement parfait d'une vie à la con.

« Cheige, dit-il, quinge, quatorge… »

Il est sûr que le garçon va réagir au compte à rebours. Dès que c'est une question de temps, n'importe quel athlète digne de ce nom relève le défi.

« Treige, douge, onge… »

Alec imagine l'infirmière de sa mère lui tendre le petit sac en toile qu'il a mis dans la boîte aux lettres.

« Dich, neuf, huit… »

Ava Larkin ouvre le sac et découvre les dents pourries et jaunies de son fils qui dégagent une odeur nauséabonde.

« Chept, chich, chinq… »

Des dents de poisson-chat ou de carpe de vase à moitié décomposée.

« Quatre, trois, deux… »

Il imagine sa mère tenant ses dents dans le creux de sa longue patte de ptérodactyle quand le fût de la batte frappe le tuyau de chauffage qui va du sol au plafond.

« Ouais, échauffe-toi, le cogneur ! » s'exclame Alec à travers le bâillon.

Il s'esclaffe. Quelle fin grandiose ! Quel pied de nez au monde entier !

Mais bizarrement, le gamin continue à frapper inlassablement le tuyau en faisant un raffut de tous les diables. Alec se retourne à genoux vers lui. Le film étirable s'est décollé du fût de la batte et des vecteurs de peinture jaune marquent le tuyau.

« Hé ! crie Alec. Frappe-moi moi ! »

Sur ce, Nash ouvre brusquement la porte – la petite butée de porte se coince dans la moquette – et appelle à l'aide en hurlant.

« Hé, ducon ! » crie de nouveau Alec à travers le bâillon, qui étouffe tout ce qu'il dit comme s'il était enfermé dans le coffre d'une voiture.

Un éclair de rage traverse le nuage d'oxy qui lui embrume le cerveau et, bien qu'il ait les poignets menottés dans le dos, il parvient à se relever à force de volonté. Son centre de gravité semble situé sous ses aisselles. Il titube contre le placard, se redresse d'un coup d'épaule et se prend les pieds dans la table qui s'écroule. Sa collection de cartes postales vole du côté de la fenêtre.

Et au moment précis où Alec s'apprête à foncer tête baissée sur le garçon, Nash LaMore, de Manteno dans l'Illinois, se retourne et, visant le home run, le frappe en pleine mâchoire avec la batte jaune. Le menton d'Alec se décroche et une déflagration lui illumine le cerveau. Son dentier jaillit de sa bouche et ricoche contre le mur, et le tampon de gaze ensanglanté tombe sur la moquette, à côté de lui. Il se concentre sur la lettre qui est dans sa poche, la lettre de sa sœur Myra. C'était le document ultime. Son passeport pour le salut. Ces six mots importants.

Son centre de gravité s'est à présent déplacé dans ses tibias et ses chevilles, et il a du mal à comprendre à quoi servent ses bras et ses jambes, comment ses mains sont liées à ses poignets. Il émet un bruit de vieil appareil électroménager défectueux et sa joue droite se fond dans la moquette. Ses hanches sont curieusement remontées bien au-delà de ses épaules. Il est cul par-dessus tête. C'est bien pire que tous les accidents de voiture qu'il a pu avoir.

Il sent les odeurs piégées depuis des années dans le poil ras et serré de la moquette, relents de pieds d'homme, de bière renversée, de lubrifiants, de cigarettes au clou de girofle, de mauvais plats mexicains. Un de ses yeux est en train de se vider, les humeurs dégoulinent le long de sa joue et remplissent sa bouche édentée.

Alec parvient à basculer sur le dos, avec les menottes qui lui scient les poignets. Son corps continue à émettre ce bruit curieux. Il voit encore de son autre œil… Si seulement il pouvait arriver jusqu'au gamin pour l'empêcher d'appeler au secours. Il essaie de se mettre sur le côté en se tortillant, mais en vain, et retombe sur les omoplates au moment précis où le vigile fait irruption par la porte à demi ouverte en braquant son arme sur lui.

Et bien qu'il ait tout organisé lui-même, tout prévu dans les moindres détails, Alec n'a qu'une idée en tête : Ça ne devait pas finir comme ça, ça ne devait pas finir comme ça, ça ne devait pas finir comme ça…

18

LOS ANGELES, CALIFORNIE

8 mai 2010

RONAN

Au claquement de la batte, Bruce Happ-Woods, onze ans, jaillit du rectangle du batteur et fonce vers la première base sans même reprendre son souffle. Ronan sent quasiment les crampons de son fils s'enfoncer dans la terre. Sa cadence est rapide, sa foulée aisée, sa vitesse naturelle presque époustouflante. La balle qui file au loin telle une petite pensée expédiée dans l'univers vole au-dessus de la tête du champ centre. C'est la fin de la dernière manche d'un match à égalité avec deux retraits et les gradins sont soudain ébranlés par les parents qui se dressent. Les popcorns volent. Les gobelets se renversent sur les poignets. Les poings sont levés. C'était une frappe magnifique et Ronan est on ne peut plus fier. Il n'y a pas de clôture pour délimiter le terrain et il sait instantanément que c'est un home run assuré. Ce sera le huitième coup de circuit de son fils cette saison, le plus haut score de l'équipe et le deuxième meilleur de l'Eagle Rock Little League. Celui qu'il a frappé à l'avant-dernier match était une incroyable balle au sol qui a filé au-dessus de la troisième base, poursuivi sa course folle sur des dizaines et des dizaines de mètres avant de faire un rebond de dingue à la « El Segundo », comme a dit le coach, échappant au champ gauche qui ne l'a rattrapée qu'au moment où elle roulait sur une longue bande de hautes herbes, au pied d'une pente raide d'une quinzaine de mètres de haut qui domine le terrain de baseball et donne sur plusieurs sentiers de randonnée. Ronan y aperçoit de temps en temps la silhouette émaciée d'un coyote qui observe du haut de l'escarpement comme s'il guettait une proie, si immobile qu'il ressemble à une effigie.

Cette balle au rebond providentiel à la limite de la ligne de jeu de la troisième base n'était pas un home run bien glorieux. Mais le boulet de canon que Bruce vient de frapper est toujours dans les airs, et sur les gradins les parents braillent comme des colverts en rut. La plus déchaînée de tous est Henny, qui hurle comme une lycéenne qui essaie d'échapper à un tueur impitoyable dans un film d'horreur et ne réussit pas à faire démarrer sa voiture. Ronan repense à l'époque où il jouait au baseball étant jeune, et se souvient que lorsqu'on frappe une balle comme vient de le faire Bruce, rapide, centrée, on ne sent rien, juste une absence parfaite, inévitable. La partie la plus large de la batte en aluminium fait tout le travail. Le bruit de l'impact est une note de musique à elle seule, et Ronan se réjouit que son fils l'ait entendue aujourd'hui.

Non seulement Bruce est grand pour son âge – déjà plus d'un mètre soixante-cinq – mais il a une excellente coordination. Il a hérité de la vitesse naturelle de son père et il est le joueur le plus rapide de la Little League, plus rapide encore que ceux de douze ans. En contournant la première base, il respire enfin – Ronan repère aussitôt l'instinct anaérobie du sprinter en plein effort – et ses longues jambes minces paraissent douées d'une intelligence propre.

Mais soudain, Bruce ralentit, puis s'arrête et reste planté là à contempler le ciel.

« Qu'est-ce qu'il fait ? dit Henny. Pourquoi il s'est arrêté ?

– Cours ! » hurle un parent.

Bruce semble fasciné par la trajectoire finale de la balle qu'il regarde retomber dans le champ extérieur. C'est la première fois qu'il s'arrête de courir comme ça. La plupart des parents crient, à présent – « Cours ! Cours ! Cours ! » – mais Bruce est figé sur place, à mi-chemin de la deuxième base, les yeux levés vers le ciel.

« Bruce ! » hurle en vain son coach depuis l'abri des joueurs.

Ronan ne s'identifie que trop bien à l'expression de son fils. A-t-il une vision ? Étant donné ses propres troubles mentaux, c'est quelque chose qui le préoccupe de plus en plus, ces derniers temps. Il cherche le coyote au sommet de la pente, mais il n'est pas là.

Depuis six mois, Henny et lui ont vu des signes discrets apparaître chez leur fils. Parfois, il regarde par la baie vitrée de la terrasse de derrière, chez eux, comme s'il voyait quelque chose se matérialiser dans la vitre. Un jour, il a levé la main comme s'il apercevait quelqu'un ou quelque chose dans le jardin, mais il n'y avait rien. À d'autres moments, c'est plus subtil. Il s'interrompt en plein dîner et regarde fixement dans le vide. Et quand ils lui demandent ce qu'il y a, il se contente de secouer la tête en disant « Rien », et se remet à manger. Ronan a l'impression que dans ces moments-là, il se passe autre chose et que Bruce ne leur dit pas tout. Avant de bénéficier d'un traitement adapté – il a fallu près d'un an pour trouver le dosage idéal –, Ronan avait le sentiment, quand il décrochait de la réalité, que quelque chose se dilatait dans son cerveau, comme si, derrière ses yeux, s'ouvrait une porte qui donnait sur un infini terrifiant et inéluctable.

Bruce émerge enfin de sa rêverie et s'élance vers la deuxième base, mais la balle s'envole du champ extérieur et le temps qu'il arrive à proximité de la troisième base, l'arrêt court du camp adverse l'a rattrapée et traverse le champ intérieur d'un pas conquérant.

Le coach de troisième base de Bruce n'a pas d'autre option que de l'arrêter.

« C'était le point gagnant », dit-il en secouant tristement la tête.

Bruce ne peut qu'acquiescer. Il a l'air perdu, et un peu effrayé, comme s'il avait bu la tasse en essayant de retenir sa respiration sous l'eau.

Les autres parents sont hors d'eux. Certains jettent à Ronan et à Henny des regards de reproche. On dirait que Bruce a déclenché l'alarme incendie pour perturber la dernière représentation de la pièce de fin d'année et que c'est de leur faute.

« Qu'est-ce qui t'a pris ? » demande le coach de troisième base, un peu trop fort, comme s'il voulait impressionner la foule en colère des gradins.

Mais Bruce est incapable de répondre. Il semble dérouté, pour ne pas dire sidéré.

« Regarde-le, dit Henny. Le pauvre. »

Pour comble de malheur, à leur dernier tour de batte, un de ses coéquipiers est retiré sur faute, laissant Bruce échoué sur la troisième base et concédant un match nul.

Plus tard, au California Pizza Kitchen, Henny demande à Bruce pourquoi il a arrêté de courir.

« Tu t'étais fait mal ?

– J'ai vu quelque chose », répond Bruce.

C'est la première fois qu'il fait ce genre de révélation à ses parents, qui échangent un regard lourd de sens.

« Sur le terrain ? reprend Henny.

– Dans le ciel, répond Ronan.

– Qu'est-ce que c'était ? demande Ronan.

– Une coagulation », dit Bruce. Voyant la perplexité de sa mère, il poursuit : « Aujourd'hui, en cours de bio, on a vu que le corps transforme le sang en le solidifiant pour se protéger d'une hémorragie qui pourrait lui être fatale. C'est une histoire de caillots, de plaquettes activées, de vasoconstriction et de fibrine.

– C'est quoi, la fibrine ? demande Henny, manifestement perturbée, en s'efforçant de donner à la conversation un tour plus scientifique et pragmatique.

– C'est une protéine qui forme un réseau pour stopper l'écoulement du sang », explique-t-il.

Bruce est dans une classe d'excellence, où ils sont moins de dix élèves. Il s'ennuie souvent en cours, si bien que ce débordement soudain de connaissances scolaires est pour le moins étonnant.

« Les nuages coagulaient, ajoute-t-il.

– Ils étaient rouges ? s'enquiert Ronan.

– Ouais. Mr Prisby nous a montré une vidéo. »

Henny porte son tee-shirt Obama HOPE de 2008, dont le col est un peu distendu. Elle enseigne au département d'art dramatique d'UCLA depuis qu'ils se sont installés à Los Angeles, il y a trois ans, quand Ronan s'est vu proposer un poste de scénariste pour la télévision qu'il ne pouvait pas refuser. Il lui rapportait plus que les royalties de toutes ses pièces réunies et Henny avait pu échanger son poste de Columbia contre celui d'UCLA. Son boulot à la télévision leur permettait d'avoir de l'espace – une maison californienne de plain-pied à Loz Feliz – et de vivre comme tout le monde. Il était devenu presque impossible de cohabiter à trois dans le deux-pièces de l'Upper East Side où ils vivaient ensemble depuis qu'Henny était rentrée de Chicago après y avoir enseigné pendant deux ans. Bien qu'au début, Ronan ait eu du mal à s'habituer à l'interminable succession de jours ensoleillés – il regrette encore les orages soudains de New York, les chutes de neige, les feuilles mortes en automne –, il apprécie aujourd'hui le beau temps de la côte Ouest. Ils ne sont qu'à une heure de l'océan Pacifique.

« Ça t'était déjà arrivé avant ? demande Henny. De voir des nuages qui deviennent bizarres dans le ciel ?

– Non, répond Bruce en secouant lentement la tête. Et puis après, ils ont commencé à se transformer en lapin.

– Les nuages qui coagulaient ? » dit Ronan.

Bruce hoche la tête en prenant une autre bouchée de pizza.

« En lapin, répète Henny.

– Je voyais leurs oreilles, dit Bruce en s'arrêtant de mâcher. Et leurs petits yeux roses.

– Avale d'abord », le reprend Henny qui déteste qu'il parle la bouche pleine.

Bruce pince les lèvres et mastique avec ostentation.

« Des vrais lapins ? » demande Ronan.

Bruce hoche la tête en continuant à mâcher et montre sa bouche comme s'il se moquait de ses bonnes manières, puis avale.

« Tu peux t'en servir dans ta série, si tu veux », plaisante-t-il.

Ronan est un des principaux auteurs d'une célèbre série d'une chaîne premium sur un thérapeute et ses patients fous. L'acteur qui joue le thérapeute est venu dîner chez eux la semaine dernière. Après son départ, Bruce leur a fait remarquer qu'il avait une tête bien plus grosse qu'à l'écran.

Ronan et Henny échangent de nouveau un regard. Ces lapins dans le ciel sont inquiétants pour un enfant de son âge. Ronan avait plus de vingt ans quand il a commencé à avoir des visions.

« Quoi ? dit Bruce en buvant un peu de Coca.

– Non, rien », répond Henny en lui prenant le menton avec douceur entre le pouce et l'index.

Bruce lui autorise encore ces marques d'affection, mais en voyant son geste, Ronan se dit que bientôt, son fils ne sera plus un enfant. Bien que lui-même fasse un mètre quatre-vingt-dix, il sait au fond de lui que Bruce sera bien plus grand. Ça ne le dérange pas. Les fils doivent surpasser leurs pères.

« À part ce pépin en faisant le tour des bases, dit Ronan, tu as fait un excellent match. Cet attrapé à la quatrième manche était magnifique.

– Merci », répond Bruce.

Ronan se félicite que son fils soit aussi bien élevé. Il est modeste et relativement réservé, et bien qu'Henny craigne vaguement qu'il ne soit pas très sociable, Ronan est secrètement fier qu'il ne fasse partie d'aucun club, aucune clique, mais soit plutôt un loup solitaire. Durant tout le repas, cependant, il ne cesse de penser aux lapins de Bruce et à ce que cela suppose d'inquiétude pour l'avenir.

Ce soir-là, après avoir pris ses médicaments et souhaité une bonne nuit à Bruce, Ronan jette un coup d'œil dans leur chambre et trouve Henny endormie au lit, le manuscrit de la pièce d'un de ses étudiants posé sur le ventre. Par moments, il a du mal à croire que malgré tout ce qui s'est passé, Henny est dans sa vie depuis près de vingt ans. Il se retient de l'embrasser de peur de la réveiller, ferme doucement la porte, sort par la baie vitrée coulissante de la terrasse et va dans le jardin s'asseoir dans un des fauteuils Adirondack.

L'air est frais et léger. Ronan est surpris que la température chute aussi brusquement après le coucher du soleil, même les jours de canicule. C'est vrai qu'ils sont dans le désert et que l'humidité n'atteint jamais celle de New York en juillet et en août, ni d'ailleurs celle des étés infestés de moustiques de Joliet. Depuis quelque temps, il a pris l'habitude de se retirer le soir dans ce havre de paix qu'est le jardin. Il y passe vingt ou trente minutes, parfois quarante – le temps de faire le vide – avant de rentrer. Il s'est aperçu que ça l'aidait de laisser son esprit vagabonder, de ne pas penser au travail. C'est une sorte de méditation, en fait. Il reste simplement là à respirer.

Les nouveaux voisins ont planté des jasmins adultes il y a quelques mois et leur parfum enivrant embaume le jardin. Le ciel chargé de pollution n'a pas grand-chose à offrir, ce soir, et Ronan ferme les yeux. Un flot continu de voitures se déverse sur Lyric Avenue. Les insectes bourdonnent dans les arbres à agrumes du quartier.

Au bout de quelques minutes, il commence à imaginer son fils, plus tard. Il voit Bruce passer un nombre d'heures incalculables à contempler le ciel en guettant les lapins qu'il a aperçus aujourd'hui. Il a seize ans, dix-sept ans, puis trente-cinq. Il est père de deux enfants, à présent. Sa femme est écossaise, c'est une biologiste de Glasgow avec un accent shakespearien théâtral et des yeux couleur d'ardoise.

Parfois des lapins lui apparaissent puis se volatilisent subitement, comme les visions d'un rêve agité.

De temps en temps, ils restent des minutes entières dans le ciel et Bruce remarque de nouveaux détails : leur petit museau rose, le duvet presque transparent dans leurs oreilles, leurs immenses yeux étonnés…

Ronan a soudain la certitude qu'il fera toujours partie de la vie de son fils. C'est comme s'il s'était vu confier une pierre importante qu'il devait garder dans sa poche jusqu'à la fin de ses jours. Quoi qu'il advienne de Bruce Nehemiah Happ-Woods, Ronan jure de ne jamais devenir une simple vue de l'esprit pour son fils.

Ronan pense à sa mère, qui est partie depuis presque dix ans, maintenant, à tout l'amour qu'elle lui a donné, à la mère célibataire et infirmière qui ne ratait quasiment jamais ses matchs de baseball ou ses meetings d'athlétisme, quitte à devoir faire des heures supplémentaires à l'hôpital. Il se souvient de l'existence paisible qu'elle menait à la fin de sa vie… la petite maison aux plaisirs simples nichée dans les collines verdoyantes du Vermont, son vieux canapé imprimé, sa bibliothèque, sa passion des colibris.

Puis il pense au frère de sa mère, son oncle Alec, qui est à présent dans le couloir de la mort de Parchman Farm, le pénitencier d'État du Mississippi, dans le comté de Sunflower, condamné pour le meurtre de trois garçons. Après son arrestation dans sa ville natale d'Elmira, ses cartes postales combinées à une série de tests ADN ont permis d'établir un lien entre lui et les garçons, dont les corps avaient été retrouvés dans la pièce du fond de sa petite maison sur pilotis de Tunica, grossièrement enterrés dans un mètre de ciment. Ronan a transmis ses sept cartes postales aux autorités fédérales dès que sa tante Lexy l'a appelé pour le prévenir que l'oncle Alec avait été arrêté à Elmira. À partir de là, d'autres preuves ADN ont montré qu'il était également lié au meurtre de nombreux autres garçons, partout dans le pays, vingt-huit au total, dont aucun n'avait plus de quatorze ans. Certains pensent qu'il y en a d'autres ; il n'a pas avoué et ce sont les seuls qui ont pu être prouvés. Alec est dans la dernière année d'une procédure d'appel vouée à l'échec. Sauf imprévu, l'an prochain, à la même date, il aura été mis à mort par injection létale. Alec Larkin. Un nom désormais tristement célèbre.

Bruce aurait pu être l'un de ces garçons. Comme lui, ils avaient la vie devant eux mais son oncle les en a privés. À cette idée, Ronan frémit. Soudain lui revient en flash cette nuit horrible à Londres, le couteau qu'il serrait, son poids dans sa main, juste avant qu'il le repose, la terreur de ce qui aurait pu arriver.

Il chasse ces images, se reconcentre.

Les effluves de jasmin parfument la brise.

Il voit son père déambuler en pantoufles dans l'hôpital des anciens combattants, les yeux éteints par la thorazine, le visage insensible aux stimuli. Ses mains se tendent avec hésitation vers une porte non marquée, puis une autre, puis encore une autre. On dirait qu'il se change peu à peu en bois.

Ronan est ensuite ramené au temps où il était étudiant, sur une piste d'athlétisme taillée dans une des nombreuses vallées perdues du nord-est de l'Iowa. Une famille de cerfs broute dans l'herbe, derrière la fosse du saut en longueur. Il flotte une forte odeur de cendres, comme s'il y avait eu un feu de camp. Il fait des sprints répétés. Des séries de soixante-dix mètres. Il sent une décharge dans ses mollets, le vent dans ses cheveux. Les pointes de ses chaussures de course s'enfoncent dans la cendrée, ce manteau de scories de sa jeunesse dans l'Illinois.

À présent il vole...

Le reste de l'équipe est parti, mais il continue à s'entraîner, s'accroche. C'est la fin du printemps, un magnifique coucher de soleil illumine les nuages au-dessus de lui. Dans le virage, il court à petites foulées avant de piquer un nouveau sprint, lorsque soudain, la famille de sa mère, tous les Larkin qu'il a connus ou vus en photo – tante Lexy, tante Joan, tante Fiona, oncle Alec, sa mère, grand-père Donald et grand-mère Ava – apparaissent dans les nuages, leurs silhouettes aussi indistinctes que des taches de thé estompées. Ronan ralentit puis se met à marcher. Au bout de quelques pas, il s'arrête et reste simplement là, les yeux levés vers le ciel.

Leurs visages prennent alors forme avec une netteté stupéfiante : éclatants, beaux, désorientés, anciens, comme s'ils étaient à jamais représentés, tel un monument, dans les pastels marbrés de ce vaste ciel du Midwest.

Sa vie a curieusement rebroussé chemin. Il s'élance dans un nouveau sprint. Il est vieux et jeune, lent et rapide, il est un mari, un père, un garçon qui court à perdre haleine pour sauver sa peau.

ÉPILOGUE

Mardi 14 novembre 2000

Cher Alec,

Quand tu recevras cette lettre, je serai morte.

La dernière fois que je t'ai vu, c'était il y a plus de trois ans. J'avais tant de choses à te dire à Eureka Springs, mais malheureusement, je n'ai pas pu. J'ai été bouleversée par cette rencontre. Depuis que tu avais quitté la maison, je m'étais toujours demandé ce que tu devenais, où tu étais, si tu allais bien. À l'égard du seul frère qui me reste, j'ai toujours éprouvé une douleur, une tristesse qui ne m'a jamais abandonnée.

Malheureusement, je suis repartie d'Eureka Springs avec plus de questions que de réponses. J'étais trop perturbée par ma santé déclinante et l'impression dérangeante que tu me faisais pour te dire ce que j'avais à te dire.

Alec, je sais bien que ce n'était pas rose tous les jours, à la maison. Ce n'était facile pour personne, pas même pour Joan, mais maman était particulièrement dure avec toi, sûrement parce qu'elle attendait beaucoup de toi, car tu étais son seul fils. Elle te poussait. Elle ne pardonnait aucune erreur. Elle exigeait la perfection, ce qui est impossible pour un enfant. Elle était parfois d'une intransigeance excessive. Mais ce que tu fais dépasse de loin les erreurs d'une mère, je le crains.

Alec, j'ai peur que quelque chose au fond de toi ait sombré dans une noirceur insupportable.

Si tu fais du mal à ces garçons, il faut arrêter tout de suite.

Fais le bilan de ta vie, je t'en supplie.

Cherche ce qu'il y a encore de bon en toi, la moindre once de dignité, et attrape-la. Saisis-la de toutes tes forces et mets un terme à cette conduite abominable.

Fais en sorte que cette chose en toi s'arrête, Alec, à tout prix, quoi qu'il en coûte.

Ta sœur qui t'aime,

Myra Lee

NOTE DE L'AUTEUR

Il y a douze ans, j'ai reçu un colis de ma tante Roberta, une des huit sœurs de ma mère. Cette dernière, Mary Lee Rapp, l'aînée des treize enfants d'une famille catholique écossaise-irlandaise, a passé son enfance à Elmira, dans l'État de New York, puis a vécu au centre de l'Illinois. Elle est décédée d'un cancer en 1997, à l'âge de cinquante-cinq ans. Le paquet de Roberta qui m'est parvenu quatorze ans après sa mort était une simple boîte à chaussures contenant des souvenirs qui m'étaient destinés. (Roberta, l'exécutrice testamentaire de ma mère, a mis un certain temps à distribuer ses quelques biens.) Dans la boîte se trouvait entre autres un badge plastifié du Stateville Correctional Center, une prison hautement sécurisée où ma mère avait travaillé comme infirmière vers la fin de sa vie. Sur le moment, je n'y ai pas vraiment prêté attention.

Pour l'enfant puis l'adolescent que j'étais, la vie à Joliet dans les années soixante-dix et au début des années quatre-vingt pouvait être effrayante. Joliet avait été une ville sidérurgique pleine de dynamisme mais, depuis la fermeture des usines, elle était rongée par une criminalité galopante. Et le spectre du tueur en série John Wayne Gacy, arrêté en décembre 1978, semblait hanter notre ville, qui était située à une quarantaine de minutes au sud de la maison de l'horreur, dans la banlieue de Chicago.

Par la suite, j'ai été à la fois fasciné et troublé par Gacy. Ce n'est pourtant que quelques années après avoir reçu les affaires de ma mère que j'ai regardé de plus près son badge. Il comportait simplement sa photo, son titre d'infirmière et avait été délivré en janvier 1994. Le Stateville Correctional Center était la prison où avaient lieu les exécutions dans l'Illinois. Ma mère y était donc encore employée au moment où Gacy a été exécuté en mai 1994. Elle était de service le 9 mai, soit la veille de la date prévue pour son exécution par injection létale. Je n'en ai pas la preuve, mais c'est sans doute elle qui lui a fait passer son dernier examen médical. Elle ne nous en a jamais parlé, ni à mes frère et sœur, ni à moi.

Avant de travailler à la prison, ma mère a été infirmière pédiatrique, puis au sein du programme d'aide à l'enfance Head Start. Elle s'est consacrée toute sa vie aux enfants et en a élevé trois, seule, avec un salaire d'infirmière. Elle ne buvait jamais, ne fumait pas, ne disait quasiment aucun gros mot et elle a presque toujours été une fervente catholique. Après avoir établi ce lien entre elle et John Wayne Gacy, j'ai été intrigué par le fait qu'une femme simple et honnête comme elle ait pu côtoyer une violence aussi atroce.

Par une horrible coïncidence, il se trouve qu'elle était également amie avec une des huit infirmières assassinées à Chicago en 1966 par Richard Speck, lors d'un massacre souvent considéré comme la première tuerie de masse du pays.

Le roman est né de cette convergence troublante. Je voulais rendre hommage à ma mère et examiner comment une famille en apparence normale – une famille travailleuse de la petite classe moyenne – pouvait se retrouver en contact avec cette frange terrifiante des États-Unis. De nos jours, nous avons des meurtriers qui commettent des fusillades dans des établissements scolaires. Le pays est la proie de tueurs en série, qui sont souvent des hommes blancs d'âge mûr. Ces gens traversent nos quartiers, communient dans nos églises et dînent même à notre table. Ils vivent parmi nous, au grand jour, et sont pourtant curieusement invisibles.

Lorsque j'imaginais ma mère s'occuper de Gacy, je ne pouvais me défaire de cette idée. Elle me hantait et me hante toujours. C'est pour cette raison que je devais écrire ce roman.

REMERCIEMENTS

L'auteur tient à remercier son éditeur, Ben George, pour ses conseils précieux et avisés, ainsi que son agent David Halpern.

RÉALISATION : NORD COMPO À VILLENEUVE-D'ASCQ
ACHEVÉ D'IMPRIMER SUR ROTO-PAGE
PAR L'IMPRIMERIE FLOCH À MAYENNE
DÉPÔT LÉGAL : AOÛT 2025. N° 157452 (106963)
IMPRIMÉ EN FRANCE